江苏省高校哲学社会科学重大项目"新时代艺术教育伦理维度的缺失与建构研究"
（课题编号：022SJZD117）阶段性成果

中国文学通识

主　编　宋向阳

副主编　华　敏　倪雪坤

参　编　（以姓氏笔画为序）

马　慧　王振军　付桂生

吉云飞　陈　悦　林　玲

季　蓉　俞　阅　徐同林

葛文杰　程爱侠

南京大学出版社

图书在版编目(CIP)数据

中国文学通识 / 宋向阳主编. -- 南京：南京大学

出版社，2024.8(2025.9 重印). -- ISBN 978 - 7 - 305 - 28356 - 7

Ⅰ. I206

中国国家版本馆 CIP 数据核字第 202422R29F 号

出版发行　南京大学出版社

社　　址　南京市汉口路 22 号　　　邮　　编　210093

书　　名　**中国文学通识**
　　　　　ZHONGGUO WENXUE TONGSHI

主　　编　宋向阳

责任编辑　高　军　　　　　　　编辑热线　025 - 83592123

照　　排　南京开卷文化传媒有限公司

印　　刷　南京玉河印刷厂

开　　本　787 mm×1092 mm　1/16　　印张 20.5　　字数 498 千

版　　次　2024 年 8 月第 1 版　2025 年 9 月第 3 次印刷

ISBN 978 - 7 - 305 - 28356 - 7

定　　价　62.00 元

网　　址：http://www.njupco.com

官方微博：http://weibo.com/njupco

官方微信号：njuyuexue

销售咨询热线：(025)83594756

前　言

　　《中国文学通识》主要是为高等院校文学通识课所编。本教材在体例与内容等方面呈现出以下特点：

　　一是体例较为周全而实用。包括概述、简介、正文/节选、导读、选评、思考讨论、拓展延伸、推荐阅读几个部分。概述是在每一单元之前的对各个历史时期文学发展概况、总体走向和特点的描述，便于读者从宏观上把握文学的阶段特征；简介是对作者或作品的精要介绍；导读部分是对作品的背景、艺术特征和价值的鉴赏和评析；选评则摘录了古今学人关于作品的相关学术见解和观点，便于拓展和深化读者对作品的理解。思考讨论、拓展延伸、推荐阅读等板块旨在适应现代高等教育教学发展的需要，培养学生自主学习的积极性和创新的精神，体现了编者以学生为主体的教学原则和教材编写理念。

　　二是典型性与全面性相结合。从时间跨度看，本教材所选作品始于先秦，终于当下；均为中国文学史上各个时期具有典型意义的作品，较为全面地体现了中国文学的整体风貌。

　　三是经典性与通俗性相结合。本教材遴选的作品都是被文学史经典化了的文本，具有极高的学术价值和阅读价值。同时，也努力契合当前大学生群体的阅读兴趣和阅读经验，如选入了网络文学作品，凸显经典性、大众性和时代性。

　　教材建设是一个永无止境的过程，需要在实践中不断打磨与修订。本书肯定还存在有待改进的地方。我们真诚希望各路方家提出宝贵意见，以期不断完善。

编者

2024 年 7 月

目　录

先秦文学

【概述】 在文学史上,先秦文学通常指从远古时期开始,到公元前221年秦始皇统一中国这一漫长历史时期的文学。先秦文学是中国文学的光辉起点,其所确立的文化形态与文化品质影响深远,昭示着中国文学的强大生命力。从文化形态看,先秦时期的文学存在是较为模糊的,表现为诗乐舞一体、文史哲不分,文学与政治制度、哲学思潮、历史事件等关联密切,尚未从当时混沌一体的文化形态中分离出来,故其承载方式多样、表现形式多变。总的来说,先秦文学可大致分为上古神话、诗歌与散文三部分,其中散文又可分为诸子散文与历史散文两类。

上古神话是"通过人民的幻想用一种不自觉的艺术方式所加工过的自然和社会形式本身"(马克思语)。也就是说,上古先民面对波诡云谲的自然现象与纷繁复杂的社会现象,难以像我们今天一般作出科学的解释,所以他们基于当时的认识水平,通过奇特的构思,幻想出具有艺术意味的神话故事。鲁迅说:"昔者初民,见天地万物,变异不常,其诸现象,又出于人力所能以上,则自造众说以解释之:凡所解释,今谓之神话。"(《中国小说史略》)神话表达了人类支配自然、改造社会的愿望,宣泄了人们的情绪,成为最早的叙事作品。由于人类先民所面对的自然力量与社会现象颇有共性,中国神话故事也与其他民族神话故事的创作题材相类,主要表现为创世、始祖、洪水、战争、发明创造等类型,内容丰富而复杂,极具文学魅力。

《诗经》是我国最早的诗歌总集,共收入自西周初年至春秋中叶大约五百多年间(前11世纪至前6世纪)的诗歌305篇,分为"风""雅""颂"三大类。书成于春秋时期,先秦时通称"诗"或"诗三百",到了汉代被儒家奉为经典,始称《诗经》。《诗经》中的作品主要产生于西周初年至春秋中叶的黄河流域,主要反映黄河流域文化尤其是西周文化的特点,幻想成分较少,注重理智,感情比较克制,道德和政治色彩比较浓厚。战国末期,在南方的楚国产生了具有楚地色彩的新诗体——楚辞。这种新诗体以屈原的创作为代表,相较于《诗经》,楚辞的篇幅较长,文辞华美,句式长短不拘,除了四言句以外,更多地采用五、六、七言句,富于变化,具有奇思异想和神话色彩,将先秦文学推向了新的高峰。

先秦散文包括历史散文和诸子散文。历史散文诸如《尚书》《左传》《国语》《战国策》等。从文学史的角度来看,甲骨卜辞可以视为中国散文的雏形,《尚书》中的《盘庚》篇完成了从口语到长篇书面记载的过渡,之后的《左传》《国语》《战国策》等在语言表现方面则日趋成熟。同时,作为叙事作品,它们所包含的情节安排、人物描绘和气氛渲染等多种要素都具有显著的文学性。诸子散文诸如《老子》《论语》《墨子》《庄子》《荀子》《韩非子》等,属于讨论政治、哲学和伦理等问题的思想性著作,因为是在辩论争鸣的风气中发展起来的,所以越到后期越是篇幅宏大,逻辑严密,修辞手段也越加丰富,如《韩非子》《荀子》;在说理论证的过程中还善于使用寓言,增强生动性与趣味性。如果说历史散文主要发展了文字的叙事能力,那么诸子散文则显著提高了人们运用文字表述自身思想感情的能力,这对后来包括文学散文在内的各种文章,都有极其重要的意义。

上古神话

【简介】 神话是人类认识发展初始阶段的产物。人类通过语言交流表达思想以后,自身的认识水平和认识能力仍处于低级阶段,对自然界和复杂的社会现象以及某些发明创造不能做出科学合理的解释,所以只能以自身的经历和体验,把自然物、自然力和社会力加以神话和人格化,幻想出一些超自然的神和神的故事,经过不自觉的艺术加工,产生了神话。神话也表达了人类支配自然,改造社会的愿望,宣泄了人们的情感和情绪,成为最早的叙事作品。当然,就文化意义上而言,神话不仅是一种融文学、音乐、舞蹈等艺术形式为一体的综合性的艺术形式,也是上古初民世界观和信仰的主要表述形式。从现存的文献资料来看,中国古代神话较多地保留在《山海经》《淮南子》《穆天子传》和《庄子》《楚辞》《诗经》等文献中。

中国上古神话按照内容,大约可以分为两大类。第一类是探究事物起源的神话。主要包括天地开辟的创世神话,如盘古开天地;始祖神话,如女娲造人、玄鸟生商;发明创造的神话如燧人氏钻燧取火、神农尝百草、仓颉造字等。这类神话蕴含着自然崇拜、图腾崇拜和祖先崇拜等意识,反映了上古时期人们的物质、文化创造活动。第二类是反映人与自然斗争以及人类之间战争的神话。包括地震、火山、洪水、旱灾神话,如女娲补天、鲧禹治水、夸父逐日、后羿射日、精卫填海等;战争神话,如黄帝擒蚩尤、炎黄之战、共工怒触不周山、刑天与帝争神等。

远古神话是中国文学的重要源头,为后世作家的文学创作提供了丰富的文学素材和艺术形象,其强烈的浪漫主义精神和厚生爱民的意识都深刻地影响和塑造了我们的民族精神,所采用的幻想、夸张等手法以及所体现出的悲剧美、崇高美,都对后世文学艺术产生了重要影响。

盘古开天地

天地混沌如鸡子,盘古生其中①。万八千岁,天地开辟,阳清为天,阴浊为地。盘古在其中,一日九变②,神于天,圣于地。天日高一丈,地日厚一丈,盘古日长一丈。如此万八千岁,天数极高,地数极深,盘古极长。后乃有三皇。

---

① 盘古:也作"盘古氏",神话里开天辟地的巨人。
② 九:古人讲这个数字,常表示"多"的意思。这里是表多次。

【导读】

盘古开天辟地是一则典型的卵生神话。在先民的想象中,宇宙是破壳而生的,这对中国的阴阳太极观念有极其重要的影响。最初,宇宙是混沌的,待到一定时期,才自然分开。分开之始,盘古生于其中。这便有了"天、地、人"三才说的影子,同时也表现出"人生于天地之间"的强烈意识。另一则神话记载了盘古死后,呼吸变为风云,声音变为雷霆,两眼变为日月,肢体变为山岳,血液变为江河,发髭变为星辰,皮毛变为草木,这种垂死化身,蕴含着人与自然和谐共生的关系,体现了先民们天人合一的宇宙观。

【选评】

在盘古神话中,埋藏着中国太极阴阳学说与"天人合一"宇宙观的萌芽,表现了中国先民对宇宙来源的天才直觉。(陈建宪《神祇与英雄:中国古代神话的母题》)

鲧禹治水[①]

洪水滔天。鲧窃帝之息壤以埋洪水[②],不待帝命。帝令祝融杀鲧于羽郊[③]。鲧复生禹[④]。帝乃命禹卒布土以定九州[⑤]。

【导读】

这则神话反映了古代劳动人民治理洪水的艰苦过程,也表现出他们执着、勇敢的大无畏精神。

相传古代中国洪水暴发,一片汪洋。鲧命神鸟到天帝那里偷来能阻止洪灾的息壤(神土,能生长不息),又叫神龟驮来息壤堵塞洪水缺口。天帝知道了,将息壤收回,并派火神杀死了鲧。在以后的文献材料中又说,三年后鲧的肚子突然裂开,生出天神禹。大禹继承父业,杀死了引起水灾的魔神共工的部下无支祁。许多天神得知其宏愿后都来帮助他:伏羲送禹一幅八卦图,河神冯夷送禹一幅河图。最后,大禹改用疏导的方法开河引渠,终于治好了洪水,完成了鲧的遗愿。

【选评】

鲧禹治水的神话中,鲧盗窃天帝息壤去平治洪水,触怒了上帝,被杀死在羽山的情节,和希腊神话里普罗米修斯因把天上火种盗去给人间遂被宙斯锁禁在奥林帕斯山上叫岩鹰终年啄食它的心肝的情节非常类似,而鲧死三年尸身不腐,又从肚子里孕育、化生出能秉承他的遗志继续去做平治洪水工作的禹来的这一点,那博大坚忍的心志,较之普罗米修斯似乎又有所超过。(袁珂《古神话选释》)

---

① 鲧(gǔn):上古时期汉族神话传说中的人物。姓姒,字熙,夏后氏。帝颛顼之曾孙、大禹之父、夏启的祖父。
② 息壤:相传一种能自生自长的神土。埋(yīn):堵塞。
③ 祝融:神话中的主火之神。
④ 复:当同"腹"。
⑤ 卒:终于。布:铺。

诗 经

【简介】《诗经》，原名《诗》，是我国古代第一部诗歌总集，收录自西周初年至春秋中叶大约 500 多年的诗歌，共 305 篇，其中《小雅》有笙诗 6 篇，有目无辞，不算在内，因此又称"诗三百"。从汉朝起，儒家将其奉为经典，始称《诗经》。

《诗经》的最初编撰者，可能是周王朝的乐官太师，是他们进行搜集、整理、加工、配乐而成为"诗三百"的。《诗经》最后编定成书，大约在公元前 6 世纪。作品涉及的地域很广，主要在黄河流域，西起山西和甘肃一带，北到河北西南，东到山东，南到江汉流域。

《诗经》分为《风》《雅》《颂》三部分。《风》也称为《国风》，包括周南、召南、邶风、鄘风、卫风、王风、郑风、齐风、魏风、唐风、秦风、陈风、郐风、曹风和豳风，共 160 篇。《雅》分《大雅》《小雅》两部分。《大雅》31 篇，《小雅》74 篇，共 105 篇。《颂》中包括《周颂》《鲁颂》《商颂》，合称三颂。《周颂》31 篇，《鲁颂》4 篇，《商颂》5 篇，共 40 篇。

《诗经》是我国现实主义诗歌的源头，真实地反映了殷周时代的社会风貌，其思想内容大致如下：

一是反映劳动生产的诗篇。代表作品有《周南》中的《芣苢》，表现了一群劳动妇女边采芣苢，边唱山歌的生动情景。《豳风·七月》则按时序逐月地写出了男女奴隶们的全年农事活动，反映了奴隶们终年劳累和痛苦的生活。

二是反对剥削和压迫的诗篇。如《魏风·伐檀》，写奴隶们在伐木劳动中怒斥和讽刺统治者的不劳而获，表达了奴隶们对奴隶主阶级的愤恨和反抗情绪；《魏风·硕鼠》，诗中把奴隶主比作大老鼠，充满了对奴隶主阶层的蔑视与厌恶，并表达了走向没有剥削和压迫的理想乐园的愿望。

三是反映征战、徭役和离乱的诗篇。如《秦风·无衣》，表现了战士慷慨从军，团结友爱，共同抗敌的豪迈感情，反映了秦国人民团结御侮的爱国精神。

四是反映爱情和婚姻的诗篇。如《周南·关雎》是全书的首篇。这篇民间情歌，描述了一个男子对心中姑娘的深情追求。《邶风·静女》生动地描绘了一对青年男女的秘密约会。《邶风·谷风》和《卫风·氓》都是诉说弃妇的不幸之作，揭露了春秋时代劳动妇女的苦难命运。

五是反映社会黑暗腐朽的政治讽刺诗篇。如《邶风·新台》揭露了卫宣公霸占儿媳宣姜的乱伦丑行，《鄘风·墙有茨》暴露了卫国官中的淫乱。

此外，还有古老的祭歌与颂扬祖先创业功绩的史诗。如《大雅》中的《生民》《公刘》《绵》《皇矣》《大明》五篇，比较完整地勾勒出了周民族发祥、创业、建国的经过，是民族的史诗。

《诗经》作为中国现实主义文学的重要源头，其艺术成就主要表现在：

一、强烈的现实主义精神。如《豳风·七月》，以铺叙直陈的手法，展现了一幅古代农奴悲惨生活的真实图画。《伐檀》和《硕鼠》则表现了奴隶们在繁苦剥削压迫下的觉悟和反抗。

二、赋、比、兴是《诗经》中最突出的艺术表现方法,它们同风、雅、颂被称为诗的"六义"。"赋"即铺陈直叙,就是不加譬喻,把要表达的内容有层次地叙述出来,给人以明确而完整的印象。"比",就是比喻和比拟,用形象的事物来打比方,使被比喻的事物生动形象,给人以真实感、形象感,增强诗的感染力量。如《卫风》中的《硕人》,连用六个比喻来描绘硕人的美艳,形象地赞美了卫庄公夫人庄姜的姿容和神态。"兴",就是托物起兴,是一种凭借自然界的事物,先引起开头,然后借以联想,引出诗人内心感情的表现方法。兴句多放在一首诗或一章诗的开头,如《周南·关雎》,以雎鸟和鸣引出下文男女求偶的联想。有时"兴"还起到营造意境,烘托气氛的作用,如《秦风·蒹葭》开头"蒹葭苍苍,白露为霜"两句,描绘了凄冷的意境,抒发主人公忧伤失望的心情,渲染了浓烈的气氛。

三、重章叠句成为《诗经》章法上的显著特征。重章叠句又称复沓,即各章的词句基本相同,中间只更换几个字,反复咏唱。它的作用在于加深印象,渲染气氛,深化诗的主题,增强诗的音乐性和节奏感,使感情得到尽情抒发。如《魏风·伐檀》,全诗三章采用章节复沓的形式,起到了层层深入表现诗歌主题的作用。

此外,《诗经》在四言中又有杂言,还大量运用了双声字、叠韵字和重叠字,这既丰富了语汇,而且写景状物,拟形传声,使诗歌更富于形象美和音韵美。

总之,《诗经》在文学史上具有崇高的地位,是我国现实主义文学的光辉起点,它以丰富的思想内容、崇高的审美情趣与精湛的艺术手法,哺育着我国历代文学。

王风·黍离

彼黍离离①,彼稷之苗。行迈靡靡②,中心摇摇③。知我者,谓我心忧,不知我者,谓我何求。悠悠苍天! 此何人哉?

彼黍离离,彼稷之穗。行迈靡靡,中心如醉。知我者,谓我心忧,不知我者,谓我何求。悠悠苍天! 此何人哉?

彼黍离离,彼稷之实。行迈靡靡,中心如噎④。知我者,谓我心忧,不知我者,谓我何求。悠悠苍天! 此何人哉?

【导读】

《黍离》出自《诗经·王风》,"王"指周王都,该地产生的诗歌被归于"王风"。自周平王东迁后,王室衰微,所以"王风"多乱离之作。《黍离》是《诗经·王风》中悲悼故国的代表作,作者是周大夫,行役至西周镐京时,见宗庙宫室故址尽为禾黍,昔日的奢华早已不见,于是悲叹周王室颠覆,抒发忧国之思。

全诗共三章,每章十句,各章结构相同,仅个别字词有所变化,体现了《诗经》常见的重章叠句的形式。诗人选择同一物象在不同时间的表现形态展开全诗,从"稷苗"到"稷穗"

---

① 黍(shǔ):黍子,农作物,形似小米,去皮后叫黄米,煮熟后有黏性。离离:行列貌。一说低垂貌。
② 靡(mǐ)靡:行步迟缓貌。
③ 摇摇:忧心无主貌。"愮愮"的假借。
④ 噎(yē):堵塞,气逆不顺。此处以食物卡在食管比喻忧深气逆难以呼吸。

再到"稷实",景致的转换反映时序的迁移,与此相随的是诗人的情感从"中心摇摇"到"如醉"再到"如噎"的逐层深化,在重章复沓的反复咏叹中表现出作者悲伤的持久和深沉。正如方玉润《诗经原始》所言:"三章只换六字,而一往情深,低回无限。"

诗人长于心理描写,直抒胸臆,各章开头比、兴兼用,荒凉破败的景象既烘托了抒情主人公悲怆的心情,又比拟王室的衰败。那种"中心摇摇""中心如醉""中心如噎"以及呼天喊地的神情,历历在目,感人至深,后世称故国之思、亡国之痛为"黍离之悲",这种悲伤,千载以来已沉淀为一种哀叹国家兴亡的情愫,时刻击打着爱国者的心灵,不断为后世所引用。另外,本篇押韵和谐,如"离""靡","苗""摇"等,读来节奏鲜明、朗朗上口,是诗与乐的完美结合。

【选评】

黍之离离,与稷之苗,以兴行之靡靡,心之摇摇。既叹时人莫识己意,又伤所以致此者,果何人哉?追怨之深也。 稷穗下垂如心之醉,所以起兴。 稷之实,如心之噎,故以起兴。([宋]朱熹《诗集传》)

起二句满目凄凉。结句含蓄无穷,欷歔欲绝。([清]吴闿生《诗义会通》)

卫风·伯兮

伯兮朅兮①,邦之桀兮②。伯也执殳③,为王前驱。
自伯之东④,首如飞蓬⑤。岂无膏沐⑥,谁适为容⑦?
其雨其雨,杲杲出日⑧。愿言思伯,甘心首疾。
焉得谖草⑨,言树之背。愿言思伯,使我心痗⑩。

【导读】

《伯兮》选自《诗经·卫风》,以思妇的口吻叙事抒情,是一首较早的闺怨诗。

全诗共四章,每章四句,采用赋法,熔叙事抒情于一炉。第一章开篇四句,思妇并无怨思之言,而是夸赞其夫的杰出才干和英武不凡的气质仪态,自豪、钦佩、爱恋之情溢于言表;第二章,笔锋和情调突然一转,描述妻子对征夫的思念之情;第三、四章承接第二章,紧扣一个"思"字,由思夫而寂寞无欢,无心梳妆打扮,容颜憔悴,到因空劳牵挂,生活中一切事与愿违而失望无助、忧伤头痛,进而再因长久的思念无解、忧伤堆积而痛苦加剧,以至患了心病,层

---

① 朅(qiè):勇武高大。
② 桀:同"杰",杰出。
③ 殳(shū):古兵器,杖类。长丈二,无刃。
④ 之东:去往东方。
⑤ 飞蓬:头发散乱貌。
⑥ 膏沐:妇女润发的油脂。
⑦ 谁适:对谁、为谁的意思。适,当;一说"悦",喜欢。
⑧ 杲杲(gǎo):明亮的样子。出日:日出。
⑨ 谖(xuān)草:萱草,忘忧草。
⑩ 痗(mèi):忧思成病。

层递进,不断深入,感人至深。全诗章与章之间既环环相扣,又富于转折变化,把主人公的内心冲突表达得曲折有致,既脉络清晰,又符合人物的心理逻辑,使人物形象具有饱满的精神内涵。

《伯兮》展现了古代妇女在战争背景下的生活状态和内心世界,既表达了对战争的厌恶和对和平的向往,又体现出古代妇女对家庭、对丈夫的深厚感情与忠诚。这种感情具有普遍性和典型性,对后世思妇诗影响深远。

【选评】

女为悦己者容,翻得新妙。([清]牛运震《诗志》)

始则"首如飞蓬",发已乱矣,然犹未至于病也。继则"甘心首疾",头已痛矣,而心尚无恙也。至于使我心痗,则心更病矣。其忧思之苦何如哉?使非为王出征,胡以至是?([清]方玉润《诗经原始》)

屈　原

【简介】　屈原(前340? —前278),名平,字原(又自云名正则,字灵均),祖籍湖北秭归。屈原"博闻强志,明于治乱,娴于辞令",曾辅佐楚怀王,主张对内举贤任能,对外联齐抗秦,历任左徒、三闾大夫。后遭守旧贵族子兰、靳尚等人谗陷而被迫去职。楚顷襄王继位,对秦完全退让,以求苟安。屈原极力反对,却遭令尹子兰、上官大夫诋毁,被流放到沅、湘一带。有感于统治集团的昏庸腐朽、排斥贤能,眼见楚国日益衰落,屈原写下大量抒发忧愤之情的诗作。秦破郢都,屈原饱含悲愤,自沉汩罗江而死。

屈原作品有《离骚》《九歌》(11篇)、《九章》(9篇)、《天问》等。《离骚》是屈原的代表作,也是中国古代文学史上最长的一首政治抒情诗,开创了新诗体——楚辞,"楚辞"本义泛指楚地的歌辞,后专指屈原等人所创作的新诗体。《离骚》是楚辞的代表作,故楚辞又被称为"骚"或"骚体"。

山　鬼

若有人兮山之阿①,被薜荔兮带女罗②。既含睇兮又宜笑③,子慕予兮善窈窕④。
乘赤豹兮从文狸⑤,辛夷车兮结桂旗⑥。被石兰兮带杜衡,折芳馨兮遗所思⑦。余处幽

---

① 若有人:仿佛有人,指山鬼。山之阿(ē):山的曲折处。
② 被:同"披"。薜(bì)荔:常绿灌木,蔓生,又名木莲。带女罗:以女萝为衣带。女罗,即女萝,一种蔓生植物。
③ 含睇(dì):含情微视。宜笑:适宜于笑,指笑得很美。
④ 予:山鬼自称。善:美好。窈窕:美好的样子。
⑤ 从:随行。文狸:毛色有花纹的狸猫。
⑥ 辛夷车:以辛夷木做成的车。结桂旗:结桂枝为旗。
⑦ 芳馨:指香花或香草。遗(wèi)所思:送给所思慕的人。

篁兮终不见天①,路险难兮独后来②。

表独立兮山之上③,云容容兮而在下④。杳冥冥兮羌昼晦⑤,东风飘兮神灵雨⑥。留灵修兮憺忘归⑦,岁既晏兮孰华予⑧?采三秀兮於山间⑨,石磊磊兮葛蔓蔓。怨公子兮怅忘归⑩,君思我兮不得闲⑪。

山中人兮芳杜若⑫,饮石泉兮荫松柏⑬。君思我兮然疑作⑭。雷填填兮雨冥冥⑮,猨啾啾兮狖夜鸣⑯。风飒飒兮木萧萧,思公子兮徒离忧⑰。

【导读】

《山鬼》是《九歌》的第九首。《九歌》是一组祀神的乐歌,一般认为是屈原在民间祀神乐歌的基础上加工修改而成。山鬼即山神,这里是指巫山神女。诗中写在阴暗的雷雨天气里,山鬼盼望自己日夜思念的恋人前来相会,谁知得到的却是空等一场的失望与忧愁。全诗以男女对唱的方式,塑造了一位美丽、率真、痴情的少女形象。

这首诗先从多方面描绘了山鬼的美好。"若有人兮",准确地传达出"山鬼"给人的若隐若现、来去无踪的飘忽神秘之感。"被薜荔兮带女罗"以及"辛夷车兮结桂旗""被石兰兮带杜衡"等写山鬼的装束,刻画出山鬼这样一位巫山之神的自然女儿的形象。接着叙述神女乘车赴约,结果未能等到她的恋人,爱情的天空一片阴霾。诗中写女主人公相思、怨恨、犹疑、忧伤的情绪,而且情绪的发展跌宕起伏。先是满怀希望,"留灵修兮憺忘归"。等了一会儿不来,对爱人不禁有所埋怨,"怨公子兮怅忘归",而这时又设想爱人有事耽搁,不能如期赴约,即所谓"君思我兮不得闲"。然后写山鬼久等恋人不来,山鬼不禁开始检讨自己,是不是自己不够好,让对方不再爱自己呢?你为什么还要怀疑我对你的爱情呢?所谓"君思我兮然疑作"。从白昼等到黑夜,恋人一直没来,神女极度失望忧伤,心绪正如此时环境之恶劣。情绪流转,更能表明巫山神女爱之至深,爱之至诚。

《山鬼》是一篇祭诗,更是一首优美的恋歌。诗人赋予神女人的性格,通过歌颂巫山神女对爱情的忠贞,曲折地反映了古代楚地人民的爱情生活。

---

① 余:山鬼自称。幽篁:幽深的竹林。
② 险难:艰险难行。独:却,偏。后来:迟到。
③ 表:突出的样子。
④ 容容:云雾浮动的样子。
⑤ 杳:深沉。冥冥:昏暗。羌:连词,犹"乃""竟"。昼晦:白天而光线昏暗。
⑥ 飘:风势迅疾。神灵雨:神灵下雨。
⑦ 留:等待。憺(dàn):安定。
⑧ 晏:晚。岁既晏,犹言年华老大。华予:使我焕发光彩。这句是说自己年华渐老,谁能使我的生命重放光彩?
⑨ 三秀:灵芝草的别名。灵芝一年开花三次,故又称三秀。
⑩ 怅:失意,怨望。
⑪ "君思我"句:这句设想对方思念自己但不得空闲而来。
⑫ 山中人:山鬼自指。芳杜若:像杜若般芬芳。
⑬ 石泉:山石中流出的泉水。荫松柏:住在松柏树下。
⑭ 然疑作:半信半疑。然,是,相信。疑,怀疑。作,交作。
⑮ 填填(tián tián):雷声。
⑯ 啾啾(jiū):猿鸣声。
⑰ 离忧:遭受忧伤。"离",同"罹"。

【选评】

　　山鬼即山中之神。称之为鬼，因为不是正神。……篇中所说的是一位缠绵多情的山中女神，必然有着当地流传的神话作为具体依据，当非泛指。（马茂元《楚辞选》）

左　传

　　【简介】　我国有着悠久的史官文化传统，早在殷商时代，朝廷就有了记载史事、掌管典籍的人员，甲骨文中称为"史""尹""作册"等。现在最早的历史散文，是甲骨卜辞，还有殷周铜器铭文，又叫金文。最早的历史散文集是《尚书》，意为上古之书，主要记载帝王的命令和言论。"春秋"原是先秦时期各国史书的通称，后来仅有鲁国的《春秋》传世，便成为专称。相传孔子整理、修订了这部《春秋》，赋予其特殊的意义，因而成为儒家重要的经典。《春秋》是中国第一部编年体史书。现存《春秋》分别见于《左传》《公羊传》《穀梁传》，三传经文大同小异。《左传》相当系统且具体地记述了春秋时期各国的政治、军事、外交等重大事件，实际上是一部自成体系的编年体史书。《公羊》《穀梁》纯用义理解释《春秋》，极力发挥了孔子的"微言大义"。《左传》也是编年纪事体，所记时间比《春秋》长，内容更丰富。如隐公元年，《春秋》书"郑伯克段于鄢"，只用六个字；《左传》则叙述郑庄公家庭间的矛盾、群臣的警告，以及颍考叔调和庄公母子关系，极其委曲详尽。

　　《左传》在叙事上达到了很高的艺术成就。它叙述了丰富多彩的历史事件，描写了形形色色的历史人物，注重完整地叙述事件的过程和因果关系。《左传》的叙事成就更突出体现在战争描写方面，作者不仅写出纷繁复杂的战争过程，而且注重交代与战争有关的政治、外交等活动，揭示战争的背景及胜负原因。《左传》还塑造了个性鲜明的人物。在叙事中重视人的作用，注重描写有关的各类人物的活动，在刻画人物时，又往往着眼于政治的兴衰，努力表现他们与之相关的思想、品质和性格。书中相当一部分人物个性突出，形象鲜明，给读者留下了深刻印象。《左传》中记载了很多文采斐然的辞令。这些辞令委婉巧妙，典雅从容，在得体的外表下包藏着锋芒，体现出春秋时期贵族交往的语言风格。

晋楚城濮之战（节选）

　　夏四月戊辰①，晋侯，宋公②，齐国归父、崔夭③，秦小子慭次于城濮④。楚师背酅而

---

① 夏四月戊辰：僖公二十八年初夏四月初三。
② 宋公：宋成公。
③ 归父、崔夭：齐国将领。
④ 秦小子慭(yìn)：秦穆公的儿子，名慭。

舍①,晋侯患之。听舆人之诵曰②:"原田每每,舍其旧而新是谋③。"公疑焉。子犯曰:"战也!战而捷,必得诸侯;若其不捷,表里山河,必无害也④。"公曰:"若楚惠何⑤?"栾贞子曰:"汉阳诸姬,楚实尽之⑥。思小惠而忘大耻,不如战也。"晋侯梦与楚子搏⑦,楚子伏己而盬其脑⑧,是以惧。子犯曰:"吉。我得天,楚伏其罪,吾且柔之矣⑨!"

子玉使斗勃请战,曰:"请与君之士戏⑩,君冯轼而观之⑪,得臣与寓目焉⑫。"晋侯使栾枝对曰:"寡君闻命矣。楚君之惠,未之敢忘,是以在此。为大夫退,其敢当君乎⑬?既不获命矣,敢烦大夫谓二三子:'戒尔车乘⑭,敬尔君事,诘朝将见⑮。'"

晋车七百乘,韅、靷、鞅、靽⑯。晋侯登有莘之墟以观师⑰,曰:"少长有礼,其可用也。"遂伐其木,以益其兵⑱。

己巳,晋师陈于莘北,胥臣以下军之佐当陈、蔡。子玉以若敖之六卒将中军,曰:"今日必无晋矣!"子西将左,子上将右。胥臣蒙马以虎皮,先犯陈、蔡。陈、蔡奔,楚右师溃。狐毛设二旆而退之⑲。栾枝使舆曳柴而伪遁,楚师驰之⑳,原轸、郤溱以中军公族横击之,狐毛、狐偃以上军夹攻子西,楚左师溃。楚师败绩㉑。子玉收其卒而止,故不败。

晋师三日馆、谷㉒,及癸酉而还。甲午,至于衡雍,作王宫于践土㉓。

【导读】

《晋楚城濮之战》选自《左传·僖公二十八年》,是《左传》一书中以写战争而著称的精

① 鄙:地形险要的山名,卫国地,在今山东省濮县。舍:军队临时驻扎。
② 舆人:众人。
③ "原田"二句:田野上的草啊,生得多么茂盛;快丢掉那旧根啊,把新的种子来播种。这是运用比兴手法,用草的生长规律劝说晋文公弃旧图新,下决心一战。每每,草茂盛的样子。
④ "战而"五句:如果打胜仗,必定能得到各诸侯国的信赖而称霸;如果打败仗,我们晋国外有黄河,内有太行山的地理环境,也绝不会有什么妨害。山河,指的是太行山和黄河。
⑤ 若楚惠何:对于楚国的恩惠怎么办呢?
⑥ "汉阳"二句:汉水以北同是我们姬姓的兄弟国家,都被楚国消灭了。
⑦ 搏:徒手搏斗。
⑧ 盬(gǔ):咬,吮吸。
⑨ "我得"三句:你被楚王按在地上,面向天,这是我们得到上天帮助的兆头;楚王伏在你的身上吮吸你的脑袋,这是他面向地服罪的表现。
⑩ 戏:角力。
⑪ 冯(píng):同"凭",靠着。轼:车前的横木。
⑫ 得臣:子玉之名。寓目:看。
⑬ 当:抵挡。
⑭ 戒:准备,整治。
⑮ 诘朝:明天早晨。
⑯ 韅、靷、鞅、靽:马身上的缰绳络头之类,借指军容齐整。一般说来,马背上的称"韅",在马胸前的称"靷",在马腹的称"鞅",在马后部的称"靽"。
⑰ 有莘:有莘就是莘国,古代国名。有,词头,无意义。
⑱ 益:增加。兵:兵器。
⑲ 设二旆(pèi)而退之:虚设两面大旗,以撤退来迷惑敌人。
⑳ 驰之:驱马挥师追赶。
㉑ 败绩:大败。
㉒ 三日馆、谷:歇兵三天,吃楚军留下来的粮食。馆,住宿。谷,用作动词,吃楚军留下的粮食。
㉓ 作王宫于践土:在践土建造了一座周天子的行宫。按:周襄王听到晋师获胜的消息,亲自来劳军,晋文公就建王宫迎接。后来晋文公向周天子献俘,周天子赏赐他礼服、弓箭等象征专有征伐权威的物件。从此,晋文公登上霸主之位。

彩篇章。

《晋楚城濮之战》令人信服地写出实力较弱的晋军战胜实力较强的楚军的必然性。晋军战胜楚军的结局,在两军交战之前,已经可以预见。晋军胜利的原因主要有以下几点:一是晋国君臣相得,同心协力。有不同意见时,通过讨论可以达成一致。楚国却相反,楚成王和子玉各执己见,相互掣肘,抵消了力量。二是晋国君臣善于利用外交手段瓦解敌军的联盟,取得列国的支持,让挑起战争的责任由对方承担,从而使自己处于正义的地位,因此晋军士气旺盛,而楚军则一触即溃。三是晋军有正确的战略战术,指挥有方。两军交战,先取对方薄弱的右军,避开子玉的中军,以佯败为掩护,集中力量夹击子西左军。楚左右两军被击溃,子玉的中军也就孤立了。

在叙事结构上,《晋楚城濮之战》以“夏四月戊辰”“己巳”“癸酉”“甲午”为时间标识,故事脉络清晰。在人物形象塑造上,依托核心战争事件,善于通过语言和行动刻画鲜明的人物性格,目中无人、傲慢轻敌的子玉,小心谨慎、运筹帷幄的晋文公,都跃然纸上。在语言的运用上,《晋楚城濮之战》人物语言个性化,叙述语言生动流畅。

【选评】

盖《左氏》为书,叙事之最。自晋以降,景慕者多。([唐]刘知幾《史通·模拟》)

左氏极工于叙战,长短各极其妙……篇篇换局,各各争新。([清]冯李骅《左绣·读左卮言》)

战国策

【简介】　《战国策》又称《国策》,是战国时期策士、游士谋略和言论的汇编。西汉刘向整理编订为三十三篇,分为东周、西周、秦、齐、楚、赵、魏、韩、燕、宋、卫、中山十二国,记载了春秋以后到汉以前共 245 年(前 454—前 209)间各国在政治、军事、外交方面的动态。《战国策》既具有史料价值,又极具文学性。该书人物形象鲜明逼真,论辩气势磅礴,善于运用寓言、譬喻等修辞手法,具有很强的说服力与感染力;语言生动,文采斐然,达到了相当高的艺术水准,对后世散文的发展影响深远。

苏秦始将连横

苏秦始将连横说秦惠王曰①:“大王之国,西有巴、蜀、汉中之利②,北有胡貉、代马之

---

① 连横:战国时期,合六国抗秦,称为约从,或合纵;秦与六国中任何一国联合以打击别国,称为连横。说(shuì):劝说,游说。秦惠王:前337年至前311年在位。
② 巴:今四川盆地东部,以重庆市为中心。蜀:今四川盆地西部,以成都市为中心。汉中:今陕西省秦岭以南一带。

用①，南有巫山、黔中之限②，东有肴、函之固③。田肥美，民殷富，战车万乘，奋击百万，沃野千里，蓄积饶多，地势形便，此所谓天府，天下之雄国也。以大王之贤，士民之众，车骑之用，兵法之教，可以并诸侯，吞天下，称帝而治。愿大王少留意，臣请奏其效。"

秦王曰："寡人闻之，毛羽不丰满者，不可以高飞；文章不成者④，不可以诛罚；道德不厚者，不可以使民；政教不顺者，不可以烦大臣。今先生俨然不远千里而庭教之⑤，愿以异日⑥。"

苏秦曰："臣固疑大王之不能用也。昔者神农伐补遂⑦，黄帝伐涿鹿而禽蚩尤⑧，尧伐驩兜⑨，舜伐三苗⑩，禹伐共工⑪，汤伐有夏⑫，文王伐崇⑬，武王伐纣⑭，齐桓任战而伯天下⑮。由此观之，恶有不战者乎⑯？古者使车毂击驰⑰，言语相结，天下为一；约从连横，兵革不藏；文士并饬⑱，诸侯乱惑；万端俱起⑲，不可胜理；科条既备，民多伪态；书策稠浊⑳，百姓不足；上下相愁，民无所聊㉑；明言章理㉒，兵甲愈起；辩言伟服㉓，战攻不息；繁称文辞，天下不治；舌弊耳聋，不见成功；行义约信，天下不亲。于是，乃废文任武，厚养死士，缀甲厉兵㉔，效胜于战场㉕。夫徒处而致利㉖，安坐而广地，虽古五帝、三王、五伯㉗，明主贤君，常欲坐而致之，其势不能，故以战续之。宽则两军相攻，迫则杖戟相撞㉘，然后可建大功。是

---

① 胡：指匈奴族所居地区。貉（hé）：一种形似狐狸的动物，毛皮可作裘。代：今河北、山西省北部，以产良马闻世。

② 巫山：在今重庆市巫山县东，处三峡腹心。黔中：在今湖南省沅陵县西。限：屏障。

③ 肴、函：崤山与函谷关的合称。相当今河南洛阳以西至潼关一带。地势险要，易守难攻，为兵家必争之地。肴，同"崤"，崤山在今河南省洛宁县西北。函，函谷关，在今河南省灵宝市西南。

④ 文章不成：法令制度不完备。

⑤ 俨然：庄重矜持。

⑥ 愿以异日：愿改在其他时间。

⑦ 神农：传说中发明农业和医药的远古帝王。补遂：古国名。

⑧ 黄帝：姬姓，号轩辕氏，传说中中原各族的共同祖先。涿鹿：在今河北省涿鹿县南。禽：擒。蚩尤：神话中东方九黎族的首领。

⑨ 驩兜（huān dōu）：尧的大臣，传说曾与共工一起作恶。

⑩ 三苗：古代少数民族。

⑪ 共工，传为尧的大臣，与驩兜、三苗、鲧并称四凶。

⑫ 有夏：即夏桀。"有"字无义。

⑬ 崇：古国名，在今陕西省鄠邑区东。崇侯虎助纣为虐，文王伐之。

⑭ 纣：商朝末代君主，传说中的大暴君。

⑮ 伯：霸，称霸。

⑯ 恶：哪，岂，何。

⑰ 毂（gǔ）：车轮中央圆眼，以容车轴。这里代指车乘。

⑱ 饬：饰，修饰文辞，即巧为游说。

⑲ 万端俱起：群议纷起。

⑳ 稠浊：多而乱。

㉑ 聊：依靠。

㉒ 章：彰，明显。

㉓ 伟服：华丽的服饰。

㉔ 厉：砺，磨砺。

㉕ 效：较量。

㉖ 徒处：白白地等待。

㉗ 五帝：上古时期的帝王，因其伟大，被后世追尊为帝。指的是：黄帝、颛顼、帝喾、尧、舜。三王：夏禹、商汤、周文王。五伯："伯"同霸，五伯即春秋五霸。指春秋时先后称霸的五个诸侯：齐桓公、宋襄公、晋文公、秦穆公、楚庄王。还有数种不同说法。

㉘ 杖：持着。撞（chōng）：冲刺。

故兵胜于外，义强于内，威立于上，民服于下。今欲并天下，凌万乘①，诎敌国②，制海内，子元元③，臣诸侯，非兵不可。今之嗣主④，忽于至道⑤，皆惛于教，乱于治，迷于言，惑于语，沉于辩，溺于辞。以此论之，王固不能行也。"

　　说秦王书十上而说不行⑥。黑貂之裘弊，黄金百斤尽⑦，资用乏绝，去秦而归。羸縢履蹻⑧，负书担橐⑨，形容枯槁，面目犁黑⑩，状有归色。归至家，妻不下纴⑪，嫂不为炊，父母不与言。苏秦喟叹曰："妻不以我为夫，嫂不以我为叔，父母不以我为子，是皆秦之罪也。"乃夜发书，陈箧数十⑫，得《太公阴符》之谋⑬，伏而诵之，简练以为揣摩⑭。读书欲睡，引锥自刺其股，血流至足。曰："安有说人主，不能出其金玉锦绣，取卿相之尊者乎？"期年揣摩成，曰："此真可以说当世之君矣。"

　　于是乃摩燕乌集阙⑮，见说赵王于华屋之下⑯，抵掌而谈⑰。赵王大悦，封为武安君⑱，受相印。革车百乘，绵绣千纯⑲，白璧百双，黄金万镒⑳，以随其后。约从散横㉑，以抑强秦。

　　故苏秦相于赵而关不通㉒。当此之时，天下之大，万民之众，王侯之威，谋臣之权，皆欲决苏秦之策㉓。不费斗粮，未烦一兵，未战一士，未绝一弦，未折一矢，诸侯相亲，贤于兄弟。夫贤人在而天下服，一人用而天下从。故曰：式于政㉔，不式于勇；式于廊庙之内㉕，不式于四境之外。当秦之隆㉖，黄金万镒为用，转毂连骑㉗，炫熿于道㉘，山东之国㉙，从风而

① 凌：凌驾于上。万乘：兵车万辆，指大国。
② 诎：屈，使……屈服。
③ 元元：百姓。
④ 嗣主：继位的君王。
⑤ 至道：最高的道理方法，指用兵之道。惛(hūn)：不明，糊涂。
⑥ 说不行：指苏秦上述攻战兼并天下的主张未得到采纳实行。
⑦ 黄金：金铜合金。
⑧ 羸(léi)：缧，缠绕。縢(téng)：绑腿布。蹻(jué)草鞋。
⑨ 橐(tuó)：囊，布袋，指行李。
⑩ 犁：黧(lí)，黑色。
⑪ 纴(rèn)：纺织机。
⑫ 箧(qiè)：藏物的竹器(多指箱和笼)，主要是用于收藏文书或衣物。
⑬ 太公：姜太公吕尚。阴符：兵书。
⑭ 简：选择。练：熟习。
⑮ 摩：靠近。燕乌集阙：燕宫阙名。
⑯ 华屋：指宫殿。
⑰ 抵掌：拍击手掌。形容极其投合相得。
⑱ 武安君：苏秦的封号。武安，赵地，今属河北省武安。
⑲ 纯：束，匹。
⑳ 镒(yì)：指古代通用货币，也是重量单位，合二十两。
㉑ 约从：合纵。散横：摧散秦与东方各国的连横结盟。
㉒ 关：函谷关，为六国通秦要道。
㉓ 决：取决于，决定于。
㉔ 式：用。
㉕ 廊庙：指朝廷。
㉖ 隆：显赫。
㉗ 转毂连骑：车骑之盛，奔走不停，络绎不绝。
㉘ 炫熿：光耀显赫。
㉙ 山东：指崤山以东。

服，使赵大重①。且夫苏秦特穷巷掘门、桑户棬枢之士耳②，伏轼撙衔，横历天下③，廷说诸侯之王，杜左右之口，天下莫之能伉④。

将说楚王⑤，路过洛阳。父母闻之，清宫除道，张乐设饮⑥，郊迎三十里。妻侧目而视，倾耳而听，嫂蛇行匍伏，四拜自跪而谢。苏秦曰："嫂，何前倨而后卑也⑦？"嫂曰："以季子之位尊而多金。"苏秦曰："嗟乎！贫穷则父母不子，富贵则亲戚畏惧。人生世上，势位富贵，盖可忽乎哉⑧？"

【导读】

《苏秦始将连横》（又题为《苏秦以连横说秦》）可与《史记·苏秦列传》对照阅读。战国时期，群雄纷争，兼并加剧。智辩之士乘机而起，揣人主之心理，逞一己之巧舌，或以合纵联弱抗强之计，或以连横使弱事强之谋游说于诸侯，以谋利己，史称此类策士为纵横家。苏秦与张仪并列为战国纵横家的杰出代表。需要说明的是，文中有关苏秦事迹的记载，既有历史的真实，也有文学的虚饰。

该文层次清晰地记叙了苏秦游说列国以推行其主张的经过。第一部分叙述苏秦游说秦王失败。作为一名说客，经过多次碰壁后，他到秦国谋求用武之地，向秦王呈献连横王霸之策，可是未被采用。资用乏绝，穷困潦倒，不得已而归家，却遭到亲人冷落鄙视，于是悬梁刺股而发奋。第二部分叙述苏秦在政治上如何获得成功。他以合纵之术游说赵王，终得出任赵相，封为武安君，游说诸侯，最终位极六国国相，佩六国相印，名耀天下。

本文善于运用对比法塑造人物。其一，说秦说赵的鲜明对比：游说秦王，驰辩骋说，引古论今，高谈阔论，颇显辩士的口若悬河之才，结果却是"书十上，而说不行"。游说赵王，则隐其辞锋，简言"抵掌而谈"，正面浓墨重彩地描写他受封拜相后的尊宠。其二，家人对他态度的前后对比：说秦不成，家人冷落至极；受赵尊宠，家人礼遇膜拜。其三，苏秦自身的形象与心态的对比：说秦失败后的穷困潦倒的形象与失意羞愧的心境，说赵成功后，以卿相之尊，"炫煌于道"的威仪与得意忘形的心态，对照强烈，栩栩如生。"人生世上，势位富贵，盖可以忽乎哉"，一语道出纵横家们的人生追求。昨天还是"穷巷掘门、桑户棬枢"的穷光蛋，一夜之间即可暴富暴贵。可谓"朝为田舍郎，暮登天子堂；将相本无种，男儿当自强"的典范。

在语言方面，《苏秦始将连横》大量使用排偶句，洋洋洒洒，铺天盖地，文气贯通，气势奔放，具有震撼人心的感染力和说服力，充分显示出纵横家的风采，是《战国策》铺陈夸张词锋犀利风格的典范。

---

① 使赵大重：谓使赵的地位得到极大的提高。
② 掘门：窟门，就墙壁挖洞为门。桑户：桑木做的门。棬（quān）枢：弯树木做成的门枢。
③ 伏轼二句：言苏秦坐车乘马，横行四方。轼，车前横木。撙（zǔn），节制。
④ 伉：抗，匹敌。
⑤ 楚王：楚威王。
⑥ 张：设置。
⑦ 倨：傲慢。
⑧ 盖：盍，何。

【选评】

（苏）秦之自刺，可谓有志矣。而志在于金玉卿相，故其所成就，适足夸嫂妇。（［宋］鲍彪《战国策注》）

黄震《黄氏日钞》曰："前辈谓苏秦约纵，秦兵十五年不敢窥山东，乃游士夸谈，本无其事。"此章之末云："苏秦相于赵而关不通……一人用而天下纵！"乃臆想之辞，绝非事实。（缪文远《战国策考辨》）

老　子

【简介】

老子，姓李名耳，字伯阳，楚国苦县（今河南鹿邑）人，是我国古代伟大的哲学家和思想家，道家学派的创始人，曾做过周朝"守藏室之史"（管理藏书的史官），博学多才，据说孔子周游列国时曾向老子问礼。

《老子》是老子的传世名作，又名《道德经》。老子以"道"解释宇宙万物的演变，认为"道生一，一生二，二生三，三生万物"，"道"乃"夫莫之命（命令）而常自然"，因而"人法地，地法天，天法道，道法自然"。"道"既是客观自然规律，同时又具有"独立不改，周行而不殆"的永恒意义。《老子》包括许多朴素辩证法观点，如老子认为一切事物均具有正反两面，"反者道之动"，并能由对立而转化，"正复为奇，善复为妖""祸兮福之所倚，福兮祸之所伏"。老子还认为世间事物均为"有"与"无"之统一，"有无相生"，而"无"为基础，"天下万物生于有，有生于无"。两千多年以来，老子的哲学思想和由他创立的道家学派，对我国思想文化的发展产生了极为深远的影响。

天下皆知美之为美

天下皆知美之为美，斯恶已①；皆知善之为善，斯不善已。

故有无相生②，难易相成③，长短相形④，高下相倾⑤，音声相和，前后相随⑥。

是以圣人处无为之事⑦，行不言之教⑧，万物作而不辞⑨，生而不有，为而不恃⑩，功成

---

① "天下"二句：天下都知道美之所以为美，丑的认识便产生了。恶，丑。已，一作"矣"。
② 相生：互相依存。
③ 成：成就，完成。
④ 形：表现，呈现。
⑤ 倾：倾斜，引申为依靠。
⑥ 随：追随。
⑦ 圣人：道家的理想人物，体任自然，无为自化，清静自正。处：做。
⑧ 不言：不发号施令，不用政令。
⑨ 万物作而不辞：万物兴起而不加以评论。作，兴起。不辞，不倡导，不评论。
⑩ 为而不恃：有所作为，但是不依靠它。

而弗居①。夫唯弗居,是以不去②。

【导读】

本文选自通行本《道德经》第二章,主要有两层意思。其一,以美与丑、善与恶说明人们对事物的认识都是在对立的关系中产生,接着列举"有无""难易""长短""高下""音声""先后"六组对立的现象,说明事物是对立统一、相辅相成的,这是普遍的规律,是天地间大道的体现。其二,天道是无为的,圣人行事遵循天道,顺应自然,崇尚无为。万物兴起,各呈己态,圣人从不加以干涉,任凭它们各自展示其生机勃勃、自然而然的生命样态。道家正是通过"无为"从而实现了"无不为"。

【选评】

本章描述老子的相对观,所有的判断,如高下、长短、有无,都是相对的。我们所见的一切,不但在感官上是相对的,在认识判断上也是相对的。这种相对观的目的在于让我们知道一切本来是一个整体,所以不要盲目进行价值判断,坚持什么是好,什么是不好,其实好与不好都在一个整体里面,换一个角度,好就变成不好,不好就变成好。一切都来自"道",最后又回归于"道",任何东西都会由这一面变成那一面,因为它是相反相成的,这就是相对观。(傅佩荣《傅佩荣细说老子》)

论语(四则)

【简介】 孔子(前551—前479)名丘,字仲尼,是春秋时期鲁国昌平乡陬邑(今山东曲阜)人。他是儒家学派的创始人,其学说的核心是"仁"和"礼"。《论语》一书即是孔门后学记录孔子及其门人言语行事的语录体著作,全书二十章,成书约在春秋战国之际,编撰者已难考订。

在政治上,孔子维护西周以来的宗法等级制度及与此相关的伦理道德和行为规范。他对当时礼崩乐坏的局面感到痛心,坚决反对各种越礼行为。如对鲁国季氏僭用天子之礼,"八佾舞于庭",他严厉批评:"是可忍也,孰不可忍也!"他向往西周的盛世,说:"周监于二代,郁郁乎文哉!吾从周。"孔子看到当时历史变迁中的争权夺利,子弑其父、臣弑其君等社会乱象。他希望结束这种混乱状态,重新建立合理、稳定的社会秩序。

孔子思想的核心是关于"仁"的学说。"仁"的含义是"爱人"(《论语·颜渊》)。孔子主张在不破坏等级名分的前提下给予人尊重、同情和爱护。如他主张"己欲立而立人,己欲达而达人"(《论语·雍也》),"己所不欲,勿施于人"(《论语·颜渊》)。从仁的原则出发,他要求统治者要"节用而爱人,使民以时"(《论语·学而》),反对过度剥削人民;他提倡用文德安抚百姓,反对用暴力掠夺和征服,认为"有国有家者,不患贫而患不均,不患寡而患不

---

① 功成而弗居:成就了功业,但并不据为己有。
② "夫唯弗居"二句:正因为不自居功,所以他的功绩就不会泯灭。

安"；他主张对百姓进行教化,反对滥施刑罚;他主张举贤才,认为"举直错诸枉,则民服;举枉错诸直,则民不服"(《论语·为政》)。他追求使"民服"的政治局面,并把举贤当作使"民服"的重要条件。孔子这些主张是对春秋以来民本思想的发展。"仁"同时又是孔子提倡的道德修养,具体来说,就是在"爱人"的基础上,克制个人的欲望,自觉地维护伦理道德规范。

孔子还是伟大的教育家,他主张"有教无类",提出了不少关于教育问题的精辟见解;他重视诗、乐对人的教育熏陶作用,主张"兴于诗,立于礼,成于乐"(《论语·泰伯》)。后来儒家所提倡的温柔敦厚的诗教,主张"发乎情,止乎礼义",就是由孔子的思想发展而来。

《论语》作为孔子及门人的言行集,内容十分广泛,多涉及人类社会生活问题,对中华民族的文化心理及道德行为起到过重大影响。在两千多年的历史中,《论语》一直是中国人的初学必读之书。作为一部优秀的语录体散文集,《论语》言简意赅、富有哲理和感情色彩,形成了一种平易雅正、隽永含蓄的语言风格。

一

子曰:"参乎①!吾道一以贯之②。"曾子曰:"唯。"子出,门人问曰:"何谓也?"曾子曰:"夫子之道,忠恕而已矣③。"

【导读】

本章说明孔子思想的核心是"忠"和"恕"。孔子曾经给"恕"作过解释,那就是"己所不欲,勿施于人",这是处理人与人之间关系的黄金法则,将心比心,你不愿遭遇到的,千万别强加给别人。"忠"就是"恕"积极的一面:你想要的也要尽量给予别人,用孔子自己的话说,就是"己欲立而立人,己欲达而达人"。"忠"偏重于对自己的要求,"恕"偏重于对别人的态度,仁者爱人,"忠""恕"都是仁的具体体现。

【选评】

责己严,责人宽,这是孔子求诸己而不求诸人的基本态度的具体表现,也是孔子为求得人际关系和谐而提出的一项原则。(钱逊《论语浅解》)

二

子曰:"君子喻于义④,小人喻于利。"

【导读】

"君子喻于义,小人喻于利"明确提出了义利问题,是孔子学说中对后世影响较大的一句话。君子与小人之区别不在于爱财与不爱财,物质上的享受是人的生理需要,君子与小

---

① 参:曾参。
② 一以贯之:用一个道理把一切事物之理贯串起来。
③ 恕:就是孔子所说的"己所不欲,勿施于人"的道理。
④ 喻:明白,懂得。

人的生理前提是一致的。君子与小人的区别只在于手段的不同。君子爱财,取之有道,且爱之有节制;小人贪财,不择手段,且贪得无厌。爱有节制,是因为君子不仅要养身,还要养心、养德;而小人贪得无厌,是因为小人唯知肉体快乐,只一味养欲、纵欲。孔子说:"富而可求也,虽执鞭之士,吾亦为之。如不可求,从吾所好。"这是一个正直的人求财时应有的理智。又说:"不义而富且贵,于我如浮云。"不正当得来的富贵是不吉利的,是不长久的,如浮云一般,易聚,更易散。所以我们面对这样的富贵,不能贪求,而应如面对天边的浮云一般,毫不动心。对于富贵,要"以义得之"。

【选评】

明明求仁义,常恐不能化民者,卿大夫意也;明明求财利,常恐困乏者,庶人之事也。([汉]班固《汉书·杨恽传》)

义利之说乃儒者第一义。([宋]朱熹《与延平李先生书》)

三

颜渊问仁。子曰:"克己复礼为仁①。一日克己复礼,天下归仁焉②。为仁由己,而由人乎哉?"颜渊曰:"请问其目③。"子曰:"非礼勿视,非礼勿听,非礼勿言,非礼勿动。"颜渊曰:"回虽不敏,请事斯语矣④。"

【导读】

此章为孔子谈仁的重要言论之一。孔子所主张的仁,一方面强调周代统治体制中存在的氏族民主遗风,讲求"中庸",反对过分的剥削和压迫;一方面主张对个体人格的完善和追求,强调学习及自我约束对于造就仁的重要性,"克己复礼为仁"就是对此的经典表述。在如何实施的问题上,孔子将礼区分为仪式和本质两个层次,礼必须通过仪式来具体化,但仪式本身不是目的,孔子用仁来解释礼的本质,强调礼的本质是人的情感和身心需求的凝聚,既肯定了正常情欲的合理性,又强调要对它进行正确的导引。这样,既为礼确立了内在的心理依据,又为仁找到了外在的制约尺度,正因为如此,此章中所说的"非礼勿视,非礼勿听,非礼勿言,非礼勿动"四个准则,始终为儒家学者奉为圭臬。

【选评】

心兮本虚,应物无迹。操之有要,视为之则。蔽交于前,其中则迁。制之于外,以安其内。克己复礼,久而诚矣。([宋]程颐《视箴》)

---

① 克己:克制自己。复礼:使自己的言行符合礼的要求。
② 归:归顺。仁:仁道。
③ 目:具体的条目。目和纲相对。
④ 事:从事,照着去做。

四

司马牛问君子①。子曰:"君子不忧不惧。"曰:"不忧不惧,斯谓之君子已乎?"子曰:"内省不疚②,夫何忧何惧?"

【导读】

本章讨论的是君子的修养问题。孔子在《论语·宪问》中说:"仁者不忧,知者不惑,勇者不惧。""仁者必有勇,勇者不必有仁。"可见本章所说的既不忧也不惧的人是仁者。仁者爱人,自然不会做损人利己之事,故而心地坦荡,"内心不疚",自然是君子无疑。孔子的回答看似答非所问,仔细推敲,可以发现答话抓住了关键,所以三言两语,让人豁然开朗。

【选评】

不忧不惧是不容易的,要随时反省自己,内心没有欠缺的地方,没有遗憾的地方,心里非常安详,等于俗话说的:"平生不做亏心事,夜半敲门鬼不惊。"内心光明磊落,没有什么可怕的,有如大光明的境界,那时一片清净、祥和。孔子所讲的不忧不惧是这个道理,并不是普通的不忧不惧。(南怀瑾《论语别裁》)

孟 子

【简介】 孟子(前372年?—前289年),姬姓孟氏,名轲,字号不详,邹国(今山东邹县南)人。战国中期儒家学派的主要代表人物,与孔子并称"孔孟",后世尊之为"亚圣"。早年受业于孔子之孙子思之门人。后历游齐、宋、滕、魏诸国,曾任齐宣王客卿。因政治主张不为诸侯所用,晚年退而与弟子万章、公孙丑等著书立说,作《孟子》七篇。

孟子学术上继承了孔子的思想,在人性方面,主张性善论。以为人生来就具备仁、义、礼、智四种品德。人可以通过内省去保持和扩充它,否则将会丧失这些善的品质。因而他要求人们重视内省的作用。在社会政治观点方面,孟子突出仁政、王道的理论。仁政就是对人民"省刑罚,薄税敛"。他从历史经验总结出"暴其民甚,则以身弑国亡",又说三代得天下都因为仁,由于不仁而失天下。强调发展农业,体恤民众,关注民生。他又提出民贵君轻的主张,认为君主必须重视人民,"诸侯之宝三:土地、人民、政事"。君主如有大过,臣下则谏之,如谏而不听可以易其位。至于像桀、纣一样的暴君,臣民可以起来诛灭之。他反对实行霸道,反对用兼并战争去征服别的国家;主张实行王道,也就是施行仁政。争取民心的归附,以不战而服,也即他所说的"仁者无敌"。在价值观方面,他强调舍生取义,"生,亦我所欲也;义,亦我所欲也。二者不可得兼,舍生而取义者也"。强调要以"礼义"来约束自己的一言一行,不能为优越的物质条件而放弃礼义,"万钟则不辨礼义而受之,万钟

---

① 司马牛:名耕,字子牛,孔子的弟子。问君子:问怎样才算是君子。
② 内省(xǐng):内心反省。疚:病,这里指有愧于心。

于我何加焉!"

《孟子》一书是孟子的言论汇编,由孟子及其弟子共同编写而成。《孟子》一书不仅是儒家的重要学术著作,也是中国古代极富特色的散文专集。其文气势充沛,感情洋溢,逻辑严密;既滔滔雄辩,又从容不迫。用形象化的事物与语言,说明了复杂的道理。其形式上虽然没有脱离语录体,但相比于《论语》有了很大的发展。对后世散文家韩愈、柳宗元、苏轼等影响很大。

历代有关《孟子》的注释和研究很多,重要的有东汉赵岐《孟子注》、南宋朱熹《孟子集注》、清焦循《孟子正义》等。通行的今人译注本有杨伯峻的《孟子译注》。

人皆有不忍人之心

孟子曰:"人皆有不忍人之心①。先王有不忍人之心,斯有不忍人之政矣。以不忍人之心行不忍人之政,治天下可运之掌上。所以谓人皆有不忍人之心者:今人乍见孺子将入于井②,皆有怵惕恻隐之心③;非所以内交于孺子之父母也④,非所以要誉于乡党朋友也⑤,非恶其声而然也。由是观之,无恻隐之心,非人也;无羞恶之心,非人也;无辞让之心,非人也;无是非之心,非人也。恻隐之心,仁之端也⑥;羞恶之心,义之端也;辞让之心,礼之端也;是非之心,智之端也。人之有是四端也,犹其有四体也。有是四端而自谓不能者,自贼者也;谓其君不能者,贼其君者也。凡有四端于我者⑦,知皆扩而充之矣,若火之始然⑧,泉之始达。苟能充之,足以保四海⑨;苟不充之,不足以事父母。"

【导读】

孟子是"性善论"的倡导者,在中国思想史上有重要影响,本章就是其性善论表述最集中的地方。孟子认为所有人都不忍心看到别人遇到危难和困苦,古代先王因为有不忍之心而推行不忍之政,所以天下繁荣和平如同在手掌上运转一般容易。孟子用具体的事例来阐释人皆有善心,恻隐之心、羞恶之心、辞让之心、是非之心就是仁义礼智四种品质的先天因子,人只要能保持这四种先天被赋予的品质,并不断发展扩充,就可以成为君子。天下间这种君子的数量越多,社会环境就越发和谐美好。孟子将仁政的社会性和根本性的依据落实到人的内心,他的"仁义"本性说能够让人重回"仁义"本性的源头,反省自身,加强个人道德修养,对建立温暖有情的社会关系有重大意义。

---

① 不忍人之心:怜悯心,同情心。
② 乍:突然、忽然。
③ 怵惕(chù tì):惊惧。恻隐:哀痛,同情。
④ 内交:结交。内,同"纳"。
⑤ 要(yāo)誉:博取名誉。要,同"邀"。
⑥ 端:开端,起源,源头。
⑦ 我:同"己"。
⑧ 然:同"燃"。
⑨ 保:定,安定。

【选评】

恻隐、羞恶、辞让、是非，情也。仁、义、礼、智，性也。心，统性情者也。端，绪也。因其情之发，而性之本然可得而见，犹有物在中而绪见于外也。（〔宋〕朱熹《孟子集注》）

庄　子

【简介】　庄子（约前 369？—前 286？），名周，宋国蒙（今河南商丘）人。曾为漆园吏，家境贫穷，轻视功名利禄。庄子是战国中期道家学派的重要代表。他学问渊博，鄙视富贵，愤世嫉俗，主张自然无为，提倡齐万物、一死生，追求绝对的精神自由。

《庄子》是庄子及其门人、后学所作的哲理性著作。《庄子》33 篇，分内、外、杂篇三个部分。一般认为，内篇是庄子所作，外篇、杂篇出于庄子后学。

庄子直接继承了老子关于"道"的学说，他把"道"的理论引申到人生的各个方面，多角度地思考了人所面临的生存困境。

庄子提倡率情任性的自然人生。如《庄子·秋水》中说："何谓人？何谓天？"答曰："牛马四足，是谓天，穿牛鼻，落（络）马首是谓人。"庄子认为人类最理想的生活状态就是符合自然的状态。他主张采取安命与齐物的人生态度。如"知其不可奈何而安之若命，德之至也"（《庄子·人间世》）。他说："天地与我并生，而万物与我为一。"（《齐物论》）庄子的这种相对主义的观点否定了价值判断的客观性，有其荒谬的一面，但同时也包含着对生命现象和万物变化的理性认识，体现出对生死寿夭的达观态度。庄子追求超脱与自由的精神境界。他把这种绝对自由的精神境界称为"游"，如："乘云气，骑日月，而游乎四海之外"（《齐物论》），"乘物以游心"（《人间世》），"与造物者为人，而游乎天地之一气"（《大宗师》），"乘夫莽眇之鸟，以出六极之外，而游无何有之乡，以处广垠之野"（《应帝王》）。这种境界的实质就是摆脱各种现实条件的局限，最终达到在精神上与至高无上的大道合一，从而体会到无所拘系的自由感。庄子的这种绝对自由的境界，深刻地影响了后世文学创作和文人思想。

《庄子》一书瑰丽奇伟，极富想象，充满哲理与诗意，在先秦诸子散文中，艺术成就最高。

秋水（节选）

秋水时至，百川灌河。泾流之大①，两涘渚崖之间②，不辩牛马③。于是焉，河伯欣然自喜，以天下之美为尽在己。顺流而东行，至于北海。东面而视，不见水端。于是焉，河伯始

---

① 泾流：径直涌流的河水。泾，同"径"，直。
② 涘：水边。渚：水中的陆地。
③ 辩：同"辨"，分辨。

旋其面目①,望洋向若而叹曰②:"野语有之曰③:'闻道百,以为莫己若'者④,我之谓也。且夫我尝闻少仲尼之闻,而轻伯夷之义者⑤,始吾弗信,今我睹子之难穷也⑥,吾非至于子之门,则殆矣⑦。吾长见笑于大方之家⑧。"

北海若曰:"井蛙不可以语于海者⑨,拘于虚也⑩;夏虫不可以语于冰者⑪,笃于时也⑫;曲士不可以语于道者⑬,束于教也。今尔出于崖涘,观于大海,乃知尔丑⑭。尔将可与语大理矣。天下之水,莫大于海,万川归之,不知何时止,而不盈;尾闾泄之,不知何时已,而不虚⑮。春秋不变,水旱不知。此其过江河之流,不可为量数。而吾未尝以此自多者,自以比形于天地而受气于阴阳⑯。吾在于天地之间,犹小石小木之在大山也;方存乎见少,又奚以自多?计四海之在天地之间也,不似礨空之在大泽乎⑰?计中国之在海内,不似稊米之在大仓乎⑱?号物之数谓之万,人处一焉⑲。人卒九州⑳,谷食之所生,舟车之所通,人处一焉㉑。此其比万物也,不似豪末之在于马体乎?五帝之所连,三王之所争,仁人之所忧,任士之所劳,尽此矣。伯夷辞之以为名,仲尼语之以为博,此其自多也,不似尔向之自多于水乎?"

【导读】

本篇节选自《庄子·秋水篇》。全文从谈论事物的相对性入手,引出万物随"道"自化的道理,从而提出"无以人灭天"和以"无为"为大为的主张,是庄子哲学的集中阐释,也是《庄子》中最富文采的篇章之一。本文节录的是开篇部分,这部分之所以最为人所熟知,一在其形象、明快地表现了庄子"大""小"相形又相对的思想;二在其很好地体现了《庄子》的文学手段,它运用了最擅长的寓言形式,河伯、海神的对比自然,将虽浩大但实有限的境界和真正的浩瀚无垠突显出来,行文通过河伯与北海若的生动对话,极力渲染了认识的无涯和大小的相对不定,这两人之间的往复对话,条理清晰且生动地将庄子所要表达的义理蕴

---

① 旋:掉转。一说,转变。
② 望洋:亦作"望羊""望阳",仰视貌。若:海神,名若,即下文"北海若"。
③ 野语:俗语。
④ "闻道百"二句:听到一百样道理,就以为没有谁能比得上自己的人。莫己若,莫若己。若,如。
⑤ "且夫"二句:以孔子所知道的学问为少,以伯夷的义举为轻。
⑥ 穷:穷尽。
⑦ 殆:危险。
⑧ 大方之家:懂得到道理的人。
⑨ 语:谈论。
⑩ 拘于虚:受居所的局限。虚,处所,所在地。
⑪ 夏虫:只生存在夏天的昆虫。
⑫ 笃:固,引申为限制。
⑬ 曲士:乡曲之士,这里指居于一隅、浅见寡闻之人。
⑭ 丑:鄙陋低劣,这里指拘于一隅之见的偏狭与自大。
⑮ "尾闾"三句:意为无论水灾旱灾,大海都看不到什么变化。尾闾,传说中排泄海水的地方,又名"沃焦"。虚,空。
⑯ "自以"二句:自认为寄形于天地之间,禀受阴阳之气。比,同"庇",寄,托。
⑰ 礨空:礨,同"磊",积石。空读为"孔"。大泽:大湖沼。
⑱ 稊米:极其细小的米粒。大仓:储存粮食的大仓库。
⑲ "号物"二句:说到物的数量,常称为万物,人仅仅居其中之一,这里以人类与万物对比而言。
⑳ 卒:占尽。
㉑ "谷食"三句:谷物之所生产,车船之所交通,每人仅居其中之一,这是以个人与众人相比而言。

含在寓言中,生动的比喻可谓层出不穷,令人目不暇接。仅节选的文字中就有三个流传至今的成语:"望洋兴叹""井底之蛙""贻笑大方"。三在其逐层推进的论证方法。先由河与海比,由小到大,说明事物的相对性,河伯认识的局限性。接下来论述,尽管海水无比浩瀚,但海也不是绝对的大,海水在天地之间有如小石、小木在大山之间。接下来从反面论述,由大到小,四海之于天地,中国之于海内,人之与万物,都是微不足道的,自然界中的大小是相对的,那社会呢? 人类社会中人的作用,依然是相对的。这样逐层论证,层层深入,论证透彻,充分地表达文章的主旨,加上排比句和反诘句的运用,使文章气势磅礴,说理有力。

【选评】

不读《庄子·秋水》,见识终不宏阔。(〔宋〕李淦《文章精义》)

思考讨论

1. 结合作品分析上古神话中蕴含的民族精神。
2. 简述《诗经》的艺术成就。
3. 简析《山鬼》的心理描写艺术。
4. 结合作品分析《苏秦始将连横》中人物塑造的方法。
5. 分析《论语》中的"君子"观。
6. 浅析"井蛙不可以语于海者,拘于虚也;夏虫不可以语于冰者,笃于时也;曲士不可以语于道者,束于教也"富含的哲理意义,并以此为例,浅析庄子的写作特点。

拓展延伸

查找资料,探讨"黍离之悲"在屈原、庾信、杜甫、李煜、陆游、姜夔等人诗词中的表现。

推荐阅读

1.《山海经校注》,袁珂校注,北京联合出版有限公司 2022 年版。
2.《诗经注析》,程俊英译注,上海古籍出版社 2016 年版。
3.《先秦散文选》,董洪利、张量、方麟、李峻岫选注,中华书局 2017 年版。
4.《老子》,汤漳平、王朝华译注,中华书局 2014 年版。
5.《庄子今注今译》,陈鼓应译注,中华书局 2020 年版。
6.《庄子讲义》,陈引驰著,中华书局 2021 年版。
7.《论语别裁》,南怀瑾著,复旦大学出版社 2016 年版。
8.《孟子译注》,杨伯峻译注,中华书局 2019 年版。
9.《楚辞》,林家骊注,中华书局 2019 年版。
10.《春秋左传注(修订本)》,杨伯峻注,中华书局 2018 年版。
11.《骆玉明古诗词课》,骆玉明著,江苏凤凰文艺出版社 2023 年版。

秦汉文学

【概述】　秦汉文学的文学史分界大抵以公元前 221 年秦始皇嬴政扫清六合,建立秦朝为起点,迄汉献帝建安年间。秦朝是我国第一个中央集权的封建专制大帝国,其在政治、经济与文化上,采取了一系列的改革措施,促进了生产与文化的发展。但是,结合秦代文学的创作实际,我们很容易得出"秦世不文"的结论,这是受当时极端严苛的文化专制政策的影响。秦始皇为了控制思想、消灭反对势力,于国家学术、文化的发展多有钳制,如在经史方面,下令烧毁除《秦纪》外的各国史书;除官方博士所掌管的书籍,民间所收藏的《诗》《书》及"百家语"一律交公焚烧,有敢于谈论《诗》《书》的,一概处以死刑。所以,秦王朝的文学创作空前冷落。再加之王朝短命,流传下来的文学作品更是寥寥无几,比较著名的是吕不韦及其门客集体撰写的《吕氏春秋》及李斯的名文《谏逐客书》。

　　两汉王朝总共四百余年,是中国历史上的昌盛时期,也是中国文学的昌明时期,无论是作家的文学素养,还是文学作品的数量和种类、思想深度和艺术水平都很值得注意。汉代文学的发展与汉帝国的政治制度、学术思潮、文化政策密切相关。汉初,百废待兴,统治者为了缓解秦末以来的战乱创伤,奉行黄老之学,采取休养生息的政治策略,旨在恢复王朝的生产力,所以当时的文士多从现实政治的需要出发,围绕着如何汲取秦王朝短期覆灭的教训,促使封建政权迅速巩固和上层建筑不断完善等问题撰文,抒发己见,这导致了汉初政论散文的发展,著名作家有贾谊、晁错等。

　　汉代的"一代之文学"是辞赋,汉赋有骚体赋、汉大赋和抒情小赋之分,分别代表汉赋不同发展阶段的主流形式。汉初辞赋的创作风貌受楚辞影响甚深,刘勰《文心雕龙·诠赋》言其"受命于诗人,拓宇于楚辞"是有一定合理性的。骚体赋在内容上表现为常以"香草美人"的比兴寄托方式抒发怀才不遇的幽怨怨悱之情,在形式上表现为杂用骚体,多用"兮"字,音节跳荡流利,代表作品有贾谊的《吊屈原赋》《鵩鸟赋》。此外,由于汉高祖刘邦建国后分封同姓宗亲,故除中央朝廷外,汉初存在诸多诸侯王国。这些王国在屏藩中央朝廷之余,也具有一定的相对独立性,诸侯王可在封国内设置如中央朝廷一般的官僚机构,更可向本国臣民收缴赋税,经济实力相当雄厚,其中便有以爱好文学、招徕文士而显名的吴王刘濞、梁孝王刘武、淮南王刘安,故汉初文士可承战国游士之余风,纵横穿梭于各个诸侯国之间,通过自身的辩论本领与创作才华获得主公的青睐,以达到自我实现的目的,这促进了具有战国纵横之风,以铺张恣肆文风为特色的辞赋的发展,为汉代散体大赋的成熟奠定了基础,如梁孝王梁园之司马相如、枚乘、庄忌、邹阳等都是汉代著名的辞赋作家,其中枚乘的《七发》便标志着汉大赋体制的形成。司马相如的《子虚赋》作于客游梁国之时,是辞赋史上的名篇。作品虚构了子虚、乌有先生和亡是公三人,以主客问答的方式结撰成篇,主要内容是写楚臣子虚出使齐国,齐王悉发境内车骑,与子虚出猎。猎罢,子虚拜访齐国的乌有先生,正巧亡是公在席,子虚便趁机向乌有先生夸耀楚之云梦泽的狩猎盛况,以凸显楚国可在国力上压倒齐国,很有战国纵横家捍卫尊严、不辱使命的成分与气概,已是很成熟的散体大赋作品了。

汉武帝即位之后,汉王朝在各个方面均逐渐步入极盛,不但实现了政治和思想上的天下一统,而且也掀开了汉代文学发展的新篇章。武帝初年至东汉中叶约二百年的时间,是汉赋的全盛时期,这一时期以新体赋即汉大赋的创作为主流,功用在于"润色鸿业",即传扬汉帝国无可比拟的盛世气魄,代表作家作品是"扬雄四赋"、班固的《两都赋》与张衡的《二京赋》,这是汉赋发展的第二个阶段。汉赋发展至第三阶段的样态是抒情小赋,张衡的《归田赋》真正宣告了抒情小赋的诞生,其文体风格不再以散体大赋汪洋恣肆的铺陈、夸奇炫博的语言、豪放昂扬的气势为基调,转为深邃冷峻、平正典雅的风格特征,语言也由散转骈,演变为骈俪对偶的句式,辞赋的体式为之一变,深刻影响了魏晋南北朝的辞赋创作。

值得注意的是,汉代文学的两大盛景皆出现于武帝在位期间,一是我国第一部纪传体通史,传记文学的开端《史记》问世;二是西汉乐府的扩充和发展,促进了乐府诗创作的兴盛,提高了乐府诗的文学史地位。我们在阅读《留侯世家》时,可感受司马迁高超的叙事技巧与写人手法;在阅读《上邪》时,可感受以"感于哀乐,缘事而发"为基调的激烈爱情中,如火山爆发般的真挚誓言。

汉代还产生了新的诗歌样式——五言诗,这种诗体在西汉时期多散见于歌谣和乐府诗;东汉时期的五言诗已经成熟,叙事诗有《孔雀东南飞》的鸿篇巨制,文人五言诗也在其时开始大量出现,班固、张衡、秦嘉、蔡邕等人从民间叙事性的五言诗中汲取创作经验,将其发展为抒情性的文人独创五言诗,推动了五言诗的创作。出自汉代文人之手的《古诗十九首》是文人五言抒情诗的典范,代表了汉代文人五言诗的最高成就。《古诗十九首》不作于一时一地,它的作者也不是一个人,而是多人,主题多样,技艺高超,确为"五言之冠冕"。此外,西汉时期,七言句子大量出现在镜铭、识字课本等载体中,有的已是标准的七言诗句。

司马迁

【简介】　司马迁(前 145 或前 135—前 87?),字子长,夏阳龙门(今陕西韩城北)人。约 17 岁师从董仲舒、孔安国,20 岁左右,从长安出发,到各地游历。后来回到长安,做了郎中。父亲司马谈死后,元封三年(前 108),司马迁接替他做了太史令,得以遍览皇家藏书,并决心遵守父嘱,专心撰写史书。太初元年(前 104),与天文学家唐都等人共订"太初历"。同年,开始动手编《史记》。天汉二年(前 99),李陵出击匈奴,兵败投降,司马迁为其辩护,触怒了汉武帝,获罪被捕,受"腐刑"免死。出狱后,任中书令。他发愤著书,全力写作《史记》,大约在 55 岁那年终于完成了全书的撰写和修订工作。除《史记》外,《汉书·艺文志》还著录司马迁赋 8 篇,均已散失,唯存书信体散文《报任安书》和赋作《悲士不遇赋》

片段。

《史记》记载了上自中国上古传说中的黄帝时代,下至汉武帝(前122)共3000多年的历史,是中国历史上第一部纪传体通史。《史记》共一百三十篇,有十二本纪、十表、八书、三十世家、七十列传。全书以本纪、世家、列传为主体,五种体例相互补充、前后勾连、贯通古今、系连天人,设计上独具匠心。"本纪"是全书提纲,按年月时间记述帝王的言行政绩;"表"用表格来简列世系、人物和史事;"书"则记述制度发展,涉及礼乐制度、天文兵律、社会经济、河渠地理等诸方面内容;"世家"记述子孙世袭的王侯封国史迹和特别重要的人物事迹;"列传"是除帝王诸侯外,其他各方面代表人物的生平事迹和少数民族的传记。其中,司马迁将项羽列入"本纪",把孔子和陈涉列入"世家",都反一般体例,足见其特殊的史学观。他以"不虚美,不隐恶""扬善贬恶"的史家实录精神,如实记录了上古到汉代各阶层不同地位、不同职业人物的生平活动,内容极为丰富生动,具有鲜明的倾向性。

《史记》作为一部伟大的史学著作,在文学上也取得了突出的成就,主要表现在以下几点:

其一,《史记》描写人物多、范围广,涉及人物4000有余,个性突出与完整者不下百人;为表现人物个性,司马迁善于通过细节描写、心理描写、对比映衬等方法来刻画人物,还十分注重互见法的运用。

其二,《史记》非常注重叙事和场面描写,且多具有悲壮色彩。如《赵世家》中,程婴、公孙杵臼为保护赵氏孤儿与权奸屠岸贾进行了长达十几年的斗争;《廉颇蔺相如列传》中,蔺相如为维护赵国尊严,慷慨陈词,大义凛然,迫使秦王却步;《项羽本纪》中,项羽英名盖世,心如铁石,垓下被围时与虞姬生离死别,竟呜咽悲歌。

其三,《史记》具有浓郁的抒情性。司马迁的人品、遭遇与写作心情,与历史上很多悲剧性的人物十分相似,例如屈原、项羽、李广,以及孔子、伯夷等。他在叙述这些人物的传记时,或愤激,或同情,或赞许,抒情味极浓。《屈原列传》是屈原伟大人格的赞歌,《项羽本纪》是悲壮哀婉的英雄史诗,《伯夷列传》则是愤激不平的怨刺诗。

此外,《史记》语言丰富生动、简洁精练、明白晓畅,有口语化、通俗化的倾向。《史记》大胆批判现实的精神、悲壮瑰奇的人物事件、精彩的场面描写、个性化的语言等,都对后世文学产生了极为深远的影响。

留侯世家(节选)

留侯张良者①,其先韩人也。大父开地,相韩昭侯、宣惠王、襄哀王。父平,相釐王、悼惠王。悼惠王二十三年,平卒。卒二十岁,秦灭韩②。良年少,未宦事韩。韩破,良家僮三百人,弟死不葬③,悉以家财求客刺秦王,为韩报仇,以大父、父五世相韩故④。

---

① 留侯:张良的封号。留,秦县名,县治在今江苏沛县东南。
② 秦灭韩:秦王政十七年(前230),秦派内史腾虏韩王安,灭韩以为颍川郡。
③ 不葬:指为节省钱财,不以礼相葬。
④ 五世相韩:应曰"相韩五世"。张良的祖父开地相昭侯、宣惠王、襄哀王;父平相釐王、悼惠王。

良尝学礼淮阳①。东见仓海君②。得力士，为铁椎重百二十斤。秦皇帝东游，良与客狙击秦皇帝博浪沙中，误中副车③。秦皇帝大怒，大索天下，求贼甚急，为张良故也。良乃更名姓，亡匿下邳④。

良尝闲从容步游下邳圯上⑤，有一老父，衣褐⑥，至良所，直堕其履圯下⑦，顾谓良曰："孺子⑧，下取履！"良鄂然，欲殴之。为其老，强忍，下取履⑨。父曰："履我！"良业为取履，因长跪履之⑩。父以足受，笑而去。良殊大惊，随目之。父去里所，复还，曰："孺子可教矣。后五日平明，与我会此。"良因怪之，跪曰："诺。"五日平明，良往。父已先在，怒曰："与老人期，后，何也？"去，曰："后五日早会。"五日鸡鸣，良往。父又先在，复怒曰："后，何也？"去，曰："后五日复早来。"

五日，良夜未半往。有顷，父亦来，喜曰："当如是。"出一编书，曰："读此则为王者师矣。后十年兴⑪。十三年孺子见我济北⑫，谷城山下黄石即我矣⑬。"遂去，无他言，不复见。旦日视其书，乃《太公兵法》也。良因异之，常习诵读之。

【导读】

《留侯世家》是汉朝开国功臣张良的传记。张良，字子房，是汉高祖刘邦重要的谋臣之一。他为韩国贵族之后，年少时尚侠好勇，为韩国复仇，不惜散尽家财行刺秦始皇，失败后逃匿下邳，巧遇圯上老父，得到《太公兵法》后，投身于秦末大起义中，历经磨炼，成为智勇侠义、谋略非凡的人。

作者精心选材，通过对张良人生中有关天下存亡的典型事件刻画其性格特征，例如为刘邦化解鸿门之危；举荐彭越、黥布、韩信三雄以灭项羽；谏止分封诸侯；建议迁都关中；刘邦称帝后，为安人心，建议封赏与沛公有嫌隙的雍齿等。这些描写，既表现了张良对沛公的赤胆忠心，又体现了张良拥有超乎绝伦的智慧，因而在其他开国功臣或受戕害，或受猜忌的情况下，张良却自始至终得到刘邦的敬重，称其"运筹策帷帐之中，决胜千里外"。最后，张良淡泊名利、功成身退，安然避祸，赢得无数敬慕。他是典型的智者，名垂千古。张良为秦汉之际重要人物，许多历史事件都与他有关，有些事情在别的人物传记中已有详细记载，如果这里再详记，就会重复。司马迁创造性地运用了"互见法"，避免了这种重复。

① 淮阳：秦县名，即今河南淮阳，秦时为陈郡的郡治所在地。
② 仓海君：秦朝时秽貊国的君长。秽貊国后来归汉为苍海郡，故史公以后来之郡名称之。古秽貊国在今朝鲜中部。
③ "良与客狙(jū)击"二句：事在始皇帝二十九年（前218），见《秦始皇本纪》。狙击，半路伏击。博浪沙，古地名，今河南原阳城东南旧有博浪城，相传即张良狙击始皇帝处。副车，也叫属车，给天子车驾做扈从的车辆。
④ 亡匿：逃避、躲藏。下邳：秦县名，县治在今江苏睢宁西北。
⑤ 从容：随便，不经心的样子。
⑥ 褐：粗布短衣，古代贫者所服。
⑦ 直：特意，故意。王念孙曰："欲以观其能忍与否，特堕其履，而使取之也。"圯(yí)：桥。
⑧ 孺子：小子。是一种不客气、不讲礼貌的称呼。
⑨ "强忍"二句：按，凌稚隆曰："古人以'强忍'成就豪杰，类如此。""'强忍'二字，一篇关键。"
⑩ 长跪：原指挺身而跪，这里即指跪下身去。
⑪ 兴：兴起，发迹，指诸侯群起反秦。
⑫ 济北：秦郡名，郡治博阳（今山东泰安东南）。
⑬ "谷城"句：按，苏轼《留侯论》曰："夫子房受书于圯上之老人也，其事甚怪，然亦安知其非秦之世有隐君子者出而试之？……以为子房才有余，而忧其度量之不足，故深折其少年刚锐之气，使之忍小忿而就大谋。"谷城山，也称黄山，在今山东东阿东南，当时属济北郡。

例如鸿门宴的事情,在《项羽本纪》中已经详写,《留侯世家》则简单提及,并加上一句"语在项羽事中",读者想了解详情,可读《项羽本纪》;张良劝刘邦封韩信为真齐王的事,在《淮阴侯列传》中有详细记载,这里则一笔带过,加上一句"语在淮阴事中",读者可读《淮阴侯列传》。如此留出笔墨详写张良其他事迹,且使各传记关联紧密,相得益彰。此外,司马迁写人物,善于渲染气氛、运用侧面描写的方法烘托人物。黄石公赠书之事,渲染得恍惚迷离、神秘莫测,增添了张良的传奇色彩;"商山四皓"见刘邦、刘邦同戚夫人歌舞一节,则从侧面烘托了张良智虑的深远和谋略的成效。

《留侯世家》情节曲折、扣人心弦、虚实相映、详略适宜,是传记文学的佳作。

【选评】

留侯脚色奇,此赞亦写得恍惚甚奇,前叙老父予书,不信又信,后叙状如妇女,信又不信,总是照此一人脚色。([明]金圣叹《留侯世家赞》)

司马相如

【简介】 司马相如(前179?—前118),字长卿,蜀郡成都(今四川成都)人。初入仕途,以赀为郎,任武骑常侍,时随从天子狩猎。景帝不好辞赋,客游梁,为梁孝王门客,与邹阳、枚乘等辞赋家交游。后归蜀,与临邛富翁卓王孙之女卓文君私奔。武帝即位后,因辞赋召为郎。他是汉赋四大家之首,作品以《子虚赋》《上林赋》最有名,此外还有《大人赋》《长门赋》等。有《司马文园集》。

子虚赋(节选)

楚使子虚使于齐,王悉发车骑与使者出畋①。畋罢,子虚过姹乌有先生②,亡是公存焉。坐定,乌有先生问曰:"今日畋,乐乎?"子虚曰:"乐。""获多乎?"曰:"少。""然则何乐?"对曰:"仆乐齐王之欲夸仆以车骑之众,而仆对以云梦之事也。"曰:"可得闻乎?"子虚曰:"可。"……"臣闻楚有七泽,尝见其一,未睹其余也。臣之所见,盖特其小小者耳,名曰云梦。云梦者,方九百里,其中有山焉。其山则盘纡弗郁③,隆崇律崒④,岑崟参差⑤,日月蔽亏⑥。交错纠纷,上干青云;罢池陂陀⑦,下属江河。其土则丹青赭垩⑧,雌黄白坿⑨,锡碧

① 畋(tián):打猎。
② 过:访问。姹:夸耀。
③ 盘纡(yū)弗(fú)郁:山势盘旋曲折的样子。
④ 隆崇:高峻耸立。律(lǜ)崒(zú):高危。
⑤ 岑崟(yín):山势高峻。
⑥ 蔽:全被遮隐。亏:部分被遮隐。
⑦ 罢(pí)池、陂(pō)陀:都是山势倾斜的样子。
⑧ 丹:朱砂。青:石青,一种有色矿物,可制染料。赭:赤土。垩(è):白土。
⑨ 雌黄:石黄,矿物名,可制颜料。白坿:白石英,一说石灰。

金银,众色炫耀,照烂龙鳞①。其石则赤玉玫瑰②,琳珉昆吾③,瑊玏玄厉④,碝石碔砆⑤。……乌有先生曰:"是何言之过也!足下不远千里,来贶齐国⑥;王悉发境内之士,备车骑之众,与使者出畋,乃欲戮力致获,以娱左右,何名为夸哉?问楚地之有无者,愿闻大国之风烈⑦,先生之余论也。今足下不称楚王之德厚,而盛推云梦以为高,奢言淫乐,而显侈靡,窃为足下不取也。"

【导读】

《子虚赋》与《上林赋》内容承接,构成姊妹篇,都是汉代文学正式确立的标志性作品。此赋作于司马相如早期客游于梁之时。据《史记·司马相如列传》载,相如"以赀为郎,事孝景帝,为武骑常侍,非其好也。会景帝不好辞赋,是时梁孝王来朝,从游说之士齐人邹阳、淮阴枚乘、吴庄忌夫子之徒,相如见而说之。因病免,客游梁。梁孝王今与诸生同舍,相如得与诸生游士居数岁,乃著《子虚赋》"。

赋中描写楚国使者子虚出使齐国,并随齐王出猎。其间,齐王问及楚国情况,子虚便极力铺排楚国之广大丰饶,以至云梦不过是其后花园之小小一角。齐国乌有先生听罢不服,谓:"是何言之过也!"便极力夸耀齐国国土地之广袤与物产之丰盈。通过子虚、乌有二人对话间的冲突,表现出了两种不同的价值观和极强的使命意识。总体而言都在张扬大国风采、帝王气象。

全赋以主客问答引起,然后极尽铺张描写之能事,句子或长短参差,或工整对仗,气势壮阔;在描写某些场景时,场面宏大、富丽堂皇、酣畅淋漓。

【选评】

《子虚》《上林》材极富,辞极丽,而运笔极古雅,精神极流动,意极高,所以不可及也。([明]王世贞《艺苑卮言》)

汉乐府民歌

【简介】"乐府"本是古代掌握音乐的官署机构,最早见于秦代,汉初承之。当时的乐府只管民间俗乐,祭祀的雅乐则属太乐掌管。汉武帝时重建乐府机构,扩大其规模。乐府机构除制定乐谱、训练乐工、填写歌辞、编配乐器进行演奏外,还负有采集民歌的使命,因此保存了大量的民间乐歌。六朝时,人们把合乐的歌辞、袭用乐府旧题或模仿乐府体裁写

---

① 照烂龙鳞:色彩鲜明灿烂,有如龙鳞。
② 玫瑰:美玉名,又叫火齐珠。
③ 琳:玉名,青碧色的玉。珉(mín):一种次于玉的美石。昆吾:类似玉的石头。昆吾本为山名,出美石,这里代指美石。
④ 瑊(jiān)玏(lè):次于玉的美石。玄厉:黑石。
⑤ 碝(ruǎn)石:一种次于玉的美石,颜色白中带赤。碔(wǔ)砆(fū):一种赤地白纹的玉石。
⑥ 贶(kuàng):加惠,赐予。
⑦ 风:风俗。烈:辉煌业绩。

成的诗歌统称为"乐府",于是乐府演变成为一种诗体名称。沿用到后世,含义进一步扩大,如宋人把词,元、明人把散曲也称作乐府。

汉乐府诗歌包括文人乐府和乐府民歌,现仅存百余首,主要保存在宋郭茂倩编的《乐府诗集》中的郊庙歌辞、相和歌辞、杂曲歌辞和鼓吹曲辞中。汉乐府民歌继承和发扬了《诗经》的现实主义传统,"感于哀乐,缘事而发",展现了丰富的社会生活。其重要内容是表现民众的悲苦、怨恨与反抗,如《妇病行》《孤儿行》《东门行》;控诉战争、徭役给人民带来的沉重灾难,是汉乐府民歌的又一重要内容,如《战城南》《十五从军征》;也有很多反映爱情、婚姻、家庭生活的作品,如《有所思》《上邪》《上山采蘼芜》《孔雀东南飞》《陌上桑》等。

在艺术手法上,汉乐府民歌突出的艺术特色是它的叙事性,在汉乐府中出现了由第三者叙述,具有有一定性格的人物形象和比较完整的情节的作品。如《孔雀东南飞》中通过人物的语言和行动来表现人物性格;《陌上桑》中罗敷和使君的对话,刻画了罗敷的机智勇敢、不卑不亢;《东门行》中妻子和丈夫的对话,表现出妻子的担忧和丈夫的反抗意识。此外,还较多运用了比兴、拟人、夸张、铺陈和烘托等多种表现手法,而且句式上打破《诗经》的四言,以杂言为主,逐渐趋于五言,开了文人五言诗的先河。因此,在文学发展史上,汉乐府民歌标志着我国古代叙事诗达到一个新的更加成熟的发展阶段。

上 邪

上邪①,我欲与君相知,长命无绝衰②。山无陵,江水为竭,冬雷震震,夏雨雪③,天地合,乃敢与君绝。

【导读】

此诗是女子向男子表白爱情的誓词,用语奇警,音韵和谐,别开生面。

诗的开头两句是指天为誓,表示要与自己的意中人结为终身伴侣,相亲相爱。这是直接从正面表达相爱之意,感情强烈,语气坚决。接连举五种不可能发生的自然现象,从反面表白自己的爱情矢志不移,感情真挚热烈。

【选评】

"山无陵"下共五事,重迭言之,而不见其排,何笔力之横也。([清]沈德潜《古诗源》)

古诗十九首

【简介】《古诗十九首》是汉代文人五言诗中最成熟的作品。它最早载于《文选》,因

---

① 上邪(yé):犹言"苍天啊"也就是对天立誓。上,指天。邪,音义同"耶",表示感叹语气。
② 命:古与"令"字通,使。衰(cuī):衰减。
③ 雨雪:降雪。雨(yù),名词活用作动词。

作者佚名,时代莫辨,又风格相近,南朝梁萧统题为"古诗",从此成了专称。这组诗非一人一时之作,《古诗十九首》的作者多是中下层文人。大体创作于东汉末年的桓帝、灵帝之时。或表现及时建功立业的壮志,如《今日良宴会》《西北有高楼》;或表现追求幻灭后心灵的迷惘与痛苦,如《青青陵上柏》《明月皎夜光》;或表现对个体生命的重新认识和及时行乐的思想,如《驱车上东门》《生年不满百》;或表现游子思妇相思离别之苦,如《迢迢牵牛星》《行行重行行》。其思想内容虽然复杂,但有一个共同的特点,就是饱含着人生易逝的感伤。艺术上,《古诗十九首》浑然天成,长于抒情,方法却灵活多变,或用比兴,或寓情于景,或以事传情。语言浅近自然,意蕴丰厚,南朝刘勰称它为"五言之冠冕"(《文心雕龙·明诗》)。

迢迢牵牛星

迢迢牵牛星①,皎皎河汉女②。纤纤擢素手③,札札弄机杼④。终日不成章⑤,泣涕零如雨⑥。河汉清且浅⑦,相去复几许⑧?盈盈一水间⑨,脉脉不得语⑩。

【导读】

此诗借古老的牛郎织女传说,表现了世间夫妻相爱却不能团聚的不幸遭遇。全诗一共十句,其中六句都用了叠音词,即"迢迢""皎皎""纤纤""札札""盈盈""脉脉"。这些叠音词使此诗质朴、清丽,情趣益然。特别是最后两句,一个饱含相思之愁的少妇形象现于纸上,意蕴深沉、风格浑成,是极难得的佳句。

【选评】

写无情之星,如人间好合绸缪,语语认真,语语神化。([清]李因笃《汉诗音注》)

思考讨论

1. 简述《史记》的文学价值。
2. 分析《留侯世家》中张良的形象。
3. 简述《子虚赋》的思想内容与艺术特点。

---

① 迢(tiáo)迢:遥远的样子。牵牛星:俗称牛郎星,天鹰星座主星,在银河南。
② 皎皎:明亮的样子,兼有衬托年轻女子娇艳的效果。河汉女:俗称织女星,天琴星座主星,在银河北,与牛郎星隔银河相望。
③ 纤纤:纤细柔长的样子。擢(zhuó):摆动。素手:洁白的手。
④ 札札:机织声。杼(zhù):织机上的梭子。
⑤ 章:织物的纹理。
⑥ "泣涕"句:借用《诗经·邶风·燕燕》中的诗句:"瞻望弗及,泣涕如雨。"零,坠落。
⑦ 河汉:银河。
⑧ 相去:相离,相隔。复:又。几许:多远。
⑨ 盈盈:水清浅的样子。一水:指银河。
⑩ 脉脉(mò):含情相视的样子。

拓展延伸

1. 2006 年,七夕节被列为我国第一批国家级非物质文化遗产。查找资料,梳理牛郎织女的传说在中国古代诗词中的呈现及其影响。

2. "飞鸟尽,良弓藏;狡兔死,走狗烹。"结合《史记》有关情节,探讨汉初三杰中,为何张良在刘邦称帝后能够幸免于难。

推荐阅读

1.《史记》,[汉]司马迁撰,韩兆琦主译,中华书局 2008 年版。

2.《史记:历史的长城》,蔡志忠编绘,生活·读书·新知三联书店 2000 年版。

3.《司马迁》,李长之著,华中科技大学出版社 2022 年版。

4.《文选》,[梁]萧统编,上海古籍出版社 2019 年版。

5.《乐府诗集》,[宋]郭茂倩编,中华书局 2019 年版。

6.《叶嘉莹说汉魏六朝诗》,叶嘉莹著,中华书局 2018 年版。

7.《古诗十九首集释》,隋树森编,中华书局 2020 年版。

8.《汉魏六朝文选》,刘文忠注,人民文学出版社 2020 年版。

魏晋南北朝文学

【概述】 从汉末战乱到隋代统一,这是中国历史上战乱不断、国家分裂的大动荡时期。公元196年,曹操迎汉献帝,定都许昌,改年号为建安(196—220)。曹操"挟天子以令诸侯"。自此,东汉帝国已名存实亡。建安二十五年(220),曹丕称帝,分割东南、西南地区的孙权、刘备相继称号建国,形成了魏、吴、蜀三国鼎立的局面。265年,司马炎灭魏自立,建立西晋王朝。280年,晋武帝灭吴,统一了全国。晋武帝死后,诸侯争权夺利,爆发混战,史称"八王之乱",前后达16年之久。西北的匈奴、鲜卑等少数民族趁机入侵,西晋王朝瓦解。我国又进入了南北朝长期分裂时代。在北方,先是所谓的"五胡十六国"(304—429),后来跖跋珪建立北魏(386)、高洋建北齐(550—577)、宇文觉建北周(557—581)。司马睿在江南建立东晋(317),刘裕(宋武帝)代晋自立宋(420),宋之后是齐、梁、陈,历史上把这四个朝代称为南朝(420—589)。东晋与之前的孙吴以及其后的宋、齐、梁、陈,合称为六朝。

魏晋南北朝时期社会动荡、战争频仍、军阀割据、朝代更迭,同时也是一个思想异常活跃、文化环境较为宽松、文学艺术极为活跃的时期,是中国古代文学艺术极富创造性的时期。在这一时期,政治生活中的重要现象是世族门阀制度的存在。士族垄断政治权力,造成"上品无寒门,下品无势族"的不公平现象。在思想文化领域里,也发生着剧变,传统儒家思想的正统地位受到前所未有的冲击,以《老子》《庄子》《周易》为代表的玄学思想广泛流行,这给当时文人的思想行为和价值观念都带来了巨大变化。这一时期,是继战国时期之后中国历史上又一个思想解放的时代,也被称为"人的觉醒"的时代。此外,佛教在这一时期亦广泛流布,与儒、道思想交流融合,并逐渐本土化。思想的多元和解放为个体意识的觉醒和创造力的产生提供了重要契机,极大地促进了文人思想观念的解放和个体人格精神的自觉。文学也开始从经学的附庸地位中挣脱出来,走向了更为自由发展的天地。

在文学创作上,由于文学自觉时代的到来,文学创作风格逐渐趋向个性化和多样化。文学自觉最显著的标志首先是文学理论的自觉。这一时期涌现出了众多的文学理论和文学批评著作,曹丕《典论·论文》首开批评之风,西晋陆机的《文赋》继踵而至,而钟嵘《诗品》和刘勰《文心雕龙》则集其大成,成为中国文学批评史上的两座高峰。其次,在文学创作的主体方面,文学集团大量出现。建安时期,以曹氏父子为中心聚集了"建安七子"(孔融、陈琳、王粲、徐干、阮瑀、应场、刘桢)等文人,结成了中国文学史上第一个重要的文学集团。此后,"竹林七贤"(嵇康、阮籍、山涛、向秀、刘伶、王戎、阮咸),酣饮放歌,弹琴赋诗,成就文坛佳话。随后,西晋时期出现以陆机、左思为代表的"二十四友"。东晋时期,以王羲之、谢安为中心的文学交游,齐朝竟陵王萧子良周围的"竟陵八友",梁朝萧统和简文帝萧纲身边的文学集团。这些都有力刺激了文学创作,促进了文学的交流和发展。

魏晋南北朝时期的文学,在诗歌、散文、辞赋、小说等众多领域都取得了很高的成就。

魏晋时期,抒情化和个性化成为诗歌发展的基本倾向。五言古诗的创作达到了鼎盛,七言诗初创并有所发展,从乐府、古体诗到齐梁新体,众多作家、不同流派、各种风格,形成了异彩纷呈的诗歌艺术世界。建安时期,以"三曹""七子"为代表的一批作家,慷慨悲歌,奏响了时代的乐章。曹操以乐府古题写时事,其四言诗独具一格,慷慨悲凉、气韵沉雄;曹丕的《燕歌行》为现存最早的一首完整的七言古诗;曹植则是第一个大力创作五言诗的诗人,也是建安诗坛最杰出的诗人,其诗作"骨气奇高,词采华茂,情兼雅怨,体被文质"(钟嵘《诗品》)。建安七子骋才任气,使五言之作蔚然走向高潮。正始诗歌由建安诗歌忧患民生、抒写政治理想变为抒写个人的苦闷忧愤的情怀,改建安风骨慷慨悲凉、清新刚健的格调为正始之音的隐晦曲折、寄托遥深的风格。其中阮籍《咏怀诗》、嵇康《幽愤诗》体现了这一时期诗歌的特点。西晋时期,陆机和潘岳的诗歌,代表着西晋诗歌的主流诗风,其诗讲究形式,趋向骈偶,描写细腻繁富,辞藻华丽。寒士左思,满怀不平之心唱出了愤世之音,形成了别具一格的"左思风力"。东晋诗坛,玄言诗歌兴盛,许询、孙绰是玄言诗的代表人物,其诗"皆平典似道德论"(《诗品》),艺术成就相对欠缺。晋宋之际,隐逸之士陶渊明,以平淡自然的诗风,开田园诗之先河,使五言诗歌的创作别开生面。南北朝诗坛,"庄老告退,山水方滋"(刘勰《文心雕龙·明诗》),山水诗逐渐成为诗歌描写的重要题材。元嘉诗坛"颜谢"齐名,谢灵运首开山水诗派,书写自然之美,颜延之以文人雕饰之习,追求华藻,错彩镂金。鲍照诗歌承汉魏风骨,尤擅乐府诗,也使七言歌行体的创作达到了新的高度。颜、谢、鲍,世称"元嘉三大家"。永明体诗歌的代表作家是"竟陵八友",其中以沈约、谢朓成就最高。南北朝民歌也涌现出不少优秀作品,艺术风格迥异。南朝民歌柔媚婉转,北朝诗曲质朴刚健。南朝之《西洲曲》、北朝之《木兰诗》,被誉为双璧,分别代表着南北民歌的最高成就。而一曲粗犷豪放的《敕勒歌》,亦成为千古绝唱。

魏晋南北朝的辞赋创作,虽无汉代大赋的恢宏气度和独尊地位,但叙事、咏物、抒情等各类题材的小赋佳作迭出。如魏晋时期,王粲《登楼赋》、曹植《洛神赋》、向秀《思旧赋》、潘岳《闲情赋》、陶渊明《归去来兮辞》,均为传世名作。此外,左思的《三都赋》更是引起"洛阳纸贵"。南北朝时期,鲍照《芜城赋》、谢惠连《雪赋》、庾信《哀江南赋》、江淹《别赋》等,也属上乘之作。

魏晋南北朝散文,亦有不少名篇,曹操的《让县自明本志令》通脱直率,言语自然;诸葛亮《出师表》质朴深刻,感人至深;阮籍《大人先生传》绘声绘色,独出机杼;嵇康《与山巨源绝交书》嬉笑怒骂,犀利透辟。两晋时期骈散兼具。李密《陈情表》情深意切,真挚感人;王羲之《兰亭集序》文笔清新、洒脱流畅;陶渊明《桃花源记》显高洁之志趣,绘理想之家园。南北朝散文的总体特点是:南朝骈体文广泛流行,追求对偶排比、词采声律等形式之美。如鲍照的《登大雷岸与妹书》、丘迟的《与陈伯之书》、吴均的《与朱元思书》、孔稚珪的《北山移文》、陶弘景的《答谢中书书》等,都是脍炙人口的骈体篇章。北朝散文也出现了郦道元

《水经注》和杨衒之《洛阳伽蓝记》两部名作。

　　魏晋南北朝也是我国古代小说形成和发展的重要时期。这一时期，作品繁多，内容庞杂，主要可分为志人和志怪两类。志人小说以南朝宋刘义庆的《世说新语》为代表，志怪小说以东晋干宝的《搜神记》为代表，志怪小说虽多写鬼神灵异，但实际上不同程度反映了民众理想愿望，揭示现实社会黑暗。不少篇章艺术形式上已经注重人物刻画，情节曲折，结构完整，为后世小说的发展奠定基础。志人小说《世说新语》主要记录魏晋名士的逸闻轶事和玄虚清谈，反映了魏晋时期士族的精神面貌和生活方式，言简意赅，隽永传神，开启后世笔记小说之先河。

曹　操

【简介】　曹操(155—220)，字孟德，小名阿瞒，沛国谯(今安徽亳州)人。父曹嵩，为宦官曹腾养子，官至太尉。初举孝廉，历任洛阳北部尉、济南相等职，后参加讨伐董卓受封大将军及丞相，建安二十一年(216)封魏王，其子曹丕称帝后追尊其为魏武帝。曹操是杰出的政治家、军事家、文学家，他"外定武功，内兴文学"(《三国志·魏志·荀彧传》)，今存乐府诗20余首。

　　曹操的诗歌，继承汉代乐府"感于哀乐，缘事而发"的现实主义传统，借乐府古题写时事，反映社会现实和人民苦难，抒发建功立业的雄心壮志，气韵沉雄、慷慨悲凉，是建安风骨的杰出代表。此外，曹操的散文直抒胸臆，清峻通脱。有《魏武帝集》。

苦寒行①

　　北上太行山②，艰哉何巍巍！羊肠坂诘屈③，车轮为之摧。树木何萧瑟④，北风声正悲。熊罴对我蹲，虎豹夹路啼。谿谷少人民⑤，雪落何霏霏！延颈长叹息⑥，远行多所怀。我心何怫郁，思欲一东归⑦。水深桥梁绝，中路正徘徊。迷惑失故路，薄暮无宿栖。行行日已远，人马同时饥。担囊行取薪，斧冰持作糜⑧。悲彼《东山》诗⑨，悠悠使我哀。

---

① 本篇是《相和歌·清调曲》歌辞。这首诗是曹操在建安十一年(206)征高干时所作。高干是袁绍之甥，降曹后又反，当时屯兵在壶关口。曹操从邺城(在今河南省临漳县西)出兵，取道河内，北度太行山。其时在正月。诗中写行军时的艰苦。
② 太行山：指河内的太行山，在今河南省沁阳县北。
③ 羊肠坂：指从沁阳经天井关到晋城的道。诘屈，纡曲。
④ 萧瑟：风吹树的声音。
⑤ 谿：山里的水沟。山居的人都聚在谿谷近旁，既然"谿谷少人民"，山里别处更不用说了。
⑥ 延颈：伸长脖子，表怀望。
⑦ 怫郁：心不安。东归：曹操是沛国谯县人。汉代的谯县在今安徽省亳县。作者怀念故乡，所以说"思欲东归"。
⑧ "担囊"二句：担着行囊采集薪柴，用斧子斫冰煮粥。"斧"字用作动词。
⑨ 东山：《诗经·豳风》篇名。《东山》诗写远征军人还乡，旧说为周公所作。这里提到《东山》，一则用来比照当前行役的苦况，二则以周公自喻。

【导读】

《苦寒行》是建安十一年(206)春曹操在北征高干时作的一首乐府诗。此诗格调悲凉，回荡着一股沉郁之气。诗中生动地描述了北征途中所经历的艰难困苦，流露出了厌战情绪，但主要反映了曹操的豪情壮志和坚忍不拔的精神。

开篇两句"北上太行山，艰哉何巍巍！"总领全诗，简洁明了地交代了出征的地点和所面临的困难。太行山，作为古代著名的险峻之地，以其高峻险要而闻名。曹操选择此地作为北征的路线，无疑增加了行军的难度。而"艰哉何巍巍"则进一步强调了行军的艰险，同时也表达了曹操的坚定决心。"树木何萧瑟，北风声正悲"营造了一种凄凉沉重的氛围。作者用"羊肠坂诘屈""车轮为之摧""熊罴对我蹲，虎豹夹路啼"等生动的描绘进一步凸显行军途中的恶劣环境。在诗的后半部分，"延颈长叹息，远行多所怀。我心何怫郁，思欲一东归"表达了他对家乡的思念和对未来的忧虑。然而诗人并未沉溺于悲苦之中，"担囊行取薪，斧冰持作糜"体现了恶劣环境中将士们的坚韧斗志。最后，"悲彼《东山》诗，悠悠使我哀"一句，引用了《诗经·豳风·东山》中的诗句，抒发了作者对战士的体恤之情，同时，诗人以周公自比，表达了排除万难、取得征讨胜利的决心。整首诗歌抒情真挚感人，情感丰富而深沉。

总的来说，《苦寒行》是一首感慨北上太行的行役艰险之歌，是一首充满豪情壮志和坚韧不拔精神的奋发之诗。曹操通过细腻的笔触和生动的比喻，将北征的艰难困苦展现得淋漓尽致。同时，他也通过这首诗表达了对家乡的思念、对和平生活的向往以及对未来的忧虑。这种复杂的情感使得整首诗更加具有艺术性和感染力。

【选评】

《苦寒行》不过从军之作，而取境阔远，写景叙情，苍凉悲壮，用笔沉郁顿挫……后惟杜公有之。([清]方东树《昭昧詹言》)

曹 植

【简介】 曹植(192—232)，字子建。沛国谯县(今安徽亳州)人。曹操第四子，封陈思王。早年受曹操宠爱，一度欲立为太子，因放纵任性而后失宠。建安十六年(211)封平原侯，建安十九年(214)改为临淄侯。魏文帝黄初二年(221)改封鄄城王。曹丕称帝后，他受猜忌和迫害，屡遭贬爵和改换封地。曹丕死后，曹丕的儿子曹叡即位，曹植曾几次上书，希望能够得到任用，但都未能如愿，最后郁郁而终。死后谥"思"，世称"陈思王"。

曹植的文学创作，以曹丕即帝位为界，分为前后两期。前期作品主要反映社会动乱和自己的抱负，诗的基调开朗、豪迈，表现建功立业的愿望。后期作品则反映所受迫害引发的苦闷心情和愤激之意。曹植的诗歌风格清新，善用对偶，讲究音律，语言自然流丽，钟嵘称其诗"骨气奇高，词采华茂"(《诗品》)。曹植对五言诗的发展起到了巨大的推动作用,且在散文和辞赋上也有突出成就,他的《洛神赋》是流传千古的名作。有《曹子建集》传世。

白马篇

　　白马饰金羁①,连翩西北驰。借问谁家子,幽并游侠儿②。少小去乡邑,扬声沙漠垂。宿昔秉良弓③,楛矢何参差④!控弦破左的⑤,右发摧月支⑥。仰手接飞猱⑦,俯身散马蹄⑧。狡捷过猴猿,勇剽若豹螭⑨。边城多警急,胡虏数迁移。羽檄从北来⑩,厉马登高堤⑪。长驱蹈匈奴⑫,左顾陵鲜卑⑬。弃身锋刃端,性命安可怀⑭?父母且不顾,何言子与妻?名编壮士籍⑮,不得中顾私⑯。捐躯赴国难,视死忽如归。

【导读】

　　这是曹植前期的一首诗,诗中表现了边塞军人捐躯赴难、奋不顾身的献身精神,塑造了一个武艺高强、渴望为国立功的青年英雄形象。诗歌感情豪迈,风格雄健,乐观自信,具有浪漫主义的精神和理想主义的情怀。此外,诗歌辞采华茂,音节铿锵和谐,对仗工整,比喻新颖恰切。

【选评】

　　子建《名都》《白马》《美女》诸篇,辞极赡丽,然句颇尚工,语多致饰。视东、西京乐府,天然古质,殊自不同。([明]胡应麟《诗薮》)

左　思

　　【简介】　左思(250?—306?),字太冲,齐国临淄(今属山东淄博)人。后因其妹左棻被召入宫,官至秘书郎,晚年以病辞官。左思曾以10年构思写成《三都赋》,当时"豪贵之

---

① 金羁:金饰的马笼头。
② 幽并:幽州和并州。今河北、山西、陕西的一部分地区。游侠儿:重义轻生的侠士。
③ 宿昔:向来。秉:操持。
④ 楛(hù)矢:用楛木做成的箭。
⑤ 控弦:开弓。的(dì):箭靶。
⑥ 摧:射毁。月支:箭靶。
⑦ 猱(náo):猿类动物,行动轻捷,攀缘树木,上下如飞。
⑧ 散:摧裂。马蹄:箭靶的名称。
⑨ 剽(piāo):轻捷。螭(chī):传说中像龙的黄色动物。
⑩ 羽檄(xí):檄是军事征召的文书,插上羽毛,表示情况非常紧急。
⑪ 厉马:扬鞭催马。
⑫ 蹈:践踏。
⑬ 陵:压制。
⑭ 怀:爱惜。
⑮ 籍:名册。
⑯ 中顾私:心里想着个人的私事。中,内心。

家,竞相传写,洛阳为之纸贵"。左思的诗感情充沛,刚劲质朴,意气豪迈,议论精辟,《咏史》8首是其代表作。今存诗14首。有《左太冲集》。

咏史(其二)

郁郁涧底松,离离山上苗。以彼径寸茎①,荫此百尺条②。世胄蹑高位③,英俊沉下僚④。地势使之然,由来非一朝。金张藉旧业⑤,七叶珥汉貂⑥。冯公岂不伟⑦,白首不见招⑧。

【导读】

本诗以涧底松和山上苗作比,援引历史事实,揭露汉晋时期门阀制度的不合理,并指出门阀社会对贫寒士子的压抑现象根深蒂固。全诗以自然现象、现实生活与历史人物作比,针对当时"上品无寒门,下品无势族"的社会现状进行了尖锐的讽刺。诗歌名为咏史,实则咏怀,借批判历史上的门阀制度来抒发对社会不公平现象的愤懑之情。

整首诗辞气豪劲,感情激越,讽喻深刻,议论慷慨,颇有建安之风。

【选评】

太冲《咏史》,不必专咏一人,专咏一事,咏古人而己之性情俱见,此千秋绝唱也。后惟明远、太白能之。([清]沈德潜《古诗源》)

太冲《咏史》,骨力莽苍,虽途辙稍歧,一代杰作也。([明]胡应麟《诗薮》)

陶渊明

【简介】 陶渊明(365?—427),字元亮,一说名潜,字渊明。浔阳柴桑(今江西九江)人。其曾祖陶侃,是东晋名将,显赫一时。祖父、父亲也都出仕做官。但陶渊明年幼时,家境即已败落。他曾先后出任江州祭酒、镇军参军、建威参军、彭泽县令等不高的官职,41岁弃官而去,开始隐居躬耕的生活。他去世以后,友人私谥其为"靖节",故后世称"陶靖节",因曾任彭泽县令,后人又称其为"陶彭泽"。陶渊明生活在晋宋之际,儒家济世救民的入世精神、道德人格修养、安贫乐道的心态在他的思想中均有所体现,而道家所追求的个

---

① 彼:指山上苗。径寸茎:只有一寸高的茎干,指"山上苗"。
② 荫:遮盖。百尺条:百尺高的枝干。指"涧底松"。
③ 世胄:世家子弟。胄,后裔。蹑(niè):登。
④ 下僚:下级小官。
⑤ "金张"二句:意思是金氏、张氏凭借祖先的世业七代做汉朝的贵官。金张,汉代的金日(mì)磾(dī)与张安世,他俩是汉武帝时的权贵。
⑥ 珥(ěr):插。汉貂:汉代朝中贵官帽上插貂尾。
⑦ 冯公:指冯唐,汉文帝时人,曾上书文帝,针砭时弊,提出治国的计策,但不被重用,直到老年还只做郎官一类的小官。伟:奇伟。
⑧ 不见招:不被重用。

体自由和超脱世俗的出世精神以及崇尚自然、追求反璞归真的思想,也深深地影响了其灵魂。

　　陶渊明的诗歌描写了自然恬静的田园风光和清贫淳朴的田园生活,开创了自然平淡,真淳隽永的田园诗风,表现出对本真、自由、和谐的人生理想和美好社会的追求。除了田园诗外,他还创作了不少咏怀诗和言志诗,抒发个人的思想、情怀和志节。此外,他的文章创作也造诣极高,《五柳先生传》《桃花源记》《归去来兮辞》都是脍炙人口的名作。有梁萧统编《陶渊明集》。

读《山海经》(其一)①

　　孟夏草木长②,绕屋树扶疏③。众鸟欣有托④,吾亦爱吾庐。既耕亦已种,时还读我书。穷巷隔深辙⑤,颇回故人车。欢然酌春酒,摘我园中蔬。微雨从东来,好风与之俱。泛览周王传⑥,流观山海图⑦。俯仰终宇宙⑧,不乐复何如?

【导读】

　　本篇总写作者隐居生活中于耕种之余泛览图书的乐趣。全诗纯用白描,不假雕饰,语言平淡自然,表达了诗人安贫乐道、怡然自乐的真切感受。陶渊明在诗中所抒发的读书之乐、沉浸投入之情,让今日读书人汗颜。然而,诗中所抒发的又不仅仅是读书之乐,更有诗人周游宇宙、俯仰自得、物我同化的人生之乐,这种安然自若的人生态度恐怕更是当今社会所欠缺的。

【选评】

　　此篇是渊明偶有所得,自然流出,所谓不见斧凿痕也。大约诗之妙以自然为造极。陶诗率近自然,而此首更令人不可思议,神妙极矣。([清]温汝能《陶诗汇评》)

杂诗(其二)

　　白日沦西阿⑨,素月出东岭⑩。遥遥万里辉,荡荡空中景。风来入房户,中夜枕席冷。

---

① 《读〈山海经〉》共十三首,这里选的是第一首。《山海经》是一部记载海内外山川异物与古代神话传说的书。
② 孟夏:初夏。
③ 扶疏:枝叶繁茂的样子。
④ "众鸟"句:众鸟筑巢树上,有所依托,自得其乐。
⑤ "穷巷"二句:意思是自己的居所偏僻离大路很远,车子无法到达,常常使旧友回车而去。穷巷,偏僻之巷。隔,隔绝。辙,车轮碾过的痕迹。
⑥ 周王传:《穆天子传》,记周穆王驾八骏西游的故事。
⑦ 山海图:即《山海经图》。晋郭璞有《山海经图赞》。
⑧ 俯仰:顷刻之间。终:穷尽。
⑨ 沦:沉沦,落。西阿:西山。阿,山岭。
⑩ 素月:明月。

气变悟时易①,不眠知夕永②。欲言无予和③,挥杯劝孤影。日月掷人去,有志不获骋④。念此怀悲凄,终晓不能静⑤。

【导读】

陶渊明杂诗十二首,此诗为第二首。作者虽辞官隐居,然深藏在内心的兼济天下的人生抱负却迟迟无法忘却。

这首诗写出了陶渊明因岁月流逝、人生有限而产生的事业未成、有志难抒的孤独与苦闷。陶渊明的这种看似矛盾的痛苦体验,其实在古代文人身上很具代表性,出仕与归隐的矛盾总是纠缠于文人内心,而无法完全超脱。

【选评】

空中何处着景?月将出明暗半杂,既出而芒采遍动,景斯生矣。([明]黄文焕《陶诗析义》)

南朝乐府民歌

【简介】 南朝乐府民歌多保存在郭茂倩《乐府诗集·清商曲辞》中,主要有吴歌、西曲两类。吴歌起于建业(今南京),东晋后扩及江南;西曲歌出于荆、邹、樊、邓等江汉地区。吴歌和西曲多出自市民之口,内容多抒写男女爱情生活。南朝乐府民歌一般篇幅较为短小,风格柔媚,情感细腻缠绵,语言清新自然,对后世诗歌创作颇有影响,代表作是《西洲曲》。

西洲曲

忆梅下西洲⑥,折梅寄江北。单衫杏子红,双鬓鸦雏色⑦。西洲在何处,两桨桥头渡。日暮伯劳飞⑧,风吹乌臼树⑨。树下即门前,门中露翠钿⑩。开门郎不至,出门采红莲。采莲南塘秋,莲花过人头。低头弄莲子,莲子青如水。置莲怀袖中,莲心彻底红⑪。忆郎郎

---

① 时易:季节变化。
② 夕永:夜长。
③ 和(hè):对答,应和。
④ "日月"二句:光阴弃人而去,我虽有志向,却得不到施展。骋,伸、展。
⑤ 终晓:彻夜,直到天明。
⑥ 西洲:地名,唐温庭筠《西洲曲》:"西洲风色好,遥见武昌楼。"可知在武昌一带。下:落。
⑦ 鸦雏:小鸦,羽毛柔软而黑。
⑧ 伯劳:鸟名,仲夏时开始鸣叫。
⑨ 乌臼树:落叶乔木。
⑩ 翠钿(diàn):用翠玉嵌镶的妇女的头饰。
⑪ 莲心:"怜心"的双关语,即相爱之心。彻底:意谓通透到底。

不至,仰首望飞鸿①。鸿飞满西洲,望郎上青楼②。楼高望不见,尽日栏杆头。栏杆十二曲,垂手明如玉③。卷帘天自高,海水摇空绿④。海水梦悠悠⑤,君愁我亦愁⑥。南风知我意,吹梦到西洲。

【导读】

　　这首诗是南朝乐府民歌的代表作,表达了一个多情的江南女子对情郎的深切思念。诗歌先用"单衫""双鬓"等词语,形象地描绘出一个美丽多情的女子形象。接着通过对她一系列的行动描写,如"开门郎不至,出门采红莲""忆郎郎不至,仰首望飞鸿",生动地表现女子内心的强烈相思之情。诗歌通过"莲子""飞鸿""栏杆""海水""南风"等富有象征意味的词语以及双关、顶针的手法把少女内心执着的情感表现得摇曳多姿,余味悠悠。

【选评】

　　"仰首望飞鸿":有不语含情之妙。"尽日栏干头":禁不得。"海水摇空绿":情中境语,如登临眺览诗最难。"吹梦到西洲":人忆梅,风吹梦,清幻之极。([明]锺惺、谭元春《古诗归》)

庾　信

　　【简介】　庾信(513—581),字子山,小字兰成,祖籍南阳新野(今河南新野),南北朝文学家。庾信自幼聪慧,博览群书,十五岁便入宫成为昭明太子萧统的侍读,早年曾任梁湘东国常侍等职,陪同太子萧纲(梁简文帝)等写作一些绮艳的诗歌。梁武帝末,侯景叛乱,庾信逃往江陵投靠梁元帝,并奉命出使西魏。南梁灭亡后,他留居于西魏,官至车骑大将军、开府仪同三司,故又称"庾开府"。庾信虽然身居显贵,但内心始终思念故土,为身仕敌国而羞愧,因不得自由而怨愤。这一时期他的文学创作充满了哀思和思乡之情,表达了对故国和家乡的深深眷恋。代表作品有《哀江南赋》《拟咏怀》等。

　　庾信的诗歌风格独特,辞藻华丽,情感真挚,被誉为"穷南北之胜",是中国文学史上一位重要的诗人。他的创作对后世文学产生了深远的影响,被誉为南北朝文学的集大成者,并为唐代诗歌的发展奠定了基础。

---

① 望飞鸿:盼望江北来信。古代相传鸿雁可以传书。
② 青楼:有青色涂饰的楼。
③ "垂手"句:手垂下来白净得像玉一样。
④ "卷帘"二句:意思是天空像大江大湖,卷帘一望只见碧天高远,仿佛江水摇荡。
⑤ "海水"句:意思是大江辽阔无边,梦也如江水一般悠远。
⑥ 君:指在江北的情人。

哀江南赋（节选）①

　　粤以戊辰之年②，建亥之月③，大盗移国④，金陵瓦解⑤。余乃窜身荒谷⑥，公私涂炭⑦。华阳奔命⑧，有去无归。中兴道销⑨，穷于甲戌⑩。三日哭于都亭⑪，三年囚于别馆⑫。天道周星⑬，物极不反⑭。傅燮之但悲身世⑮，无处求生；袁安之每念王室⑯，自然流涕。昔桓君山之志事⑰，杜元凯之平生⑱，并有著书，咸能自序⑲。潘岳之文采，始述家风；陆机之辞赋，先陈世德⑳。信年始二毛㉑，即逢丧乱；藐是流离，至于暮齿㉒。燕歌远别㉓，悲不自胜；楚

①《哀江南赋》是中国古典文学中一篇有名的长赋，内容以庾信自己的遭遇为线索，叙述梁朝的兴亡和人民遭遇的痛苦，抒发了他内心的悲哀。"哀江南"出于《楚辞·招魂》的"魂兮归来哀江南"。梁武帝建都建业（今南京），元帝建都江陵（今湖北江陵县），都在江南，所以借用成语作为赋名。本篇是赋前面的序，概括了赋的全篇大意，并说明作赋的动机。这篇序是用骈体文写成的。庾信的骈体文，集六朝之大成，而《哀江南赋序》更是其中最著名的一篇。

② 粤：句首语气词。以：介词，在这里相当于"于"。戊辰之年：梁武帝太清二年（548）。

③ 建亥之月：阴历十月。

④ 大盗：指侯景。侯景原先在魏做官，后降梁。太清二年八月反，先攻进金陵（即建业），又攻陷台城（梁的宫城），梁武帝被逼饿死。立简文帝。后又逼简文帝禅位于豫章王萧栋而杀简文帝。不久，又废萧栋，自立为帝。移国：等于说篡国。

⑤ 瓦解：比喻崩溃。

⑥ 窜：逃匿。荒谷：春秋楚地名。《左传·桓公十三年》："莫敖缢于荒谷。"这里借指江陵。

⑦ 公私：公室和私门。涂：泥。炭：炭火。伪古文《尚书·仲虺之诰》："有夏昏德，民坠涂炭。"涂炭，指陷入污泥炭火之中，比喻陷于极端困苦的境地。

⑧ 华阳：指西魏。《尚书·禹贡》："华阳黑水惟梁州。"据胡渭考证，华阳在今陕西商县（见《禹贡锥指》）。西魏京都在长安，用华阳是活用典故。奔命：为王命奔走。这是指梁元帝承圣三年（554），庾信从江陵奉命出使西魏的事。

⑨ 中兴：指梁元帝平定侯景之乱，即位江陵，梁亡而复兴。销：消，削减。《周易·泰卦》："君子道长，小人道消也。"这里借用"道销"二字来说明中兴越来越没有希望。

⑩ 穷：指中兴道销到了极点。甲戌：承圣三年，这年西魏派于谨来攻，梁王詧（古"察"字，元帝的侄子）与于谨合兵攻下江陵，杀死元帝。

⑪ 都亭：城郭附近的亭舍。三国时，魏兵攻蜀，后主刘禅降魏。守永安城的蜀将罗宪听说后，率部下到都亭哭了三天。这是庾信写他对梁朝灭亡的哀痛。

⑫ 囚于别馆：庾信出使西魏后，梁朝接近灭亡，西魏扣留住他，他成了囚徒，不能居使臣的正馆，而住在正馆以外的馆舍里。

⑬ 天道：天理。周星：指岁星（木星）运行一周天，岁星约十二年绕天一周。

⑭ 物极不反：古人认为事物发展的常理是"物极必反"（语见《鹖冠子》），而梁朝自江陵失败至甲戌元帝被杀，却未能复兴，所以说"物极不反"。连上是说：按天理，周星之时，应出现物极必反的现象，现在却是物极不反了。

⑮ 傅燮（xiè）：字南容，东汉灵州（今宁夏灵武人），任汉阳（今甘肃天水一带）太守。被王国、韩遂围攻，城中兵少粮尽。他儿子劝他弃城归乡，他慨叹道："世乱不能养浩然之志，食禄又欲避其难乎！吾行何之？必死于此！"终于临阵战死。这里用傅燮来比喻自己的遭遇，是说梁不复兴，身羁异国，只能悲叹自己的身世，而无处求生。

⑯ 袁安：字邵公，东汉汝阳（故城在今河南商水西北）人。官至司徒。因和帝幼弱，外戚窦宪专权，每当朝会进见及与公卿谈论国事时，总是呜咽流涕。这里以袁安自比，表明自己对梁朝的覆亡时时悲叹。

⑰ 桓君山：名谭，东汉光武时人，著有《新论》。志事：有志于事业。事，一本作"士"。

⑱ 杜元凯：名预，西晋时人，著有《春秋左氏经传集解》。

⑲ 自序：写文章来叙述自己的身世和志趣。序，同"叙"。《太平御览》卷六百十四载杜预的自序，中有"少而好学，在官则观于吏治，在家则滋味典籍"等语。桓谭的自序已佚失。

⑳ "潘岳"四句：潘岳首先以华美的辞采述其家风，陆机首先以辞赋陈其祖德。潘岳：字安仁，晋荥阳中牟（今河南中牟县）人，曾作《家风诗》。陆机，字士衡，晋华亭（在今上海松江）人，擅长诗赋，他曾作《祖德》《述先》二赋。又，他的《文赋》中有"咏世德之骏烈，诵先人之清芬"的句子。（陆机的祖父陆逊是吴国的丞相，父亲陆抗是吴国的大司马，都有功于吴。）庾信在这里隐含着自己要向潘陆学习的意思。

㉑ 二毛：头发有黑有白，即花白头发，指年已半老。时庾信年三十六岁。

㉒ "藐是"二句：远远地离开故国，流落在异乡，一直到晚年。藐，远。流离，因灾荒或战乱而转徙流落在异乡。暮齿，晚年。

㉓ 燕歌：曹丕有《燕歌行》。王褒（庾信同时诗人）曾作《燕歌》，元帝与庾信等诸文士都有和作。《燕歌》多是伤别之作。

老相逢，泣将何及①！畏南山之雨，忽践秦庭②；让东海之滨，遂餐周粟③。下亭漂泊④，高桥羁旅⑤。楚歌非取乐之方，鲁酒无忘忧之用⑥。追为此赋，聊以记言⑦，不无危苦之辞，唯以悲哀为主⑧。

　　日暮途远，人间何世⑨！将军一去，大树飘零⑩；壮士不还，寒风萧瑟⑪。荆璧睨柱，受连城而见欺⑫；载书横阶，捧珠盘而不定⑬。钟仪君子，入就南冠之囚⑭；季孙行人，留守西

---

① "楚老"二句：遇到故国遗老，也只有对泣，但哭又有什么用呢！《后汉书·逸民列传》载：桓帝时，党锢事起，兼代外黄令陈留张升弃官归乡，路上遇见一位朋友，两人坐在草上共谈，谈到悲痛处，相抱而泣。陈留老父走过，放下拐杖长叹道："吁！二大夫何泣之悲也？夫龙不隐鳞，凤不藏羽，纲罗高悬，去将安所，虽泣何及乎！"陈留古为楚地。

② "畏南山"二句：本想洁身远害，却又出使西魏。《列女传》载：陶答子妻嫌丈夫贪位怀禄，不修名节，说道："妾闻南山有玄豹，雾雨七日而不下食者，何也？欲以泽其毛而成文章也，故藏而远害。"忽，快速。秦庭，喻魏都。魏都长安，秦都咸阳，二城相距不远。春秋时，吴兵攻陷楚都，楚国几亡，申包胥于秦国乞师救楚，才恢复了楚国。

③ "让东海"二句：让位而居于东海之滨。战国时，田和把齐康公迁到海滨，自立为齐国的国君。这里指宇文觉篡夺西魏，改国号为北周。"让"是委婉的说法。因庾信在北周做官，只好这样说。餐周粟，周武王灭商，伯夷、叔齐耻食周粟，饿死于首阳山。这话是说自己先失节于西魏，又失节于北周，不像伯夷、叔齐耻食周粟而死，表示惭愧。

④ 下亭：《后汉书·独行列传》载：孔嵩被征召，在去京师的路上，宿在下亭（地名），马被盗去。这是说旅途漂泊之苦。

⑤ 高桥：又作"皋桥"，在江苏苏州阊门内，相传汉时皋伯通居此桥旁。《后汉书·梁鸿传》载：梁鸿曾至吴依皋伯通，居庑（廊下的小屋子）下。羁旅：寄迹于外，他乡作客。这是说在异乡过着羁旅生活。

⑥ "楚歌"二句：楚歌，项羽被围垓下，夜闻汉军四面皆楚歌。又《史记·留侯世家》载：汉高祖对戚夫人说："为我楚舞，吾为若（你）楚歌。"鲁酒，《庄子·胠箧》："鲁酒薄而邯郸围。"忘忧，陶潜《饮酒》："泛此忘忧物，远我遗世情。"这里用"楚歌""鲁酒"这两个现成的词汇指歌与酒。这是说歌与酒都不能取乐忘忧。

⑦ 记言：《汉书·艺文志》："左史记言，右史记事。"这里说"记言"也是指记事。因为"言"字平声，合于这里所要求的平仄。

⑧ "危苦"二句：危苦，危惧愁苦。嵇康《琴赋》："称其材干，则以危苦为上；赋其声音，则以悲哀为主。"从"追为"到"为主"，大意是：作赋是要记载历史事实，虽有写自己危苦的话，但主要是哀痛梁朝的灭亡。

⑨ "日暮"二句：世变多故，不知现在是个怎样的世界，而自己已老，不能再有所作为了。日暮，喻年已垂老。远，一作"穷"。《史记·伍子胥列传》："吾日暮途远。"人间何世，《庄子》有《人间世》篇。

⑩ "将军"二句：《后汉书·冯异传》："每所止舍，诸将并坐论功，异常独屏树下。军中号曰'大树将军'。"这里只借用字面，不用故事。"将军"是庾信用以自比。大树飘零，比喻军队溃散。侯景进攻金陵时，信率宫中文武千余人驻扎于朱雀航（即朱雀桥），侯景兵到，信率众先退。

⑪ "壮士"二句：一去西魏，即不得重返故国。《战国策·燕策》（又见《史记·刺客列传》）载：荆轲入秦，燕太子丹在易水上为他饯行，高渐离击筑，荆轲歌曰："风萧萧兮易水寒，壮士一去兮不复还。"萧瑟，形容秋风吹拂树木所发的声音。

⑫ "荆璧"二句：这是说相如出使没有被骗，而自己却为西魏所欺。荆璧，即和氏璧，因楚人卞和得玉于楚国的荆山，所以称荆璧。睨柱，斜视着柱子。连城，相连的城。《史记·廉颇蔺相如列传》载：赵得楚和氏璧，秦昭王听说后，愿以十五连城换和氏璧。赵王使蔺相如奉璧见秦王。相如见秦王无意偿赵城，于是诡称璧上有瑕，要指给秦王看，相如取回璧后说："臣观大王无意偿赵王城邑，故臣复取璧。大王必欲急臣，臣头今与璧俱碎于柱矣。"说后就"持其璧睨柱，欲以击柱"。秦王怕他摔破了璧，于是向他道歉，并召有司案图指出所要给的十五城。

⑬ "载书"二句：这是说毛遂能订盟而自己却不能。载书，盟书。珠盘，用珠子装饰的盘子。珠盘是盟会时所用的。《周礼·天官·玉府》："若合诸侯，则共（供）珠槃（盘）玉敦。"《史记·平原君列传》载：平原君与楚合纵，从早晨到正午，还没谈妥。毛遂按着宝剑迈几层台阶闯上堂去，责备楚王，楚王这才答应了。毛遂捧铜盘和楚王歃（shà）血（饮血，借以示信）而定合纵之约。

⑭ "钟仪"二句：这是说自己本是楚人，而被留在北朝，有如南冠之囚。钟仪，春秋时楚人。入，指入晋。就，成。《左传·成公七年》载：楚伐郑，郑人俘虏了钟仪，献给晋国。晋人把他囚在军府（储藏军器的地方）。又九年载：晋侯到军府去，见了钟仪，问道："南冠（戴着南方楚国式的帽子）而絷（拘禁）者谁也？"有司回答说："郑人所献楚囚也。"问明了钟仪的先人是个伶人，于是让他弹琴，奏出了南方楚国的音乐。范文子说："楚囚，君子也。"

河之馆①。申包胥之顿地，碎之以首②；蔡威公之泪尽，加之以血③。钓台移柳，非玉关之可望④；华亭鹤唳，岂河桥之可闻⑤！

孙策以天下为三分，众才一旅⑥；项籍用江东之子弟，人唯八千⑦。遂乃分裂山河，宰割天下⑧。岂有百万义师，一朝卷甲⑨，芟夷斩伐⑩，如草木焉？江淮无涯岸之阻，亭壁无藩篱之固⑪。头会箕敛者，合从缔交⑫；锄耰棘矜者，因利乘便⑬。将非江表王气，终于三百年乎⑭？是知并吞六合，不免轵道之灾⑮；混一车书，无救平阳之祸⑯。呜呼！山岳崩颓⑰，既

① "季孙"二句：季孙，名意如，春秋时邑鲁大夫。行人，官名，掌朝觐聘问之事。西河，地名，在陕西东境。《左传·昭公十三年》载：晋侯与诸侯盟于平丘，季孙意如随鲁昭公去参加盟会，邾人、莒人告鲁侵伐他们，以致无力给晋国进贡，于是晋人不让昭公参加盟会，并把季孙意如扣住带回晋国。后来晋国要释放季孙，季孙要求依礼把他送回。晋人恐吓他说要把他拘囚在西河。这是比喻自己被留在西魏。
② "申包胥"二句：顿地，叩头。碎，破。碎之以首，即碎首，碰破了头的意思。《左传·定公四年》载：楚破于吴，申包胥到秦国乞师，秦哀公不肯出兵，申包胥"立依于庭墙而哭，日夜不绝声，勺饮不入口，七日"。等到秦哀公允许出兵，申包胥才"九顿首而坐"。
③ "蔡威公"二句：刘向《说苑·权谋》载："下蔡威公闭门而哭，三日三夜，泣尽而继以血"。邻人问他为什么哭，他说："吾国且亡。"下蔡是春秋时邑名（蔡昭侯时蔡国的都城），在今安徽寿县一带。从"申包胥"到"以血"是说自己对于梁朝之亡，不能像申包胥那样设法拯救，只能像下蔡威公那样痛哭罢了。
④ "钓台"二句：钓台，在武昌。移，一作"栘"（yí）柳的一种。《晋书·陶侃传》载：陶侃镇守武昌，曾经考察诸营士兵种柳的情况。玉关，即玉门关，在甘肃敦煌西北。这话表面是说钓台的柳不是玉门关可以望见的，实际是说自己望不见故乡的树木。
⑤ "华亭"二句：华亭，在今上海市所属松江区西平原村，陆机的故宅在这里。唳（lì），鹤叫。河桥，在今河南孟州南。陆机和弟云事成都王颖，颖进攻长沙王乂，使陆机都督前锋诸军事。机败于河桥，受到卢志的谗毁，与弟云同时被颖杀死。《世说新语·尤悔》载，机临刑前叹道："欲闻华亭鹤唳，可复得乎？"这话是说自己听不到故乡的鸟鸣。从"钓台"到"可闻"，表示怀念家国而不得见。
⑥ "孙策"二句：孙策，孙权的哥哥，字伯符。《三国志·吴志·陆逊传》载，逊上疏曰："昔桓王（孙权谥号为长沙桓王）创基，兵不一旅，而开大业。"三分，指魏蜀吴三分天下。一旅，五百人。
⑦ "项籍"二句：项籍，字羽。《史记·项羽本纪》载，项籍随叔父梁起事，"举吴中兵，使人收下县（吴郡的属县），得精兵八千人"。项籍临死前，对乌江亭长说："籍与江东子弟八千人渡江而西，今无一人还。"江东，长江下游南岸之地。
⑧ "遂乃"二句：贾谊《过秦论》："宰割天下，分裂山河。"
⑨ 卷甲：把战衣卷起来，形容军队败退的情况。侯景破金陵，梁兵号称百万纷纷败走。
⑩ 芟夷：削平。芟（shān），割草。斩伐，砍伐。侯景入金陵，杀人很多。于谨入江陵，虏男女数万口充当奴婢，弱小的都杀死。从"岂有"到"如草木焉"，大意是：梁兵百万，一旦溃败，使得侯景、于谨杀人像割草伐木一样，难道古来有过这样的事吗？
⑪ "江淮"二句：这是说，江淮不起险阻的作用，而防御工事还不如藩篱坚固。涯岸，指河岸。亭，指亭候。古人在边塞的险要处，筑亭驻兵以伺候寇盗。壁，营垒。藩篱，用竹木编的篱笆或围栅。
⑫ "头会"二句：这是说，人民因为不堪横征暴敛之苦，于是互相联合，结成武装集团，起兵反抗。头会箕敛，秦时按人头数抽税，用簸箕来收敛租谷，以充军用。《汉书·张耳陈馀传》："头会箕敛，以供军费。"会、敛，抽税。合从，战国时六国南北联合以抗秦叫合从。贾谊《过秦论》："合从缔交，相与为一。"这里指起事者互相联合。
⑬ "锄耰"二句：这是说，南朝陈的开国皇帝陈高祖（名陈霸先）和拿着低劣武器的平民乘机推翻了梁朝。耰（yōu），平整田地的一种农具。棘，棘木杖。矜，矛柄，这里指戈戟的柄。锄耰棘矜，用为动词，是拿着锄耰棘矜的意思。《过秦论》："锄耰棘矜，非铦（xiān，锋利）于钩戟长铩（shā，长刃矛）也。"因利乘便，是两个同义词组，乘时势之便利的意思。《过秦论》："因利乘便，宰割天下，分裂河山。"
⑭ "将非"二句：将非，等于说岂不是。江表，即江南，这里指金陵。王气，王者之气。古人迷信，认为某地出帝王，就有王气。三百年，金陵作为国都，自吴孙权黄龙元年至孙皓天纪四年（229—280）共五十二年；又自东晋元帝大兴元年至梁敬帝太平二年（318—557）共二百四十年。两段时间合计为二百九十二年，说"三百年"是举其整数。
⑮ "是知"二句：这是以秦始皇强盛，终不免灭亡，比喻江陵陷后梁元帝投降西魏。六合，天地四方，指天下。《过秦论》说秦有"并吞八荒之心"。又说秦始皇"吞二周而亡诸侯，履至尊而制六合"。轵（zhǐ）道，亭名，在今陕西咸阳东北。刘邦入关，秦王子婴降于轵道旁。
⑯ "混一"二句：这是以晋比喻金陵陷后，梁武帝和简文帝先后被害死。混一车书，即"车同轨，书同文"的意思（见《礼记·中庸》），这里指统一天下。干宝《晋纪·总论》："太康（晋开国皇帝武帝的年号）之中，天下书同文，车同轨。"平阳，今山西临汾县。西晋永嘉五年（311），刘聪攻陷洛阳，怀帝被虏至平阳，后被杀。又建兴四年（316），刘曜攻陷长安，愍帝被俘至平阳，也被杀。从"是知吞并六合"到"无救平阳之祸"，含有即便是统一了天下的国家也难免灭亡的意思，所以以下文说"天意人事"。
⑰ 山岳崩颓：比喻国家覆灭。

履危亡之运①;春秋迭代②,必有去故之悲③。天意人事,可以凄怆伤心者矣④!况复舟楫路穷,星汉非乘槎可上⑤;风飙道阻,蓬莱无可到之期⑥。穷者欲达其言,劳者须歌其事⑦。陆士衡闻而抚掌,是所甘心⑧;张平子见而陋之,固其宜矣⑨。

【导读】

《哀江南赋》代表了庾信创作的最高成就,其标题来自《楚辞·招魂》"魂兮归来哀江南"句,梁武帝建都建业,梁元帝建都江陵,二者都位于江南,同属于战国时的楚地,作者借此语眷怀故国。这是一部规模宏大的史诗般的作品,将个人身世之悲与国家沦亡之痛融汇在一起,风格苍凉雄劲,是中国辞赋史上划时代的杰作。

全赋分为序和正文两部分。序文交代了创作的背景和缘起,概括了全赋大意。正文部分详细回顾了故国梁朝的成败兴亡以及侯景之乱和江陵之祸的历史画卷,庾信以饱含深情的笔触,描绘了自己作为梁朝使者在西魏的屈辱经历,以及江陵沦陷后人民遭受的离乱之苦,巧妙地将个人的遭遇与国家的命运联系起来,表现了对故国乡关的深深怀念和对屈辱历史的沉痛反思。杜甫说:"庾信平生最萧瑟,暮年诗赋动江关。"作者所述国破家亡、身世飘零、世事变幻,情真意切,读后不禁使人扼腕叹息。

《哀江南赋》在艺术上展现了其独特的风格。将叙事与抒情融为一体,文字凄婉而深刻,格律严整而略带疏放,文笔流畅而亲切感人。对偶工整,多用典故,以典喻事。虽然多用典故,但并无雕琢造作之感,在简洁的文字中显示出深邃的意境和沉郁苍凉的骨气。全文以雄健清新的语词、悲凉悲壮的情调,抒发了作者对自己身世之悲、国家残破之痛、人民离乱之苦的深重感慨。该赋展现了庾信深沉的家国情怀和高超的艺术才华,既有南朝文学秀丽细腻的风格,又有北朝文学豪迈慷慨之气,在赋史上堪称丰碑。

---

① 覆:践,走上。
② 春秋迭代:四时更替,比喻朝代更替。迭代,更替。
③ 去故:指离开故土。班昭《东征赋》:"遂去故而就新兮,志怆恨(chuàng lǎng)而怀悲。"
④ 凄怆:悲伤。阮籍《咏怀诗》:"素质游商声,凄怆伤我心。"
⑤ "星汉"句:星汉,天河。槎(chá),用竹木编成的筏子。张华《博物志》有一段神话,说天河与海相通,年年八月,有浮槎按期往来。有个人好奇,带着食粮乘槎而去。起初还能见到日月星辰,后来一片茫茫,不分昼夜。忽然来到一处,城郭环绕,房屋整齐。远远望见宫里有许多女织妇,又见一男子在水边饮牛。牵牛人很惊奇,问他怎么来到此处的。他说明之后,并问这是什么地方。那人告诉他回去到蜀郡问严君平便知。他回来后去问严君平,君平说某年月日有客星犯牵牛宿。经过计算,那正是他见到牵牛人的时间。
⑥ "风飙"二句:蓬莱,传说中的仙山,和方丈、瀛洲并称海中三仙山。据说其上有不死之药。战国时齐燕诸王及汉武帝都曾派人去寻求。《汉书·郊祀志》说三仙山"未至,望之如云;及到,三神山反居水下。临之,患且至,则风辄引船而去,终莫能至云"。从"况复"到"可到之期",是说自己不可能回到江南,就像天河蓬莱之不能到达一样。
⑦ "穷者"二句:这两句是说自己写《哀江南赋》的动机。穷与达相反。不得志的人希望立言,也就是在言中求得志(达)。《公羊传·宣公十五年》:"什一行而颂声作矣。"何休《解诂》:"劳者歌其事。"这是说劳役的人只能唱歌以减少辛苦。
⑧ "陆士衡"二句:陆士衡,即陆机。抚掌,拍手。《晋书·左思传》载:陆机刚到洛阳,打算作《三都赋》,听说左思也在,便拍掌大笑,并在给陆云的信中说:"此间有伧父(等于说鄙夫),欲作《三都赋》,须(等待)其成,当以覆酒瓮耳。"等左思把赋写成之后,他见了却十分敬佩,自己就不再写了。
⑨ "张平子"二句:张平子,即张衡。班固作《两都赋》,张衡薄而陋之。另作《二京赋》。陋之,认为不好。从"陆士衡"到"宜矣",都是自谦之辞,意思是,自己写这篇赋,被人嘲笑,是甘心情愿的,受人轻视也是理所当然的。

选文是《哀江南赋》的序,阐明了"穷者欲达其言,劳者须歌其事"的创作动机。序文是全赋的有机组成部分,但也可以独立成篇。全篇多用典故来暗喻时世和表达自己的悲恸情怀,用典多而自如。这是一篇骈文,灵活地运用骈偶技巧,句式两两相对,长短间杂,错落有致,纵横自如,是骈文中的佳制。

【选评】

信北迁以后,阅历既久,学问弥深,所作皆华实相扶,情文兼至。抽黄对白之中,灏气舒卷,变化自如,则非(徐)陵之所能及矣。张说诗曰:"兰成追宋玉,旧宅偶词人。笔涌江山气,文骄云雨神。"其推挹甚至。([清]纪昀《四库全书总目》卷一四八)

刘义庆

【简介】 刘义庆(403—444),彭城(今江苏徐州)人。宋武帝刘裕之侄,袭封临川王。爱好文艺,常招聚文学之士,故其所著《世说新语》可能出于门下众文士之手。全书共30卷,按内容分类系事,分德行、言语、政事、文学等36门,记述汉末至魏晋士大夫阶层遗闻轶事、隽言琐语。所记虽多是一些零星琐碎的人物言行,但涉及的内容相当广泛,多方面地反映了魏晋士大夫的思想、生活情况和当时的社会面貌。全书取材典型,语言精练,意味隽永,是我国古代轶事小说的典范。

刘伶病酒

刘伶病酒①,渴甚,从妇求酒。妇捐酒毁器②,涕泣谏曰:"君饮太过,非摄生之道③,必宜断之。"伶曰:"甚善,我不能自禁,唯当祝鬼神④,自誓断之耳,便可具酒肉。"妇曰:"敬闻名⑤。"供酒肉于神前,请伶祝誓。伶跪而祝曰:"天生刘伶,以酒为名,一饮一斛⑥,五斗解酲⑦。妇人之言,慎不可听!"便引酒进肉,隗然已醉矣⑧。

【导读】

魏晋时期,政权更迭频繁,权力争夺激烈,诸多文人被卷进残酷的政治杀夺之中。嵇康、潘岳、张华、陆机、陆云、刘琨等当时文士,均惨遭杀戮,苟活下来的名士也常常惶恐不安。于是,魏晋时期,文人常以酒来安顿自我,麻醉灵魂。当然,在某种程度上,饮酒等行

---

① 刘伶:字伯伦,沛国(今安徽省宿州市西北)人,"竹林七贤"之一,以嗜酒闻名。
② 捐:倒掉。
③ 摄生:养生。
④ 祝:祷告。
⑤ 名:同"命"。
⑥ 斛(hú):量器名,一斛为十斗。
⑦ 酲(chéng):因饮酒过量而神志不清。
⑧ 隗(wěi):同"颓",醉倒的样子。

为上的放浪形骸，也是对政权专制的一种抗争，是对当时名教礼法的反叛。

本篇塑造了刘伶这样一个以酗饮为乐的酒鬼形象。刘伶之妻关心刘伶，本想让他戒酒，刘伶却欺骗妻子，等妻子按照其要求准备好酒菜后，他又饮酒吃肉，直至酗醉不醒。由此可见，魏晋时期政治的黑暗也造成了部分文人放浪形骸甚至畸形的个性。

【选评】

刘伶"以酒为名（命）"，正是一种看透社会人生虚伪礼教的清醒认识和满腔无奈。社会腐败黑暗，个人无力回天，不醉酒又将如何！（蒋凡《全评新注世说新语》[下]）

新亭对泣

过江诸人①，每至美日，辄相邀新亭②，藉卉饮宴③。周侯中坐而叹曰④："风景不殊，正自有山河之异⑤！"皆相视流泪。唯王丞相愀然变色曰⑥："当共戮力王室⑦，克复神州⑧，何至作楚囚相对⑨！"

【导读】

西晋末年，中原地区战乱频仍，晋王朝不得不放弃半壁江山迁都到建康（南京），史称东晋。东晋初年，一些北方的名士为了躲避战乱来到建康，然而举目仰望，江河已变，本文描写的是这些名士因怀念故土而流泪的场景。文章在内容上分为两个层次，第一个层次是南来的官员和士人怀乡之情日益加重，他们每逢春秋佳日，便相约来到郊外长江边的新亭来饮宴。遥望故土，都不禁伤痛得流下泪来。第二个层次是面对众人的悲悲戚戚，王导激励大家要团结起来，共同辅佐王室克复神州，而不是像楚囚一样相对而泣。这里既写出了诸人面对"山河之异"只能"对泣"的软弱无能，也恰到好处地传达了王导的豪情壮志，使人为之动容。

新亭对泣现也用作成语，这个成语多表示感怀故国、志图恢复，或在处境困难时含悲忍辱、束手无策的心情。

【选评】

新亭满眼神州泪，未识中流击楫人。（[明]刘基《题陈大初画扇》）

---

① 过江诸人：指从北方南渡到建康来的士人。
② 新亭：三国时建，故址在今江苏南京南，近江滨，依山而筑，东晋时为朝士游宴之所。
③ 藉（jiè）卉：坐卧于草地之上。藉，坐卧其上。卉，草的总名。
④ 周侯：周颛，袭父爵武城侯，故称周侯。
⑤ 正：仅，只。
⑥ 王丞相：王导。愀（qiǎo）然：变色的样子。
⑦ 戮力：协力。
⑧ 神州：指中原地区。
⑨ 楚囚：原指被俘的楚人。《左传·成公九年》载，楚国伶人钟仪为晋所囚，仍奏楚声，不忘南音。这里比喻过江诸人徒然怀念中原，但悲泣无计。

干　宝

【简介】　干宝(?—336)，字令升，新蔡(今属河南)人，是东晋史学家和文学家。他勤学博览，历任著作郎、始安太守、司徒右长史、散骑常侍等职，著《晋纪》20卷。其所撰《搜神记》，是魏晋南北朝时期志怪笔记小说的代表作品。

《搜神记》中记录了大量神仙鬼怪的故事，也有不少故事反映了人民反抗压迫的斗争精神和青年男女对爱情婚姻自由的追求，揭露了统治者的残暴。其中不少篇章描写生动具体，情节曲折，初步具备短篇小说的规模。

三王墓

楚干将、莫邪为楚王作剑①，三年乃成。王怒，欲杀之。剑有雌雄。其妻重身当产②，夫语妻曰："吾为王作剑，三年乃成，王怒，往必杀我。汝若生子，是男，大，告之曰：'出户望南山③，松生石上，剑在其背。'"于是即将雌剑往见楚王。王大怒，使相之④："剑有二，一雄一雌，雌来，雄不来。"王怒，即杀之。

莫邪子名赤，比后壮，乃问其母曰："吾父所在⑤?"母曰："汝父为楚王作剑，三年乃成，王怒杀之。去时嘱我：'语汝子：出户望南山，松生石上，剑在其背。'"于是子出户，南望，不见有山，但睹堂前松柱下⑥，石砥之上⑦，即以斧破其背，得剑。日夜思欲报楚王⑧。

王梦见一儿，眉间广尺，言欲报仇。王即购之千金⑨。儿闻之，亡去，入山行歌。客有逢者⑩。谓："子年少，何哭之甚悲耶?"曰："吾干将、莫邪子也。楚王杀吾父，吾欲报之。"客曰："闻王购子头千金，将子头与剑来，为子报之。"儿曰："幸甚。"即自刎，两手捧头及剑奉之，立僵。客曰："不负子也⑪。"于是尸乃仆⑫。

客持头往见楚王，王大喜。客曰："此乃勇士头也。当于汤镬煮之⑬。"王如其言。煮头三日三夕，不烂。头踔出汤中⑭，瞋目大怒⑮。客曰："此儿头不烂，愿王自往临视之，是

---

① 干将、莫邪：《吴越春秋·阖闾内传》也载有此故事，吴人干将、莫邪夫妇，为吴王阖闾铸剑，与《搜神记》所载有异。
② 重(chóng)身：指怀孕。
③ 出户：出门。
④ 相(xiàng)：察看。
⑤ 所在：何在。
⑥ 松柱：松木檐柱。
⑦ 石砥：柱础石。
⑧ 报：报复，报仇。
⑨ 购：重赏征求。
⑩ 客：侠客，指行侠仗义之士。
⑪ 负：辜负。
⑫ 仆：倒下。
⑬ 镬(huò)：形似鼎而无足，秦汉时用作刑具，用以烹人。
⑭ 踔(chuō)出：跳出。
⑮ 瞋(chēn)目：瞪大眼睛看人。

必烂也。"王即临之,客以剑拟王[1],王头随堕汤中;客亦自拟己头,头复堕汤中。三首俱烂,不可识别。乃分其汤肉葬之。故通名三王墓。今在汝南北宜春县界[2]。

【导读】

这篇小说讲述了干将、莫邪的儿子赤为父报仇的故事,揭露了楚王的残暴,歌颂了底层民众不屈不挠的反抗精神及客拔刀助人、甘愿赴死的侠义精神。赤为复仇,自刎赴死;客路见不平,以死除暴。两人皆生死不惧,遂成功除暴复仇。小说将血亲复仇的主题上升到反抗强权暴力的高度,使得复仇的合理性、正义性大大增强,同时也使得小说具有崇高、悲壮之美。

在艺术上,小说具有较为完整的结构、曲折离奇的情节和奇特丰富的想象,人物对话简洁生动,结局出乎意料,又合情合理。

思考讨论

1. 分析曹操诗歌所体现的建安风骨。
2. 分析《白马篇》中所塑造的游侠形象。

拓展延伸

1. "魏晋人生活上人格上的自然主义和个性主义,解脱了汉代儒教统治下的礼法束缚,在政治上先已表现于曹操那种超道德观念的用人标准。"(宗白华《论〈世说新语〉和晋人的美》)结合《世说新语》进行分析。
2. 比较鲁迅小说《铸剑》与《三王墓》,分析鲁迅的《故事新编》之"新"体现在哪些方面。

推荐阅读

1.《三曹诗选》,孙明君选注,中华书局 2005 年版。
2.《世说新语译注》,张㧑之译注,上海古籍出版社 2016 年版。
3.《搜神记》,[东晋]干宝著,马银琴译注,中华书局 2012 年版。
4.《魏晋南北朝诗歌鉴赏辞典》,魏耕原、张新科、赵望秦主编,商务印书馆国际有限公司 2024 年版。
5.《魏晋南北朝赋史》,程章灿著,商务印书馆 2023 年版。
6.《中古文学史论》,王瑶著,商务印书馆 2011 年版。

---

① 拟:对准。
② 汝南:郡名,汉置,在今河南汝南县东南。北宜春:汉代县名,属汝南郡。因豫章有宜春,故加"北"。

隋唐五代文学

【概述】 581年,北朝大将杨坚胁迫北周静帝禅让,登基即位,改元开皇,建立隋朝。589年,隋灭南陈,结束了南北朝二百七十余年的分裂格局,实现天下统一。但隋祚短运,不久便倾颓在风起云涌的农民起义混战当中。618年,出身关陇军事贵族集团的李渊自太原起兵,不久即帝位于长安,定国号为唐。李氏父子先后扫清了各地的割据力量,于武德七年(624)统一全国,唐王朝的政治统治渐趋稳固。唐代是我国封建社会的鼎盛时期,国家规模空前统一,经济繁荣,国力强盛,文化昌明,为文学创作的兴旺提供了有利的条件。且唐祚享运较长,文学风貌也伴随当时的社会历史背景与时代文化氛围呈现出明显的阶段性特征,各类文学体裁的创作都有着较大的进步,彰显了唐代文学的繁荣。

唐代文学的最高成就是诗,可谓一代文学的标志。文学史上常以“四唐”之说归纳唐诗的发展阶段,即初唐、盛唐、中唐、晚唐四期,这比较符合唐诗的创作实际。初唐诗坛的名家有上官仪、王绩、“初唐四杰”、“文章四友”和“沈宋”、陈子昂、张若虚,其审美心理与创作风格主要体现了对南北朝诗坛遗产的继承与发展,即试图将南朝文学之清丽华美与北朝文学之意理气质结合起来,铸造符合大一统王朝的新型诗风。上官仪是唐太宗贞观诗坛的代表人物,贞观诗风具有宫廷化的倾向,与受南朝文化的影响有很大的关系。他的诗“绮错婉媚”,具有重视形式技巧的倾向,却体现了一种较为健康开放的创作心态与雍容典雅的气度,在体物图貌的细腻、精巧方面,创新了诗歌的体制。王绩诗风朴厚疏野,常以平淡的语言表现悠然的心境,《野望》是其名篇。“初唐四杰”是王勃、杨炯、卢照邻和骆宾王四位诗人的合称,他们作诗反对绮靡卑冗,强调刚健骨气,将诗歌的题材拓展至江山、塞漠,成就较高;“文章四友”是杜审言、李峤、苏味道、崔融四人的合称,“沈宋”指沈佺期、宋之问,他们的诗歌创作皆为唐诗五律的成熟做出了巨大贡献,五律的定型就是由沈佺期和宋之问最后完成的。陈子昂的诗歌创作表现出明显的复古倾向,渴望恢复古诗的比兴言志与风雅传统,其《感遇》诗的思想性与艺术性俱佳。张若虚《春江花月夜》的兴象玲珑也为唐诗艺术的繁荣奠定了基础。经过汉魏六朝诗歌创作经验的积累与初唐诗人的辛勤探索,唐诗终于达到了其创作的高峰,兴象与风骨兼备的盛唐诗风登场了。盛唐诗人的群体主要有以王维、孟浩然为代表的山水田园诗派与以高适、岑参为代表的边塞诗派。陶渊明开创的“田园诗”题材与谢灵运开创的“山水诗”题材于此时合流,清淡俊雅、静逸明秀是盛唐山水田园诗的主要风格;边塞诗歌的兴盛与当时文人昂扬的盛世精神与入幕之风的盛行相关,风格清刚劲健、慷慨伟奇。盛唐开放包容的文化氛围还孕育出了李白与杜甫这两位享誉中国文学史的大诗人。李白诗中所包蕴的天马行空的想象、奇崛瑰丽的造境、浓烈奔放的情感,可谓是盛唐社会的缩影;杜甫众体兼备,尤善七律,他前期的诗歌也反映了唐帝国的强盛,遭逢安史之乱后,其多写社会时事与个人遭际,诗风沉郁顿挫,可备一代"诗史"。

安史之乱是唐王朝由盛而衰的转折点,也是唐代文学的分水岭,诗歌创作风貌因之变革。此前,承平日久的士人,怀有强烈的事功精神;可战争爆发后,武将有了用武之地,文士便被排挤到了社会边缘,故颇多生不逢时之感。盛唐的奋发精神、乐观情绪和慷慨气势,也已从诗心散去,平心静气的孤寂、冷漠和散淡,弥漫于整个诗坛,虽有风味然气骨顿衰,遂露出中唐面目。大历诗风便是代表之一,此指大历至贞元年间活跃于诗坛上的一批诗人的共同创作风貌。唐诗经过大历年间一度中衰之后,在唐德宗至唐穆宗的四十余年时间里又渐趋兴盛,并于唐宪宗元和年间达到高潮。这个时期,名家辈出,流派分立,诗人们着力于新途径的开辟、新技法的探寻以及诗歌理论的阐发,创作出大量极富创新意味的各体诗歌,展示了唐诗大变于中唐的蓬勃景观,如韩孟诗派与同时稍后的元白诗派便是这种新变的代表诗人群。中唐诗歌高潮到唐穆宗长庆年间逐渐低落,当时内忧外患的社会现实使得士人心态发生了巨大变化,于是唐诗风貌再次出现明显转变,由中唐进入晚唐。晚唐诗坛的创作成就以"小李杜"为代表,杜牧擅写咏史怀古诗,甚有借古讽今之意;李商隐《无题》诗深情绵邈、幽约朦胧的神思韵味,凄艳浑融的艺术风格独树一帜。以贾岛、姚合为代表的苦吟诗人,重视炼字造句,诗语整饬精警,但思想内涵较为逼仄。唐王朝末期大厦将倾,使得许多文人追求隐逸,皮日休与陆龟蒙的诗便凸显了隐士的情怀。

唐代的文体文风也发生了重大变革,表现为由骈而散。这一趋势在开元时期已有相当的发展,而作为一种改革思潮出现,则是在安史之乱以后。历时八年的安史之乱,使盛唐时期强大繁荣、昂扬阔大的气象一去不返,代之而起的,是藩镇割据、佛老蕃滋、宦官专权、民贫政乱以及吏治腐败、士风浇薄等一系列问题,整个社会已处于一种表面稳定实则动荡不安的危险状态。对此,一部分士人怀着强烈的忧患意识,思欲变革以期王朝中兴。与强烈的中兴愿望相伴而来的,是复兴儒学的思潮,韩愈、柳宗元将这股思潮推向高峰,经世致用的需要促成了"古文运动"的到来。所谓"古文"是指韩愈自创的奇句单行、长短不一的上继先秦两汉文体的散文,韩愈、柳宗元等人强调"文以明道",将创作承载儒家道统的"古文"作为其政治实践的组成部分,赋予其强烈的政治色彩,创作了大量饱含政治激情、具有强烈针对性和感召力的古文杰作。

在散文文体的革新潮流下,小说体式也迎来了新变,产生了唐代传奇这一艺术形式。唐传奇是我国文言小说发展到成熟阶段的产物,作者大多以记、传名篇,以史家笔法,写奇闻逸事。其与六朝志怪小说"发明神道之不诬"的创作目的有所不同,而是"始有意为小说",即注重小说娱情悦性的现实功用。唐传奇题材丰富,多选自社会生活,在人物、环境、语言、情感等方面的描写也颇有进步,爱情小说的成就最为突出,压卷之作是蒋防的《霍小玉传》。

词是一类独特的音乐性文体,它产生于隋唐五代,至两宋时期极盛;它产生于民间,而成熟于文人之手。《花间集》是中国最早的文人词总集,选录了温庭筠、皇甫松、韦庄等十八家"诗客曲子词"共五百首,语言镂金刻翠,风格绮靡艳丽,被称为"花间派"。温庭筠的成就较高,被称为花间派的鼻祖。《花间集》中多为西蜀文人作品,此外还有另一歌词创作中心——南唐,主要作家有李璟、李煜、冯延巳等人。李后主的词以真实的血泪写出了亡国破家的不幸,感人至深,遂"变伶工之词为士大夫之词"(王国维《人间词话》),在一定程度上突破了晚唐五代词的绮艳风气,拓宽了词的境界与气象。

陈子昂

【简介】　陈子昂(659—700),字伯玉,梓州射洪(今属四川)人。睿宗文明元年(684)进士,授麟台正字、右拾遗。直言敢谏,所陈多切中时弊。先后两次从军边塞,谏言不但不被执政者采纳,反而屡遭打击。圣历元年(698),以父老辞官隐居。长安二年(702),为武三思指使的射洪县令段简诬陷,冤死于狱中。陈子昂论诗反对齐梁的颓靡诗风,倡导"汉魏风骨"和"风雅兴寄",在初唐诗歌革新运动中发挥了重要作用,对后代诗人产生了深远影响。其诗作题材宽广丰富,风格刚健质朴。有《陈伯玉集》。

感遇三十八首(其三十四)

朔风吹海树①,萧条边已秋②。亭上谁家子③,哀哀明月楼④。
自言幽燕客⑤,结发事远游⑥。赤丸杀公吏,白刃报私仇⑦。
避仇至海上,被役此边州⑧。故乡三千里,辽水复悠悠⑨。
每愤胡兵入,常为汉国羞⑩。何知七十战,白首未封侯⑪。

【导读】

　　本篇是陈子昂三十八首《感遇诗》中的第三十四首。这三十八首《感遇诗》,显然不是一时一地之作,其中大部分都作于后期,即归田前后。第三十四首"朔风吹海树"应当写于神功元年(697)初秋,诗人一方面热烈歌颂士兵们的爱国精神,另一方面谴责武后不赏边

---

① 朔风:北风。《尔雅·释训》:"朔,北方也。"海:指渤海。
② 边:边塞。
③ 亭:亭堠,边塞哨所。
④ 哀哀:忧伤不已的样子。《诗·小雅·蓼莪》:"哀哀父母。"明月楼:明月照射之楼,即亭上戍楼。王偡《夜夜曲》:"明月楼前乌夜啼。"
⑤ 幽燕:今河北北部及辽宁一带,古为幽州,战国时属燕国,故称幽燕,其俗慷慨尚武。《尔雅·释地》:"燕曰幽州。"
⑥ 结发:指初成年。事:从事。《文选·苏武传》李善注:"结发,始成人也。谓男年二十、女年十五时,取笄冠为义也。"
⑦ "赤丸"二句:这两句是"幽燕客"自述其青年时代的豪侠生活。《汉书·尹赏传》:"长安中奸猾浸多,闾里少年,群辈杀吏,受赇报仇,相与探丸为弹:得赤丸者斫武吏,得黑丸者斫文吏,白者主丧。"意思是说,长安有一群游侠少年专门杀吏为人报仇,他们事先在袋子里装上赤、黑、白三色弹丸,各自摸取,摸到红丸则去杀武吏,摸到黑丸则去杀文吏,摸到白丸则负责为行动者料理后事。赤丸,游侠儿执行任务的凭证。
⑧ 被役:服兵役。
⑨ 辽水:今辽河,在辽宁省。
⑩ "每愤"二句:这两句是"幽燕客"自述其慷慨报国的热忱。胡兵,此指突厥、契丹。汉国,指中国。刘孝威《陇头水》:"时观胡骑饮,常为汉国羞。"
⑪ "何知"二句:据《史记·李将军列传》所载:李广曾与匈奴大小七十余战,立过许多战功,威震匈奴,但始终未能封侯,最后忧愤自杀。七十战,借用汉武帝时名将李广的事迹。

功,使浴血奋战的将士终生饮恨。这些,后来都成为唐代边塞诗的基本主题,陈子昂已开其先声。诗人把统治者的失策和人民的苦难直接联系起来,因而大大增强了作品的思想性。

首联描绘了一派肃杀的边塞风光,为全诗定下了苍凉慷慨的基调。在此苍凉的背景下,一位老者独自在戍楼上尽显忧思。未闻其声,先见此景,如此铺垫可谓先声夺人,悲壮之气顿时充塞胸臆。诗人为老者身上落拓、凄凉的气质所吸引,不由得上前攀谈。从"自言"一联至末联,诗人描写了这位"幽燕客"年轻时的豪侠生活,歌颂了他的爱国主义精神,同时抒发了他内心受到压抑的愤懑。这些描述显然与陈子昂本人的经历有许多相似之处。

根据卢藏用《陈子昂别传》的记载,陈子昂出身豪门,年轻时崇尚侠义,不大读书。垂拱二年,陈子昂随乔知之北征同罗和仆固,曾多次发出"云阁薄边功"的感叹(见于《题祁山烽树》《题居延古城》《西还至散关》)。大唐永昌元年(689),他在《答制问事》中提出,"劳臣不赏,不可劝功;死士不赏,不可励勇"。在武则天万岁通天元年至神功元年(696—697)东征契丹时,他决心报国,但遭到主帅武攸宜的沉重打击。因此,诗中"幽燕客"的自述激起了陈子昂的强烈共鸣,借此抒发自己的感愤,并批判武周王朝的军政腐败。

【选评】

此亦从军出塞,而述戍卒之词以自况也。([明]唐汝询《唐诗解》卷一)

孟浩然

【简介】 孟浩然(689—740),字浩然,襄州襄阳(今属湖北襄樊)人。早年隐居家乡读书,开元十六年(728)赴长安,举进士不第,归乡后曾漫游吴、越、湘、赣等地。开元二十五年(737)张九龄为荆州长史,辟其为从事,不久辞归。后因王昌龄游襄阳,孟浩然与之畅饮,食鲜疾动而卒,年52岁。孟浩然的诗多为山水行旅、田园隐逸之作,诗风冲淡自然,境界清远。闻一多说:"淡得看不见诗了,才是真正孟浩然的诗。"(《唐诗杂论》)然其诗歌语淡而味浓,正如沈德潜所论:"襄阳诗从静悟得之,故语淡而味终不薄。"(《唐诗别裁集》)

孟浩然的田园诗写得平淡自然、质朴真淳,富有生活气息,如《过故人庄》中农家的淳朴生活和乡村的自然景色,在淡淡的笔墨中都表现得自然而亲切,深受陶渊明的诗风影响。孟浩然的山水诗也有写得气象雄浑、境界阔大的,如《临洞庭湖赠张丞相》等。明胡震亨说他的诗"冲淡中有壮逸之气"(《唐音癸签·吟谱》)。孟浩然与王维同为盛唐山水田园诗派的代表作家,世称"王孟"。有《孟浩然集》。

临洞庭①

八月湖水平，涵虚混太清②。
气蒸云梦泽③，波撼岳阳城④。
欲济无舟楫⑤，端居耻圣明⑥。
坐观垂钓者，徒有羡鱼情⑦。

【导读】

这首诗一作《望洞庭湖赠张丞相》，是开元二十一年(731)作者赠给宰相张九龄的干谒诗。

诗的前两联，诗人先以雄浑夸张的手笔描写洞庭湖水的汪洋辽阔，尤其是第二联"气蒸云梦泽，波撼岳阳城"，独运妙笔，以精练的语言形象地再现了八百里洞庭广阔无边的气势，境界阔大、气势雄浑，为咏洞庭的名句。当然，前两联并不只是写景，其既泛写洞庭波澜壮美的景色，又象征开元时期的清明政治、国泰民安，从而为下联表达求仕之心做好了铺垫。接着，诗的后两联即景抒情，表达了自己不甘闲居、积极用世之意。颈联，诗人以巧妙的比喻，写欲渡洞庭却没有舟楫，含蓄地表明想效力朝廷却无人引荐的困惑，其实是希望张丞相能够予以引荐提携。结尾两句，以"坐观""徒有"表明自己孤立于清明盛世之外，心有不甘。这既点明诗题，又照应全篇，与全诗浑然一体，含蓄委婉地表明了自己积极进取的精神。

这首诗虽是干谒诗，但措辞委婉含蓄、不卑不亢，当属同类诗篇中的一流作品。

【选评】

起法高浑，三四雄阔，足与题称。　读此诗知襄阳非甘于隐遁者。([清]沈德潜《唐诗别裁集》)

夏日南亭怀辛大⑧

山光忽西落⑨，池月渐东上。
散发乘夜凉⑩，开轩卧闲敞。

---

① 洞庭：洞庭湖，在今湖南北部，长江南岸。
② 涵虚：一作"含虚"，意通。太清：天空。
③ 云梦泽：古大泽名，长江之南为云泽，长江之北为梦泽，此句言洞庭湖一带的广大地区。
④ 岳阳城：今湖南省岳阳市，在洞庭湖东岸。
⑤ 济：渡。楫(jí)：船桨。这里以欲渡洞庭却无舟楫喻指想出仕却无人引荐。
⑥ 端居：独处，隐居。圣明：常用以指代皇帝，也指圣明时代。
⑦ 徒：一作"空"。羡鱼情：语出《淮南子·说林训》："临河而羡鱼，不若归家织网。"此谓希望得到张丞相援引。
⑧ 辛大：疑即辛谔，行大，作者同乡，隐居西山，后被征辟入幕。
⑨ 山光：指落山的太阳。
⑩ 散发：古时男子束发于头顶，散发表示闲适。

荷风送香气，竹露滴清响①。

欲取鸣琴弹，恨无知音赏②。

感此怀故人，中宵劳梦想③。

【导读】

这首诗描写隐居之处的山光水色、夏夜纳凉的悠闲及对友人的怀念。诗人以纯朴清净的语言，体物入微，写了月色、荷香、竹露等景物，从视觉、嗅觉和听觉等侧面着笔，将夏夜宁静清新的景致和诗人闲淡悠远的情思融为一体，从而表现出隐居的闲情逸致和对友人的真挚思念。

整首诗情感真挚，韵味十足，文字如行云流水，诗意浑然一体。

【选评】

"荷风""竹露"，佳景亦佳句也。外又有"微云淡河汉，疏雨滴梧桐"句，一时叹为清绝。（[清]沈德潜《唐诗别裁集》）

全首俱以信口道出，笔尖几不着点墨。浅之至而深，淡之至而浓，老之至而媚。火候至此，并烹炼之迹俱化矣。（[清]黄生《唐诗摘钞》）

王　维

【简介】　王维(701—761)，字摩诘，原籍太原祁县(今属山西)，父辈迁居于蒲州(今山西永济)。9 岁能写诗，19 岁赴府试，举京兆解头，后因伶人舞黄狮子犯罪，被贬为济州司库参军。开元二十三年(735)，张九龄为相，王维被任命为右拾遗，后迁监察御史。开元二十五年(737)，张九龄罢相后，王维也遭排斥，外放凉州为河西节度使幕府判官。唐玄宗天宝初年，过着亦官亦隐的生活。安史之乱爆发后，王维为叛军所俘，被授予伪职。安史乱平，他被以陷贼官而论罪，因曾作诗寄慨，只受到降官的处分。后官至尚书右丞，世称王右丞。有《王右丞集》。

作为盛唐山水田园诗派的代表作家，王维具有多方面的文学、艺术才能。他的诗歌创作可分前后两期，前期他立志于功名进取，写了不少风格雄浑、境界开阔，充满豪情逸气的诗作，尤以边塞和游侠题材的诗歌居多，如《少年行》《从军行》《老将行》《陇头吟》《使至塞上》等。后期由于中年丧妻、政治受挫，思想趋于消沉，在较长时间里隐居终南山和辋川别墅，诗歌创作也偏向田园生活。

王维山水田园诗歌的主要内容是反映田园隐逸生活，描写自然山水。如《渭川田家》《山居秋暝》《终南山》《鸟鸣涧》《鹿柴》《竹里馆》《辛夷坞》等。

---

① 清响：竹露下滴的清脆响声。
② 恨：遗憾。
③ 中宵：半夜。

王维在山水田园诗创作上取得极高的艺术成就,主要表现在以下方面:

其一,"诗中有画,画中有诗"。王维以画法入诗,善于创造清新秀丽的意境。他的诗宛如一幅山水画,这与王维有意识地将绘画技法引入诗中是分不开的。如《汉江临泛》:"江流天地外,山色有无中。"江水天际,好像流出了天地之外,远山蒙蒙,若隐若现,若有若无。这俨然是水墨丹青妙手造就的山水画。再如《山居秋暝》的"明月松间照,清泉石上流",营造的亦是清新秀丽的诗境。

其二,精巧的艺术构思。王维善于捕捉富于生活情趣的意象;善于在动态中捕捉自然景物的光和色,在诗里表现浓郁的生活气息和丰富的色彩层次感。如写人事的"人闲桂花落""山路元无雨,空翠湿人衣""空山不见人,但闻人语响""竹喧归浣女,莲动下渔舟"等;写景物色彩的"日落江湖白,潮来天地青""泉声咽危石,日色冷青松""荆溪白石出,天寒红叶稀"等,无不体现出其高超的艺术构思。

其三,禅宗佛理的渗透。"禅"来自梵语,是"禅那"的首称,"禅那"即"思维修",静思的意思。王维追求的是一种空寂宁静的境界,用禅宗的静思参悟来欣赏品味自然山水之美,在自然界中自我陶醉,物我两忘,使诗歌呈现出清幽、恬静、闲淡、自在、冷寂的审美境界。如《辛夷坞》:"木末芙蓉花,山中发红萼。涧户寂无人,纷纷开且落。"王维在诗中欣赏寂静,在寂静中体察感悟自然生机的空静之美。另一种是以动衬静,使静显得更为寂静。

其四,语言清新明快,音节和谐响亮,富于音乐美。如王维《竹里馆》:"独坐幽篁里,弹琴复长啸。深林人不知,明月来相照。"这首诗说明王维精通音乐,也体现了其诗语言和音乐上的艺术特色。王维的诗歌创作各体皆工,尤工五律和五七言绝句,号为"诗佛"。

终南别业

中岁颇好道①,晚家南山陲②。
兴来每独往,胜事空自知③。
行到水穷处,坐看云起时。
偶然值林叟④,谈笑无还期⑤。

【导读】

这首诗写作者隐居终南山时的闲适怡乐、随遇而安之情,生动地刻画出一个超然物外的隐者形象。

诗的首联叙说自己中年时喜欢上研究佛理,次联写寄情山林的兴致和欣赏美景的乐趣。"兴来每独往,胜事空自知",透露出一种内心的闲适和心灵的纯净。作者似乎已经放下世俗的羁绊和困扰,游走于天地之间而不谙所往,活出了一种超然物外,自由自在的生

---

① 道:这里指佛理,王维的母亲长期信奉佛教,王维也深受影响。
② 南山陲:指辋川别墅所在地。
③ 胜事:快意之事。
④ 值:遇见。林叟:山林中的老人。
⑤ 无还期:没有回去的准确时间。

命状态。第三联"行到水穷处,坐看云起时",写自己心境闲适,随意而行,无拘无束,自由自在。溪水不因外物而停止流淌,云彩不因外物而放弃飘游,一切都随意自然,体现出的是物我的契合和自我的超脱。最后一联,进一步写出悠闲自得的心情。"偶然值林叟,谈笑无还期",诗人与林叟,偶然遇到,兴致突发,则畅谈心声,彼此深刻体悟理解着对方的心灵。兴致尽,心归于平静,就安居一地,相安无事。字里行间,渗透着禅机佛理。

综观全诗,人与山、水、云等自然事物,"我"与林叟都各自保留着自己的精神净土,看似感情冷淡,字里行间却透出温馨,同时也毫无拘束地表现出诗人恬淡的天性和超然物外的风度。

【选评】

右丞此诗,有一唱三叹不可穷之妙。([元]方回《瀛奎律髓》)

李　白

【简介】　李白(701—762),字太白。祖籍陇西成纪(今甘肃天水),其先世隋末移居碎叶(在今吉尔吉斯共和国境内),李白即出生于此。5岁时随父迁于绵州昌明县(今四川江油市)青莲乡,因自号青莲居士。公元725年出蜀漫游,踪迹遍及半个中国。742年奉诏入京供奉翰林,744年便被赐金放还,再度开始漫游生活。安史乱中,他隐居庐山屏风叠,后应邀入永王李璘幕府。李璘事败,受累被判长流夜郎,行至巫山遇赦。晚年依族人李阳冰,762年卒于当涂(今安徽当涂)。李白今存诗1000余首,有《李太白集》。

李白的思想体现出儒、道、侠三者兼综的特点。儒家济时用世的思想和忧患意识始终影响着李白,而道家超尘出世、追求自由的人格精神及道教的神仙思想,也始终沾溉着李白人格和理想,李白身上还渗透了游侠和纵横家的侠义精神和人格理想。

作为唐代最伟大的浪漫主义诗人,李白的诗歌达到了中国古代诗歌浪漫主义的高峰。李白的诗歌思想内容丰富博大,反映现实生活,描写壮美山河,表现个人理想抱负,抒发壮志豪情,感慨人生失意。李白诗歌的艺术成就主要体现在以下几个方面:

一是诗中塑造了强烈的自我形象。李白的诗在抒写理想时总是充满自信,如他说:"天生我材必有用"(《将进酒》),"长风破浪会有时"(《行路难》其一)。他的诗在倾吐苦闷时又总是直抒胸臆,大声嗟叹:"弃我去者,昨日之日不可留,乱我心者,今日之日多烦忧"(《宣州谢朓楼饯别校书叔云》),毫无保留地倾吐出来。

二是诗中充满丰富奇特的想象。李白善于借助梦境、仙界,捕捉超现实的意象,描绘一个个瑰丽的理想世界。如《梦游天姥吟留别》既写梦境,又写仙界,境界神奇,色彩缤纷。他融汇传说、神话,大胆想象,既描写客观世界,又抒写浪漫情怀。如《蜀道难》一诗,就融汇了蚕丛开国、五丁开山、六龙回日等神话传说,描绘出一个奇险的客观世界,渲染了蜀道的艰难险阻。

三是诗中善用大胆的夸张和新奇的比喻。李白诗歌运用夸张既大胆又合理,且往往和新奇的比喻结合,使浪漫主义特色更加突出。如"白发三千丈,缘愁似个长"(《秋浦歌》

其十五),"燕山雪花大如席"(《北风行》)等就是著名的例子。

四是诗歌语言清新直率。如李白的《子夜吴歌》《静夜思》等名篇,语言明白如话,清新朴素,可谓"清水出芙蓉,天然去雕饰"。

李白的诗歌以蓬勃的浪漫气质表现出无限生机,成为盛唐之音的杰出代表,从而出色地完成了初唐以来诗歌革新的历史使命。李白及其诗歌对当时和后世诗人也产生了广泛影响。他追求理想、向往自由、反抗权贵的精神,他雄奇飘逸的诗风,对后世李贺、苏轼、陆游、高启、龚自珍等历代诗人均有深远影响。

塞下曲①

五月天山雪,无花只有寒②。
笛中闻折柳,春色未曾看③。
晓战随金鼓④,宵眠抱玉鞍。
愿将腰下剑,直为斩楼兰⑤。

【导读】

现存李白诗集中共有《塞下曲》六首,是以唐代流行的乐府题目写边塞生活。这首诗是组诗的第一首,主要描写了边地的寒冷荒凉景象和紧张的军旅生活,以此衬托边塞将士不畏艰苦的乐观精神和英勇杀敌的爱国精神。

【选评】

此为边士求立功之词。言处寒苦之地,晓则出战,夜不解鞍,欲安所表树乎?思斩楼兰以报天子耳。雪入春则无花,五月,可知真春光不到之地也。([明]唐汝询《唐诗解》)

江上吟⑥

木兰之枻沙棠舟,玉箫金管坐两头⑦。
美酒樽中置千斛⑧,载妓随波任去留。

---

① 塞下曲:出于汉乐府《出塞》《入塞》等曲,属《横吹曲辞》。
② "无花"句:意思是不见花开,只有寒意。
③ "笛中"二句:意思是只能从笛中听到《折杨柳》曲,却看不到春色。折柳,即汉《横吹曲》之《折杨柳》。
④ 金:战斗中用来号令进退的金属乐器。
⑤ 楼兰:汉代西域国名,遗址在今新疆维吾尔自治区若羌县西,唐时已不存在。这里"楼兰"借指当时在西北地区与唐为敌的各少数民族。
⑥ 这首诗是公元743年(唐玄宗开元二十二年)李白游江夏(今湖北武汉)时作。江,指汉江。
⑦ "木兰"二句:木兰枻、沙棠舟,这里形容船和桨的名贵。木兰,即辛夷,香木名。枻(yì),船桨。玉箫金管,用金玉装饰的箫笛。此处代指吹箫笛等乐器的歌妓。
⑧ 樽:盛酒的器具。置:盛放。斛:古时十斗为一斛。

仙人有待乘黄鹤^①,海客无心随白鸥。

屈平词赋悬日月^②,楚王台榭空山丘^③。

兴酣落笔摇五岳^④,诗成笑傲凌沧洲^⑤。

功名富贵若长在,汉水亦应西北流。

【导读】

　　这首诗以作者江上的遨游起兴,表现了他对庸俗、羁绊心灵的社会现实的蔑弃和对自由、美好的人生理想的追求,是一首很能体现李白复杂矛盾的人生理想和生活态度的诗。

　　李白一生放荡不羁,孤傲不群,他向往不受拘束、自由自在的生活。然而,在现实中又屡屡受挫。所以,李白往往又是矛盾的,他希望"明朝散发弄扁舟",过上乘舟归隐的生活,但这并非意味着他会甘于清贫。换言之,即使归隐,他也要乘着名贵的沙棠舟,划着名贵香木制作的船桨,有悦耳的音乐听,有甘洌的美酒酣饮,有美丽的歌妓陪伴,这样华丽的归隐才是李白心中向往的。李白之所以有如此浪漫的想法,是因为他是高度自信的,他认为自己的诗歌会如屈原辞赋一样日月永恒,而帝王权贵的歌台楼榭早已化为山中的废墟。他相信"天生我材必有用,千金散尽还复来",他自认"兴酣落笔摇五岳,诗成笑傲凌沧洲",这是因为他生于盛唐,时代给予了他选择和表达狂傲的自由。狂放不羁的李白,以睥睨天下的才华来张扬个性,追求生命的价值。他既渴望权力富贵却又不愿折腰献媚,他既向往自由洒脱却又难舍功名的诱惑,这就是真实而又矛盾的李白。

　　这首诗形象鲜明,感情激扬,气势奔放,音调浏亮,无论在思想上还是艺术上,都能充分显示出李白浪漫主义诗歌的特色。

【选评】

　　似此章法,虽出自逸才,未必不少加惨淡经营,恐非斗酒百篇时所能构耳。(〔清〕王琦《李太白全集》卷七)

宣州谢朓楼饯别校书叔云^⑥

弃我去者,昨日之日不可留。

乱我心者,今日之日多烦忧。

长风万里送秋雁,对此可以酣高楼^⑦。

---

① 乘黄鹤:用黄鹤楼的神话传说。黄鹤楼故址在今湖北省武汉市武昌区西黄鹤山上。旧传仙人王子安曾驾黄鹤过此。

② 屈平:屈原,名平。

③ 台榭:泛指楼台亭阁。榭,台上建有房屋叫榭。

④ 五岳:指东岳泰山、西岳华山、南岳衡山、北岳恒山、中岳嵩山。此处泛指山岳。

⑤ 凌:凌驾,高出。沧洲:江海。

⑥ 宣州:治所在今安徽省宣城市。谢朓楼:一名北楼,又称谢公楼,南齐谢朓为宣城太守时所建。校书:秘书省校书郎省称。叔云:李白族叔李云。

⑦ 酣:畅饮。高楼:指谢朓楼。

蓬莱文章建安骨①,中间小谢又清发②。
俱怀逸兴壮思飞,欲上青天览明月③。
抽刀断水水更流,举杯消愁愁更愁。
人生在世不称意④,明朝散发弄扁舟⑤。

【导读】

此诗为天宝十二载(753)秋作者游宣城谢朓楼时所作。

这首七言古诗,开篇便以极其突兀的方式,敞开心扉,直抒胸臆,表达自身强烈的苦闷之情。接着又立即将烦恼抛却一边,放眼万里长空,远望高飞秋雁,李白豪情满怀,高楼酣饮,怀古思今,共话饯别之情。"蓬莱文章建安骨",是称赞对方文采斐然;"中间小谢又清发",是肯定自己才华绝伦。在这酣饮之中,他"俱怀逸兴壮思飞,欲上青天览明月",似乎也忘记了尘世的烦恼,恍惚与李云一起离开人间,远上青天。这里既写出了诗人的鸿鹄之志,也暗含着友人分别时的落寞伤感。是的,梦终究会醒来,现实中的愤懑又岂是几杯酒水所能消解,离别后的重逢也非指日可待。清醒后的李白又很快从迷醉中回归现实,高喊"抽刀断水水更流,举杯消愁愁更愁。人生在世不称意,明朝散发弄扁舟",人生如此不称意,世间总有许多愁,姑且让我效仿范蠡,避世隐居,泛舟远游吧!满腹的忧愤、一身的狂傲在诗中显露无遗。

李白的诗歌就是这样,主观色彩强烈,劈空而来,戛然而止,一气贯穿,无迹可寻;大起大落,纵横跌宕,汹涌澎湃。其人生的理想和现实的矛盾也正是在喷涌、宣泄的情感中得到了充分展示。

【选评】

遥情飙竖,逸兴云飞,杜甫所谓"飘然不群"者,此矣。千载而下,犹见酒间岸异之状,真仙才也。([清]爱新觉罗·弘历敕编《唐宋诗醇》)

杜 甫

【简介】 杜甫(712—770),字子美,自称杜陵布衣,少陵野老。祖籍襄阳(今湖北襄樊),自曾祖时迁居巩县(今河南巩义)。杜甫20岁后漫游三晋、吴越、齐赵一带。天宝三载(744)在洛阳与李白相识,同游梁、宋、齐、鲁。天宝五载(746)后,困居长安将近10年,直到天宝十四载(755)才获得右卫率府胄曹参军的官职。安史之乱爆发后,肃宗在甘肃灵

---

① 蓬莱:海上神山。汉代官家著述和藏书之所称为东观,学者又称之为"老氏藏书室,道家蓬莱山"。唐人多以蓬山、蓬阁指秘书省,李云是秘书省校书郎,故用蓬莱文章借指李云文章。建安骨:建安风骨。指刚健遒劲的诗文风格。
② 小谢:谢朓。清发:清新秀发。
③ 览:同"揽",摘取。
④ 不称意:不如意。
⑤ 散发弄扁(piān)舟:意思是避世隐居。

武即位,杜甫企图赶往灵武,途中,为叛军所俘,押至长安后逃出,至凤翔,谒见肃宗,官左拾遗。故世称"杜拾遗"。长安收复后,随肃宗还京,不久因房琯事,被贬为华州司功参军。后弃官入蜀,筑草堂于成都浣花溪上,世称浣花草堂。曾被剑南节度使严武表为节度参谋、检校工部员外郎,故世称"杜工部"。杜甫晚年携家出蜀,后病逝于湘江舟上。今存诗1 400多首,有《杜工部集》。

杜甫深受儒家思想影响,儒家的仁政、民本思想以及忧患意识都深深地根植于他的思想血脉之中。杜甫一生忧国忧民、积极用世,始终关心国家的命运与民生的疾苦。杜甫的诗歌以深刻的思想和丰富的内容,广泛地反映了那一时期历史的真实,因此历来有"诗史"之称。

杜甫的诗把抒写个人的遭际与国家命运、民生疾苦结合起来,表达忧国忧民的思想情感,如《自京赴奉先县咏怀五百家》《春望》《闻官军收河南河北》《茅屋为秋风所破歌》等。杜甫的诗还深刻地反映了唐代的社会矛盾,揭露和批判统治者骄奢暴虐的行为以及战争、徭役给人民造成的灾难和痛苦,表现出深刻的现实批判精神,如《丽人行》、《兵车行》、"三吏"、"三别"等。杜甫还有登临抒怀、写景咏物、思亲怀友、咏史等内容的诗歌,如《登岳阳楼》《秋兴》《春夜喜雨》《月夜》《蜀相》等。

杜诗是博大深厚的思想内容和高度完美的艺术形式相结合的产物,具有极高的艺术成就,主要表现在:

一是反映现实生活高度概括。诗人善于选取具有典型意义的人或事,加以艺术概括,反映现实生活,揭示生活的本质,表现鲜明的爱憎。如《兵车行》、"三吏"、"三别"、《羌村三首》、《自京赴奉先县咏怀五百字》等。

二是描写事物真实细腻。诗人擅长对客观现实作真实而又具体的描写。如《垂老别》中,对老夫老妻无限伤心的心理状态的描写。

三是寓主观倾向于客观叙事之中。诗人善于把主观的思想感情融化在对客观事实的描述之中,让人物和事实本身说话。如《石壕吏》,全诗除"吏呼一何怒,妇啼一何苦"两句,稍露诗人爱憎感情外,其余都是对事件的客观白描,诗人的强烈爱憎、对事件的主观评价,都在白描中有所流露。

四是语言高度凝练,丰富多彩。杜诗语言概括性强,精练准确,丰富多彩,通俗自然。如《登高》首联的"急""高""清""白"四个形容字用得何等精练。颔联的"下""来"两个动词,概括得何等准确。颈联更是历来被誉为用字精练的范例,十四个字包含他乡作客、万里作客、经年作客、潦倒作客;深秋登高、独自登高、多病登高、暮年登高等多层可悲之意。此外,诗人也善用一些典雅清丽的语言,形象地写出事物的情态,如"留连戏蝶时时舞,自在娇莺恰恰啼"等。

五是杜诗完善了多种诗歌体式。杜诗众体兼长,几乎每一种体式都有名篇,如"即事名篇"的新题乐府(如《兵车行》《悲陈陶》)。五、七言古诗由过去的篇幅较短发展为鸿篇巨制(如《自京赴奉先县咏怀五百字》《北征》)。五、七律更是杜甫运用最多、成就最高的诗体,无论写景、抒情还是感时、怀古都写得格律精严,对仗工稳,音调和谐,意境沉雄,使律诗得到长足发展。

杜甫诗歌达到了我国古典诗歌艺术现实主义的发展高峰,并形成了独特的沉郁顿挫的艺术风格。所谓"沉郁",是指诗歌内容深广、意境雄浑、感情深沉;"顿挫",是指诗歌表达深情曲折,音调节奏起伏迭变、铿锵浏亮。

秋兴八首(其一)

玉露凋伤枫树林①,巫山巫峡气萧森②。
江间波浪兼天涌,塞上风云接地阴③。
丛菊两开他日泪④,孤舟一系故园心⑤。
寒衣处处催刀尺⑥,白帝城高急暮砧⑦。

【导读】

《秋兴八首》是杜甫于大历元年(766)秋在夔州创作的一组七言律诗。诗题中的"兴"读去声,意为因秋天而生发的情感。从759年弃官客居秦州开始,杜甫已漂泊七年,国家命运也未见好转,在秋日萧瑟之际,他自然触景感伤。这组诗表达了杜甫对国家的无限关怀,个人的哀怨也是基于此。诗中"每依北斗望京华""故国平居有所思"等句是全诗的纲领。由于心系长安,杜甫虽身在夔州,写夔州的篇幅少,写长安的篇幅多。长安是杜甫的第二故乡,他在这里生活、做官、耕田,但杜甫关心的不仅是个人的家园,更是整个国家。因此,诗中对长安的描写多与国家兴衰治乱有关,如曲江、昆明池等。这种爱国精神是《秋兴八首》的真正价值所在。

本篇为组诗的第一首,颔联紧承"气萧森"三字,绘出了高山峡谷间宏阔萧森的深秋景象。此联上句写巫峡,是由下而上;下句写巫山,是由上而下。只见江浪滔天,风云匝地,将深秋的萧瑟阴沉扩展于整个天地之间,写得波澜壮阔、气韵沉雄,并把诗人对国家丧乱的忧念融入了景物的描写之中,它是动荡不安的时代的象征。颈联由写景自然地转入抒情,"丛菊""孤舟"是眼前景,"他日泪""故园心"是心中情,"开"字、"系"字一语双关,前后勾连,使这一联情景交融、妙语天成。尾联以一片急促的捣衣声传出了客子还乡的急迫心情,留下了个凄凉的尾声。全诗以秋景起兴,以秋声作结,写景抒情,气象阔大,深沉悲壮,

---

① 玉露:白露。
② 巫山巫峡:指夔州(今奉节)一带的长江和峡谷。《水经注·江水注》:"江水历峡,东迳新崩滩。……其下十余里有大巫山。……其间首尾百六十里,谓之巫峡,盖因山为名也。自三峡七百里中,两岸连山,略无阙处,重岩叠嶂,隐天蔽日,自非亭午夜分,不见曦月。"萧森:萧瑟阴森。
③ "江间"二句:这两句极写景物萧森阴晦之状,自含郁勃不平之气。身世飘零,国家丧乱,一切无不包括其中,语长而意阔。江间,巫峡。兼天涌:波浪滔天。塞上,巫山。接地阴,风云匝地。
④ 两开:杜甫去年秋天在云安,今年秋天在夔州,回想离开成都以来的时间跨度,故用"两开"来表示两个秋天的菊花盛开。"开"字双关,不仅指菊花开,还指杜甫的眼泪随着菊花的开放而流。他日:有双重含义,一是指代过去。在古文中,"他日"可以指过去的某一天,如《南史》中所说的"他日所作"即前日所作。一是指代将来的某一天。本诗中,"他日泪"既指过去流的泪,也指将来还会流的泪,表明他的泪水已经流了很多年,不止于今年秋天。
⑤ "孤舟"句指杜甫将回乡的希望寄托在一条船上,但这条船总是停泊在江边开不出去,故用"孤舟"表达其孤独无奈的心境。系,双关,不仅指船只停泊在江边,还指他的心系在故乡,表达对故乡深切的思念。故园,长安。"故园心"不仅是全诗的总结和点睛之笔,还预示了《秋兴八首》后续诗章中的故国之思。
⑥ 催刀尺:赶裁冬衣。"处处催"见得家家如此,言外便有客子无衣之感。
⑦ 白帝城:今奉节,在瞿塘峡上口北岸的山上,与夔门隔岸相对。急暮砧:黄昏时急促的捣衣声。"砧"指捣衣石。

字字警拔,实为七律中不可多得的精品。

【选评】

此一首便包括后七首,而故园心,乃画龙点睛处,至四章故国思,读者当另着眼,易家为国,其意甚远!后面四章,又包括于其中。([明]王嗣奭《杜臆》)

《秋兴》首篇之前四句,叙时与景之萧索也,泪落于"丛菊",心系于"归舟",不能安处夔州,必为无贤地主也。结不过在秋景上说,觉得淋漓悲戚,惊心动魄,通篇笔情之妙也。([清]吴乔《围炉诗话》)

兵车行①

车辚辚②,马萧萧③,行人弓箭各在腰④。耶娘妻子走相送⑤,尘埃不见咸阳桥。牵衣顿足拦道哭,哭声直上干云霄⑥。道旁过者问行人,行人但云点行频⑦。或从十五北防河⑧,便至四十西营田。去时里正与裹头⑨,归来头白还戍边。边庭流血成海水,武皇开边意未已⑩。君不闻汉家山东二百州,千村万落生荆杞⑪。纵有健妇把锄犁,禾生陇亩无东西⑫。况复秦兵耐苦战,被驱不异犬与鸡⑬。长者虽有问⑭,役夫敢申恨⑮?且如今年冬,未休关西卒⑯。县官急索租,租税从何出?信知生男恶,反是生女好。生女犹得嫁比邻,生男埋没随百草。君不见青海头,古来白骨无人收⑰。新鬼烦冤旧鬼哭,天阴雨湿声啾啾⑱。

【导读】

《兵车行》是杜甫的自创新题,它运用乐府民歌的形式,揭露了唐玄宗长期以来的穷兵黩武、连年征战给人民造成的巨大灾难,蕴涵着深刻的思想内容。

诗歌首先叙写了送别的惨状:兵车隆隆,战马嘶鸣,新征的兵丁启程,路边亲人捶胸顿

---

① 行:本是乐府歌曲中的一种体裁。《兵车行》是杜甫自创的新题。
② 辚(lín)辚:车轮声。《诗经·秦风·车辚》:"有车辚辚"。
③ 萧萧:马嘶叫声。《诗经·小雅·车攻》:"萧萧马鸣。"
④ 行(xíng)人:指被征出发的士兵。
⑤ 耶:通假字,同"爷",父亲。走:奔跑。
⑥ 干(gān):冲犯。
⑦ 点行(xíng):按点名册点名征调壮丁。
⑧ 或:代词,有的,有的人。
⑨ 里正:唐制,每百户设一里正,负责管理户口、检查民事、催促赋役等。裹头:男子成丁,就要头巾,犹古之加冠。古时以皂罗(黑绸)三尺裹头,曰头巾。新兵因为年纪小,所以需要里正给他裹头。
⑩ 武皇:汉武帝刘彻。这里借武皇代指唐玄宗。唐人诗歌中常以"汉"代"唐"。
⑪ 荆杞(qǐ):荆棘与杞柳,都是野生灌木。
⑫ 陇(lǒng)亩:耕地。陇,同"垄",在耕地上培成一行的土埂,中间种植农作物。
⑬ "况复"二句:关中的士兵能顽强苦战,像鸡狗一样被赶上战场卖命。秦兵,指关中一带的士兵。
⑭ 长者:上文的"道旁过者",即杜甫。征人敬称他为"长者"。
⑮ "役夫"句:这是反诘语气,表现士卒敢怒而不敢言的情态。
⑯ "且如"二句:因为对吐蕃的战争还未结束,所以关西的士兵都不能罢遣还家。关西,指函谷关以西的地方。
⑰ 青海头:青海边。唐初也曾在这一带与突厥、吐蕃发生大规模的战争。
⑱ 啾啾:象声词,呜咽声。

足,哭声震天。从"道旁过者问行人"开始,诗人通过设问的方法,让当事者,即被征发的士卒作了直接倾诉,从抓兵、逼租两个方面,揭露了统治者穷兵黩武加给人民的双重灾难。诗人接着感慨道:生男不如生女好,女孩子还能嫁给近邻,男孩子只能丧命沙场。这种发自肺腑的血泪控诉,反映出战乱时期人们的无奈!最后,诗人用极其哀痛的笔调,描述了长期以来存在的悲惨现实:青海边的古战场上,平沙茫茫,白骨露野,阴风惨惨,鬼哭凄凄,一派寂冷阴森的情景。这种悲惨哀怨的鬼泣和开头那种惊天动地的人哭,形成了强烈的对照,而这一切正是"开边未已"所导致的恶果。诗人正是在看似客观冷静的叙述中饱含着对人民苦难的深切同情。

这首七言歌行,长短句紧密结合,读来音韵和谐,真切感人,还运用了通俗易懂的口语,自然亲切。诗风沉郁悲壮,确是一篇现实主义的杰作。

【选评】

此体创自老杜,讽刺时事而托为征夫问答之词。言之者无罪,闻之者足以为戒,《小雅》遗音也。篇首写得行色匆匆,笔势汹涌,如风潮骤至,不可逼视。以下出点行之频,出开边之非,然后正说时事,末以惨语结之。词意沉郁,音节悲壮,此天地商声,不可强为也。([清]爱新觉罗·弘历敕编《唐宋诗醇》)

韦应物

【简介】 韦应物(737—792),京兆长安(今陕西西安)人。出身于名门贵族,天宝十载(751)曾为玄宗宫廷侍卫三卫郎。安史乱后失官。后历任洛阳丞、京兆府功曹参军、尚书比部员外郎、滁州刺史、江州刺史、左司郎中等职,官终苏州刺史,世称"韦苏州"。他的诗歌以田园山水题材最为出名,也有不少反映民生,斥责贪吏、讽刺豪门的诗篇。韦应物艺术上深受陶渊明、王维的影响,形成一种闲淡简远的风格。后人以"陶韦"或"王孟韦柳"并称。有《韦苏州集》。

淮上喜会梁川故人①

江汉曾为客②,相逢每醉还。
浮云一别后③,流水十年间。
欢笑情如旧,萧疏鬓已斑。
何因不归去?淮上有秋山。

---

① 诗人大历四年秋自京赴扬州经楚州时作。淮上:淮水畔,此指楚州,治所在今江苏淮安。梁川:《唐诗品汇》卷十四"川"作"州"。梁州治所在今陕西汉中,德宗兴元元年改为兴元府。
② 江汉:长江、汉水流域,此偏指汉水。韦应物曾避乱居扶风,其地与梁州相近,或曾客梁州,故下云"流水十年间"。
③ "浮云"句:《文选》卷二九李陵《与苏武三首》:"仰视浮云驰,奄忽互相逾。风波一失所,各在天一隅。"李善注:"言浮云之驰,奄忽相逾,飘摇不定……以喻人之客游飞薄亦尔。"

【导读】

大历四年(769)秋,韦应物自长安远赴扬州,途经楚州时遇见梁州故人,惊喜之余,青春流逝、漂泊无着等情绪涌上心头,感慨而作此诗。首联回忆昔日与友人在梁州把酒言欢不醉不归的快乐时光。颔联感慨流年似水,匆匆一别就是十年。颈联悲欣交集,喜的是羁旅漂泊中故人重逢,友情如故;悲的是经年宦海沉浮,如今两鬓斑白,青春不再。尾联自问自答,"何因不归去? 淮上有秋山"。以淮上秋山作结,含蓄蕴藉,余味无穷。

【选评】

人如浮云易散,一别十年,又如流水,去无还期,二语道尽离别情绪。他如"旧国应无业,他乡到是归",其悲愤之思可见。([明]周珽《唐诗选脉会通评林》)

柳宗元

【简介】　柳宗元(773—819),字子厚,河东(今山西永济)人,世称"柳河东"。贞元九年(793)登进士第,授校书郎,调蓝田尉,升监察御史里行。参加王叔文集团,"永贞革新"失败后,被贬永州司马。十年后迁为柳州刺史,故又称"柳柳州",病死任上。

柳宗元既是古代著名的哲学家,又与韩愈共同倡导了古文运动,并称"韩柳",为"唐宋八大家"之一。其诗内容广泛,风格多样。其山水诗凄清冷淡,苏轼誉为"发纤秾于简古,寄至味于淡泊",与韦应物并称"韦柳"。

登柳州城楼寄漳汀封连四州刺史①

城上高楼接大荒②,海天愁思正茫茫③。
惊风乱飐芙蓉水④,密雨斜侵薜荔墙⑤。
岭树重遮千里目⑥,江流曲似九回肠⑦。
共来百越文身地⑧,犹自音书滞一乡⑨。

---

① 柳州:今广西柳州。漳:今福建漳州。汀:今福建长江。封:今广东封开。连:今广东连州。
② 接:目接,指视线所及。大荒:旷远的荒野。
③ 海天愁思:像大海苍天一般的无边无际的愁绪。
④ 惊风:狂风。飐(zhǎn):吹动。芙蓉:荷花。
⑤ 薜(bì)荔:一种蔓生灌木。
⑥ 重(chóng)遮:层层遮住。千里目:指远眺的视线。
⑦ 江:指柳江。九回肠:形容愁肠九转。
⑧ 百越:泛指五岭以南少数民族。文身:在身上刺花纹,古代少数民族风俗。
⑨ 犹自:仍然是。音书:音讯。滞:阻隔。

【导读】

这首诗是元和十年(815)夏柳宗元初任柳州刺史时所作。作者与刘禹锡、韩泰、韩晔(yè)、陈谏等人因参与王叔文集团政治革新而遭打击,这年他们五人同奉诏进京。由于朝中有人反对,不久又都外调而分别改官柳州、连州、汀州、漳州、封州刺史。

诗中首联写作者登楼远望,感物起兴,借眼前之景色,抒写对挚友之怀念,颔联写柳州风狂雨暴,芙蓉乱飐,密雨斜侵,既是感慨仕途险恶,又是抒发无罪遭贬的怨愤。颈联写诗人驰目远望,却被重岭密林阻隔视线,内心惆怅如愁肠九转。尾联写尽管四人都被贬到蛮荒之地,不能相见,但仍希望借书信来表达问候。整首诗感情凄凉激楚,充满着愤郁不平的感慨。

【选评】

登楼凄寂,望远怀人。"芙蓉""薜荔"皆增风雨之悲,"岭树""江流"弥搅回肠之痛。昔日同来,今成离散,蛮乡绝域,犹滞音书,读之令人凄然。([清]黄叔灿《唐诗笺注》)

元　稹

【简介】　元稹(779—831),字微之。洛阳(今属河南)人。早年家贫,15岁以明经擢第,21岁初仕河中府,25岁登书判拔萃科,授秘书省校书郎。曾任左拾遗、监察御史。因触犯宦官权贵,次年贬江陵府士曹参军。后历任通州司马、虢州长史。官至同中书门下平章事。

元稹的创作,以诗歌成就最高,与白居易齐名,并称"元白",同为新乐府运动倡导者。元稹在散文和传奇方面也有一定成就,其《莺莺传》为唐人传奇中的名篇。有《元氏长庆集》。

遣悲怀(其二)

昔日戏言身后意①,今朝都到眼前来。
衣裳已施行看尽②,针线犹存未忍开③。
尚想旧情怜婢仆④,也曾因梦送钱财⑤。
诚知此恨人人有⑥,贫贱夫妻百事哀。

---

① 戏言:开玩笑。身后:死后。
② 衣裳:指妻子生前所遗衣服。施:赠予别人。行:快要。
③ "针线"句:意思是不忍心打开亡妻生前做过的针线,害怕睹物思人,难以抑制。
④ "尚想"句:意思是因思念妻子的贤惠而对婢仆也平添了一种哀怜之情。
⑤ 送钱财:指给亡妻烧纸钱。
⑥ 诚:实在,的确。此恨:死别之恨。

【导读】

这是元稹悼念妻子韦丛的组诗中的第二首,本题共三首。清蘅塘退士曰:"古今悼亡诗充栋,终无能出此三首范围者,勿以浅近忽之。"

元稹的妻子韦丛死时年仅 27 岁,妻子的离去使诗人深感悲哀。诗中先从妻子生前的琐碎小事写起,往日的闲聊戏言如今却已成真,"针线犹存"却不忍打开,物是人已非,怎不让人触景伤怀?爱屋及乌,诗人又把思念和关爱施加于妻子生前的婢女和仆人,借此表达对妻子的深切爱意和宽慰之情。然而,一切都是徒劳,阴阳两隔是无法改变的现实。诗人心中的悲痛仍然无法化解,对妻子生前曾长期陪伴自己过着贫苦的生活,他心存愧疚,所以"贫贱夫妻百事哀",并非只是对贫穷的感慨,更是对妻子曾经陪伴自己饱受贫苦的愧疚。古代社会男尊女卑,文学史上悼念亡妻的诗文数量不多。西晋时期,潘岳的《悼亡诗》首开其端,至唐代,应属元稹的悼亡诗写得最好,此外,苏轼的《江城子》(乙卯正月二十日夜记梦)、贺铸的《鹧鸪天》(重过阊门万事非)、陆游的《沈园》(二首)都是感人至深的悼亡文字。

【选评】

古来佳篇,得性情之正者,正复不少,兹略述左方,以俟三隅之反云尔。四夫妇:苏子卿《别妇》、潘安仁《悼亡》二首、张正言《春园家宴》、元微之《遣悲怀》。(徐英《诗法通微》)

李　贺

【简介】　李贺(790—816),字长吉,昌谷(今河南宜阳)人,唐皇室远支。因避家讳,不得参加进士科考试。曾官奉礼郎。年少失意,郁郁而死。他早岁工诗,深受韩愈赏识。他以苦吟著称,诗歌多抒发怀才不遇之感,格调较为灰暗低沉。尤长乐府,其诗造语奇特、想象怪异、辞藻瑰丽、幽凄冷艳。有《李长吉歌诗》。

金铜仙人辞汉歌(并序)

魏明帝青龙九年八月①,诏宫官牵车西取汉孝武捧露盘仙人②,欲立置前殿。宫官既拆盘,仙人临载,乃潸然泪下。唐诸王孙李长吉遂作《金铜仙人辞汉歌》。

---

① 青龙九年:公元 233 年,应是青龙五年之误,因这一年三月即改元景初,"九"是作者误记。
② 汉孝武:汉武帝。在长安建章宫造神明台,上铸铜仙人,以掌托盘盛露水,和玉屑而饮,以求成仙。魏明帝景初元年(237)曾命人从长安拆移铜人,迁置于洛阳前殿,传说铜人在拆除时下泪。后因铜人太重,留在灞垒。

茂陵刘郎秋风客①,夜闻马嘶晓无迹②。
画栏桂树悬秋香,三十六宫土花碧③。
魏官牵车指千里④,东关酸风射眸子⑤。
空将汉月出宫门⑥,忆君清泪如铅水⑦。
衰兰送客咸阳道⑧,天若有情天亦老⑨。
携盘独出月荒凉⑩,渭城已远波声小⑪。

【导读】

大唐帝国自安史之乱后,便江河日下,走向没落。作为生活在这一历史时期的诗人,其诗歌创作中不可避免地烙上了时代的印痕。

诗人写作此诗时,刚刚去官,由京入洛。作为唐室宗支的他,即借金铜仙人辞汉故事,既抒发古今兴亡之叹,又表达自身怀才不遇之感。铜人本是无情之物,却在离宫之时潸然落泪,诗人由此发出"天若有情天亦老"的奇想。曾经象征国家强盛的金铜仙人都已离开,往日繁华的宫阙也已荒芜,世事就是如此无常,历史这样无情,而自己短暂脆弱、怀才不遇的一生岂不更是让人伤感万千。

这首诗交织着作者的家国之痛和身世之悲,"天若有情天亦老"更是以其奇绝的想象而成为脍炙人口的名句。因此,北宋司马光《温公续诗话》云:"李长吉歌'天若有情天亦老',人以为奇绝无对。曼卿对'月如无恨月常圆',人以为勍(qíng)敌'。"

【选评】

此意思非长吉不能赋,古今无此神妙。神凝意黯,不觉铜仙能言,奇事奇语,不在言。读至"三十六宫土花碧",铜人泪堕,已信。末后三句,可为断肠。后来作者,无此沉着。亦不忍极言其妙。([明]高棅《唐诗品汇》引刘辰翁评)

白居易

【简介】 白居易(772—846),字乐天,晚号香山居士。祖籍太原,后迁居为下邽(今陕西渭南)人,生于郑州新郑(今属河南),贞元十六年(800)进士及第,十八年中书判拔萃科,

---

① 茂陵刘郎:指汉武帝刘彻,死后葬茂陵,故称。秋风客:汉武帝曾作《秋风辞》。
② "夜闻"句:想象汉武帝若知铜人将被拆迁而于头天晚上显灵的情景。
③ 三十六宫:西汉时长安有离宫别馆三十六所。土花:青苔。
④ 指千里:指向千里之外的洛阳。
⑤ 东关:东边城门。长安在洛阳西边,故出东关。酸风:使人鼻酸的秋风。眸子:眼珠。
⑥ "空将"一句:铜人孤零零地和曾经照见过汉代的月亮一同离开汉宫时,想起汉武帝,不禁流下了两行清泪。将,与、和。
⑦ 君:指汉武帝。铅水:铜人流的眼泪。
⑧ 衰兰:衰谢的兰草。客:指铜人。咸阳:秦都城,这里借指长安。
⑨ "天若"句:苍天如果是有感情的,也会因为常哀伤而衰老。
⑩ 盘:指铜人承露盘。
⑪ 渭城:本指咸阳,汉时改名渭城,这里借指长安。

授秘书省校书郎。元和元年(806)中才识兼茂明于体用科,补盩厔(今陕西周至)县尉。不久入为翰林学士,改左拾遗、左赞善大夫。元和十年(815)因上书言事,被贬为江州司马。后历任忠州、杭州、苏州刺史。因晚年官太子少傅,故世称"白傅""白太傅"。

白居易与元稹相友善,皆以诗名,时号"元白"。又与刘禹锡齐名,并称"刘白"。白居易创制了"元和体",又是新乐府诗歌运动的主要倡导者,主张"文章合为时而著,歌诗合为事而作",强调诗歌的现实内容和社会作用。除了大量的讽喻、闲适题材诗篇之外,白居易还有感伤诗一百多首,其中广为传诵的《长恨歌》和《琵琶行》两首叙事长诗,更是千古传唱的名篇。白居易今存诗2800多首,是唐代存诗数量最多的诗人。有《白氏长庆集》。

问刘十九

绿蚁新醅酒①,红泥小火炉。
晚来天欲雪②,能饮一杯无③?

【导读】

这是一首邀朋友喝酒的诗,作于元和十二年(817)。白居易时年46岁,正在江州司马任上。刘十九是作者在江州时的朋友,名字不详。"十九",是指排行。一首短短的小诗,却写得情趣盎然。前两句"绿蚁新醅酒,红泥小火炉",从新酿制的米酒、暖暖的火炉入笔,营造出暖和温馨的气氛,同时为欢迎朋友的到来做好了铺垫。"晚来天欲雪,能饮一杯无",极具画面感。主客间如叙家常,情真意诚,语言朴素亲切,富于生活气息,表现出了朋友间坦诚亲密,其乐融融的关系。

【选评】

寻常之事,人人意中所有,而笔不能达者,得生花江管写之,变成绝唱,此等是诗也。(俞陛云《诗意浅说续编》)

轻 肥

意气骄满路④,鞍马光照尘。
借问何为者,人称是内臣⑤。
朱绂皆大夫⑥,紫绶或将军⑦。
夸赴军中宴,走马去如云。

---

① 绿蚁:新酿的米酒,在未过滤时,酒液面上浮有一层酒渣,色微绿,细如蚁,故称为"绿蚁"。醅(pēi):是指没有滤过的酒。
② 晚来:傍晚。
③ 无:同"否"。
④ 意气:好胜逞强之气。《玉台新咏》卷一《白头吟》:"男儿重意气,何用钱刀为。"
⑤ 内臣:内侍之臣,多由宦官充任,即指宦官。
⑥ 朱绂(fú):唐制五品以上官员衣朱,唐人通以"朱绂"指衣朱。
⑦ 紫绶:绶为丝带,用以系印。《史记·范雎蔡泽列传》:"怀黄金之印,结紫绶于要。"

樽罍溢九酝①，水陆罗八珍②。
果擘洞庭橘③，脍切天池鳞④。
食饱心自若⑤，酒酣气益振。
是岁江南旱，衢州人食人⑥。

【导读】

这首诗是白居易《秦中吟》十首中的第七首。《秦中吟》自序说："贞元、元和之际，予在长安，闻见之事，有足悲者。因直歌其事，命为《秦中吟》。"诗题"轻肥"，取自《论语·雍也》中的"乘肥马，衣轻裘"，用以概括豪奢生活。此题在《才调集》中作《江南旱》。

这首诗揭露了统治阶级奢侈豪华的生活，并以人民的饥饿死亡作对照，意图与杜甫的"朱门酒肉臭，路有冻死骨"相同。前八句通过宦官们"夸赴军中宴"的场面，着重揭露其骄奢，形象地表现出赴军中宴的内臣不是一两个，而是一大帮。紧接着的六句，通过内臣们在军中宴的场面，主要写他们的奢侈，同时也写了他们的骄横。以上几句，淋漓尽致地描绘出内臣行乐图。然而，诗人笔锋一转，当这些内臣酒醉饱食之时，江南却正在发生"人食人"的惨状，从而将诗的思想意义提升到新的高度。同样遭遇旱灾，却一乐一悲，判若天壤。

这首诗运用了对比的方法，将两种截然相反的社会现象并列在一起，诗人不作任何说明，不发一句议论，让读者通过鲜明的对比，得出应有的结论。末二句直赋其事，奇峰突起，使全诗顿起波澜，令读者动魄惊心。

【选评】

与少陵忧黎元同一心事。（［清］宋宗元《网师园唐诗笺》）

诗贵和缓优柔，而忌率直迫切。元结、沈千运是盛唐人，而元之《舂陵行》《贼退诗》，沈之"岂知林园主，却是林园客"，已落率直之病。乐天《杂兴》之"色禽合为荒，政刑两已衰"，《无名税》之"夺我身上暖，买尔眼前恩。进入琼林库，岁久化为尘"，《轻肥》篇之"是岁江南旱，衢州人食人"，《买花》篇之"一丛深色花，十户中人赋"等，率直更甚。（［清］吴乔《围炉诗话》）

杜　牧

【简介】　杜牧（803—852），字牧之，京兆万年（今陕西西安）人。祖居长安南樊川，世

---

① 樽、罍（léi）：均为酒器。九酝：一种名酒。《唐国史补》卷下："酒则有……宜城之九酝。"
② 水陆八珍：水产和陆产的各种美味。《周礼·天官·膳夫》："珍用八物。"八珍之名，说法不一。
③ 擘（bò）：剖。洞庭橘：吴中洞庭以产橘著名。吴均《饼说》："洞庭负霜之橘，仇池连蒂之椒。"
④ 脍（kuài）：鱼肉细切。天池：海之别称。
⑤ 自若：自得，自在。
⑥ 衢（qú）州：唐属江南东道，今浙江衢州。《旧唐书·宪宗纪》：元和三年，"是岁淮南、江南、江西、湖南、山南东道旱"。

称杜樊川。其祖父杜佑是中唐著名政治家、史学家,历任三朝宰相。杜牧于文宗大和二年(828)中进士,历任监察御史、左补阙、史馆修撰,黄、池、睦、湖等州刺史,司勋员外郎,官终中书舍人。杜牧的诗、赋、古文都很有名,而以诗的成就最高,他的诗众体皆备、题材广泛、风格多样,尤长于七言律诗和七言绝句,多伤时感事之作,咏史诗独具眼光、见解精辟。其诗豪放爽朗、清新俊逸,于拗折峭健之中,见风华掩映之美。杜牧与李商隐齐名,并称"小李杜"。有《樊川文集》。

九日齐山登高①

江涵秋影雁初飞,与客携壶上翠微②。
尘世难逢开口笑,菊花须插满头归。
但将酩酊酬佳节③,不用登临恨落晖。
古往今来只如此,牛山何必独霑衣④。

【导读】

这首诗写于唐武宗会昌五年(845),其时杜牧由黄州调任池州刺史,好友张祜前来拜访。壮志难酬,两个失意之人登上池州东南的齐山。凭高望远,秋光满目,诗人即景抒情,写下这首诗。首联视野开阔,俯仰之间,澄江如练,倒映着秋光云影,天上大雁南飞,诗人与远道而来的好友携酒登高。颔联与颈联感慨人生多忧,庄子说:"人上寿百岁,中寿八十,下寿六十,除病庾、死丧、忧患,其中开口而笑者,一月之中,不过四五日而已。"有朋自远方来,难得碰上开口笑的日子,此时理应暂且抛开万千烦忧,开怀畅饮,把菊花插个满头再归去。尾联用"牛山下泣"这个典故,既是劝慰老友,也是自我开导,要乐天知命、随遇而安,同时抒发了郁积于胸的感慨与不平。

【选评】

他(杜牧)是一个有政治远见和抱负的人,但其为国为民的努力往往由于被迫无所作为而落空,因此在他的诗中,愤惋、旷达、颓废的情绪都有。即如此诗,消沉中就含有执着,说"不用登临叹落晖",也就是屈原的"欲少留此灵琐兮,日忽忽其将暮"的心情,不过是正言若反罢了。(程千帆、沈祖棻《古诗今选》)

---

① 九日:九月九日,即重阳节,古人在这一天要登高饮菊花酒。齐山:在今池州市贵池区东。
② 翠微:远山的青色,此处即代表山。
③ 酩酊:喝酒醉了谓之酩酊。
④ "牛山"句:春秋时,齐景公登牛山(在齐国都城临淄),北望齐国说:"美哉国乎! 使古而无死者,则寡人将去此而何之?"于是伤感,泣下沾襟。

李商隐

【简介】 李商隐(813?—858),字义山,号玉谿生,又号樊南生。怀州河内(今河南沁阳)人。9岁丧父,少有文名。开成二年(837)进士,授秘书省校书郎,补弘农尉,次年入泾原节度使王茂元幕府。当时牛(僧孺)、李(德裕)党争激烈,李商隐被卷入其中,政治上受到排挤,在牛、李两党的倾轧中,长期困顿失意,潦倒终生。曾先后做过校书郎、县尉、秘书省正字、节度判官等一类小官。

李商隐在诗歌创作上取得了杰出的成就,与杜牧齐名,时称"小李杜",又与温庭筠齐名,并称"温李"。他的诗秾艳绮丽、寄托遥深、幽微含蓄、深情绵邈,善于用典故和神话传说,通过想象、联想和象征,构成丰富多彩的艺术形象。尤其是爱情诗含蓄朦胧、哀艳凄美、内涵丰富、感情真挚,具有独特的艺术魅力。有《李义山文集》。

无 题

来是空言去绝踪,月斜楼上五更钟。
梦为远别啼难唤,书被催成墨未浓。
蜡照半笼金翡翠①,麝熏微度绣芙蓉②。
刘郎已恨蓬山远③,更隔蓬山一万重。

【导读】

这首诗是李商隐《无题四首》的第一首,抒发主人公对身处天涯海角的情人的思念之情。

全篇紧紧围绕"梦"来写相思之苦、离别之恨。首联写主人公从梦中醒来,却见不到梦中人的身影,失望之余埋怨对方爽约:说要来相会只是句空话。梦中两人一场欢聚,美好甜蜜,醒来后却是现实中的天各一方,更加让人失落孤凄;无眠的主人公在楼上痴痴等待,一直到月上西楼,五更钟响。领联写主人公难以抑制思念之情,于是急切地提笔给对方写信倾诉相思,甚至连墨还没有研磨好就着急动笔,这两句重点写相思之深、思念之切。颈联可以理解为主人公独守空房的寂寞孤独,房中陈设华丽香艳,本应是两人的爱巢,见证多少恩爱缠绵,如今两人却被现实生生拆散,这种对比让人为之伤怀。尾联借助刘晨、阮肇的传说进一步渲染两人相距之远,遥不可及。

全诗构思巧妙,有力地突出爱情中理想与现实、完美与残缺的巨大反差,全诗也充满迷离恍惚、似真似幻的情感氛围。

---

① 半笼:半映。指烛光隐约,不能全照床上被褥。金翡翠:指饰以金翠的被子。《长恨歌》:"翡翠衾寒谁与共。"
② 麝(shè):本动物名,即香獐,其体内的分泌物可作香料。这里即指香气。度:透过。绣芙蓉:指绣花的帐子。
③ 刘郎:相传东汉时刘晨、阮肇一同入山采药,遇二女子,邀至家,留半年乃还乡。蓬山:蓬莱山,后来泛指仙境。

【选评】

此有函期不至，故言"来是空言"而去已绝迹，待久不至，又当此月斜钟尽之时矣。唯其空言，所以梦为远别，啼难唤醒，而裁书作答，催成墨淡也。想君此时蜡烛犹笼，麝香微度，而我不得相亲。比之刘郎之恨，不更甚哉！刘郎，宜指刘晨。（［清］廖文炳解《唐诗鼓吹》）

温庭筠

【简介】　温庭筠(812—870)，字飞卿，太原祁(今山西祁县)人。出身世家，才思敏捷。性格倨傲，放荡不羁，常讥讽权贵，为时所忌，屡试不第。曾授隋县及方城尉，官终国子助教。温庭筠才情斐然，诗词俱工，其诗歌创作，辞藻华丽，与李商隐并称"温李"。词的创作，开花间一派，与韦庄并称"温韦"，是晚唐词作最多的词人。有《温飞卿诗集》。

更漏子

玉炉香，红蜡泪，偏照画堂秋思①。眉翠薄②，鬓云残，夜长衾枕寒。　　梧桐树，三更雨③，不道离情正苦④。一叶叶，一声声，空阶滴到明。

【导读】

这首词写秋思离情，刻画了一个独守空房、孤寂凄苦的思妇形象。

上片写华丽精美的室内，女子却鬓发如云，凌乱不堪，夜已深深，女子却辗转反侧，难以入眠。下片写梧桐夜雨的室外之景，秋雨声声，衬托女子之愁思满腹。整首词非常善于对意象进行选择，每一个意象都蕴含着主人公的情思。如"红蜡泪"中的"泪"不仅仅是蜡泪，更是女子的伤心之泪。尤其是下片"梧桐树，三更雨，不道离情正苦"，化用了传统的"梧桐雨"意象，象征女子思念之悲苦。此外，这首词在叠词的运用上，"一叶叶，一声声，空阶滴到明"也极其恰切，委婉形象地表现出女子长夜相思的苦痛。

【选评】

飞卿此词，自是集中之冠。寻常情景，写来凄婉动人，全由秋思离情为其骨干。宋人"枕前泪共窗前雨，隔个窗儿滴到明"，本此而转成淡薄。温词如此凄丽而有情致，不为设色所累者，寥寥可数也。（［清］李冰若《栩庄漫记》）

---

① 画堂:描有彩绘的华丽居室。
② 眉翠:眉上所画的黛色。薄:淡。
③ 三更:古人把一夜分为五更。三更,指夜里十一时到凌晨一时。
④ 不道:不顾,不理会。

韦 庄

【简介】 韦庄(836? —910),字端己,京兆杜陵(今陕西西安)人。少孤居力学,屡试不第。唐昭宗乾宁元年(894)中进士,授校书郎。王建称帝于蜀以后,仕于蜀,官至吏部侍郎,兼平章事,卒谥文靖。工诗能词,曾作长诗《秦妇吟》,时人称为"秦妇吟秀才"。韦庄为花间词派代表作家,词与温庭筠齐名,并称"温韦"。词风清丽,寓浓于淡。有《浣花集》。

思帝乡

春日游,杏花吹满头。陌上谁家年少①,足风流②。妾拟将身嫁与③,一生休。纵被无情弃,不能羞。

【导读】

这是一首爱情词,词中先写景,后写人,再抒情。从春日杏花纷纷到陌上翩翩少年,再到将身嫁与、弃不羞,事件一层层递进,情感一步步深入。全词仅用 34 字,却生动地勾画出一个率真多情的少女对爱情的无限憧憬和坚定追求,给读者一种纯真的感动和丰富的联想。

【选评】

小词以含蓄为佳,亦有作决绝语而妙者。如韦庄"谁家年少,足风流。妾拟将身嫁与,一生休。纵被无情弃,不能羞"之类是也。牛峤"须作一生拚,尽君今日欢",抑亦其次。柳耆卿"衣带渐宽终不悔,为伊消得人憔悴",亦即韦意,而气加婉矣。([清]贺裳《皱水轩词荃》)

李 璟

【简介】 李璟(916—961),字伯玉,徐州人,南唐开国主李昇之子,李煜之父,28 岁(943)即位。958 年奉表称臣于周,去帝号,称南唐国主,史称南唐中主。961 年卒,在位19 年。李璟"多才艺,好读书",在文学上成就卓然,可惜的是,留下来的词只有 4 首。

---

① 年少:少年。
② 足:十分。
③ 拟:打算。

摊破浣溪沙

菡萏香销翠叶残①，西风愁起绿波间。还与容光共憔悴，不堪看。
细雨梦回鸡塞远②，小楼吹彻玉笙寒③。多少泪珠何限恨，倚阑干④。

【导读】

这首词作于李璟登上皇位不久后，《类编草堂诗余》卷一误为李煜作，题名《秋思》。

词的上片着重写景，描绘了荷花凋零、秋风吹起的肃杀气息。作者通过对荷花凋零、荷叶残败以及清澈的水波的生动描写，刻画了秋天的凄凉景象。在描述荷花凋零时，用了"香销""翠残"等词语，唤起了观者对荷花昔日风华的美好回忆，将美好与凋败相对照，突显了岁月更迭的无常和人事的沧桑。通过对景物的描写，诗人将内心的感受融入自然景物之中，表达了对逝去时光的追忆和对未来的忧虑。

下片则承接了上片的意境，以人情为主线，表达了对远方爱人的思念之情和内心的孤寂。细雨、梦境和吹笙的情节交织，勾勒出一幅幽幽凄凉的画面。词中的"细雨梦回鸡塞远"一句，将梦境与现实交织，表达了对远方爱人的深深思念，而"小楼吹彻玉笙寒"则将孤寂之感推向高潮，通过乐曲的凄美，唤起了多少无尽的思绪和伤感。最后的"倚阑干"，表达了作者在孤寂中默默消受悲苦的心境。整首词情感真挚，意境深远。

【选评】

字字佳，含秋思极妙。（[明]李廷机《全唐五代词》）

南唐中主词"菡萏香销翠叶残，西风愁起绿波间"，大有众芳芜秽、美人迟暮之感。乃古今独赏其"细雨梦回鸡塞远，小楼吹彻玉笙寒"，故知解人正不易得。（王国维《人间词话》卷上）

李　煜

【简介】　李煜（937—978），初名从嘉，字重光，号钟隐。李璟第六子，史称南唐后主。他精于书画，谙于音律，工于诗文，词尤为五代之冠。李煜的词以开宝八年（975）降宋为界，分为前后两期：前期词多写宫廷享乐生活，风格柔靡；后期词反映亡国之痛，题材扩大、

① 菡萏（hàn dàn）：荷花。
② 鸡塞：古要塞鸡鹿塞的简称。《汉书》卷九四下："发边郡士马十千数，送单于出朔方鸡鹿塞。"在今内蒙古境内磴口西北哈萨克峡谷口。这里泛指边塞。
③ 彻：大曲中的最后一遍。"吹彻"意谓吹到最后一曲。笙以吹久而含润，故云"寒"。元稹《连昌宫词》"逡巡大遍凉州彻"，"大遍"有几十段。后主《玉楼春》"重按霓裳歌遍彻"，可以参证。玉笙寒：玉笙以铜质簧片发声，遇冷则音声不畅，需要加热，叫暖笙。
④ 倚：明吕远本作"寄"，《读词偶得》曾采用之。但"寄"字虽好，文意比较隐晦，今仍从《花庵词选》与通行本作"倚"。阑干：栏杆。

意境深远、感情真挚、语言清新、极富艺术感染力。尤其是其后期词突破了晚唐五代"词为艳科"的藩篱,扩大了词的题材,而且境界也比较深沉阔大。正如王国维所论:"词至李后主而眼界始大,感慨遂深,遂变伶工之词而为士大夫之词。"(《人间词话》)

乌夜啼①

林花谢了春红②,太匆匆,无奈朝来寒雨晚来风。　　　胭脂泪③,留人醉,几时重④,自是人生长恨水长东。

【导读】

这首词将人生失意的无限怅恨寄寓在对暮春残景的描绘之中。

首句"林花谢了春红",寄托作者的伤春惜花之情;而接着"太匆匆",则将这种伤春惜花之情进一步强化。这里的"太匆匆",既是为林花凋谢之快而发,也糅合了作者人生苦短、来日无多的喟叹,蕴涵了作者对世事无常、生命苦难的深沉思考。"无奈朝来寒雨晚来风",此句既是叹花,亦是叹己,以此表达出自身无力改变现状的痛苦和慨叹。下面"胭脂泪"三句,花本是无泪的,这里作者移情于景,使之人格化,既包含着对花、对美景的无限怜惜,也隐含着对曾经美人佳酿相伴的美好人生的回忆。一个"醉"字,写出两人曾经的如醉如痴、依依难舍,而"几时重"则表达了美好愿望无法实现的怅惘与迷茫。结句"自是人生长恨水长东",一气呵成,益见悲慨。"人生长恨"既凝结着人生苦短的生命体验,又不仅仅是抒写一己的失意情怀,其中凝练了人类所共有的生命的缺憾,这也正是李煜词超越其他花间词作家的重要原因。

【选评】

此首伤别,从惜花写起。"太匆匆"三句,极传惊叹之神。……"几时重"三字轻顿,"自是"句重落。以水之必然长东,喻人之必然长恨,语最深刻。"自是"二字,尤能揭出人生苦闷之义蕴。此与"此外不堪行""肠断更无疑"诸语,皆以重笔收束,沉哀入骨。(唐圭璋《唐宋词简释》)

相见欢⑤

无言独上西楼⑥,月如钩,寂寞梧桐深院锁清秋⑦。　　　剪不断,理还乱,是离愁。别是一般滋味在心头。

---

① 此调原为唐教坊曲,又名《相见欢》《秋夜月》《上西楼》。
② 谢:凋谢。
③ 胭脂泪:指女子的眼泪。女子脸上搽有胭脂,泪水流经脸颊时沾上胭脂的红色,故云。
④ 几时重:何时再度相会。
⑤ 一名《乌夜啼》。
⑥ 西楼:这里指作者幽居的小楼。
⑦ 锁清秋:意思是被清秋所笼罩。

【导读】

　　《相见欢》是宋灭南唐后，李煜被囚于汴梁时所作。上阕写人，开篇即以"无言独上西楼，月如钩"勾勒出主人公孤独寂寞的形象。残月、梧桐、秋气笼罩的深院，意境萧瑟凄清。昔日的尊荣雨打风吹去，无眠的词人似乎被天地抛弃。下阕写情，"剪不断，理还乱，是离愁"把无形的离愁具象化，丝丝缕缕理不清、断不了。结尾处，"别是一般滋味在心头"，昔日的帝王如今国破家亡，远离故土沦为阶下囚，这种离愁岂是常人所能经历，将与众不同的离愁与无法言说的苦楚表现得令人动容。

【选评】

　　此首写别愁，凄婉已极。（唐圭璋《唐宋词简释》）

韩　愈

　　【简介】　韩愈（768—824），字退之，河南南阳（今河南孟州）人。祖籍昌黎（今辽宁凌源），世称"韩昌黎"。贞元八年（792）进士，历任监察御史、阳山令、潮州刺史、兵部侍郎、吏部侍郎等职。

　　韩愈是唐代古文运动的倡导者，他提倡三代两汉散文，主张"文以载道"，强调文章内容的重要性；在文学形式上力主创新，对后世散文影响深远。他的诗歌，题材广泛，风格险怪，讲究用奇字、造奇句，人们评为"以文为诗"。韩愈与孟郊、贾岛等人自成一派，史称"韩孟诗派"。有《昌黎先生集》。

祭十二郎文

　　年、月、日，季父愈闻汝丧之七日，乃能衔哀致诚，使建中远具时羞之奠①，告汝十二郎之灵：

　　呜呼！吾少孤，及长，不省所怙②，惟兄嫂是依。中年，兄殁南方③，吾与汝俱幼，从嫂归葬河阳④。既又与汝就食江南⑤。零丁孤苦，未尝一日相离也。吾上有三兄，皆不幸早世。承先人后者，在孙惟汝，在子惟吾。两世一身⑥，形单影只。嫂尝抚汝指吾而言曰："韩氏两世，惟此而已！"汝时尤小，当不复记忆。吾时虽能记忆，亦未知其言之悲也。

---

① 建中：人名，当为韩愈家中仆人。时羞：应时的鲜美佳肴。羞，同"馐"。
② 怙（hù）：依靠，依赖。韩愈丧父时约 3 岁。
③ "中年"二句：代宗大历十二年（777），韩会由起居舍人贬为韶州（今广东韶关）刺史，次年死于任所，时年 42 岁。时韩愈 11 岁，随兄在韶州。
④ 河阳：今河南孟州西，是韩氏祖宗坟墓所在地。
⑤ 就食江南：唐德宗建中二年（781），北方藩镇李希烈反叛，中原局势动荡，因韩氏在宣州（今安徽宣城）置有田宅别业，韩愈随随嫂迁家避居宣州。韩愈《复志赋》："值中原之有事兮，将就食于江之南。"
⑥ 两世一身：子辈和孙辈均只剩一个男丁。

吾年十九，始来京城。其后四年，而归视汝。又四年，吾往河阳省坟墓，遇汝从嫂丧来葬。又二年，吾佐董丞相于汴州，汝来省吾。止一岁，请归取其孥①。明年，丞相薨②。吾去汴州，汝不果来。是年，吾佐戎徐州，使取汝者始行，吾又罢去，汝又不果来。吾念汝从于东，东亦客也，不可以久。图久远者，莫如西归，将成家而致汝。呜呼！孰谓汝遽去吾而殁乎！

吾与汝俱少年，以为虽暂相别，终当久相与处，故舍汝而旅食京师，以求斗斛之禄③。诚知其如此，虽万乘之公相④，吾不以一日辍汝而就也。

去年，孟东野往⑤。吾书与汝曰："吾年未四十，而视茫茫，而发苍苍，而齿牙动摇。念诸父与诸兄，皆康强而早逝。如吾之衰者，其能久存乎？吾不可去，汝不肯来，恐旦暮死，而汝抱无涯之戚也！"孰谓少者殁而长者存，强者夭而病者全乎！

呜呼！其信然邪？其梦邪？其传之非其真邪？信也，吾兄之盛德而夭其嗣乎？汝之纯明而不克蒙其泽乎？少者、强者而夭殁，长者、衰者而存全乎？未可以为信也。梦也，传之非其真也，东野之书，耿兰之报⑥，何为而在吾侧也？呜呼！其信然矣！吾兄之盛德而夭其嗣矣！汝之纯明宜业其家者，不克蒙其泽矣！所谓天者诚难测，而神者诚难明矣！所谓理者不可推，而寿者不可知矣！虽然，吾自今年来，苍苍者或化而为白矣，动摇者或脱而落矣。毛血日益衰，志气日益微⑦，几何不从汝而死也。死而有知，其几何离；其无知，悲不几时，而不悲者无穷期矣。

汝之子始十岁⑧，吾之子始五岁⑨。少而强者不可保，如此孩提者⑩，又可冀其成立邪！呜呼哀哉！呜呼哀哉！

汝去年书云："比得软脚病⑪，往往而剧。"吾曰："是疾也，江南之人，常常有之。"未始以为忧也。呜呼！其竟以此而殒其生乎？抑别有疾而至斯乎？汝之书，六月十七日也。东野云，汝殁以六月二日；耿兰之报无月日。盖东野之使者，不知问家人以月日；如耿兰之报，不知当言月日。东野与吾书，乃问使者，使者妄称以应之耳。其然乎？其不然乎？

今吾使建中祭汝，吊汝之孤与汝之乳母。彼有食，可守以待终丧⑫，则待终丧而取以来；如不能守以终丧，则遂取以来。其余奴婢，并令守汝丧。吾力能改葬，终葬汝于先人之兆⑬，然后惟其所愿。

呜呼！汝病吾不知时，汝殁吾不知日，生不能相养于共居，殁不能抚汝以尽哀，敛不凭

---

① 取其孥(nú)：把家眷接来。孥，妻和子的统称。
② 薨(hōng)：古时诸侯或二品以上大官死曰薨。
③ 斗斛之禄：形容微薄的俸禄。斗、斛，量器，十升为一斗，十斗为一斛。
④ 万乘(shèng)：指高官厚禄。古代兵车一乘，有马四匹。封国大小以兵赋计算，凡地方千里的大国，称为万乘之国。
⑤ 孟东野：孟郊。
⑥ 耿兰：生平不详，当时宣州韩氏别业的管家人，十二郎死后，孟郊在溧阳写信告诉韩愈，时耿兰也有丧报。
⑦ 志气：指精神。
⑧ 汝之子：十二郎有二子，长韩湘，次韩滂，韩滂出嗣十二郎的哥哥韩百川为子。
⑨ 吾之子始五岁：指韩愈长子韩昶，贞元十五年(799)，韩愈居符离集时所生，小名曰符。
⑩ 孩提：本指二三岁的幼儿，此为年纪尚小之意。
⑪ 比(bì)：近来。软脚病：脚气病。
⑫ 终丧：守满三年丧期。《孟子·滕文公上》："三年之丧……自天子达于庶人，三代共之。"
⑬ 兆：葬域，墓地。

其棺①,窆不临其穴②。吾行负神明,而使汝夭;不孝不慈,而不能与汝相养以生,相守以死。一在天之涯,一在地之角,生而影不与吾形相依,死而魂不与吾梦相接。吾实为之,其又何尤③!彼苍者天,曷其有极④!自今已往,吾其无意于人世矣!当求数顷之田于伊颍之上⑤,以待余年,教吾子与汝子,幸其成⑥;长吾女与汝女⑦,待其嫁,如此而已。

呜呼!言有穷而情不可终,汝其知也邪!其不知也邪!呜呼哀哉!尚飨⑧!

【导读】

十二郎是指韩愈的侄子韩老成(大哥韩会之子),韩愈与十二郎两人自幼相守,由长嫂郑氏抚养成人,共历苦难,因此感情特别深厚。但是长大之后,韩愈常年在外漂泊,与十二郎很少见面,得知韩老成去世,韩愈极为悲伤,遂写下这篇祭文。

全文可分为四个部分。第一部分从开始至"孰谓汝遽去吾而殁乎",重在写身世之凄苦。第二部分从"呜呼!其信然邪"至"所谓理者不可推,而寿者不可知矣",主要是抒发与侄子的暂别却成了永诀的痛苦与遗憾。第三部分从"虽然,吾自今年来"至"呜呼哀哉",主要是向逝去的十二郎诉说内心的痛苦,表达生不如死的极度伤心。第四部分从"汝去年书云"至结尾,主要是对侄子病因的推测以及自己沉痛的自责,抒发自己无法遏止的悲痛之情。

整篇文章,缠绵哀婉,伤痛欲绝,语句异常朴实,毫无粉饰之语,读之催人泪下。

【选评】

情之至者,自然流为至文。读此等文,须想其一面哭,一面写,字字是血,字字是泪。未尝有意为文,而文无不工。([清]吴楚材、吴调侯《古文观止》)

李朝威

【简介】　李朝威(766?—820?),生平事迹无考。其创作活动大约在唐德宗贞元年间(785—805)至宪宗元和年间(806—820),作品仅存《柳毅传》和《柳参军传》两篇,《柳毅传》是其代表作。鲁迅先生在《中国小说史略》中称:"唐人传奇留遗不少。而后来煊赫如是者,惟《莺莺传》及李朝威《柳毅传》而已。"

---

① 敛:同"殓"。为死者更衣称小殓,尸体入棺材称大殓。
② 窆(biǎn):下棺入土。
③ 何尤:怨恨谁。
④ "彼苍者天"二句:苍天啊,我的痛苦哪有尽头啊。语本《诗经·唐风·鸨羽》:"悠悠苍天,曷其有极?"
⑤ 伊、颍(yǐng):伊水和颍水,均在今河南省境内,此指故乡。
⑥ 幸其成:韩昶后中穆宗长庆四年进士,韩湘后中长庆三年进士。
⑦ 长(zhǎng):用如动词,养育之意。
⑧ 尚飨:古代祭文结语用词,意为希望死者享用祭品。

柳毅传（节选）

　　仪凤中①，有儒生柳毅者，应举下第，将还湘滨。念乡人有客于泾阳者②，遂往告别。至六七里，鸟起马惊，疾逸道左，又六七里，乃止。

　　见有妇人，牧羊于道畔。毅怪视之，乃殊色也。然而蛾脸不舒③，巾袖无光，凝听翔立④，若有所伺。毅诘之曰："子何苦而自辱如是？"妇始楚而谢⑤，终泣而对曰："贱妾不幸，今日见辱问于长者⑥。然而恨贯肌骨，亦何能愧避，幸一闻焉。妾，洞庭龙君小女也。父母配嫁泾川次子⑦，而夫婿乐逸⑧，为婢仆所惑，日以厌薄。既而将诉于舅姑，舅姑爱其子，不能御。迨诉频切，又得罪舅姑。舅姑毁黜以至此⑨。"言讫，歔欷流涕，悲不自胜。又曰："洞庭于兹，相远不知其几多也。长天茫茫，信耗莫通。心目断尽，无所知哀。闻君将还吴⑩，密通洞庭。或以尺书⑪，寄托侍者⑫，未卜将以为可乎？"毅曰："吾义夫也⑬。闻子之说，气血俱动，恨无毛羽，不能奋飞。是何可否之谓乎⑭！然而洞庭，深水也。吾行尘间，宁可致意耶！唯恐道途显晦⑮，不相通达，致负诚托，又乖恳愿⑯，子有何术，可导我耶？"女悲泣且谢，曰："负载珍重⑱，不复言矣，脱获回耗⑲，虽死必谢。君不许，何敢言！既许而问，则洞庭之与京邑，不足为异也。"毅请闻之。女曰："洞庭之阴⑳，有大橘树焉，乡人谓之社橘。君当解去兹带，束以他物。然后叩树三发。当有应者。因而随之。无有碍矣。幸君子书叙之外，悉以心诚之话倚托，千万无渝！"毅曰："敬闻命矣。"女遂于襦间解书，再拜以进，东望愁泣，若不自胜。毅深为之戚，乃置书囊中，因复问曰："吾不知子之牧羊，何所用哉，神祇岂宰杀乎！"女曰："非羊也，雨工也。""何为雨工？"曰："雷霆之类也。"毅顾视之，则皆矫顾怒步，饮龁甚异。而大小毛角，则无别羊焉。毅又曰："吾为使者，他日归洞庭，幸勿相避。"女曰："宁止不避，当如亲戚耳。"语竟，引别东去。不数十步，回望女与羊，俱亡所见矣。其夕，至邑而别其友。

---

① 仪凤：唐高宗李治年号（676—679）。
② 泾阳：今陕西省三原县，在泾河北岸。
③ 蛾脸：美丽面容。蛾，蛾眉。不舒：含愁不展。
④ 翔：止。
⑤ 谢：拜谢。
⑥ 见辱：敬辞，承蒙。
⑦ 泾川：指泾河龙君。
⑧ 乐逸：专好游逸，放荡的生活。
⑨ 毁黜：糟蹋，虐待。
⑩ 还吴：回南方。古代吴楚相邻，都在南方。所以南还，可称为还吴。
⑪ 尺书：书信。古时书信写在帛上，上下长一尺，故称。
⑫ 寄托侍者：转托您的仆役带去，是古时的客套话。
⑬ 义夫：重义气的男人。
⑭ 何可否之谓：哪里有什么可否的问题，即表示愿意效劳。
⑮ 显晦：明暗，指人间与神鬼世界不同。
⑯ 乖：违背，背离。恳愿：恳切的愿望。
⑰ 导：指导。
⑱ 负载：负担（起自己所托付的事情）。珍重：路上多多保重。
⑲ 脱：倘或。回耗：回信。耗，音讯。
⑳ 阴：水的南岸称阴。

月余到乡,还家,乃访于洞庭。洞庭之阴,果有社橘,遂易带向树,三击而止。俄有武夫出于波间,再拜请曰:"贵客将自何所至也?"毅不告其实,曰:"走谒大王耳。"武夫揭水指路,引毅以进。谓毅曰:"当闭目,数息可达矣①。"毅如其言,遂至其宫。始见台阁相向,门户千万,奇草珍木,无所不有。夫乃止毅,停于大室之隅,曰:"客当居此以伺焉。"毅曰:"此何所也?"夫曰:"此灵虚殿也。"谛视之,则人间珍宝,毕尽于此。柱以白璧,砌以青玉,床以珊瑚,帘以水精,雕琉璃于翠楣②,饰琥珀于虹栋③。奇秀深杳,不可殚言。

然而王久不至。毅谓夫曰:"洞庭君安在哉?"曰:"吾君方幸玄珠阁,与太阳道士讲《火经》,少选当毕④。"毅曰:"何谓《火经》?"夫曰:"吾君,龙也。龙以水为神,举一滴可包陵谷。道士,乃人也。人以火为神圣,发一灯可燎阿房⑤。然而灵用不同,玄化各异⑥。太阳道士精于人理,吾君邀以听焉。"语毕而宫门辟。景从云合⑦,而见一人,披紫衣,执青玉。夫跃曰:"此吾君也!"乃至前以告之。君望毅而问曰:"岂非人间之人乎!"毅对曰:"然。"毅遂设拜,君亦拜,命坐于灵虚之下。谓毅曰:"水府幽深,寡人暗昧,夫子不远千里,将有为乎?"毅曰:"毅,大王之乡人也。长于楚,游学于秦⑧,昨下第,闲驱泾水之涘⑨,见大王爱女牧羊于野。风鬟雨鬓,所不忍视。毅因诘之。谓毅曰:'为夫婿所薄,舅姑不念,以至于此。'悲泗淋漓,诚怛人心。遂托书于毅。毅许之,今以至此。"因取书进之。洞庭君览毕,以袖掩面而泣曰:"老父之罪,不诊坚听⑩,坐贻聋瞽⑪,使闺窗孺弱,远罹构害。公,乃陌上人也⑫,而能急之。幸被齿发⑬,何敢负德!"词毕,又哀咤良久。左右皆流涕,时有宦人密侍君者,君以书授之,令达宫中。须臾,宫中皆恸哭。君惊谓左右曰:"疾告宫中,无使有声。恐钱塘所知。"毅曰:"钱塘,何人也?"曰:"寡人之爱弟。昔为钱塘长,今则致政矣⑭。"毅曰:"何故不使知?"曰:"以其勇过人耳。昔尧遭洪水九年者,乃此子一怒也。近与天将失意⑮,塞其五山⑯。上帝以寡人有薄德于古今,遂宽其同气之罪⑰。然犹縻系于此⑱,故钱塘之人,日日候焉。"

语未毕,而大声忽发,天拆地裂,宫殿摆簸,云烟沸涌。俄有赤龙长千余尺,电目血舌,朱鳞火鬣,项掣金锁,锁牵玉柱,千雷万霆,激绕其身,霰雪雨雹,一时皆下。乃擘青天而飞

---

① 数息:呼吸几次,形容时间短暂。
② 楣:门上横木。
③ 虹栋:彩色的屋梁。
④ 少选:片刻,须臾。
⑤ 阿房:秦阿房宫,被项羽焚毁。
⑥ 玄化:玄妙的变化。
⑦ 景从云合:形容侍从众多。景,同"影"。
⑧ 游学于秦:指到长安考试,长安古时曾属秦地。
⑨ 涘(sì):水边。
⑩ 不诊坚听:不加考察,听信人言。诊,察。坚听,听信不疑。
⑪ 坐贻聋瞽:因而就成为聋人、盲人一样的无知人。
⑫ 陌上人:(不相识的)行路人。
⑬ 幸被齿发:有生之年。被齿发,指还活着。
⑭ 致政:退职,不再做官。
⑮ 失意:失和。
⑯ 塞其五山:发大水淹掉五座山。
⑰ 同气:同胞兄弟。
⑱ 縻系:囚禁。

去①。毅恐蹶仆地，君亲起持之曰："无惧，固无害。"毅良久稍安，乃获自定。因告辞曰："愿得生归，以避复来。"君曰："必不如此。其去则然，其来则不然，幸为少尽缱绻②。"因命酌互举，以款人事③。

俄而祥风庆云，融融怡怡，幢节玲珑④，箫韶以随⑤。红妆千万，笑语熙熙。后有一人，自然蛾眉，明珰满身，绡縠参差⑥。迫而视之，乃前寄辞者。然若喜若悲，零泪如丝。须臾，红烟蔽其左，紫气舒其右，香气环旋，入于宫中，君笑谓毅曰："泾水之囚人至矣⑦。"君乃辞归宫中。须臾，又闻怨苦，久而不已。

有顷，君复出，与毅饮食。又有一人，披紫裳，执青玉，貌耸神溢⑧，立于君左。君谓毅曰："此钱塘也。"毅起，趋拜之。钱塘亦尽礼相接，谓毅曰："女侄不幸，为顽童所辱。赖明君子信义昭彰，致达远冤。不然者，是为泾陵之土矣⑨。享德怀恩，词不悉心。"毅捣退辞谢⑩，俯仰唯唯⑪，然后回告兄曰："向者辰发灵虚，已至泾阳，午战于彼，未还于此。中间驰至九天，以告上帝。帝知其冤，而宥其失。前所谴责，因而获免，然而刚肠激发，不遑辞候。惊扰宫中，复忤宾客。愧惕惭惧，不知所失⑫。"因退而再拜。君曰："所杀几何？"曰："六十万。""伤稼乎？"曰："八百里。""无情郎安在？"曰："食之矣。"君忭然曰："顽童之为是心也，诚不可忍。然汝亦太草草。赖上帝显圣，谅其至冤。不然者，吾何辞焉⑬。从此已去，勿复如是。"钱塘复再拜。

【导读】

《柳毅传》是唐代传奇的杰作，原题为《柳毅》，无"传"字。水神托人传书的故事在六朝志怪小说中即很常见，李朝威对这种类型的故事进行了改造，增加男女爱情的成分，加强性格描写，丰富内容情节，极大地提高了小说的艺术性。

《柳毅传》的故事，紧紧围绕落第书生柳毅的一次奇遇展开。作品一开始，便通过柳毅与龙女相遇的对话，突出地刻画了他同情不幸、见义勇为、不负重托的高贵品质。柳毅落第还乡，自己很不得意，但途遇满面愁容的龙女，他却十分关心，主动上前问讯："子何苦而自辱如是？"待他知道了龙女的遭遇，听到龙女恳问他是否愿代为捎书时，他的回答是："闻子之说，气血俱动，恨无毛羽，不能奋飞。是何可否之谓乎？"表现出柳毅的热血心肠。接着描写柳毅到洞庭，龙女得救，龙廷上下对他十分感戴，洞庭君特设盛宴款待他。在宴席上，洞庭君、钱塘君先后奉觞敬酒，表示感激之情，而柳毅则是"捣退辞谢，俯仰唯唯"；众人

---

① 擘(bò)：分开。

② 缱绻(qiǎn quǎn)：深厚缠绵的情意。

③ 以款人事：以尽款待客人的礼数。

④ 幢(chuáng)节：作为仪仗用的旗帜之类。

⑤ 箫韶：相传为虞舜时的乐曲，后世指代乐队。

⑥ 绡縠(xiāo hú)：绸缎。

⑦ 囚人：受罪的人。指龙女。

⑧ 貌耸神溢：相貌出众，精神焕发。

⑨ 为泾陵之土：死在泾阳，成为山里的泥土。

⑩ 捣(huī)退：谦逊。

⑪ 俯仰唯唯：低头谦逊地应答。俯仰，是复词偏义，低头。

⑫ 不知所失：不知道犯了多大的罪过。

⑬ 何辞：用什么言辞解释。

送他珍宝,他"笑语四顾,愧揖不暇",充分表现出柳毅的谦逊有礼,特别是他把传书只看作分内之举。其间,还特别穿插了钱塘君逼婚的情节。柳毅既不肯违背仗义救人、不图回报的初衷,又不满钱塘君"以威加人"的行为,于是严词拒绝,并痛斥其无礼。这时他完全不考虑安危,"敢以不伏之心,胜王不道之气",表现出他大义凛然的态度和刚烈的个性。故事的最后,写龙女为报恩来到人间,作为一个普通女子与柳毅结为夫妇,并告诉他自己就是曾被救的龙女,从此以后可以同入仙境,长生不老。而柳毅这时则惊奇地说:"吾不知国容乃复为神仙之饵!"作者构思出了一个出人意料却又符合读者审美期待的结局。

柳毅是小说中塑造得很成功的人物,他同情女性,见义勇为不求回报。柳毅的侠义情怀引起龙女全家的钦敬和爱戴。龙女对柳毅的倾慕和追求也是出于柳毅对自己有救助之恩。由此可见,作者在作品中寄托了比一般"才子佳人"小说更高的审美理想和道德理念。

龙女是作品中另一个重要人物,尽管着墨不多,但对她的性格特征刻画得还是很充分的。如作品一开始写龙女"牧羊于道畔",与素不相识的柳毅相见,当柳毅问她为何如此悲苦的时候,作品的描写是"妇始楚而谢,终泣而对曰:'贱妾不幸,今日见辱问于长者。然而恨贯肌骨,亦何能愧避? 幸一闻焉……'"细腻地表现了龙女充满矛盾的心理和情态,体现出东方传统女性特有的含蓄温婉。作品写钱塘君这一人物,更是有声有色,通过极度的夸张、想象,塑造了一个性格刚毅直率而勇猛无敌的英雄形象。

总体说来,《柳毅传》运用了浪漫主义的文学手法,把现实性和超现实性完美地结合在一起,塑造了生动传神的人物形象,诚为唐传奇中的精品。

【选评】

真与幻相结合,现实与非现实相融会,龙君、龙女都是人神的复合体。光怪陆离的龙宫,既以人间富丽堂皇的宫殿为参照,又体现了人们对水底世界的瑰丽想象。全篇用笔雄肆,辞采华茂,极具艺术感染力。(林骅、王淑艳《唐传奇新选》)

思考讨论

1. 结合李白、杜甫、王维、孟浩然、高适、岑参等人的诗歌,简述盛唐诗歌中生气蓬勃的"少年精神"。

2. 结合作品分析李商隐无题诗的艺术风格。

3. 结合李煜人生经历和作品,简析他亡国前后词风的变化。

4. 王国维在《人间词话》中说:"词至李后主而眼界始大,感慨遂深,遂变伶工之词而为士大夫之词。"结合李煜的人生经历,简析他亡国前后词风的变化,以及他对词的贡献。

拓展延伸

1. 以张九龄、王昌龄、王维、韩愈、柳宗元、刘禹锡、元稹、白居易等贬谪诗人为例,对他们贬谪的情况进行考察,探讨唐代贬谪诗的情感特征与人生智慧。

2. 友情是诗歌历久弥新的主题,以唐诗为例,探讨友情主题诗歌的价值与表现特征。

3.唐诗中展现了丰富的节日文化与民俗传统,试查找资料,梳理描述。

推荐阅读

1.《李白传》,李长之著,人民文学出版社 2022 年版。

2.《杜甫评传》,莫砺锋著,南京大学出版社 2019 年版。

3.《也说李白与杜甫》,张炜著,人民文学出版社 2023 年版。

4.《李白选集》,郁贤皓选注,上海古籍出版社 2013 年版。

5.《杜甫诗选》,莫砺锋、童强选评赏鉴,商务印书馆 2018 年版。

6.《王维诗选》,陈铁民选注,人民文学出版社 2017 年版。

7.《白居易诗选》,顾学颉、周汝昌选注,人民文学出版社 1963 年版。

8.《唐五代名家词选讲》,叶嘉莹著,北京大学出版社 2007 年版。

9.《杜甫秋兴八首集说》《迦陵论诗丛稿》,叶嘉莹著,北京大学出版社 2014 年版。

10.《唐诗入门》,程章灿著,凤凰出版社 2008 年版。

第五单元

宋代文学

【概述】 960 年,后周大将赵匡胤黄袍加身,逼迫周恭帝逊位,开元即位,建立宋朝。后来,太祖、太宗又经过一系列的军事活动,平定了各地割据势力。宋初统治者有鉴于唐末五代武将专兵、盘踞一方,威胁中央集权的祸端,逐步制定了强干弱枝、权力制衡、文官政府、厚禄养士的施政措施,形成了一套赵宋王朝的"祖宗家法",这为文人出仕提供了优渥环境,提高了文人参政议政的热情,故宋代文学家普遍关注国家与社会,创作倾向常与个体社会责任感相结合。宋王朝在政治、经济、文化、制度建设等方面均取得了不俗的成就,政治统治稳定,城市经济繁荣,学术思潮活跃,文化态度开放包容,都有助于社会文化与文学创作的勃兴。

宋代文学是中国文学的重要组成部分。宋诗是中国诗歌史上继唐诗后的又一座高峰。宋初诗歌创作还基本走着学习、模仿唐诗的路线,以"白体""晚唐体""西昆体"为代表,这些诗人或学白居易,或学贾岛、姚合及李商隐,整体格调与唐诗相类,无法承担起在唐诗之外另辟艺术新境的历史任务,还待后续的诗艺革新。极具创新意识的宋人结合当时的文化氛围与自身的审美心理,逐渐塑造出了不同于唐诗风格的美学风范。近代以来,学者曾对唐宋诗的差异进行了深刻的概括:"唐诗以韵胜,故浑雅,而贵蕴藉空灵;宋诗以意胜,故精能,而贵深折透辟。唐诗之美在情辞,故丰腴;宋诗之美在气骨,故瘦劲。"(缪钺《诗词散论》)也就是说,宋诗相较于唐诗的情韵热烈、辞采华美、兴象玲珑,更显得平淡瘦劲、思理深刻。提及宋诗的自立,便不可忽视北宋前中期的诗文革新。这场革新在欧阳修的参与和引领下渐趋兴盛,反拨了五代浮靡文风与宋初西昆体,以及险怪晦涩的"太学体",为宋诗独辟审美境界提供了理论支持。欧阳修提出"诗穷而后工"的诗歌理论,重视诗歌干预现实的功用性,普遍反映社会问题,他又颇受韩愈的影响,主要体现在散文手法和以议论入诗方面。他的诗能将议论、叙事、抒情融为一体,意脉晓畅。欧阳修的好友梅尧臣,也主张"因事有所激,因物兴以通",题材趋于日常化;与之相应,梅诗在艺术风格上以追求"平淡"为终极目标,推崇平淡之美。梅诗的题材走向和风格倾向都有得宋诗风气之先的意义,影响深远。继欧阳修、梅尧臣、苏舜钦、王安石后登上诗坛的,是把宋诗推至巅峰的,于诗学领域并称"苏黄"的苏轼与黄庭坚。苏诗风格兼收并蓄、刚柔并济,对诗艺的运用达到了得心应手的纯熟境界,诚如清人赵翼的《瓯北诗话》所评:"天生健笔一枝,爽如哀梨,快如并剪,有必达之隐,无难显之情,此所以继李、杜后为一大家也。"黄庭坚,号山谷道人,其诗自成一体,故因号称为"山谷体",特点是生新瘦硬。黄庭坚作诗甚讲法度,强调在承传前人创作经验的基础上加以革新,提出"点铁成金""夺胎换骨"二法;其题材也更偏向于流连吟咏书斋生活，文人气和书卷气特别浓厚。黄诗不似苏诗恣肆地挥洒才情，诗风不蹈故常，而较易效仿，故黄诗成为青年诗人争相师法的典范对象。到了北宋末南宋初，追随黄庭坚的诗人逐渐形成了一个具有共同创作倾向与审美心理的诗歌流派，即江西诗派，声势甚大。但江西诗派的后学缺乏先辈诗人的独创精神，渐将诗歌创作变为一种押韵的文字游戏，更难逃蹈袭之弊，这也就是严羽在《沧浪诗话》里批评的"以文字为诗，以才学为诗，以议论为诗"，导致了诗歌独特审美趣味的缺失。

打破诗坛这一沉闷气氛的是出生于靖康之难前后，生长于烽火连天岁月的"中兴四大诗人"——陆游、杨万里、范成大、尤袤。他们以全新的艺术风貌取代了江西诗派在诗坛上的主流地位，为宋诗的发展注入了鲜活空气。大约在宋光宗绍熙年间(1190—1194)，即陆游、杨万里等人进入创作晚期之时，永嘉四灵于诗坛崭露头角。永嘉四灵是指永嘉地区的四位诗人——徐照、徐玑、赵师秀和翁卷。这四人都出于叶适之门，表字中都带有一个"灵"字，故叶适把他们合称为"四灵"。他们作诗接近贾岛、姚合的诗风，注重炼字琢句，但诗歌内容比较单薄，少写民生疾苦。南宋后期，一些未能入仕的游士流转江湖，以献诗卖文维持生计，成为江湖谒客。当时杭州有一个名叫陈起的书商，喜欢结交文人墨客，其中有低级官员、隐逸之士、江湖谒客。陈起从宋理宗宝庆元年(1225)开始，为上述诗人刻印诗集，总称为《江湖集》。以江湖谒客为主的这些诗人就被称为江湖诗派。江湖诗人的诗歌题材来源丰富，最擅写景抒情，但艺术上相对粗糙。随着民族矛盾的尖锐、蒙宋战争的惨烈，诗坛上涌现出了一批爱国诗人，这主要以文天祥为代表。

词是宋代的"一代之文学"，宋初城市经济的繁荣，文人士大夫的喜爱，都促进了词体创作的繁兴。宋初词坛主要还是延续五代柔软婉丽的词风，以晏殊、欧阳修所作的旖旎柔情的词为代表，这与残唐五代"诗庄词媚"的传统文体观念的定型密切相关。其时的范仲淹、张先、王安石虽对词境有一定程度的开拓，但尚未自成一体，形成一代词风。柳永是对宋词体式、风格的革新具有重大贡献的词人。在体式上，他大力创作慢词，从根本上改变了唐五代以来词坛上小令一统天下的格局，使慢词与小令两种体式平分秋色，他还是两宋词坛上创制词调最多的词人；在风格上，他的词着意表现世俗化的市民生活情调，风靡一时，传唱广泛。11世纪下半叶，柳永等词人先后离开词坛后，继之而起的是苏轼、黄庭坚、晏几道、秦观、贺铸、周邦彦等为代表的元祐词人。其中，苏轼与周邦彦对宋词审美风尚与形式技巧的革新最值得关注。苏轼在词的创作上取得了非凡的成就，他的部分词作清旷疏畅，拓宽了词境；他还提出词"自是一家"的理论主张，"以诗为词"，对词体进行了全面的革新，一定程度上突破了词为"艳科"的传统格局，提高了词的文学地位。周邦彦是宋词的集大成者，他知音审律，熟谙词这一特殊音乐性文体的本质特征，故他注重词调的声情与宫调的音色协调一致。继元祐词人而登上词坛的，是以李清照、朱敦儒、张元幹和叶梦得、李纲、陈与义等为代表的南渡词人。靖康之难，金兵铁蹄踏破汴京，宗社沉沦、君父绝命，使得他们的创作心态侵染了悲痛、屈辱与压抑的民族情绪，故他们词中的时代感与现实感极为强烈，慷慨悲壮。此时成就最高的是女词人李清照，她认为词"别是一家"，进一步抬高了词的文体地位；其词既自然清新又精美雅洁，号称"易安体"。南宋中期的词人主要有辛弃疾、陈亮、刘过、姜夔、刘克庄等。辛弃疾天资纵横，以其"稼轩体"在南宋词坛"屹然别立一宗"(《四库全书总目提要》)。辛词题材广泛，内容丰富，以抒写报国之志与失意之悲为主调；词风不拘一格，刚柔并济、亦庄亦谐，但以豪壮激烈为主；"以文为词"，空前地解放了词体的表现功能，增强了词的艺术表现力。与辛弃疾同时的姜夔精通音律，长于自度曲，其词风格清空骚雅，善于营构幽冷悲凉的词境，被尊为骚雅派之典范。南宋后期，词坛出现了两大流派。一派是稼轩之遗响，主要词人有刘辰翁、文天祥等，他们继承苏、辛词风，感时伤世，情调沉痛悲郁。另一派是白石之羽翼，重要词家有吴文英、周密、王沂孙、张炎等，词作凄凉哀怨，格调空灵雅婉。

宋文也取得了长足的进步。前文述及，以欧阳修为领袖的诗文革新，既更新了宋诗的面貌，也深刻影响了宋文的发展态势。北宋的诗文革新可看作对中唐时期，韩愈、柳宗元发起的古文运动的接续与发展，他们皆倡导创作平易自然、条达疏畅的"古文"，皆强调以"古文"革除浮靡文风、整饬浇薄士风，又以"古文"作为承载儒家之道的理论指归。欧阳修发展了韩、柳的古文理论，提倡文道并重，并不重道轻文，同时又尝试以散驭骈，破体为文。所以，他的古文内容充实，形式多样，风格卓越。欧阳修的四六、辞赋也并有佳作，成果可喜。天赋异禀的苏轼以其丰富的创作实际与深刻的文学理论，巩固扩大了诗文革新的初期成果，又众体兼善，将宋文创作推上了另一高潮。苏文题材广泛，哲思深邃，议论纵横，思想内涵博大精深，艺术锤炼堪称典范，将叙事、抒情、议论三类功能融为一体，姿态横生。靖康之难的沉痛创伤，使得南渡文坛蒙上了一层慷慨激昂的爱国文风，这主要以宗泽、李纲、胡铨、岳飞的作品为代表。

此外，随着城市经济的繁荣与市民阶层的壮大，宋代兴起了一批与民间生活密切相关的通俗文学，代表是被称为"说话四家"的小说、说经、讲史、合声（生）及说唱文学诸宫调。

王安石

【简介】　王安石（1021—1086），字介甫，号半山，抚州临川（今江西抚州）人。熙宁二年（1069）执政，施行新政，即著名的"熙宁变法"。七年（1074）辞相，罢为观文殿大学士、知江宁（今江苏南京）府，封荆国公，世称王荆公。元祐元年（1086）卒，时年六十六。赠太傅，谥文。

王安石是著名的政治家，也是杰出的文学家，注重文章的社会功用。散文多为政治、学术论文，雄健峭拔，遒劲老到，简洁精整，为"唐宋八大家"之一。亦是北宋最早提倡作诗学杜甫并实践于创作的诗人之一。其诗已体现出宋人以文字为诗，以才学为诗，以议论为诗的特征，实开江西诗派先河。前期诗多写政见、抱负及社会现实问题，雄奇劲健，颇具骨力。后期诗以写闲居恬淡生活为主，深婉不迫，雅丽清新。其绝句成就尤高，意境高远，精美工巧，形成了独具风格的"半山体"（亦称"王荆公体"）。著有《王临川集》《临川集拾遗》等。

书湖阴先生壁(其一)①

茅檐长扫净无苔②,花木成畦手自栽③。
一水护田将绿绕④,两山排闼送青来⑤。

【导读】

这首诗是题写在湖阴先生家屋壁上的。前两句写他家的环境,洁净清幽,暗示主人生活情趣的高雅。后两句转到院外,写山水对湖阴先生的深情,暗用"护田"与"排闼"两个典故,把山水拟人化成了具有生命感情的形象,山水主动与人相亲,正是表现人的高洁。诗中虽然没有正面写人,但写山水就是写人,景与人处处照应,句句关合,融化无痕。

【选评】

荆公诗云:"一水护田将绿绕,两山排闼送青来。"盖本五代沈彬诗:"地隈一水巡城转,天约群山附郭来。"彬又本唐许浑"山形朝阙去,河势抱关来"之句。([宋]吴开《优古堂诗话》)

黄庭坚

【简介】 黄庭坚(1045—1105),字鲁直,号涪翁,又号山谷道人。北宋诗人、词人、书法家。原籍金华(今属浙江),祖上迁家分宁(今江西修水),遂为分宁人。治平进士,授叶县尉。历任国子监教授、秘书郎,曾为《神宗实录》检讨官,迁著作佐郎,加集贤校理。《神宗实录》成,擢为起居舍人。哲宗亲政,多次被贬,最后除名编管宜州(今广西宜山)。卒于贬所,私谥"文节"先生。

黄庭坚尤长于诗,与苏轼并称"苏黄",又与张耒、秦观、晁补之并称"苏门四学士"。其诗多写个人日常生活,艺术上讲究修辞造句,追求新奇。工书法,与苏轼、米芾、蔡襄并称"宋四家"。著有《豫章先生文集》三十卷、《山谷琴趣外编》三卷。

---

① 书:书写,题诗。湖阴先生:本名杨德逢,隐居之士,是王安石晚年居住金陵时的邻居,也是作者元丰年间(1078—1086)闲居江宁(今江苏南京)时的一位邻里好友。本题共两首,这里选录第一首。
② 茅檐:茅屋檐下,这里指庭院。无苔:没有青苔。
③ 成畦:成垄成行。畦,经过修整的一块块田地。
④ 护田:这里指护卫、环绕着园田。据《汉书·西域传序》记载,汉代西域置屯田,派使者校尉加以领护。将:携带。绿:指水色。
⑤ 排闼(tà):开门。闼,小门。《史记·樊郦滕灌列传》:"高祖尝病甚,恶见人,卧禁中,诏户者无得入群臣。群臣绛、灌等莫敢入。十余日,哙乃排闼直入,大臣随之。"送青来:送来绿色。

寄黄几复①

我居北海君南海②，寄雁传书谢不能③。
桃李春风一杯酒，江湖夜雨十年灯。
持家但有四立壁④，治病不蕲三折肱⑤。
想得读书头已白，隔溪猿哭瘴溪藤⑥。

【导读】

这首诗作于宋神宗元丰八年(1085)，诗人跋此诗云："几复在广州四会，予在德州德平镇，皆海滨也。"

首联"我居北海君南海"，起势突兀，写彼此所居之地一北一南，已露怀念友人、望而不见之意；各缀一"海"字，更显得相隔辽远，海天茫茫。"寄雁传书"为熟典，但继之以"谢不能"，立刻变陈熟为生新。颔联中，"桃李""春风""一杯酒""江湖""夜雨""十年灯"都是些名词或名词性词组，其中的每一个词或词组，都能使人想象出特定的景象、特定的情境，耐人寻味。颈联从"持家""治病""读书"三个方面表现黄几复的为人和处境。"治病"句化用《左传·定公十三年》记载的一句古代成语："三折肱，知为良医。"意思是一个人如果三次跌断胳膊，就可以断定他是个好医生，因为他必然积累了治疗和护理的丰富经验。这里是说黄几复善"治国"。尾联以"想见"领起，与首句"我居北海君南海"相照应。在作者的想象里，十年前在京城桃李春风中把酒畅谈的朋友，如今已白发萧萧，却仍然像从前那样好学不倦！他"读书头已白"，还只在海滨小城做县令。其读书声是否还像从前那样欢快悦耳？诗中没有明写，而以"隔溪猿哭瘴溪藤"映衬，给整个图景带来凄凉的氛围，不平之鸣，怜才之意，也都蕴含其中。

黄庭坚在这首诗中称赞黄几复廉正、干练、好学，对其垂老沉沦的处境，深表惋惜。情真意厚，感人至深。在好用书卷，以故为新，运古于律，拗折波峭等方面，又都表现出黄诗的特色。

【选评】

张文潜谓余曰："黄九云'桃李春风一杯酒，江湖夜雨十年灯'。真奇语。"([宋]王直方《王直方诗话》)

---

① 黄几复：名介，南昌人，是黄庭坚少年时的好友，时为广州四会(今广东四会)县令。
② "我居"句：《左传·僖公四年》："君处北海，寡人处南海，惟是风马牛不相及也。"作者在"跋"中说："几复在广州四会，予在德平镇，皆海滨也。"
③ "寄雁"句：传说雁南飞时不过衡阳回雁峰，更不用说岭南了。
④ 四立壁：《史记·司马相如传》："文君夜奔相如，相如驰归成都，家徒四壁立。"
⑤ 蕲：祈求。肱：上臂，手臂由肘到肩的部分，古代有三折肱而为良医的说法。
⑥ 瘴溪：旧传岭南边远之地多瘴气。

陆　游

【简介】　陆游(1125—1210)，字务观，号放翁，越州山阴(今浙江绍兴)人。高宗绍兴二十四年(1154)试礼部，名在前列，为秦桧所黜。宋孝宗即位，赐进士出身。历官镇江(今属江苏)、隆兴(今江西南昌)、夔州(今重庆奉节)通判，入王炎、范成大幕府，提举福建常平茶盐公事，知严州(治今浙江建德东)。孝宗淳熙十六年(1189)，被人弹劾而罢职，归老故乡。陆游生当偏安局面相对稳定的南宋中期，性格豪放，大志慷慨，在政治斗争中屡受苟安投降派的排挤、打击。但他坚持抗金复国理想，始终不渝。

陆游是南宋著名的爱国诗人，平生所作诗将近万首，"一草一木，一鱼一鸟，无不剪裁入诗"(赵翼《瓯北诗话》卷六)，题材极其广泛。其中涉及时事政治尤其是恢复大业的作品，激昂慷慨，义愤强烈，和辛齐疾的词一起成为当时英雄志士报国精神的最强音。诗歌艺术上，早年曾受到江西诗派的影响，后来阅历转富，感激忠愤，遂上法李杜，下学苏黄，制作既富，变境也多，与尤袤、杨万里、范成大齐名，号"中兴四大诗人"。其词风格多样，不乏佳作，感激苍凉处与诗相类。散文成就也较高。传世有《渭南文集》《剑南诗稿》等。

关山月

和戎诏下十五年①，将军不战空临边②。
朱门沉沉按歌舞③，厩马肥死弓断弦④。
戍楼刁斗催落月⑤，三十从军今白发。
笛里谁知壮士心⑥，沙头空照征人骨⑦。
中原干戈古亦闻⑧，岂有逆胡传子孙⑨！
遗民忍死望恢复⑩，几处今宵垂泪痕！

【导读】

此诗用乐府旧题写现实感慨。诗人假托守边士兵之口，愤怒谴责了统治者的妥协投降政策及其造成的严重后果，倾诉了爱国将士报国无门的满腔悲愤，表达了中原遗民盼望光复的迫切心情，具有强烈的时代精神。

---

① 和戎诏：指宋王室与金人讲和的命令。戎，指金人。
② 空：徒然，白白地。边：边境，边塞。
③ 朱门：指富豪之家。杜甫《自京赴奉先县咏怀五百字》："朱门酒肉臭。"沉沉：深沉。按歌舞：依照乐曲的节奏歌舞。
④ 厩(jiù)：马棚。
⑤ 戍楼：边境上的岗楼。刁斗：军中打更用的铜器。
⑥ 笛里：指笛中吹出的曲调。
⑦ 沙头：沙原上，沙场上。
⑧ 干戈：代指战争。
⑨ 逆胡：对北方少数民族之蔑称。
⑩ 遗民：指金占领区的原宋朝百姓。望恢复：盼望宋朝军队收复故土。

首句以"和戎"二字提起全篇,以下三层皆由此生发开来。"关""山""月"是全诗的核心意象,权贵的醉生梦死,战士的幽怨与白骨,遗民的悲苦与泪痕,皆笼罩在一片月光之下。不同阶层、不同群体的生活景象与心理状态相互对比,不必下一褒贬之字,感情倾向已极为鲜明,作者还是忍不住发出了"岂有逆胡传子孙"的大声呼号,以"几处今宵垂泪痕"作结,感情由开始时的冷静、中间的苍凉转入不可控制的沉痛,感情达到了高潮,诗歌亦于此戛然而止,给读者留下了充分的回味空间。

【选评】

这首诗,在力斥统治集团的错误国策的同时,也突出地描写了普通兵士与沦陷区人民的抗战恢复愿望,抒情格调悲郁而不消沉,富有振聋发聩的艺术感染力,与那些只会哀叹时局的感伤之作自是不可同日而语。(刘扬忠《陆游诗词选评》)

剑门道中遇微雨①

衣上征尘杂酒痕②,远游无处不消魂③。
此身合是诗人未④?细雨骑驴入剑门。

【导读】

这是一首广为传诵的名作,诗情画意,十分动人。然而,也不是人人都懂其深意,特别是第四句写得太美,容易使读者"释句忘篇"。如果不联系作者生平思想、当时境遇,不通观全诗并结合作者其他作品来看,便易误解。作者因"无处不消魂"而黯然神伤,和他一贯的追求和当时的处境有关。他生于金兵入侵的南宋初年,自幼志在恢复中原,写诗只是他抒写怀抱的一种方式。然而报国无门,年近半百才得以奔赴陕西前线,过上一段"铁马秋风"的军旅生活,现在又要去后方充任闲职,重做纸上谈兵的诗人,这叫人怎么能甘心呢!所以,"此身合是诗人未?"并非这位爱国志士的欣然自得,而是他无可奈何的自嘲、自叹。试想,如果不是故作诙谐,谁会把骑驴饮酒认真看作诗人的标志?因此,我们要透过诗人幽默、潇洒的语调,去触摸他那颗苦痛心灵的震颤!

【选评】

"剑南七绝,宋人中最占上峰,此首又其最上峰者,直摩唐贤之垒。"仆谓以细雨骑驴剑门,博得诗人名号,亦太可怜,况尚未知其是否乎?结习累人至此。然此诗若自嘲,实自喜也。(陈衍《石遗室诗话》)

---

① 诗作于乾道八年(1172)十一月,陆游时自南郑赴成都任成都府路安抚司参议官。剑门:山名,在今四川剑阁东北,古去成都必经之地。
② 征尘:旅途中沾上的灰尘。
③ 消魂:指处处使人情动于衷,黯然伤情而不能自已。
④ "此身"句:难道我这辈子就只能当个诗人吗?合是,应该是。未,否。

文天祥

【简介】 文天祥(1236—1283),吉州庐陵(今江西吉安)人,南宋民族英雄,初名云孙,字天祥。选中贡士后,转以天祥为名,改字履善。宝祐四年(1256)中状元后再改字宋瑞,后因住过文山,而号文山,又号浮休道人。历湖南提刑、赣州知州等职。恭帝元年(1275),元军南下,在赣州组建义军入卫临安。次年任右丞相,奉命与元军谈判,被扣,脱险南归,坚持抗击元军,直到公元1278年兵败被俘,次年被押送大都(今北京市),系狱三年而不屈,在柴市英勇就义。他写有一些充满爱国主义精神的诗篇,悲壮沉郁,铿锵有力,十分感人。有《文山诗集》《指南录》《集杜诗》等诗集传世。

过零丁洋①

辛苦遭逢起一经②,干戈寥落四周星③。
山河破碎风飘絮④,身世浮沉雨打萍⑤。
惶恐滩头说惶恐⑥,零丁洋里叹零丁⑦。
人生自古谁无死,留取丹心照汗青⑧。

【导读】

南宋祥兴二年(1279),文天祥战败被俘的第二年,过零丁洋时,元军强迫他写信招降南宋抗元将领张元英,文天祥断然拒绝,并写此诗明志。

首联诗人回顾平生,以科举入仕,适逢国家危难的关头,二十年来拼尽全力支撑残局,从德祐元年奉召起兵,到如今已经整整四年,满眼荒凉冷落,战局已定,回天无力。颔联紧承"干戈寥落",国家山河破碎、风雨飘摇;个人的命运如无根漂萍,对仗工整,言辞凄楚。颈联写五坡岭战败后逃经惶恐滩,被元军俘虏后经过零丁洋的惨痛、屈辱经历,往事历历,不堪回首。尾联"人生自古谁无死,留取丹心照汗青",气贯长虹,是诗人宁死不屈的铮铮誓言,表现出舍生取义的浩然正气。

全诗格调沉郁悲壮,撼人心魄,是一首伟大的爱国主义诗篇,感召无数志士仁人前赴

---

① 零丁洋:一作"伶仃洋",在今广东省珠江口外,有内零丁与外零丁,内零丁在宝安区南,外零丁在香港南。
② 起一经:指因精通某一经籍而通过科举考试得官。文天祥在宋理宗宝祐四年(1256)以进士第一名及第。
③ 干戈寥落:干戈,两种兵器,这里代指战争。寥落,荒凉冷落。在此指宋元间的战事已经接近尾声。南宋亡于本年(1279),此时已无力反抗。四周星:四周年。诗人从德祐元年(1275)正月奉召起兵勤王,至此时恰为四周年。
④ 风飘絮:比喻宋王朝江山之破碎如风吹柳絮之残败,不可收拾。
⑤ 雨打萍:比喻自身漂泊如雨打浮萍,漂泊不已亦不能自主。
⑥ "惶恐"句:对往事的回忆。皇恐滩,亦作"惶恐滩",原名黄公滩,后以音讹。在江西省万安县境内的赣江中,滩极险恶。
⑦ 叹零丁:叹息孤苦伶仃。
⑧ 丹心:赤诚的心。照汗青:照耀史册。上古时代,写书无纸,使用竹简。将青竹削成简,火熏而出竹油如汗,借以防虫,这种加工过程叫汗青,加工好了的竹简也叫汗青。后以汗青指代史册。

后继，为正义事业而英勇献身。

【选评】

　　大节如信公，不待诗为重。信公能诗，则尤可重耳。（［清］贺裳《载酒园诗话》）

晏 殊

　　【简介】　晏殊（991—1055），字同叔，抚州临川（今属江西）人，七岁能文章，十四岁时以神童入试，赐同进士出身。累官至同中书门下平章事（宰相）兼枢密使（最高军事长官），封临淄公，至和二年（1055）卒，谥号元献，世称晏元献。

　　晏殊为北宋初期著名词人，尤擅小令，风格含蓄婉丽，多表现诗酒生活和悠闲情致，颇受南唐冯延巳的影响，与欧阳修并称"晏欧"。有《珠玉词》，其代表作为《浣溪沙》（一曲新词酒一杯）、《蝶恋花》（帘幕风轻双语燕）、《踏莎行》（小径红稀）等。

浣溪沙①

　　一曲新词酒一杯，去年天气旧亭台②。夕阳西下几时回？　　无可奈何花落去，似曾相识燕归来。小园香径独徘徊③。

【导读】

　　本词是晏殊的一首脍炙人口的小令，全词音调谐婉，情致缠绵，尤以"无可奈何花落去，似曾相识燕归来"二句著名。

　　上阕叠合今昔，"新""旧"与"几时回"形成对照，抒写好景依旧而物是人非之感。"一曲新词酒一杯，去年天气旧亭台。"起句写当下的对酒听歌，轻快的语调体现出词人潇洒安闲的意态。边听边饮，不期然引起词人对去年类似景象的追忆：也是与今年一样的暮春天气、亭台楼榭，在似乎一切依旧的表象下，却分明感觉到岁月的流逝以及人事的变化。于是从心底涌出喟叹："夕阳西下几时回？"夕阳西下是眼前景，但由此触发的却是对美好景物的流连，对时光流逝的怅惘，对美好事物重现的希冀。夕阳西下无法阻止，只能寄希望于它东升再现，但时光的流逝、人事的变更却再也无法重复，词人的即景兴感已经不限于眼前的情与事，而是包含着某种哲理性的沉思。

　　下阕描写时令，借眼前所见之物而寓情于景，寄托作者的哲思。"无可奈何花落去，似曾相识燕归来"以巧妙而工整的对仗描写春景。花的凋落、春的消逝是无法抗拒的，即便再如何惋惜、流连也无法阻止，所以"无可奈何"。但在无可奈何的凋零消逝以外，词人还

───────────────

① 浣溪沙：《浣溪沙》原为唐教坊曲名，后用为词调。
② "去年"句：化用唐郑谷《和知己秋日伤怀》诗"流水歌声共不回，去年天气旧池台"二句。
③ 香径：散发着花香的小路。

看到了令人欣慰的重现,那翩翩归来的燕子不就像去年的旧时相识吗? 在惋惜和欣慰的交织中,蕴含着哲理:美好事物的消逝不可抗拒,但美好事物的重现却让人生不会因消逝而变得一片虚无。尽管这种重现只是"似曾相识",令人在有所慰藉的同时不免有一丝惆怅。"小园香径独徘徊。"末句词人独自徘徊在落英缤纷的小径,追寻旧梦、怅然若失,情意缠绵、韵味悠长。

【选评】

"无可奈何花落去"……律诗俊语也,然自是天成一段词,著诗不得。([清]沈际飞《草堂诗余正集》)

晏几道

【简介】 晏几道(1038—1110),字叔原,号小山,抚州临川(今江西抚州)人。晏殊之子。性格孤傲,不阿权贵,一生落魄潦倒,却与歌儿舞女多有来往。其词沿袭晚唐五代余绪,多写男女悲欢离合,人生的失意与感伤,富于生活的真情实感,充满缠绵哀怨的情思,凄丽动人。与父晏殊并称"二晏"。著有《小山词》。

鹧鸪天①

彩袖殷勤捧玉钟②。当年拚却醉颜红③。舞低杨柳楼心月,歌尽桃花扇底风。④
从别后,忆相逢。几回魂梦与君同⑤。今宵剩把银釭照⑥,犹恐相逢是梦中。

【导读】

本词抒写作者与情人久别重逢时犹疑置身梦中的惊喜,以及离别后的苦思。全词清丽明快,韵律和谐,情意深婉,似幻似真,足以见小山词的特质。

上阕以绮丽笔触描写昔日二人欢会,歌舞宴饮的良宵美景。"彩袖"二句寥寥几笔便勾勒出一幅奢靡精致却又情意绵绵的景象。"彩袖"与"殷勤"呈现二人身份的不对等,早年的晏几道在父兄庇护下,犹如暖巢中无忧无虑的雏鸟,除却欢歌宴饮之外别无他事。首句着墨于对方,落笔于自身,一些世俗的阻碍皆被二人抛于九霄之外,歌女在此绝不仅为劝酒,词人对佳人的劝酒来者不拒,实则表露此时的两情相悦,为报答歌女婉转缠绵的情意,今夜不惜一醉。"舞低"二句描写歌舞欢娱的场面,对仗工整,情词并胜,是对二人情笃

---

① 鹧鸪天:词牌名,一名《思佳客》,一名《于中好》。双调55字,押平声韵。
② 彩袖:代指穿彩衣的歌女。玉钟:珍贵的酒杯。
③ 拚(pàn)却:甘愿,不顾惜。却,语气助词。
④ "舞低"二句:歌女舞姿曼妙,直舞到挂在杨柳树梢照到楼心的一轮明月低沉下去;歌女清歌婉转,直唱到扇底儿风消歇(累了停下来),极言当年狂欢的情事。
⑤ 同:聚在一起。
⑥ 剩把:尽把。剩,只管。银釭:银灯。釭(gāng),灯。

的进一步描写。词人在此并不直接言说歌女歌喉之清越、舞姿之曼妙，而是借时间的推移来侧面体现她在此情此景中的动人心弦之处。

下阕呈现词人对其久思成梦，梦里得见，依稀以为是真，今日重逢却又不免疑在梦中的乍惊乍喜。"从别后"三句，由上阕的两相情好一笔跃至离别后苦思难解，仿佛回忆往昔甜蜜正为衬托今日离愁。又运用白描手法，与上阕色彩秾艳的"彩袖""玉钟"等意象形成对照，借以叹惋即使拥有再多的梦中相见，醒来都是一场空幻，相思更是难以抑制。"梦"往往是作者潜意识的映射，也更能凸显词人对相隔两地的歌女的苦恋以及孤身一人的愁闷。思而不得以至于梦里相见，可见相思之深切，引出"今宵"二句的乍惊乍喜，乍欢乍忧。"剩把"与"犹恐"呼应，将词人惊喜之余挑灯反复确认眼前人的容颜，只怕此刻仍在梦中的复杂心绪展现得淋漓尽致。

【选评】

　　"舞低"二句，比白香山"笙歌归院落，灯火下楼台"，更觉浓至。惟愈浓情愈深，今昔之感，更觉凄然。（[清]黄苏《蓼园词选》）

欧阳修

　　【简介】　欧阳修（1007—1072），北宋文学家、史学家。字永叔，号醉翁、六一居士。庐陵（今江西吉安）人。天圣八年（1030）进士。任西京留守推官，召试学士院，充馆阁校勘，因直言论事贬知夷陵。庆历中任谏官，支持范仲淹，要求在政治上有所改良，被诬贬知滁州。后官至翰林学士、枢密副使、参知政事。熙宁四年（1071）以太子少师致仕，谥文忠。

　　欧阳修是北宋中期的文坛领袖，积极倡导诗文革新，博学多才，诗、词、古文兼长，史学、经学方面也卓有成就。苏轼说他"论大道似韩愈，论事似陆贽，记事似司马迁，诗赋似李白"（《居士集叙》）。当时的许多著名文人，不是他的朋友，就是他的学生。宋代文风的变革，新诗风的奠定，都离不开他的努力。嘉祐二年（1057），他以翰林学士权知贡举，排抑险怪艰涩的"太学体"时文，提倡平实自然的文风。苏轼、苏辙、曾巩以及理学家张载、程颐等人都在这一年中举，当时号为得人，天下文风为之一变。欧阳修的古文内容丰富，迂徐委曲，条达舒畅，语言明白易晓，为"唐宋八大家"之一。诗如其文，风格平易疏朗。词承南唐余绪，风格深婉，时有疏隽放旷气息。著有《欧阳文忠公集》。

踏莎行

　　候馆梅残①，溪桥柳细。草薰风暖摇征辔②。离愁渐远渐无穷，迢迢不断如春水。

---

① 候馆：接待宾客的馆舍。暗用南北朝陆凯的诗意："折梅逢驿使，寄与陇头人。江南无所有，聊赠一枝春。"驿路梅花正含有怀人之意。
② 草薰风暖：从江淹《别赋》"闺中风暖，陌上草薰"两句而来。薰，香气。辔：马缰，即以指代马。

寸寸柔肠,盈盈粉泪①。楼高莫近危阑倚。平芜尽处是春山,行人更在春山外②。

【导读】

这是一首情深意远、柔婉优美的行旅词,为欧阳修行役江南时所作。

上片写陌上游子。馆舍旁、小桥边,梅花飘零、柳叶初生、暖风拂面,空气中弥漫着春草的芳香。在这生机盎然的春日,游子却不得不离家远行。一人一骑渐行渐远,离愁无穷无尽,如一溪春水不断流向遥远的天边。下片写闺中思妇,独上高楼,凭栏远眺,哪里有情郎的身影。视野所及只有无尽的旷野和天边的远山。柔肠寸断,粉泪双垂。

全词由陌上游子联想到闺中人相忆念的情景,写出了两处相思。由实景而及想象,情景交融,构成了清丽缠绵的意境,表现出欧词深婉的风格。化虚为实,巧于设喻,是本词重要的艺术手段。把“虚”的离愁,化为“实”的春水,大大增强了艺术效果。

【选评】

首阕,言时物暄妍,征辔之去,自是得意,其如我之离愁不断何?次阕,言不敢远望,愈望愈远也,语语倩丽,韶光情文斐亹。([清]黄苏《蓼园词选》)

苏 轼

【简介】 苏轼(1037—1101),字子瞻,号东坡居士,眉州眉山(今四川眉山)人。北宋著名文学家、书法家,“唐宋八大家”之一。与其父苏洵(1009—1066)、其弟苏辙(1039—1112),合称为“三苏”。其文汪洋恣肆,明白畅达,与欧阳修并称“欧苏”,诗歌与黄庭坚并称“苏黄”,代表有宋一代新诗风和最高成就;词一扫晚唐五代以来绮艳柔靡积习,开豪放一派,与辛弃疾并称“苏辛”,于词学发展影响深远;其书法与蔡襄、黄庭坚、米芾合称“宋四家”。嘉祐二年(1057)与弟苏辙同登进士,授大理评事,签书凤翔府判官。熙宁二年(1069),父丧守制期满还朝,为判官告院。与王安石政见不合,反对推行新法,自请外任,出为杭州通判。迁知密州(今山东诸城),移知徐州。元丰二年(1079),罹“乌台诗案”,责授黄州(今湖北黄冈)团练副使,不得签书公文。哲宗立,高太后临朝,复为朝奉郎,知登州(今山东蓬莱)。后迁为礼部郎中,任未旬日,除起居舍人,迁中书舍人,又迁翰林学士知制诰,知礼部贡举。元祐四年(1089),出知杭州,后改知颍州、扬州、定州。元祐八年(1093),宋哲宗亲政,被远贬惠州(今广东惠阳),再贬儋州(今海南儋州)。徽宗即位,遇赦北归,途中染病,建中靖国元年(1101),卒于常州(今属江苏),谥文忠。著有《东坡集》《东坡乐府》等。苏轼的思想比较复杂,是儒、佛、道三家思想的融合。从儒家思想出发,他一生关心国家命运,积极从政,宽简爱民,但当政治上受到挫折时,受佛老思想的影响,又表现出超然物外与世无争的态度。这种复杂思想,在他的许多作品中都有明显的反映。

---

① 盈盈:泪水满眼的样子。
② 行人:此指心上人。

和子由渑池怀旧①

人生到处知何似②，应似飞鸿踏雪泥。
泥上偶然留指爪，鸿飞那复计东西。
老僧已死成新塔③，坏壁无由见旧题④。
往日崎岖还记否，路长人困蹇驴嘶⑤。

【导读】

嘉祐六年(1061)冬，苏轼赴任陕西凤翔府，苏辙相送至郑州。苏轼独自西行至渑池，收到苏辙寄赠的《怀渑池寄子瞻兄》，于是作此诗相和。

这首诗前四句一气贯通，用形象的比喻来阐发人生哲理：人生如飞鸿，行踪无定，命运无常；人在世界上的存在，如同飞鸿偶然在雪上留下的爪印，鸿飞雪融，转瞬即逝。后四句是对往事旧迹的怀念：当年兄弟二人赴京应考途中同宿渑池僧舍，如今旧地重游，当年接待他们的老僧已经离世；在僧舍墙壁上题的诗句，墙已坏，再难寻；当年道路崎岖难行，二人骑着跛脚的驴到达渑池，人困驴嘶的场景是否记得？过往一切在不断变化，甚至消失，让人怅惘。这首诗情理兼备，内涵丰富，艺术上不求工而自工，这正是苏轼诗的本色。

【选评】

前四句单行入律，唐人旧格；而意境恣逸，则东坡之本色。(〔清〕纪昀评《苏文忠公集》)

游金山寺⑥

我家江水初发源，宦游直送江入海⑦。闻道潮头一丈高，天寒尚有沙痕在⑧。中泠南畔石盘陀⑨，古来出没随波涛。试登绝顶望乡国，江南江北青山多。羁愁畏晚寻归楫⑩，山僧苦留看落日。微风万顷靴纹细，断霞半空鱼尾赤⑪。是时江月初生魄⑫，二更月落天深

---

① 渑池：今河南渑池。这首诗是和苏辙《怀渑池寄子瞻兄》而作。
② "人生"句：此是和作，苏轼依苏辙原作中提到的雪泥生发出人生之感。
③ 老僧：奉闲。据苏辙原诗自注："昔与子瞻应举，过宿县中寺舍，题老僧奉闲之壁。"
④ 坏壁：指奉闲僧舍。嘉祐元年(1056)，苏轼与苏辙赴京应举途中曾寄宿奉闲僧舍并题诗僧壁。
⑤ 蹇(jiǎn)驴：跛脚的驴。苏轼自注："往岁，马死于二陵(按即崤山，在渑池西)，骑驴至渑池。"
⑥ 金山寺：在今江苏镇江西北长江边的金山上，宋时山在江心。
⑦ 直送江入海：古人认为长江的源头是岷山，苏轼的家乡眉山正在岷江边。镇江一带的江面较宽，古称海门，所以说"直送江入海"。
⑧ "闻道"二句：苏轼登寺在冬天，水位下降，所以他写曾听人说长江涨潮时潮头有一丈多高，而岸边沙滩上的浪痕，也令人想见那情形。
⑨ 中泠：泉名，在金山西。石盘陀：形容石块巨大。
⑩ 归楫：从金山回去的船。楫原是船桨，这里以部分代整体。
⑪ "微风"二句：微风吹皱水面，泛起的波纹像靴子上的细纹，落霞映在水里，如金鱼重叠的红鳞。
⑫ 初生魄：新月初生。苏轼游金山在农历十一月初三，所以这么说。

黑。江中似有炬火明①,飞焰照山栖鸟惊。怅然归卧心莫识,非鬼非人竟何物? 江山如此不归山,江神见怪警我顽。我谢江神岂得已②,有田不归如江水③。

【导读】

宋神宗熙宁初年,苏轼由于写了《上神宗皇帝书》《拟进士对御试策》等批评新法的文章,受到诬陷,不安于在京任职,乃自请外放,于是被任命为杭州通判。这首诗即是他在熙宁四年(1070)赴任时经过镇江金山寺所作。

程千帆先生《宋诗精选》中有一段精辟的评价:"诗题为游寺,通篇寓景于情。其写蜀人远宦,写冬季来游,写金山特色,写登山望乡,都很分明。以下转入山僧留看落日,但以'微风'二句略作形容后,便将难见之江中炬火代替了常见之江干落日,从而抒其所见所感。至于炬火是否江神示意,则更不加以说明,留供读者推想。起结遥相呼应,不可移易地写出了蜀士之远游,而中间由泛述金山,而进写傍晚江干断霞,深夜江中炬火。笔次骞腾,兴象超妙,而依然层次分明。"此诗略去对寺景的刻画摹写,着重写登高眺远之景,将古与今、虚与实、情与景融为一体。尤其是在对景物的刻画中,渗透着浓郁的乡情,特别真挚动人。同时,诗人所表达的归隐之志,又与他来到金山寺这个佛教圣地密切相关。末尾四句带有他在政治上不得意的牢骚苦闷。通篇既放得开,又收得住,充分反映出苏轼的七古波澜壮阔、开阖自如的特色。

【选评】

一起高屋建瓴,为蜀人独足夸口处。通篇遂全就望乡归山落想,可作《庄子·秋水篇》读。(陈衍《宋诗精华录》)

水龙吟·次韵章质夫杨花词④

似花还似非花,也无人惜从教坠⑤。抛家傍路,思量却是,无情有思⑥。萦损柔肠⑦,困酣娇眼⑧,欲开还闭。梦随风万里,寻郎去处,又还被、莺呼起⑨。　　　　不恨此花飞尽,恨西

---

① 江中炬火:或指江中能发光的某些水生动物。古人亦曾有记载,如木华《海赋》:"阴火潜然。"曹唐《南游》:"涨海潮生阴火灭。"或只是月光下诗人看到的幻象。原注:"是夜所见如此。"

② 谢:告诉。

③ 如江水:古人发誓的一种方式。如《左传·僖公二十四年》,晋公子重耳对子犯说:"所不与舅氏同心者,有如白水!"《晋书·祖逖传》载祖逖"中流击楫而誓曰:'祖逖不能清中原而复济者,有如大江!'"苏轼认为江中的炬火是江神在向他示警,所以他说,自己如果有了田产而不归隐,就"有如江水"。由此可见,现在未能弃官还乡,实在是不得已的事。

④ 次韵:用原作之韵,并按照原作用韵次序进行创作,称为次韵。章质夫:名楶(jié),浦城(今福建浦城)人。当时他正任荆湖北路提点刑狱,经常和苏轼诗词酬唱。

⑤ 从教:任凭。

⑥ 无情有思:言杨花看似无情,却自有它的愁思。韩愈《晚春》诗:"杨花榆荚无才思,唯解漫天作雪飞。"这里反用其意。思,心绪,情思。

⑦ 萦:萦绕、牵念。柔肠:柳枝细长柔软,故以柔肠为喻。白居易《杨柳枝》:"人言柳叶似愁眉,更有愁肠如柳枝。"

⑧ 困酣:困倦之极。娇眼:美人娇媚的眼睛,比喻柳叶。古人诗赋中常称初生的柳叶为柳眼。

⑨ "梦随"三句:化用唐代金昌绪《春怨》诗:"打起黄莺儿,莫教枝上啼。啼时惊妾梦,不得到辽西。"

园、落红难缀①。晓来雨过,遗踪何在? 一池萍碎。春色三分,二分尘土,一分流水。细看来,不是杨花,点点是、离人泪。

【导读】

苏轼的词在我国词史上具有重要地位,他对词的发展作出了重大贡献:

一是扩大了词的题材内容。晚唐五代以来,作为"小道""艳科"的词,主要写男女爱情、离愁别绪。苏轼突破这一藩篱,变爱情词为性情词,给词增添空前丰富的内容。凡咏史、怀古、感旧、悼亡、记游、说理等诗文所能写的内容,他都引入词中,使词的题材无所不包,反映了广阔的社会人生。如《念奴娇·赤壁怀古》《水调歌头·明月几时有》等名篇,既有宏阔邈远的意境,又有深刻的人生哲理。还有些题材则是苏轼第一次把它们引入词中来。如对农村风物的描写(《浣溪沙·徐州石潭谢雨道上作》),对亡妻的悼念(《江城子·乙卯正月二十日夜记梦》)等,这都说明苏轼的词在题材内容上有新的开拓。

二是转变了词风。苏轼在婉约正宗之外,别立豪放一派,表现了新的风格。《江城子·密州出猎》慷慨激昂,充满爱国主义激情。《念奴娇·赤壁怀古》激情奔放,气势磅礴。《水调歌头·明月几时有》境界开阔,飘逸洒脱。这些具有豪放风格的词作,为南宋辛弃疾等豪放派词人开出了新路。苏词也有婉约之作,有的写得幽怨缠绵,有的写得明丽清新,表现出多种多样的风格。

三是突破了音律的束缚。词为了配合音乐歌唱,它的格律往往比诗还严。苏轼的词为了充分表达意境,有时就突破了音律的限制。李清照曾批评苏轼的词不协音律,实际上他不是不懂音律,而是"豪放,不喜裁剪以就声律耳"(陆游《老学庵笔记》)。

四是在语言上的创新。苏词语言清新朴素。他多方面吸收古人语言精华,还运用典故、口语、虚字入词,丰富了词的表现力。

本词起句,便将描写对象置于似与不似之间,"似花还似非花",形象地概括了这类咏物词的艺术规律。似花在形,似非花在神。微妙地处理形与神的关系。"抛家"句,承"坠"字而来。一抛,似无情;一傍,却有思。"无情"而"有思",也就是"似花还似非花"。"萦损"三句,以拟人语组合成句,状其温婉娇美,是由神似而至人化的过渡。"梦随"三句,暗写一位女子的无限幽怨。寓伤感于飘逸,已不是"无情有思"而是"有情有思"了。下阕则从女子眼中写来。从"不恨"与"恨"之间见其深情远思。"此花飞尽",一花之事也;"其红难缀",一春之事也。杜甫《曲江》句:"一片花飞减却春,风飘万点正愁人。"整个春天即将过去,而所思之人尚未归来。其思念之切可想而知。"晓来"三句,进一层写落红不但"难缀",且遗迹也将为朝雨洗净,只剩下一池破碎的浮萍。"春色"三句,紧承"晓来"三句而来,三分春色,全都付与尘土与流水。歇拍用唐人诗:"君看陌上梅花红,尽是离人眼中血。"词人之笔绕回到杨花身上,但它在离人眼中都成了点滴血泪。前面所谓"无人惜"者,似为花,实为人。而现在,则惜此花者,唯此离人;惜此离人者,亦唯此花,泪眼相看,情何能已! 唐圭璋谓本词"全篇皆从一'惜'字生发",由"无人惜"而至有人相惜,乃是贯穿全篇的基本脉络。

---

① 落红:落花。缀:连结。

【选评】

咏物之词,自以东坡《水龙吟》为最工。(王国维《人间词话》)

定风波·南海归赠王定国侍人寓娘①

王定国歌儿日柔奴②,姓宇文氏,眉目娟丽,善应对,家世住京师。定国南迁归,余问柔:"广南风土,应是不好?"柔对曰:"此心安处,便是吾乡。"因为缀词云。

常羡人间琢玉郎③,天应乞与点酥娘④。尽道清歌传皓齿⑤,风起,雪飞炎海变清凉⑥。

万里归来颜愈少,微笑,笑时犹带岭梅香⑦。试问岭南应不好⑧,却道:此心安处是吾乡⑨。

【导读】

苏轼好友王巩因受苏轼"乌台诗案"牵连,被贬谪到地处岭南荒僻之地的宾州。王巩受贬时,其歌女柔奴(寓娘)毅然随行到岭南。元丰六年(1083)王巩北归,在两人久别重逢的酒宴上,柔奴为苏轼劝酒,苏轼作此词以赞柔奴。本词上阕描绘歌女柔奴的姿容与才艺,总写其外在美;下阕则通过其行为和言语,表现其旷达境界与美好品行,传达其内在美。

上阕首句"常羡人间琢玉郎,天应乞与点酥娘",描绘柔奴的晶莹俊秀,她的肌肤如凝脂般光洁细腻,此女只应天上有,使读者获得一个真切而又富于质感的歌女印象。"尽道清歌传皓齿,风起,雪飞炎海变清凉。"柔奴能自作歌曲,清亮悦耳的歌声从她芳洁的口中传出。宾客听了,犹如置身风雪之中,风起雪飞,使炎暑之地摇身而为清凉之乡。词人听了,则深感心旷神怡,使其政治上的失意苦闷、浮躁难安化为空灵清旷、恬静安详。苏词横放杰出,寥寥数语即构造出一个奇幻意境,对"清歌"的夸张描写,形象地展示了柔奴之曲婉转动听,呈现出柔奴之声独特的艺术效果。

下阕首句承上启下,"万里归来颜愈少"。岭南荒僻之地生活艰辛,她却有甘之如饴之态,归来后容光焕发,更显年轻。"颜愈少"笔调夸张却洋溢着词人对其旷达姿态的赞美之情。"微笑"二字,蕴藏着落寞荒地艰苦岁月中的坚强,以及回首往昔时的自豪与心灵成长。"笑时犹带岭梅香",梅花傲骨绽放于严寒之中,作者借此赞美柔奴,一方面描绘她北归时经过大庾岭,故而带着梅花香气而来,另一方面又以梅喻人,赞美柔奴如梅花般傲然

---

① 定风波:词牌名。一作"定风波令",又名"卷春空""醉琼枝"。王定国:王巩,作者友人。寓娘:王巩的歌女。
② 柔奴:寓娘。
③ 玉郎:女子对丈夫或情人的爱称,泛指男子青年。
④ 点酥娘:肤如凝脂般光洁细腻的美女。
⑤ 皓齿:雪白的牙齿。
⑥ 炎海:喻酷热。
⑦ 岭:指大庾岭,沟通岭南岭北的咽喉要道。
⑧ 试问:试着提出问题,试探性地问。
⑨ 此心安处是吾乡:这个心安定的地方,便是我的故乡。

盛放的品质。最后两句写词人和她的问答。词人以否定语气提问:"试问岭南应不好?"岭南生涯何其萧瑟落魄,已带着答案的词人去试探问询歌女柔奴,"却道"二字陡转,词人没想到歌女之境界如此高洁脱俗,答语"此心安处是吾乡"警策隽永,蕴含着纵然万劫不复仍旧眉眼如初、岁月如故的安然自若,以及随缘自适的乐观旷达,这也呼应着词人自身的人生态度和处事方式。既称颂柔奴身处逆境而安之若素的可贵品格,又抒发作者在政治逆境中随遇而安、无往不快的旷达襟怀。

总体而言,作者在本词中通过对自然景象与人生哲理的交织描绘,传达出对生命坎坷的深刻超越以及对未来遭际的旷达心态,柔中带刚,情、景、理三者交融,展示人生低谷中难能可贵的人格精神和哲理智慧。

柳 永

【简介】 柳永(987?—1053?),原名三变,字景庄,后改名永,字耆卿。建州崇安(今福建武夷山)人。因排行第七,故世称柳七。年轻时科场失意,流连坊曲,歌妓教坊乐工每得新腔,必请永为词,以至于"凡有井水饮处,即能歌柳词"(叶梦得《避暑录话》卷下)。他仕途困顿失意,直到景祐元年(1034)才考中进士,官至屯田员外郎,世称"柳屯田"。有《乐章集》传世。

柳永是两宋词史上重要的词家,在多个方面对词学发展作出了贡献:

其一,大力创作慢词。这从根本上改变了唐五代以来词坛上小令一统天下的格局,使慢词与小令两种体式平分秋色。

其二,创作词调最多。在宋代所用八百八十多个词调中,有一百多调是他首创或首次使用。词至柳永,体制始备,令、引、近、慢、单调、双调、三叠、四叠等长调短令,日益丰富,形式体制的完备,为宋词的发展和后继者在内容上的开拓提供了前提条件。

其三,善于吸收俚语、俗语,促进了词的通俗化。柳永不仅从音乐体制上改变和发展了词的声腔体式,而且从创作方向上改变了词的审美内涵和审美趣味,即变"雅"为"俗",着意运用通俗化的语言表现世俗化的市民生活情调。

其四,开拓了词的题材。柳词有不少是反映羁旅行役、都市繁华景象和中下层女性的内心世界和世俗生活的内容。

这些都对宋代词学发展产生了深远的影响。

凤栖梧①

伫倚危楼风细细②。望极春愁,黯黯生天际③。草色烟光残照里。无言谁会凭阑意。

---

① 此词又名《鹊踏枝》《蝶恋花》等。双调,六十字,仄韵。
② 危楼:高楼。
③ 黯黯:心情沮丧忧愁的样子。

拟把疏狂图一醉①。对酒当歌②,强乐还无味③。衣带渐宽终不悔④,为伊消得人憔悴。

【导读】

本词是怀念远方恋人的作品。"独倚危楼风细细",词人久立于高楼之上,在无力所及的天际,一缕春愁,黯黯而生。"黯然销魂者,惟别而已矣。"(江淹《别赋》)看来这春愁正为伤别而生。春愁本由心生,这里却说愁生于天际,是因思念远方伊人而生,伊人此时亦有同样的春愁,将两处之愁联系在一起,意境浑厚。下文的"草色烟光残照里",是登高远望所见之景,给人以俯仰苍茫的感觉:草色青青,日光斜照,烟波浩渺,伊人何处?这时主人公默默无言,独倚高楼,又有谁理解他的凭栏念远之意呢?"无言"二字,含有千言万语和千种风情、万种思绪。

下片,词人将笔一摇,企图把春愁荡开,打算放纵一下,借酒浇愁,以求一醉。但结果如何呢?"对酒当歌,强乐还无味。"这表明愁苦是无法排遣的。索性继续相思下去。所以说:"衣带渐宽终不悔,为伊消得人憔悴",词人借此两句,表达对爱情始终不渝、至死靡他的决心。

本词抒情手法的特点是:始则借景生发,继则将怀远之情荡开,用"拟把疏狂图一醉"的方法,使相思之情得以排遣,终因此情无法消解,索性继续相思下去,一收之后,复来一纵,手法有开有合,卷舒自由、有波澜、有韵致,非词中高手,难以达此境界。

【选评】

古今之成大事业、大学问者,必经过三种之境界,"昨夜西风凋碧树,独上高楼,望尽天涯路",此第一境也。"衣带渐宽终不悔,为伊消得人憔悴",此第二境也。"众里寻他千百度,回头蓦见,那人正在灯火阑珊处",此第三境也。(王国维《人间词话》)

八声甘州⑤

对潇潇暮雨洒江天⑥,一番洗清秋⑦。渐霜风凄紧⑧,关河冷落⑨,残照当楼⑩。是处红衰翠减⑪,苒苒物华休⑫。惟有长江水⑬,无语东流。

---

① 拟把:打算。疏狂:狂放不羁。
② 对酒当歌:语出曹操《短歌行》。当,与"对"意同。
③ 强乐:强颜欢笑。强,勉强。
④ 衣带渐宽:指人逐渐消瘦。《古诗十九首·行行重行行》:"相去日已远,衣带日已缓。"
⑤ 八声甘州:词牌名,原为唐边塞曲。简称"甘州",又名"潇潇雨""宴瑶池"。
⑥ 潇潇:下雨声。一说雨势急骤的样子。一作"萧萧",义同。
⑦ 清秋:清冷的秋景。
⑧ 霜风:指秋风。凄紧:一作"凄惨",凄凉紧迫。
⑨ 关河:关塞与河流,此指山河。
⑩ 残照:落日余光。当:对。
⑪ 是处:到处。红衰翠减:指花叶凋零。红,代指花。翠,代指绿叶。此句为借代用法。
⑫ 苒(rǎn)苒:同"荏苒",时光消逝,渐渐(过去)的意思。物华:美好的景物。休:衰残。
⑬ 惟:一作"唯"。

不忍登高临远，望故乡渺邈①，归思难收②。叹年来踪迹，何事苦淹留③。想佳人、妆楼颙望④，误几回、天际识归舟⑤。争知我⑥，倚栏杆处⑦，正恁凝愁⑧！

【导读】

《八声甘州》写于词人经历官场挫折、情感失意之后，处于边缘化的社会状态之时。上阕描绘秋雨后清冷的景象，江河之畔残阳高楼的悲凉之境；下阕则直接抒发客居他乡思家心切的细腻情感。全词语浅情深，写景和抒情融为一体，通过描写羁旅行役之苦，呈现古代知识分子怀才不遇的典型感受。

"对潇潇暮雨洒江天，一番洗清秋。"词的开篇即用"潇潇暮雨"来设定一个凄清而又壮阔的场景，风吹雨打，冰冷的雨水洒落在无边的江面上，洗涤着整个秋天的哀愁。一个"对"字，展现词人登临纵目、望极天涯的境界。一"雨"一"洒"一"洗"，立刻营造出雨过澄明的情景，让人顿觉素秋清爽之感。而这不仅是对自然景观的描绘，更暗示词人对洗净尘世烦恼的渴望。"渐霜风凄紧，关河冷落，残照当楼。""渐"字承上句而言，此秋景经过一番洗涤，景色逐渐转成另一番境界。深秋时节，凉风起，凄凉交迫，阵阵袭入漂泊游子的衣袖，倍感凄冷。一"紧"字尽悲秋之气，一"冷落"又添凉意，紧接一句"残照当楼"，残阳余晖斜挂在高楼上，加以萧瑟秋风和游子凄寒的情绪，秋日之悲寒达到顶峰。

"是处红衰翠减，苒苒物华休。"词人由仰观而转至俯察，从苍茫壮阔转入细致观察。翠减红衰，满目萧萧凋零之景。"苒苒"与"渐"字相为呼应，给人一种美好景象渐渐消失的无力感，形象地呈现出词人内心的萧瑟况味，而接一"休"字，其无穷的感慨愁恨又缓缓涌现。接下来"惟有长江水，无语东流"写的是短暂与永恒、改变与不变之间的人生哲理。"无语"二字乃饱含"无情"之意，此句又展现出词人对宇宙和人生的深邃思考以及内心的百感交集。

下阕直抒胸臆，由景入情，"不忍登高临远，望故乡渺邈，归思难收"。点明词人是登高望远，"不忍"又多了一份纠结和曲折，巧妙展现出其情致。登高临远本想看看故乡，无奈故乡太远望而不见，满目苍然只能勾起相思之情，"不忍"二字极为贴合其情思。"叹年来踪迹，何事苦淹留。"这两句向自己发问，为何客居他乡，回首历年的漂泊落魄，凄苦之情化为一声长叹，悲从中来，四顾茫然。"想佳人、妆楼颙望，误几回、天际识归舟。"又从佳人来写，与自己倚楼凝望相对照，两地遥遥，苦从中来，且与上阕寂寞凄清之景象呼应。虽是词人的想象和虚写，却极具细节，情真意切。结尾再由对方回到自己，说佳人在多少次希望和失望之后，肯定会埋怨自己不念家，却不知自己独自"倚栏"远望之时的愁苦。表现的正

---

① 渺邈(miǎo)：远貌，渺茫遥远。一作"渺渺"，义同。
② 归思：渴望回家团聚的心思。
③ 淹留：长期停留。
④ 佳人：美女。古诗文中常用其代指自己所怀念的对象。颙(yóng)望：抬头凝望。颙，一作"长"。
⑤ 误几回：多少次错觉把远处驶来的船当作心上人的归舟。语意出温庭筠《望江南》词："过尽千帆皆不是，斜晖脉脉水悠悠，肠断白蘋洲。"天际，指目力所能达到的极远之处。
⑥ 争(zhēng)：怎。
⑦ 处：这里表示时间。"倚栏杆处"即"倚栏杆时"。
⑧ 恁(nèn)：如此。凝愁：愁苦不已，愁恨深重。凝，表示一往情深，专注不已。

是相思不为人知,即使思我之人也不知道的情形,可见相思被隔绝的苦闷。"争知我"领起,化实为虚,显得情感曲折空灵,结尾与开头相呼应,一切景象都是"倚栏"所见,一切归思都由"凝愁"勾出。

本词逐层深入,绘声绘色地描绘词人登临高楼,凭栏远望,心系故乡的全过程,满腔的羁旅之情溢于言表。结构严密精细,景与情融合无间,层层铺叙的手法,使读者如临其境。词中所蕴含的思乡之情与身世之感如细水长流,缓缓展开,情感层次分明,引人入胜。

【选评】

柳词本以柔婉见长,此词却以沉雄之魄、清劲之气,写奇丽之情。([清]郑文焯《与人论词遗札》)

秦 观

【简介】 秦观(1049—1100),字少游,一字太虚,号淮海居士。扬州高邮(今江苏高邮)人。北宋词人,与黄庭坚、张耒、晁补之合称"苏门四学士"。元丰八年(1085)进士,初为定海主簿、蔡州教授。元祐初,苏轼荐其为秘书省正字,兼国史院编修官。哲宗时"新党"执政,被贬为监处州酒税,徙郴州,编管横州,又徙雷州,至滕州而卒。其散文长于议论,被《宋史》评为"文丽而思深"。其诗长于抒情,敖陶孙《诗评》说:"秦少游如时女游春,终伤婉弱。"

秦观是北宋后期著名婉约派词人,其词大多描写男女情爱,抒发仕途失意的哀怨,文字工巧精细,音律谐美,情韵兼胜。代表作为《鹊桥仙》(纤云弄巧)、《望海潮》(梅英疏淡)、《满庭芳》(山抹微云)等。《鹊桥仙》中"两情若是久长时,又岂在朝朝暮暮!"被誉为"化腐朽为神奇"的名句。《满庭芳》中的"斜阳外,寒鸦数点,流水绕孤村"被称作"天生的好言语"。张炎《词源》说:"秦少游词体制淡雅,气骨不衰,清丽中不断意脉,咀嚼无滓,久而知味。"有《淮海集》。

踏莎行

雾失楼台,月迷津渡,桃源望断无寻处①。可堪孤馆闭春寒②,杜鹃声里斜阳暮③。
驿寄梅花④,鱼传尺素⑤。砌成此恨无重数。郴江幸自绕郴山⑥,为谁流下潇湘去⑦?

---

① 桃源:桃花源,出自陶渊明《桃花源记》。
② 可堪:怎堪,岂堪。
③ 杜鹃:鸟名,又名子规,相传为古蜀帝杜宇之魂所化。
④ 驿寄梅花:南朝宋盛弘之《荆州记》:"陆凯与范晔为友,在江南,寄梅花一枝诣长安与晔,并赠诗云:'折梅逢驿使,寄与陇头人。江南无所有,聊赠一枝春。'"
⑤ 鱼传尺素:汉无名氏《饮马长城窟行》:"客从远方来,遗我双鲤鱼。呼儿烹鲤鱼,中有尺素书。"古人书信多用尺长左右的生绢书写。
⑥ 郴江:耒水,出于耒山,北流入湘江。幸自:本自。幸,本。
⑦ 谁:谁人。

【导读】

　　此词为绍圣四年(1097)作者因坐党籍连遭贬谪,于郴州旅店所写。

　　开篇描绘一幅雾中风景:高台楼阁掩盖在深重的大雾之下,混混沌沌,看不到它明丽的形象,月光下的渡口也朦胧不分明,一片愁云惨雾,一切都依稀不可追寻,这实际上是作者内心怅惘之情的表现。"可堪孤馆闭春寒,杜鹃声里斜阳暮",这两句也是写景,"孤馆""春寒料峭""杜鹃声声""斜阳暮",描绘出一片愁景,充分表现了作者内心的愁绪,用景衬情。词人沉重的悲观情绪在下片表现得更为深入。"驿寄梅花,鱼传尺素,砌成此恨无重数"非常形象地再现了他内心重重叠叠的悲苦哀愁。"郴江幸自绕郴山,为谁流下潇湘去?"这是比兴手法的运用,郴江向潇湘流去,这本是一种自然景象,但作者加上"幸自""为谁"后即成具有浓厚感情色彩的妙语,这是百无聊赖语,是怨绝语,亦是痴绝语。王国维《人间词话》:"少游词最为凄婉,至'可堪孤馆闭春寒,杜鹃声里斜阳暮'则变而为凄厉矣。"又说:"有有我之境,有无我之境。'泪眼问花花不语,乱红飞过秋千去''可堪孤馆闭春寒,杜鹃声里斜阳暮'有我之境也。"这两句的确情景交融,令人心痛不已,并为之黯然神伤。

　　这首词最佳处,在于虚实相间,互为生发。上片以虚带实,下片化实为虚,以上下两结语饮誉词坛。

【选评】

　　"郴江幸自绕郴山,为谁流下潇湘去?"千古绝唱。秦殁后坡公常书此于扇云:"少游已矣,虽万人何赎!"高山流水之悲,千载而下,使人腹痛。([清]王士禛《花草蒙拾》)

贺　铸

　　【简介】　贺铸(1052—1125),北宋词人。字方回,号庆湖遗老。卫州(今河南卫辉)人。宋太祖贺皇后族孙,所娶亦宗室之女。自称远祖本居山阴,是唐贺知章后裔,以知章居庆湖(即镜湖),故自号庆湖遗老。脸青,人号"贺鬼头"。年少读书,博学强记。任侠喜武,喜谈当世事,"可否不少假借,虽贵要权倾一时,少不中意,极口诋之无遗辞"(《宋史·贺铸传》)。青年时为武官,中年后,因李清臣、苏轼推荐,改文职,任承事郎,为常侍。大观三年(1109)以承议郎致仕,卜居苏州。家藏书万余卷,手自校雠,以此终老。有《庆湖遗老集》,存词280余首。

青玉案

凌波不过横塘路①。但目送、芳尘去②。锦瑟华年谁与度③？月桥花院，琐窗朱户④。只有春知处。　　飞云冉冉蘅皋暮⑤。彩笔新题断肠句⑥。试问闲愁都几许？一川烟草，满城风絮。梅子黄时雨⑦。

【导读】

　　贺铸晚年退隐苏州，住在横塘附近。此词当是其时其地所作。它表面似写相思之情，实则抒发悒悒不得志的"闲愁"。上片，情之间阻；下片，愁之纷乱。上是宾，下是主。起三句用曹植《洛神赋》"凌波微步，罗袜生尘"之语。凌波微步，不过横塘，是其人没有来；面对芳尘，只能目送，是自己也不能去。"但"，犹言仅、只。她没有来，己不能去，则极目远望，只能从见到的一片芳尘之中，想象其"凌波微步"的美妙姿态而已。"锦瑟"一句提问，化用李商隐《锦瑟》："锦瑟无端五十弦，一弦一柱思华年。"问她美好的青春与谁共度，亦即悬揣其无人共度之意。点出盛年不偶，必至"美人迟暮"，暗暗关合到自己的遭际。

　　"月桥"两句，是想象中其人的住处。"只有"句是说其地无人知，自然也就更无人到。"月桥花院"写环境之幽美，"琐窗朱户"写房室之富丽，由外及内，而结以"只有春知处"，就从绚烂繁华的时间和空间里，显示出其人的寂寞来。这三句，共有两层意思：其一，其人深居独处，虚度年华，非常值得同情和怜惜；其二，深闺邃远，除了一年一度的春光之外，无人能到，自己当然也无从寄托情思、相惜之情。这也完全与词人自己沉沦下僚，一生不被人知重的情况相吻合。

　　过片"飞云冉冉"，是实写当前景色，同时暗用江淹《休上人怨别》"日暮碧云合，佳人殊未来"，以补足首句"凌波不过"之意。"蘅皋暮"，是说在生长着杜蘅这种香草的泽边，徘徊已久，暮色已临，也是实写，同时又暗用曹植《洛神赋》"尔乃税驾乎蘅皋，秣驷乎芝田"句。曹植就是中途在那儿休息，才遇到了洛神宓妃。这就补充了词中没有写出的第一次和其人见面的情节。细针密线，天衣无缝。"彩笔"一句，承上久立蘅皋，伊人不见而来。由于此情难遣，故虽才情富艳，有如江淹之曾得郭璞在梦中所传的彩笔，而所能题的，也不过是令人伤感的诗句罢了。提起笔来，唯有断肠之句，都是由万种闲愁而起，所以紧接着就描写闲愁。先以"几许"提问，引起注意，然后以十分精警和夸张的比喻作答，突出主旨，结束全篇。而结尾三句，尤其为人传诵，以致作者被称为"贺梅子"（见周紫芝《竹坡诗话》）。

---

① 凌波：形容女子走路时步态轻盈。横塘：古堤，在苏州西南。
② 芳尘：指美人的行踪。
③ 锦瑟华年：比喻美好的青春时期。
④ 琐窗：雕刻或彩绘有连环形花纹的窗子。
⑤ 飞云：一作"碧云"。蘅（héng）皋（gāo）：长着香草的沼泽中的高地。蘅即杜蘅，一种多年生草本植物。
⑥ 彩笔：比喻辞藻富丽的文笔。事见南朝江淹故事。
⑦ 梅子黄时雨：五、六月梅子黄熟，其间常阴雨连绵，俗称"黄梅雨"或"梅雨"。

【选评】

　　贺方回尝作《青玉案》词，有"梅子黄时雨"之句，人皆服其工，士大夫谓之"贺梅子"。（[宋]周紫芝《竹坡诗话》）

周邦彦

　　【简介】　周邦彦(1056—1121)，字美成，号清真居士，钱塘(今浙江杭州)人，北宋末期著名词人。少年时期个性比较疏散，但相当喜欢读书。宋神宗时，因写《汴都赋》鼓吹新法而被赏识，历官太学正、庐州教授、知溧水县等。徽宗时为徽猷阁待制，提举大晟府。精通音律，曾创作不少新词调。作品多写闺情、羁旅，也有咏物之作。格律谨严，语言典丽精雅，长调尤善铺叙，为后来格律派词人所宗。旧时词论称他为"词家之冠"或"词中老杜"。有《清真居士集》，后人改名为《片玉词》。

兰陵王·柳①

　　柳阴直②。烟里丝丝弄碧③。隋堤上、曾见几番④，拂水飘绵送行色⑤。登临望故国⑥。谁识。京华倦客⑦？长亭路⑧，年去岁来，应折柔条过千尺⑨。　　闲寻旧踪迹⑩。又酒趁哀弦⑪，灯照离席⑫。梨花榆火催寒食⑬。愁一箭风快⑭，半篙波暖⑮，回头迢递便数驿⑯。望人在天北⑰。　　　　凄恻。恨堆积。渐别浦萦回⑱，津堠岑寂⑲。斜阳冉冉春无极⑳。念

---

① 本篇借咏柳伤别，抒写词人送别友人之际的羁旅愁怀。兰陵王：词调名，首见于周邦彦词。
② 柳阴直：长堤之柳，排列整齐，其阴影连缀成直线。
③ 烟里丝丝弄碧：笼罩在烟气里细长轻柔的柳条随风飞舞，舞弄它嫩绿的姿色。弄，飘拂。
④ 隋堤：汴京附近汴河之堤，隋炀帝时所建，故称。是北宋来往京城的必经之路。
⑤ 拂水飘绵：柳枝轻拂水面，柳絮在空中飞扬。行色：指行人出发时的情况。
⑥ 故国：指故乡。
⑦ 京华倦客：作者自谓。京华，指京城，作者久客京师，有厌倦之感，故云。
⑧ 长亭：古时驿路上十里一长亭，五里一短亭，供人休息，又是送别的地方。
⑨ 应折柔条过千尺：古人有折柳送别之习。过千尺，极言折柳之多。
⑩ 旧踪迹：指往事。
⑪ 又：又逢。酒趁哀弦：饮酒时奏着离别的乐曲。趁，逐，追随。哀弦，哀怨的乐声。
⑫ 离席：饯别的宴会。
⑬ 梨花榆火催寒食：饯别时正值梨花盛开的寒食时节。唐宋时期朝廷在清明日取榆柳之火以赐百官，故有"榆火"之说。寒食，清明前一天为寒食。
⑭ 一箭风快：指正当顺风，船驶如箭。
⑮ 半篙波暖：指撑船的竹篙没入水中，时令已近暮春，故曰波暖。
⑯ 迢递：遥远。驿：驿站。
⑰ 望：回头看。人：指送行人。
⑱ 别浦：送行的水边。萦回：水波回旋。
⑲ 津堠：码头上供瞭望歇宿的处所。岑寂：冷清寂寞。
⑳ 冉冉：慢慢移动的样子。无极：无边。

月榭携手①，露桥闻笛②。沉思前事，似梦里，泪暗滴。

【导读】

这首词可称为周邦彦的代表作。词分三片，第一片以柳色来铺写别情。"柳阴直"，写柳之多而成行。"烟里丝丝弄碧"，极写柳之姿态婀娜，一"弄"字，道出柳似乎是在作弄人，自己漫不经心，却使多少人、多少事，多少年在柳生柳老之际，造成离别。这里夹杂着"登临望故国。谁识。京华倦客"，当指作者自己。京华本是冠盖云集之处，而自己却是倦客，言外之意，当系不满于现实，然而又依依难舍。临别一瞥，谁人识我，实寓有怀才不遇的无限感慨。

第二片写离筵与惜别之情。"闲寻"承"登临"，"旧"字承"曾见"及"年去岁来"。"又"字推进一层，"酒趁哀弦，灯照离席"点明现在情事。"愁"字系反语见意，情更凄苦。"望人在天北"，含多少眼泪，方才道出这一句啊！这个"人"，既是作者所钟情、所渴慕的人，亦是作者理想的化身。周邦彦抱负不得舒展，壮志难酬，悄然离开京华，只留得这一怅望。

第三片，写愈行愈远，愈远愈恨。"恨堆积"，是由于"渐别浦萦回，津堠岑寂"，极写行路中的迂远寂寞。但这仍是一般的描绘，而"斜阳冉冉春无极"，则是既空灵又沉重，"斜阳冉冉"本是黄昏景象，辞虽绮丽，意却萧瑟，而和"春无极"联成一句，顿觉无限春光又现眼前，言有尽而意无穷。在萧瑟中又呈现出美好意境，给人以无穷希望，这是辩证的对立的统一。此词以柳发端，以行为愁，回想落泪，极回环往复之至，具有沉郁顿挫的特点。

【选评】

已是磨杵成针手段，用笔欲落不落，"愁一箭风快"等句之喷醒，非玉田所知。"斜阳冉冉春无极"七字，微吟千百遍，当入三昧，出三昧。（[清]谭献《谭评词辨》）

李清照

【简介】　李清照（1084—1155?），济南章丘人，号易安居士。宋代女词人，婉约词人的代表。李清照生于书香门第，其父李格非为当时著名学者，进士出身，官至提点刑狱、礼部员外郎。善属文，工于辞章，著有《洛阳名园记》等。母亲为状元王拱宸的孙女，富有文学修养。夫赵明诚为金石考据家。李清照与明诚致力于书画金石的搜集整理。

李清照在家庭熏陶下，少女时代便文采出众，诗、词、散文、书画、音乐无不通晓，以词的成就最高。李清照早期生活优裕，前期的诗词多反映闺中生活感情、自然风光、别思离愁，清丽明快。金兵入据中原后，流寓南方，丈夫明诚病死，境遇孤苦。其诗词格调一变为

---

① 念：想到。月榭：月光下的亭榭。榭，建在高台上的敞屋。
② 露桥：沾满露水的桥边。

凄凉悲痛,多抒发怀乡悼亡之情感,也寄托强烈亡国之思。

在艺术上,其词善于以"浅俗之语,发清新之思",不追求绮丽的藻饰,而是提炼富有表现力的"寻常语度八音律"(张端义《贵耳集》),炼俗为雅,并用白描的手法来表现细腻、微妙的心理活动,表达丰富多样的感情体验,塑造鲜明、生动的艺术形象。她将"语尽而意不尽,意尽而情不尽"的婉约风格发展到了顶峰,赢得了婉约派词人"宗主"的地位,成为婉约派代表人物之一。同时,她词作中笔力横放、铺叙浑成的豪放风格,又使她在宋代词坛上独树一帜,从而对辛弃疾、陆游等词人有较大影响。

李清照在词创作上的代表作《声声慢》《一剪梅》《如梦令》《武陵春》等。有《易安居士文集》《易安词》,已散佚。后人有《漱玉词》辑本。今人有《李清照集校注》。

醉花阴

薄雾浓云愁永昼①。瑞脑销金兽②。佳节又重阳,玉枕纱厨③,半夜凉初透。
东篱把酒黄昏后④,有暗香盈袖⑤。莫道不销魂⑥,帘卷西风⑦,人比黄花瘦⑧。

【导读】

此词的首二句就白昼来写。"薄雾浓云"不仅布满整个天宇,更罩满词人心头。"瑞脑销金兽",写出了时间的漫长无聊,同时又烘托出环境的凄寂。次三句从夜间着笔,"佳节又重阳"点明时令,也暗示心绪不好、心事重重的原因。一个"又"字,便充满了寂寞、怨恨、愁苦之感,所以,才会"玉枕纱厨,夜半凉初透"。以"玉枕纱厨"这样一些具有特征性的事物与词人特殊的感受,写出了透入肌肤的秋寒,暗示词中女主人公的心境,写出了词人在重阳佳节孤眠独寝、夜半相思的凄苦之情。上片贯穿"永昼"与"一夜"的则是"愁""凉"二字。

下片倒叙黄昏时独自饮酒的凄苦。"东篱把酒黄昏后,有暗香盈袖",这两句写出了词人在重阳节傍晚于东篱下、菊圃前把酒独酌的情景,衬托出词人无语独酌的离愁别绪。"莫道不销魂,帘卷西风,人比黄花瘦",末尾三句设想奇妙,比喻精彩。"销魂"极喻相思愁绝之情。"帘卷西风"即"西风卷帘",暗含凄冷之意。这三句直抒胸臆,写出了抒情主人公憔悴的面容和愁苦的神情,共同营造出一个凄清寂寥的深秋怀人的境界。这三句工稳精当,是作者艺术匠心之所在:先以"销魂"点神伤,再以"西风"点凄景,最后落笔结出一个"瘦"字。在这里,词人巧妙地将思妇与菊花相比,展现出两个叠印的镜头:一边是萧瑟的

---

① 永昼:漫长的白天。
② 瑞脑:一种香料,俗称冰片。金兽:兽形的铜香炉。
③ 纱厨:纱帐。
④ 东篱:泛指采菊之地,取自陶渊明《饮酒》诗"采菊东篱下"。
⑤ 暗香:这里指菊花的幽香。古诗《庭中有奇树》:"攀条折其荣,将以遗所思。馨香盈怀袖,路远莫致之。"这里用其意。
⑥ 销魂:形容极度忧愁、悲伤。
⑦ 西风:秋风。
⑧ 黄花:菊花。

秋风摇撼着羸弱的瘦菊,另一边是思妇布满愁云的憔悴面容,情景交融,创设出了一种凄苦绝伦的境界。古诗词中以花喻人瘦的作品屡见不鲜。如"人与绿杨俱瘦"(宋无名氏《如梦令》),"人瘦也,比梅花、瘦几分?"(宋程垓《摊破江城子》),"天还知道,和天也瘦"(秦观《水龙吟》),等等。却均未及李清照本篇写得这样成功。原因是,这首词的比喻与全词的整体形象结合得十分紧密,比喻巧妙,极切合女词人的身份和情致,读之亲切。通过描述重阳佳节作者把酒赏菊的情景,烘托了一种凄凉寂寥的氛围,表达了词人思念丈夫的孤寂心情。

【选评】

易安以重阳《醉花阴》词函致明诚。明诚叹赏,自愧弗逮,务欲胜之。一切谢客,忘食忘寝者三日夜,得五十阕,杂易安作,以示友人陆德夫。德夫玩之再三,曰:"只三句绝佳。"明诚诘之。曰:"莫道不销魂,帘卷西风,人比黄花瘦。"政易安作也。([元]伊世珍《琅嬛记》)

永遇乐

落日熔金①,暮云合璧②,人在何处。染柳烟浓,吹梅笛怨③,春意知几许。元宵佳节,融和天气,次第岂无风雨④。来相召,香车宝马,谢他酒朋诗侣。　　中州盛日⑤,闺门多暇,记得偏重三五⑥。铺翠冠儿⑦,捻金雪柳⑧,簇带争济楚⑨。如今憔悴,风鬟霜鬓,怕见夜间出去。不如向,帘儿底下,听人笑语。

【导读】

词的上片写今,写当前的景物和心情;下片从今昔对比中表现出盛衰之感。起头两句写夕照鲜明,晚霞艳丽,暗示入夜后天气必然晴朗,正好欢度佳节。"人在何处"中的"人"指自己,"何处"指临安。分明身在临安,却反而明知故问"人在何处",就更加反映出她流落异乡、孤独寂寞的境遇和心情来。接下去写春之早、景之妍。初春柳叶刚刚出芽,略呈淡黄色,但由于烟雾的渲染,柳色似也很深,故曰"染柳烟浓"。梅花开得最早,而笛谱有《梅花落》曲,故李白《听黄鹤楼上吹笛》云:"一为迁客去长沙,西望长安不见家。黄鹤楼中吹玉笛,江城五月落梅花。"作者流徙异乡,怀念旧京,闻笛之声而思及李诗,故曰"吹梅笛怨"。既然"春意知几许",她又有"多少游春意"呢?也许因为年龄更老、忧患更深,她这次

---

① 落日熔金:落日的颜色好像熔化的黄金。
② 合璧:像璧玉一样合成一块。
③ 吹梅笛怨:指笛子吹出《梅花落》曲幽怨的声音。
④ 次第:接着,转眼。
⑤ 中州:这里指北宋汴京。
⑥ 三五:指元宵节。
⑦ 翠冠儿:饰有翠羽的女式帽子。
⑧ 金雪柳:元宵节女子头上的装饰。
⑨ 簇带:装扮整齐之意。济楚:整齐的样子。

却想到：尽管现在的天气如此之好，难道转眼之间就不会刮风下雨吗？这就显示了她历经沧桑之后，对一切都感到变幻莫测，因而顾虑重重的心理状态。既然如此，对一些贵妇人邀请她出去游赏和赋诗饮酒，当然就只能婉言拒绝了。

下片分两层：前六句忆昔，后六句伤今。"中州"以下，从眼前的景物和心情，想到汴京沦陷以前的繁荣世界。那时节，不仅社会繁荣，词人也很空闲，对每年的元宵节都十分重视，头上戴着翡翠冠子，还插上应景的首饰，插戴得十分漂亮，才出门游赏。可是现在完全不同了。所以"如今"以下，又转回眼前，人憔悴了，蓬头散发，谁还愿意"夜间出去"呢？还"不如向，帘儿底下，听人笑语"算了。这一结，不仅有今昔盛衰之感，还有人我苦乐之别，所以更觉凄黯。

李清照晚年的词，非常具体地、生动地反映了她精神生活方面的变化，而对于她物质生活的变化，则涉及很少。这首词却给我们透露了一些信息。首先是她说"中州盛日，闺门多暇"，这就反证了词人暮年，闺门少暇。归来堂中的赌书泼茶，建康城外的戴笠寻诗，恐怕早已被琐碎的家务劳动代替了。由于贫困，不能不亲自操作，就忙了起来，这是可以推知的。其次是她说"向帘儿底下，听人笑语"，这绝不是大户人家所可能，也绝不是上层妇女的行为。只有一般市民，住宅浅狭，开门见街，妇女才有垂下帘子看街上动静和听行人说话的习惯。而她竟然也如此，则其生涯之潦倒，内心之凄凉，可见一斑。

【选评】

易安在宋诸媛中，自卓然一家，不在秦七、黄九之下。词无一首不工，其炼处可夺梦窗之席，其丽处直参片玉之班，盖不徒俯视巾帼，直欲压倒须眉。（〔清〕李调元《雨村词话》）

张孝祥

【简介】　张孝祥（1132—1169），字安国，别号于湖居士，历阳乌江（今安徽和县东北）人。绍兴二十四年（1154）廷试，宋高宗（赵构）亲擢为进士第一。由于上书为岳飞辩冤，为当时权相秦桧所忌。历官中书舍人、建康留守等职。乾道五年（1169），以显谟阁直学士致仕，是年夏，于芜湖病卒，年仅38岁。词集有《于湖居士乐府》《于湖先生长短句》等传世。其词清旷潇洒处似苏轼，而其悲壮激越的爱国词，堪称辛派的先驱。

六州歌头①

长淮望断②,关塞莽然平。征尘暗,霜风劲,悄边声。黯销凝! 追想当年事③,殆天数,非人力,洙泗上④,弦歌地,亦膻腥⑤。隔水毡乡⑥,落日牛羊下,区脱纵横。看名王宵猎⑦,骑火一川明。笳鼓悲鸣。遣人惊。　念腰间箭,匣中剑,空埃蠹⑧,竟何成。时易失,心徒壮,岁将零。渺神京。干羽方怀远,静烽燧,且休兵。冠盖使⑨,纷驰骛,若为情。闻道中原遗老,常南望、翠葆霓旌⑩。使行人到此,忠愤气填膺。有泪如倾。

【导读】

这首词是张孝祥任建康留守时所作。开篇"长淮"二句,从望远生愁落笔,起势苍莽,笼罩全篇。"征尘暗"三句,承上写景,勾勒出一幅荒凉肃杀的秋日画景。"黯销凝"以下七句直抒国土沦丧的无限感慨。"追想当年事",这是从黯然伤神的意态中引发出来的。昔日的文化之地如今被敌人占领糟蹋了。"隔水"以下三句,由追想当年转写淮河北岸的情景。仅仅是一水之隔,淮河北岸到处是驻扎在毡篷里的金兵。"看名王"四句,进一层写敌人的嚣张声势。一个"看"字,领起下文。"遣人惊"三字,笔力深重。一面是南宋朝廷置边境军备松懈于不顾,而急于遣使求和;另一面是敌人哨所遍布,军势威武。这种鲜明对比怎不使人惊心动魄呢!

下阕抒发报国无路的满腔悲愤。"念腰间箭"以下七句,直抒作战意志不能施展的感慨。此处用"念"字领起,直贯"岁将零"。由于朝廷执意求和,不修边防,所以"腰间箭"与"匣中剑",都成了闲置不用之物。"渺神京"以下四句,揭示出旧京收复的艰难在于朝廷和金国签订了可耻的和议。着一"渺"字,极言渺茫遥远,又包含收复旧京的遥遥无期。"干羽方怀远"一句,借用典故讽刺朝廷的妥协求和,从而暂且休兵,得以苟安。"闻道"二句,笔锋转向中原遗民,但用传闻的方式来表达。这在南宋诗歌里表露得更充分,如陆游《秋夜将晓出篱门迎凉有感》:"遗民泪尽胡尘里,南望王师又一年。"歌拍三句,以情收结,忠义奋发,悲壮淋漓。陈廷焯《白雨斋词话》称此阕:"淋漓痛快,笔饱墨酣,读之令人起舞。"

【选评】

张孝祥安国于建康留守席上赋《六州歌头》,致感重臣罢席。然则词之兴观群怨,岂下于诗哉。([清]刘熙载《艺概》)

---

① 六州歌头:词牌名,用鼓、箫、钲、笳合奏,音调雄壮的歌曲。程大昌《演繁露》:"《六州歌头》,本鼓吹曲也。近世好事者倚其声为吊古词,音调悲壮,又以古兴亡事实之。闻其歌,使人慷慨,良不与艳词同科,诚可喜也。"
② 长淮:淮河。
③ 当年事:指1127年金兵南侵,徽、钦二帝被掳北去之事。
④ 洙泗:二水名,流经孔子的故乡曲阜。
⑤ 膻腥:牛羊的腥臊气味。此代指金兵的侵略。
⑥ 毡乡:北方游牧民族所居之地。
⑦ 名王:古代北方民族地位显赫的贵族,这里指代金兵的将帅。
⑧ 空埃蠹(dù):白白地积满了尘埃,生了蛀虫。
⑨ 冠盖使:指求和的使臣。冠,冠服;盖,车盖。
⑩ 翠葆霓旌:指皇帝的车驾。翠葆,用鸟羽装饰的车盖;霓旌,五彩的旌旗。

辛弃疾

【简介】　辛弃疾(1140—1207)，字幼安，号稼轩，历城(今山东济南)人。生于汴京沦陷后的金人占领区，自幼受民族意识熏陶及爱国思想教育。21岁入耿京抗金义军，为掌书记，后义军内部变故，叛将张安国杀耿降金。弃疾闻讯，即率五十余骑奇袭金营，生缚张安国，献俘建康，"壮声英概"，盛名一时。一生力主抗金。曾上《美芹十论》与《九议》，条陈战守之策，显示出卓越的军事才能与爱国热忱。南渡后长期被派做地方官，英雄无用武之地，历任江阴签判、建康通判及湖北、江西、湖南、福建、浙东安抚使等职。曾屡次上书朝廷，主张恢复中原、统一国土，均未被采纳，反遭排斥打击，罢仕闲居江西带湖、瓢泉几达二十年。嘉泰三年(1203)，因韩侂胄倡议北伐，被起用，不久又遭弹劾落职。终老铅山，含恨辞世。

辛稼轩以词著名，其词慷慨悲壮，有不可一世之概，继承苏轼所创豪放词风并拓其领域，抚时感奋，非徒应歌，处处闪现抗金爱国之时代精神，时时倾诉壮志难酬之家国悲愤。作品题材广阔，内容空前丰富，词风虽以豪放为主，然不拘一格，沉郁、明快、妩媚、俚俗、幽默，兼而有之，形成纵横博大之"稼轩体"。善用典，亦善白描，陶铸经史诗文，一如己出。以比兴之法，抒豪壮之气，致使其词曲直刚柔，多彩多姿。有《稼轩长短句》，又名《稼轩词》。

水龙吟·登建康赏心亭①

楚天千里清秋，水随天去秋无际。遥岑远目②，献愁供恨，玉簪螺髻③。落日楼头，断鸿声里④，江南游子。把吴钩看了⑤，栏杆拍遍，无人会、登临意。　　休说鲈鱼堪脍。尽西风，季鹰归未⑥？求田问舍，怕应羞见，刘郎才气⑦。可惜流年，忧愁风雨，树犹如此⑧。倩何人⑨，唤取红巾翠袖⑩，揾英雄泪⑪？

【导读】

这是稼轩早期词中最负盛名的一篇，作于淳熙元年(1174)秋，时作者任建康通判。

---

① 建康赏心亭：为秦淮河边的一处名胜。
② 遥岑(cén)：远山。
③ 玉簪螺髻(jì)：玉簪，碧玉簪。螺髻，螺旋盘结的发髻。皆形容远山秀美。
④ 断鸿：失群的孤雁。
⑤ 吴钩：指一种弯形的剑，相传吴王命国中做金钩，有人杀掉自己两子，以血涂钩，铸成双钩献给吴王。后代指利剑。
⑥ "休说"三句：刘义庆《世说新语·识鉴》载，晋人张翰(字季鹰)为齐王东曹掾，"在洛，见秋风起，因思吴中菰菜羹、鲈鱼脍，曰：'人生贵得适意尔，何能羁宦数千里以要名爵。'遂命驾便归"。脍，细切的鱼肉。
⑦ "求田"三句：《三国志·魏书·陈登传》载，许汜曰："昔遭乱过下邳，见元龙。元龙无客主之意，久不相与语，自上大床卧，使客卧下床。"刘备对曰："君有国士之名，今天下大乱，帝主失所，望君忧国忘家，有救世之意，而君求田问舍，言无可采，是元龙所讳也，何缘当与君语？如小人，欲卧百尺楼上，卧君于地，何但上下床之间邪？"求田问舍，买田置房。刘郎，刘备。才气，指襟抱气度。
⑧ 树犹如此：《世说新语·言语》："桓公(温)北征，经金城，见前为琅琊时种柳皆已十围，慨然曰：'树犹如此，人何以堪！'"
⑨ 倩(qìng)：请，求。
⑩ 红巾翠袖：代指女子。
⑪ 揾(wèn)：擦拭。

上阕开头以辽阔楚天与滚滚长江作背景,境界阔大,触发了词人家国之恨和乡关之思。"落日楼头"以下,词人以离群的孤雁、弃置的宝剑自比,胸中郁闷难抑之情自见。下阕用三个典故对四位历史人物进行褒贬,表白自己虽有以天下为己任的抱负,怎奈流年如水,壮志成灰,不由得流下英雄热泪。在艺术上也极具特色:豪而不放,壮中见悲,沉郁顿挫。上片以山水起势,雄浑而不失清丽。"献愁供恨",用倒卷之笔,迫近题旨。以下七个短句,一气呵成。落日断鸿,把看吴钩,拍遍栏杆,在阔大苍凉的背景上,凸现出一个孤寂的爱国者形象。下片抒怀,写其壮志难酬之悲。不用直笔,连用三个典故,或反用,或正取,或半句缩住,以一波三折、一唱三叹手法出之。结处叹无人唤取红巾翠袖"揾英雄泪",遥应上片"无人会、登临意",抒慷慨呜咽之情,别具深婉之致。

【选评】

落落数语,不数王粲《登楼赋》。([清]陈廷焯《白雨斋词话》)

摸鱼儿

淳熙己亥①,自湖北漕移湖南,同官王正之置酒小山亭②,为赋。

更能消、几番风雨③。匆匆春又归去。惜春长怕花开早,何况落红无数④。春且住。见说道、天涯芳草无归路。怨春不语。算只有殷勤、画檐蛛网,尽日惹飞絮。　　长门事⑤,准拟佳期又误。蛾眉曾有人妒。千金纵买相如赋,脉脉此情谁诉⑥?君莫舞⑦。君不见、玉环飞燕皆尘土⑧。闲愁最苦。休去倚危栏,斜阳正在,烟柳断肠处。

【导读】

本篇作于淳熙六年(1179)春。时辛弃疾四十岁,他南归至此已有十七年了。在这漫长的岁月中,作者满以为扶危救亡的壮志能得施展,收复失地的策略将被采纳。然而,事与愿违。不仅如此,作者反而因此招致排挤打击,不得重用,四年之间,改官六次。这次,他由湖北转运副使调官湖南。行前,同僚王正之在山亭摆下酒席为他送别,作者见景生情,借这首词抒写了长期积郁于胸的苦闷之情。

词的上片写惜春、怨春、留春的复杂情感。词以"更能消"三字起笔,在读者心头提出了"春事将阑",还能经受得起几番风雨摧残这样一个大问题。表面上,"更能消"一句是就春天而发,实际上却是就南宋的政治形势而言的,南宋王朝处于风雨飘摇之中,"匆匆春又

---

① 淳熙己亥:宋孝宗淳熙六年(1179)。
② 同官王正之:据楼钥《玫瑰集》卷九十九《王正之墓志铭》,王正之淳熙六年任湖北转运判官,故称"同官"。
③ 消:经受。
④ 落红:落花。
⑤ 长门:汉代宫殿名,武帝皇后失宠后被幽闭于此。司马相如《长门赋序》:"孝武陈皇后,时得幸,颇妒。别在长门宫,愁闷悲思,闻蜀郡成都司马相如工为文,奉黄金百万,为相如、文君取酒,因以悲愁之辞,而相如为文以悟主上,陈皇后复得幸。"
⑥ 脉脉:绵长深厚貌。
⑦ 君:指善妒之人。
⑧ 玉环飞燕:杨玉环、赵飞燕,皆貌美善妒。

归去"，就是这一形势的形象化写照，抗金复国的大好春天已经化为乌有了。这是第一层。但是，词人是怎样留恋这大好春光啊！"惜春长怕花开早。"然而，现实是无情的："何况落红无数！"这两句一起一落，表现出理想与现实之间的矛盾。这是第二层。面对春天的消失，作者并未束手无策。相反，出于爱国的义愤，他大声疾呼："春且住。见说道、天涯芳草无归路。"这两句用的是拟人化手法，明知春天的归去是无可挽回的大自然的规律，却强行挽留。这是第三层。从"怨春不语"到上片结尾是第四层。尽管词人发出强烈的呼唤，但"春"却不予回答。春色难留，势在必然；但春光无语，却出人意料。所以难免要产生强烈的"怨"恨。然而怨恨又有何用！在无可奈何之际，词人又怎能不羡慕"画檐蛛网"？能像"蛛网"那样留下一点点象征春天的"飞絮"，也是心中莫大的慰藉了。

下片借陈阿娇的故事，写爱国深情无处倾吐的苦闷。这一片可分三个层次，表现三个不同的内容。从"长门事"至"脉脉此情谁诉"是第一层。这是词中的重点。作者以陈皇后长门失宠自比，揭示自己忠而见疑、屡遭谗毁，不得重用和壮志难酬的不幸遭遇。"君莫舞"二句是第二层，作者以杨玉环、赵飞燕的悲剧结局比喻当权误国、暂时得志的奸佞小人。向投降派提出警告"闲愁最苦"至篇终是第三层，以烟柳斜阳的凄迷景象，象征南宋王朝昏庸腐朽、日落西山、岌岌可危的现实。

这首词有着鲜明的艺术特点。其一，通过比兴手法创造出象征性的形象，来表现作者对祖国的热爱和对时局的关切。拟人化的手法与典故的运用也恰到好处。其二，继承屈原《离骚》的优良传统，以男女之情来反映现实的政治斗争。第三，含蓄缠绵，沉郁顿挫，呈现出别具一格的词风。表面看，这首词写得"婉约"，实际上却极哀怨，极沉痛，写得沉郁悲壮，曲折尽致。

【选评】

回肠荡气，至于此极，前无古人，后无来者。（梁令娴《艺蘅馆词选》录梁启超语）

菩萨蛮·书江西造口壁①

郁孤台下清江水②，中间多少行人泪。西北望长安③，可怜无数山。　　青山遮不住，毕竟东流去。江晚正愁余④，山深闻鹧鸪⑤。

【导读】

本词是宋孝宗淳熙三年(1176)作者任江西提点刑狱，驻节赣州、途经造口时所作。上阕写词人登郁孤台远望，由景物引出对沉重历史的回忆，抒发家国沦亡的悲痛以及收复无

① 菩萨蛮：本唐教坊曲，后用为词牌，也用作曲牌。亦作"菩萨鬘"，又名"子夜歌""重叠金"等。双调四十四字，属小令，以五七言组成。造口：一名皂口，在江西万安县南六十里（《万安县志》）。
② 郁孤台：今江西省赣州市城区西北部贺兰山顶，又称望阙台，因"隆阜郁然，孤起平地数丈"得名。清江：赣江与袁江合流处旧称清江。
③ 长安：今陕西省西安市，为汉唐故都。此处代指宋都汴京。
④ 愁余：使我发愁。《楚辞·九歌·湘夫人》："帝子降兮北渚，目眇眇兮愁予。"
⑤ 鹧鸪：鸟名。传说其叫声如云"行不得也哥哥"，啼声凄苦。

望的愤慨;下阕则借景生情,抒发词人内心的苦闷与忧愁之情。

上阕"郁孤台下清江水,中间多少行人泪",这两句首先设定了词的背景。首句便展现出词作的磅礴之势,沉郁孤立,面前巍巍耸立着一座高台,清冽江水,滚滚而下,四十年前兵荒马乱中民众无助的痛苦化为泪水,也随江水一起奔流不尽。在那危急之秋,想来也饱含着词人的悲情之泪。"郁孤台"是古战场的象征,"清江水"则增添了清冷孤寂的氛围,"行人泪"则暗示过往行人对此历史遗迹的感伤,也寄寓着作者本人对往事的哀悼。民众热切盼望收复故土,统一祖国,而南宋偏安朝廷却只想着苟且偷生,并不顾及百姓之忧,词人在感受着与民众同样剧烈的痛苦之时,又写出了下句:"西北望长安,可怜无数山。"唐朝李勉曾登上郁孤台遥望长安,而这里的"西北望长安",则是词人借遥望北方沦陷的故土,表达对北宋故都的无限思念与向往,"可怜无数山",层峦叠嶂的山脉遮挡了视野,那望也望不见、看也看不到的是曾经的故国乡土,以此呈现漫漫旅程的遥远和艰难,山在这里成为思乡之情备受阻隔的象征,也蕴含着收复中原之志遭遇千难万阻的无奈和感叹。

下阕紧接上阕,继续抒发词人浓烈的情感。"青山遮不住,毕竟东流去。"峰峦叠嶂,无数青山虽然能遮蔽视线,让人望不到故土,却阻挡不了江水滚滚东流,奔腾在前。表面写景而实际有所寄托,"青山"指的是时间和空间的界限,"遮不住"和"毕竟"这两个词雄壮有力,群山重重之厚重感一推而去,表明即便是巍峨山岭也遮挡不住历史车轮滚滚向前,正义力量犹如滔滔江水克服阻碍,奔涌驰骋。然而勠力南宋的十几年来,作者屡屡受挫,抗金事业遭遇重重阻力,作为南归人,他在朝堂之上并无话语权,因此深深愁绪又涌上心怀:"江晚正愁余,山深闻鹧鸪。"江水在傍晚时分显得分外忧郁,暮色苍茫,作者正在为不能收复故土而愁苦,深山中却传来阵阵鹧鸪的鸣啼,愁思更浓,又增添了几分寂寞和冷清的氛围。这两句生动描绘出幽寂而又哀愁的景象,淡淡地铺开一幅凄婉画卷,表达词人深沉爱国之情以及想要收复失地但身不由己的愤慨与落寞。

本词不仅是作者个人情感的抒发,也是他对时代、历史和个人命运的深层反思。词中流露出的历史感慨和对未来的忧思,显露出作者对当时社会政治状况的忧愤感怀,及其个人政治理想与黯淡现实之间的巨大落差。

姜　夔

【简介】　姜夔(1155?—1208),字尧章,号白石道人,鄱阳(今属江西省)人。一生未入仕途,布衣终生,游幕于江浙皖一带,与千岩老人萧德藻、范成大、杨万里以诗相交往,个性狷介,不流于俗。姜夔所处的时代,南宋王朝和金朝南北对峙,民族矛盾和阶级矛盾都十分尖锐复杂。战争的灾难和人民的痛苦使姜夔感到痛心,但由于幕僚清客生涯的局限,他虽然也为此发出或流露过激昂的呼声,但一生大部分的文学和音乐创作都致力于表达他凄凉的心境。

姜夔多才多艺,精通音律,能自度曲,其词格律严密,素以空灵含蓄著称,有《白石道人歌曲》等。代表作是《暗香》《疏影》二首。

暗 香①

辛亥之冬，予载雪诣石湖②。止既月，授简索句，且征新声，作此两曲。石湖把玩不已，使工妓隶习之，音节谐婉，乃名之曰《暗香》《疏影》。

旧时月色，算几番照我，梅边吹笛？唤起玉人，不管清寒与攀摘③。何逊而今渐老，都忘却、春风词笔④。但怪得、竹外疏花，香冷入瑶席⑤。　　江国，正寂寂。叹寄与路遥，夜雪初积。翠尊易泣⑥，红萼无言耿相忆。长记曾携手处，千树压、西湖寒碧⑦。又片片、吹尽也，几时见得。

【导读】

本词为姜夔怀念情人之作。上阕"旧时月色，算几番照我，梅边吹笛？"指出词人旧梦重温的沉重心情。旧梦带来的也许是一点欣慰，但更多的却是悲伤。"唤起玉人，不管清寒与攀摘。"可见姜夔和情人一起攀摘梅花，是在深夜寒气袭人的时候，但不久便各自东西，从此造成姜夔的终生遗憾。"何逊而今渐老，都忘却、春风词笔。"南朝梁诗人何逊有《咏春风》诗，姜夔自比为何逊，但由于年老而且终日忧郁，赏梅的兴致本已淡薄，完全忘记了赞赏春风寒梅的生花笔。词人怕因赏梅而触发感伤的回忆。"但怪得、竹外疏花，香冷入瑶席。"无奈竹林外边稀疏的花朵，却偏偏把芬芳和寒意送入幽雅的座席，触动了词人忧郁的心情，而本希望忘怀的往事又涌上心头。

下阕"江国，正寂寂。叹寄与路遥，夜雪初积"。词人希望折一枝梅花寄往远方，但夜雪又开始聚积，令人叹息，反映了词人的寂寞和怀念远人的深切感情。"翠尊易泣，红萼无言耿相忆。"对着酒杯，忍不住流下眼泪，红梅花默默无言，也沉浸在怀念中。"长记曾携手处，千树压、西湖寒碧。"宋代杭州西湖的孤山上有一片梅林，梅花盛开时，笼罩着寒凉碧绿的湖水。碧波荡漾，好像花山摇动，要倾压下来。"又片片、吹尽也，几时见得？"梅花瓣一片一片吹落，暗示和情人终于分离了。姜夔《鬲溪梅令》词说："漫向孤山山下，觅盈盈，翠禽啼一春。"任凭小船漂向孤山下去寻觅情人的倩影，但到那里只听见翠鸟鸣啼，不见人影。触景伤情，无限感怀。

【选评】

词之赋梅，惟姜白石《暗香》《疏影》二曲，前无古人，后无来者，自立新意，真为绝唱。（［宋］张炎《词源》）

---

① 暗香：与《疏影》皆为姜夔自度曲名，调名取自林逋《山园小梅》诗句"疏影横斜水清浅，暗香浮动月黄昏"。
② 石湖：湖名，在苏州西南。范成大晚年寓居于此，并取石湖为号。
③ "唤起"二句：似化用贺铸《浣溪沙》"玉人和月摘梅花"句意。
④ "何逊"二句：何逊是南朝梁代诗人，曾官扬州法曹，以《咏早梅》诗知名，何逊另有《咏春风》诗，"春风词笔"盖指此。词中作者以何逊自拟。
⑤ 瑶席：宴席的美称。
⑥ 翠尊：翠绿色的酒杯，代指酒。
⑦ 千树：指西湖孤山上的梅树林。

姜白石词幽韵冷香,令人挹之无尽。拟诸形容,在乐则琴,在花则梅也。([清]刘熙载《艺概》)

思考讨论

1. 王国维《人间词话》云:"古今之成大事业、大学问者,必经过三种之境界,'昨夜西风凋碧树,独上高楼,望尽天涯路',此第一境也。'衣带渐宽终不悔,为伊消得人憔悴',此第二境也。'众里寻他千百度,回头蓦见,那人正在灯火阑珊处',此第三境也。"说明这几句词的来处,简述对三种境界的理解。

2. 结合作品分析苏轼词"豪放"的具体表现。

3. 简述李清照词前后期内容与风格的变化。

4. 中原沦陷和南宋偏安的历史巨变,激起南渡词人的普遍觉醒,词中灌注一股强劲的爱国忧政思潮,整个词坛的精神面貌为之一新。简述辛弃疾、陆游、陈亮等人词作中所表现的爱国主义情怀。

拓展延伸

1. "金陵怀古"是古代文人咏史诗的重要主题,如刘禹锡的《乌衣巷》《石头城》等。请查找"金陵怀古"题材的诗词,体会诗歌抒发的情感,分析金陵怀古诗形成的原因。

2. 宋代涌现出大量情深意挚、感人肺腑的悼亡词,查找文献,梳理宋代悼亡词的类型,体会作品中表现的感情,分析悼亡词的主要表达方式和技巧。

推荐阅读

1.《宋词三百首笺注》,唐圭璋笺注,人民文学出版社 2013 年版。

2.《苏东坡传》,林语堂著,湖南文艺出版社 2017 年版。

3.《李清照评传》,陈祖美著,南京大学出版社 2002 年版。

4.《辛弃疾评传》,巩本栋著,南京大学出版社 2011 年版。

5.《陆游传》,朱东润著,山西人民出版社 2018 年版。

6.《柳永词选注》,张惠民、张进选注,人民文学出版社 2018 年版。

7.《文天祥》,胡辉著,中华书局,2021 年版。

8.《南宋名家词选讲》,叶嘉莹著,北京大学出版社 2015 年版。

9.《人间词话》,王国维著,人民文学出版社 2018 年版。

10.《宋诗精选》,程千帆编选,凤凰出版社 2018 年版。

11.《宋词赏析》,沈祖棻著,上海古籍出版社 2000 年版。

12.《宋诗选注》,钱锺书选注,人民文学出版社 2002 年版。

13.《姜白石词编年笺校》,姜夔著,夏承焘笺校,上海古籍出版社 2023 年版。

第六单元

元代文学

【概述】 1234年春,成吉思汗之子窝阔台(元太宗)攻灭金国,占有了淮河以北的地区。成吉思汗之孙忽必烈(元世祖)于至元八年(1271)改国号为大元。1279年,元朝又灭了宋朝,统一了全中国。元朝是中国历史上第一个由少数民族建立的大一统王朝,结束了三百多年来国内几个政权并立的局面。元朝统治者施行一系列有益于政治、经济、文化发展的措施,使此前激烈对立的民族情绪逐渐平复下来,民族融合成为大趋势,元朝是中华民族大家庭逐步形成的重要时期。此外,元人尚征伐,军队战斗力较强,蒙古铁骑不仅征服了全中国,更是横扫欧亚,故其疆域远超前代,国土空前辽阔,加深了各民族文化的交流、融合及创新,有助于文学的发展。

元代文学在中国文学史上具有划时代的意义。提及元代文学,不可忽视的当是众所周知的"元曲"。"元曲"由两种不同风格的文学体式组成,分别是以叙事性为主的杂剧与倾向于抒情性的散曲。元杂剧的兴盛,从外部因素来说,与当时城市经济的繁荣、文人阶层的下移、百姓的喜爱密切相关;从文学自身发展的内部因素来说,元杂剧是在金院本与诸宫调的直接影响之下,融合各种表演艺术形式而成的一种完整的戏剧形式,并产生了韵散结合、结构完整的文学剧本。要了解元杂剧,需认识"折""楔子""旦本""末本""曲词""宾白""科"这几个基本概念。"折"是音乐组织的单元,也是故事情节发展的自然段落,不受时间、地点的限制,每一折都包含了较多的场次,易于表演者的发挥。一般来说,一本完整的元杂剧是由四折构成的。"楔子"的篇幅一般比较短小,位置常在第一折之前或折与折之间,起到导引与过渡的作用,方便观众尽快入戏,了解大致的故事背景。"旦本""末本"与元杂剧的表演形式相关。杂剧每折限用一套曲子,这套曲子由同一宫调的曲牌连缀而成。演出时一本四折都由正末或正旦演唱,其他角色只有说白,故有旦本戏和末本戏之名。曲词与宾白分别指唱词与说白,曲词一般本色自然、感情强烈,可随意增短句、加衬字,情感表达自由洒脱;宾白包括人物的对白和独白,由白话和部分韵语组成。科全名是科范,用于规定杂剧表演者的表情动作和舞台效果,如"把盏科""做掩泪科"等。以元成宗大德年间为界,元杂剧的发展阶段可大致分为前后两期。前期元杂剧的语言以北方中原地区的口语为基础,吸收了民间讲唱文艺的营养,具有质朴自然、生动泼辣的特点,主题类型也十分丰富多彩,反映社会问题、男女爱情、历史故事的剧本较多,代表作家作品有关汉卿的《窦娥冤》、王实甫的《西厢记》、白朴的《梧桐雨》及马致远的《汉宫秋》。元后期的杂剧创作,数量和质量均不及前期。一本四折、一人主唱这种形式的局限性也逐渐暴露。但在商品经济较为发达的南方城市,元杂剧被注入新的社会内容,如秦简夫的《东堂老》,从正面塑造了一个重义轻利、诚信守诺的商人形象,成为文学史上引人注目的作品。散曲是元代文坛除了诗词之外的另一抒情性新诗体。其之所以称"散",是与元杂剧的整套剧曲相对而言的。其体制主要有小令、套数以及介于两者之间的带过曲等几种。小令,又称叶儿,是散曲体制的基本单位。其名称源自唐代的酒令。单片只曲,调短字少是其最基本的特征。但小令除了单片只曲外,还有一种联章体,又称重头小令,它由同题同调的数支小令组成,最多可达百支,用以合咏一事或分咏数事。套数,又称套曲、散套、大令,是从唐宋大曲、宋金诸宫调发展而来。小令和套数是散曲最主要的两种体制,它们一为短小精练,一为富赡雍容,各具不同的表现功能。此外,散曲体制中还有一种带过曲。带过曲由同一宫调的不同曲牌组成,但曲牌最多不能超过三首。带过曲属小型组曲,与套数比较,其容量要小得多,且没有尾声,是介于小令和套数之间的一种特殊体式。元散曲的特征是句式灵活多变、伸缩自如;语言以俗为尚,具有口语化、散文化特点;风格明快显豁、自然酣畅。

南戏,是南曲戏文的简称。它是北宋末南宋初产生于浙江温州一带用南曲演唱的一种民间戏曲。它的体制较杂剧宏大复杂,而形式比较自由,以"出"为表演单位,便于演员在舞台上畅快地发挥技艺,曲调柔婉悠扬,尤为南方民众所喜爱。元灭南宋之后,南戏曾有所衰落,但元代后期,南戏又重新兴盛起来。现存南戏剧本,成就最高的是高明的《琵琶记》,较著名的还有被称为元末"四大南戏"的《荆钗记》《白兔记》《拜月亭》《杀狗记》。南戏发展到元末已经定型并臻于成熟,到明清演变而为长篇传奇。

元代诗文的成就不及前代,但也具有一定的艺术价值。元初的诗文作家大多是由宋、金入元,他们受江湖诗派和元好问的影响较深。中期以后,风气渐变,以唐人为宗,偏离宋诗风貌。元人在主观上努力学习唐诗的词采雅丽、体式工整、兴象玲珑,而力矫宋诗的瘦硬生涩之弊。但是在实际创作中他们的学唐多止于形似;后期诗人则大多学中晚唐秾纤绵丽之体,艺术成就相对有限,独创性尤其不足。元代诗坛成就较高的是杨维桢的"铁崖体",他的七言歌行受李贺影响较深,常驰骋奇思,运用怪辞,风格流丽横肆,眩人耳目。元代散文,在发展过程中,曾有过宗唐与宗宋的不同倾向。前期的散文作家如姚燧、元明善等,倾向于宗唐,主要是师法韩愈,颇有雄刚深邃之风;另一些作家如刘因、王恽等,则师法宋文,文风趋于平易流畅。到了后期,宗唐与宗宋的倾向又逐渐合流。

王实甫

【简介】　王实甫(1260—1336),名德信,大都(今北京市)人,生平事迹不详,元代著名戏曲作家。他在创作中全面地继承了唐诗宋词精美的语言艺术,又吸收了元代民间生动活泼的口头语言,创造了文采璀璨的元曲词汇,成为中国戏曲史上"文采派"的杰出代表。《录鬼簿》著录王实甫所撰杂剧14种,今存《西厢记》《丽春堂》《破窑记》3种。除此之外,《芙蓉亭》《贩茶船》2种尚留有残折。

西厢记(节选)

(夫人长老上,云)今日送张生赴京,十里长亭安排下筵席。我和长老先行,不见张生、小姐来到。(旦末红同上)(旦云)今日送张生上朝取应,早是离人伤感,况值那暮秋天气,好烦恼人也呵!悲欢聚散一杯酒,南北东西万里程。(唱)

【正宫·端正好】碧云天,黄花地①,西风紧。北雁南飞。晓来谁染霜林醉?总是离人泪。

【滚绣球】恨相见得迟,怨归去得疾。柳丝长玉骢难系,恨不情疏林挂住斜晖。马儿迍迍的行②,车儿快快的随,却告了相思回避,破题儿又早别离③。听得道一声"去也",松了金钏;遥望见十里长亭,减了玉肌。此恨谁知?

(红云)姐姐今日怎么不打扮?(旦云)你那知我的心里呵?

【叨叨令】见安排着车儿、马儿,不由人熬熬煎煎的气;有甚么心情花儿、靥儿,打扮得娇娇滴滴的媚;准备着被儿、枕儿,则索昏昏沉沉的睡;从今后衫儿、袖儿,都揾做重重叠叠的泪。兀的不闷杀人也么哥!兀的不闷杀人也么哥!久已后书儿、信儿,索与我恓恓惶惶的寄。

(做到见夫人科)(夫人云)张生和长老坐,小姐这壁坐,红娘将酒来。张生,你向前来,是自家亲眷,不要回避。俺今日将莺莺与你,到京师休辱没了俺孩儿,挣揣一个状元回来者④。(末云)小生托夫人余荫,凭着胸中之才,视官如拾芥耳⑤。(洁云)夫人主见不差,张生不是落后的人。(把酒了,坐)(旦长吁科)

【脱布衫】下西风黄叶纷飞,染寒烟衰草萋迷。酒席上斜签着坐的⑥,蹙愁眉死临侵地⑦。

【小梁州】我见他阁泪汪汪不敢垂,恐怕人知;猛然见了把头低,长吁气,推整素罗衣。

【幺篇】虽然久后成佳配,奈时间怎不悲啼。意似痴,心如醉,昨宵今日,清减了小腰围。

(夫人云)小姐把盏者!(红递酒,旦把盏长吁科云)请吃酒!

【上小楼】合欢未已,离愁相继。想着俺前暮私情,昨夜成亲,今日别离。我谂知这几日相思滋味,却元来此别离情更增十倍。

【幺篇】年少呵轻远别,情薄呵易弃掷。全不想腿儿相挨,脸儿相偎,手儿相携。你与俺崔相国做女婿,妻荣夫贵,但得一个并头莲,煞强如状元及第。

(夫人云)红娘把盏者!(红把酒科)(旦唱)

【满庭芳】供食太急,须臾对面,顷刻别离。若不是酒席间子母每当回避,有心待与他

---

① "碧云天"二句:化用范仲淹《苏幕遮》词"碧云天,黄叶地"句。
② 迍迍的:行动迟缓状。
③ 破题儿:事情之起首、开始。
④ 挣揣:勉力挣得,博得。
⑤ 拾芥:喻轻而易举。《汉书·夏侯胜传》:"士病不明经术,经术苟明,其取青紫如俯拾地芥耳。"
⑥ 斜签着坐的:侧身半坐。指晚辈侍坐之谦恭状。
⑦ 死临侵地:死气沉沉,无精打采状。

举案齐眉。虽然是厮守得一时半刻,也合着俺夫妻每共桌而食。眼底空留意,寻思起就里,险化做望夫石。

(红云)姐姐不曾吃早饭,饮一口儿汤水。(旦云)红娘,甚么汤水咽得下!

【快活三】将来的酒共食,尝着似土和泥。假若便是土和泥,也有些土气息、泥滋味。

【朝天子】暖溶溶玉醅,白泠泠似水,多半是相思泪。眼面前茶饭怕不待要吃①,恨塞满愁肠胃。蜗角虚名,蝇头微利②,拆鸳鸯在两下里。一个这壁,一个那壁,一递一声长吁气③。

(夫人云)辆起车儿④,俺先回去,小姐随后和红娘来。(下)(末辞洁科)(洁云)此一行别无话儿,贫僧准备买登科录看⑤,做亲的茶饭少不得贫僧的。先生在意,鞍马上保重者!从今经忏无心礼,专听春雷第一声。(下)(旦唱)

【四边静】霎时间杯盘狼藉,车儿投东,马儿向西,两意徘徊,落日山横翠。知他今宵宿在那里?有梦也难寻觅。

(旦云)张生,此一行得官不得官,疾便回来。(末云)小生这一去白夺一个状元,正是"青霄有路终须到,金榜无名誓不归"。(旦云)君行别无所谓,口占一绝,为君送行:弃掷今何在,当时且自亲。还将旧来意,怜取眼前人。(末云)小姐之意差矣,张珙更敢怜谁?谨赓一绝,以剖寸心:人生长远别,孰与最关亲?不遇知音者,谁怜长叹人?(旦唱)

【耍孩儿】淋漓襟袖啼红泪,比司马青衫更湿⑥。伯劳东去燕西飞,未登程先问归期。虽然眼底人千里,且尽生前酒一杯。未饮心先醉,眼中流血,心里成灰。

【五煞】到京师服水土,趁程途节饮食,顺时自保揣身体。荒村雨露宜眠早,野店风霜要起迟!鞍马秋风里,最难调护,最要扶持。

【四煞】这忧愁诉与谁?相思只自知,老天不管人憔悴。泪添九曲黄河溢,恨压三峰华岳低。到晚来闷把西楼倚,见了些夕阳古道,衰柳长堤。

【三煞】笑吟吟一处来,哭啼啼独自归。归家若到罗帏里,昨宵个绣衾香暖留春住,今夜个翠被生寒有梦知。留恋你别无意,见据鞍上马,阁不住泪眼愁眉。

(末云)有甚言语嘱付小生咱?(旦唱)

【二煞】你休忧"文齐福不齐"⑦,我则怕你"停妻再娶妻"。休要"一春鱼雁无消息⑧"!我这里青鸾有信频须寄,你却休"金榜无名誓不归"。此一节君须记,若见了那异乡花草,再休似此处栖迟。

(末云)再谁似小姐?小生又生此念?(旦唱)

【一煞】青山隔送行,疏林不做美,淡烟暮霭相遮蔽。夕阳古道无人语,禾黍秋风听马

① 怕不待要:难道不想。
② "蜗角虚名"二句:《庄子·杂篇·则阳》:"有国于蜗之左角者,曰触氏,有国于蜗之右角者,曰蛮氏。时相与争地而战,伏尸数万,逐北,旬有五日而后反。"
③ 一递一声:你一声,我一声。递,更互之意。
④ 辆:此处为动词,套、架之意。
⑤ 登科录:科考以后被录取者的名录。
⑥ 比司马青衫更湿:白居易《琵琶行》:"座中泣下谁最多,江州司马青衫湿。"
⑦ 文齐福不齐:指文章优而运不济。
⑧ 一春鱼雁无消息:宋无名氏《鹧鸪天·春闺》词:"一春鱼鸟无消息,千里关山劳梦魂。"

嘶。我为甚么懒上车儿内，来时甚急，去后何迟？

（红云）夫人去好一会，姐姐，咱家去！（旦唱）

【收尾】四围山色中，一鞭残照里。遍人间烦恼填胸臆，量这些大小车儿如何载得起？

（旦、红下）（末云）仆童，赶早行一程儿，早寻个宿处。泪随流水急，愁逐野云飞。（下）

【导读】

《西厢记》讲述了才子张生与相府小姐崔莺莺在普救寺一见钟情，知音互赏，冲破封建藩篱终成眷属的故事。故事肇始于中唐诗人元稹的传奇《莺莺传》，据陈寅恪先生考证，《莺莺传》是带有自传性质的作品，张生原型实即元稹。《莺莺传》问世后，改编跟风之作甚多，代表性作品有宋代赵令畤的《商调蝶恋花鼓子词》，金代董解元的《西厢记诸宫调》，影响最大的是《西厢记》。《西厢记》一经问世便风靡一时，广获赞誉。明初戏曲理论家朱权在《太和正音谱》中盛赞它为"新杂剧、旧传奇，《西厢记》天下夺魁"。清初文坛怪才金圣叹作《第六才子书西厢记》，一口气写下八十一条读《西厢记》之法，称赞其为"天地妙文"，将之与《国风》《左传》《史记》相媲美。近代学者郑振铎在《文学大纲》中指出《西厢记》的可贵之处："中国的戏曲小说，写到两性的恋史，往往是两人一见面便相爱，便誓订终身，从不细写他们恋爱的经过与他们在恋爱时的心理，《西厢记》的大成功便在它的全部都是婉曲地细腻地在写张生与莺莺的恋爱的心境的。似这等曲折的恋爱故事，除《西厢记》外，中国无第二部。"《西厢记》的艺术贡献，主要表现在以下几个方面：

一、《西厢记》是五本二十一折的大型连台杂剧，情节丰富生动，开阖自如，首尾照应，结构严整。

《西厢记》以张生与崔莺莺的爱情为主线，故事围绕两人相遇、相见、相识、相思、相守、相离、团圆的过程展开，副线中孙飞虎抢亲、崔老夫人赖婚、郑恒闹堂等重要情节都安排在关节要害处，节奏处理张弛有度，引人入胜。第一本《张君瑞闹道场》起于"惊艳"，止于"闹斋"，主角张生与崔莺莺相继出场，寺院中的一见钟情，张生是"魂灵儿飞在半天"，莺莺是含情"回顾"，初次相逢，爱情的种子在两人心中生了根。从第二本《崔莺莺夜听琴》，经由第三本《张君瑞害相思》到第四本《草桥店梦莺莺》，崔、张爱情由潜在到公开，中间穿插孙飞虎劫亲的变故，继而又形成"赖婚""闹简""送别"等复杂的情节过程及动人心魄的波折，在这过程中主要人物的性格和微妙的心理活动均获得充分显现。第五本《张君瑞庆团圆》，交代故事结局，将此前各种悬念一一揭晓，以团圆喜庆场面告终。悬念的设置和相互勾连推进戏剧冲突不断进入高潮。剧中老夫人"赖婚"算是巧设机关，出人意料，使得原本的热闹和欢喜瞬间跌入低谷，张生因此一病不起，乱了心智，两人的爱情顿时失去了生机和希望。这一悬念靠着红娘的传书递简、巧妙周旋，到"酬简"亦即崔、张西厢幽会方得解开。但两人私会终究不是解决之法，老夫人的察觉又带来一番波折，两人的爱情走向何处成为新的悬念；"长亭送别"解答了"酬简"的悬念，但又留下了两人能否得以圆满的悬念；分别之后是长久的思念，张生是否能如愿高中，高中之后谁能保证不会背信弃义；直到婚礼之时郑恒仍来闹堂捣乱，郑恒的谣言被当面揭穿，崔、张才最终得以喜结良缘，使观众看到了期盼已久的完满结局。

二、《西厢记》中人物刻画栩栩如生，光彩夺目。

王实甫善于在激烈复杂的冲突中塑造人物形象，揭示人物的隐微心曲。《西厢记》打破了元杂剧一本四折的通例，突破了戏剧人物形象单一的局限，塑造了莺莺、张生、红娘三位个性鲜明的人物。除此之外，崔老夫人、郑恒、长老法本、和尚法聪、武僧惠明等，也都是各具风采的戏剧人物。

《西厢记》塑造得最成功的艺术形象是相府小姐崔莺莺。崔莺莺是一个温婉大气、机智聪慧、有勇气有胆识的青春少女。张生的意外出现唤醒她对爱情的向往。经过对张生的几次试探和考验，才认定眼前之人值得托付终身；戏中展现了崔莺莺由青春觉醒到对幸福爱情的由衷期盼，由朦胧抗争到坚定婚姻自主的曲折历程；真实生动地描摹出炽热的爱情追求与闺阁懿范的约束之间的冲突，所导致的她的矛盾心理甚至乖张行为。

王实甫笔下的张生是带有元代"浪子才人"特性的"风魔"，把爱情凌驾于功名利禄之上。较之《莺莺传》和《董西厢》，《王西厢》中的张生更多地具有反叛礼教、崇尚自由、淡泊名利、惟情是求的可贵品格，是一个"志诚"的痴情郎形象。

红娘是《西厢记》中一个十分重要的角色，全剧二十折，有八折由红娘主唱。特别是第三本《张君瑞害相思》，全部由红娘主唱。她出身微贱，心地善良，明辨是非，极富正义感，具有乐于成人之美的侠义心肠。她与老夫人当场对峙时，不卑不亢，据理力争，心中藏有浩然之气，全然不顾主卑地位的悬殊，展现出人格平等的朴素思想，是戏曲文学中最为生动的婢女形象。

三、王实甫驾驭语言的高超技巧，历来为曲家所称道。

朱权《太和正音谱》评其词"如花间美人"，说《西厢记》"铺叙委婉，深得骚人之趣，极有佳句，若玉环之出浴华清，绿珠之采莲盗浦"。何良俊也说他"才情富丽，真辞家之雄"（《四友斋丛说》）。与关汉卿等前期作家的剧作相比，《西厢记》的曲词宾白宜雅宜俗，既拥有当行本色之所长，又独擅雅练精工之韵致。简言之，《西厢记》语言绮丽华彩，含蓄蕴藉，独具风致，实乃"文采派"之高峰。

节选部分为第四本第三折，最能体现《西厢记》文辞之精美。汤显祖在写《牡丹亭》时感慨道，"世间唯有情难诉"。张生与莺莺离别之际的万般情思，王实甫别出新意，以景述情，以情写景，情景交融，柳丝、疏林、斜晖、长亭、西风、黄叶、寒烟、衰草等，这些无情之物无不成了传情妙手，让人浮想联翩，感怀不已。

【选评】

《西厢记》，必须扫地读之。扫地读之者，不得存一点尘于胸中也。《西厢记》，必须焚香读之。焚香读之者，致其恭敬，以期鬼神之通之也。《西厢记》，必须对雪读之。对雪读之者，资其洁清也。《西厢记》，必须对花读之。对花读之者，助其娟丽也……《西厢记》，必须与美人并坐读之。与美人并坐读之者，验其缠绵多情也。《西厢记》，必须与道人对坐读之。与道人对坐读之者，叹其解脱无方也。（［清］金圣叹《贯华堂第六才子书西厢记》）

纪君祥

【简介】　纪君祥是大都人(今北京人),元代杂剧作家。生平及生卒年均不详,约元世祖至元年间在世,名一作纪天祥。据《录鬼簿》记载,他与郑廷玉、李寿卿为同时人。现代研究者考知李寿卿为至元(元世祖年号)间人,由此可推知纪君祥的活动年代。著有杂剧6种:《冤报冤赵氏孤儿》《陈文图悟道松阴梦》《信安王断复贩茶船》《韩湘子三度韩退之》《曹伯明错勘赃》和《驴皮记》。现仅存1种《赵氏孤儿冤报冤》,一作《赵氏孤儿大报仇》,简称《赵氏孤儿》,该剧奠定了纪君祥在中国戏剧史上的地位。

赵氏孤儿(节选)

(屠岸贾领卒子上,云)兀的不走了赵氏孤儿也!某已曾张挂榜文,限三日之内,不将孤儿出首,即将普国内小儿,但是半岁以下、一月以上,都拘刷到我帅府中[1],尽行诛戮。令人,门首觑者,若有首告之人,报复某家知道。(程婴上,云)自家程婴是也。昨日将我的孩儿送与公孙杵臼去了,我今日到屠岸贾跟前首告去来。令人,报复去,道有了赵氏孤儿也!(卒子云)你则在这里,等我报复去。(报科,云)报的元帅得知,有人来报,赵氏孤儿有了也。(屠岸贾云)在那里?(卒子云)现在门首哩。(屠岸贾云)着他过来。(卒子云)着过来。(做见科,屠岸贾云)兀那厮,你是何人?(程婴云)小人是个草泽医士程婴。(屠岸贾云)赵氏孤儿今在何处?(程婴云)在吕吕太平庄上公孙杵臼家藏着哩。(屠岸贾云)你怎生知道来?(程婴云)小人与公孙杵臼曾有一面之交。我去探望他,谁想卧房中锦绣褥上,躺着一个小孩儿。我想公孙杵臼年纪七十,从来没儿没女,这个是那里来的?我说道:“这小的莫非是赵氏孤儿么?”只见他登时变色,不能答应。以此知孤儿在公孙杵臼家里。(屠岸贾云)咄!你这匹夫,你怎瞒的过我?你和公孙杵臼往日无仇,近日无冤,你因何告他藏着赵氏孤儿?你敢是知情么,说的是万事全休,说的不是,令人,磨的剑快,先杀了这个匹夫者。(程婴云)告元帅,暂息雷霆之怒,略罢虎狼之威,听小人诉说一遍咱。我小人与公孙杵臼原无仇隙,只因元帅传下榜文,要将普国内小儿拘刷到帅府,尽行杀坏。我一来为救普国内小儿之命;二来小人四旬有五,近生一子,尚未满月,元帅军令,不敢不献出来,可不小人也绝后了。我想有了赵氏孤儿,便不损坏一国生灵,连小人的孩儿也得无事,所以出首。(诗云)告大人暂停嗔怒,这便是首告缘故。虽然救普国生灵,其实怕程家绝户。(屠岸贾笑科,云)哦,是了。公孙杵臼元与赵盾一殿之臣,可知有这事来。令人,则今日点就本部人马,同程婴到太平庄上,拿公孙杵臼走一遭去。(同下)(正末公孙杵臼上,云)老夫公孙杵臼是也。想昨日与程婴商议救赵氏孤儿一事,今日他到屠岸贾府中首告去了。这早晚屠岸贾这厮必然来也呵。(唱)

【双调·新水令】我则见荡征尘飞过小溪桥,多管是损忠良贼徒来到。齐臻臻摆着士

---

① 刷:统统拘禁。

卒,明晃晃列着枪刀。眼见的我死在今朝,更避甚痛笞掠。

(屠岸贾同程婴领卒子上,云)来到这吕吕太平庄上也。令人,与我围了太平庄者!程婴,那里是公孙杵臼宅院?(程婴云)则这个便是。(屠岸贾云)拿过那老匹夫来。公孙杵臼,你知罪么?(正末云)我不知罪。(屠岸贾云)我知你个老匹夫和赵盾是一殿之臣,你怎敢掩藏着赵氏孤儿!(正末云)老元帅,我有熊心豹胆?怎敢掩藏着赵氏孤儿!(屠岸贾云)不打不招。令人,与我拣大棒子着实打者。(卒子做打科)(正末唱)

【驻马听】想着我罢职辞朝,曾与赵盾名为刎颈交。(云)这事是谁见来?(屠岸贾云)现有程婴首告着你哩。(正末唱)是那个埋情出告?元来这程婴舌是斩身刀!(云)你杀了赵家满门良贱三百余口,则剩下这孩儿,你又要伤他性命!(唱)你正是狂风偏纵扑天雕,严霜故打枯根草。不争把孤儿又杀坏了。可着他三百口冤仇甚人来报?

(屠岸贾云)老匹夫,你把孤儿藏在那里?快招出来,免受刑法。(正末云)我有甚么孤儿藏在那里,谁见来?(屠岸贾云)你不招?令人,与我采下去着实打者①!(做打科)(屠岸贾云)这老匹夫赖肉顽皮,不肯招承,可恼,可恼!程婴,这原是你出首的,就着你替我行杖者。(程婴云)元帅,小人是个草泽医士,撮药尚然腕弱,怎生行的杖?(屠岸贾云)程婴,你不行杖,敢怕指攀出你么?(程婴云)元帅,小人行杖便了。(做拿杖子科,屠岸贾云)程婴,我见你把棍子拣了又拣,只拣着那细棍子,敢怕打的他疼了,要指攀下你来?(程婴云)我就拿大棍子打者。(屠岸贾云)住者。你头里只拣着那细棍子打,如今你却拿起大棍子来,三两下打死了呵,你就做的个死无招对。(程婴云)着我拿细棍子又不是,拿大棍子又不是,好着我两下做人难也。(屠岸贾云)程婴,你只拿着那中等棍子打。公孙杵臼老匹夫,你可知道行杖的就是程婴么?(程婴行杖科,云)快招了者!(三科了)(正末云)哎哟,打了这一日,不似这几棍子打的我疼。是谁打我来?(屠岸贾云)是程婴打你来。(正末云)程婴,你划的打我那②!(程婴云)元帅,打的这老头儿兀的不胡说哩。(正末唱)

【雁儿落】是那一个实丕丕将着粗棍敲,打的来痛杀杀精皮掉。我和你狠程婴有甚的仇?却教我老公孙受这般虐。

(程婴云)快招了者。(正末云)我招,我招!(唱)

【得胜令】打的我无缝可能逃,有口屈成招,莫不是那孤儿他知道,故意的把咱家指定了?(程婴做慌科)(正末唱)我委实的难熬,尚兀自强着牙根儿闹③;暗地里偷瞧,只见他心明眼亮唬的腿脡儿摇④。

(程婴云)你快招罢,省得打杀你。(正末云)有,有,有。(唱)

【水仙子】俺二人商议救这小儿曹。(屠岸贾云)可知道指攀下来也。你说二人,一个是你了,那一个是谁?你实说将出来,我饶你的性命。(正末云)你要我说那一个?我说我说。(唱)哎,一句话来到我舌尖上却咽了。(屠岸贾云)程婴,这桩事敢有你么?(程婴云)兀那老头儿,你休妄指平人!(正末云)程婴,你慌怎么?(唱)我怎生把你程婴道,似这般

---

① 采下去:拉下去、拖出去。
② 划(chǎn)的:怎的,也可理解为无端的、平白无故的。
③ 闹:这里是嚷、争辩的意思。
④ 腿脡(tǐng)儿:腿肚子。

有上稍无下稍①。(屠岸贾云)你头里说两个,你怎生这一会儿可说无了?(正末唱)只被你打的来不知一个颠倒。(屠岸贾云)你还不说,我就打死你个老匹夫!(正末唱)遮莫便打的我皮都绽②,肉尽销,休想我有半字儿攀着③。

(卒子抱俫儿上科,云)元帅爷贺喜,土洞中搜出个赵氏孤儿来了也。(屠岸贾笑科,云)将那小的拿近前来,我亲自动手,剁做三段! 兀那老匹夫,你道无有赵氏孤儿,这个是谁?(正末唱)

【川拨棹】你当日演神獒④,把忠臣来扑咬。逼的他走死荒郊,刎死钢刀,缢死裙腰,将三百口全家老小尽行诛剿,并没那半个儿剩落,还不厌你心苗⑤?

(屠岸贾云)我见了这孤儿,就不由我不恼也!(正末唱)

【七兄弟】我只见他左瞧、右瞧、怒咆哮,火不腾改变了狰狞貌⑥,按狮蛮拽札起锦征袍⑦,把龙泉扯离出沙鱼鞘⑧。

(屠岸贾怒云)我拔出这剑来,一剑、两剑、三剑。(程婴做惊疼科)(屠岸贾云)把这一个小业种剁了三剑,兀的不称了我平生所愿也。(正末唱)

【梅花酒】呀! 见孩儿卧血泊。那一个哭哭号号,这一个怨怨焦焦,连我也战战摇摇。直恁般歹做作,只除是没天道! 呀,想孩儿离褥草⑨,到今日恰十朝,刀下处怎耽饶⑩,空生长枉劬劳⑪,还说甚要防老。

【收江南】呀,兀的不是家富小儿骄。(程婴掩泪科)(正末唱)见程婴心似热油浇,泪珠儿不敢对人抛。背地里揾了,没来由割舍的亲生骨肉吃三刀。

(云)屠岸贾那贼,你试觑者,上有天哩,怎肯饶过的你? 我死打甚么不紧!(唱)

【鸳鸯煞】我七旬死后偏何老⑫,这孩儿一岁死后偏何小。俺两个一处身亡,落的个万代名标。我嘱咐你个后死的程婴,休别了横亡的赵朔⑬。畅道是光阴过去的疾⑭,冤仇报复的早。将那厮万剐千刀,切莫要轻轻的素放了⑮。

(正末撞科,云)我撞阶基,觅个死处。(下)(卒子报科,云)公孙杵臼撞阶基身死了也。(屠岸贾笑科)那老匹夫既然撞死,可也罢了。(做笑科,云)程婴,这一桩里多亏了你。若不是你呵,如何杀的赵氏孤儿。(程婴云)元帅,小人原与赵氏无仇。一来救普国内众生,二来小人跟前也有个孩儿,未曾满月,若不搜的那赵氏孤儿出来,我这孩儿也无活的人也。

---

① 有上梢无下梢:有始无终,有头无尾。
② 遮莫:不论,尽教。攀:招供同案人。
③ 攀:招供同案人。
④ 神獒(áo):神犬的一种,屠岸贾养了一只神獒,想用它来杀死赵盾。
⑤ 厌:满足。心苗:心计。
⑥ 火不腾:马上,立刻。
⑦ 狮蛮:束战袍的带子,上有狮子蛮王的图案。
⑧ 龙泉:剑名。
⑨ 褥草:产妇生孩子时的褥垫。
⑩ 耽饶:宽恕,怎耽饶,是无法活命的意思。
⑪ 劬(qú)劳:劳累。
⑫ 七旬死后偏何老:"后"字是语气词,与"呵"字相近,下句同。
⑬ 休别了:休背离了,别辜负了。横亡:横死,非正常死亡。
⑭ 畅道:曲中衬字。其意义略近于"正是""简直是"。
⑮ 素放:平白放过。

（屠岸贾云）程婴，你是我心腹之人，不如只在我家中做个门客，抬举你那孩儿成人长大，在你跟前习文，送在我跟前演武。我也年近五旬，尚无子嗣，就将你的孩儿与我做个义儿。我偌大年纪了，后来我的官位，也等你的孩儿讨个应袭。你意下如何？（程婴云）多谢元帅抬举。（屠岸贾诗云）则为朝纲中独显赵盾①，不由我心中生忿；如今削除了这点萌芽，方才是永无后衅②。（同下）

【导读】

《赵氏孤儿》是一出惊心动魄的大悲剧，体现出中华民族对悲剧精神和生命激情的独特理解，王国维先生高度评价："即列之于世界大悲剧中，亦无愧色也。"

剧本取材于一个发生在春秋时期的历史故事，见诸《左传》《战国策·赵策一》《史记·屠岸贾列传》《说苑·复恩篇》《新序·节士篇》等史书。纪君祥采用戏剧性手法，对历史进行了彻底的改造，赋予这个历史故事以全新面貌。剧情大意为春秋晋灵公时期，上卿赵盾遭到大将军屠岸贾的诬陷，全家三百余口被杀，仅有一个刚出生的婴儿。为了保存赵家血脉，晋国公主（赵朔之妻）将自己刚生下的婴儿托付给草泽医生程婴后自缢身亡。程婴把婴儿藏在药箱中，被把守宫门的大将韩厥发现。一身正气的韩厥不满屠岸贾的暴行，放走程婴和孩子后，毅然拔剑自刎，以绝后患。屠岸贾查不到孤儿下落，当即下令将全城与遗孤一般大小的孩子囚禁，找不到遗孤就全部杀死，用这种惨无人道的方式逼迫遗孤现身。程婴无奈，向隐退老臣公孙杵臼求救，两人商定计策，由程婴假意告发公孙杵臼私藏遗孤，并以自己孩子代替遗孤受死。这场计谋让两人付出了惨痛的代价，公孙杵臼触阶而亡，程婴亲子被屠岸贾剑劈三段。见绝了后患，屠岸贾遂将程婴收为门客，二十年来程婴承受着巨大痛苦，含辛茹苦将遗孤养大。长大的赵氏孤儿从养父口中尽知冤情，他禀明国君，拿住屠岸贾，处以极刑，报了灭门深仇。全剧情节环环相扣，悬念迭起，一波三折。无论是韩厥对程婴的试探和逼问，还是屠岸贾对程婴的试探和怀疑，或是公孙杵臼遭受毒打昏迷时险些说出真相，每个情节关键点的设定都让观众处在一种紧张感和危机感中。正义与邪恶的对抗，弱小与强大的博弈，处处激发观众的同情心和正义感。

全剧强烈的悲剧效果，取决于作者高超的叙事手段和人物塑造能力。事实上，卷入这场政治冲突中的人物无论是程婴、公孙杵臼、韩厥乃至襁褓中的程婴幼子，都只是事件的旁观者和牵连者，他们都有机会和理由切割与这个事件的关联性以保全自己的生命。但是，"他们为了一个诺言，一种信念，一腔义愤，自行投入到拯救赵氏孤儿的行列中来，一个个慷慨赴死，杀身取义，或者是付出无比沉重的一生。也就是说，这戏真正使人为之动容处，是他们道德和人格的崇高境界，是人对生命更为激情的一种理解"（黄维若）。剧中三个主要人物都是选择主动卷入事件之中，他们心怀道义，以生命为代价来保全赵氏孤儿的生命。这种舍生取义的崇高行为，正是全剧震撼心灵的地方，揭示出深藏于中华民族文化基因中的悲剧精神。

---

① 赵盾：春秋时的晋国大臣，经晋襄公、晋灵公、晋成公三朝。曾因谏晋灵公而遭受迫害，逃离晋国。晋成公即位后，又回到晋国执掌朝政，晋景公时卒。本剧所演内容，对史实有所更变。
② 后衅：后患。衅，事端。

《赵氏孤儿》以高超的叙事技巧和厚重的美学精神引发了西方艺术家的兴趣,成为第一部被引入国外并获得持久关注的中国剧作,法国文学家伏尔泰在1775年翻译了《赵氏孤儿大报仇》引起轰动;英国剧作家威廉·哈切特也曾将其改编为《中国孤儿》。此后,赵氏孤儿的故事在西方不断被搬上舞台,成为了解中国戏剧文化的重要作品。

第三折是全剧戏剧冲突最紧张激烈的段落。在这场戏中,屠岸贾第一次正面亮相,之前一直是暗场出现,借助他人之口,读者能够得知这是一个心狠手辣的权臣。程婴从迈出告发这一步起,就被裹挟进一场无法预料的危局中;他如何应对屠岸贾,使他与公孙杵臼商定的计谋得以实现,成为悬念。屠岸贾对程婴的态度,一开始是半信半疑,严加盘问。他问的第一个问题是程婴如何得知赵氏孤儿窝藏在公孙杵臼家中,程婴的回答没能让屠岸贾信任。第二个问题是,"你和公孙杵臼往日无仇,近日无冤,你因何告他藏着赵氏孤儿?"威胁程婴"说的是,万事全休;说的不是,令人,磨的剑快,先杀了这个匹夫者。"面对诘问和威胁,程婴从容不迫地表示,自己这样做的原因,一是为救全国小儿之命,二是为保护自己未满月的婴儿不死。接下来,屠岸贾用一箭双雕之计,让程婴对公孙杵臼行杖,一是考验程婴是否与公孙杵臼同谋,二是逼迫公孙杵臼招认。突如其来的严峻考验摆在两人面前,稍有不慎就会全盘皆输。面对年迈的公孙杵臼,他下不去手。用细棍子打,屠岸贾不准;用大棍打,被呵斥是想打死了他好做个"死无招对"。程婴"两下做人难",只好拣了中等棍子用劲。公孙杵臼被打的神志不清时,竟冒出了这么一句:"俺二人商议要救这小儿曹。"立马就被屠岸贾追问:"你说二人,一个是你了,那一个是谁?你实说将出来,我饶你的性命。"公孙杵臼回答:"我说我说。"这一刻可谓是情势紧张到了极点。好在关键时刻,公孙杵臼镇定下来,"一句话来到我舌尖上却咽了",忍住未言,化解了又一个致命的险关。这时,遗孤被搜出,转移了屠岸贾的注意力,使危机得以暂时缓解。然而更为严峻的考验接踵而至,屠岸贾号令"将那小的拿近前来,我亲自下手,剁做三段",把戏剧危机提高到顶点。好在自以为杀死遗孤的屠岸贾放松了警惕,没有发觉程婴的细微情绪变化。也正是这短暂的间隙,公孙杵臼撞阶牺牲,使屠岸贾确信遗孤被杀,方才对程婴产生信任。剧本处处点染"程婴做惊疼科""程婴掩泪科",真实道出了程婴的心境,一波三折,动人心魄。

【选评】

此是千古最痛最快之事,应有一篇极痛快之文发之。读此觉太史公传犹为寂寥,非大作手,不易办也。([明]孟称舜《酹江集》)

纪君祥之词,如雪里梅花。([明]朱权《太和正音谱》)

思考讨论

1. 王国维评价关汉卿的《窦娥冤》与纪君祥的《赵氏孤儿》:"即列之于世界大悲剧中,亦无愧色也。"结合作品分析《赵氏孤儿》的悲剧精神。

2.《西厢记》是古典爱情剧本的典范,才子佳人戏常以大团圆结局,这种"十部传奇九相思"的叙事模式,是否老套陈旧,削弱了文艺作品的批判性?

拓展延伸

1. 京剧名家荀慧生将《西厢记》改编为《红娘》，这部以红娘为主角的新剧，呈现出不同于古典审美趣味的喜剧趣味，通过两种风格的比较，思考京剧是如何赋予剧本以新的审美风格的。

2.《赵氏孤儿》在当代戏曲、话剧乃至影视剧中都有大量的改编和搬演，比较有影响的有话剧林兆华导演版《赵氏孤儿》和田沁鑫导演版《赵氏孤儿》，两个版本采用不同的审美视角来阐述原著，融入了当代人的悲剧观和艺术观，试加以比较分析。

推荐阅读

1.《西厢记》，王实甫著，王季思校注，上海古籍出版社 1996 年版。

2.《贯华堂第六才子书西厢记》，金圣叹著，周锡山编校，万卷出版公司 2009 年版。

3.《张燕瑾讲西厢记》，张燕瑾著，天津古籍出版社 2011 年版。

4.《中国四大古典悲剧》，周先慎著，中国书籍出版社 2015 年版。

明代文学

【概述】 元朝末年,吏治腐败,民生凋敝,贫富分化严重,自然灾害频发,阶级矛盾、民族矛盾日益尖锐,农民起义运动在各地如雨后春笋般涌现。出身贫农家庭的朱元璋在渐次消灭了陈友谅、张士诚、方国珍等南方割据势力之后,于1368年即皇帝位,旋即派出大军扫荡元朝的残余势力,攻占大都(北京),逐步完成了全国的统一。至1644年,李自成攻入北京,崇祯帝朱由检自缢于煤山,明朝基本宣布灭亡,享祚277年,明代文学史的分期也大致以此为据。

明代是中国文学发展的一个重要转折时期。异彩纷呈的章回体白话小说成为文坛新秀,戏曲、诗歌、散文也仍有不少重要的作家和作品产生。明代章回体长篇小说以"四大奇书"为代表,分别是历史演义小说《三国志演义》、英雄传奇小说《水浒传》、神魔小说《西游记》及世情小说《金瓶梅》。前三本小说是"世代累积型"作品,即以真实的历史事件为据,且文人撰成章回体小说作品之前,便流传着与之相关的各类作品;而《金瓶梅》是中国第一部文人独立创作的白话长篇小说,极具文学史意义,对后代小说创作影响深远。在宋元话本的基础上发展起来的白话短篇小说,在明代中后期,也出现了鼎盛局面,冯梦龙编著的"三言"、凌濛初创作的"二拍"是这方面的代表。在戏曲方面,主要由杂剧和传奇两大部类组成,主流是由宋元南戏演变而来的传奇。明中叶三大传奇《宝剑记》《鸣凤记》和《浣纱记》的出现,标志着传奇繁荣时期的到来;汤显祖作为明代成就最高、影响最大的剧作家,其"临川四梦"达到了同时代戏剧创作的高峰。明杂剧较元杂剧而言逊色一些,但也不乏佳作,徐渭的《四声猿》是为代表。

明代诸多重要的诗文流派与相应的创作风格大致是围绕着"复古"与"反复古"两大倾向展开。明初思想钳制严重,以歌功颂德与粉饰太平为主旨的"台阁体"盛行,代表人物是杨士奇、杨荣、杨溥,其诗内容空洞,缺乏真情实感。对此,以李东阳为首的"茶陵派"提出诗学汉唐的复古主张,重视诗歌的法度、声调,有力冲击了卑冗委琐的台阁体,其复古论调实为明代中期"前后七子"诗学理论之先导。弘治、正德年间,以李梦阳、何景明为核心的"前七子"倡导"文必秦汉,诗必盛唐",表现出明确的反宋诗倾向,注重真情流露,但他们过度看重古人诗文的法度格调,束缚了自身的创作才性,影响了情感的自由抒发。嘉靖、万历年间,诗坛又出现了以李攀龙、王世贞为代表的"后七子",承接了"前七子"的复古主张,对法度格调的讲究更趋强化与具体,主张将诗文创作的"法"落实到辞采、句法和结构中。与"前七子"相同,他们也难脱蹈袭的窠臼。嘉靖年间,出现了反拨"前后七子"理论的,以王慎中、唐顺之等人为代表的唐宋派。他们师承以韩柳为中心的唐代古文新传统,讲究文以明道。成就较高的是归有光，他在提倡"道"的同时，还特别重视文学的抒情作用。万历年间，以公安三袁为代表的"公安派"反对贵古贱今、模拟古人，主张"独抒性灵，不拘格套"，强调写诗抒发真情实感，这有助于打破"前后七子"拟古主义的陈腐格局。与此同时，还有以锺惺、谭元春为代表的"竟陵派"。他们受公安派影响，也提倡性灵，但更多的是乞灵于古人，提倡"引古人之精神，以接后人之心目"(锺惺《诗归序》)。加之他们追求幽深孤峭的艺术风格，缩小了文学表现的视野，把创作引向了一条更为狭窄的小路，形式主义倾向更为明显。此时还有一位离经叛道的思想家李贽，他的《童心说》提出"天下之至文，未有不出于童心焉者也"。"童心"指真心，意谓人要表现真情实感，才能写好文章，这有益于打破"前后七子"复古理论的禁锢。明末还有两个爱国文人团体——复社和几社，它们以复兴古学为宗旨，企图以一种高标准来振兴文学，进而挽救明朝政府的危亡；他们关心现实，创作了许多具有战斗性的爱国主义诗篇。

王阳明

【简介】 王阳明(1472—1529)，本名王云，又名王守仁，字伯安，号阳明，浙江余姚人。因曾在会稽山阳明洞筑室讲学，世称阳明先生。明代杰出的思想家、文学家、军事家、教育家。弘治十二年(1499)进士，曾任刑部、兵部主事。王阳明是"心学"的集大成者，提出"心即理""知行合一""致良知"说。王阳明极具文学天赋，历经宦海沉浮、人生劫难，始终坚持诗歌与散文创作，他的文学思想是从他的心学本体论延伸而来的，主张诗文要从心中自然流出。《王文成公全书》收录诗歌六百余首，存世散文千余篇。

瘗旅文

维正德四年秋月三日[①]，有吏目云自京来者[②]，不知其名氏，携一子一仆，将之任，过龙场[③]，投宿土苗家。予从篱落间望见之，阴雨昏黑，欲就问讯北来事，不果。明早，遣人觇之[④]，已行矣。薄午[⑤]，有人自蜈蚣坡来，云："一老人死坡下，傍两人哭之哀。"予曰："此必吏目死矣，伤哉！"薄暮，复有人来，云："坡下死者二人，傍一人坐叹。"询其状，则其子又死矣。明日，复有人来，云："见坡下积尸三焉。"则其仆又死矣。呜呼伤哉！

念其暴骨无主[⑥]，将二童子持畚、锸往瘗之[⑦]，二童子有难色然。予曰："嘻！吾与尔犹彼也。"二童悯然涕下[⑧]，请往。就其傍山麓为三坎，埋之。又以只鸡、饭三盂，嗟吁涕洟而

---

① 维：古代祭文开头的发语词，无实际意义。正德四年：1509 年。正德，明武宗年号。
② 吏目：掌管官府文书的低级官吏。
③ 龙场：在今贵州修文。
④ 觇(chān)：察看。
⑤ 薄：迫近。
⑥ 暴：暴露。
⑦ 畚(běn)：簸箕。锸(chā)：铁锹。
⑧ 悯然：忧伤的样子。

告之。曰：

　　呜呼伤哉！繄何人①？繄何人？吾龙场驿丞馀姚王守仁也②。吾与尔皆中土之产，吾不知尔郡邑，尔乌为乎来为兹山之鬼乎？古者重去其乡，游宦不逾千里，吾以窜逐而来此③，宜也，尔亦何辜乎？闻尔官吏目耳，俸不能五斗，尔率妻子躬耕可有也，乌为乎以五斗而易尔七尺之躯？又不足，而益以尔子与仆乎？呜呼伤哉！尔诚恋兹五斗而来，则宜欣然就道，乌为乎吾昨望见尔容，蹙然盖不胜其忧者④？夫冲冒雾露，扳援崖壁，行万峰之顶，饥渴劳顿，筋骨疲惫，而又瘴疠侵其外，忧郁攻其中，其能以无死乎？吾固知尔之必死，然不谓若是其速，又不谓尔子、尔仆亦遽然奄忽也⑤。皆尔自取，谓之何哉！吾念尔三骨之无依而来瘗尔，乃使吾有无穷之怆也。呜呼痛哉！纵不尔瘗，幽崖之狐成群，阴壑之虺如车轮⑥，亦必能葬尔于腹，不致久暴露尔。尔既已无知，然吾何能为心乎？自吾去父母乡国而来此，二年矣，历瘴毒而苟能自全，以吾未尝一日之戚戚也。今悲伤若此，是吾为尔者重，而自为者轻也，吾不宜复为尔悲矣。吾为尔歌，尔听之。

　　歌曰：连峰际天兮飞鸟不通，游子怀乡兮莫知西东。莫知西东兮维天则同，异域殊方兮环海之中⑦。达观随寓兮奚必予宫，魂兮魂兮无悲以恫⑧。

　　又歌以慰之，曰：与尔皆乡土之离兮，蛮之人言语不相知兮。性命不可期，吾苟死于兹兮，率尔子仆，来从予兮。吾与尔遨以嬉兮，骖紫彪而乘文螭兮⑨，登望故乡而嘘唏兮。吾苟获生归兮，尔子尔仆尚尔随兮，无以无侣悲兮！道傍之冢累累兮，多中土之流离兮，相与呼啸而徘徊兮。餐风饮露，无尔饥兮。朝友麋鹿，暮猿与栖兮。尔安尔居兮，无为厉于兹墟兮⑩。

【导读】

　　明武宗正德元年(1506)，王阳明因触怒炙手可热的太监刘瑾，被贬到贵州做了龙场驿丞。谪居贵州龙场期间，王阳明创作了多篇散文精品，《瘗旅文》便是其中之一。《瘗旅文》写于正德三年(1508)，是一篇祭文，所祭之人是三位不知名姓的过路者。

　　文章分两部分。开篇交代事情缘起，一老吏目携一子一仆自京师而来，经过龙场瘴疠之地，因路途劳累，三人相继倒毙于蜈蚣坡下，人间惨剧触动了作者的怜悯之心，亲率家童掩埋了三人，并祭奠之。由吏目三人的悲惨结局联系到自己的遭遇，"同是天涯冷落人"之感油然而生，行文措辞极其悲伤。

　　第二部分用两首骚体祭辞。第一首表达对人生羁旅的达观。虽身处崇山峻岭与世隔绝，但以天地的角度观之，广袤的异域殊方无不处于环海之一国，又何必一定要死守一方

---

① 繄(yī)：句首语气词。
② 驿丞：明代所设掌管邮递迎送的官员。正德元年(1506)，王守仁因触犯宦官刘瑾，被贬为龙场驿丞。
③ 窜逐：原意为流放，这里指贬谪。
④ 蹙(cù)然：忧愁的样子。
⑤ 遽(jù)：急速。奄忽：死亡。
⑥ 虺(huǐ)：毒蛇。
⑦ 环海之中：指中国。古人认为中国四面环海。
⑧ 恫：害怕，恐惧。
⑨ 骖(cān)：一车驾三或四匹马时，两旁的两匹马叫"骖"。紫彪：紫色斑纹的虎。文螭(chī)：有花纹的蛟龙。
⑩ 厉：厉鬼。

呢？正是这种宽阔胸襟，才使他有了仁者的同情之心和超越生死的达观态度。第二首安慰死者的灵魂。作者通过吏目与自身命运的类比，在抒发对世道不公的怨愤之情时，又以豁达超脱的笔调唱出了对灵魂的礼赞，体现出作者视人若己的仁者之心，这与其"致良知"的心学有密切联系。在理性上王阳明当然知道自己对无名氏吏目的悼念没有任何实际的价值，既不可能使之死而复生，也不能使之在地下获知；但他依然不能控制自我的情感冲动，必欲一吐而后快，虽无实用却能够深深打动世人心弦，是一首悲怆而不屈的人性之歌。作者以歌代哭，既慰藉亡灵，又自慰心灵。

在文章结构上，《瘗旅文》采用明暗相辅的复线结构，明写暴死荒岭的老吏目，暗写自身的悲剧命运，复合重奏，犹如生者与死者的对话，加大了悲剧的力度。文章将叙事、议论和抒情自然、真切地融为一体。全篇感情真挚，充满了人情美：有哀伤、有悲愤、有抑郁，但更有达观，四者交织在一起，构成王阳明龙场散文的重要特色。特别是文章的后半部分采用骚体辞，如泣如诉，哀怨凄厉，读之令人心酸和激愤。

【选评】

先生罪谪龙场，自分一死，而幸免于死。忽睹三人之死，伤心惨目，悲不自胜。作之者固为多情，读之者能无泪下？（[清]吴楚材、吴调侯《古文观止》卷十二）

张　岱

【简介】　张岱（1597—1679），字宗子，又字石公；号陶庵，又号蝶庵，山阴（今浙江绍兴）人。张岱出身仕宦家庭，自幼天资聪颖，青年时期，漫游于南京、苏州、杭州、扬州等地，广交才子名流，深受市民文化熏陶，创作了大量诗文。他是明末小品文的代表作家，作品多写山水景物、日常琐事、文化风俗，流露出明亡后怀旧感伤的情绪，文笔清丽优美，简洁含蓄，富有诗情画意。有《陶庵梦忆》《西湖梦寻》《嫏嬛文集》等。

虎丘中秋夜①

虎丘八月半，土著流寓、士夫眷属、女乐声伎、曲中名妓戏婆、民间少妇好女、崽子娈童及游冶恶少、清客帮闲、傒僮走空之辈②，无不鳞集。自生公台、千人石、鹅涧、剑池、申文

---

① 虎丘：山名，在苏州阊门外山塘街，名胜古迹众多。相传吴王夫差葬其父阖闾于此，葬后三日，有白虎踞其上，故名虎丘。

② 土著流寓：指本地居民和寓居于此地的人。崽子：男孩。娈（luán）童：以色相获宠的美貌男子。游冶恶少：指浪荡子弟。走空：骗子。

定祠①,下至试剑石②、一二山门,皆铺毡席地坐,登高望之,如雁落平沙,霞铺江上。

天暝月上,鼓吹百十处,大吹大擂,十番铙钹③,渔阳掺挝④,动地翻天,雷轰鼎沸,呼叫不闻。更定,鼓铙渐歇,丝管繁兴,杂以歌唱,皆"锦帆开,澄湖万顷"同场大曲⑤,蹲踏和锣,丝竹肉声⑥,不辨拍煞⑦。

更深,人渐散去,士夫眷属皆下船水嬉,席席征歌,人人献技,南北杂之,管弦迭奏,听者方辨句字,藻鉴随之⑧。二鼓人静,悉屏管弦,洞箫一缕,哀涩清绵,与肉相引,尚存三四,迭更为之。三鼓,月孤气肃,人皆寂阒⑨,不杂蚊虻。一夫登场,高坐石上,不箫不拍,声出如丝,裂石穿云,串度抑扬,一字一刻。听者寻入针芥⑩,心血为枯,不敢击节,惟有点头。然此时雁比而坐者⑪,犹存百十人焉。使非苏州⑫,焉讨识者⑬。

【导读】

明代嘉、隆以后,民间戏曲艺术活动格外繁盛。每年中秋,在苏州虎丘山举行的昆曲大会,是以演剧和唱曲竞赛为娱乐的民间活动。这种曲会从明代中后期至清代中期持续了一两百年,成为人文胜景。虎丘的秋夜,也见于很多作品,有文、有诗、有画。张岱的这篇《虎丘中秋夜》选自《陶庵梦忆》卷五,描写的就是虎丘中秋之夜曲会的盛景。

文章以月下虎丘作为舞台,先是写现场各处游人如织,随后按照时间顺序,从"天暝月上"写到"更定""更深",再到"二鼓""三鼓",从一开始各色人等"无不鳞集""动地翻天""雷轰鼎沸"集体同乐,到群众演员渐次退场,主角翩然登场,"高坐石上,不箫不拍,声出如丝,裂石穿云,串度抑扬,一字一刻",全剧也由此到达了一个高潮,"听者寻入针芥,心血为枯,不敢击节,惟有点头",引领读者一起品味曲会的盛况和精妙。文章既写出了广大群众对社会交际的需求和对艺术生活的热爱,也写出了民间演出水平的高妙和群众组织社会活动的非凡能力。

全文节奏明快,一气呵成;语言凝练,自然洒脱;人物形象鲜明具体,场景生动逼真。

【选评】

余友张陶庵,笔具化工。其所记游,有郦道元之博奥,有刘同人之生辣,有袁中郎之倩

---

① 生公台:生公讲台。相传这里曾是晋朝高僧竺道生讲佛经的地方。千人石:又名千人坐,是位于虎丘的一块巨石,可以容纳千人同坐,因此得名。鹤涧:在虎丘山后面,唐代一位道士曾于此处养鹤,故得名。剑池:在千人石北面的崖壁下,传说是吴王阖闾同其鱼肠宝剑共葬之地。申定文:申时行(1535—1614),字汝默,号瑶泉,晚号休休居士,谥号文定,长洲(今江苏苏州)人,明代官员,官至内阁首辅,著有《赐闲堂集》。
② 试剑石:位于上虎丘路上的一块巨石,中间有道裂痕,传说是吴王试剑劈开的。
③ 十番铙钹(náo bó):通常称为十番锣鼓,民间的组合乐器,以吹打乐器为主。
④ 渔阳掺挝(zhuā):鼓曲名。
⑤ "皆'锦帆开'"二句:昆曲《浣纱记》中的唱词。同场大曲,指多人同时演唱的大曲子。
⑥ 蹲踏:形容各种声音集聚在一起,嘈杂纷纭。丝竹肉声:指管弦乐器和人歌唱的声音。
⑦ 拍煞:节拍煞尾,泛指声音旋律的节奏。
⑧ 藻鉴:品评赏鉴。
⑨ 寂阒(qù):寂静无声。
⑩ 针芥:形容细小之物。
⑪ 雁比:形容排列有序。
⑫ 使:假使,如果。
⑬ 讨:求。识者:谓知音。

丽,有王季重之诙谐,无所不有;其一种空灵晶映之气,寻其笔墨,又一无所有。为西湖传神写照,正在阿堵矣。(〔清〕祁豸佳《西湖梦寻序》)

岱为明末一大家,身世豪贵,历劫,乃家资荡然。然才情益奇肆;一腔悲愤,胥付之字里行间。《梦忆》一作,盖尤胜《东京梦华》《武林旧事》。其胜处即在低徊悲叹,若不胜情。(郑振铎《劫中得书记》)

罗贯中

【简介】 罗贯中(1330?—1400?),山西太原人(另有山西祁县、清源人,山东东原人说)。名本,字贯中,号湖海散人。他是元末明初著名小说家、戏曲家,也是中国章回小说的鼻祖。有记载说他"有志图王",还与元末农民起义军领袖张士诚有来往。罗贯中著作颇丰,署名罗贯中的杂剧有《赵太祖龙虎风云会》《忠正孝子连环谏》《三平章死哭蜚虎子》;小说有代表作《三国演义》《隋唐两朝志传》《残唐五代史演义》《三遂平妖传》《粉妆楼》等。

三国演义(节选)

玄德来到庄前,下马亲叩柴门,一童出问。玄德曰:"汉左将军宜城亭侯领豫州牧皇叔刘备,特来拜见先生。"童子曰:"我记不得许多名字。"玄德曰:"你只说刘备来访。"童子曰:"先生今早少出。"玄德曰:"何处去了?"童子曰:"踪迹不定,不知何处去了。"玄德曰:"几时归?"童子曰:"归期亦不定,或三五日,或十数日。"玄德惆怅不已。张飞曰:"既不见,自归去罢了。"玄德曰:"且待片时。"云长曰:"不如且归,再使人来探听。"玄德从其言,嘱付童子:"如先生回,可言刘备拜访。"遂上马。

行数里,勒马回观隆中景物,果然山不高而秀雅,水不深而澄清;地不广而平坦,林不大而茂盛;猿鹤相亲,松篁交翠。观之不已,忽见一人,容貌轩昂,丰姿俊爽,头戴逍遥巾,身穿皂布袍,杖藜从山僻小路而来。玄德曰:"此必卧龙先生也!"急下马向前施礼,问曰:"先生非卧龙否?"其人曰:"将军是谁?"玄德曰:"刘备也。"其人曰:"吾非孔明,乃孔明之友博陵崔州平也。"玄德曰:"久闻大名,幸得相遇。乞即席地权坐,请教一言。"二人对坐于林间石上,关、张侍立于侧。州平:"将军何故欲见孔明?"玄德曰:"方今天下大乱,四方云扰,欲见孔明,求安邦定国之策耳。"州平笑曰:"公以定乱为主,虽是仁心,但自古以来,治乱无常。自高祖斩蛇起义①,诛无道秦,是由乱而入治也。至哀、平之世二百年,太平日久,王莽篡逆,又由治而入乱。光武中兴②,重整基业,复由乱而入治。至今二百年,民安已久,故干戈又复四起,此正由治入乱之时,未可猝定也。将军欲使孔明斡旋天地③,补缀乾坤,恐不易为,徒费心力耳。岂不闻顺天者逸,逆天者劳;数之所在④,理不得而夺之;命

---

① 高祖斩蛇起义:据《史记·高祖本纪》载,刘邦起兵前,曾醉行泽中,遇大蛇当道,乃拔剑斩之。
② 光武:光武帝刘秀。
③ 斡旋:旋转,运转。比喻治理国家。
④ 数:天命、命运。

之所在,人不得而强之乎?"玄德曰:"先生所言,诚为高见。但备身为汉胄①,合当匡扶汉室,何敢委之数与命?"州平曰:"山野之夫,不足与论天下事,适承明问,故妄言之。"玄德曰:"蒙先生见教。但不知孔明往何处去了?"州平曰:"吾亦欲访之,正不知其何往。"玄德曰:"请先生同至敝县,若何?"州平曰:"愚性颇乐闲散,无意功名久矣,容他日再见。"言讫,长揖而去。玄德与关、张上马而行。张飞曰:"孔明又访不着,却遇此腐儒,闲谈许久!"玄德曰:"此亦隐者之言也。"

三人回至新野,过了数日,玄德使人探听孔明。回报曰:"卧龙先生已回矣。"玄德便教备马。张飞曰:"量一村夫,何必哥哥自去,可使人唤来便了。"玄德叱曰:"汝岂不闻孟子云:'欲见贤而不以其道,犹欲其入而闭之门也。'孔明当世大贤,岂可召乎!"遂上马再往访孔明。关、张亦乘马相随。时值隆冬,天气严寒,彤云密布。行无数里,忽然朔风凛凛,瑞雪霏霏。山如玉簇,林似银妆。张飞曰:"天寒地冻,尚不用兵,岂宜远见无益之人乎!不如回新野以避风雪。"玄德曰:"吾正欲使孔明知我殷勤之意。如弟辈怕冷,可先回去。"飞曰:"死且不怕,岂怕冷乎!但恐哥哥空劳神思。"玄德曰:"勿多言,只相随同去。"将近茅庐,忽闻路傍酒店中有人作歌。玄德立马听之。其歌曰:

> 壮士功名尚未成,呜呼久不遇阳春。
> 君不见东海老叟辞荆榛,后车遂与文王亲②。
> 八百诸侯不期会③,白鱼入舟涉孟津④。
> 牧野一战血流杵⑤,鹰扬伟烈冠武臣⑥。
> 又不见高阳酒徒起草中⑦,长揖芒砀隆准公⑧。
> 高谈王霸惊人耳,辍洗延坐钦英风⑨。
> 东下齐城七十二⑩,天下无人能继踪。
> 二人功迹尚如此,至今谁肯论英雄?

歌罢,又有一人击桌而歌。其歌曰:

> 吾皇提剑清寰海,创业垂基四百载。
> 桓灵季业火德衰⑪,奸臣贼子调鼎鼐。

---

① 汉胄:汉朝的后代。因刘备与汉室同姓刘,故云。
② "君不见"二句:姜尚未遇时,年老家贫,后钓于渭水上,得遇周文王,被尊为师尚父,帮助武王兴兵伐纣,封于齐。
③ "八百"句:周武王伐纣时,反商纣的八百诸侯不约而同,齐会于孟津。不期会,不约而同聚集在一起。
④ "白鱼"句:周武王在孟津渡黄河时,行至中流,有白鱼跃入船中,武王俯取以祭。
⑤ "牧野"句:周武王联合诸侯在牧野大败商纣。牧野,在今河南淇县西南。血流杵,即血流漂杵,形容死伤众多。杵,古代的一种兵器。
⑥ 鹰扬:飞扬,腾起。
⑦ 高阳酒徒:指刘邦的谋士之一郦食其(yì jī)。郦是陈留高阳(今河南杞县)人,本为里监门吏,刘邦兵略陈留时前往投奔,成为刘邦的谋士之一。
⑧ 芒砀隆准公:指刘邦。芒砀,刘邦起兵之处。隆准,鼻子高大。因刘邦鼻子高大,故称之为隆准公。
⑨ "高谈"二句:郦食其初见刘邦时,刘邦因为他是读书人,很看不起他,一边让二女子洗脚,一边听郦说话。等到听郦谈论天下大事后,肃然起敬,停止洗脚,延之上座。
⑩ "东下"句:楚汉战争中,郦食其游说齐王田广归顺汉王,兵不血刃而下齐七十余城。
⑪ "桓灵"句:到汉末桓帝、灵帝时,汉室气数已尽。按谶纬之说,秦为西方少昊之后,尚金德。汉承尧绪,尚火德,故当代秦而兴。

青蛇飞下御座傍,又见妖虹降玉堂。

群盗四方如蚁聚,奸雄百辈皆鹰扬。

吾侪长啸空拍手,闷来村店饮村酒。

独善其身尽日安,何须千古名不朽!

二人歌罢,抚掌大笑。玄德曰:"卧龙其在此间乎?"遂下马入店。见二人凭桌对饮:上首者白面长须,下首者清奇古貌。玄德揖而问曰:"二公谁是卧龙先生?"长须者曰:"公何人?欲寻卧龙何干?"玄德曰:"某乃刘备也。欲访先生,求济世安民之术。"长须者曰:"我等非卧龙,皆卧龙之友也:吾乃颍川石广元,此位是汝南孟公威。"玄德喜曰:"备久闻二公大名,幸得邂逅。今有随行马匹在此,敢请二公同往卧龙庄上一谈。"广元曰:"吾等皆山野慵懒之徒,不省治国安民之事,不劳下问。明公请自上马,寻访卧龙。"

玄德乃辞二人,上马投卧龙冈来。到庄前下马,扣门问童子曰:"先生今日在庄否?"童子曰:"现在堂上读书。"玄德大喜,遂跟童子而入。至中门,只见门上大书一联云:"淡泊以明志,宁静而致远。"玄德正看间,忽闻吟咏之声,乃立于门侧窥之,见草堂之上,一少年拥炉抱膝,歌曰:

凤翱翔于千仞兮,非梧不栖;士伏处于一方兮,非主不依。

乐躬耕于陇亩兮,吾爱吾庐;聊寄傲于琴书兮,以待天时。

玄德待其歌罢,上草堂施礼曰:"备久慕先生,无缘拜会。昨因徐元直称荐,敬至仙庄,不遇空回。今特冒风雪而来,得瞻道貌,实为万幸!"那少年慌忙答礼曰:"将军莫非刘豫州,欲见家兄否?"玄德惊讶曰:"先生又非卧龙耶?"少年曰:"某乃卧龙之弟诸葛均也。愚兄弟三人:长兄诸葛瑾,现在江东孙仲谋处为幕宾;孔明乃二家兄。"玄德曰:"卧龙今在家否?"均曰:"昨为崔州平相约,出外闲游去矣。"玄德曰:"何处闲游?"均曰:"或驾小舟游于江湖之中,或访僧道于山岭之上,或寻朋友于村落之间,或乐琴棋于洞府之内,往来莫测,不知去所。"玄德曰:"刘备直如此缘分浅薄,两番不遇大贤!"均曰:"少坐献茶。"张飞曰:"那先生既不在,请哥哥上马。"玄德曰:"我既到此间,如何无一语而回?"因问诸葛均曰:"闻令兄卧龙先生熟谙韬略,日看兵书,可得闻乎?"均曰:"不知。"张飞曰:"问他则甚!风雪甚紧,不如早归。"玄德叱止之。均曰:"家兄不在,不敢久留车骑,容日却来回礼。"玄德曰:"岂敢望先生枉驾。数日之后,备当再至。愿借纸笔作一书,留达令兄,以表刘备殷勤之意。"

均遂进文房四宝。玄德呵开冻笔,拂展云笺,写书曰:

备久慕高名,两次晋谒,不遇空回,惆怅何似!窃念备汉朝苗裔,滥叨名爵,伏睹朝廷陵替,纲纪崩摧,群雄乱国,恶党欺君,备心胆俱裂。虽有匡济之诚,实乏经纶之策。仰望先生仁慈忠义,慨然展吕望之大才,施子房之鸿略,天下幸甚!社稷幸甚!先此布达,再容斋戒薰沐,特拜尊颜,面倾鄙悃。统希鉴原。

玄德写罢,递与诸葛均收了,拜辞出门。均送出,玄德再三殷勤致意而别。方上马欲行,忽见童子招手篱外,叫曰:"老先生来也。"玄德视之,见小桥之西,一人暖帽遮头,狐裘

蔽体,骑着一驴,后随一青衣小童,携一葫芦酒,踏雪而来。转过小桥,口吟诗一首。诗曰:

> 一夜北风寒,万里彤云厚。
> 长空雪乱飘,改尽江山旧。
> 仰面观火虚,疑是玉龙斗。
> 纷纷鳞甲飞,顷刻遍宇宙。
> 骑驴过小桥,独叹梅花瘦!

玄德闻歌曰:"此真卧龙矣!"滚鞍下马,向前施礼曰:"先生冒寒不易!刘备等候久矣!"那人慌忙下驴答礼。诸葛均在后曰:"此非卧龙家兄,乃家兄岳父黄承彦也。"玄德曰:"适间所吟之句,极其高妙。"承彦曰:"老夫在小婿家观《梁父吟》,记得这一篇。适过小桥,偶见篱落间梅花,故感而诵之,不期为尊客所闻。"玄德曰:"曾见令婿否?"承彦曰:"便是老夫也来看他。"玄德闻言,辞别承彦,上马而归。正值风雪又大,回望卧龙冈,悒怏不已。后人有诗单道玄德风雪访孔明。诗曰:

> 一天风雪访贤良,不遇空回意感伤。
> 冻合溪桥山石滑,寒侵鞍马路途长。
> 当头片片梨花落,扑面纷纷柳絮狂。
> 回首停鞭遥望处,烂银堆满卧龙冈。

玄德回新野之后,光阴荏苒,又早新春。乃令卜者揲蓍①,选择吉期,斋戒三日,薰沐更衣,再往卧龙冈谒孔明。关、张闻之不悦,遂一齐入谏玄德。正是:

> 高贤未服英雄志,屈节偏生杰士疑。

不知其言若何,下文便晓。

【导读】

《三国演义》是我国第一部长篇章回体小说,也是古代历史演义小说的开山之作,其主要的历史依据是西晋陈寿的《三国志》和南北朝时裴松之为《三国志》作的"注",裴注引书共四百余种,极大程度上丰富了史书的内容,为小说作者提供了驰骋想象的广阔空间和史料依据。小说主要描写从东汉灵帝(刘宏)中平元年(184)黄巾起义起,到西晋武帝(司马炎)太康元年(280)全国统一止,将近一百年的历史故事。在那动乱不安、战争频仍的时代,广大人民群众反对分裂,要求统一;渴望和平、反对暴政。

《三国演义》既描写了波澜壮阔的历史,同时充满浓郁的悲剧意识,这一点集中体现在刘备君臣身上。尽管刘备君臣是"明君贤臣"理想的寄托,但历史的发展恰恰事与愿违:暴政战胜了仁政,奸邪压倒了忠义。即使是充满智慧的诸葛亮,也无力拯救汉室,最终殒命五丈原。作者试图用"道德价值"去压制、克服"政治利益",然而在残酷的历史现实面前,

---

① 揲蓍:用蓍草占卜以测吉凶。

蜀汉悲剧不可避免。小说最后也用了这样的诗句作结:"纷纷世事无穷尽,天数茫茫不可逃!鼎足三分已成梦,后人凭吊空牢骚。"小说结尾对理想破灭、道德失落、价值颠倒的惨痛结局,流露出无奈、困惑和痛苦,表现出了悲怆和迷惘,其中无疑蕴含着对传统文化精神的苦苦追寻和呼唤。

《三国演义》人物形象的塑造,取得了突出的成就。全书一百二十回,写了近四百个人物,主要人物个性鲜明,成为中国文学史上不朽的典型。其中,历来盛赞的"三绝"就是最突出的范例:

"奸绝"曹操,作为一名封建政治名家,他虽有雄才大略的一面,作品却更多地刻画了他阴险奸邪的性格特点,他弑后杀妃,穷凶极恶;以怨报德,杀伯奢,诛陈宫;为了政治权谋,借刀杀人(如杀仓官王垕),甚至连追随他多年的谋士也不放过(杀荀彧);为了取士,他不惜拘系其母(如徐庶),为了报家仇,他可以屠戮徐州无辜平民。"宁教我负天下人,休教天下人负我"正是他的处世哲学。《三国演义》从多方面刻画出了他的性格特征,充分表现了他"奸绝"的思想本质,即极端的实用主义和利己主义。

"智绝"诸葛亮,他深谋远虑,料事如神,同时能因时制宜、随机应变,是智慧的化身。赤壁之战、三气周瑜、空城计等,都是很好的例证。除了智慧之外,他身上还集中了勇敢、谨慎,"达乎天时,尽乎人事"(指三分天下,六出祁山),鞠躬尽瘁等种种美好品质,寄托了普通民众和知识分子的理想,成为"古今贤相第一奇人"而永远受到后人的尊敬。

"义绝"关羽,《三国演义》重点突出他的义薄云天。桃园三结义后,他忠于刘备和他的事业。为了义气,他挂印封金、千里走单骑、单刀赴会,表现出"富贵不能淫,威武不能屈"的英雄本色,被誉为"古今名将第一奇人"(毛宗岗语)。同时,为了义气,他在华容道上义释曹操,轻易放走了孙刘集团的政治对手。其他如刘备、王允、吕布、赵云、周瑜、孙权等,作品中都有出色的描写。

作为历史演义小说的典范之作,《三国演义》在艺术上的成就是多方面的:

第一,虚实结合的写作手法。"历史演义",顾名思义,是既要有一定的史实为依据,又要有合理的虚构;既要达到讲史的目的,又要具有文学创作的艺术效果。清代史学家章学诚说《三国演义》是"七分实事,三分虚构",基本上是符合小说的实际情况的。如小说中写刘备三顾茅庐请诸葛亮出山,在《三国志》中,只用了"先主遂诣亮,凡三往,乃见"十个字来记叙,在小说中,作者虚构了许多生动的情节,用了一万多字来描写。又如小说中所写张飞怒鞭督邮的故事,历史上本来是刘备所为,作者把这件事挪到性情直率鲁莽、疾恶如仇的张飞身上,既突出了张飞的个性,又使刘备忠厚"仁君"的形象更为完美。《三国演义》用这种既依据史实,又有合理虚构的方法,并且融入民众的思想感情,创作出有实有虚的"历史",由此深受人们喜爱,成为后来编撰历史演义的典范。

第二,全景式的战争描写。作为描写战争的历史小说,《三国演义》成功地描绘了汉末波澜壮阔的战争画卷,揭示出封建统治阶级之间战争的特点,作者着重表现战争中策略的重要性以及战争局势的复杂多变。如赤壁之战、官渡之战和彝陵之战是影响当时政治格局和历史进程的重要战役,作者对这三次战役的描写方法多不雷同,显示了作者对先秦两汉史传文学优良叙事传统的学习和借鉴。

第三,宏大的结构艺术。《三国演义》以魏、蜀、吴三国的兴亡构成三大板块,以战争和人物活动为纽带,以汉末纷争至三国归晋的历史走向为主线(合—分—合),首尾一贯,形成了一个统一的艺术结构。

此外,《三国演义》的语言"文不甚深,言不甚俗",既吸收了史志文言的精华,又受讲史话本通俗化的影响,半文半白,既利于营造历史气氛,又能使读者"易观易入",雅俗共赏。

本篇节选自《三国演义》第三十七回《司马徽再荐名士 刘玄德三顾草庐》。选文中通过刘备三顾茅庐的情节,突出地表现其礼贤下士的品德,又借一路渲染和隆中决策,展示了诸葛亮的非凡才智,使这一"智绝"人物一出场便熠熠生辉。

【选评】

文不甚深,言不甚俗,事纪其实,亦庶几乎史。盖欲读诵者,人人得而知之,若诗所谓里巷歌谣之义也。([明]庸愚子《三国志通俗演义序》)

施耐庵

【简介】 施耐庵(生平不详),元末明初文学家,本名彦端,祖籍是泰州海陵县或苏州吴县阊门(今江苏苏州),一说钱塘(今浙江杭州)人。相传其人博古通今,才气横溢,举凡群经诸子、词章诗歌、天文、地理、医卜、星象等,无不精通,35岁曾中进士,后弃官归里,闭门著述,与拜他为师的罗贯中一起进行《三国演义》《三遂平妖传》的创作,搜集、整理关于梁山泊宋江等英雄人物的故事,最终写成"四大名著"之一的《水浒传》。关于其生平,因缺乏史料而众说纷纭,甚至对有无此人都有争议。

水浒传(节选)

话说张都监听信这张团练说诱嘱托①,替蒋门神报仇,要害武松性命,谁想四个人,倒都被武松搠杀在飞云浦了。当时武松立于桥上,寻思了半晌,蹰蹰起来,怨恨冲天:"不杀得张都监,如何出得这口恨气!"便去死尸身边解下腰刀,选好的取把,将来跨了,拣条好朴刀提着,再径回孟州城里来。进得城中,早是黄昏时候,只见家家闭户,处处关门。但见:

　　十字街荧煌灯火,九曜寺香霭钟声。一轮明月挂青天,几点疏星明碧汉。六军营内,呜呜画角频吹;五鼓楼头,点点铜壶正滴。两两佳人归绣幕,双双士子掩书帏。

当下武松入得城来,径踅去张都监后花园墙外②,却是一个马院。武松就在马院边伏着。听得那后槽却在衙里③,未曾出来。正看之间,只见"呀"地角门开,后槽提着个灯笼出来,里面便关了角门。武松却躲在黑影里,听那更鼓时,早打一更四点。那后槽上了草

---

① 张都监:指孟州守御兵马都监张蒙方。在小说中,原来他对武松颇为赏识,武醉打蒋门神后,他被张团练收买,设计陷害武松,差点让武松丢了性命。张团练:与蒋门神、张都监一起陷害武松的人。
② 径踅(xué):直接转入,迈进。
③ 后槽:马夫。

料,挂起灯笼,铺开被卧,脱了衣裳,上床便睡。武松却来门边挨那门响。后槽喝道:"老爷方才睡,你要偷我衣裳也早些哩!"武松把朴刀倚在门边,却掣出腰刀在手里,又"呀呀"地推门。那后槽那里忍得住,便从床上赤条条地跳将出来,拿了搅草棍,拔了橛,却待开门,被武松就势推开去,抢入来,把这后槽劈头揪住。却待要叫,灯影下,见明晃晃地一把刀在手里,先自惊得八分软了,口里只叫得一声"饶命!"武松道:"你认得我么?"后槽听得声音方才知是武松。叫道:"哥哥,不干我事,你饶了我罢!"武松道:"你只实说,张都监如今在那里?"后槽道:"今日和张团练、蒋门神他三个吃了一日酒,如今兀自在鸳鸯楼上吃哩。"武松道:"这话是实么?"后槽道:"小人说谎就害疔疮!"武松道:"恁地却饶你不得!"手起一刀,把这后槽杀了。一脚踢过尸首,把刀插入鞘里。就烛影下去腰里解下施恩送来的绵衣,将出来,脱了身上旧衣裳,把那两件新衣穿了,拴缚得紧凑,把腰刀和鞘跨在腰里,却把后槽一床单被包了散碎银两,入在缠袋里,却把来挂在门边,又将两扇门立在墙边,先去吹灭了灯火,却闪将出来,拿了朴刀,从门上一步步爬上墙来。

此时却有些月光明亮。武松从墙头上一跳,却跳在墙里,便先来开了角门,掇过了门扇,复翻身入来,虚掩上角门,橛都提过了。武松却望灯明处来看时,正是厨房里。只见两个丫鬟正在那汤罐边埋冤说道:"服侍了一日,兀自不肯去睡,只是要茶吃!那两个客人也不识羞耻!噇得这等醉了,也兀自不肯下楼去歇息,只说个不了。"那两个女使,正口里喃喃呐呐地怨怅,武松却倚了朴刀,掣出腰里那口带血刀来,把门一推,呀地推开门,抢入来,先把一个女使鬓角儿揪住①,一刀杀了。那一个却待要走,两只脚一似钉住了的,再要叫时,口里又似哑了的,端的是惊得呆了。——休道是两个丫鬟,便是说话的见了也惊得口里半舌不展!武松手起一刀,也杀了。却把这两个尸首拖放灶前,去了厨下灯火,趁着那窗外月光一步步挨入堂里来。

武松原在衙里出入的人,已都认得路数。径踅到鸳鸯楼胡梯边来,捏脚捏手摸上楼来,此时亲随的人都伏事得厌烦,远远地躲了去。只听得那张都监、张团练、蒋门神三个说话。武松在胡梯口听。只听得蒋门神口里称赞不了,只说:"亏了相公与小人报了冤仇!再当重重的报答恩相!"这张都监道:"不是看我兄弟张团练面上,谁肯干这等的事!你虽费用了些钱财,却也安排得那厮好!这早晚多是在那里下手,那厮敢是死了。只教在飞云浦结果他。待那四人明早回来,便见分晓。"张团练道:"这四个对付他一个有甚么不了!再有几个性命也没了!"蒋门神道:"小人也分付徒弟来,只教就那里下手,结果了快来回报。"正是:

> 暗室从来不可欺,古今奸恶尽诛夷。
> 金风未动蝉先噪,暗送无常死不知。

武松听了,心头那把无明业火,高三千丈,冲破了青天。右手持刀,左手叉开五指,抢入楼中。只见三五枝画烛荧煌,一两处月光射入,楼上甚是明朗。面前酒器皆不曾收。蒋门神坐在交椅上,见是武松,吃了一惊,把这心肝五脏都提在九霄云外。说时迟,那时快,蒋门神急要挣扎时,武松早落一刀,劈脸剁着,和那交椅都砍翻了。武松便转身回过刀来。

---

① 鬓(zhuā):梳在头顶两旁的发髻。

那张都监方才伸得脚动,被武松当时一刀,齐耳根连脖子砍着,扑地倒在楼板上。两个都在挣命。这张团练终是个武官出身,虽然酒醉,还有些气力。见剁翻了两个,料道走不迭,便提起一把交椅轮将来。武松早接个住,就势只一推。休说张团练酒后,便清醒时也近不得武松神力!扑地望后便倒了。武松赶入去,一刀先剁下头来。蒋门神有力,挣得起来,武松左脚早起,翻筋斗踢一脚,按住也割了头。转身来,把张都监也割了头。见桌子上有酒有肉,武松拿起酒钟子一饮而尽。连吃了三四钟,便去死尸身上割下一片衣襟来,蘸着血,去白粉壁上大写下八字道:"杀人者,打虎武松也!"把桌子上器皿踏匾了,揣几件在怀里。却待下楼,只听得楼下夫人声音叫道:"楼上官人们都醉了,快着两个上去搀扶!"说犹未了,早有两个人上楼来。

武松却闪在胡梯边,看时,却是两个自家亲随人,便是前日拿捉武松的。武松在黑处让他过去,却拦住去路。两个入进楼中,见三个尸首,横在血泊里,惊得面面厮觑,做声不得,正如"分开八片顶阳骨,倾下半桶冰雪水"。急待回身,武松随在背后,手起刀落,早剁翻了一个。那一个便跪下讨饶,武松道:"却饶你不得!"揪住也砍了头。杀得血溅画楼,尸横灯影。武松道:"一不做,二不休,杀了一百个,也只是这一死。"提了刀,下楼来。

夫人问道:"楼上怎地大惊小怪?"武松抢到房前,夫人见条大汉入来,兀自问道:"是谁?"武松的刀早飞起,劈面门剁着,倒在房前声唤。武松按住,将去割时,刀切头不入。武松心疑,就月光下看那刀时,已自都砍缺了。武松道:"可知割不下头来!"便抽身去后门外去拿取朴刀,丢了缺刀,复翻身再入楼下来。只见灯明,前番那个唱曲儿的养娘玉兰,引着两个小的,把灯照见夫人被杀死在地下,方才叫得一声:"苦也!"武松握着朴刀,向玉兰心窝里搠着。两个小的,亦被武松搠死,一朴刀一个结果了。走出中堂,把橱拴了前门,又入来,寻着两三个妇女,也都搠死了在房里。武松道:"我方才心满意足,走了罢休!"撇了刀鞘,提了朴刀,出到角门外来,马院里除下缠袋来,把怀里踏匾的银酒器,都装在里面,拴在腰里。拽开脚步,倒提朴刀便走。到城边,寻思道:"若等开门,须吃拿了,不如连夜越城走。"便从城边踏上城来。这孟州城是个小去处,那土城苦不甚高,就女墙边望下,先把朴刀虚按一按,刀尖在上,棒梢向下,托地只一跳,把棒一拄,立在濠堑边。月明之下,看水时,只有一二尺深。此时正是十月半天气,各处水泉皆涸。武松就濠堑边脱了鞋袜,解下腿绷护膝①,抓扎起衣服从这城濠里走过对岸。却想起施恩送来的包裹里有双八搭麻鞋,取出来穿在脚上。听城里更点时,已打四更三点。武松道:"这口鸟气,今日方才出得松臊②,'梁园虽好,不是久恋之家',只可撒开。"提了朴刀,投东小路便走。诗曰:

> 只图路上开刀,还喜楼中饮酒。
> 一人害却多人,杀心惨于杀手。
> 不然冤鬼相缠,安得抽身便走。

---

① 腿绷(bēng):绑腿。
② 松臊:松快、轻爽。

【导读】

《水浒传》通常被认为是一部反映和歌颂农民起义的小说。现在也有不少学者认为，水浒英雄中真正的农民很少，它更多地反映了市民阶层的人生理想。《水浒传》的主题思想具有多重性，具体表现在以下方面：

其一，宣扬忠义思想。这是《水浒传》最突出的思想倾向之一。首先，明杨定见《忠义水浒全传小引》认为："《水浒》而忠义也，忠义而《水浒》也。"小说中，"忠义"是梁山英雄行事的基本道德准则。梁山泊高悬的旗帜上，写着"替天行道"四个大字，作为梁山起义的口号，在"皇权天授"的封建社会，其含义不言自明。小说还塑造了以宋江为首的一批忠义之士，尤其是宋江成了忠义的化身。当然，小说的深刻之处不在于讴歌忠义，更在于奉行"忠义"的宋江，他的"忠"换来的却是自己和梁山好汉被害死的结局，这无疑是对作者宣扬"忠"的一种讽刺和反思。《水浒传》所宣扬的"义"主要表现为梁山好汉拔刀相助、平等相处的处事原则，这反映了市民阶层的人生理想和价值观念。然而，这种建立在江湖道义上的"义"，并不等同于今天所说的公平正义，这是需要辨析的。

其二，表现了对强权的反抗和强烈的复仇精神。在忠义的旗帜下，小说大力宣扬了反抗精神。"官逼民反"是小说主要的思维逻辑，对此，作者极力宣扬。全书从高俅写起，表明梁山起义的根源在于高俅等奸佞们的倒行逆施。林冲被"逼上梁山"，即为反抗强权的典型事例。在小说中，作者还对武松等梁山好汉的英雄主义和复仇精神进行了淋漓尽致的表现，这无疑满足了那些饱受压迫和欺凌的下层人民的愿望，成为小说吸引大众并在市井之间流行的重要因素。

其三，推崇暴力与对妇女的偏见。推崇暴力和轻视女性，这两种思想在《水浒传》中都表现得非常明显。崇尚暴力固然是反抗暴政和黑暗势力的需要，但是，对暴力的过分崇拜，则表现为《水浒传》中的英雄们经常滥杀无辜，草菅人命。同时，在《水浒传》中，作者出于男权主义的高傲和偏见，所写妇女非淫即盗，存在着对女性的丑化和贬斥，这是落后的妇女观的表现。

《水浒传》作为中国古代英雄小说的代表作，在艺术上取得了极高的成就：

第一，《水浒传》成功地塑造了大批栩栩如生、性格各异的人物。宋江是《水浒传》中的核心人物，也是一个具有复杂性格和深刻悲剧精神的人物形象。宋江人称"呼保义""及时雨"，原是山东郓城县的押司，他精通刀笔，兼爱习枪武棒，又仗义疏财，好结识江湖好汉。后来，他因杀死阎婆惜而被刺配江州，又因在浔阳楼上写反诗而被问成死罪。梁山好汉劫了法场将其救下，从此上了梁山。晁盖死后，他坐上了梁山第一把交椅。此后，在他的领导下，梁山泊的事业达到鼎盛期，形成排座次的高潮。日后，宋江率众受朝廷招安。在讨伐其他起义军的过程中，梁山好汉死伤甚众，宋江本人最终也被所赐御酒毒死。宋江思想非常复杂，忠与义的矛盾是其思想的重要内容。"忠"主要指封建正统观念即忠君思想，"义"主要指仗义疏财、扶危济困及兄弟间的江湖情义，作者把宋江作为"义胆包天，忠肝盖地"的仁义英雄来塑造，简直成为忠义的化身。实际上要忠于封建朝廷就难以顾及兄弟之间的义，所以"忠"与"义"在他身上发生激烈冲突时，宋江头脑里的"忠"，即居于矛盾的主导地位。尽管宋江带领梁山好汉接受招安，践行"忠义"，结果却以失败告终。传统的忠义道德在残酷的社会现实面前竟然如此无能为力,这不能不发人深思。其实,这也正是作者思想的矛盾和困惑之处。可见,宋江的悲剧,也是《水浒传》悲剧意识的重要体现。武松同样是《水浒传》中塑造得非常成功人物形象,刚猛、勇武是他的性格基点,小说从各方面着笔突出这一性格特征,景阳冈、快活林、飞云浦、鸳鸯楼等场面,壮观激烈,绘声绘色地表现出了武行者的神勇、英武。此外,《水浒传》对鲁智深、李逵、潘金莲等人物的塑造,也各具特色,都已成为中国古典文学中的经典人物形象。

其二,在结构上,《水浒传》的前半部分按人物来分别叙述,最后总归到梁山泊。小说中一些细小故事,都围绕逼上梁山这个中心事件,由分而合,宛如百川汇海。这样一来,小说在具有一个大框架的同时,又保存了若干具有独立意义的单元,使结构完整而又灵活。此外,全书英雄人物众多,故事情节随人物命运发展而推进,一个故事紧扣一个故事,以类似人物传记的叙述方式推动全书聚义高潮的到来,到一百零八人大聚义而形成全书高潮。

其三,《水浒传》的语言高度口语化,可谓绘声绘色,惟妙惟肖。与《三国演义》的文白相杂不同,《水浒传》的语言更为准确生动。特别是人物语言个性化方面,《水浒传》能"一样人,便还他一样说话"(金圣叹《读第五才子书法》)。

本篇节选自《水浒传》第三十一回《张都监血溅鸳鸯楼 武行者夜走蜈蚣岭》。选文中主要描写武松得知遭到蒋门神、张都监等人联手陷害后,十分愤怒,并奋起反抗,杀至张都监的家中,见人就砍杀,顿时倒下一片,还用衣服蘸着鲜血在白墙上写下"杀人者,打虎武松也"。文中揭示了武松被逼上梁山的部分原因,也表现出武松强烈的恩仇观念。

【选评】

《水浒传》文字妙绝千古,全在同而不同处有辨,如鲁智深、李逵、武松、阮小七、石秀、呼延灼、刘唐等众人都是急性的,渠形容刻画来,各有派头,各有光景,各有家数,各有身分,一毫不差,半些不混。读去自有分辨,不必见其姓名,一睹事实,知某人某人也。(〔明〕李贽《李卓吾先生批评忠义水浒传》)

吴承恩

【简介】 吴承恩(1500? —1582?),字汝忠,号射阳山人,山阳(今江苏淮安)人,聪明多才,博学能文。吴承恩虽然才华绝世,却"屡困场屋",连秀才也考不中。中年后始补岁贡生。五十余岁,才做了一个小小的长兴县丞,七年后,"耻折腰",拂袖归里,靠卖文自给,充分表现了他"平生不肯受人怜,喜笑悲歌气傲然"(《赠沙星士》)的倔强个性。其诗文后人辑为《射阳先生存稿》四卷。学界一般倾向于吴承恩为《西游记》作者,但也存在争议。

西游记(节选)

行者道:"这厮骁勇!自昨日申时前后,与老孙战起,直到今夜,未定输赢,却得你两个来接力。如此苦斗半日一夜,他更不见劳困。才这一伙小妖,却又莽壮①。他将洞门紧闭不出,如之奈何?"八戒道:"哥哥,你昨日巳时离了师父,怎么到申时才与他斗起?你那两三个时辰,在那里的?"行者道:"别你后,顷刻就到这座山上,见一个女子,问讯,原来就是他爱妾玉面公主。被我使铁棒唬他一唬,他就跑进洞,叫出那牛王来。与老孙劖言劖语②,嚷了一会,又与他交手,斗了有一个时辰。正打处,有人请他赴宴去了。是我跟他到那乱石山碧波潭底,变作一个螃蟹,探了消息,偷了他辟水金睛兽,假变牛王模样,复至翠云山芭蕉洞,骗了罗刹女,哄得他扇子。出门试演试演方法,把扇子弄长了,只是不会收小。正掮了走处,被他假变做你的嘴脸,返骗了去,故此耽搁两三个时辰也。"

八戒道:"这正是俗语云,大海里翻了豆腐船,汤里来,水里去。如今难得他扇子,如何保得师父过山?且回去,转路走他娘罢!"土地道:"大圣休焦恼,天蓬莫懈怠。但说转路,就是入了傍门,不成个修行之类,古语云,'行不由径',岂可转走?你那师父,在正路上坐着,眼巴巴只望你们成功哩!"行者发狠道:"正是正是,呆子莫要胡谈!土地说得有理,我们正要与他:

> 赌输赢,弄手段,等我施为地煞变。自到西方无对头,牛王本是心猿变。今番正好会源流,断要相持借宝扇。趁清凉,息火焰,打破顽空参佛面。行满超升极乐天,大家同赴龙华宴③!"

那八戒听言,便生势力,殷勤道:

> "是,是,是!去,去,去!管甚牛王会不会,木生在亥配为猪,牵转牛儿归土类。申下生金本是猴,无刑无克多和气。用芭蕉,为水意,焰火消除成既济。昼夜休离苦尽功,功完赶赴盂兰会④。"

他两个领着土地、阴兵一齐上前,使钉钯,抢铁棒,乒乒乓乓,把一座摩云洞的前门,打得粉碎。唬得那外护头目,战战兢兢,闯入里边报道:"大王!孙悟空率众打破前门也!"

那牛王正与玉面公主备言其事,懊恨孙行者哩,听说打破前门,十分发怒,急披挂,拿了铁棍,从里边骂出来道:"泼猕狲!你是多大个人儿,敢这等上门撒泼,打破我门扇?"八戒近前乱骂道:"泼老剥皮!你是个甚样人物,敢量那个大小!不要走!看钯!"牛王喝道:"你这个馕糟食的夯货,不见怎的!快叫那猴儿上来!"行者道:"不知好歹的饲草!我昨日还与你论兄弟,今日就是仇人了!仔细吃吾一棒!"那牛王奋勇而迎。这场比前番更胜。三个英雄,厮混在一处。好杀:

> 钉钯铁棒逞神威,同帅阴兵战老牺,牺牲独展凶强性,遍满同天法力恢。使钯筑,着棍擂,铁棒英雄又出奇。三般兵器叮当响,隔架遮拦谁让谁?他道他为首,我道我夺魁。土兵为证难分解,木土相煎上下随。这两个说:"你如何不借芭蕉扇!"那一个

---

① 莽壮:粗壮有力。
② 劖(chán)言劖语:嘲讽、玩笑的言语。
③ 龙华宴:龙华,即龙华树,传说弥勒成道处,此处借指西方极乐世界。
④ 盂兰会:佛教节日,即盂兰盆会,即中元节或鬼节。

道："你焉敢欺心骗我妻！赶妾害儿仇未报，敲门打户又惊疑！"这个说："你仔细提防如意棒，擦着些儿就破皮！"那个说："好生躲避钯头齿，一伤九孔血淋漓！"牛魔不怕施威猛，铁棍高擎有见机。翻云覆雨随来往，吐雾喷风任发挥。恨苦这场都拼命，各怀恶念喜相持。丢架子，让高低，前迎后挡总无亏。兄弟二人齐努力，单身一独施为。卯时战到辰时后，战罢牛魔束手回。

他三个含死忘生，又斗有百十余合。八戒发起呆性，仗着行者神通，举钯乱筑。牛王遮架不住，败阵回头，就奔洞门，却被土地、阴兵拦住洞门，喝道："大力王，那里走！吾等在此！"那老牛不得进洞，急抽身，又见八戒、行者赶来，慌得卸了盔甲，丢了铁棍，摇身一变，变做一只天鹅，望空飞走。

行者看见，笑道："八戒！老牛去了。"那呆子漠然不知，土地亦不能晓，一个个东张西觑，只在积雷山前后乱找。行者指道："那空中飞的不是？"八戒道："那是一只天鹅。"行者道："正是老牛变的。"土地道："既如此，却怎生么？"行者道："你两个打进此门，把群妖尽情剿除，拆了他的窝巢，绝了他的归路，等老孙与他赌变化去。"那八戒与土地，依言攻破洞门不题。

这大圣收了金箍棒，捻诀念咒，摇身一变，变作一个海东青①，飕的一翅，钻在云眼里，倒飞下来，落在天鹅身上，抱住颈项嗛眼。那牛王也知是孙行者变化，急忙抖抖翅，变作一只黄鹰，返来嗛海东青。行者又变作一个乌凤，专一赶黄鹰。牛王识得，又变作一只白鹤，长唳一声，向南飞去。行者立定，抖抖翎毛，又变作一只丹凤，高鸣一声。那白鹤见凤是鸟王，诸禽不敢妄动，刷的一翅，淬下山崖，将身一变，变作一只香獐，乜乜些些，在崖前吃草。行者认得，也就落下翅来，变作一只饿虎，剪尾跑蹄，要来赶獐作食。魔王慌了手脚，又变作一只金钱花斑的大豹，要伤饿虎。行者见了，迎着风，把头一幌，又变作一只金眼狻猊②，声如霹雳，铁额铜头，复转身要食大豹。牛王着了急，又变作一个人熊，放开脚，就来擒那狻猊。行者打个滚，就变作一只赖象，鼻似长蛇，牙如竹笋，撒开鼻子，要去卷那人熊。

牛王嘻嘻的笑了一笑，现出原身——一只大白牛，头如峻岭，眼若闪光，两只角似两座铁塔，牙排利刃。连头至尾，有千余丈长短，自蹄至背，有八百丈高下，对行者高叫道："泼猢狲！你如今将奈我何？"行者也就现了原身，抽出金箍棒来，把腰一躬，喝声叫："长！"长得身高万丈，头如泰山，眼如日月，口似血池，牙似门扇，手执一条铁棒，着头就打。那牛王硬着头，使角来触。这一场，真个是撼岭摇山，惊天动地！有诗为证，诗曰：

道高一尺魔千丈，奇巧心猿用力降。
若得火山无烈焰，必须宝扇有清凉。
黄婆矢志扶元老，木母留情扫荡妖。
和睦五行归正果，炼魔涤垢上西方。

他两个大展神通，在半山中赌斗，惊得那过往虚空一切神众与金头揭谛、六甲六丁③、

① 海东青：青雕。
② 狻（suān）猊（ní）：狮子的别称。
③ 六甲六丁：道教神，均归玉帝驱遣。

一十八位护教伽蓝都来围困魔王。那魔王公然不惧，你看他东一头，西一头，直挺挺光耀耀的两只铁角，往来抵触；南一撞，北一撞，毛森森筋暴暴的一条硬尾，左右敲摇。孙大圣当面迎，众多神四面打，牛王急了，就地一滚，复本象，便投芭蕉洞去。行者也收了法象，与众多神随后追袭。那魔王闯入洞里，闭门不出，概众把一座翠云山围得水泄不通。

正都上门攻打，忽听得八戒与土地、阴兵嚷嚷而至。行者见了问曰："那摩云洞事体如何？"八戒笑道："那老牛的娘子被我一钯筑死，剥开衣看，原来是个玉面狸精。那伙群妖，俱是些驴、骡、犊、特、獾、狐、狢、獐、羊、虎、麋、鹿等类。已此尽皆剿戮，又将他洞府房廊放火烧了。土地说他还有一处家小，住居此山，故又来这里扫荡也。"行者道："贤弟有功，可喜！可喜！老孙空与那老牛赌变化，未曾得胜。他变做无大不大的白牛，我变了法天象地的身量，正和他抵触之间，幸蒙诸神下降，围困多时，他却复原身，走进洞去矣。"八戒道："那可是芭蕉洞么？"行者道："正是！正是！罗刹女正在此间。"八戒发狠道："既是这般，怎么不打进去，剿除那厮，问他要扇子，倒让他停留长智，两口儿叙情！"

好呆子，抖擞威风，举钯照门一筑，忽辣的一声，将那石崖连门筑倒了一边。慌得那女童忙报："爷爷！不知甚人把前门都打坏了！"牛王方跑进去，喘嘘嘘的，正告诉罗刹女与孙行者夺扇子赌斗之事，闻报心中大怒，就口中吐出扇子，递与罗刹女。罗刹女接扇在手，满眼垂泪道："大王！把这扇子送与那猢狲，教他退兵去罢。"牛王道："夫人呵，物虽小而恨则深。你且坐着，等我再和他比并去来。"

那魔重整披挂，又选两口宝剑，走出门来。正遇着八戒使钯筑门，老牛更不打话，掣剑劈脸便砍。八戒举钯迎着，向后倒退了几步，出门来，早有大圣抡棒当头。那牛魔即驾狂风，跳离洞府，又都在那翠云山上相持。众多神四面围绕，土地兵左右攻击。这一场，又好杀哩：

> 云迷世界，雾罩乾坤。飒飒阴风砂石滚，巍巍怒气海波浑。重磨剑二口，复挂甲全身。结冤深似海，怀恨越生嗔。你看齐天大圣因功绩，不讲当年老故人。八戒施威求扇子，众神护法捉牛君。牛王双手无停息，左遮右挡弄精神。只杀得那过鸟难飞皆敛翅，游鱼不跃尽潜鳞；鬼泣神嚎天地暗，龙愁虎怕日光昏！

那牛王拼命捐躯，斗经五十余合，抵敌不住，败了阵，往北就走。早有五台山秘魔岩神通广大泼法金刚阻住，道："牛魔，你往那里去！我等乃释迦牟尼佛祖差来，布列天罗地网，至此擒汝也！"正说间，随后有大圣、八戒、众神赶来。那魔王慌转身向南走，又撞着峨眉山清凉洞法力无量胜至金刚挡住，喝道："吾奉佛旨在此，正要拿住你也！"牛王心慌脚软，急抽身往东便走，却逢着须弥山摩耳崖毗卢沙门大力金刚迎住道："你老牛何往！我蒙如来密令，教来捕获你也！"牛王又悚然而退，向西就走，又遇着昆仑山金霞岭不坏尊王永住金刚敌住，喝道："这厮又将安走！我领西天大雷音寺佛老亲言，在此把截，谁放你也！"那老牛心惊胆战，悔之不及。见那四面八方都是佛兵天将，真个似罗网高张，不能脱命。正在仓惶之际，又闻得行者帅众赶来，他就驾云头，望上便走。

【导读】

《西游记》是我国古代神魔小说的代表作，它以丰富的想象，奇妙的情节，宏伟的结构，开拓了神魔小说的创作领域。《西游记》是在唐代玄奘取经故事的基础上，经过民间的长期演绎，由文人整理加工而成。全书一百回，前七回写孙悟空大闹天宫，第八回至第十二回写"江流儿"的故事，辅述取经缘起。第十三回正式转入描写西天取经故事，八十七回的篇目中包括了"九九八十一难"的四十一个小故事，和以前的取经故事相比，小说《西游记》大大丰富了作品的现实内容，冲淡了取经故事所固有的宗教色彩。

《西游记》内涵丰富，主旨具有多重性，在神异、怪诞的故事情节中注入了理想和现实的精神。通常认为，《西游记》前七回通过孙悟空大闹天宫的故事，以神话的形式歌颂了封建社会中底层民众对封建统治秩序的反抗，宣传了一种"皇帝轮流做，明年到我家"的战斗精神和市民阶层的审美趣味。后八十七回的取经故事，在很大程度上表现了知识分子和底层民众为了美好的理想，克服重重困难，始终不渝的坚韧精神。同时，通过取经路上人间国度的黑暗和妖魔鬼怪的横行，曲折地反映了现实社会中官官相护、上下勾结、残害人民的本质，表现出作者对当时黑暗的现实社会的批判。

在长期的形成过程中，《西游记》浸染了佛教文化、道教文化、儒家文化和市井文化，具有宗教性和世俗性的色彩，也为后人提供了多种阐释的可能性。明代，幔亭过客（袁于令）在《〈西游记〉题辞》中认为《西游记》中与妖魔的种种斗争都是心魔之争。明代李卓吾评本《西游记》认为，一部《西游记》，实质是修行者的"心路历程"："灵台方寸，心也；斜月象一勾，三星象三点，也是心。言学仙不必在远，只在此心。一部《西游》，此是宗旨。"鲁迅视其为游戏之作，"然作者虽儒生，此书则实出于游戏，亦非语道，故全书仅偶见五行生克之常谈，尤未学佛，故末回至有荒唐无稽之经目"。胡适也认为《西游记》至多不过是一部带有玩世主义的有趣味的滑稽小说。中华人民共和国成立后，学者多从社会历史批评的视角解读《西游记》中的现实批判意义，强调《西游记》对封建政治的批判以及对劳动人民斗争精神的阐扬。二十世纪九十年代至今，学者注重从更为广泛的社会背景、时代思潮等方面来探讨。学者黄霖认为《西游记》"颂扬了追求个性和自由的精神"。学者石麟指出，"《西游记》的主题就是：心猿意马的放纵与收束。……而'心猿意马'的真实含义却是人心人意，书中所要表达的中心思想乃是人类心灵中的欲念臆想的放纵与收束"。学者郭明志则说"西游不是写实地之游，而是写人的精神漫游，写厚德载物与自强不息的精神漫游。孙悟空的故事及全书形象体系，寓言般地概括了人的心性修持、人格完善的心理历程"。

作为一部杰出的神魔小说，《西游记》在艺术上取得了巨大成就：

首先，表现在人物形象的塑造上。孙悟空无疑是全书塑造得最为成功和光辉的形象。在他的身上，集中代表了底层民众的反抗精神和勇敢、机智、顽强的优秀品质，比较突出地反映出明代中后期人们对个性解放的追求以及对自由的肯定。从石猴出世到大闹天宫，主要写孙悟空对绝对自由的追求和强烈的叛逆精神；从皈依佛门到取回真经，则主要突出他降妖除魔大智大勇的英雄性格。唐僧形象是封建知识分子和虔诚佛教徒的复合，其最主要的特点，就在于具有坚定的取经信念，但又缺乏解决实际困难的能力，即表现为道德境界的崇高和解决实际问题能力的匮乏。唐僧形象的这种特点，与宋明理学"醇儒"式的人格理想有着重要关系。小说中，作者既保留了历史人物玄奘立志苦行、意志坚定、锲而不舍的优点，又在他身上集中了封建儒士的迂腐、死板、软弱的特点和佛教徒虔诚的品质。作品对他既有一定的讽刺和批判，也有对其矢志不渝坚持信念的肯定。唐僧形象所具有的认识价值和思想高度，是以前诸多取经故事所无法企及的。猪八戒是《西游记》中最具喜剧色彩的人物形象。他是高度现实化的一个引人发笑的喜剧式人物，性格十分鲜明，他既有肯干脏活、重活，憨厚、单纯的优点，也有贪吃、好色、占小便宜、爱打小报告的弱点。从某种程度上来说，八戒身上的这些特点，最接近普通人。所以，小说中八戒虽然有毛病，却不令人讨厌。沙僧则是一个老实人形象，他本是天庭的卷帘大将，因失手打碎了王母娘娘的琉璃灯盏而获罪被罚。沙僧具有自觉的"赎罪"意识，驯顺服从，任劳任怨，埋头苦干；又秉性善良，老实憨厚，世故但不圆滑。沙僧在遇到原则问题时，又不愿意表明立场，明哲保身，不想得罪人，在他身上也显示出一定的奴性特征，这与封建时代的政治结构和意识形态有着重要关系。

其次，《西游记》以神魔为主要描写对象，艺术上运用超现实的夸张和描写手法，带有很大的神奇性和幻想性。作者在创造《西游记》的神话世界时，其艺术构思仍然基于现实世界，是对现实生活的一种概括和升华。例如，"三调芭蕉扇"中的斗智，完全以知己知彼才能制胜的社会心理为依据。取经途中的一些妖魔，实际上是对自然界力量的一种物化。所以，这部神话小说的细节显得合理真实。

再次，《西游记》的艺术结构很有特点，全书以取经故事为中心，前十二回的大闹天宫、江流儿故事分别介绍主人公的出身、经历，与后面的取经故事合成一个完整的艺术整体。虽然每个故事（包括西行路上的四十一个小故事）具有相对的独立性，但在结构上毫不松懈，联系十分紧密，显示了作者的精心安排。

此外，幽默、诙谐的语言是《西游记》的另一重要艺术成就。无论是人物形象塑造，还是世态人情的刻画、描写，都体现了这一艺术特色。全书由于这一特点，处处都充满着一种浪漫的喜剧情调。

本篇节选自《西游记》第六十一回《猪八戒助力破魔王　孙行者三调芭蕉扇》。文中主要叙述了唐僧师徒经过火焰山时，前后"三调芭蕉扇"，历经艰难，终获成功。小说围绕神奇的芭蕉扇，表现了孙悟空与牛魔王、铁扇公主斗智斗勇，也体现出了《西游记》浓郁的游戏色彩和娱乐精神。

【选评】

作者禀性，"复善谐剧"，故虽述变幻恍忽之事，亦每杂解颐之言，使神魔皆有人情，精魅亦通世故，而玩世不恭之意寓焉。（鲁迅《中国小说史略》）

正因为《西游记》里种种神话都带有一点诙谐意味，能使人开口一笑，这一笑把那神话"人化"过了。（胡适《西游记考证》）

汤显祖

【简介】　汤显祖（1550—1616），江西临川人，字义仍，号海若，自署清远道人，别号玉茗堂主人。21岁中举人，四年后第一本诗集《红泉逸草》出版，才名远播。27岁进京赶考，途经安徽宣城，知县姜奇方在当朝首辅张居正授意下有意拉拢。他不媚权贵，断然拒绝，展现出文人风骨。也因此满腹才学却屡次落榜，直到 34 岁，张居正倒台之后才得以中进士。出任南京太常寺博士。南京是文人荟萃之地，戏曲创作和表演兴盛，汤显祖与当时曲家交游密切，不仅整理了两三百本元杂剧，还创作了"临川四梦"中的第一部《紫钗记》。他因向万历皇帝上书弹劾首辅申时行等人而招至报复，被贬雷州半岛徐闻县为典史。万历十一年(1583)他转任浙江遂昌县任知县，万历二十六年(1598)辞官归乡，专心著书写戏。主要作品有《牡丹亭》《邯郸记》《南柯记》《紫钗记》，合称"玉茗堂四梦"，又称"临川四梦"。

牡丹亭①(节选)

【绕池游】(旦上)梦回莺啭，乱煞年光遍②。人立小庭深院。(贴)炷尽沉烟，抛残绣线，恁今春关情似去年③？

〔乌夜啼〕(旦)晓来望断梅关④，宿妆残⑤。(贴)你侧着宜春髻子恰凭阑⑥。(旦)剪不断，理还乱⑦，闷无端。(贴)已分付催花莺燕借春看。(旦)春香，可曾叫人扫除花径？(贴)分付了。(旦)取镜台衣服来。(贴取镜台衣服上)"云髻罢梳还对镜，罗衣欲换更添香。"镜台衣服在此。

【步步娇】(旦)袅晴丝吹来闲庭院⑧，摇漾春如线⑨。停半晌、整花钿⑩。没揣菱花⑪，偷人半面，迤逗的彩云偏⑫。(行介)步香闺怎便把全身现！

(贴)今日穿插的好。

【醉扶归】(旦)你道翠生生出落的裙衫儿茜⑬，艳晶晶花簪八宝填⑭，可知我常一生儿爱好是天然。恰三春好处无人见⑮。不提防沉鱼落雁鸟惊喧，则怕的羞花闭月花愁颤⑯。

(贴)早茶时了，请行。(行介)你看："画廊金粉半零星，池馆苍苔一片青。踏草怕泥新绣袜，惜花疼煞小金铃⑰。"(旦)不到园林，怎知春色如许！

【皂罗袍】原来姹紫嫣红开遍，似这般都付与断井颓垣⑱。良辰美景奈何天⑲，赏心乐

---

① 《惊梦》由"游园"和"惊梦"两段组成，这里选的是前半部分。
② 乱煞年光遍：到处都是大好春光。
③ 恁：为何。关情：牵动人的情怀。似：胜似，胜过。
④ 梅关：大庾岭，宋代在这里设有梅关。
⑤ 宿残妆：隔夜的残妆。
⑥ 宜春髻子：相传立春那天，妇女剪彩作燕子状，戴在髻上，上贴"宜春"二字。
⑦ "剪不断"二句：语出南唐后主李煜词《相见欢》。
⑧ 袅：细长的。晴丝：游丝、飞丝，虫类所吐的丝缕，常在空中飘游。
⑨ 摇漾春如线：春光如晴丝一般摇荡撩人。
⑩ 花钿：古代妇女头上戴的首饰。
⑪ 没揣：不意，没想到。菱花：借指镜子。古时所用铜镜的背面一般铸有菱花，故称。
⑫ "迤逗"句：谓杜丽娘照镜子害羞，将头发弄偏。迤逗，引惹，挑逗。彩云，头发的代称。
⑬ 翠生生：颜色极鲜艳。出落的：显出，衬托出。茜，红色。
⑭ 艳晶晶：光彩夺目的样子。花簪八宝填：镶嵌着多种宝石的簪子。
⑮ 三春：孟春、仲春、季春。
⑯ "不提防"二句：极言貌美。
⑰ "惜花"句：《开元天宝遗事》："天宝初，宁王……于后园中纫红丝为绳，密缀金铃，掣于花梢之上。每有鸟鹊翔集，则令园吏置铃索以掣之。盖惜花之故也。"疼，因惜花常常掣铃，连小金铃都被拉得疼煞了。
⑱ 断井：废弃了的井。颓垣：倒了的墙。
⑲ 奈何天：无可奈何的时光。

事谁家院！恁般景致，我老爷和奶奶再不提起①。（合）朝飞暮卷，云霞翠轩；雨丝风片，烟波画船。锦屏人忒看的这韶光贱②！

（贴）是花都放了，那牡丹还早。

【好姐姐】（旦）遍青山啼红了杜鹃，荼蘼外烟丝醉软③。春香呵，这牡丹虽好，他春归怎占的先！（贴）成对儿莺燕呵。（合）闲凝眄④，生生燕语明如剪⑤，呖呖莺歌溜的圆⑥。

（旦）去罢。（贴）这园子委是观之不足也⑦。（旦）提他怎的！（行介，唱）

【隔尾】观之不足由他缱⑧，便赏遍了十二亭台是枉然，到不如兴尽回家闲过遣⑨。

（作到介）（贴）开我西阁门，展我东阁床⑩。瓶插映山紫⑪，炉添沉水香。小姐，你歇息片时，俺瞧老夫人去也。（下）（旦叹介）默地游春转，小试宜春面⑫。春呵，得和你两留连，春去如何遣？咳！恁般天气，好困人也。春香那里？（作左右瞧介）（又低首沉吟介）天呵，春色恼人，信之乎？常观诗词乐府，古之女子，因春感情，遇秋成恨，诚不谬矣。吾今年已二八，未逢折桂之夫⑬；忽慕春情，怎得蟾宫之客⑭？昔日韩夫人得遇于郎⑮，张生偶逢崔氏⑯，曾有《题红记》《崔徽传》二书⑰。此佳人才子，前以密约偷期⑱，后皆得成秦晋⑲。（长叹介）吾生于宦族，长在名门。年已及笄⑳，不得早成佳配，诚为虚度青春，光阴如过隙耳。（泪介）可惜妾身颜色如花，岂料命如一叶乎！

【导读】

《牡丹亭》是一部充满浪漫主义色彩的传奇佳作，从胸中构思到落笔成文，前后花费数十载。全部传奇长达五十五出，讲述的是一个发生在南宋时期的故事。南安太守杜宝之女名丽娘，才貌端妍。她师从腐儒陈最良读书，因《诗经·关雎》而牵动情肠。和春香游园时，面对满园春色，想到自己青春正好，姻缘无着，触景伤情；回至闺房，在昏昏睡梦中见一书生持柳前来倾诉爱慕之情，两人在亭畔幽会，甜蜜美好；醒来后至花园寻梦不得，郁郁成

---

① 老爷、奶奶：这里指杜丽娘的父母。
② 锦屏人：闺中人，这里杜丽娘自指。忒(tuī)：太。韶光：大好春光。
③ 荼蘼：一种花名。烟丝：即上文所说的晴丝。
④ 凝眄(miǎn)：眼睛紧盯着。
⑤ "生生"句：谓燕子的叫声清脆明快。生生，形容叫声清脆。明如剪，明快如剪刀。
⑥ "呖呖"句：形容莺啼声圆润动听。
⑦ 不足：不厌。
⑧ 缱：留恋、牵挂。
⑨ 过遣：清遣，排遣。
⑩ "开我西阁门"二句：语本《木兰诗》"开我东阁门，坐我西阁床"。
⑪ 映山紫：映山红(杜鹃)的一种。
⑫ 宜春面：梳有宜春髻的脸容。常以借指少女的青春容貌。
⑬ 折桂：科举中第。
⑭ 蟾宫之客：比喻科举及第之人。
⑮ 韩夫人得遇于郎：唐传奇《流红记》载，唐僖宗时，宫女韩氏以红叶题诗，从御沟中流出，被于祐拾到。于祐也以红叶题诗，投入上流，寄给韩氏。后来两人结为夫妇。
⑯ 张生偶逢崔氏：即唐元稹《莺莺传》中描写的张生和崔莺莺的爱情故事。
⑰ 《崔徽传》：写的是崔徽和裴敬中的恋爱故事。
⑱ 偷期：幽会。
⑲ 得成秦晋：得成夫妇。春秋时，秦晋两国世代联姻，后世称联姻为秦晋。
⑳ 及笄(jī)：古代女子十五岁时，即以笄(簪)束发，叫及笄。这是女子成年的标志。

疾;弥留之际,杜丽娘描容画像,嘱咐丫鬟春香将其藏在花园内太湖石下,要求母亲把她葬在花园的梅树下。杜丽娘死后,杜宝升任淮阳安抚使,委托陈最良葬女并修建梅花庵观。三年后,柳梦梅赴京应试,借宿梅花观中,在太湖石下拾得杜丽娘画像,发现竟是梦中见到的佳人。杜丽娘魂游花园,和柳梦梅幽会。柳梦梅掘墓开棺,杜丽娘起死回生,两人结为夫妻。柳梦梅带着杜丽娘画像寻找杜父,岂料被杜父误认为盗墓贼而遭毒打,幸得梦梅高中状元,金銮殿上圣恩加被,阖家团圆。

《牡丹亭》是汤显祖"至情"观念的精神投射,全部故事可分为"梦中情""人鬼情"和"人间情",一波三折,处处围绕着一个"情"字,因情而起,因情而解,因情而终,展现出作者高超的情节构思能力。汤显祖以"事"之虚幻传"情"之真实的主张,奠定了《牡丹亭》"因情成梦,因梦成戏"的浪漫风格。

汤显祖填词作文极富文采。《红楼梦》第二十三回《西厢记妙词通戏语,牡丹亭艳曲警芳心》中,描写林黛玉初次听到《牡丹亭》时的感受,黛玉听到"原来是姹紫嫣红开遍,似这般都付与断井颓垣",觉得十分感慨缠绵,便止步侧耳细听。待听到"良辰美景奈何天,赏心乐事谁家院"这两句,不觉点头自叹,心下自思:"原来戏上也有好文章,可惜世人只知看戏,未必能领略其中的趣味。"《牡丹亭》故事美、情节美、人物美、曲词美、表演美、意境美,这段超越生死的人鬼恋情,看似虚幻溟灵,实则承载了极为丰富独特的文化意涵,在波澜壮阔的骀荡风华中,描绘出中国人的浪漫和超脱,展现了出自性情本原的生命之美、情欲之美、爱情之美。

所选《牡丹亭·惊梦》是全剧中最瑰丽和动人的一折戏,无论文本阅读和表演呈现,都具有极高的艺术品位。一处小小的后花园,打开了杜丽娘隐匿的内心世界。杜丽娘对这次短短的旅程极为看重。早晨起来,她要洗漱更衣,换上最漂亮的衣装,画上最美的容妆。久居闺中的她,看见院落中洒下的和煦阳光,感受着春的气息。望着镜中美丽的青春少女,生出美好的遐想,又生出一丝淡淡的感伤来:"恰三春好处无人见",孤芳自赏,着实让人伤感——她渴望有个知心的人儿,欣赏她的美,读懂她的心。"不到园林,怎知春色如许!"真可谓一语双关。当她踏进花园,映入眼帘的春景激起杜丽娘无限的欢欣、感慨、叹惋。这段唱词文辞典雅,情韵深致,将最难以描摹的情绪,最隐微的心绪,抒发得淋漓尽致。其词、其景、其人、其情让读者遐想连篇,美不胜收。

【选评】

天下女子有情,宁有如杜丽娘者乎! 梦其人即病,病即弥连,至手画形容传于世而后死。死三年矣,复能溟莫中求得其所梦者而生。如丽娘者,乃可谓之有情人耳。情不知所起,一往而深,生者可以死,死可以生。生而不可与死,死而不可复生者,皆非情之至也。梦中之情,何必非真,天下岂少梦中之人耶? 必因荐枕而成亲,待挂冠而为密者,皆形骸之论也。

传杜太守事者,仿佛晋武都守李仲文、广州守冯孝将儿女事。予稍为更而演之。至于杜守收考柳生,亦如汉睢阳王收考谈生也。

嗟夫,人世之事,非人世所可尽。自非通人,恒以理相格耳。第云理之所必无,安知情之所必有邪。

(汤显祖《牡丹亭题词》)

思考讨论

1. 王阳明的《瘗旅文》表达了他对逝者的真切同情，分析文中所体现的王阳明的仁者精神与智者心境。

2. 《水浒传》中的血腥与暴力问题引起了广泛讨论，查阅相关资料，进行评述。

3. 分析汤显祖"至情"观在《牡丹亭》中的表现。

拓展延伸

1. 鲁迅在《三闲集·流氓的变迁》中说："'侠'字渐消，强盗起了，但也是侠之流，他们的旗帜是'替天行道'。他们所反对的是奸臣，不是天子，他们所打劫的是平民，不是将相。李逵劫法场时，抢起板斧来排头砍去，而所砍的是看客。一部《水浒》，说得很分明：因为不反对天子，所以大军一到，便受招安，替国家打别的强盗——不'替天行道'的强盗去了。终于是奴才。"结合原著，谈谈你对鲁迅这段话的理解。

2. 有人认为，《西游记》是一部以喜剧形式演绎悲剧的本质的作品。孙悟空的生命历程是一个"猴性"的丧失和人性的获得的历程，也是一个丧失了本真的自由而以高度异化为自由的过程。对此观点进行评价。

推荐阅读

1. 《趣说西游人物》，竺洪波主编，上海人民出版社 2008 年版。

2. 《悟空传》，今何在著，北京联合出版公司 2017 年版。

3. 《牡丹亭》，徐朔方、杨笑梅校注，人民文学出版社 2018 年版。

4. 《水浒二论》，马幼垣著，生活·读书·新知三联书店 2007 年版。

5. 《陶庵梦忆西湖梦寻》，[明]张岱著，夏咸淳校注，上海古籍出版社 2001 年版。

6. 《中国小说史略》，鲁迅著，上海古籍出版社 2019 年版。

第八单元

清代文学

【概述】　明末崇祯十七年(1644)，李自成率领的农民起义军攻占北京，颠覆了明王朝的统治。处于辽东地区的、由满洲贵族组成的清朝军事集团，在明降将吴三桂的指引下，乘机入关，定鼎北京，并随即进行了统一全国的战争。由于清朝乃是异族入主中原，故汉人抗争情绪极为激烈，反清战争频仍；经过40年的征服战争，清王朝才基本统一了全国。为巩固统治，清廷又制定了一系列有益于生产力发展和文化繁荣的举措，使得经济繁荣，国力强盛，版图辽阔，学术昌明。清代文学也在这样的背景下兴盛、繁富起来，众体兼备，蔚为大观，可谓集历代文学之大成。

元明以来新兴的戏曲与小说，入清之后依然勃兴。清代的戏曲创作艺术更加成熟，清初戏曲以反映易代之悲、社会问题、男女爱情为主，李玉、洪昇、孔尚任是代表作家。李玉早年以其《一捧雪》《人兽关》《永团圆》《占花魁》闻名，主要表现社会下层的世态人情；其晚期代表作是《清忠谱》，以明末事件表露了对明清鼎革的历史反思。康熙剧坛上的"南洪北孔"——洪昇的《长生殿》和孔尚任的《桃花扇》代表了当时戏剧创作的最高成就。清中叶的戏剧创作已陷入衰退状态，成就较高的是传奇作家蒋士铨与杂剧作家杨潮观，而此时地方戏的繁荣和京剧的产生，标志着中国戏曲进入了一个新的发展阶段。清代的小说创作取得了相当可观的成就，出现了一批艺术魅力卓越的作品。清初白话小说大致有四种类型：补续明代小说、世情小说、时世小说、才子佳人小说，造诣较高的是署名"西周生"的《醒世姻缘传》与清初才子佳人小说《玉娇梨》《平山冷燕》。清代白话小说的最高成就是吴敬梓的《儒林外史》与曹雪芹的《红楼梦》。《儒林外史》寓讽于谐，将文学语言的讽刺艺术发挥得淋漓尽致，诚如鲁迅《中国小说史略》所评："于是说部中乃始有足称讽刺之书。"可谓我国讽刺小说的典范；《红楼梦》以宝黛爱情悲剧为主线，缀以"贾史王薛"四大家族的衰落史，反映出封建专制制度行将崩溃的历史潮流，其艺术笔法也相当高超，故事结构谨严完善，人物形象丰富多彩，文学语言准确传神，既是我国古典小说艺术的高峰，也作为不朽的经典永远雄峙于世界文坛。

词这一音乐性文体，在宋代之后逐渐走向衰落，不仅整体创作不振，名篇佳作难比前代，更束缚在柔靡绮丽的格调之下，动辄言《花间》、效《草堂》，未形成具有相当开拓性的审美风范。当代著名词学研究专家龙榆生说："词学衰于明代，至(陈)子龙出，宗风大振，遂开三百年来词学中兴之盛。"(《近三百年名家词选》)揭开清词帷幕的确是以陈子龙为代表的云间词派，他们推尊五代北宋之词，以"婉畅浓逸"为宗；甲申之变后，词中多写时事，突破了明词纤靡卑琐的格调，促进了清词的复兴。此后，清初词坛主要出现了以陈维崧为代表的阳羡词派、以朱彝尊为首的浙西词派和著名满族词人纳兰性德,后者又与曹贞吉、顾贞观合称"京华三绝"。阳羡词宗陈维崧推尊词体,将其与"经""史"并肩,词风豪情悲愤,敢拈大题目,写出大意义,深刻反映了明末清初的时事;朱彝尊推尊姜夔、张炎清空醇雅、蕴藉空灵的词风,顺应了清廷统治渐趋稳定的现实背景,故文人士子竞相效仿,流衍颇广;纳兰性德论词主情,多用白描手法传达真挚的感情,哀婉缠绵,沁人肺腑。浙西词派至嘉道年间渐趋僵化,其末流作词内容空洞、意旨浅薄,甚有形式主义的弊病。对此,常州学人张惠言将词体上攀《风》《骚》,强调"意内言外",以比兴寄托的抒情方式,传达"深美闳约"之旨。此后,常州词人群等竞相拥护张氏之说,遂形成了常州词派,在扭转不良词风的同时,也逐渐笼盖了晚清时期的词坛。

在中国古代文体结构中占据核心地位的诗、文,依然是清代文学的重要组成部分。清初诗坛主要以遗民诗人为代表,他们切身经历了明清易鼎,故诗中富有时代精神,这主要以顾炎武、黄宗羲、王夫之、屈大均为代表。此外,清初诗坛还出现了云间派、虞山派、娄东派三足鼎立的局面,其中虞山派钱谦益与娄东派吴伟业诗名最盛。继遗民诗人之后崛起于诗坛的,按地域划分有"南朱北王""南施北宋""南查北赵",分别指朱彝尊、王士禛、施闰章、宋琬、查慎行、赵执信六人。其中王士禛最负盛名,他倡导"神韵说",学王维、孟浩然诗的清幽淡远,标榜一种含蓄蕴藉、意在言外的诗风。清中叶诗坛,名家辈出,各执一端,风格多样,创作纷繁。沈德潜倡言以儒家诗教为本的"格调说",注重诗的教化功用;翁方纲主张以考证学问充实诗人腹笥的"肌理说",注重以学问为诗;袁枚标举诗写真情的"性灵说",以为性情至上。此外,还有与袁枚并称"乾隆三大家"的赵翼和蒋士铨二人,及郑燮、黄景仁等诗人,都取得了十分突出的诗学成就。以韩柳为中心的唐宋古文新传统经过明代唐宋派的发扬后,清初亦有"古文"创作名家,这主要指被称为"清初三大家"的侯方域、魏禧和汪琬。清代影响最大的散文流派是康熙年间由安徽桐城人方苞开创,同乡刘大櫆、姚鼐接续发展的桐城派。桐城派以方苞的"义法"说为基础,逐渐形成了具有严密体系的古文理论,他们为文注重传达中心思想,不逞才使气、盲目堆砌辞藻,文风雅洁平淡。桐城派还有一个名为阳湖派的支流,以阳湖人张惠言、恽敬、李兆洛为代表,他们不机械地接受桐城派的理论,甚有融通六朝美文与唐宋古文传统的创作倾向,是当时文坛的一朵奇葩。此外,清代的骈文创作也很流行,众多骈文作家中,公认成就最高的是生活于乾隆年间的汪中,其《哀盐船文》是不可多得的骈文佳作。

顾炎武

【简介】 顾炎武(1613—1682),汉族,明朝南直隶苏州府昆山(今江苏昆山)千灯镇人,本名绛,别名继坤、圭年,字忠清、宁人,亦自署蒋山佣。南明败亡后,因仰慕文天祥学生王炎午的为人,改名炎武。因故居旁有亭林湖,学者尊其为亭林先生。明末清初杰出的思想家、经学家、史地学家和音韵学家,与黄宗羲、王夫之并称为明末清初"三大儒"。其主要作品有《日知录》《天下郡国利病书》《肇域志》《音学五书》《韵补正》《古音表》《诗本音》《唐韵正》《音论》《金石文字记》《顾亭林诗文集》等。

精　卫①

万事有不平,尔何空自苦②? 长将一寸身,衔木到终古③。
我愿平东海,身沉心不改。大海无平期,我心无绝时。
呜呼! 君不见西山衔木众鸟多,鹊来燕去自成窠④。

【导读】

　　本诗作于顺治四年,在清军铁骑横扫南北天崩地坼的乱世中,顾炎武义无反顾投入江南人民抗清斗争中。在战火硝烟里,顾炎武两位弟弟身亡,其生母也被砍断手臂。家乡失守后顾炎武嗣母王氏绝食殉国,死前留下遗言道:“汝无为异国臣子,无负世世国恩,无忘先祖遗训。”抗清虽以失败告终,但母亲的教导与对国家的挚爱,让他“天下兴亡,匹夫有责”的呼喊愈发掷地有声。

　　精卫,因坚持不懈衔石填海而被后人传诵,她永不言败的不屈精神恰恰是本诗核心。顾炎武以精卫自比,以填海为喻,表达自己坚定不移的报国志向。精卫虽身体微小,所衔木石微不足道,但她填海的决心却毫不动摇。“我心无绝时”,这是对精卫精神的讴歌,又是作者心灵的直接宣泄,更是坚贞不屈、百折不挠的民族气节的呈现。诗人通过精卫形象,向世人呈现此种精神的伟大和崇高。清廷对明朝士大夫的招降,使许多贪生怕死和贪名图利之徒纷纷投降入仕,正如诗中所描述的“鹊来燕去自成窠”,他们宣称“万事有不平,尔何空自苦?”明明承认万事不平,又觉得回天无力,于是放弃抗争,而且自命通达超脱,最终与世俯仰,随波逐流,丧失气节。他们不过是为作者所不齿的燕鹊之类的“众鸟”。

　　本诗营造了一个广阔而深远的艺术境界。精卫填海的过程虽然艰辛漫长,但诗人并没有过多渲染其苦难和挫折,而是以简洁明快的语言、质朴自然的风格,展现出一种悲壮而苍凉的美。这种美不仅体现于精卫坚忍不拔的精神,也体现于诗人对国家命运的关切和忧思。质朴自然,尽弃雕饰。

　　从艺术手法看,诗人采用问答对话的形式行文运笔,使整首诗结构紧凑而富于张力。全诗以问答分作三层,层层换韵转折。每转一层,即跃入一意。三层合观,浩然郁勃之气贯穿始终,极见人格之光辉、节操之凛然。同时,诗人还巧妙地运用象征、比喻等修辞手法,使精卫形象更加生动鲜明。“呜呼! 君不见西山衔木众鸟多,鹊去燕来自成窠。”诗到这里,营窠众鸟之多与精卫之寸身形成尖锐对比,迸发出悲愤的动人心魄的震撼力,化而成为末尾长短不齐的三句,郁愤结集,冷峭而止。诗作于此,如诗人汪端之评曰:“离秀之悲,渊深朴茂。”

---

① 精卫:古代神话中所记载的一种鸟。相传是炎帝的小女儿,因在东海中溺水而死,所以死后化身为鸟,名叫精卫,常常到西山衔木石以填东海。
② 尔:指精卫。
③ 终古:永远。
④ 鹊、燕:比喻无远见和大志,只关心个人利害的人。窠(kē):鸟巢。

王士禛

【简介】 王士禛(1634—1711),字贻上,号阮亭,别号渔洋山人,人称王渔洋,山东新城(今山东桓台)人。崇祯七年(1634)生于河南官舍,七岁入乡塾,顺治十二年乙未(1655)进士,集诸名士于大明湖,赋《秋柳诗》,后任扬州推官,"昼了公事,夜接词人",升礼部主事,官至刑部尚书。康熙四十三年(1704)致仕。因避雍正讳,改名士正。乾隆赐名士禛,谥文简。《四库全书总目提要》说:"当我朝开国之初,人皆厌明代王(世贞)、李(攀龙)之肤廓,锺(惺)、谭(元春)之纤仄,于是谈诗者竞尚宋元。既而宋诗质直,流为有韵之语录;元诗缛艳,流为对句之小词。于是士禛等以清新俊逸之才,范水模山,批风抹月,倡天下以'不著一字,尽得风流'之说,天下遂翕然应之。"王士禛一生著述甚富,主要有《渔洋山人精华录》《池北偶谈》《带经堂集》等。

秦淮杂诗(其一)①

年来肠断秣陵舟②,梦绕秦淮水上楼③。
十日雨丝风片里④,浓春烟景似残秋⑤。

【导读】

本诗作于顺治十八年(1661),作者当时以扬州推官身份至南京,馆于秦淮河畔,目睹金陵胜地无复昔日景象,歌楼舞榭已失六朝繁华,不由感慨万端,借咏叹秦淮旧事而抒发盛衰兴亡之感,写下了一组吊古伤今的七绝,题为《秦淮杂诗》,共二十首,本诗为组诗第一首。

首联突兀而起,写诗人在秦淮河畔低回哀婉的情愫。诗人直述其"肠断""梦绕",将个人情感赤裸裸地袒露出来。依之常理,没有牵肠挂肚的伤心事,不能"肠断";日无所思,"梦绕"亦无从谈起。但诗人因何念"年来肠断秣陵舟",又何以情牵梦绕于秦淮水上楼,诗中并不明示,下一联反转以写景衬托此情:"十日雨丝风片里,浓春烟景似残秋。"烟雨迷蒙,乃是江南春色的一大特征,但"十日雨丝",是否又有"淫雨绵绵"之嫌呢?不同的心境,感受自然迥异。诗人的感受即十分奇警:原本给人以特殊美感的浓浓春景,此刻在他眼里却如"残秋"一般让人倍感凄冷。强烈的反差,愈加映衬出诗人在秦淮河畔情绪的低落凄哀,使得整首小诗韵致浓郁,愁肠千回。

诗人为何会有这般心境?如果联系到整组诗中时见咏怀明代遗迹之语,诸如咏徐达宅第是"朱门草没大功坊";咏南明皇家旧苑是"旧苑至今零蔓草,柱将遗事吊隋陈";咏秦

---

① 此诗作于公元1661年(顺治十八年辛丑)。秦淮河,在南京城南。
② 秣陵:南京古名。
③ 梦绕:往事萦怀。
④ 雨丝风片:细雨微风。多指春景。汤显祖《牡丹亭·惊梦》:"雨丝风片,烟波画船,锦屏人忒看的这韶光贱!"
⑤ "浓春"句:情语,谓春光浓艳的季节也安慰不了内心如残秋般的心绪。

淮岸上旧院艺伎,则说"尊前白发谈天宝,零落人间脱十娘";至莫愁湖更有"年来愁与春潮满,不信湖名尚莫愁",均明显流露出对朝代更替、物换星移的感叹和对前朝消亡的悲哀。如果再联系到诗人的生活阅历,便可揣测本诗是伤悼明亡之意。王士禛在明代度过童年,他的祖父、父亲作为明遗民皆入清不仕,隐居乡里。王士禛来到南明故都金陵,览旧朝之风物,感念秦淮水上楼昔日之繁华,萌生今不如昔的吊古怀旧之情亦属自然。虽然仅就本诗而言尚不能确认这一点,但诗中所透出的伤感情绪,置于清初明亡不久,明遗民甚众之际,它是极易勾起人们与吊明有关的联想和共鸣的。不着意将底蕴端出,而留给读者以丰富的遐想,恰可视为诗人的成功之处。王士禛倡导诗歌"神韵"说,主张诗要含蓄蕴藉,推重"羚羊挂角,无迹可求"的境界,让人颇有所感却又难以指实,本诗便是其实践自己诗论的力作之一。

【选评】

唐人《水调》《竹枝》等歌,悉从汉魏六朝乐府陶冶而出,故高者风神独绝,而古意内含,直可一唱三叹。……《秦淮杂诗》偶而游戏,已参上乘,一切叫噪之病尽除,有心者读之,如闻雍门之瑟矣。([清]惠栋补注引《国雅》评)

黄景仁

【简介】 黄景仁(1749—1783),清代诗人。字汉镛,一字仲则,号鹿菲子,阳湖(今江苏常州)人。四岁而孤,家境清贫,少年时即负诗名,为谋生计,曾四方奔波。一生怀才不遇,穷困潦倒,后授县丞,未及补官即在贫病交加中客死异乡,年仅35岁。诗负盛名,为"毗陵七子"之一。诗学李白,所作多抒发穷愁不遇、寂寞凄怆之情怀,也有愤世嫉俗的篇章。七言诗极有特色。亦能词。著有《两当轩集》。

都门秋思四首(其三)

五剧车声隐若雷①,北邙惟见冢千堆②。
夕阳劝客登楼去,山色将秋绕郭来。
寒甚更无修竹倚③,愁多思买白杨栽④。
全家都在风声里,九月衣裳未剪裁。

---

① 五剧:道路纵横、四通八达的地方,指京城繁华的街道。卢照邻《长安古意》:"南陌北堂连北里,五剧三条控三市。"隐:盛大,形容声音宏大。
② 北邙:在河南洛阳东北,汉魏王侯公卿死后多葬于此。古代诗文常以北邙泛指墓地。冢:坟墓。千:言其数量很多。
③ 寒甚:化用杜甫《佳人》:"天寒翠袖薄,日暮倚修竹。"说自己的孤独愁苦超过杜甫诗中的佳人。采用"加一倍"写法,使诗意推进一层,使思想感情的表达更具力度。
④ 白杨:一个传统意象,源于《古诗十九首》:"白杨多悲风,萧萧愁杀人。"白杨肃杀悲凉,萧萧作响,悲声呜咽,引起游子的悲苦情怀和思乡意绪。诗人故要在居处多种白杨,意在强化并强调他的忧思愁情。

【导读】

乾隆四十二(1777)年,诗人黄景仁为谋生计来到京城,怀青云之志的他在穷愁不遇中写下《都门秋思四首》。本诗为其中第三首,景中寓意,景中含情,意蕴丰富,情感真切。

首联,近观是高车宝马,远眺是北邙。既有排山倒海之势,又有凄凉萧瑟之怀;纵然权贵的步辇响彻云霄,字里行间仍流露出一种满目衰朽的哀愁情绪。可谓"是非成败转头空,青山依旧在,几度夕阳红"。也在如实的平平叙写中,隐含着对权势人物的鄙视、藐视和嘲讽。

颔联,万壑有声之间,岁月骛过,山陵浸远。光阴荏苒如同日落残阳转瞬即逝,夕阳含着晚籁规劝茕茕孑立的游子登高远眺。暮山秋色一览无余,寥寥数语传达出漂泊游子的羁旅愁思。秋色飘摇围绕城郭纷至沓来,既象征着作者此前经历的凄风苦雨,也隐喻如今怀才不遇、壮志难酬的悲凉人生。"山色将秋"之句,环绕一片衰飒之气。虽俊逸清壮,也难藏抑塞愤懑,更成为诗人此生饱经风霜的命运缩影。

颈联,巧用"修竹"及"白杨"两个意象,将满腔悲怆喷涌而出,恨无贵人识,悲无前途明,怨无古今同。作者才高八斗却孤傲不群,几经离索后一贫如洗。白杨萧萧作响,悲声载道。古人原将白杨栽在墓地旁,而黄景仁反其道而行之,在屋畔栽种白杨,宛如这一路宦海浮沉里的凄凉风雨,栽进心间,满目萧然,染尽哀愁。京城风雨飘摇,修竹与白杨,连接着作者因曾受乾隆皇帝赏识而生成的黄粱一梦,也成为无数失意文人墨客"身世浮沉雨打萍"的象征。

尾联,运用白描手法。寒风萧萧,家人们正在秋风里瑟缩呻吟,寒苦无依。作者忠孝两失,名利两负,让人愁肠百结。他有困顿而命运多塞的孤傲与清高,还有少孤多病却举世罕匹的才华。傲岸不群却挡不住冷风寒雪,寒窗苦读却未迎来充腹之炊。"人生天地间,忽如远行客。"飘零寓居的诗人从时间流逝、外物变迁中感受到生存忧患。嗟贫叹苦、啼饥号寒之下,诉说科举时代落拓书生的无限凄楚,也是向"太平盛世"发出的愤懑叹息。作者盼望不再经历天涯漂泊苦,修竹有所倚,白杨不作响。

黄景仁被誉为"乾隆六十年间第一人",他的诗有李白之豪旷,有杜甫之沉郁,有义山之缠绵,又有他自己的寒苦悲郁,却坎坷半世,贫病而早逝。他字里行间流露出挥之不去的哀愁情绪,大半诗作抒发的都是人生的缺憾感、失落感、忧患感,以及历史的苍茫感,渗透着无法掩饰的浓厚悲剧意蕴。正如现代作家郁达夫所说:"要想在乾、嘉两代的诗人之中,求一些语语沉痛,字字辛酸的真正具有诗人气质的诗,自然非黄仲则莫属了。"

朱彝尊

【简介】 朱彝尊(1629—1709),字锡鬯,号竹垞,晚号小长芦钓鱼师、金风亭长,秀水(今浙江嘉兴)人。早年曾参加抗清活动。康熙十八年(1679)举博学鸿词科。曾参加纂修《明史》。浙西词派的创始者,与陈维崧、纳兰性德并称"清词三大家"。著有《曝书亭集》《日下旧闻》《明词综》《朱陈村词》(与陈维崧合著)等。

卖花声·雨花台①

衰柳白门湾②,潮打城还③。小长干接大长干④。歌板酒旗零落尽,剩有渔竿。
秋草六朝寒⑤,花雨空坛。更无人处一凭阑。燕子斜阳来又去⑥,如此江山。

【导读】

这是一首吊古词,为朱彝尊怀古伤今之作。朱彝尊壮年时客游南北,正值明末清初王朝更迭之时,故所发吟咏多深沉厚重。本词即作者只身登临雨花台,目睹遭清军破坏之后的南京,追怀往昔盛景而写下的。上阕通过作者登雨花台远眺所见凄凉凋敝的现状,以及昔日繁华如今破败不堪之反差,呈现出一派伤感之情。下阕描写雨花台如今的景象,寓情于景,寄托作者深沉哀凉的感慨。

上阕"衰柳"二句描写城西北的景象,"衰"字统领全篇,奠定全词凄凉萧瑟的感情基调。"衰"不仅体现在眼前破败的景象里,更隐含在如自然现象一般难以避免的王朝兴替、盛衰荣辱之中。由此更加通顺地以"潮打城还"四个字化用唐代诗人刘禹锡《石头城》里的"潮打空城寂寞回",与前朝诗人所抒写之景象遥相呼应,更能呈现今人难以扭转时代更迭的渺小与无奈。下面三句中,作者的视角由西北移向城南,"小长干"和"大长干"是古时的里巷名,昔日明朝鼎盛之时,歌舞彻夜,热闹非凡,紧接着与"歌板"两句形成鲜明对比,放眼望去,大街小巷仍旧停留在视线里,而歌板声却寥落无几,以至于难以分辨。曾经伴随着此起彼伏的吆喝声在风中飘荡的酒旗如今也是稀稀疏疏,只有渔人借由一条钓鱼竿在乱世之中谋取残生。作者先是聚集起象征繁华的景物来印证记忆中明代的兴盛,紧接着又以突兀却又震撼人心的字眼"零落"来将前者抛诸殆尽,仅余一个意蕴无穷的"尽"字,象征繁华的落幕,映衬如今的凄凉萧条。

下阕以"秋草"开篇,与上阕的"衰柳"紧密呼应,直观呈现并延续着本词苍凉冷寂的感情基调,且点出了时节。在古典诗词中秋季往往象征着苍凉萧条,正如作者眼前所见,"六朝"曾屹立在此的那番兴盛已被历史抹消。"寒"字不仅呼应当下时节,更沟通了作者心中所感,面对如此景象,心寒尤胜天寒。继而赋予雨花台一"空"字,紧接着与"更无人"相连,意为此时此地纵使是吊古伤今,也只余自己一人伤感。时代的萧条与自身的孤独相融合,不仅映衬人的渺小,更将对金陵城的凋敝与明朝衰亡的伤感之情体现得淋漓尽致。尾句以"燕子"写物,而"斜阳"则是准确点明了时间。燕子象征蓬勃的生命力,在广袤却又萧条的天地间映入眼帘,与作者为伴,蓦然有了一丝浮起生机的意味。然而"来又去"又把感情

---

① 卖花声:词牌名,即《浪淘沙》。原为唐时教坊曲名,双调五十四字,上下片各五句四平韵。雨花台:在南京中华门(旧称聚宝门)外聚山上。相传梁朝云光法师在这里讲经,感动上苍,降落花雨,故称雨花台。雨,降落。
② 白门湾:南京临江的地方。白门,本古建康城的外门,后指代南京。
③ 城:这里指古石头城,在今南京清凉山一带。
④ 小长干、大长干:古代里巷名,故址在今南京城南。
⑤ 寒:荒凉。
⑥ 燕子斜阳:化用刘禹锡《乌衣巷》诗意。原诗是:"朱雀桥边野草花,乌衣巷口夕阳斜。旧时王谢堂前燕,飞入寻常百姓家。"

带向了"庄生晓梦"般的遗憾,仿佛在历史的卷轴中,不断翻涌的朝代只是在空中一瞬闪现便再无踪迹的燕子,与前文的"潮打城还"再次呼应。最后,作者以"如此江山"搁笔,凝结了遗憾、无奈、悲哀等种种情绪,直抒胸臆,引人泪下。

整首词字里行间饱含山河破碎、王朝更替的感慨与人事变迁的叹惜之情,笔力雄厚,韵律和谐,感人至深。

纳兰性德

【简介】 纳兰性德(1655—1685),满族人,字容若,号楞伽山人,清代著名词人。他生于贵胄之家,侍从帝王,却向往平淡的生活。其诗词皆工,词尤为擅长,风格真挚自然,多悲凉凄惨之意,有"李重光后身"之称。况周颐尊之为"国初第一词手"(《蕙风词话》卷五),王国维赞其为"北宋以来,一人而已"(《人间词话》)。著有《通志堂集》,词集有《侧帽集》,后增补为《饮水词》。

浣溪沙①

谁念西风独自凉②,萧萧黄叶闭疏窗③,沉思往事立残阳。　　　被酒莫惊春睡重④,赌书消得泼茶香,当时只道是寻常。

【导读】

这是一首悼亡词。据徐乾学为纳兰性德作的墓志铭说,性德原配卢氏先卒,此词当为悼念卢氏而作。上阕从对于节物的感触,引起对于亡妻的思念,下阕描写旧日与伊共处的生活情事,深致伤惋之怀。首句从时节变易的感觉吐露出丧偶后的孤单心情。曰"独自凉",曰"谁念",即表明对亡妻的追念,其中隐含无限往事旧情。旧日西风凉起,有人催唤添衣,或秋气凉爽,同享清娱;而今独自凉冷,谁再念我?这"谁"不是泛指一般人,而是专属亡妻,意谓亡妻而外,无复谁也,言下多少凄怆!"萧萧"句纯写景物,增强孤独凄凉气氛。此时面临的是萧萧黄叶,疏窗关闭,把上句的感情具体映衬出来。"疏窗"为刻镂空疏的窗棂,《古诗》:"交疏结绮窗。""沉思"句乃由上二句引出,隐逗下阕内容。如此凄寂物候,自然勾起对亡妻的怀念,而往事无限,尽入沉思。"立残阳"正见沉思之久。上阕所有词语物象,俱涂上主人公的主观感情色彩,形成一种凄清孤寂之境。

下阕为其所沉思之往事。"被酒"二句具写往日夫妻间之欢乐。"被酒莫惊"云云见出作者对妻子之怜惜体贴。"被酒"即"醉酒"。"春睡重"由"被酒"而致,亦所以"莫惊"之故,

---

① 浣溪沙:唐教坊曲名,因春秋时期人西施浣纱于若耶溪而得名,后用作词牌名,又名"浣溪纱""小庭花"等。此调有平仄两体,音节明快,句式整齐,易于上口,为婉约派与豪放派多数词人所常用。
② 谁:此处指亡妻。
③ 萧萧:风吹叶落发出的声音。疏窗:刻有花纹的窗户。
④ 被酒:中酒、酒醉。春睡:醉困沉睡,脸上如春色。

而其人之娇艳可以想见。"赌书"一句用李清照与赵明诚夫妇故事,性德取以为喻,亦见其夫妻生活多么温馨清雅!结束一句写此时追忆心情。往昔欢乐,固是寻常生活之事,然其人既逝,则一切皆如尘梦,虽历历在目,已不可追惋。此时情怀当如何虚惘!末句语气似觉清淡,而其中蕴含情味却极酸苦。言外之意,往昔寻常情事,今已不可复得。"只道"二字表情微妙,意谓那些往事,当时漫不经意,而今却多么令人珍念啊!顾贞观说:"容若词一种凄婉处令人不能卒读。"这首词尤足体现出这种艺术魅力。

【选评】

黄东甫……《眼儿媚》云:"当时不道春无价,幽梦费重寻。"此等语非深于词不能道,所谓词心也。……纳兰容若《浣溪沙》云:"被酒莫惊春睡重,赌书消得泼茶香,当时只道是寻常。"即东甫《眼儿媚》句意。酒中茶半,前事伶俜,皆梦痕耳。([清]况周颐《蕙风词话》)

蝶恋花①

辛苦最怜天上月②,一昔如环,昔昔长如玦③。但似月轮终皎洁,不辞冰雪为卿热④。无奈钟情容易绝⑤,燕子依然,软踏帘钩说⑥。唱罢秋坟愁未歇⑦,春丛认取双栖蝶⑧。

【导读】

这是一首悼亡词。上阕从对梦中亡妻所吟之句遥遥对答,引起对亡妻的思念。下阕睹物思人,由燕子的呢喃细语联想到昔日与妻子共度的温馨情事,诉说愁怨难解的哀思之情。

上阕首句轻灵柔婉,直抒胸臆,借由直接表达对月亮的怜爱,以及描述时节易变、月有盈亏圆缺的自然现象来奠定全词缠绵哀婉的感情基调。"环"和"玦"皆由美玉制成,古人以其作为饰物佩戴,同时"环"形似圆月,"玦"形似缺月,在此形成鲜明对比。古典诗词中经常以月亮的阴晴圆缺来比喻人的离合悲欢,纳兰性德在此揽月入词,实则借月怀人。从前妻子犹在之时,自己或是伴驾在侧,或是尽职宫闱,与妻子聚少离多。此时的"月"专属于心中眷恋不已的亡妻,妻子早早弃世而去,仅余他苦思难消。"但似"句意指午夜梦回的相见之时,对梦中亡妻所吟之句的回应。作者在《沁园春》一词的小序中曾写道:"丁巳重阳前三日,梦亡妇淡妆素服,执手哽咽,语多不复能记,但临别有云:'衔恨愿为天上月,年

---

① 蝶恋花:原是唐教坊曲,后用作词牌,又名"鹊踏枝""凤栖梧""鱼水同欢""明月生南浦"等。双调六十字,前后段各五句四仄韵。

② 天上月:指亡妻。

③ 昔:同"夕",见《左传·哀公四年》:"为一昔之期。"昔昔,即夜夜。玦(jué):玉玦,半环形之玉,借喻不圆满的月亮。

④ "不辞"句:引用一则典故。荀粲之妻冬天高烧病重,全身发热难受。荀粲为了给妻子降温,脱光衣服站在大雪中,等身体冰冷时回屋给妻子降温。卿,"你"的爱称。

⑤ 无奈:无可奈何。

⑥ "软踏"句:意思是说燕子依然轻轻地踏在帘钩上,呢喃絮语。帘钩,卷帘用的钩子。

⑦ "唱罢"句:唐李贺《秋来》:"秋坟鬼唱鲍家诗,恨血千年土中碧。"这里借用此典故表达即使已哀悼过了亡灵,但满怀愁情仍不能消解。

⑧ 认取:注视着。取,语助词。

年犹得向郎圆。'""月轮"即圆月,意指作者所憧憬的画面,若是妻子犹在身侧,再无分离之日,自己一定不惧月光刺骨的清冷,夜夜以温暖相伴,从而弥补痛彻心扉的遗憾。上阕所有词语与意象,均有作者浓烈的主观感情色彩,因此在接下来所呈现的臆想与现实冲突之中,别有一般凄清哀婉之境。

下阕为幻想破灭、被迫回到现实之中的愁苦与悲恸。"无奈"句感慨纵使万般情深,亦难留于尘缘之中的无奈与遗憾,而"燕子"二句睹物思人,山盟犹在,锦书难托,追忆昔日相伴的二人心意相通,如成双成对呢喃私语的乳燕一般脉脉情深,而今不解人间忧愁的燕子仍会轻轻落在帘钩上,自己一腔衷肠却不知往何处倾诉,忆及旧事反而更加具象地衬托了如今孑然一身的孤苦。尾句化用典故,阐述对亡妻的郁郁痴思,其中隐含无数的不舍与眷恋,旧日良辰美景已随亡妻远去,化为坟茔旁的蔓草,纵然悲歌当哭,挽歌连绵不绝,亦是徒劳。此刻浓浓愁情与思念难分难舍,甚至甘心与亡妻双双化蝶,再不愿饱尝死别之苦。

整首词上阕借月起兴,痴情人作深情语,回忆与亡妻梦中相见之景。下阕以钩上乳燕、花中双蝶忆及往日情事,悲诉愁肠。纳兰词哀婉清丽的风格在本词中体现得淋漓尽致,当称作悼亡词中的翘楚。

吴敬梓

【简介】 吴敬梓(1701—1754),字敏轩,一字文木,自称秦淮寓客,安徽全椒人。吴敬梓少年聪颖,习举业,成秀才。十八岁时其嗣父吴霖起出任江苏赣榆教谕,吴敬梓随侍左右。二十二岁时,嗣父辞官,次年病故,遗产继承问题在家族内引发了频繁的矛盾。二十九岁应滁州试(乡试预考),因"文章大好人大怪"的荒唐理由落第,这使吴敬梓对科举考试产生怀疑和反感。三十三岁时移居南京。吴敬梓始终坚持不慕荣利、本真淳朴的秉性,坚守"文行出处"的理想,对功名富贵和仕途经济置之度外,对权贵巨贾之辈、贪名逐利之徒白眼以对。他一方面博览群书,熔经铸史;另一方面,广为交游,把酒沉醉。乾隆元年(1736),朝廷第二次开"博学鸿词科"选拔天下贤才,安徽巡抚赵国麟力荐吴敬梓赴京应试,他以疾坚辞不受。此后,更绝意仕进,不求显达,坚守自己的独立人格。吴敬梓在晚年完成了《儒林外史》的写作,五十四岁时卒于扬州。

儒林外史(节选)

不觉到了除夕。严监生拜过了天地祖宗①,收拾一席家宴。严监生同赵氏对坐,奶妈带着哥子,坐在底下。吃了几杯酒,严监生吊下泪来,指着一张橱里向赵氏说道:"昨日典铺内送来三百两利钱,是你王氏姐姐的私房。每年腊月二十七八日送来,我就交与他。我也不管他在那里用。今年又送这银子来,可怜就没人接了!"赵氏道:"你也莫要说大娘的

---

① 监生:按明清科举制度,凡入国子监就读者统称为监生。后来则多指由捐钱而得到的一种资格,不必入监读书。凡未入府、州、县学而欲应乡试者,未得科名而欲入仕者,皆须捐得监生。

银子没用处,我是看见的。想起一年到头,逢时遇节,庵里师姑送盒子,卖花婆换珠翠,弹三弦琵琶的女瞎子不离门,那一个不受他的恩惠?况他又心慈,见那些穷亲戚,自己吃不成也要把人吃,穿不成的也要把人穿。这些银子够做甚么!再有些也完了。倒是两位舅爷,从来不沾他分毫。依我的意思,这银子也不费用掉了,到开年,替奶奶大大的做几回好事。剩下来的银子料想也不多,明年是科举年,就是送与两位舅爷做盘程,也是该的。”

严监生听着他说,桌子底下一个猫就扒在他腿上。严监生一靴头子踢开了。那猫吓的跑到里房内去,跑上床头。只听得一声大响,床头上掉下一个东西来,把地板上的酒坛子都打碎了。拿烛去看,原来那瘟猫,把床顶上的板跳蹋一块,上面吊下一个大篾篓子来。近前看时,只见一地黑枣拌在酒里,蔑篓横睡着。两个人才扳过来,枣子底下,一封一封桑皮纸包着。打开看时,共五百两银子。严监生叹道:“我说他的银子,那里就肯用完了!像这,都是历年聚积的,恐怕我有急事好拿出来用的。而今他往那里去了!”一回哭着,叫人扫了地,把那个干枣子装了一盘,同赵氏放在灵前桌上,伏着灵床子又哭一场。因此,新年不出去拜节,在家哽哽咽咽,不时哭泣,精神颠倒,恍惚不宁。

过了灯节后,就叫心口疼痛。初时撑着,每晚算帐直算到三更鼓。后来就渐渐饮食不进,骨瘦如柴,又舍不得银子吃人参。赵氏劝他道:“你心里不自在,这家务事,就丢开了罢!”他说道:“我儿子又小,你叫我托那个?我在一日少不得料理一日。”不想春气渐深,肝木克了脾土①,每日只吃两碗米汤,卧床不起。及到天气和暖,又勉强进些饮食,挣起来,家前屋后走走。挨过长夏,立秋以后病又重了。睡在床上,想着田上要收早稻,打发了管庄的仆人下乡去,又不放心,心里只是急躁。

那一日,早上吃过药,听着萧萧落叶打的窗子响,自觉得心里虚怯,长叹了一口气,把脸朝床里面睡下。赵氏从房外同两位舅爷进来问病,就辞别了到省城里乡试去。严监生叫丫鬟扶起来勉强坐着。王德、王仁道:“好几日不曾看妹丈,原来又瘦了些,喜得精神还好。”严监生请他坐下,说了些恭喜的话,留在房里吃点心,就讲到除夕晚里这一番话。叫赵氏拿出几封银子来,指着赵氏说道:“这倒是他的意思,说姐姐留下来的一点东西,送与二位老舅,添着做恭喜的盘费。我这病势沉重,将来二位回府,不知可会的着。我死之后,二位老舅照顾你外甥长大,教他读书,挣着进个学,免得像我一生,终日受大房里的气!”二位接了银子,每位怀里带着两封,谢了又谢,又说了许多的安慰的话,作别去了。

自此严监生的病一日重似一日,再不回头。诸亲六眷都来问候。五个侄子穿梭的过来,陪郎中弄药。到中秋已后,医家都不下药了。把管庄的家人,都从乡里叫了上来。病重得一连三天不能说话。晚间,挤了一屋的人,桌上点着一盏灯。严监生喉咙里痰响得一进一出,一声不倒一声的,总不得断气,还把手从被单里拿出来,伸着两个指头。大侄子走上前来,问道:“二叔,你莫不是还有两个亲人不曾见面?”他就把头摇了两三摇。二侄子走上前来,问道:“二叔,莫不是还有两笔银子在那里,不曾吩咐明白?”他把两眼睁的的溜圆,把头又狠狠摇了几摇,越发指得紧了。奶妈抱着哥子,插口道:“老爷想是因两位舅爷不在跟前,故此记念。”他听了这话,把眼闭着摇头,那手只是指着不动。赵氏慌忙揩揩眼泪走近上前,道:“爷,别人都说的不相干,只有我晓得你的意思!”只因这一句话,有分教:争田

———

① 肝木克了脾土:古代以五行(水、火、木、金、土)依次配五脏(肾、心、肝、肺、脾),所以称肝木、脾土。

夺产，又从骨肉起戈矛；继嗣延宗，齐向官司进词讼。不知赵氏说出甚么话来，且听下回分解。

话说严监生临死之时，伸着两个指头，总不肯断气，几个侄儿和些家人，都来讧乱着问，有说为两个人的，有说为两件事的，有说为两处田地的，纷纷不一，只管摇头不是。赵氏分开众人走上前道："爷，只有我能知道你的心事。你是为那灯盏里点的是两茎灯草，不放心，恐费了油。我如今挑掉一茎就是了。"说罢，忙走去挑掉一茎。众人看严监生时，点一点头，把手垂下，登时就没了气。合家大口号哭起来，准备入殓①，将灵柩停在第三层中堂内。

【导读】

《儒林外史》是我国古代最为杰出的讽刺小说，深刻反映了知识分子的心灵世界，阐释了士人阶层人格变异的社会原因，蕴含着丰富的思想内容，主要体现在以下方面：

首先，讽刺与揭露了明清时期科举考试制度造成的知识分子的人格扭曲和人生悲剧。明清时期，大批知识分子为了名利而苦读，苦读的结果又往往是落榜，落榜之后再苦读，周而复始的痛苦，折磨着多少皓首穷经的士人，很多人的精神状态受到严重摧残，如《儒林外史》开篇不久就重点描述的周进。他年过半百，却依旧是个屡试不第的老童生，为谋生他在薛家集教私塾，在这个势利而愚昧的乡村环境里受尽了侮辱和蔑视，失去了知识分子最后的一点尊严。周进有一回来到南京，见到梦寐以求的乡试考场"贡院"，想到苦熬半生也没有资格踏入这个"圣地"，压抑已久的悲伤将他击倒，周进伏在考场号板上发出的凄厉哭声，正是一个时代无数知识分子阶层心中的悲凉，而这种悲凉正是陈腐的科举制度导致的。

其次，小说成功地塑造了科举制度下的知识分子群像。这些人中有形形色色的假名士，他们在科举失败之后，不愿继续苦读，为获得功名富贵，他们使用风流雅致和旷达超脱的外衣来粉饰自己，伪装成或特立独行、淡泊名利的名士，或怀才不遇的隐士遗贤，以博得官宦公子的青睐和资助，然而他们没有坚定的士人信念，焦躁浮薄，充满对名利的贪欲，人格分裂、灵魂病态，虚伪而可悲。如杨执中、权勿用、江景兰、支剑锋、赵雪斋、牛浦郎等，他们在莺脰湖、西湖、莫愁湖的几次聚会，充分表现了他们的空虚、做作和不学无术，闹出无数愚蠢的笑话，穷形尽相。

《儒林外史》在一些真正的名士身上寄托了理想和希望。《儒林外史》在对科举制度和知识分子病态心灵进行反思和讽刺的同时，也塑造了几位理想化的知识分子形象。他们彰显着真正的文人精神和儒道理想，拥有着自由而不僵化、平和而不浮躁，诚朴而不伪善的心灵世界，如王冕、杜少卿、虞博士、庄征君、迟衡山等人。在作者看来，儒林的一切病态均源于对功名富贵的贪恋，所以，书中一开篇，就塑造了一位彻底淡忘功名富贵的人物——王冕。王冕是元末明初的真实人物，作品中描写他以放牛为生，以画荷为乐，供养老母，优游于山林泉泽之间，恬淡平和地享受着贫穷却又自在超脱的生命时光，守护着自己恬静悠远的内心。明太祖朱元璋请他出仕做官，他杳然远遁会稽山，不求闻达于闹市。

---

① 入殓(liàn)：入棺，人死了尸体移入棺材。

对于朝廷开始以八股取士,他敏锐地看出这将给天下读书人的人格品质带来很大危机,他说"这个法却定得不好,将来读书人既有此一条荣身之路,把那'文行出处'都看得轻了",又说"一代文人有厄!"可见他对科举的坚决排斥。杜少卿也是作者着力称颂的理想人物。杜少卿是"一门三鼎甲,四代六尚书"的高门子弟,但他淡薄功名,讲究"文行出处"。朝廷征辟他做官,他却深知官僚政治的朽腐和权利斗争的凶险,他说"正为走出去做不出甚么事业""所以宁可不出去好"。他装病拒绝应征出仕,而且愉快地说:"好了!我做秀才,有了这一场结局,将来乡试也不应,科、岁也不考,逍遥自在,做些自己的事罢!"可见他对科举成功所能带来的政治权力和地位是不屑的,他不愿意生命在科举和仕途中浪费,要去"做些自己的事",显示出优秀知识分子的独立人格和价值观。

再次,出色的讽刺艺术。《儒林外史》讽刺的目的并不是骂世,而是为了醒世、救世。一方面,作者把对八股取士和沦落士风的讽刺寓于对具体事件和人物的客观描写中,让读者通过人物的丑恶言行感觉到他们人格的病态和精神的萎缩,进而思考科举制度对人性的腐蚀和戕害。另一方面,作者对儒林乱象和人性堕落有着深刻的洞察,通过喜剧的表象逼视悲剧的本质,因而讽刺的风格或为冷嘲,或为戏谑,没有声色俱厉的谴责,鲁迅在《中国小说史略》中,将《儒林外史》的讽刺特点概括为"戚而能谐、婉而多讽"。

最后,独特的结构形式。《儒林外史》作为一部长篇小说,却没有主要人物与核心情节,它以一回或几回来讲述一个自成体系的小故事,然后将这些故事串联成故事集。所以,鲁迅先生评价"虽云长篇,颇同短制"。这些故事在情节上的联系是松散的,但是在主题思想和艺术旨趣上是密切关联的,能统一为一个有机的整体。这种结构使《儒林外史》既具有长篇小说的巨大容量,又具有短篇小说的简洁和精悍。

本篇选自《儒林外史》第五回《王秀才议立偏房 严监生疾终正寝》和第六回《乡绅发病闹船家 寡妇含冤控大伯》。选文中,严监生抑郁成疾,死不瞑目,又无情地讥讽了封建科举制培养出来的庸才,这既是严监生的悲剧,也是社会的悲剧。

【选评】

其书以功名富贵为一篇之骨。有心艳功名富贵而媚人下人者;有倚仗功名富贵而骄人傲人者;有假托无意功名富贵,自以为高,被人看破耻笑者;终乃以辞却功名富贵,品第最上一层,为中流砥柱。([清]闲斋老人《儒林外史序》)

至叙范进家本寒微,以乡试中式暴发,旋丁母忧,翼翼尽礼,则无一贬词,而情伪毕露,诚微辞之妙选,亦狙击之辣手矣。(鲁迅《中国小说史略》)

蒲松龄

【简介】 蒲松龄(1640—1715)字留仙,又字剑臣,号柳泉,山东淄川(今山东淄博)人。出身于商人家庭,但家境贫寒。他十九岁考取秀才,连中县、府、道三个第一,以后则屡试不第。垂垂暮年,他"犹不忘进取"(《原配刘孺人行实》)。对此,他感到十分悲凉,勉励其孙曰:"无似乃祖空白头,一经中老良足羞。"(《过日斋杂记》)蒲松龄的一生,都在游幕、坐馆中度过,穷愁潦倒。1715年病逝,终年七十六岁。

蒲松龄著作丰富,除《聊斋志异》外,尚有诗文、辞赋、俚曲、戏剧等。蒲松龄的代表作是文言短篇小说集《聊斋志异》,"历年二十,易稿三数,始出以问世"(《过日斋杂记》),约在他四十岁左右时基本完成。蒲松龄创作《聊斋志异》的目的很明确,"以玩世之意,作绝世之言"(王金范序),他经历的游幕坐帐生涯及贫寒的乡居生活,使其对封建社会的种种人物,上至官僚缙绅、举子名士,下至村夫农妇、婢妾倡优,乃至蠹役悍仆、酒鬼赌棍、僧道术士等,都有所接触和了解;加上他"雅爱搜神""喜人谈鬼"的艺术嗜好和创作天才,终于以谈狐说鬼的形式创作了这部不朽的"孤愤之书"(《聊斋自志》)。

聊斋志异(节选)

王子服,莒之罗店人①,早孤,绝惠②,十四入泮③。母最爱之,寻常不令游郊野。聘萧氏④,未嫁而夭⑤,故求凰未就也⑥。

会上元⑦,有舅氏子吴生邀同眺瞩⑧,方至村外,舅家仆来招吴去。生见游女如云,乘兴独游。有女郎携婢,拈梅花一枝,容华绝代,笑容可掬。生注目不移,竟忘顾忌。女过去数武⑨,顾婢子笑曰:"个儿郎目灼灼似贼⑩!"遗花地上,笑语自去。生拾花怅然,神魂丧失,怏怏遂返⑪。

…………

未几,婢子具饭⑫,雏尾盈握⑬。媪劝餐已,婢来敛具⑭。媪曰:"唤宁姑来。"婢应去。良久,闻户外隐有笑声。媪又唤曰:"婴宁!汝姨兄在此。"户外嗤嗤笑不已⑮。婢推之以入,犹掩其口,笑不可遏。媪瞋目曰⑯:"有客在,咤咤叱叱⑰,是何景象!"女忍笑而立,生揖之。媪曰:"此王郎,汝姨子。一家尚不相识,可笑人也。"生问:"妹子年几何矣?"媪未能解。生又言之。女复笑,不可仰视。媪谓生曰:"我言少教诲,此可见矣。年已十六,呆痴

---

① 莒:古国名,在今山东省莒县一带。
② 绝惠:绝顶聪明。惠,同"慧"。
③ 入泮:入县学为生员。
④ 聘:订婚。古代订婚时,男方须向女方行纳聘礼,称"行聘"。
⑤ 夭:未成年而死。
⑥ 求凰:汉代司马相如《琴歌》中有"凤兮凤兮归故乡,遨游四海求其凰"两句,相传为向卓文君求爱而作,后因称男子求偶为求凰。
⑦ 上元:上元节,即元宵节,旧时正月十五。
⑧ 眺瞩:居高望远。此指观赏景物。
⑨ 武:古时以六尺为步,半步为武。
⑩ 个儿郎:这个小伙子。个,此。儿郎,指青年男子。
⑪ 怏怏:不满意。
⑫ 具饭:准备饭菜。
⑬ 雏尾盈握:形容指肥大的家禽。尾巴捉着已经可以满把了。语出《礼记·内则》:"雏尾不盈握,不食。"
⑭ 敛具:收拾餐具。
⑮ 嗤嗤笑:讥笑,嘲笑。
⑯ 瞋(chēn)目:发怒时睁大眼睛。
⑰ 咤(zhà)咤叱叱:这里形容大声笑。

才如婴儿。"生曰:"小于甥一岁。"曰:"阿甥已十七矣,得非庚午属马者耶①?"生首应之②。又问:"甥妇阿谁?"答云:"无之。"曰:"如甥才貌,何十七岁犹未聘耶?婴宁亦无姑家③,极相匹敌,惜有内亲之嫌。"生无语,目注婴宁,不遑他瞬。婢向女小语云:"目灼灼④,贼腔未改。"女又大笑,顾婢曰:"视碧桃开未?"遽起,以袖掩口,细碎连步而出⑤。至门外,笑声始纵。媪亦起,唤婢襆被,为生安置。曰:"阿甥来不易,宜留三五日,迟迟⑥送汝归。如嫌幽闷,舍后有小园,可供消遣。有书可读。"

次日,至舍后,果有园半亩,细草铺毡,杨花糁径⑦。有草舍三楹⑧,花木四合其所。穿花小步,闻树头苏苏有声,仰视,则婴宁在上。见生来,狂笑欲堕。生曰:"勿尔!堕矣!"女且下且笑,不能自上。方将及地,失手而堕,笑乃止。生扶之,阴捘其腕⑨。女笑又作,倚树不能行,良久乃罢。生俟其笑歇,乃出袖中花示之。女接之曰:"枯矣,何留之?"曰:"此上元妹子所遗,故存之。"问:"存之何意?"曰:"以示相爱不忘也。自上元相遇,凝思成疾,自分化为异物⑩,不图得见颜色,幸垂怜悯!"女曰:"此大细事⑪。至戚休所靳惜⑫?待兄行时,园中花,当唤老奴来,折一巨捆负送人。"生曰:"妹子痴耶?"女曰:"何便是痴?"曰:"我非爱花,爱捻花之人耳。"女曰:"葭莩之情⑬,爱何待言!"生曰:"我所谓爱,非瓜葛之爱⑭,乃夫妻之爱。"女曰:"有以异乎?"曰:"夜共枕席耳。"女俯思良久,曰:"我不惯与生人睡!"语未已,婢潜至,生惶恐遁去。少时,会母所。母问:"何往?"女答以园中共话。媪曰:"饭熟已久,有何长言,周遮乃尔⑮?"女曰:"大哥欲我共寝。"言未已,生大窘,急目瞪之,女微笑而止。幸媪不闻,犹絮絮究诘⑯。生急以他词掩之,因小语责女。女曰:"适此语不应说耶?"生曰:"此背人语。"女曰:"背他人,岂得背老母?且寝处亦常事,何讳之?"生恨其痴,无术可以悟之。食方竟,家中人捉双卫来寻生⑰。先是,母待生久不归,始疑。村中搜觅几遍,竟无踪兆。因往询吴。吴忆曩言,因教于西南山行觅。凡历数村,始至于此。生出门,适相值。便入告媪,且请偕女同归。媪喜曰:"我有志,匪伊朝夕⑱,但残躯不能远涉。得甥携妹子去,识认阿姨,大好!"呼婴宁,宁笑至。媪曰:"有何喜,笑辄不辍?若不笑,当为全人。"因怒之以目。乃曰:"大哥欲同汝去,可便装束。"又饷家人酒食⑲,始送之出,曰:

---

① 庚午属马:庚午年生的属马。十二生肖分属于十二地支,午属马。
② 首应:点头答应。
③ 姑家:婆家。古代妇女称丈夫的母亲为"姑"。
④ 目灼灼:眼睛明亮。
⑤ 细碎连步:一步一步走得很快,但步子很小。
⑥ 迟迟:这里指从容不迫。
⑦ 糁(sǎn 散):谷物的碎屑,这里用作动词,借喻杨花散落在小路上。
⑧ 三楹(yíng):三间。楹,厅堂前柱,这里用作计算房屋的量词。房一间为一楹。
⑨ 阴捘(zùn)其腕:暗中捏她的手腕。
⑩ 自分:自己以为。异物:此处指鬼。
⑪ 大细事:很小的事。
⑫ 靳(jìn)惜:吝啬。
⑬ 葭(jiā)莩(fú)之情:指亲情。葭莩,芦苇里的薄膜,常用以比喻疏远的亲戚。
⑭ 瓜葛:瓜和葛是两种蔓生的植物,比喻辗转牵连的亲戚关系或社会关系。
⑮ 周遮:形容言语琐碎的样子。
⑯ 絮絮:形容接连不断地说话,含有唠叨的意思。
⑰ 捉双卫:牵两匹驴子。卫地驴子的别名。
⑱ 匪伊朝夕:非止一朝一夕。匪,同"非"。伊,语助词,无意义。
⑲ 饷(xiǎng):款待。

"姨家田产丰裕,能养冗人①。到彼且勿归,小学诗礼②,亦好事翁姑③。即烦阿姨为汝择一良匹。"二人遂发。至山坳回顾④,犹依稀见媪倚门北望也。

【导读】

《聊斋志异》是中国古代最优秀的文言短篇小说集,共有文言小说近五百篇。《聊斋志异》具有丰富的思想内容,主要表现在:

其一,通过《促织》《席方平》等作品揭露了当时的社会黑暗、政治腐败,鞭挞了为虎作伥、无恶不作的贪官污吏和土豪劣绅,同情被压迫人民的苦难遭遇。如小说中席方平为父申冤,在阴间历尽艰辛,受尽酷刑,从城隍、郡司,一直斗到冥王,直到告到灌口二郎神处,冤情才得以昭雪。小说写的虽是冥间之事,反映的却是现实社会的黑暗。

其二,《聊斋志异》还揭露和批判了封建科举制度的弊端。在《司文郎》《贾奉雉》《叶生》等诸多篇章中,嬉笑怒骂,皆成文章,有对考官目鼻并盲的嘲弄,有对考场黑暗、贿赂公行的愤慨,更多的是对怀才不遇的才子名士的同情。

其三,歌颂了男女青年纯洁、真挚的美好爱情。小说中,作者借狐鬼花妖,赞美中国古代女性的高尚品格和超人的才智。如《小谢》《青凤》《阿宝》《连城》《鸦头》《宦娘》《瑞云》《白秋练》等,都是其中的佳作。在《瑞云》中,名妓瑞云不喜达官贵人、富商公子,独独爱上了穷书生贺生。后来,端云忽生怪病,"丑状如鬼",而贺生对其痴情不改,为她赎身,并取之为妻。对于自己的举动,贺生说:"人生所重者知己,卿盛时犹能知我,我岂以衰故忘卿哉!"表达出一种新的爱情观。

此外,《聊斋志异》不少篇章具有寓言意味,给人以启迪和思考。如《画皮》对鬼蜮害人伎俩的刻画,《崂山道士》对好逸恶劳的生活态度的批判等,总结人们生活中的经验教训,给后人以有益的教诲。

在艺术上,《聊斋志异》也取得了卓越的成就,主要体现在以下几点:

首先,"用传奇法,而以志怪"。聊斋故事情节曲折跌宕,具有生动的传奇性。《聊斋志异》每叙一事,故事情节力避平淡无奇,奇幻多姿,多条线索相互交织,插叙和倒叙巧妙配合。如《王桂庵》写王桂庵江上初逢芸娘,心驰神往,后沿江寻访却杳无踪迹,"抵家,寝食皆萦念之",两年后偶入一江村,却出人意料地再遇芸娘,而芸娘之父却是峻介士人,拒绝了王桂庵的提亲,"王神情俱失,拼别而返,当晚辗转",又求助友人做媒方才如愿,却又因一句戏言,致使芸娘投江,王痛不欲生,年余独自返家,途中避雨民舍,又蓦地见到芸娘未死,好事多磨,终成眷属,情节演进极富"山重水复,柳暗花明"之趣,巧妙设置悬念,平添波澜。

其次,塑造了鲜明生动的人物形象。《聊斋志异》四百多篇,使人读后留下深刻印象的个性化人物不下百余个。一部《聊斋》,所写人物千姿百态,各具风采,有人类、有鬼魅、有狐精、有花妖等。而其中写得最多的,也是最成功的当是花妖狐魅的形象。《聊斋志异》中

---

① 冗人:多余的人。
② 小学诗礼:略学诗书礼法。
③ 事翁姑:服侍公婆。
④ 山坳(ào):山沟、山谷。

的花妖狐魅,除少数如《画皮》中的女子吃人之外,多数则是温情善良的女鬼,使人读后"忘为异类"。如连琐(《连琐》)、李氏(《莲香》)、小谢、秋容(《小谢》)等。连琐是异乡暴夭之女子,葬于荒丘古墓。她不仅生得"瘦怯凝寒,若不胜衣",且天资聪颖,心地善良,"慧黠可爱"。又如《绿衣女》中的绿衣女"绿衣长裙,婉妙无比"。《花姑子》中花姑子是獐子精,"气息肌肤,无处不香"。《娇娜》中的娇娜"娇波流慧,细柳生姿"。《青凤》中的青凤"弱态生娇,秋波流慧,人间无其丽也"。她们大多有貌有才有勇有智,是真和美的化身。

最后,作品的语言实现了诗性与口语化的完美结合。《聊斋志异》的语言凝练生动,简约传神,一方面显现出文言的典雅诗性之美,另一方面显现出民间口语的活泼自由之美。

选文通过写狐女婴宁与书生王子服的恋爱故事,成功地塑造了一个天真烂漫、憨态可掬、不受封建礼教束缚的少女婴宁形象,表现了作者对封建传统观念的蔑视和对自由爱情婚姻的憧憬。

【选评】

此篇以"笑"字立胎,而以花为眼,处处写笑,即处处以花映带之。"拈梅花一只"数语,已伏全文之脉,故文章全在提掇处得力也。以拈花笑起,以摘花不笑收,写笑层见叠出,无一意冗复,无一笔雷同。不笑后复用反衬,后仍结转"笑"字,篇法严密乃尔。([清]但明伦评《聊斋志异》)

曹雪芹

【简介】 曹雪芹(1715?—1763?),名霑,字梦阮,号雪芹,又号芹圃、芹溪。祖籍辽阳,远祖曹世选(锡远)出关,被掳为多尔衮家奴,入正白旗。清人入关,因军功擢升。曾祖父曹玺为第一任江宁织造,曾祖母孙氏为康熙乳娘。祖父曹寅是康熙的伴读、侍卫,曹玺死后,他继任江宁织造,还曾任两淮巡盐御史。但随着康熙离世,曹家趋向没落。雍正六年(1728),叔父曹頫被革职抄家,钟鸣鼎食之家轰然坍塌。十三岁的曹雪芹随家人从南京迁到北京。晚年移居北京西郊荒村,满径蓬蒿、穷愁潦倒。人生的巨大变故,让他对豪门大族的没落有了刻骨铭心的感受,深切地体会到命运无常和世情炎凉,滋生出生命的幻灭感与虚无感,这些感悟和体认成为《红楼梦》的底色。曹雪芹大约从三十岁开始创作《红楼梦》,共"披阅十载,增删五次",至病逝为止,只整理出八十回,八十回以后,可能也写过一些片断手稿或回目,但在传阅中散失。

红楼梦(节选)

宝玉因不见了黛玉,便知是他躲了别处去了。想了一想,索性迟两日,等他的气消一消再去也罢了。因低头看见许多凤仙石榴等各色落花,锦重重的落了一地,因叹道:"这是他心里生了气,也不收拾这花儿来了。待我送了去,明儿再问着他。"说着,只见宝钗约着他们往后头去。宝玉道:"我就来。"说毕,等他二人去远了,把那花兜了起来,登山渡水,过树穿花,一直奔了那日同黛玉葬桃花的去处来。

将已到了花冢,犹未转过山坡,只听山坡那边有呜咽之声,一行数落着,哭的好不伤感。宝玉心下想道:"这不知是那房里的丫头,受了委曲,跑到这个地方来哭?"一面想,一面煞住脚步,听他哭道是:

> 花谢花飞花满天,红消香断有谁怜?
> 游丝软系飘春榭,落絮轻沾扑绣帘。
> 闺中女儿惜春暮,愁绪满怀无释处,
> 手把花锄出绣闺,忍踏落花来复去?
> 柳丝榆荚自芳菲,不管桃飘与李飞。
> 桃李明年能再发,明年闺中知有谁?
> 三月香巢已垒成,梁间燕子太无情!
> 明年花发虽可啄,却不道人去梁空巢已倾。
> 一年三百六十日,风刀霜剑严相逼。
> 明媚鲜妍能几时? 一朝飘泊难寻觅。
> 花开易见落难寻,阶前闷杀葬花人,
> 独倚花锄泪暗洒,洒上空枝见血痕。
> 杜鹃无语正黄昏,荷锄归去掩重门。
> 青灯照壁人初睡,冷雨敲窗被未温。
> 怪奴底事倍伤神? 半为怜春半恼春:
> 怜春忽至恼忽去,至又无言去不闻。
> 昨宵庭外悲歌发,知是花魂与鸟魂?
> 花魂鸟魂总难留,鸟自无言花自羞。
> 愿奴胁下生双翼,随花飞到天尽头!
> 天尽头,何处有香丘?
> 未若锦囊收艳骨,一抔净土掩风流①。
> 质本洁来还洁去,强于污淖陷渠沟②。
> 尔今死去侬收葬,未卜侬身何日丧?
> 侬今葬花人笑痴,他年葬侬知是谁?
> 试看春残花渐落,便是红颜老死时。
> 一朝春尽红颜老,花落人亡两不知!

宝玉听了不觉痴倒。要知端详,且听下回分解。

话说林黛玉只因昨夜晴雯不开门一事,错疑在宝玉身上。至次日又可巧遇见饯花之

---

① 一抔(póu)净土:一抔,一捧,双手捧物。抔,掬。《史记·张释之列传》"取长陵一抔土",比喻盗开坟墓。后人就以"一抔土"代指坟墓。这里"一抔净土"指花冢。
② 污淖(nào):污泥。

期,正是一腔无明正未发泄①,又勾起伤春愁思,因把些残花落瓣去掩埋。由不得感花伤己,哭了几声,便随口念了几句。不想宝玉在山坡上听见,先不过点头感叹;次又听到"侬今葬花人笑痴,他年葬侬知是谁?""一朝春尽红颜老,花落人亡两不知"等句,不觉恸倒山坡之上,怀里兜的落花撒了一地。试想林黛玉的花颜月貌,将来亦到无可寻觅之时,宁不心碎肠断!既黛玉终归无可寻觅之时,推之于他人,如宝钗、香菱、袭人等,亦可到无可寻觅之时矣。宝钗等终归无可寻觅之时,则自己又安在哉?且自身尚不知何在何往,则斯处、斯园、斯花、斯柳,又不知当属谁姓矣!——因此一而二,二而三,反复推求了去,真不知此时此际欲为何等蠢物,杳无所知,逃大造,出尘网②,始可解释这段悲伤。正是:花影不离身左右,鸟声只在耳东西。

那林黛玉正自伤感,忽听山坡上也有悲声,心下想道:"人人都笑我有些痴病,难道还有一个痴子不成?"想着,抬头一看,见是宝玉。林黛玉看见,便道:"啐!我道是谁,原来是这个狠心短命的……"刚说到"短命"二字,又把口掩住,长叹一声,自己抽身便走了。

这里宝玉悲恸了一回,忽然抬头不见了黛玉,便知黛玉看见他躲开了。自己也觉无味,抖抖土起来,下山寻归旧路,往怡红院来。可巧看见林黛玉在前头走,连忙赶上去,说道:"你且站住。我知你不理我,我只说一句话,从今以后撂开手。"林黛玉回头看见是宝玉,待要不理他,听他说"只说一句话,从此撂开手",这话里有文章,少不得站住说道:"有一句话,请说来。"宝玉笑道:"两句话,说了你听不听?"黛玉听说,回头就走。宝玉在身后面叹道:"既有今日,何必当初?"林黛玉听见这话,由不得站住,回头道:"当初怎么样?今日怎么样?"宝玉叹道:"当初姑娘来了,那不是我陪着玩笑?凭我心爱的,姑娘要,就拿去;我爱吃的,听见姑娘也爱吃,连忙干干净净收着等姑娘吃。一桌子吃饭,一床上睡觉。丫头们想不到的,我怕姑娘生气,我替丫头们想到了。我心里想着:姊妹们从小儿长大,亲也罢,热也罢,和气到了儿,才见得比别人好。如今谁承望姑娘人大心大,不把我放在眼里,三日不理,四日不见的,倒把外四路的什么宝姐姐凤姐姐的放在心坎儿上③。我又没个亲兄弟亲妹妹,虽然有两个,你难道不知道是和我隔母的?我也和你似的独出,只怕同我的心一样。谁知我是白操了这个心,弄的有冤无处诉!"说着不觉滴下眼泪来。

黛玉耳内听了这话,眼内见了这形景,心内不觉灰了大半,也不觉滴下泪来,低头不语。宝玉见他这般形景,遂又说道:"我也知道我如今不好了,但只凭着怎么不好,万不敢在妹妹跟前有错处。——便有一二分错处,你倒是或教导我,戒我下次,或骂我几句,打我两下,我都不灰心。谁知你总不理我,叫我摸不着头脑,少魂失魄,不知怎么样才好!就是死了,也是个屈死鬼,任凭高僧高道忏悔也不能超生;还得你申明了缘故,我才得托生呢!"

黛玉听了这个话,不觉将昨晚的事都忘在九霄云外了,便说道:"你既这么说,昨儿为什么我去了,你不叫丫头开门呢?"宝玉诧异道:"这话从那里说起?我要是这么样,立刻就

---

① 无明:佛家用语,意译为"痴",即缺乏真知之意。佛教认为,人世的种种烦恼,就是"无明"在起作用。因此称人的发怒为无名怒火,省略称为"无明"。

② 大造、尘网:泛指人间。大造,大自然创造,化育万物,指宇宙。尘网,比喻在人世间被名利声色束缚,如在网中不得解脱。

③ 外四路:指关系疏远。

死了!"林黛玉啐道:"大清早起死呀活的,也不忌讳!你说有呢就有,没有就没有,起什么誓呢?"宝玉道:"实在没有见你去,就是宝姐姐坐了一坐,就出来了。"林黛玉想了一想,笑道:"是了。想必是你的丫头们懒待动,丧声歪气的也是有的。"宝玉道:"想必是这个原故。等我回去问了是谁,教训教训他们就好了。"黛玉道:"你的那些姑娘们也该教训教训,只是我论理不该说。今儿得罪了我的事小,倘或明儿宝姑娘来,什么'贝姑娘'来,也得罪了,事情岂不大了。"说着,抿着嘴笑。宝玉听了,又是咬牙,又是笑。

【导读】

《红楼梦》是一部伟大的现实主义小说,全书一百二十回,分为四大段落,暗含春夏秋冬的四季寓意。第一回到第五回是序幕,暗示创作意图,介绍核心人物,为故事情节的展现做铺垫。第六回到第二十三回是第二个大段落,故事情节从刘姥姥一进荣国府开始,将刘姥姥作为四大宗族衰亡史的见证人,她的三进荣国府,正好经历了贾家盛极而衰的全过程,在艺术结构上贯穿始终,起到了纲举目张的作用。第二十四回到七十四回是第三个大段落,写宝黛爱情的萌生、曲折和升华,也写了宗族内部的危机和颓败。第七十五回到一百二十回是第四个大段落,宝黛爱情受到扼杀而凋零,贾府的内忧外患濒临总爆发的边缘,主要人物也都坠入悲剧性的结局。小说将爱情的悲剧、家族的悲剧、时代的悲剧、文化的悲剧、人生的悲剧熔为一炉,显示出丰富的悲剧内涵,主要表现为四个层面:

首先,家庭和社会的悲剧。小说以贾府的兴衰为线索,贯穿起史、王、薛等大家族的没落和迷失,展开了上至宫廷、下及乡村的广阔历史画卷,披露了封建末世尖锐复杂的矛盾,揭示了传统社会结构与家族模式趋向崩溃的历史宿命。诗礼簪缨之族、钟鸣鼎食之家的贾府,由"烈火烹油,鲜花着锦"的盛世,无可奈何地迈向薄暮穷途的"末世",最后"忽喇喇似大厦倾,昏惨惨似灯将尽",衣冠风流化作荒冢斜晖,上演了一出"树倒猢狲散"的家族悲剧。安富尊荣者多,运筹谋划者少,这是贾府衰败的首要原因。主子们养尊处优,饱食终日;下人们得过且过,离心离德。那些处于核心层的主子,钩心斗角,各谋私利。如凤姐,表面上虽终日为家事操劳,其实却是沉迷于个人的贪欲。她对上欺瞒献媚,助长奢侈浮华的风气;对下欺压盘剥,克扣月银,放高利贷,一再激化矛盾,将贾府大厦一步步引向坍塌。此外,围绕家政控制权和宗族继承权,贾府的主子之间冲突激烈。正如七十五回中探春所说:"咱们倒是一家子亲骨肉呢,一个个像乌眼鸡似的,恨不得你吃了我,我吃了你。"人才匮竭,后继无人,这是导致贾府衰败的重要原因。荣宁两府,无论是"文"字辈、"玉"字辈或"草"字辈的,已无一人可挽狂澜于既倒。贾敬痴迷于烧丹炼汞,贾赦贪婪荒淫,即使是有祖辈遗风的贾政,也只是一个毫无气魄雄心的庸人,贾珍、贾琏之流则更是声色犬马之徒,确是"一代不如一代",这个封建家族和它所代表的封建社会一样,生命力在不断萎缩和退化,最后走向了不可避免的没落和衰亡。

其次,爱情与婚姻的悲剧。《红楼梦》的主人公是封建等级社会和价值体系的叛逆者贾宝玉。宝玉在贾府的世界里,既是宠儿又是囚徒。他衔玉而生,以贾母为首的贾府众人把这块"宝玉"视为"命根子",等同于家族存在的命脉,再加上他神采飘逸、秀色夺人,更得到了老祖宗的偏爱。宝玉在贾府的地位和待遇达到极致的安富尊荣,特别是他得到了可在内帏厮混的宽许,与众姊妹朝暮厮守在梦境一般的大观园,成为富贵闲人。但另一方面,由于贾政和王夫人对他寄予极大的仕途期盼,希望将他纳入固有的生活秩序和利益群体。因此,对他严加管教,甚至毒打。宝玉不能阅读求真,不能任情交往,不能拯救弱者,更不能自由选择爱情和婚姻,成了某种筹码和玩偶。林黛玉是一个凄美而才情横溢的少女。她自幼父母双亡,孤身一人投靠贾府,过着寄人篱下的生活。她孤高自许,以诗人的敏感抒发对生命的感受,以高傲的性格与生存环境对抗。在人际关系复杂冷漠的大观园里,只有贾宝玉成为她唯一的心灵慰藉。但她没有为了婚姻而妥协,没有迎合长辈的需求而规劝宝玉走仕途经济之路。最终有情人未能成眷属,她怀着对世界的绝望,泪尽而亡,为守护自己的人格尊严和纯美感情付出了生命的代价。

再次,女子的悲剧、青春的悲剧。《红楼梦》虚构了一个大观园,它实际上是与“须眉浊物”的男子相对立的众多女儿的精神家园与理想世界,但在发生“绣春囊事件”之后,大观园也很快走向毁灭。作品展示了这些美丽的女子走向“千红一窟(哭)”“万艳同杯(悲)”的终极归宿。大观园里这些女儿的悲剧,其实就是青春、美、爱和一切有价值的生命被毁灭的悲剧,有力地批判了现实世界的污浊和黑暗。

最后,《红楼梦》更是人生的悲剧。贾宝玉作为《红楼梦》的核心人物,在外人眼里,他是“无故寻愁觅恨,有时似傻如狂”“天下无能第一,古今不肖无双”的“混世魔王”。在他身上表现出强烈的叛逆性格和追求个性解放的思想意识。他出生在钟鸣鼎食之家,却极其鄙视功名富贵。他生活在视科举为正途的时代,却唾弃科举制度,讥讽“文死谏,武死战”的忠臣也不过是沽名钓誉之辈。在男尊女卑的社会里,身为大观园里的贵公子,却说“女儿是水作的骨肉,男人是泥作的骨肉。我见了女儿,我便清爽;见了男子,便觉浊臭逼人”,这些惊世骇俗的观念都与传统文学中的男性形象极为不同。尽管贾宝玉与封建秩序格格不入,却无法改变现实环境,他满怀希望寻求新的出路,却又无路可走。所以,他是这个社会的一个多余人,一个无用的人。当他目睹了发生在身边的一幕幕丑剧和悲剧后,他从无当中来,又到虚无当中去,终于,出家就成为他唯一的归宿,正如鲁迅所说:“悲凉之雾,遍被华林,然呼吸而领会之者,独宝玉而已。”

本篇选自《红楼梦》第二十七回《滴翠亭杨妃戏彩蝶　十里香冢飞燕泣残红》与第二十八回《蒋玉函情赠茜香罗　薛宝钗羞笼红麝串》。黛玉葬花,吟诵《葬花词》,抒发了寄人篱下、孤苦伶仃的愁绪,表现了她高洁的品格和不甘屈服的傲骨,同时也表露出对生命短暂、红颜易老的感伤。《葬花词》是林黛玉的悲歌,也是大观园里青春少女的挽歌。

【选评】

至于说到《红楼梦》的价值,可是在中国底小说中实在是不可多得的。其要点在敢于如实描写,并无讳饰,和从前的小说叙好人完全是好,坏人完全是坏的,大不相同,所以其中所叙的人物,都是真的人物。总之自有《红楼梦》出来以后,传统的思想和写法都打破了。(鲁迅《中国小说的历史的变迁》)

洪　昇

【简介】　洪昇(1645—1704)，字昉思，号稗畦，又号稗村、南屏樵者，钱塘(今浙江杭州)人，生于世宦之家，有"累叶清华"之誉。1668年北京国子监肄业。历经二十年科举不第，白衣终身。《长生殿》历经十年，三易其稿，于康熙二十七年(1688)问世后引起社会轰动。次年因在孝懿皇后忌日演出《长生殿》而被劾下狱，革去国子监监生之功名，其诸多好友亦受牵连。后人有"可怜一曲《长生殿》，断送功名到白头"之叹。洪昇晚年归钱塘，生活穷困潦倒。1704年，江宁织造曹寅在南京排演全本《长生殿》，洪昇应邀前去观赏，事后在返回杭州途中，于乌镇酒醉后失足落水而死。著有诗集《稗畦集》《稗畦续集》《啸月楼集》，杂剧《四婵娟》，传奇《长生殿》《回文锦》《回龙记》等。戏曲作品仅存《长生殿》和《四婵娟》两种。今人辑有《洪昇集》。

长生殿(节选)

(丑上)"玉楼天半起笙歌，风送宫嫔笑语和。月殿影开闻夜漏，水晶帘卷近秋河。"咱家高力士①，奉万岁爷之命，着咱在御花园中安排小宴，要与贵妃娘娘同来游赏，只得在此伺候。(生、旦乘辇，老旦、贴随后，二内侍引，行上)

【北中吕粉蝶儿】天淡云闲，列长空数行新雁。御园中秋色斓斑，柳添黄，蘋减绿，红莲脱瓣。一抹雕阑，喷清香桂花初绽。

(到介)(丑)请万岁爷娘娘下辇。(生、旦下辇介)(丑同内侍暗下)

(生)妃子，朕与你散步一回者。(旦)陛下请。(生携旦手介)(旦)

【南泣颜回】携手向花间，暂把幽怀同散。凉生亭下，风荷映水翩翻。爱桐阴静悄，碧沉沉并绕回廊看。恋香巢秋燕依人，睡银塘鸳鸯蘸眼②。

(生)高力士，将酒过来，朕与娘娘小饮数杯。(丑)宴已排在亭上，请万岁爷娘娘上宴。(旦作把盏，生止住介)妃子坐了。

【北石榴花】不劳你玉纤纤高捧礼仪烦③，子待借小饮对眉山④。俺与你浅斟低唱互更番，三杯两盏，遣兴消闲。妃子，今日虽是小宴，倒也清雅。回避了御厨中，回避了御厨中烹龙炰凤堆盘案⑤，呀呀哑哑乐声催趱⑥。只几味脆生生，只几味脆生生蔬和果清肴馔，雅称你仙肌玉骨美人餐⑦。

---

① 高力士：唐玄宗最宠信的太监，曾任左监门大将军知内侍省事、骠骑将军等职。
② 蘸眼：引人注目。
③ 玉纤纤：指女性的手指。
④ 子待：只待。眉山：过去有些女性把眉毛描成远山模样，称远山眉。这里泛指眉毛。
⑤ 烹龙炰凤：形容珍贵的肴馔。
⑥ 催趱(zǎn)：催赶、催促。
⑦ 雅：很。

妃子,朕与你清游小饮,那些梨园旧曲①,都不耐烦听他。记得那年在沉香亭上赏牡丹,召翰林李白草《清平调》三章②,令李龟年度成新谱③,其词甚佳。不知妃子还记得么?(旦)妾还记得。(生)妃子可为朕歌之,朕当亲倚玉笛以和。(旦)领旨。(老旦进玉笛,生吹介)(旦按板介)

【南泣颜回】(换头)花繁,秾艳想容颜。云想衣裳光璨。新妆谁似,可怜飞燕娇懒④。名花国色,笑微微常得君王看。向春风解释春愁,沉香亭同倚栏干。

(生)妙哉,李白锦心,妃子绣口,真双绝矣。宫娥,取巨觥来⑤,朕与妃子对饮。(老旦、贴送酒介)(生)

【北斗鹌鹑】畅好是喜孜孜驻拍停歌⑥,喜孜孜驻拍停歌,笑吟吟传杯送盏。妃子干一杯。(作照干介)不须他絮烦烦射覆藏钩⑦,闹纷纷弹丝弄板。

(又作照杯介)妃子,再干一杯。(旦)妾不能饮了。(生)宫娥每⑧,跪劝。(老旦、贴)领旨。(跪旦介)娘娘,请上这一杯。(旦勉饮介)(老旦、贴作连劝介)(生)我这里无语持觥仔细看,早子见花一朵上腮间⑨。(旦作醉介)妾真醉矣。(生)一会价软哈哈柳亸花欹⑩,软哈哈柳亸花欹⑪,困腾腾莺娇燕懒。

妃子醉了,宫娥每,扶娘娘上辇进宫去者。(老旦、贴)领旨。(作扶旦起介)(旦作醉态呼介)万岁!(老旦、贴扶旦行)(旦作醉态介)

【南扑灯蛾】态恹恹轻云软四肢,影蒙蒙空花乱双眼,娇怯怯柳腰扶难起,困沉沉强抬娇腕,软设设金莲倒褪⑫,乱松松香肩亸云鬟,美甘甘思寻凤枕,步迟迟,倩宫娥搀入绣帏间。

(老旦、贴扶旦下)(丑同内侍暗上)(内击鼓介)(生惊介)何处鼓声骤发?(副净急上)"渔阳鼙鼓动地来,惊破霓裳羽衣曲⑬。"(问丑介)万岁爷在那里?(丑)在御花园内。(副净)军情紧急,不免径入。(进见介)陛下,不好了。安禄山起兵造反⑭,杀过潼关,不日就到长安了。(生大惊介)守关将士何在?(副净)哥舒翰兵败⑮,已降贼了。(生)

---

① 梨园:唐玄宗时在宫中训练演员的地方,设在蓬莱宫旁边的宜春院内。
② 《清平调》三章:《清平调》是乐曲宫调中的一种调名。李白在长安供奉翰林时,曾奉命写了《清平调》词三首。其一:"云想衣裳花想容,春风拂槛露华浓。若非群玉山头见,会向瑶台月下逢。"其二:"一枝红艳露凝香,云雨巫山枉断肠。借问汉宫谁得似?可怜飞燕倚新妆。"其三:"名花倾国两相欢,长得君王带笑看。解释春风无限恨,沉香亭北倚阑干。"
③ 李龟年:唐玄宗时著名的音乐家,善演奏,能作曲,在玄宗的梨园供职。
④ 飞燕:汉成帝的妃子,著名的美人。
⑤ 巨觥:大杯子。
⑥ 畅好是:正好是。
⑦ 絮烦烦:啰啰唆唆招人厌烦。射覆:古时的酒令的一种,类似猜谜。藏钩:一种游戏,猜物品藏在哪儿。
⑧ 每:们。
⑨ 子见:只见。
⑩ 一会价:一会儿。
⑪ 软哈哈:软绵绵。亸(duǒ):垂下的样子。欹:歪斜。
⑫ 软设设:软绵绵的意思。金莲:形容妇女纤细之足。褪:后退。
⑬ "渔阳鼙鼓动地来"二句:见白居易《长恨歌》。
⑭ 安禄山:唐玄宗时的范阳节度使,胡人,后起兵反唐。
⑮ 哥舒翰:唐玄宗时将领,突厥人。被封为平西郡王。安禄山叛乱时,他统军二十万守潼关,兵败被俘。

【北上小楼】呀,你道失机的哥舒翰,称兵的安禄山,赤紧的离了渔阳①,陷了东京②,破了潼关。唬得人胆战心摇,唬得人胆战心摇,肠慌腹热,魂飞魄散,早惊破月明花粲。

卿有何策,可退贼兵?(副净)当日臣曾再三启奏,禄山必反,陛下不听,今日果应臣言。事起仓卒,怎生抵敌?不若权时幸蜀③,以待天下勤王④。(生)依卿所奏。快传旨,诸王百官,即时随驾幸蜀便了。(副净)领旨。(急下)(生)高力士,快些整备军马。传旨令右龙武将军陈元礼⑤,统领羽林军士三千⑥,扈驾前行⑦。(丑)领旨。(下)(内侍)请万岁爷回宫。(生转行叹介)唉,正尔欢娱,不想忽有此变,怎生是了也!

【南扑灯蛾】稳稳的宫庭宴安,扰扰的边廷造反。冬冬的鼙鼓喧,腾腾的烽火黦⑧。的溜扑碌臣民儿逃散⑨,黑漫漫乾坤覆翻,碜磕磕社稷摧残⑩,碜磕磕社稷摧残。当不得萧萧飒飒西风送晚,黯黯的一轮落日冷长安。

(向内问介)宫娥每,杨娘娘可曾安寝?(老旦、贴内应介)已睡熟了。(生)不要惊他,且待明早五鼓同行。(泣介)天那,寡人不幸,遭此播迁⑪,累他玉貌花容,驱驰道路。好不痛心也!

【南尾声】在深宫兀自娇慵惯,怎样支吾蜀道难⑫!(哭介)我那妃子呵,愁杀你玉软花柔要将途路趱。

宫殿参差落照间(卢纶),渔阳烽火照函关(吴融)。

遏云声绝悲风起(胡曾),何处黄云是陇山(武元衡)。

【导读】

《长生殿》是一部浪漫爱情剧,兼具历史剧特色,在描写李隆基与杨玉环爱情的同时,用相当长的篇幅写安史之乱及有关的社会政治情况,反观历史,表达"乐极哀来"的兴亡之感。

李、杨爱情是中国文学创作的重要题材,在不同作者笔下呈现出不同面貌。代表作有唐代白居易《长恨歌》(诗歌)、陈鸿《长恨歌传》(小说),宋代乐史《杨太真外传》二卷(小说),元代白朴《唐明皇秋夜梧桐雨》(杂剧),明代屠隆《彩毫记》(杂剧)、吴世美《惊鸿记》(传奇)等。宫闱故事在传播过程中往往会被添加野史的传奇性和趣味性。洪昇创作态度严谨,对杨、李爱情故事的改编,"凡史家秽语,概削不书,非曰匿瑕,亦要诸诗人忠厚之旨云尔"。能排除野史的影响,以情构史,借史融情,净化情节,将杨、李之爱锁定在真情范

---

① 赤紧:吃紧。
② 东京:唐时称洛阳为东京。
③ 权时:暂时。幸:皇帝专用词,指到达。
④ 勤王:起兵援救皇帝。
⑤ 陈元礼:陈玄礼。
⑥ 羽林军:皇帝的近卫军。
⑦ 扈驾:随从皇帝车驾。
⑧ 黦:黑色。
⑨ 的溜扑碌:形容摔跌的声音。
⑩ 碜磕磕:碜可可,凄惨悲伤的意思。
⑪ 播迁:动荡,东奔西走。
⑫ 支吾:对付。

畴,间隙穿插政治事件,使情与史交相呼应,借情说理,跳脱婚恋戏的局限,呈现出博大宏阔的史诗气派。该剧的主要特色主要有以下三点:

一、《长生殿》在创作手法上虚实结合,脉络清晰,结构严谨。

全剧以李、杨爱情为经,以社会政治演变为纬,两条线互为因果、互相推进。上半部偏于写实,既通过《贿权》《权哄》等表现权奸的勾结争夺,又通过《禊游》《进果》《舞盘》等表现帝妃宫廷生活的荒淫腐朽,还通过《幸恩》《夜怨》等表现风流天子爱情不专,既宠爱贵妃杨玉环,又不忘梅妃江采苹,同时还迷恋虢国夫人;杨妃则争风夺宠,愁怨满怀,这种帝妃之爱让人觉得真实可信。下半部主要写幻,通过《冥追》《觅魂》《补恨》《寄情》《重圆》等表现李、杨爱情的生死不渝,以精神的"长生"来消解现实的"长恨",从而自然归结出主旨。真幻结合,既有深刻的真实性,又有浓厚的理想色彩。

二、《长生殿》善于多侧面展示人物性格,并能写出性格的发展变化,人物形象鲜活生动。

杨玉环是一个集娇美、泼悍、真情、嫉妒、聪慧、执着等多种性格因素为一身的帝王宠妃。她的性格随着剧情的发展而变化:从初被宠幸时的谦卑惶恐,到因帝王用情不专而愁肠百转,再到恃宠而骄、狠辣嫉妒;她既是为保护君王而自请死亡的深情女子,也是精诚不灭,痴情不改,感天动地的方外仙子。人物形象丰满立体,在传奇作品中并不多见。李隆基沉溺于美色,昏庸荒唐,缺乏判断力,但又敢于自我批评,痴情不改,是悲哀无奈的矛盾统一体。再如,杨国忠的奸诈,安禄山的阴险狡诈,郭子仪的耿直中正,雷海青的刚烈不屈,李龟年的老成持重,洪昇能巧用笔墨,在有限的篇幅中塑造出性格鲜明的人物。

三、《长生殿》曲词典雅,曲律讲究,用韵审慎。

《长生殿》音乐性与文学性兼备。王季烈《螾庐曲谈》中言:"予谓古今曲词,词采,结构,排场并胜,而又宫调合律,宾白工整,众美悉具,一无可议者,莫过于《长生殿》。"梁廷柟在《曲话》中更是赞誉有加:"钱塘洪昉思昇撰《长生殿》,为千百年来曲中巨擘。以绝好题目,作绝大文章,学人、才人一齐俯首。"

所选《长生殿·惊变》一折,分为前后两个部分,是全剧转折点。李杨爱情由知音互赏、声色犬马急转直下,走向悲情,营造出强烈的戏剧效果。

前半部分包括六支曲牌,从【北粉螺儿】至【南扑灯蛾】,称为"小宴"。讲的是御花园中李隆基与杨玉环游赏宴乐。【北粉蝶儿】是环境描写,"天淡云闲,列长空数行新雁。御园中秋色斓斑,柳乘黄,萍减绿,红莲脱瓣,一抹阑,喷消香桂花初绽。"此乃李隆基眼中之景,为两人甜蜜的爱情营设出闲适安逸的环境。"携手向花间,暂把幽怀同散","爱桐困静悄,碧沉沉并绕回廊看","恋香巢秋燕依人,睡银塘鸳鸯蘸眼",摹写了杨、李的绵绵深情,以景喻人,情景交融。下接"小宴"的具体情景,三支曲牌【北石榴花】【南泣颜回】(换头)【北斗鹌鹑】写尽人间美事。"小宴"之中帝妃独处,省却礼节,把酒言欢,忘却烦恼,此情此景让两人回忆起定情之初,沉香亭上赏玩牡丹,召李太白作《清平调》三章,李龟年当即度成新谱,杨玉环献唱,李隆基倚玉笛相和,这一幕顶级的艺术盛宴,牵惹出李隆基的兴致,换巨觥对饮,不胜酒力的杨玉环很快进入醉态。【扑南灯蛾】用了一连串的叠字,"态恹恹""影蒙蒙""娇怯怯""困沉沉""软设设""乱松松""美甘甘""步迟迟"等,将贵妃醉酒之态,醉酒之情,醉酒之美,描写得妩媚动人。

然而好景不长,"渔阳鼙鼓动起来,惊破霓裳羽衣曲",鼓声骤发,惊破美梦,剧情急转直下,进入后半部。【北上小楼】和【南扑灯蛾】描写了李隆基面对事变的慌乱与紧张,这位开创开元盛世的英主早已"占了情场,弛了朝纲"。面对这突如其来的变故,李隆基仍不忘关心睡梦中的爱妃,吩咐宫娥们"不要惊她,且待明早五更同行"。他担心杨玉环的"玉貌花容"经受不了逃亡奔蜀路上的颠簸之苦,顾不得万里江山,只为伊人落泪。这折戏的情节构思和曲调格律都相当出彩,可谓是生花妙笔,下接第二十五出《埋玉》,构成全剧中最重要的情节高潮。

【选评】

古今传奇词采、结构、排场并胜,而又宫调合律,宾白工整,众美悉具,一无可议者,莫过于《长生殿》。(王季烈《螾庐曲谈》)

孔尚任

【简介】 孔尚任(1648—1718),曲阜人,孔子第 64 代孙。1684 年康熙曲阜祭孔时担任御前讲经人和导游,受康熙赏识,拔为国子监博士。曾在扬州治河三年,期间结识许多明末遗民,曾在扬州登梅花岭,参拜史可法衣冠冢;在南京登燕子矶、游秦淮河、过明故宫、谒明孝陵,在栖霞山访过道士张瑶星,这些经历为后来创作《桃花扇》积累了素材。《桃花扇》经十余年苦心经营,于清康熙三十八年(1699)六月完稿,轰动京畿。"王公荐绅,莫不借钞,时有纸贵之誉""长安(指北京)之演《桃花扇》者,岁无虚日",甚至康熙皇帝也索稿阅读,次年孔尚任即遭罢官,1702 年回到家乡曲阜,直至终老。除《桃花扇》之外,孔尚任还与顾彩合撰《小忽雷》传奇,另有诗文集《石门山集》《湖海集》《岸堂集》《出山异数记》《人瑞录》等。今人汪蔚林辑有《孔尚任诗文集》。

桃花扇(节选)

(杂扮保儿掇马桶上①)龟尿龟尿,撒出小龟;鳖血鳖血,变成小鳖。龟尿鳖血,看不分别;鳖血龟尿,说不清白。看不分别,混了亲爹;说不清白,混了亲伯。(笑介)胡闹,胡闹!昨日香姐上头②,乱了半夜;今日早起,又要刷马桶,倒溺壶,忙个不了。那些孤老、表子,还不知搂到几时哩③。(刷马桶介)

【夜行船】(末)人宿平康深柳巷④,惊好梦门外花郎⑤。绣户未开,帘钩才响,春阻十层纱帐。

---

① 杂:杂角,泛指生旦净丑等主要角色之外的一般角色。保儿:即鸨儿,老妓。
② 上头:意指女子出嫁,因要改变发型并加笄,故称。这里指妓女第一次接客,也叫梳栊。
③ 孤老:妓院中对长期固定的客人的称呼。表子:婊子,妓女。
④ 平康、柳巷:旧时对妓院的代称。
⑤ 花郎:卖花人。

下官杨文骢,早来与侯兄道喜。你看院门深闭,侍婢无声,想是高眠未起。(唤介)保儿,你到新人窗外,说我早来道喜。(杂)昨夜睡迟了,今日未必起来哩。老爷请回,明日再来罢。(末笑介)胡说! 快快去问。(小旦内问介①)保儿! 来的是那一个?(杂)是杨老爷道喜来了。(小旦忙上)倚枕春宵短,敲门好事多。(见介)多谢老爷,成了孩儿一世姻缘。(末)好说。(问介)新人起来不曾?(小旦)昨晚睡迟,都还未起哩。(让坐介)老爷请坐,待我去催他。(末)不必,不必(小旦下)

【步步娇】(末)儿女浓情如花酿,美满无他想,黑甜共一乡②。可也亏了俺帮衬,珠翠辉煌,罗绮飘荡,件件助新妆,悬出风流榜。

(小旦上)好笑,好笑! 两个在那里交扣丁香③,并照菱花④,梳洗才完,穿戴未毕。请老爷同到洞房,唤他出来,好饮扶头卯酒⑤。(末)惊却好梦,得罪不浅。(同下)(生、旦艳妆上)

【沉醉东风】(生、旦)这云情接着雨况⑥,刚搔了心窝奇痒,谁搅起睡鸳鸯。被翻红浪,喜匆匆满怀欢畅。枕上余香,帕上余香,消魂滋味,才从梦里尝。

(末、小旦上)(末)果然起来了,恭喜,恭喜! (一揖,坐介)(末)昨晚催妆拙句⑦,可还说的入情么。(生揖介)多谢! (笑介)妙是妙极了,只有一件。(末)那一件?(生)香君虽小,还该藏之金屋⑧。(看袖介)小生衫袖,如何着得下?(俱笑介,末)夜来定情,必有佳作。(生)草草塞责,不敢请教。(末)诗在那里?(旦)诗在扇头。(旦向袖中取出扇介)(末接看介)是一柄白纱宫扇⑨。(嗅介)香的有趣。(吟诗介)妙,妙! 只有香君不愧此诗。(付旦介)还收好了。(旦收扇介)

【园林好】(末)正芬芳桃香李香,都题在宫纱扇上;怕遇着狂风吹荡,须紧紧袖中藏,须紧紧袖中藏。

(末看旦介)你看香君上头之后,更觉艳丽了。(向生介)世兄有福,消此尤物⑩。(生)香君天姿国色,今日插了几朵珠翠,穿了一套绮罗,十分花貌,又添二分,果然可爱。(小旦)这都亏了杨老爷帮衬哩。

【江儿水】送到缠头锦⑪,百宝箱,珠围翠绕流苏帐⑫,银烛笼纱通宵亮,金杯劝酒合席唱。今日又早早来看,恰似亲生自养。赔了妆奁,又早敲门来望。

---

① 小旦:旦角之一种,这里指香君假母李贞丽。
② 黑甜:比喻甜美的睡梦。
③ 丁香:这里以丁香花蕾形容衣服的纽扣。
④ 菱花:镜子。古代铜镜常饰以菱花图案,故往往以菱花来指代。
⑤ 扶头卯酒:早晨为振奋精神所饮的酒。一说为酒名。
⑥ 云情接着雨况:指男女交欢时的情况。
⑦ 催妆拙句:祝贺女子出嫁的诗句,指本剧第六出《眠香》中杨文骢所作的《催妆》诗:"生小倾城是李香,怀中婀娜袖中藏。缘何十二巫峰女,梦里偏来见楚王。"
⑧ 金屋:金屋藏娇。《汉武故事》载:汉武帝做太子时,其姑母欲将女儿阿娇嫁给他,他高兴地说:"若得阿娇作妇,当作金屋贮之。"
⑨ 宫扇:宫廷中流行的扇子。
⑩ 尤物:特殊的东西,这里指美人。
⑪ 缠头锦:指给歌妓的酬劳。
⑫ 流苏:类似丝缕的一种装饰品。流苏帐,即用流苏装饰的帏帐。

（旦）俺看杨老爷，虽是马督抚至亲①，却也拮据作客，为何轻掷金钱，来填烟花之窟②？在奴家受之有愧，在老爷施之无名；今日问个明白，以便图报。（生）香君问得有理，小弟与杨兄萍水相交，昨日承情太厚，也觉不安。（末）既蒙问及，小弟只得实告了。这些妆奁酒席，约费二百余金，皆出怀宁之手③。（生）那个怀宁？（末）曾做过光禄的阮圆海。（生）是那皖人阮大铖么？（末）正是。（生）他为何这样周旋？（末）不过欲纳交足下之意。

【五供养】（末）羡你风流雅望，东洛才名④，西汉文章⑤。逢迎随处有，争看坐车郎⑥。秦淮妙处⑦，暂寻个佳人相傍，也要些鸳鸯被、芙蓉妆；你道是谁的，是那南邻大阮，嫁衣全忙。

（生）阮圆老原是敝年伯⑧，小弟鄙其为人，绝之已久。他今日无故用情，令人不解。（末）圆老有一段苦衷，欲见白于足下。（生）请教。（末）圆老当日曾游赵梦白之门⑨，原是吾辈。后来结交魏党⑩，只为救护东林⑪，不料魏党一败，东林反与之水火。近日复社诸生⑫，倡论攻击，大肆殴辱，岂非操同室之戈乎？圆老故交虽多，因其形迹可疑，亦无人代为分辩。每日向天大哭，说道："同类相残，伤心惨目，非河南侯君，不能救我。"所以今日谆谆纳交。（生）原来如此，俺看圆海情辞迫切，亦觉可怜。就便真是魏党，悔过来归，亦不可绝之太甚，况罪有可原乎？定生、次尾⑬，皆我至交，明日相见，即为分解。（末）果然如此，吾党之幸也。（旦怒介）官人是何说话，阮大铖趋附权奸，廉耻丧尽；妇人女子，无不唾骂。他人攻之，官人救之，官人自处于何等也？

【川拨棹】不思想，把话儿轻易讲。要与他消释灾殃，要与他消释灾殃，也提防旁人短长。官人之意，不过因他助俺妆奁，便要徇私废公；那知道这几件钗钏衣裙，原放不到我香君眼里。（拔簪脱衣介）脱裙衫，穷不妨；布荆人，名自香。

（末）阿呀！香君气性，忒也刚烈。（小旦）把好好东西，都丢一地，可惜，可惜！（拾介）（生）好，好，好！这等见识，我倒不如，真乃侯生畏友也⑭。（向末介）老兄休怪，弟非不领教，但恐为女子所笑耳。

【前腔】（生）平康巷，他能将名节讲；偏是咱学校朝堂，偏是咱学校朝堂，混贤奸不问青黄。那些社友平日重俺侯生者，也只为这点义气；我若依附奸邪，那时群起来攻，自救不暇，焉能救人乎？节和名，非泛常；重和轻，须审详。

---

① 马督抚：指马士英，当时任凤阳总督。
② 烟花之窟：指妓院。
③ 怀宁：指阮大铖，号圆海，安徽怀宁人，曾依太监魏忠贤，做过光禄卿，与东林党不合。
④ 东洛才名：古时东都洛阳以出才子而著名，如晋代的左思等。这里用以比喻侯方域的才名很大。
⑤ 西汉文章：西汉出了许多文章名家，如司马迁、司马相如、扬雄等，他们的作品流传久远。
⑥ 坐车郎：晋代潘岳貌美，他坐车出游，总是引得妇女争相观看。这里比喻侯方域风度翩翩。
⑦ 秦淮：指南京的秦淮河，古代是妓院聚集之地。
⑧ 敝：对自己或自己一方的谦称。年伯：旧时科举同年登科的关系为年谊，称其长辈为年伯。
⑨ 赵梦白：赵南星，字梦白，明末天启间吏部尚书，东林党领袖之一。
⑩ 魏党：指魏忠贤及其党羽。
⑪ 东林：指东林党，明末以赵南星、邹元标、顾宪成为首的一派文人，主要从事反对魏忠贤及其党羽的活动。
⑫ 复社：明末清初，东林党被镇压后，继承东林党思想、组织的一个文人集团。代表人物有张溥、吴伟业等。
⑬ 定生、次尾：指陈贞慧、吴应箕，两人均为复社后期的中坚人物。
⑭ 畏友：值得敬畏的朋友。

（末）圆老一段好意,也还不可激烈。（生）我虽至愚,亦不肯从井救人①。（末）既然如此,小弟告辞了。（生）这些箱笼,原是阮家之物,香君不用,留之无益,还求取去罢。（末）正是:多情反被无情恼,乘兴而来兴尽还。（下）（旦恼介）（生看旦介）俺看香君天姿国色,摘了几朵珠翠,脱去一套绮罗,十分容貌,又添十分,更觉可爱。（小旦）虽如此说,舍了许多东西,倒底可惜。

【尾声】金珠到手轻轻放,惯成了娇痴模样,辜负俺辛勤做老娘。

（生）些须东西,何足挂念,小生照样赔来。（小旦）这等才好。

（小旦）花钱粉钞费商量②,（旦）裙布钗荆也不妨;

（生）只有湘君能解佩③,（旦）风标不学世时妆④。

【导读】

《桃花扇》是一部具有鲜明史学意识和批判思想的历史剧。孔尚任秉承"信史"的观念来创作《桃花扇》,"朝政得失,文人聚散,皆确考时地,全无假借。"作品以"借离合之情,写兴亡之感"为创作宗旨,把李香君与侯方域两人的离合悲欢与朝代更迭的政治悲剧相结合,融入深刻而丰富的社会内容,显得得荡气回肠,波澜壮阔。

吴梅在《戏曲概论》中,盛赞《桃花扇》的结构:"通体布局,无懈可击""一生一旦为全本纲领,南朝之治乱系焉。"该剧以南明王朝的兴亡为背景,以复社文人侯方域和秦淮名妓李香君的爱情故事为主线,副线则始终伴随着复社文人同阮大铖等人的政治斗争。李香君虽是秦淮八艳之一,却并非不问世事,她痛恨阮大铖等权奸,同情复社,这是她选择与侯方域结合的一个重要缘由。因此全剧开端,《闹丁》《侦戏》两出写复社文人同阮大铖的斗争,且放在《访翠》《眠香》之前,为侯、李相遇埋下伏笔。从《却奁》到《辞院》写两人由合走向分离,将爱情与政治融为一体。李香君因为拒绝阮大铖赠予的妆奁而得到侯方域的敬重,两人的爱情从情色之爱走向知音之恋,更为深挚、坚贞,但也为阮大铖得势报复以及两人的别离埋下了祸根。在描写两人别离的《辞院》之前插入《抚兵》《修札》《投辕》三出,集中写当时严峻的政治形势,侯方域修书劝止左良玉移兵南京,阮大铖借机报复,诬陷侯方域通敌,推进情节急转直下,"兴亡之感从此折发端。"迫于时局,侯、李分离,"侯生移而香君守",故事发展为生旦并行的双线叙事。两人都被牵扯进政治漩涡。侯方域这一线主要写马、阮迎立福王,史可法被排,四镇争权,高杰移防等一系列政治事件,展现南明小朝廷一步步陷入危局的过程。李香君一线通过《媚坐》《守楼》《骂筵》《选优》等,展现出皇帝的昏庸荒淫和大臣们的卑劣无耻。清兵攻城,扬州落败,史可法沉江,风雨漂泊的南明小朝廷凋零。马士英、阮大铖逃亡,侯、李二人又离而复合,国破家亡之际,两人无心乱世情爱,双双选择入道。

《桃花扇》是一部鸿篇巨制,全剧涉及四十多个人物,上至皇帝王公,文武群臣,下至落

---

① 从井救人:跳进井中救人,比喻不仅救不了人,反而害了自己。
② 花钱粉钞:用在花粉装饰上面的钱钞。这里实指香君上头所用的花销。
③ 湘君能解佩:《楚辞·九歌·湘君》中有"遗余佩兮醴浦"一句,写湘君久等恋人不来后,将玉佩扔掉,以示决绝。这里以湘君比李香君,称赞其却奁行为。
④ 风标:梳妆打扮。这里实指行为。

魄文人、歌女宾客、说唱艺人，将如此多的人物聚拢在一起，杂而不乱，井然有序，各有面目，神采斐然，这在古典戏曲作品中并不多见的。

李香君是剧中最为光彩夺目的人物。在第七出《却奁》中，作者将她放置在复杂的政治环境中进行考量，并通过侯方域与李香君面对同一件事态度上的差异，运用对比的手法进行刻画。阮大铖为了摆脱政治上的困境，拉拢复社文人侯方域，借侯方域和李香君好事玉成之际，让杨龙友送来巨额妆奁。不知情的侯方域只是沉醉于"儿女浓情如花酿"中，完全没有意识到这是一场政治阴谋。他看到李香君"珠翠辉煌，罗绮飘荡"的装扮，赞美道"香君天姿国色，今日插了几朵珠翠，穿了一套绮罗，十分花貌，又添二分，果然可爱。"机警的香君隐约意识到背后隐藏的问题，她向杨龙友发问："俺看杨老爷，虽是马督抚至亲，却也拮据作客，为何轻掷金钱，来填烟花之窟，在奴家受之有愧，在老爷施之无名；今日问个明白，以便图报。"如此，两人方才知晓妆奁乃阮大铖所送，意在拉拢侯方域。原本该有风骨的侯方域表现出的不是拒绝，而是犹豫不定，乃至对替阮大铖说情的杨龙友说："阮圆老原是敝年伯，小弟鄙其为人，绝之已久，他今日无故用情，令人不解。"反倒说出一番替阮大铖开脱的言辞来。听杨龙友编织的一套前番阮大铖受攻击殴辱的狼狈处境后，竟说："原来如此。俺看圆海情辞迫切，亦觉可怜。就便真是魏党，悔过来归，亦不可绝之太甚，况罪有可原乎？"李香君听到侯方域的辩驳之后，斥责此举是"徇私废公"："官人是何说话！阮大铖趋附权奸，廉耻丧尽；妇人女子无不唾骂。他人攻之，官人救之，官人自处于何等也？"果断拔簪脱衣，"脱裙衫，穷不妨；布荆人，名自香。"侯方域看到香君如此有气节，方才幡然醒悟，大为感动，他情不自禁地感叹道："好，好，好！这等见识，我倒不如，真乃侯生畏友也。"见她布荆淡妆，更觉可爱，说："俺看香君天姿国色，摘了几朵珠翠，脱去一套绮罗，十分容貌，又添十分。"面对巨额妆奁的诱惑和拒绝后可能带来的危险，她明是非、秉大义，不贪钱财，不畏权势，断然拒绝，接续后面《拒媒》《守楼》《骂筵》中李香君的表现，孔尚任塑造了一个具有清醒的政治头脑和鲜明的政治立场，品格皎洁、风骨凛然的女性形象。

《桃花扇》在爱情框架中融入丰富深刻的社会内容，开合有度，动人心魄，是正气的颂歌，史剧的绝唱。"故论《桃花扇》之品格，直是前无古人，后无来者。"（吴梅）绝非溢美之词。

【选评】

纨扇而曰桃花，其名艳，桃花而血色染，其情惨。以桃花扇而写梨容杏冶，以桃花扇而发嬉笑怒骂，以桃花扇而诛乱臣贼子，以桃花扇而正世道人心。（［清］陈四如《桃花扇传奇题辞》）

思考讨论

1. 结合作品分析婴宁形象。
2. 评析《儒林外史》中知识分子形象的类型及其意义。
3. 王国维认为"《红楼梦》一书与一切喜剧相反，彻头彻尾之悲剧也"。试论述《红楼梦》的悲剧精神。

4. 分析《长生殿》的艺术成就。

5. 简述《桃花扇》中李香君形象。

拓展延伸

1. 城市对古代小说的形成和发展产生了重大影响,古代小说也留下了大量生动的城市图景。查阅文献、阅读文本,了解南京对于吴敬梓的意义,探讨《儒林外史》所呈现的南京城市文化精神。

2. 《红楼梦》用三个神话故事建构了一个神话世界,分别是石头神话、还泪神话、太虚幻境神话,了解这三个神话的内容,探讨其寓意功能。

3. 李隆基与杨玉环的爱情是传统文学重要题材,戏曲作品传世的经典有元杂剧《梧桐雨》、传奇《长生殿》、京剧《贵妃醉酒》,三部作品的主题思想和艺术旨趣各有侧重,可以阅读比较,强化戏曲审美认知能力。

4. 著名戏剧家欧阳予倩在《桃花扇》基础上进行了改编,创作了一部同名话剧作品,改动较大之处在于结尾,将原剧中侯方域与李香君双双入道,改成侯方域应清廷省试中榜,李香君撕扇断情,使之更加接近史实,阅读剧本,查找文献,探讨时代因素对《桃花扇》改编观念的影响。

推荐阅读

1.《红楼梦》,[清]曹雪芹、高鹗著,人民文学出版社 2000 年版。

2.《脂砚斋批评本红楼梦》,[清]曹雪芹著,岳麓书社 2006 年版。

3.《红楼哲学笔记》,刘再复著,生活·读书·新知三联书店 2009 年版。

4.《历史文化的全息图像:论红楼梦(增订版)》,李劼著,广西师范大学出版社 2016 年版。

5.《聊斋志异》,[清]蒲松龄著,人民文学出版社 1982 年版。

6.《儒林外史》,[清]吴敬梓著,上海古籍出版社 1991 年版。

7.《桃花扇》,[清]孔尚任著,王季思等校注,人民文学出版社 2009 年版。

8.《孔尚任评传》,徐振贵著,南京大学出版社 2000 年版。

9.《长生殿》,[清]洪昇著,上海古籍出版社 2016 年版。

10.《饮水词校笺》,[清]纳兰性德著,赵季亭、冯统一校笺,中华书局 2015 年版。

11.《清词选讲》,叶嘉莹著,生活·读书·新知三联书店 2016 年版。

12.《闲情偶寄》,[清]李渔著,上海古籍出版社 2000 年版。

13.《明清之际士大夫研究》,赵园著,北京大学出版社 2014 年版。

14.《人间词话(叶嘉莹讲评本)》,王国维著,叶嘉莹讲评,万卷出版公司 2021 年版。

第九单元

二十世纪二十年代文学

【概述】　二十世纪二十年代文学以 1917 年发生的文学革命为起点，以 1927 年大革命的失败为终结，也称为五四时期文学。1917 年 1 月《新青年》发表了胡适的《文学改良刍议》，2 月发表了陈独秀的《文学革命论》，文学革命正式启动，其主要内容是反对文言文，提倡白话文；反对旧文学，提倡新文学。文学革命宣告了古典文学的结束，现代文学的开始。钱玄同、刘半农、鲁迅等人对文学革命积极响应，从思想观念、文体形式等方面对"新文学"进行探讨。文学革命在前进的道路上经历了与复古派的斗争以及新文学内部的分化，呈现出复杂的局面。

文学革命带来了文学观念、语言、形式、内容的全面解放。传统的"载道"观念被否定，关注人生和时代成为现代作家们的共识。新文学作家们用白话文创作，借鉴外国多样化的文学样式，使文学语言与形式更加适合表现现代生活，接近普通大众。他们以文学为武器，催生和促进了中国现代新文化的发展，在中国文化和文学史上具有开创性的贡献。这个时期的文学主流是反封建的启蒙文学，在创作中以人为中心，肯定人的价值、尊严，崇尚个性和人道主义精神，作品中蕴含强烈的个性解放意识和浓郁的现代人文关怀色彩。

在小说领域，鲁迅极富想象力和创造性的小说创作为中国现代小说的发展奠定了坚实的基础，被称为"中国现代文学之父"。从 1918 年 5 月发表第一篇白话小说《狂人日记》至 1925 年，鲁迅共创作了 25 篇小说，后结集为《呐喊》《彷徨》出版。它们因"表现的深切，格式的特别"而成为白话小说的典范。郁达夫以小说创作获得广泛声誉，成名作《沉沦》以惊世骇俗的自我暴露，改变了中国小说的传统审美特征。叶圣陶、冰心、许地山等人的"问题小说"，王鲁彦、许钦文、台静农等人的乡土小说，女作家庐隐的《海滨故人》、丁玲的《莎菲女士的日记》等都是"五四"小说的重要收获。

白话文运动带来诗歌领域的革新，自由体的白话诗挣脱了数千年格律的束缚，自由自在地表达诗人内心的激情，胡适的《尝试集》(1920) 是新文学史上第一部白话诗集，郭沫若的《女神》(1921) 是现代诗歌的奠基之作。冰心的"小诗"，湖畔诗社诗人的爱情诗，冯至的抒情诗，都各有特色。闻一多和徐志摩有感于诗体大解放带来的流弊，提倡新格律诗，并进行了相当成功的创作实践。

鲁迅认为，五四时期的文学，散文小品的成功，几乎在小说戏曲和诗歌之上。本时期的散文创作可谓盛况空前，题材广泛、风格多样，流派林立、名家辈出。鲁迅是现代散文的开创者，也是现代杂文之父，对后世散文创作影响深远。朱自清以诗人身份步入文坛，后来从事散文创作，1928 年他的散文结集为《背影》出版，奠定了他在现代散文史上的地位。

冰心的散文文字典雅,思想纯洁,被誉为"冰心体"。徐志摩、沈从文、俞平伯、梁遇春、丰子恺、何其芳等人的创作各具特色,共同促成"五四"散文创作的繁荣。

话剧在这个时期虽属初创,但也取得了令人瞩目的成就。胡适、郭沫若、田汉、洪深、欧阳予倩、丁西林等人为中国早期话剧的发展作出了重要贡献。

鲁 迅

【简介】 鲁迅(1881—1936),二十世纪中国伟大的思想家、文学家。原名周樟寿,字豫才,浙江绍兴人。鲁迅幼时接受传统文化教育,也受到民间文化的濡染。少年时经历了家道中落后的困顿与世态炎凉。1898年到南京江南水师学堂就读,改名为周树人,年末参加会稽县考。1899年转入南京矿路学堂。在南京读书期间,鲁迅接触西方思想文化,开始接受进化论思想。1902年留学日本学习医学,在观看时事幻灯片时,有感于健全的国民只能成为毫无意义的看客,决定弃医从文,致力于改造国民性的探索和斗争。1906年,与许寿裳、苏曼殊等人筹办《新生》杂志,因条件不足而作罢。1909年,与周作人合译的《域外小说集》第一册、第二册出版,同年回国,先后任职于浙江两级师范学堂、绍兴府中学、山会初级师范学堂。1912年,应教育总长蔡元培邀请到南京中华民国临时政府教育部任职,后随教育部迁到北京,任北洋政府教育部佥事兼第一科科长。政局混乱、形势险恶之时,他开始抄古碑古书、读佛经、辑书。这阶段,鲁迅阅读了大量古籍和西方著作,对社会、历史、人性有了更为深入的思考。1918年,接受《新青年》编辑钱玄同的约稿,发表《狂人日记》。1920年任北京大学兼任讲师,主讲《中国小说史》。在北京期间,鲁迅不仅创作了大量文学作品,还参与创立文学社团,创办文学刊物,指导青年创作。1926年,鲁迅离开北京,赴厦门大学国学研究院任教,1927年2月到中山大学任教,10月抵达上海,在上海度过了最后十年。1936年10月19日鲁迅先生病逝,走完了55个春秋的生命旅程。在去世前两个月,鲁迅还写了《这也是生活》《死》《女吊》《关于太炎先生二三事》等散文。从1907年发表《人之历史》到1936年在上海病逝,鲁迅一生笔耕不辍,有短篇小说集《呐喊》《彷徨》《故事新编》,散文集《朝花夕拾》(原名《旧事重提》),散文诗集《野草》,杂文集《坟》《热风》《华盖集续编》《三闲集》《二心集》《伪自由书》《南腔北调集》《且介亭杂文》等十六部,书信集《两地书》,学术著作《中国小说史略》《汉文学史纲要》以及大量译著。

鲁迅被称为中国的民族魂、中国现代文学之父。他卓尔不凡的精神品格和思想智慧,极具创造力和想象力的文学作品,为中国现代思想和文学做出了重要贡献。

伤 逝
——涓生的手记

如果我能够,我要写下我的悔恨和悲哀,为子君,为自己。

会馆里的被遗忘在偏僻里的破屋是这样地寂静和空虚。时光过得真快,我爱子君,仗着她逃出这寂静和空虚,已经满一年了。事情又这么不凑巧,我重来时,偏偏空着的又只有这一间屋。依然是这样的破窗,这样的窗外的半枯的槐树和老紫藤,这样的窗前的方桌,这样的败壁,这样的靠壁的板床。深夜中独自躺在床上,就如我未曾和子君同居以前一般,过去一年中的时光全被消灭,全未有过,我并没有曾经从这破屋子搬出,在吉兆胡同创立了满怀希望的小小的家庭。

不但如此。在一年之前,这寂静和空虚是并不这样的,常常含着期待;期待子君的到来。在久待的焦躁中,一听到皮鞋的高底尖触着砖路的清响,是怎样地使我骤然生动起来呵!于是就看见带着笑涡的苍白的圆脸,苍白的瘦的臂膊,布的有条纹的衫子,玄色的裙。她又带了窗外的半枯的槐树的新叶来,使我看见,还有挂在铁似的老干上的一房一房的紫白的藤花。

然而现在呢,只有寂静和空虚依旧,子君却决不再来了,而且永远,永远地!……

子君不在我这破屋里时,我什么也看不见。在百无聊赖中,随手抓过一本书来,科学也好,文学也好,横竖什么都一样;看下去,看下去,忽而自己觉得,已经翻了十多页了,但是毫不记得书上所说的事。只是耳朵却分外地灵,仿佛听到大门外一切往来的履声,从中便有子君的,而且橐橐地逐渐临近,——但是,往往又逐渐渺茫,终于消失在别的步声的杂沓中了。我憎恶那不像子君鞋声的穿布底鞋的长班的儿子,我憎恶那太像子君鞋声的常常穿着新皮鞋的邻院的搽雪花膏的小东西!

莫非她翻了车么?莫非她被电车撞伤了么?……

我便要取了帽子去看她,然而她的胞叔就曾经当面骂过我。

蓦然,她的鞋声近来了,一步响于一步,迎出去时,却已经走过紫藤棚下,脸上带着微笑的酒涡。她在她叔子的家里大约并未受气;我的心宁帖了,默默地相视片时之后,破屋里便渐渐充满了我的语声,谈家庭专制,谈打破旧习惯,谈男女平等,谈伊孛生,谈泰戈尔,谈雪莱……。她总是微笑点头,两眼里弥漫着稚气的好奇的光泽。壁上就钉着一张铜板的雪莱半身像,是从杂志上裁下来的,是他的最美的一张像。当我指给她看时,她却只草草一看,便低了头,似乎不好意思了。这些地方,子君就大概还未脱尽旧思想的束缚,——我后来也想,倒不如换一张雪莱淹死在海里的记念像或是伊孛生的罢;但也终于没有换,现在是连这一张也不知那里去了。

"我是我自己的,他们谁也没有干涉我的权利!"

这是我们交际了半年,又谈起她在这里的胞叔和在家的父亲时,她默想了一会之后,分明地,坚决地,沉静地说了出来的话。其时是我已经说尽了我的意见,我的身世,我的缺点,很少隐瞒;她也完全了解的了。这几句话很震动了我的灵魂,此后许多天还在耳中发响,而且说不出的狂喜,知道中国女性,并不如厌世家所说那样的无法可施,在不远的将来,便要看见辉煌的曙色的。

送她出门,照例是相离十多步远;照例是那鲇鱼须的老东西的脸又紧帖在脏的窗玻璃上了,连鼻尖都挤成一个小平面;到外院,照例又是明晃晃的玻璃窗里的那小东西的脸,加厚的雪花膏。她目不邪视地骄傲地走了,没有看见;我骄傲地回来。

"我是我自己的,他们谁也没有干涉我的权利!"这彻底的思想就在她的脑里,比我还透澈,坚强得多。半瓶雪花膏和鼻尖的小平面,于她能算什么东西呢?

我已经记不清那时怎样地将我的纯真热烈的爱表示给她。岂但现在,那时的事后便已模胡,夜间回想,早只剩了一些断片了;同居以后一两月,便连这些断片也化作无可追踪的梦影。我只记得那时以前的十几天,曾经很仔细地研究过表示的态度,排列过措辞的先后,以及倘或遭了拒绝以后的情形。可是临时似乎都无用,在慌张中,身不由己地竟用了在电影上见过的方法了。后来一想到,就使我很愧恧,但在记忆上却偏只有这一点永远留遗,至今还如暗室的孤灯一般,照见我含泪握着她的手,一条腿跪了下去……。

不但我自己的,便是子君的言语举动,我那时就没有看得分明;仅知道她已经允许我了。但也还仿佛记得她脸色变成青白,后来又渐渐转作绯红,——没有见过,也没有再见的绯红;孩子似的眼里射出悲喜,但是夹着惊疑的光,虽然力避我的视线,张皇地似乎要破窗飞去。然而我知道她已经允许我了,没有知道她怎样说或是没有说。

她却是什么都记得:我的言辞,竟至于读熟了的一般,能够滔滔背诵;我的举动,就如有一张我所看不见的影片挂在眼下,叙述得如生,很细微,自然连那使我不愿再想的浅薄的电影的一闪。夜阑人静,是相对温习的时候了,我常是被质问,被考验,并且被命复述当时的言语,然而常须由她补足,由她纠正,像一个丁等的学生。

这温习后来也渐渐稀疏起来。但我只要看见她两眼注视空中,出神似的凝想着,于是神色越加柔和,笑窝也深下去,便知道她又在自修旧课了,只是我很怕她看到我那可笑的电影的一闪。但我又知道,她一定要看见,而且也非看不可的。

然而她并不觉得可笑。即使我自己以为可笑,甚而至于可鄙的,她也毫不以为可笑。这事我知道得很清楚,因为她爱我,是这样地热烈,这样地纯真。

去年的暮春是最为幸福,也是最为忙碌的时光。我的心平静下去了,但又有别一部分和身体一同忙碌起来。我们这时才在路上同行,也到过几回公园,最多的是寻住所。我觉得在路上时时遇到探索,讥笑,猥亵和轻蔑的眼光,一不小心,便使我的全身有些瑟缩,只得即刻提起我的骄傲和反抗来支持。她却是大无畏的,对于这些全不关心,只是镇静地缓缓前行,坦然如入无人之境。

寻住所实在不是容易事,大半是被托辞拒绝,小半是我们以为不相宜。起先我们选择得很苛酷,——也非苛酷,因为看去大抵不像是我们的安身之所;后来,便只要他们能相容了。看了二十多处,这才得到可以暂且敷衍的处所,是吉兆胡同一所小屋里的两间南屋;主人是一个小官,然而倒是明白人,自住着正屋和厢房。他只有夫人和一个不到周岁的女孩子,雇一个乡下的女工,只要孩子不啼哭,是极其安闲幽静的。

我们的家具很简单,但已经用去了我的筹来的款子的大半;子君还卖掉了她唯一的金戒指和耳环。我拦阻她,还是定要卖,我也就不再坚持下去了;我知道不给她加入一点股分去,她是住不舒服的。

和她的叔子,她早经闹开,至于使他气愤到不再认她做侄女;我也陆续和几个自以为忠告,其实是替我胆怯,或者竟是嫉妒的朋友绝了交。然而这倒很清静。每日办公散后,虽然已近黄昏,车夫又一定走得这样慢,但究竟还有二人相对的时候。我们先是沉默的相视,接着是放怀而亲密的交谈,后来又是沉默。大家低头沉思着,却并未想着什么事。我也渐渐清醒地读遍了她的身体,她的灵魂,不过三星期,我似乎于她已经更加了解,揭去许多先前以为了解而现在看来却是隔膜,即所谓真的隔膜了。

子君也逐日活泼起来。但她并不爱花,我在庙会时买来的两盆小草花,四天不浇,枯死在壁角了,我又没有照顾一切的闲暇。然而她爱动物,也许是从官太太那里传染的罢,不一月,我们的眷属便骤然加得很多,四只小油鸡,在小院子里和房主人的十多只在一同走。但她们却认识鸡的相貌,各知道那一只是自家的。还有一只花白的叭儿狗,从庙会买来,记得似乎原有名字,子君却给它另起了一个,叫作阿随。我就叫它阿随,但我不喜欢这名字。

这是真的,爱情必须时时更新,生长,创造。我和子君说起这,她也领会地点点头。

唉唉,那是怎样的宁静而幸福的夜呵!

安宁和幸福是要凝固的,永久是这样的安宁和幸福。我们在会馆里时,还偶有议论的冲突和意思的误会,自从到吉兆胡同以来,连这一点也没有了;我们只在灯下对坐的怀旧谭中,回味那时冲突以后的和解的重生一般的乐趣。

子君竟胖了起来,脸色也红活了;可惜的是忙。管了家务便连谈天的工夫也没有,何况读书和散步。我们常说,我们总还得雇一个女工。

这就使我也一样地不快活,傍晚回来,常见她包藏着不快活的颜色,尤其使我不乐的是她要装作勉强的笑容。幸而探听出来了,也还是和那小官太太的暗斗,导火线便是两家的小油鸡。但又何必硬不告诉我呢?人总该有一个独立的家庭。这样的处所,是不能居住的。

我的路也铸定了,每星期中的六天,是由家到局,又由局到家。在局里便坐在办公桌前钞,钞些公文和信件;在家里是和她相对或帮她生白炉子,煮饭,蒸馒头。我的学会了煮饭,就在这时候。

但我的食品却比在会馆里时好得多了。做菜虽不是子君的特长,然而她于此却倾注着全力;对于她的日夜的操心,使我也不能不一同操心,来算作分甘共苦。况且她又这样地终日汗流满面,短发都粘在脑额上;两只手又只是这样地粗糙起来。

况且还要饲阿随,饲油鸡,……都是非她不可的工作。

我曾经忠告她:我不吃,倒也罢了;却万不可这样地操劳。她只看了我一眼,不开口,神色却似乎有点凄然;我也只好不开口。然而她还是这样地操劳。

我所豫期的打击果然到来。双十节的前一晚,我呆坐着,她在洗碗。听到打门声,我去开门时,是局里的信差,交给我一张油印的纸条。我就有些料到了,到灯下去一看,果然,印着的就是——

> 奉
> 局长谕史涓生着毋庸到局办事
> 　　　　　　秘书处启　十月九号

这在会馆里时,我就早已料到了;那雪花膏便是局长的儿子的赌友,一定要去添些谣言,设法报告的。到现在才发生效验,已经要算是很晚的了。其实这在我不能算是一个打击,因为我早就决定,可以给别人去钞写,或者教读,或者虽然费力,也还可以译点书,况且《自由之友》的总编辑便是见过几次的熟人,两月前还通过信。但我的心却跳跃着。那么一个无畏的子君也变了色,尤其使我痛心;她近来似乎也较为怯弱了。

"那算什么。哼,我们干新的。我们……。"她说。

她的话没有说完;不知怎地,那声音在我听去却只是浮浮的;灯光也觉得格外黯淡。人们真是可笑的动物,一点极微末的小事情,便会受着很深的影响。我们先是默默地相视,逐渐商量起来,终于决定将现有的钱竭力节省,一面登"小广告"去寻求钞写和教读,一面写信给《自由之友》的总编辑,说明我目下的遭遇,请他收用我的译本,给我帮一点艰辛时候的忙。

"说做,就做罢! 来开一条新的路!"

我立刻转身向了书案,推开盛香油的瓶子和醋碟,子君便送过那黯淡的灯来。我先拟广告;其次是选定可译的书,迁移以来未曾翻阅过,每本的头上都满漫着灰尘了;最后才写信。

我很费踌蹰,不知道怎样措辞好,当停笔凝思的时候,转眼去一瞥她的脸,在昏暗的灯光下,又很见得凄然。我真不料这样微细的小事情,竟会给坚决的,无畏的子君以这么显著的变化。她近来实在变得很怯弱了,但也并不是今夜才开始。我的心因此更缭乱,忽然有安宁的生活的影像——会馆里的破屋的寂静,在眼前一闪,刚刚想定睛凝视,却又看见了昏暗的灯光。

许久之后,信也写成了,是一封颇长的信;很觉得疲劳,仿佛近来自己也较为怯弱了。于是我们决定,广告和发信,就在明日一同实行。大家不约而同地伸直了腰肢,在无言中,似乎又都感到彼此的坚忍崛强的精神,还看见从新萌芽起来的将来的希望。

外来的打击其实倒是振作了我们的新精神。局里的生活,原如鸟贩子手里的禽鸟一般,仅有一点小米维系残生,决不会肥胖;日子一久,只落得麻痹了翅子,即使放出笼外,早已不能奋飞。现在总算脱出这牢笼了,我从此要在新的开阔的天空中翱翔,趁我还未忘却了我的翅子的扇动。

小广告是一时自然不会发生效力的;但译书也不是容易事,先前看过,以为已经懂得的,一动手,却疑难百出了,进行得很慢。然而我决计努力地做,一本半新的字典,不到半月,边上便有了一大片乌黑的指痕,这就证明着我的工作的切实。《自由之友》的总编辑曾经说过,他的刊物是决不会埋没好稿子的。

可惜的是我没有一间静室,子君又没有先前那么幽静,善于体帖了,屋子里总是散乱着碗碟,弥漫着煤烟,使人不能安心做事,但是这自然还只能怨我自己无力置一间书斋。然而又加以阿随,加以油鸡们。加以油鸡们又大起来了,更容易成为两家争吵的引线。

加以每日的"川流不息"的吃饭;子君的功业,仿佛就完全建立在这吃饭中。吃了筹钱,筹来吃饭,还要喂阿随,饲油鸡;她似乎将先前所知道的全都忘掉了,也不想到我的构思就常常为了这催促吃饭而打断。即使在坐中给看一点怒色,她总是不改变,仍然毫无感触似的大嚼起来。

使她明白了我的作工不能受规定的吃饭的束缚,就费去五星期。她明白之后,大约很不高兴罢,可是没有说。我的工作果然从此较为迅速地进行,不久就共译了五万言,只要润色一回,便可以和做好的两篇小品,一同寄给《自由之友》去。只是吃饭却依然给我苦恼。菜冷,是无妨的,然而竟不够;有时连饭也不够,虽然我因为终日坐在家里用脑,饭量已经比先前要减少得多。这是先去喂了阿随了,有时还并那近来连自己也轻易不吃的羊肉。她说,阿随实在瘦得太可怜,房东太太还因此嗤笑我们了,她受不住这样的奚落。

于是吃我残饭的便只有油鸡们。这是我积久才看出来的,但同时也如赫胥黎的论定"人类在宇宙间的位置"一般,自觉了我在这里的位置:不过是叭儿狗和油鸡之间。

后来,经多次的抗争和催逼,油鸡们也逐渐成为肴馔,我们和阿随都享用了十多日的鲜肥;可是其实都很瘦,因为它们早已每日只能得到几粒高粱了。从此便清静得多。只有子君很颓唐,似乎常觉得凄苦和无聊,至于不大愿意开口。我想,人是多么容易改变呵!

但是阿随也将留不住了。我们已经不能再希望从什么地方会有来信,子君也早没有一点食物可以引它打拱或直立起来。冬季又逼近得这么快,火炉就要成为很大的问题;它的食量,在我们其实早是一个极易觉得的很重的负担。于是连它也留不住了。

倘使插了草标到庙市去出卖,也许能得几文钱罢,然而我们都不能,也不愿这样做。终于是用包袱蒙着头,由我带到西郊去放掉了,还要追上来,便推在一个并不很深的土坑里。

我一回寓,觉得又清静得多多了;但子君的凄惨的神色,却使我很吃惊。那是没有见过的神色,自然是为阿随。但又何至于此呢?我还没有说起推在土坑里的事。

到夜间,在她的凄惨的神色中,加上冰冷的分子了。

"奇怪。——子君,你怎么今天这样儿了?"我忍不住问。

"什么?"她连看也不看我。

"你的脸色……。"

"没有什么,——什么也没有。"

我终于从她言动上看出,她大概已经认定我是一个忍心的人。其实,我一个人,是容易生活的,虽然因为骄傲,向来不与世交往,迁居以后,也疏远了所有旧识的人,然而只要能远走高飞,生路还宽广得很。现在忍受着这生活压迫的苦痛,大半倒是为她,便是放掉阿随,也何尝不如此。但子君的识见却似乎只是浅薄起来,竟至于连这一点也想不到了。

我拣了一个机会,将这些道理暗示她;她领会似的点头。然而看她后来的情形,她是没有懂,或者是并不相信的。

天气的冷和神情的冷,逼迫我不能在家庭中安身。但是,往那里去呢? 大道上,公园里,虽然没有冰冷的神情,冷风究竟也刺得人皮肤欲裂。我终于在通俗图书馆里觅得了我的天堂。

那里无须买票;阅书室里又装着两个铁火炉。纵使不过是烧着不死不活的煤的火炉,但单是看见装着它,精神上也就总觉得有些温暖。书却无可看:旧的陈腐,新的是几乎没有的。

好在我到那里去也并非为看书。另外时常还有几个人,多则十余人,都是单薄衣裳,正如我,各人看各人的书,作为取暖的口实。这于我尤为合式。道路上容易遇见熟人,得到轻蔑的一瞥,但此地却决无那样的横祸,因为他们是永远围在别的铁炉旁,或者靠在自家的白炉边的。

那里虽然没有书给我看,却还有安闲容得我想。待到孤身枯坐,回忆从前,这才觉得大半年来,只为了爱,——盲目的爱,——而将别的人生的要义全盘疏忽了。第一,便是生活。人必生活着，爱才有所附丽。世界上并非没有为了奋斗者而开的活路；我也还未忘却翅子的扇动，虽然比先前已经颓唐得多……

屋子和读者渐渐消失了，我看见怒涛中的渔夫，战壕中的兵士，摩托车中的贵人，洋场上的投机家，深山密林中的豪杰，讲台上的教授，昏夜的运动者和深夜的偷儿……子君，——不在近旁。她的勇气都失掉了，只为着阿随悲愤，为着做饭出神；然而奇怪的是倒也并不怎样瘦损……

冷了起来，火炉里的不死不活的几片硬煤，也终于烧尽了，已是闭馆的时候。又须回到吉兆胡同，领略冰冷的颜色去了。近来也间或遇到温暖的神情，但这却反而增加我的苦痛。记得有一夜，子君的眼里忽而又发出久已不见的稚气的光来，笑着和我谈到还在会馆时候的情形，时时又很带些恐怖的神色。我知道我近来的超过她的冷漠，已经引起她的忧疑来，只得也勉力谈笑，想给她一点慰藉。然而我的笑貌一上脸，我的话一出口，却即刻变为空虚，这空虚又即刻发生反响，回向我的耳目里，给我一个难堪的恶毒的冷嘲。

子君似乎也觉得的，从此便失掉了她往常的麻木似的镇静，虽然竭力掩饰，总还是时时露出忧疑的神色来，但对我却温和得多了。

我要明告她，但我还没有敢，当决心要说的时候，看见她孩子一般的眼色，就使我只得暂且改作勉强的欢容。但是这又即刻来冷嘲我，并使我失却那冷漠的镇静。

她从此又开始了往事的温习和新的考验，逼我做出许多虚伪的温存的答案来，将温存示给她，虚伪的草稿便写在自己的心上。我的心渐被这些草稿填满了，常觉得难于呼吸。我在苦恼中常常想，说真实自然须有极大的勇气；假如没有这勇气，而苟安于虚伪，那也便是不能开辟新的生路的人。不独不是这个，连这人也未尝有！

子君有怨色，在早晨，极冷的早晨，这是从未见过的，但也许是从我看来的怨色。我那时冷冷地气愤和暗笑了；她所磨练的思想和豁达无畏的言论，到底也还是一个空虚，而对于这空虚却并未自觉。她早已什么书也不看，已不知道人的生活的第一着是求生，向着这求生的道路，是必须携手同行，或奋身孤往的了，倘使只知道捶着一个人的衣角，那便是虽战士也难于战斗，只得一同灭亡。

我觉得新的希望就只在我们的分离；她应该决然舍去，——我也突然想到她的死，然而立刻自责，忏悔了。幸而是早晨，时间正多，我可以说我的真实。我们的新的道路的开辟，便在这一遭。

我和她闲谈，故意地引起我们的往事，提到文艺，于是涉及外国的文人，文人的作品：《诺拉》，《海的女人》。称扬诺拉的果决……也还是去年在会馆的破屋里讲过的那些话，但现在已经变成空虚，从我的嘴传入自己的耳中，时时疑心有一个隐形的坏孩子，在背后恶意地刻毒地学舌。

她还是点头答应着倾听，后来沉默了。我也就断续地说完了我的话，连余音都消失在虚空中了。

"是的。"她又沉默了一会，说，"但是，……涓生，我觉得你近来很两样了。可是的？你，——你老实告诉我。"

我觉得这似乎给我当头一击，但也立即定了神，说出我的意见和主张来：新的路的开辟，新的生活的再造，为的是免得一同灭亡。

临末,我用了十分的决心,加上这几句话:"……况且你已经可以无须顾虑,勇往直前了。你要我老实说;是的,人是不该虚伪的。我老实说罢:因为,因为我已经不爱你了!但这于你倒好得多,因为你更可以毫无挂念地做事……。"

我同时豫期着大的变故的到来,然而只有沉默。她脸色陡然变成灰黄,死了似的;瞬间便又苏生,眼里也发了稚气的闪闪的光泽。这眼光射向四处,正如孩子在饥渴中寻求着慈爱的母亲,但只在空中寻求,恐怖地回避着我的眼。

我不能看下去了,幸而是早晨,我冒着寒风径奔通俗图书馆。

在那里看见《自由之友》,我的小品文都登出了。这使我一惊,仿佛得了一点生气。我想,生活的路还很多,——但是,现在这样也还是不行的。

我开始去访问久已不相闻问的熟人,但这也不过一两次;他们的屋子自然是暖和的,我在骨髓中却觉得寒冽。夜间,便蜷伏在比冰还冷的冷屋中。

冰的针刺着我的灵魂,使我永远苦于麻木的疼痛。生活的路还很多,我也还没有忘却翅子的扇动,我想。——我突然想到她的死,然而立刻自责,忏悔了。

在通俗图书馆里往往瞥见一闪的光明,新的生路横在前面。她勇猛地觉悟了,毅然走出这冰冷的家,而且,——毫无怨恨的神色。我便轻如行云,飘浮空际,上有蔚蓝的天,下是深山大海,广厦高楼,战场,摩托车,洋场,公馆,晴明的闹市,黑暗的夜……

而且,真的,我豫感得这新生面便要来到了。

我们总算度过了极难忍受的冬天,这北京的冬天;就如蜻蜓落在恶作剧的坏孩子的手里一般,被系着细线,尽情玩弄,虐待,虽然幸而没有送掉性命,结果也还是躺在地上,只争着一个迟早之间。

写给《自由之友》的总编辑已经有三封信,这才得到回信,信封里只有两张书券:两角的和三角的。我却单是催,就用了九分的邮票,一天的饥饿,又都白挨给于已一无所得的空虚了。

然而觉得要来的事,却终于来到了。

这是冬春之交的事,风已没有这么冷,我也更久地在外面徘徊;待到回家,大概已经昏黑。就在这样一个昏黑的晚上,我照常没精打采地回来,一看见寓所的门,也照常更加丧气,使脚步放得更缓。但终于走进自己的屋子里了,没有灯火;摸火柴点起来时,是异样的寂寞和空虚!

正在错愕中,官太太便到窗外来叫我出去。"今天子君的父亲来到这里,将她接回去了。"她很简单地说。

这似乎又不是意料中的事,我便如脑后受了一击,无言地站着。

"她去了么?"过了些时,我只问出这样一句话。

"她去了。"

"她,——她可说什么?"

"没说什么。单是托我见你回来时告诉你,说她去了。"

我不信;但是屋子里是异样的寂寞和空虚。我遍看各处,寻觅子君;只见几件破旧而黯淡的家具,都显得极其清疏,在证明着它们毫无隐匿一人一物的能力。我转念寻信或她留下的字迹,也没有;只是盐和干辣椒,面粉,半株白菜,却聚集在一处了,旁边还有几十枚铜元。这是我们两人生活材料的全副，现在她就郑重地将这留给我一个人，在不言中，教我借此去维持较久的生活。

我似乎被周围所排挤，奔到院子中间，有昏黑在我的周围；正屋的纸窗上映出明亮的灯光，他们正在逗着孩子玩笑。我的心也沉静下来，觉得在沉重的迫压中，渐渐隐约地现出脱走的路径：深山大泽，洋场，电灯下的盛筵；壕沟，最黑最黑的深夜，利刃的一击，毫无声响的脚步……

心地有些轻松，舒展了，想到旅费，并且嘘一口气。

躺着，在合着的眼前经过的豫想的前途，不到半夜已经现尽；暗中忽然仿佛看见一堆食物，这之后，便浮出一个子君的灰黄的脸来，睁了孩子气的眼睛，恳托似的看着我。我一定神，什么也没有了。

但我的心却又觉得沉重。我为什么偏不忍耐几天，要这样急急地告诉她真话的呢？现在她知道，她以后所有的只是她父亲——儿女的债主——的烈日一般的严威和旁人的赛过冰霜的冷眼。此外便是虚空。负着虚空的重担，在严威和冷眼中走着所谓人生的路，这是怎么可怕的事呵！而况这路的尽头，又不过是——连墓碑也没有的坟墓。

我不应该将真实说给子君，我们相爱过，我应该永久奉献她我的说谎。如果真实可以宝贵，这在子君就不该是一个沉重的空虚。谎语当然也是一个空虚，然而临末，至多也不过这样地沉重。

我以为将真实说给子君，她便可以毫无顾虑，坚决地毅然前行，一如我们将要同居时那样。但这恐怕是我错误了。她当时的勇敢和无畏是因为爱。

我没有负着虚伪的重担的勇气，却将真实的重担卸给她了。她爱我之后，就要负了这重担，在严威和冷眼中走着所谓人生的路。

我想到她的死……我看见我是一个卑怯者，应该被摈于强有力的人们，无论是真实者，虚伪者。然而她却自始至终，还希望我维持较久的生活……

我要离开吉兆胡同，在这里是异样的空虚和寂寞。我想，只要离开这里，子君便如还在我的身边；至少，也如还在城中，有一天，将要出乎意表地访我，像住在会馆时候似的。

然而一切请托和书信，都是一无反响；我不得已，只好访问一个久不问候的世交去了。他是我伯父的幼年的同窗，以正经出名的拔贡，寓京很久，交游也广阔的。

大概因为衣服的破旧罢，一登门便很遭门房的白眼。好容易才相见，也还相识，但是很冷落。我们的往事，他全都知道了。

"自然，你也不能在这里了，"他听了我托他在别处觅事之后，冷冷地说，"但那里去呢？很难。——你那，什么呢，你的朋友罢，子君，你可知道，她死了。"我惊得没有话。

"真的？"我终于不自觉地问。

"哈哈。自然真的。我家的王升的家，就和她家同村。"

"但是，——不知道是怎么死的？"

"谁知道呢。总之是死了就是了。"

我已经忘却了怎样辞别他，回到自己的寓所。我知道他是不说谎话的；子君总不会再来的了，像去年那样。她虽是想在严威和冷眼中负着虚空的重担来走所谓人生的路，也已经不能。她的命运，已经决定她在我所给与的真实——无爱的人间死灭了！

自然，我不能在这里了；但是，"那里去呢？"

四围是广大的空虚，还有死的寂静。死于无爱的人们的眼前的黑暗，我仿佛一一看见，还听得一切苦闷和绝望的挣扎的声音。

我还期待着新的东西到来，无名的，意外的。但一天一天，无非是死的寂静。

我比先前已经不大出门，只坐卧在广大的空虚里，一任这死的寂静侵蚀着我的灵魂。死的寂静有时也自己战栗，自己退藏，于是在这绝续之交，便闪出无名的，意外的，新的期待。

一天是阴沉的上午，太阳还不能从云里面挣扎出来；连空气都疲乏着。耳中听到细碎的步声和咻咻的鼻息，使我睁开眼。大致一看，屋子里还是空虚；但偶然看到地面，却盘旋着一匹小小的动物，瘦弱的，半死的，满身灰土的……

我一细看，我的心就一停，接着便直跳起来。

那是阿随。它回来了。

我的离开吉兆胡同，也不单是为了房主人们和他家女工的冷眼，大半就为着这阿随。但是，"那里去呢？"新的生路自然还很多，我约略知道，也间或依稀看见，觉得就在我面前，然而我还没有知道跨进那里去的第一步的方法。

经过许多回的思量和比较，也还只有会馆是还能相容的地方。依然是这样的破屋，这样的板床，这样的半枯的槐树和紫藤，但那时使我希望，欢欣，爱，生活的，却全都逝去了，只有一个虚空，我用真实去换来的虚空存在。

新的生路还很多，我必须跨进去，因为我还活着。但我还不知道怎样跨出那第一步。有时，仿佛看见那生路就像一条灰白的长蛇，自己蜿蜒地向我奔来，我等着，等着，看看临近，但忽然便消失在黑暗里了。

初春的夜，还是那么长。长久的枯坐中记起上午在街头所见的葬式，前面是纸人纸马，后面是唱歌一般的哭声。我现在已经知道他们的聪明了，这是多么轻松简截的事。

然而子君的葬式却又在我的眼前，是独自负着虚空的重担，在灰白的长路上前行，而又即刻消失在周围的严威和冷眼里了。

我愿意真有所谓鬼魂，真有所谓地狱，那么，即使在孽风怒吼之中，我也将寻觅子君，当面说出我的悔恨和悲哀，祈求她的饶恕；否则，地狱的毒焰将围绕我，猛烈地烧尽我的悔恨和悲哀。

我将在孽风和毒焰中拥抱子君，乞她宽容，或者使她快意……

但是，这却更虚空于新的生路；现在所有的只是初春的夜，竟还是那么长。我活着，我总得向着新的生路跨出去，那第一步，——却不过是写下我的悔恨和悲哀，为子君，为自己。

我仍然只有唱歌一般的哭声，给子君送葬，葬在遗忘中。

我要遗忘；我为自己，并且要不再想到这用了遗忘给子君送葬。

我要向着新的生路跨进第一步去，我要将真实深深地藏在心的创伤中，默默地前行，用遗忘和说谎做我的前导……

一九二五年十月二十一日毕

【导读】

　　《伤逝》完成于 1925 年 10 月 21 日,这一年对于不惑之年的鲁迅来说是不平静的:夏天他与许广平相爱;8 月份因为支持女师大学生运动被教育总长章士钊革去教育部佥事职务,虽然官司打赢,但也让他和一批官僚、学者结怨,在北京的处境随之恶化;9 月初他肺病复发,连绵数月方愈。世事多艰,病痛纠缠,爱情来临,不惑之年的鲁迅完成了他创作生涯中唯一的一部爱情题材小说——《伤逝》。

　　《伤逝》讲述的是一段逝去的爱情,一个现代的婚恋故事。子君与涓生是 20 世纪 20 年代真心相爱的一对年轻人,他们的爱情纯真热烈,没有权力、金钱的杂质;打破家庭专制、追求个性自由的新思潮激荡着他们的心灵,他们对未来充满希望。当爱情受到家族阻挠时,子君勇敢地说出:"我是我自己的,他们谁也没有干涉我的权利!"这是中国女性自我意识觉醒的宣言。为了爱而叛逆了家庭的子君,来到涓生身边,两人在吉兆胡同建立了满怀希望的小家庭。然而仅仅一年时间,在内外交困的人生处境中真爱成殇:涓生久经思量后对子君说出了真话:"我已经不爱你!"子君被父亲领回了家,在父亲的严威和旁人的冷眼底下走向了生命的尽头,离开了这个"无爱的人间";而涓生也因此陷入无尽的悔恨和悲哀之中,独自寻找着新的生路。

　　鲁迅的小说素以"表现的深切和格式的特别"著称。《伤逝》"表现的深切",在于鲁迅超越了"五四"众多作家编织的爱情故事套路——把摆脱父母之命、媒妁之言,实现自由恋爱并结婚等同于幸福快乐的生活前景;而是把一个有情人终成眷属的自由恋爱故事写成了悲剧,清醒地思考着现代的婚恋背后可能隐藏的复杂性和危机。就故事表层而言,小说启发读者去思考:是什么毁灭了一对年轻人的美好爱情,让他们不能自由幸福地生活?首先,从婚恋观念来看,虽然自由恋爱成为许多年轻人的共识,但当时的环境依然是春寒料峭,新生的萌芽被顽固的守旧势力所摧残。其次,爱情自由与经济独立之间的关系不容忽略。他们成立了小家庭后,所有的经济来源只有涓生微薄的薪水。子君受到新文化运动鼓舞,希望冲出旧家庭、走向社会做一个独立的人,但是当时的社会并没有为这些女性提供合适的职位。冲破了旧家庭束缚的子君不得不回到家庭,成为传统的主妇。涓生失业后,生存成为一个严峻的问题,经济的困顿加速了爱情的破灭。再次,当高蹈的爱情理想转变为世俗的婚姻生活,他们两人(尤其是涓生)没有能从心态上做出合适的调整,面对子君"诗意的丧失",缺少应有的理解与宽容。

　　透过婚恋故事的表层,小说通过涓生这一形象,深入探讨"五四"时期"个人本位"的自由伦理与传统的"家庭本位"的责任伦理之间的碰撞以及选择的两难。鲁迅的哲学被称为"以后的哲学",他往往在别人思考终结的地方开始新的思考,比如:娜拉走后怎样?在《伤逝》中,他在思考当"爱"变成"不爱"后该如何处置。《伤逝》用相当比例的篇幅来展现涓生对子君的爱情消逝后,在自由伦理与责任伦理之间左右拉扯的矛盾心态。新文化运动提倡建基于"个人本位"之上的个性解放思想,追求爱情自由、婚姻自由,认为"没有爱情的婚姻是不道德的";依此观点,涓生就应该真实地说出自己的"不爱",用婚姻的破碎来维护现代婚姻的自由。但是从责任伦理出发,在当时的现实环境中,这样的"自由"选择伤害的必然是处于弱势的子君,涓生明白这一点,他甚至想到子君的死,因而迟迟没有做出决断。

当涓生终于卸去虚伪的重负,把"真实"昭示于子君,导致了子君的死亡。在对自由、解放、个性浩歌狂热的年代,鲁迅揭示了这样一个残酷的真相:"真实"也可以杀人。涓生因为误信了"真实"的力量而误杀了子君这个善良纯真、富有牺牲精神的女子,这是鲁迅的深刻洞见。不仅如此,鲁迅还把涓生放置在道德的求善与理性的求真无法和谐统一的困境中,让读者和涓生一起去思考,从而让阅读变成心灵的探险,一个无法触及最底部的旅程。

《伤逝》"格式的特别",首先表现在"涓生的手记"这种文体形式,可以赋予主人公涓生以极大的叙述权利与自由,让叙述随着涓生思绪的流动在过去与现在之间灵活自由地穿行,切入他的感情经历和复杂的内心世界。其次,《伤逝》充满浓郁的抒情性,堪称"伟大的抒情诗"。小说开篇就定下"悔恨与悲哀"的抒情基调。用"依然是这样的……这样的……"一系列的排比句,连同空屋、破窗、冷床、败壁、半死的树等意象,营造出物是人非、凄凉哀伤、颓败孤寂的心境。作为悼亡者兼抒情主体,涓生睹物思人:初恋时的期待,热恋时的告白,结合时的甜蜜,琐碎生活中诗意丧失的不满,生存压力下的无奈抱怨,爱情消亡后的矛盾纠结,决定说出真实想法时的灵魂诡辩与不安,获悉子君死后沦肌浃髓的负罪感与忏悔,直至以"抉心自食"的勇气正视自己的灵魂,在良心的法庭上进行无情的自我拷问,层层递进,撼人心魄。在叙事抒情的同时,深刻地剖析了人物的隐秘心理。

【选评】

涓生与子君这一对有个性的人,如果能够一直相濡以沫永浴爱河,那将是一个好的故事,可以为千千万万青年男女树立榜样,追求自己的幸福未来,由此,我们也可以展望我们国家和民族的美好未来。但《伤逝》描述的是一个令人扼腕痛惜的"黑色罗曼司"。如果我们把涓生与子君的爱情视为一个个人主义可能性的隐喻,那么我们可以看到,使得它夭折的原因不仅仅是外部强大压力的摧折,而且尤其是因为其内在的自毁力量。德国浪漫派鼓吹的个人主义一方面强调个体的创造性、想象力;但另一方面,也强调个体在更高的起点上实现与社会共同体的有机互动——所谓互动,其前提条件难道不应该首先就是承认、包容甚至关注他者么?涓生不仅漠视外部世界,对自以为深爱的子君,也采取了居高临下的俯视立场。但如果缺乏这样的互动,个人主义者极有可能会转变成原子个人主义者。而原子个人主义,在社会接受层面上不能不被理解为自私自利,甚至不道德。

(朱国华《另类的思想实验:重读〈伤逝〉》)

郁达夫

【简介】 郁达夫(1896—1945),原名郁文,浙江富阳人。1912年考入浙江大学预科。1913年随长兄东渡日本留学,先后就读于东京第一高等学校与东京帝国大学。在日本期间开始小说创作。1921年夏与郭沫若等人在东京发起成立文学社团创造社。1921年10月小说集《沉沦》出版,这是中国现代文学史上第一部白话短篇小说集。1922年回国,在安庆、北京、武汉、广州等地任教,并从事小说创作和文学编辑工作。1938年末赴新加坡,主编《星州日报》副刊,写了大量战斗檄文宣传抗日。太平洋战争爆发后流亡印尼苏门答腊岛,1945 年 9 月被日本宪兵秘密杀害,中华人民共和国成立后被人民政府追认为烈士。

郁达夫具有多方面的才能,在小说、散文、诗词、文论等领域都卓有成就,其中小说和散文影响最为深广。他以小说创作奠定了在中国现代文坛的地位,代表作有《沉沦》《南迁》《春风沉醉的晚上》《薄奠》《迟桂花》等。郁达夫同时又是一位散文大家,创作了《钓台的春昼》《故都的秋》《过富春江》《江南的冬景》《北平的四季》等诸多为后世传诵的名篇佳作。

沉沦(节选)

他的忧郁症愈闹愈甚了。

他觉得学校里的教科书,真同嚼蜡一般,毫无半点生趣。天气清朗的时候,他每捧了一本爱读的文学书,跑到人迹罕至的山腰水畔,去贪那孤寂的深味去。在万籁俱寂的瞬间,在天水相映的地方,他看看草木虫鱼,看看白云碧落,便觉得自家是一个孤高傲世的贤人,一个超然独立的隐者。有时在山中遇着一个农夫,他便把自己当作了 Zarathustra,把 Zarathustra 所说的话,也在心里对那农夫讲了。他的 megalomania 也同他的 hypochondria 成了正比例,一天一天地增加起来。他竟有接连四五天不上学校去听讲的时候。

有时候到学校里去,他每觉得众人都在那里凝视他的样子。他避来避去想避他的同学,然而无论到了什么地方,他的同学的眼光,总好像怀了恶意,射在他的背脊上的样子。

上课的时候,他虽然坐在全班学生的中间,然而总觉得孤独得很;在稠人广众之中,感得的这种孤独,倒比一个人在冷清的地方,感得的那种孤独,还更难受。看看他的同学,一个个都是兴高采烈地在那里听先生的讲义,只有他一个人身体虽然坐在讲堂里头,心思却同飞云逝电一般,在那里作无边无际的空想。

好容易下课的钟声响了!先生退去之后,他的同学说笑的说笑,谈天的谈天,个个都同春来的燕雀似的,在那里作乐;只有他一个人锁了愁眉,舌根好像被千钧的巨石锤住的样子,兀地不作一声。他也很希望他的同学来对他讲些闲话,然而他的同学却都自家管自家地去寻欢乐去,一见了他那一副愁容,没有一个不抱头奔散的,因此他愈加怨他的同学了。

"他们都是日本人,他们都是我的仇敌,我总有一天来复仇,我总要复他们的仇。"

一到了悲愤的时候,他总这样的想的,然而到了安静之后,他又不得不嘲骂自家说:

"他们都是日本人,他们对你当然是没有同情的,因为你想得到他们的同情,所以你怨他们,这岂不是你自家的错误么?"

他的同学中的好事者,有时候也有人来向他说笑的,他心里虽然非常感激,想同哪一个人谈几句知心的话,然而口中总说不出什么话来;所以有几个解他的意的人,也不得不同他疏远了。

他的同学日本人在那里欢笑的时候,他总疑他们是在那里笑他,他就一霎时地红起脸来。他们在那里谈天的时候,若有偶然看他一眼的人,他又忽然红起脸来,以为他们是在那里讲他。他同他同学中间的距离,一天一天地远悖起来,他的同学都以为他是爱孤独的人,所以谁也不敢来近他的身。

有一天放课之后,他挟了书包,回到他的旅馆里来,有三个日本学生同他同路的。将要到他寄寓的旅馆的时候,前面忽然来了两个穿红裙的女学生。在这一区市外的地方,从没有女学生看见的,所以他一见了这两个女子,呼吸就紧缩起来。他们四个人同那两个女子擦身过的时候,他的三个日本的同学都问她们说:

"你们上哪儿去?"

那两个女学生就作起娇声来回答说:

"不知道!"

"不知道!"

那三个日本学生都高声笑起来,好像是很得意的样子;只有他一个人似乎是他自家同她们讲了话似的,匆匆跑回旅馆里来。进了他自家的房,把书包用力地向席上一丢,他就在席上躺下了——日本室内都铺的席子,坐也席地而坐,睡也睡在席上的——他的胸前还在那里乱跳;用了一只手枕着头,一只手按着胸口,他便自嘲自骂地说:

"你这卑怯者!"

"你既然怕羞,何以又要后悔?"

"既要后悔,何以当时你又没有那样的胆量,不同她们去讲一句话?"

"Oh,coward,coward!"

说到这里,他忽然想起刚才那两个女学生的眼波来了。

那两双活泼泼的眼睛!

那两双眼睛里,确有惊喜的意思含在里头。然而再仔细想了一想,他又忽然叫起来说:

"呆人呆人! 她们虽有意思,与你有什么相干? 她们所送的秋波,不是单送给那三个日本人的么? 唉! 唉! 她们已经知道了,已经知道我是支那人了,否则她们何以不来看我一眼呢! 复仇复仇,我总要复他们的仇。"

说到这里,他那火热的颊上忽然滚了几颗冰冷的眼泪下来。他是伤心到极点了。这一天晚上,他记的日记说:

> 我何苦要到日本来,我何苦要求学问。既然到了日本,那自然不得不被他们日本人轻侮的。中国呀中国! 你怎么不富强起来,我不能再隐忍过去了。
>
> 故乡岂不有明媚的山河,故乡岂不有如花的美女? 我何苦要到这东海的岛国里来!
>
> 到日本来倒也罢了,我何苦又要进这该死的高等学校。他们留了五个月学回去的人,岂不在那里享荣华安乐么? 这五六年的岁月,叫我怎么能挨得过去。受尽了千辛万苦,积了十数年的学识,我回国去,难道定能比他们来胡闹的留学生更强么?
>
> 人生百岁,年少的时候,只有七八年的光景,这最纯最美的七八年,我就不得不在这无情的岛国里虚度过去,可怜我今年已经是二十一了。
>
> 槁木的二十一岁!
>
> 死灰的二十一岁!

　　我真还不如变了矿物质的好，我大约没有开花的日子了。

　　知识我也不要，名誉我也不要，我只要一个安慰我体谅我的"心"。一副白热的心肠！从这一副心肠里生出来的同情！从同情而来的爱情！

　　我所要求的就是爱情！

　　若有一个美人，能理解我的苦楚，她要我死，我也肯的。

　　若有一个妇人，无论她是美是丑，能真心真意地爱我，我也愿意为她死的。

　　我所要求的就是异性的爱情！

　　苍天呀苍天，我并不要知识，我并不要名誉，我也不要那些无用的金钱，你若能赐我一个伊甸园内的"伊扶"，使她的肉体与心灵，全归我有，我就心满意足了。

【导读】

　　《沉沦》写于1921年5月，是郁达夫的成名作。同年10月，小说集《沉沦》（包括《沉沦》《南迁》《银灰色的死》）由上海泰东书局出版，受到青年读者的追捧，一时洛阳纸贵。

　　郁达夫在《沉沦》自序中表示，这篇小说"描写着一个病的青年的心理，也可以说是青年抑郁病（Hypochondria）的解剖，里边也带叙着现代人的苦闷——便是性的要求与灵肉的冲突"。主人公是来自中国富春江畔的青年，随着兄长到日本留学。作为弱国子民，他饱受轻蔑和侮辱，性格变得孤僻自卑、敏感多疑。他期盼诚挚的友情，但时时感到日本同学对他的嘲笑与歧视，因而与他们格格不入。他渴望异性的爱情但缺乏表白的胆量，又因为自己的懦弱而自责，为此苦闷烦躁。在无法克制的欲望驱动下，他偷窥房东女儿洗澡、偷听陌生男女幽会、自损自渎，这些行为严重毁坏了他的正常生活。每次放纵之后都会陷入严厉的自我道德谴责，如此循环往复找不到出路，越陷越深。他向认识的中国同胞倾诉内心的烦恼却遭到嘲笑，与他们断绝关系后搬到僻静的地方过着离群索居的生活，自伤自怜。在和自己的兄长也断绝了联系后成为孤家寡人。最后他走向妓院寻求慰藉，当妓院的姑娘问他是哪里人时，他感到自己简直"站在断头台上"，而内心则在焦急地呼唤，"祖国啊，祖国，你怎么不富强起来"。他为自己的沉沦而痛苦自责，望着故国的方向伤心落泪，决定自沉大海寻求解脱。

　　小说内容具有鲜明的时代性。"五四"时期实现了人的觉醒，个性解放、爱情幸福、民族复兴是青年人共同的追求。对于中国留学生而言，国内军阀混战、政治腐败、领土和主权不断遭到列强侵犯，"软弱无能的祖国"是他们在国外被侮辱、被损害的重要原因，"祖国啊祖国，您赶快强大起来"是他们的强烈愿望。新旧文化的冲突，中西、中日之间的文化冲突对他们影响深远，个人的苦闷心境和怅惘情绪与时代思潮、民族忧患、文化激荡紧密交织，形成二十世纪二十年代留学生中普遍存在的弱国子民的"时代病"。

　　《沉沦》具有鲜明的自叙传小说特征与风格。郁达夫的新文学创作起步于日本，留学期间正是日本"私小说"兴盛时期，他早期的创作深受日本私小说的影响。私小说注重描写自己以及与自己相关的东西，早期的创作倾向于写人的疾病、贫穷、酗酒、恋爱所引起的烦恼与伤感。偏重于直接抒情，大胆剖露内心世界，所以又被称为"心境小说"。郁达夫在《五六年来创作生活的回顾》一文中表示：我觉得"文学作品，都是作家的自叙传"。《沉沦》

虽然用第三人称叙述,但是带着鲜明的"自叙传"特色。小说以主人公寻求友谊和爱情的颓丧历程为主线,不大注重编织曲折完整的故事情节,而注重剖析主人公的内心世界,大胆暴露人物的欲望与颓废的变态心理;善于运用优美清新的笔触描写自然,融情于景,渲染主人公无边的愁绪,具有浓郁的抒情色彩。与日本的"私小说"不同的是,郁达夫笔下无论是生的苦闷还是性的苦闷,多源于时代和社会,反映了时代青年共同的苦闷。

小说全文八节,本书选择的是小说的第二节,着重描写了主人公自怜的情绪和对爱情强烈的渴望。

【选评】

他的清新的笔调,在中国的枯槁的社会里面好像吹来了一股清风,立刻吹醒了当时无数青年的心。他那大胆的自我暴露,对于深藏在千年万年的背甲里面的士大夫的虚伪,完全是一种暴风雨式的闪击,把一些假道学、假才子们震惊得至于狂怒了。(郭沫若《论郁达夫》)

冰 心

【简介】 冰心(1900—1999),原名谢婉莹,生于福建福州。1913 年冰心随父亲来到北京,就读于贝满女中。1918 年进入协和女子大学,后协和女子大学并入燕京大学。大学期间,冰心开始发表作品,逐渐蜚声文坛。这时期的冰心不仅创作了《两个家庭》《斯人独憔悴》等反映社会现状的"问题小说",还引领了"小诗"创作的潮流。1923 年冰心大学毕业后赴美留学,陆续写作以《寄小读者》为总题的系列散文,成为中国儿童文学的奠基人。1926 年,冰心回国,后在燕京大学、清华大学等校任教。抗战期间,辗转至昆明、重庆,积极通过文学参与国家救亡活动。抗战胜利后去日本讲学。中华人民共和国成立后,回到祖国,定居北京,曾在中国作家协会以及中国文联等部门任职。

冰心作品既具有文言文的凝练典雅,又有白话文的流畅易懂,风格婉约清丽,如行云流水,在"五四"文坛独树一帜,被称为"冰心体"。她用行动和作品阐释着"爱的哲学",对"母爱、童真、自然"的歌颂构成了她作品的主旋律。

往事(节选)

六

涵在廊上吹箫,我也走了出去。

天上只微微的月光,我撩起垂拂的白纱帐子来,坐在廊上的床边。

我的手触了一件蠕动的东西,细看时是一条很长的蜈蚣。我连忙用手绢拂到地上去,又唤涵踩死它。

涵放了箫,只默然的看着。

我又说:"你还不踩死它!"

他抬起头来，严重而温和的目光，使我退缩。他慢慢的说："姊姊，这也是一个生命呵！"

霎时间，使我有无穷的惭愧和悲感。

<h3 style="text-align:center">七</h3>

父亲的朋友送给我们两缸莲花，一缸是红的，一缸是白的，都摆在院子里。

八年之久，我没有在院子里看莲花了——但故乡的园院里，却有许多；不但有并蒂的，还有三蒂的，四蒂的，都是红莲。

九年前的一个月夜，祖父和我在园里乘凉。祖父笑着和我说，"我们园里最初开三蒂莲的时候，正好我们大家庭中添了你们三个姊妹。大家都欢喜，说是应了花瑞。"

半夜里听见繁杂的雨声，早起是浓阴的天，我觉得有些烦闷。从窗内往外看时，那一朵白莲已经谢了，白瓣儿小船般散飘在水面。梗上只留个小小的莲蓬，和几根淡黄色的花须，那一朵红莲，昨夜还是菡萏的，今晨却开满了，亭亭地在绿叶中间立着。

仍是不适意！——徘徊了一会子，窗外雷声作了，大雨接着就来，愈下愈大。那朵红莲，被那繁密的雨点，打得左右欹斜。在无遮蔽的天空之下，我不敢下阶去，也无法可想。

对屋里母亲唤着，我连忙走过去，坐在母亲旁边——一回头忽然看见红莲旁边的一个大荷叶，慢慢的倾侧了来，正覆盖在红莲上面……我不宁的心绪散尽了！

雨势并不减退，红莲却不摇动了。雨点不住的打着，只能在那勇敢慈怜的荷叶上面，聚了些流转无力的水珠。

我心中深深的受了感动——

母亲呵！你是荷叶，我是红莲。心中的雨点来了，除了你，谁是我在无遮拦天空下的荫蔽？

一九二二年七月二十一日

【导读】

冰心自 1922 年开始创作、发表回忆性散文《往事》，共三十则，所选第六、七则堪为代表。作者将日常生活中的点滴片段用一颗爱心串联起来：一次来自蜥蜓的惊吓，一次雨打红莲，一次好友交谈，一次夜半醒来，一次儿时的寻梦，一次乘凉时对大海的冥想，一次黄昏时分雨纷纷的慵懒，一次悠然又忱然的白日梦，一次马背驰骋的任性……作者不仅把它们"反复而深深地镂刻在回忆的心版上"，而且从中发现了生命的平等与珍贵、大自然的宽广与雄伟，体悟到母爱的伟大和父爱的宽容，感受到朋友之间知心交谈的愉悦和姐弟之间温柔而沉静的亲情。冰心用爱的眼光观照整个世界，呈现给读者一颗晶莹透彻又丰富饱满的心灵，将感性的体悟与哲理性的思考熔为一炉，启迪心智又温暖人心。

冰心的散文在情感表达上哀而不伤，温暖宁静中略带一点忧伤；语言清丽委婉，将文言与白话妥帖地熔为一炉，既有文言的典雅蕴藉，又有白话的通俗流畅。这种散文风格在"五四"文坛独树一帜，深得读者的喜爱，被称为"冰心体"。

【选评】

　　过去我们都是孤寂的孩子。从她的作品那里我们得到了不少的温暖和安慰。我们知道了爱星,爱海,而且我们从那些亲切而美丽的语句里重温了我们永久失去了的母爱。……现在我不能说是不是那些著作也曾给我加添过一点生活的勇气,可是甚至在今夜对着一盏油灯,听着窗外的淅沥的雨声,我还能想起我们弟兄从书上抬起头相对微笑的情景。我抑止不住我的感激的心情。(《巴金《〈冰心著作集〉后记》)

徐志摩

　　【简介】 徐志摩(1897—1931),原名徐章垿,浙江海宁人。幼年时期接受私塾教育,1911 年就读于杭州府中学堂。1917 年考入北京大学,1918 年赴美留学,改名为志摩。1921 年进入英国剑桥大学,在此期间,深受英国浪漫主义诗人雪莱、拜伦、华兹华斯的熏陶,接受了罗素的思想,形成了单纯的人生观——对"爱、美、自由"的信仰,开始新诗创作。1922 年回国,次年发起成立"新月社"。1926 年主编《晨报副刊·诗镌》,与闻一多、朱湘等人提倡新格律诗,推动了白话新诗的发展。1928 年担任《新月》杂志主编。1931 年创办《诗刊》季刊。同年 11 月 19 日,因飞机失事不幸遇难。徐志摩代表作有诗集《志摩的诗》《翡冷翠的一夜》《猛虎集》《云游》;散文集《落叶》《巴黎的鳞爪》《自剖》《秋》以及日记《爱眉小札》等。徐志摩是新月诗派的代表诗人,诗歌风格灵动飘逸,意境优美婉转,想象丰富,韵律和谐,形式整饬灵活,具有鲜明的艺术个性。

雪花的快乐

假如我是一朵雪花,
翩翩的在半空里潇洒,
我一定认清我的方向——
飞扬,飞扬,飞扬,——
这地面上有我的方向。

不去那冷寞的幽谷,
不去那凄清的山麓,
也不上荒街去惆怅——
飞扬,飞扬,飞扬,——
你看! 我有我的方向!

在半空里娟娟的飞舞,
认明了那清幽的住处,

等着她来花园里探望——
飞扬，飞扬，飞扬，——
啊，她身上有朱砂梅的清香！

那时我凭借我的身轻，
盈盈的，沾住了她的衣襟，
贴近她柔波似的心胸——
消溶，消溶，消溶——
溶入了她柔波似的心胸！

【导读】

《雪花的快乐》是徐志摩灵动飘逸的诗歌风格的典型体现。全诗的核心意象是"娟娟的飞舞"的"雪花"，"雪花"飞扬灵动、漫天飘洒，是一切纯洁、优雅的美好事物的象征。"雪花"可以是爱的化身，诗人变身为轻盈的"雪花"——一个由爱凝结成的精灵，不去"冷寞的幽谷""凄清的山麓"和"荒街"，他要去花园，找寻一个"身上有朱砂梅的清香"的姑娘，她衣襟飘扬、温柔可亲，令人心旌动荡。诗人笔下的"雪花"不再是漫无目的地在茫茫大地上飘荡，而是执着地认明了方向——爱的方向。诗人借助"雪花"传达了恋爱至上的爱情宣言。"雪花"也可以是自由的化身，它是一个追求自由的快乐精灵，它无拘无束，任意妄为，它勇敢地冲破世俗的阻碍，听从爱的声音。诗人借助"雪花"表达了对自由的渴望。

这首诗意境优美和谐，美丽的"雪花"、美丽的姑娘和渴望爱情的诗人，三者融合在一个意境里，浑然天成。在情绪上，有淡淡的忧愁，但是整体是欢快轻盈的。整首诗充分体现了"五四"个性解放、乐观进取的时代精神。

《雪花的快乐》实践了新格律诗"音乐美""建筑美"的主张。在韵律上，通过音节上的押韵、音调上的抑扬顿挫以及重复等修辞造成欢快轻盈的韵律感。在诗行的排列上，全诗共四个诗节，每一个诗节五个诗行，第三、四个诗行缩进一格，整饬又不失灵动。

偶 然

我是天空里的一片云，
偶尔投影在你的波心——
　你不必讶异，
　更无须欢喜——
在转瞬间消灭了踪影。

你我相逢在黑夜的海上，
你有你的，我有我的，方向；
　你记得也好，

最好你忘掉，
在这交会时互放的光亮！

一九二六年五月中旬作

【导读】

《偶然》一诗的核心意象是"一片云"，诗人将自己比作"天空里的一片云"，在人生的道路上漂泊无定，变幻莫测。诗中的"你"象征着爱情，也象征着一切"爱"与"美"的事物。在每个人的一生中，总有与这些美好纯真事物"偶然""相逢"的缘分，但往往都是"偶然"的"投影"，昙花一现，在转瞬间便会了无痕迹。它就像黯淡生命中的一抹"光亮"，稍纵即逝，因此，更加令人感到珍贵难忘，也更加令人叹息无奈。但是，诗人并没有一味停留在失落的低谷，诗人劝慰道："你不必讶异，更无须欢喜""你记得也好，最好你忘掉"。只需把这次偶遇在记忆中好好珍藏，传达出了达观、洒脱的人生态度。诗人用非常节制的语言抹去了以前的火气，将珍惜、无奈、洒脱等丰富的内心情感奇妙地交织在一起，传达得悠长深邃，清淡典雅，在读者的心头久久萦绕不去。在形式上，每个诗节第一、二句与三、四句采用错开两格的排列方式，上下两个诗节整齐对称，又富有变化。在韵律上，通过押韵、音尺等手段，带来委婉顿挫、朗朗上口的节奏感。

【选评】

他的人生观真是一种"单纯信仰"，这里面只有三个大字：一个是爱，一个是自由，一个是美。他梦想这三个理想的条件能够会合在一个人生里，这是他的"单纯信仰"。他的一生的历史，只是他追求这个单纯信仰的实现的历史。（胡适《追悼志摩》）

闻一多

【简介】 闻一多（1899—1946），原名闻家骅，湖北浠水县人。1912 年考入北京清华学校，在校期间开始文学创作，并任《清华周刊》编辑。1922 年赴美，先后在芝加哥大学、科罗拉多大学和纽约艺术学院学习美术。1923 年出版第一本新诗集《红烛》。1925 年归国，任北京艺术专门学校（中央美术学院前身）教务长，翌年参与《晨报副刊·诗镌》的编辑工作，积极倡导"新格律诗"。1928 年出版第二本诗集《死水》。1932 年任清华大学中文系教授，开始致力于中国古典文学的研究。抗日战争爆发后，闻一多在昆明西南联大任教，他蓄须明志，以示抗战到底的决心。1946 年 7 月 15 日在悼念李公朴大会上，闻一多发表了著名的《最后一次讲演》后，被国民党特务杀害。

死 水

这是一沟绝望的死水，
清风吹不起半点漪沦。
不如多扔些破铜烂铁，
爽性泼你的剩菜残羹。

也许铜的要绿成翡翠，
铁罐上锈出几瓣桃花；
再让油腻织一层罗绮，
霉菌给他蒸出些云霞。

让死水酵成一沟绿酒，
飘满了珍珠似的白沫；
小珠笑一声变成大珠，
又被偷酒的花蚊咬破。

那么一沟绝望的死水，
也就夸得上几分鲜明。
如果青蛙耐不住寂寞，
又算死水叫出了歌声。

这是一沟绝望的死水，
这里断不是美的所在，
不如让给丑恶来开垦，
看他造出个什么世界。

【导读】

这首诗写于 1926 年 4 月,此时是诗人从美国留学回来的第二年。在国外,年轻的诗人对祖国朝思暮想,把对祖国的热爱和思念倾吐在《太阳吟》《忆菊》《孤雁》等诗歌中。1925 年,漂泊的游子终于回到祖国的怀抱,满目疮痍、残酷丑恶的社会现实让他无比失落、痛心与愤懑,他先后创作了《发现》《一句话》《死水》等诗歌以抒发内心郁积的情感。

《死水》把对社会现实的感受凝聚成一个经典的意象:一沟绝望的死水。表面的喧哗、光鲜和内在的死寂、污秽形成极大的对比,象征军阀统治下的旧中国黑暗陈腐、停滞不前的状况,诗人对其进行了强烈的诅咒,表现了深切的爱国热情。

全诗共五个诗节,可分为三个部分。第一部分为第一个诗节,“绝望”一词写出了诗人对如"死水"一般的黑暗现实的深深失望;"清风吹不起半点漪沦"描绘出了死水腐臭死寂的程度;"多扔些破铜烂铁""泼你的剩菜残羹"表现了诗人希望再多加些破坏,也许加速它的灭亡才能促使新气象更快地到来。第二个部分是二、三、四诗节,诗人用"翡翠""桃花""罗绮""云霞"等丰富的色彩以及青蛙、蚊虫的喧嚣,渲染出了一潭多姿多彩、热闹非凡的"死水",揭示了它"金玉其外,败絮其中"的丑恶本质。第三个部分是最后一个诗节,"这里断不是美的所在"对这一潭丑恶的死水进行了彻底的否定。

《死水》是闻一多的"新格律诗"理论——"三美原则"(建筑美、绘画美、音乐美)的完美试验。建筑美指"节的匀称和句的均齐",是诗歌外在的形式。《死水》每个诗节四个诗行,每个诗行九个字,整齐匀称。绘画美指辞藻诉诸视觉的色彩感,"翡翠""桃花""绿酒""白沫"显示了斑斓的视觉美感,以美写丑,达到了反讽的艺术效果。音乐美是"新格律诗"理论的核心,指诗歌的韵律,闻一多提出了"音尺"概念,《死水》中每一个诗行都是由一个"三音尺"与三个"二音尺"构成,每个诗节换韵,隔句押韵,规律中有变化,变化中有统一,音节整齐,韵律和谐,堪称新格律诗的典范之作。

【选评】

以清明的眼,对一切人生景物凝眸,不为爱欲所眩目,不为污秽所恶心,同时,也不为尘俗卑猥的一片生活厌烦而有所逃遁;永远是那么看,那么透明的看,细小处,幽僻处,在诗人的眼中,皆闪耀一种光明。作品上,以一个"老成懂事"的风度,为人所注意,是闻一多先生的《死水》。(沈从文《论闻一多的〈死水〉》)

思考讨论

1. 鲁迅小说以"表现的深切和格式的特别"著称,结合《伤逝》作简要分析。

2. 分析《沉沦》对近现代海外留学生"弱国子民"心态的书写。

3. 徐志摩在人生价值观与诗学精神上深受西方文化的影响,但是其诗歌在意象、意境等方面体现出浓厚的传统古典美学风范,结合徐志摩的诗歌进行分析。

拓展延伸

1. 鲁迅始终是一种"现在进行时"的存在,联系鲁迅作品与当下社会生活,思考鲁迅作品的当代意义。

2. 查阅相关资料,了解弗洛伊德的精神分析学说,试着用本我、自我、超我的人格结构理论分析《沉沦》。

推荐阅读

1.《鲁迅小说全集》(丁聪插图本),鲁迅著,人民文学出版社 2013 年版。

2.《野草》,鲁迅著,人民文学出版社 2021 年版。

3.《心灵的探寻》,钱理群著,生活·读书·新知三联书店 2014 年版。

4.《无法直面的人生:鲁迅传》,王晓明著,生活·读书·新知三联书店 2021 年版。

5.《沉沦 她是一个弱女子》,郁达夫著,人民文学出版社 2022 年版。

6.《郁达夫散文》,郁达夫著,人民文学出版社 2022 年版。

7.《繁星 春水》,冰心著,人民文学出版社 2022 年版。

8.《闻一多诗选》,闻一多著,人民文学出版社 2022 年版。

9.《徐志摩精选集》,徐志摩著,中国文联出版社 2016 年版。

10.《新月派诗选》,蓝棣之编选,人民文学出版社 1989 年版。

二十世纪三十年代文学

【概述】 二十世纪三十年代文学起始于 1928 年左右,到 1937 年抗战前结束,这是中国现代文学的第二个十年。随着社会、历史的巨大动荡,整个社会阶级矛盾日趋激烈。文学主潮随之改变,由二十年代的个性解放转变为三十年代的社会解放。人的思考中心由如何实现个人价值和人生意义转向对社会性质、出路和发展趋向的探求。在无产阶级革命文学论争的促进下形成了左翼联盟,带来革命文学思潮及其文学创作的勃兴。

小说创作在本时期得到长足发展,新人迭出、体式丰富、数量激增,引人注目的是出现多部中长篇小说,作品在思想的深度、反映生活的广度、表现手法的多样性等方面都有所突破。茅盾、巴金、老舍、沈从文等在本时期都拿出了能够奠定他们文学地位、确定其创作风格的作品。《子夜》《家》《骆驼祥子》《边城》等小说不仅是他们个人的代表作,也反映了三十年代中国现代小说创作的水平和成就。

诗坛在本时期呈现出争荣竞秀的局面。以殷夫、蒲风为代表的中国诗歌会诗人群继承了无产阶级诗歌创作的传统,是无产阶级革命文学的一部分。以徐志摩、陈梦家为代表的后期新月派坚持超功利的、回到内心的、贵族化的"纯诗"立场。以戴望舒、卞之琳为代表的现代派诗歌创作,致力于诗歌现代性的追求与探索,在诗歌语言、形式、风格等方面提供了新的经验,形成各自的创作风格。

话剧在三十年代有了重大发展,曹禺的《雷雨》《日出》,李健吾的《这不过是春天》,田汉的《回春之曲》,夏衍的《上海屋檐下》等优秀剧作相继问世,中国话剧艺术进入成熟期。

三十年代的散文创作继承了"五四"散文的传统,在时代的推动下有了新的发展,出现杂文、报告文学等各类散文作品创作的繁荣局面,杂文领域成就最突出的当属鲁迅,另外一些新晋作家与二十年代成名的作家们一起促进了三十年代散文的多元发展。

茅 盾

【简介】 茅盾(1896—1981),原名沈德鸿,字雁冰,出生于乌镇一个书香门第。1913年考入北京大学预科学习,1916 年到上海商务印书馆编译所英文部,从事编译和校对工作,其间翻译了梅特林克、契诃夫、莫泊桑、高尔基等人的作品,还为《东方杂志》《妇女杂志》等刊物写文章。1920 年 11 月应邀主持《小说月报》"小说新潮"栏目。1921 年,与周作人、叶圣陶等人发起成立文学研究会,提倡"为人生"的文学;同年,出任《小说月报》主编,把《小说月报》由鸳鸯蝴蝶派的主要阵地变成新潮小说的核心刊物。茅盾积极投身政治活动,1920 年 10 月加入上海共产主义小组,1921 年加入中国共产党。1927 年"大革命"失败后,茅盾开始转向小说创作。1927 年至 1928 年创作完成"《蚀》三部曲"(《幻灭》《动摇》《追求》),展现了大革命失败后一群知识青年的生活面貌和心路历程。1929 年长篇小说《虹》问世,表现出茅盾对"时代新女性"的持续关注。1933 年,长篇小说《子夜》出版,这是茅盾创作的一个高峰,标志着中国现代长篇小说的成熟。30 年代,茅盾还创作了《林家铺子》和"农村三部曲"(《春蚕》《秋收》《残冬》)等短篇小说。抗战时期,辗转于香港、新疆、延安、重庆、桂林等地,发表了长篇小说《腐蚀》《霜叶红似二月花》《锻炼》和剧本《清明前后》等。除了自己的创作实践,他还在组织创作队伍、开拓文学阵地、翻译评介和理论批评方面为中国新文学作出了重要贡献。茅盾于 1981 年 3 月 27 日辞世,临终他把自己多年积蓄的 25 万元稿费捐献出来,委托中国作协设立茅盾文学奖,奖励长篇小说的创作。

子夜(节选)

大时钟镗镗地响了九下。这清越而缓慢的金属丝颤动的声音送到了隔房床上吴荪甫的耳朵里了,闭着的眼皮好像轻轻一跳。然而梦的黑潮还是重压在他的神经上。在梦中,他也听得清越的钟声;但那是急促的钟声,那是交易所拍板台上的钟声,那是宣告"开市"的钟声,那是吴荪甫他们"决战"开始的号炮!

是为了这梦里的钟声,所以睡着的吴荪甫眼皮轻轻一跳。公债的"交割期"就在大后天,到昨天为止,吴荪甫他们已把努力搜刮来的"预备资金"扫数开到"前线",是展开了全线的猛攻了;然而"多头"们的阵脚依然不见多大的动摇! 他们现在唯一的盼望是杜竹斋的友军迅速出动。昨晚上,吴荪甫为此跟杜竹斋又磨到深夜。这已是第四次的"对杜外交"! 杜竹斋的表示尚不至于叫吴荪甫他们失望。然而毕竟这是险局!

忽然睡梦中的吴荪甫一声狞笑,接着又是皱紧了眉头,咬住了牙关,浑身一跳。猛可地他睁开眼来了,血红的眼球定定地发怔,细汗渐渐布满了额角。梦里的事情太使他心惊。惨黄的太阳在窗前弄影,远远地微风吹来了浑浊的市声。

"幸而是梦! 不过是梦罢了!"——吴荪甫匆匆忙忙起身离床,心里反复这么想。然而他在洗脸的时候,又看见梦里那赵伯韬的面孔又跑到脸盆里来了;一脸的奸笑,胜利的笑! 无意中在大衣镜前走过的时候一回头,吴荪甫又看见自己的脸上摆明了是一副败相。仆人们在大客厅和大餐室里乱烘烘地换沙发套,拿出地毯去扑打;吴荪甫一眼瞥见,忽然又想到房子已经抵出,如果到期不能清偿押款,那就免不了要乱烘烘地迁让。

他觉得满屋子到处是幸灾乐祸的眼睛对他嘲笑。他觉得坐在"后方"等消息,要比亲临前线十倍二十倍地难熬! 他也顾不得昨天是和孙吉人约好了十点钟会面,他就坐汽车出去了。

还是一九三〇年新纪录的速率,汽车在不很闹的马路上飞驶;然而汽车里的吴荪甫却觉得汽车也跟他捣乱,简直不肯快跑。他又蓦地发见,不知道在什么时候连那没精打采的惨黄的太阳也躲过了,现在是蒙蒙细雨,如烟如雾。而这样惨淡的景象又很面熟。不错! 也是这么浓雾般的细雨的早上,也是这么一切都消失了鲜明的轮廓,威武的气概,而且也是这么他坐在汽车里向迷茫的前途狂跑。猛可地从尘封的过去中跳出了一个回忆来了：两个月前他和赵伯韬合做"多头"那时正当"决战"的一天早上，也就是这么一种惨淡的雨天呀！然而现在风景不殊，人物已非了！现在他和赵伯韬立在敌对的地位了！而且举足轻重的杜竹斋态度莫测！

吴荪甫独自在车里露着牙齿干笑。他自己问自己：就是赶到交易所去"亲临前线"，究竟中什么用呀？胜败之机应该早决于昨天，前天，大前天；然而昨天，前天，大前天，早已过去，而且都是用尽了最后一滴财力去应付着，去布置的，那么今天这最后五分钟的胜败，似乎也不尽恃人力罢？不错！今天他们还要放出最后的一炮。正好比决战中的总司令连自己的卫队旅都调上前方加入火线，对敌人下最后的进攻。但是命令前敌总指挥就得了，何必亲临前线呀？——吴荪甫皱着眉头狞笑，心里是有一个主意："回家去等候消息！"然而他嘴里总说不出来。他现在连这一点决断都没有了！尽管他焦心自讼："要镇静！即使失败，也得镇静！"可是事实上他简直镇静不下来了！

就在这样迟疑焦灼中，汽车把吴荪甫载到交易所门前停住了。像做梦似的，吴荪甫挤进了交易所大门，直找经纪人陆匡时的"号头"。似乎尚未开市，满场是喧闹的人声。但吴荪甫仿佛全没看见，全没听到；他的面前只幻出了赵伯韬的面孔，塞满了全空间，上至天，下至地。

比警察的岗亭大不了多少的经纪人号子里，先已满满地塞着一位胖先生，在那里打电话。这正是王和甫。经纪人陆匡时站在那"岗亭"外边和助手谈话。吴荪甫的来到，竟没有惹起任何人注目；直到他站在王和甫身边时，陆匡时这才猛一回头看见了，而王和甫恰好也把电话筒挂上。

"呵，荪甫！正找你呢！来得好！"

王和甫跳起来说，就一把拉住吴荪甫，拖进那"岗亭"，又把他塞在电话机旁边的小角里，好像惟恐人家看见了。吴荪甫苦笑，想说，却又急切间找不到话头。可是王和甫弯着腰，先悄悄地问道：

"没有会过吉人么？——过一会儿，他也要上这里来。竹斋究竟怎样？他主意打定了么？"

"有八分把握。可是他未必肯大大儿干一下。至多是一百万的花头。"

吴荪甫一开口却又是乐观，并且他当真渐渐镇定起来了。

王和甫摸着胡子微笑。

"他能够抛出一百万去么？好极了！可是荪甫，我们自己今天却干瘪了；你的丝厂押款，到底弄不成，我和吉人昨天想了多少门路，也没有一处得手。我们今天只能——"

"只能什么？难道前天讲定了的十万块钱也落空么？"

"这个，幸而没有落空！我们今天只能扣住了这点数目做做。"

"那么，一开盘就抛出去罢？你关照了孟翔没有？"

"呀，呀！再不要提起什么孟翔了！昨晚上才知道，这个人竟也靠不住！我们本来为的想用遮眼法，所以凡是抛空，都经过他的手，谁知道他暗地里都去报告赵伯韬了！这不是糟透了么？"

王和甫说这话时，声音细到就像蚊子叫。吴荪甫并没听得完全，可是他全都明白了，他陡的变了脸色，耳朵里一声嗡，眼前黑星乱跳。又是部下倒戈！这比任何打击都厉害些呀！过一会儿，吴荪甫咬牙切齿地挣扎出一句话来道：

"真是人心叵测！——那么，和甫，今天我们抛空，只好叫陆匡时过手了？"

"不！我们另外找到一个经纪人，什么都已经接洽好。一开盘，我们就抛！"

一句话刚完，外边钟声大震，开市了！接着是做交易的雷声轰轰地响动，似乎房子都震摇。王和甫也就跑了出去。吴荪甫却坐着不动。他不能动，他觉得两条腿已经不听他做主，而且耳朵里又是嗡嗡地叫。黑星又在他眼前乱跳。他从来不曾这么脆弱，他真是变了！

猛可地王和甫气急败丧跑回来，搓着手对吴荪甫叫道：

"哎，哎！开盘出来又涨了！涨上半块了！"

"呵——赶快抛出去！扣住了那十万块全都抛出去！"

吴荪甫蹶然跃起大声说，可是蓦地一阵头晕，又加上心口作恶，他两腿一软，就倒了下去，直瞪着一对眼睛，脸色死白。王和甫吓得手指尖冰冷，抢步上前，一手掐住了吴荪甫的人中，一手就揪他的头发。急切间可又没得人来帮忙。正慌做一堆的时候，幸而孙吉人来了，孙吉人还镇静，而且有急智，看见身边有一杯冷水，就向吴荪甫脸上喷一口。吴荪甫的眼珠动了，咕的吐出一堆浓痰。

"赶快抛出去呀——"

吴荪甫睁大了眼睛，还是这一句话。孙吉人和王和甫对看了一眼。孙吉人就拍着吴荪甫的肩膀说：

"放心！荪甫！我们在这里招呼，你回家去罢！这里人多气闷，你住不得了！"

"没有什么！那不过是一时痰上，现在好了！——可是，抛出去么？"

吴荪甫忽地站起来说；他那脸色和眼神的确好多了，额角却是火烧一般红。这不是正气的红，孙吉人看得非常明白，就不管吴荪甫怎样坚持不肯走，硬拉了他出去，送上了汽车。

这时候，市场里正轰起了从来不曾有过的"多头"和"空头"的决斗！吴荪甫他们最后的一炮放出去了！一百五十万的裁兵公债一下里抛在市场上了，挂出牌子来是步步跌了！

要是吴荪甫他们的友军杜竹斋赶这当儿加入火线，"空头"们便是全胜了。然而恰在吴荪甫的汽车从交易所门前开走的时候，杜竹斋坐着汽车来了。两边的汽车夫捏喇叭打了个招呼，可是车里的主人都没觉到。竹斋的汽车咕的一声停住，荪甫的汽车飞也似的回公馆去了。

也许就是那交易所里的人声和汗臭使得吴荪甫一时晕厥罢，他在汽车里已经好得多，额角上的邪火也渐渐退去，他能够"理性"地想一想了，但这"理性"的思索却又使他的脸色一点一点转为苍白，他的心重甸甸地定住在胸口，压迫他的呼吸。

蒙蒙的细雨现在也变成了倾盆直泻。风也有点刺骨。到了家从车里出来时，吴荪甫猛然打一个寒噤，浑身汗毛都直竖了。阿萱和林佩珊在大餐间里高声嚷笑着，恰在吴荪甫走过的时候，阿萱冲了出来，手里拿一本什么书，背后是林佩珊追着。吴荪甫皱着眉头，别转脸就走过了。他近来已经没有精神顾到这些小事，并且四小姐的反抗也使他在家庭中的威权无形中缩小，至少是阿萱已经比先前放肆些了。

到书房里坐定后，吴荪甫吩咐当差的第一个命令是"请丁医生"，第二个命令是"生客拜访，一概挡驾"！他还有第三个命令正待发出，忽然书桌上一封电报转移了他的注意，于是一摆手叫当差退出，他就看那电报。

这是唐云山从香港打来的电报，三五十个字，没有翻出。吴荪甫拿起电报号码本子翻了七八个字，就把那还没发出的第三个命令简直忘记得精光了。可是猛可地他又想起了另一件事，随手丢开那电报，抓起电话筒来。他踌躇了一下，终于叫着杜竹斋公馆的号头。在问明了竹斋的行踪以后，吴荪甫脸上有点笑容了。万分之一的希望又在他心头扩大而成为百分之十，百分之二十，三十！

而在这再燃旺的希望上又加了一勺油的，是唐云山那电报居然是好消息：他报告了事务顺手，时局有转机，并且他在香港亦已接洽好若干工商界有力份子，益中公司尚可卷土重来；最后，他说即日要回上海。

吴荪甫忍不住独自个哈哈笑了。可不是皇天不负苦心人么！

然而这一团高兴转瞬便又冷却。吴荪甫嘴角上虽则还挂着笑影，但已经是苦笑了。什么香港的工商界有力份子接洽得有了眉目，也许是空心汤圆罢？而且这样的"空心汤圆"，唐云山已经来过不止一次了！再者，即使今回的"汤圆"未必仍旧"空心"，然而远水救得近火么？这里公债市场上的决战至迟明天要分胜败呀！吴荪甫他们所争者就是"现在"；"现在"就是一切，"现在"就是"真实"！

而且即使今回不是"空心汤圆"，吴荪甫也不能不怪唐云山太糊涂了。不是屡次有电报给他：弄到了款子就立即电汇来么？现在却依然只是一封空电报！即日要回上海罢？倒好像香港还是十八世纪，通行大元宝，非他自己带来不可似的！

人家在火里，他倒在水里呀！

这么想着的吴荪甫，脸上就连那苦笑的影子也没有了。一场空欢喜以后的苦闷比没有过那场欢喜更加厉害。刚翻完那电报的时候他本想打一个电话给孙吉人他们报告这喜讯，现在却没有那股勇气。他坐在椅子里捧着头，就觉得头里是火烧一般；他站起来踱了几步，却又是一步一个寒噤，背脊上冷水直浇。他坐了又站起，站起了又坐，就好像忽而掉在火堆里，忽而又滚到冰窖。

他只好承认自己是生病了。不错！自从上次他厂里罢工以来，他就得了这怪病，而且常常要发作。而刚才他在交易所里竟至于晕厥！莫非也就是初步的脑充血？老太爷是脑充血去世的！"怎么丁医生还没见来？该死！缓急之际，竟没有一个人可靠！"——吴荪甫无端迁怒到不相干的第三者了！

突然，电话铃响了。唧令令……那声音听去是多么焦急。

吴荪甫全身的肉都跳了起来。他知道这一定是孙吉人他们来报告市场情形；他拿起那听筒的时候，手也抖了；他咬紧了牙关，没有力气似的叫了两声"喂"，就屏息静听那生死关头的报告。然而意外地他的眉毛一挺，眼睛里又有些光彩，接着他又居然笑了一笑。

"哦，——涨上了又跌么！——哦！跌进三十三块么？——哎，哎！——可惜！——看去是'多头'的胃口已经软弱么？哈——编遣刚开盘么？——怎么？——打算再抛出二百万？——保证金记账？——我赞成！——刚才云山来了电报，那边有把握。——对了，我们不妨放手干一干！——款子还没汇来，可是我们要放手干一干！——哦，那么老赵也是孤注一掷了,半斤对八两! ——哦,可见是韩孟翔真该死呀! 没有他去报告了我们的情形,老赵昨天就要胆小! ——不错! 回头总得给这小子一点颜色看看! ——竹斋么? 早到了交易所了! ——你们没有看见他么? 找一找罢! ——哦……”

吴荪甫挂上了听筒,脸色突又放沉了。这不是忧闷,这是震怒。韩孟翔那样靠不住,最不该! 况且还有刘玉英! 这不要脸的,两头做内线! 多少大事坏在这种“部下”没良心,不忠实! 吴荪甫想起了恨得牙痒痒地。他是向来公道,从没待亏了谁,可是人家都“以怨报德”! 不必说姓韩姓刘的了,就是自己的嫡亲妹子四小姐也不谅解,把他当作老虎似的,甚至逃走出去不肯回来!

一阵怒火像乱箭一般直攒心头,吴荪甫全身都发抖了。他铁青着脸,咬紧牙齿在屋子里疾走。近来他的威严破坏到不成个样子了! 他必须振作一番! 眼前这交易所公债关口一过,他必须重建既往的威权! 在社会上,在家庭中,他必须仍旧是一个威严神圣的化身! 他一边走,一边想,预许给自己很多的期望,很多的未来计画! 专等眼前这公债市场的斗争告一个有利的段落,他就要一一开始的!

电话铃猛可地又响了,依然是那么急!

这回吴荪甫为的先就吃过“定心丸”,便不像刚才那样慌张,他的手拿起那听筒,坚定而且灵快。他一听那声音,就回叫道:

“你是和甫么? ——哦,哦,你说呀! 不要紧! 你说!”

窗外猛起了狂风,园子里树声怒吼。听着电话的吴荪甫突然变了色,锐声叫道:

“什么! 涨了么? ——有人乘我们压低了价钱就扒进! ——哦! 不是老赵,是新户头? 是谁,是谁? ——呀! 是竹斋么? ——咳咳! ——我们大势已去了呀! ……”

拍达! 吴荪甫掷听筒在桌子上,退一步,就倒在沙发里,直瞪了眼睛,只是喘气。不料竹斋又是这一手! 大事却坏在他手里! 那么,昨晚上对他开诚布公那番话,把市场上虚虚实实的内情都告诉了他的那番话,岂不是成了开门揖盗么? ——“咳! 众叛亲离! 我,吴荪甫,有什么地方对不起了人的!”只是这一个意思在吴荪甫心上猛捶。他蓦地一声狞笑,跳起来抢到书桌边,一手拉开了抽屉,抓出一枝手枪来,就把枪口对准了自己胸口。他的脸色黑里透紫,他的眼珠就像要爆出来似的。

窗外是狂风怒吼,斜脚雨打那窗上的玻璃,达达达地。可是那手枪没有放射。吴荪甫长叹一声,身体落在那转轮椅子里,手枪掉在地下。恰好这时候,当差李贵引着丁医生进来了。

吴荪甫蹶然跃起,对丁医生狞笑着叫道:

“刚才险些儿发生一件事,要你费神;可是现在没有了。既然来了,请坐一坐!”

丁医生愕然耸耸肩膀,还没开口,吴荪甫早又转过身去抓起了那电话筒,再打电话。这回是打到他厂里去了。他问明了是屠维岳时,就只厉声吩咐一句:“明天全厂停工!”他再不理睬听筒中那吱吱的声音,一手挂上了,就转脸看着丁医生微微笑着说:

“丁医生,你说避暑是往哪里去好些? 我想吹点海风呢!”

“那就是青岛罢! 再不然,远一些,就是秦皇岛也行!”

“那么牯岭呢?”

“牯岭也是好的,可没有海风,况且这几天听说红军打吉安,长沙被围,南昌,九江都很吃紧！——"

"哈哈哈，这不要紧！我正想去看看那红军是怎样的三头六臂了不起！光景也不过是匪！一向是大家不注意，纵容了出来的！可是，丁医生，请你坐一会儿，我去吩咐了几句话就来。"

吴荪甫异样地狂笑着，站起身来就走出了那书房，一直跑上楼去。现在知道什么都完了，他倒又镇静起来了；他轻步跑进了自己房里，看见少奶奶倦倚在靠窗的沙发上看一本书。

"佩瑶！赶快叫他们收拾，今天晚上我们就要上轮船出码头。避暑去！"

少奶奶猛一怔，霍地站了起来；她那膝头的书就掉在地上，书中间又飞出一朵干枯了的白玫瑰。这书，这枯花，吴荪甫今回是第三次看见了，但和上两次一样，今回又是万事牵心，滑过了注意。少奶奶红着脸，朝地下瞥了一眼，惘然回答："那不是太局促了么？可是，也由你。"

【导读】

《子夜》写于1931年10月，1932年12月5日脱稿，30余万字。1933年1月，《子夜》由开明书店出版，销量惊人，"3个月内，重版4次；初版3000部，此后重版各为5000部；此在当时，实为少见"（茅盾）。瞿秋白说："一九三三年在将来的文学史上，没有疑问的要记录《子夜》的出版。"

《子夜》开新文学运动以来写"企业家和交易所"的先河。全书30余万言，以1930年有"东方巴黎""冒险家的乐园"之称的上海为舞台，以民族资本家吴荪甫作为矛盾冲突的核心，描绘了1930年中国的一个罗曼史（a Romance of China in 1930）。小说开篇通过乡绅吴老太爷进上海，用陌生化视角展现了这座现代化大都市的声光色电，随着故事的推进，资本家豪宅内的家庭生活与社交活动、证券交易所你死我活的争斗、工厂的生产与罢工、光怪陆离的夜总会等渐次呈现，并通过侧面点染，交代农村生活的骚动不宁和中原战争的发展形势，实现茅盾"大规模地描写中国社会现象"的写作意图。

罗曼史是兴起于欧洲中世纪的一种文体样式，讲述骑士冒险的故事。《子夜》的主人公吴荪甫被描述为"二十世纪机械工业时代的英雄骑士和'王子'"，但这个中国1930年代的"英雄骑士"经历一系列的冒险后，最终一败涂地。吴荪甫出生于江南地主家庭，年轻时赴德国留学，掌握现代企业管理经验。他有雄才大略，富有冒险精神，回国后在家乡双桥镇开设钱庄、当铺、油坊、米厂、电厂，把双桥打造成模范镇。他怀抱振兴民族工业的雄心，把事业中心转移到上海，他深信只要中国"国家像个国家，政府像个政府，中国工业一定有希望的"。在上海，他创办丝厂，吞并灯泡厂、热水瓶厂、玻璃厂、橡胶厂、阳伞厂、肥皂厂、赛璐珞厂、朱吟秋的丝厂，希望他们的产品"走遍了全中国的穷乡僻壤"，与日本轻工业在华工厂相竞争。为了摆脱工业对金融的依赖，他联合其他企业家成立益中信托公司。但吴荪甫的处境危机四伏：金融巨头的经济封锁、军阀混战对商品流通的破坏、双桥镇农民暴动对他家乡产业的毁灭、裁员减薪剥削工人导致的大罢工、公债市场孤注一掷时姐夫杜竹斋的临阵倒戈，这一切让他四面楚歌，无力突围。小说最后，他在与赵伯韬的金融斗法中损失殆尽，全军覆没，不得不关停丝厂，逃往牯岭。吴荪甫原本以自己的才能和企业的实力自雄,但在腹背受敌的处境中,深深感受到自己在政治、经济各方面的软弱无力,这种无力感是致命的,它影响了吴荪甫的性格和心理,使他的性格呈现出两面性:刚毅果决与优柔寡断,强悍铁血与虚弱无力、自信张扬与悲观绝望,发展民族工业的抱负与资本家的无情剥削本质并存,有机统一于一体。

茅盾擅长心理描写,这也是《子夜》重要的艺术特点之一。节选部分是小说结尾,写吴荪甫在公债市场上的最后决战,把金融交易所紧张激烈的场景鲜活地呈现在读者面前,同时细致入微地描摹吴荪甫在这一日之内的情绪变化:从噩梦被钟声惊醒,心惊肉跳,自我安慰;到坐车亲临交易所督战,一路上强自镇定与忧虑不安,在交易所得到不利消息时虚弱晕倒,返回公馆时喜怒无常、狂暴凌乱、绝望崩溃、企图自杀;再到决定连夜潜逃庐山牯岭。作者还用惨黄的太阳、雷声、大雨等自然环境的描写衬托人物的内心活动,以景写情,情景交融。

【选评】

过去,我们一般用现实主义加上政治的眼光来解读这部小说,偏重于它的现实反映,如何体现当时的社会情状。当然这是必须的,也是很重要的。把“社会剖析”引入长篇小说创作,是茅盾的长项。但这种“偏重”,并不等于可以忽略这部小说本来具有的那种想象力和浪漫的气质。1930 年代的上海被称为“东方巴黎”,还有一种说法是“冒险家的乐园”,《子夜》的雄心,是在揭示城市社会矛盾与阶级斗争的同时,努力写出大上海的各种生活面相,包括繁华、时髦、享乐、动感、颓废、堕落,等等,织就“东方巴黎”的形形色色的浮世悲欢。《子夜》真实保存了 1930 年代上海历史的肉身。(温儒敏《温儒敏讲现代文学名篇》)

老　舍

【简介】　老舍(1899—1966),原名舒庆春,字舍予,1899 年出生于北京小杨家胡同一户贫苦的旗人家庭。1900 年八国联军攻打北京,父亲在守护皇城时阵亡。一家人靠母亲给人缝洗、做杂工为生。9 岁时得到刘寿绵的资助入学读书。师范学校毕业后曾任小学校长、中学教员。1924 年,老舍得到燕京大学英籍教授艾温士推荐,前往英国伦敦大学东方学院任华语讲师,在英国期间,陆续写成长篇小说《老张的哲学》《赵子曰》等。1929 年老舍回国,1930 年 7 月任教于济南齐鲁大学文学院。二十世纪三十年代中期,老舍进入自己的创作高峰期。1936 年创作的长篇小说《骆驼祥子》,是中国现代小说史上当之无愧的杰作。此外,他还创作完成了长篇小说《猫城记》《离婚》等,中篇小说《月牙儿》,短篇小说《断魂枪》《微神》等。四十年代,老舍完成了三卷本长篇小说《四世同堂》,这是继《骆驼祥子》之后又一部里程碑式的作品。五十年代后期,老舍创作了话剧《茶馆》和自传体长篇小说《正红旗下》(未完成)。

微　神

清明已过了,大概是;海棠花不是都快开齐了吗? 今年的节气自然是晚了一些,蝴蝶们还很弱;蜂儿可是一出世就那么挺拔,好像世界确是甜蜜可喜的。天上只有三四块不大也不笨重的白云,燕儿们给白云上钉小黑丁字玩呢。没有什么风,可是柳枝似乎故意地轻摆,像逗弄着四外的绿意。田中的晴绿轻轻的上了小山,因为娇弱怕累得慌,似乎是,越高绿色越浅了些;山顶上还是些黄多于绿的纹缕呢。山腰中的树,就是不绿的也显出柔嫩来,山后的蓝天也是暖和的,不然,雁们为何唱着向那边排着队去呢? 石凹藏着些怪害羞的三月兰,叶儿还赶不上花朵大。

小山的香味只能闭着眼吸取,省得劳神去找香气的来源,你看,连去年的落叶都怪好闻的。那边有几只小白山羊,叫的声儿恰巧使欣喜不至过度,因为有些悲意。偶尔走过一只来,没长犄角就留下须的小动物,向一块大石发了会儿愣,又颠颠着俏式的小尾巴跑了。

我在山坡上晒太阳,一点思念也没有,可是自然而然的从心中滴下些诗的珠子,滴在胸中的绿海上,没有声响,只有些波纹是走不到腮上便散了的微笑;可是始终也没成功一整句。一个诗的宇宙里,连我自己好似只是诗的什么地方的一个小符号。

越晒越轻松,我体会出蝶翅是怎样的欢欣。我搂着膝,和柳枝同一律动前后左右的微动,柳枝上每一黄绿的小叶都是听着春声的小耳勺儿。有时看看天空,啊,谢谢那块白云,它的边上还有个小燕呢,小得已经快和蓝天化在一处了,像万顷蓝光中的一粒黑痣,我的心灵像要往哪儿飞似的。

远处山坡的小道,像地图上绿的省分里一条黄线。往下看,一大片麦田,地势越来越低,似乎是由山坡上往那边流动呢,直到一片暗绿的松树把它截住,很希望松林那边是个海湾。及至我立起来,往更高处走了几步,看看,不是;那边是些看不甚清的树,树中有些低矮的村舍;一阵小风吹来极细的一声鸡叫。

春晴的远处鸡声有些悲惨,使我不晓得眼前一切是真还是虚,它是梦与真实中间的一道用声音作的金线;我顿时似乎看见了个血红的鸡冠;在心中,村舍中,或是哪儿,有只——希望是雪白的——公鸡。

我又坐下了;不,随便的躺下了。眼留着个小缝收取天上的蓝光,越看越深,越高;同时也往下落着光暖的蓝点,落在我那离心不远的眼睛上。不大一会儿,我便闭上了眼,看着心内的晴空与笑意。

我没睡去,我知道已离梦境不远,但是还听得清清楚楚小鸟的相唤与轻歌。说也奇怪,每逢到似睡非睡的时候,我才看见那块地方——不晓得一定是哪里,可是在入梦以前它老是那个样儿浮在眼前。就管它叫作梦的前方吧。

这块地方并没有多大,没有山,没有海。像一个花园,可又没有清楚的界限。差不多是个不甚规则的三角,三个尖端浸在流动的黑暗里。一角上——我永远先看见它——是一片金黄与大红的花,密密层层的;没有阳光,一片红黄的后面便全是黑暗,可是黑的背景使红黄更加深厚,就好像大黑瓶上画着红牡丹,深厚得至于使美中有一点点恐怖。黑暗的背景,我明白了,使红黄的一片抱住了自己的彩色,不向四外走射一点;况且没有阳光,彩色不飞入空中，而完全贴染在地上。我老先看见这块，一看见它，其余的便不看也会知道的，正好像一看见香山，准知道碧云寺在哪儿藏着呢。

其余的两角，左边是一个斜长的土坡，满盖着灰紫的野花，在不漂亮中有些深厚的力量，或者月光能使那灰的部分多一些银色而显出点诗的灵空；但是我不记得在哪儿有个小月亮。无论怎样，我也不厌恶它。不，我爱这个似乎被霜弄暗了的紫色，像年轻的母亲穿着暗紫长袍。右边的一角是最漂亮的，一处小草房，门前有一架细蔓的月季，满开着单纯的花，全是浅粉的。

设若我的眼由左向右转，灰紫、红黄、浅粉，象是由秋看到初春，时节倒流；生命不但不是由盛而衰，反倒是以玫瑰作香色双艳的结束。

三角的中间是一片绿草，深绿，软厚，微湿；每一短叶都向上挺着，似乎是听着远处的雨声。没有一点风，没有一个飞动的小虫；一个鬼艳的小世界，活着的只有颜色。

在真实的经验中，我没见过这么个境界。可是它永远存在，在我的梦前。英格兰的深绿，苏格兰的紫草小山，德国黑林的幽晦，或者是它的祖先们，但是谁准知道呢。从赤道附近的浓艳中减去阳光，也有点像它，但是它又没有虹样的蛇与五彩的禽，算了吧，反正我认识它。

我看见它多少多少次了。它和"山高月小，水落石出"，是我心中的一对画屏。可是我没到那个小房里去过。我不是被那些颜色吸引得不动一动，便是由它的草地上恍惚的走入另种色彩的梦境。它是我常遇到的朋友，彼此连姓名都晓得，只是没细细谈过心。我不晓得它的中心是什么颜色的，是含着一点什么神秘的音乐——真希望有点响动！

这次我决定了去探险。

一想就到了月季花下，或也许因为怕听我自己的足音？月季花对于我是有些端阳前后的暗示，我希望在哪儿贴着张深黄纸，印着个朱红的判官，在两束香艾的中间。没有。只在我心中听见了声"樱桃"的吆喝。这个地方是太静了。

小房子的门闭着，窗上门上都挡着牙白的帘儿，并没有花影，因为阳光不足。里边什么动静也没有，好像它是寂寞的发源地。轻轻的推开门，静寂与整洁双双的欢迎我进去，是，欢迎我；室中的一切是"人"的，假如外面景物是"鬼"的——希望我没用上过于强烈的字。

一大间，用幔帐截成一大一小的两间。幔帐也是牙白的，上面绣着些小蝴蝶。外间只有一条长案，一个小椭圆桌儿，一把椅子，全是暗草色的，没有油饰过。椅上的小垫是浅绿的，桌上有几本书。案上有一盆小松，两方古铜镜，锈色比小松浅些。内间有一个小床，罩着一块快垂到地上的绿毯。床首悬着一个小篮，有些快干的茉莉花。地上铺着一块长方的蒲垫，垫的旁边放着一双绣白花的小绿拖鞋。

我的心跳起来了！我决不是入了济慈的复杂而光灿的诗境；平淡朴美是此处的音调，也决不是辜勒律芝的幻境，因为我认识那只绣着白花的小绿拖鞋。

爱情的故事永远是平凡的，正如春雨秋霜那样平凡。可是平凡的人们偏爱在这些平凡的事中找些诗意；那么，想必是世界上多数的事物是更缺乏色彩的；可怜的人们！希望我的故事也有些应有的趣味吧。

没有像那一回那么美的了。我说"那一回"，因为在那一天那一会儿的一切都是美的。

她家中的那株海棠花正开成一个大粉白的雪球;沿墙的细竹刚拔出新笋;天上一片娇晴;她的父母都没在家;大白猫在花下酣睡。听见我来了,她像燕儿似的从帘下飞出来;没顾得换鞋,脚下一双小绿拖鞋像两片嫩绿的叶儿。她喜欢得像晨起的阳光,腮上的两片苹果比往常红着许多倍,似乎有两颗香红的心在脸上开了两个小井,溢着红润的胭脂泉。那时她还梳着长黑辫。

她父母在家的时候,她只能隔着窗儿望我一望,或是设法在我走去的时节,和我笑一笑。这一次,她就像一个小猫遇上了个好玩的伴儿;我一向不晓得她"能"这样的活泼。在一同往屋中走的工夫,她的肩挨上了我的。我们都才十七岁。我们都没说什么,可是四只眼彼此告诉我们是欣喜到万分。我最爱看她家壁上那张工笔百鸟朝凤;这次,我的眼匀不出工夫来。我看着那双小绿拖鞋;她往后收了收脚,连耳根儿都有点红了;可是仍然笑着。我想问她的功课,没问;想问新生的小猫有全白的没有,没问;心中的问题多了,只是口被一种什么力量给封起来,我知道她也是如此,因为看见她的白润的脖儿直微微的动,似乎要将些不相干的言语咽下去,而真值得一说的又不好意思说。

她在临窗的一个小红木凳上坐着,海棠花影在她半个脸上微动。有时候她微向窗外看看,大概是怕有人进来。及至看清没人,她脸上的花影都被欢悦给浸渍得红艳了。她的两手交换着轻轻的摸小凳的沿,显着不耐烦,可是欢喜的不耐烦。最后,她深深的看了我一眼,极不愿意而又不得不说的说,"走吧!"我自己已忘了自己,只看见,不是听见,两个什么字由她的口中出来?可是在心的深处猜对那两个字的意思,因为我也有点那样的关切。我的心不愿动,我的脑知道非走不可。我的眼钉住了她的。她要低头,还没低下去,便又勇敢的抬起来,故意的,不怕的,羞而不肯羞的,迎着我的眼。直到不约而同的垂下头去,又不约而同的抬起来,又那么看。心似乎已碰着心。

我走,极慢的,她送我到帘外,眼上蒙了一层露水。我走到二门,回了回头,她已赶到海棠花下。我像一个羽毛似的飘荡出去。

以后,再没有这种机会。

有一次,她家中落了,并不使人十分悲伤的丧事。在灯光下我和她说了两句话。她穿着一身孝衣。手放在胸前,摆弄着孝衣的扣带。站得离我很近,几乎能彼此听得见脸上热力的激射,像雨后的禾谷那样带着声儿生长。可是,只说了两句极没有意思的话——口与舌的一些动作;我们的心并没管它们。

我们都二十二岁了,可是五四运动还没降生呢。男女的交际还不是普通的事。我毕业后便作了小学的校长,平生最大的光荣,因为她给了我一封贺信。信笺的末尾——印着一枝梅花——她注了一行:不要回信。我也就没敢写回信。可是我好像心中燃着一束火把,无所不尽其极的整顿学校。我拿办好了学校作给她的回信;她也在我的梦中给我鼓着得胜的掌——那一对连腕也是玉的手!

提婚是不能想的事。许多许多无意识而有力量的阻碍,像个专以力气自雄的恶虎,站在我们中间。

有一件足以自慰的,我那系着心的耳朵始终没听到她的定婚消息。还有件比这更好的,我兼任了一个平民学校的校长,她担任着一点功课。我只希望能时时见到她,不求别的。她呢,她知道怎么躲避我——已经是个二十多岁的大姑娘。她失去了十七八岁时的天真与活泼,可是增加了女子的尊严与神秘。

又过了二年,我上了南洋。到她家辞行的那天,她恰巧没在家。

在外国的几年中,我无从打听她的消息。直接通信是不可能的。间接探问,又不好意思。只好在梦里相会了。说也奇怪,我在梦中的女性永远是"她"。梦境的不同使我有时悲泣,有时狂喜;恋的幻境里也自有种味道。她,在我的心中,还是十七岁时的样子:小圆脸,眉眼清秀中带着一点媚意。身量不高,处处都那么柔软,走路非常的轻巧。那一条长黑的发辫,造成最动心的一个背影。我也记得她梳起头来的样儿,但是我总梦见那带辫的背影。

回国后,自然先探听她的一切。一切消息都像谣言,她已作了暗娼!

就是这种刺心的消息,也没减少我的热情;不,我反倒更想见她,更想帮助她。我到她家去。已不在那里住,我只由墙外看见那株海棠树的一部分。房子早已卖掉了。

到底我找到她了。她已剪了发,向后梳拢着,在项部有个大绿梳子。穿着一件粉红长袍,袖子仅到肘部,那双臂,已不是那么活软的了。脸上的粉很厚,脑门和眼角都有些褶子。可是她还笑得很好看,虽然一点活泼的气象也没有了。设若把粉和油都去掉,她大概最好也只像个产后的病妇。她始终没正眼看我一次,虽然脸上并没有羞愧的样子,她也说也笑,只是心没在话与笑中,好像完全应酬我。我试着探问她些问题与经济状况,她不大愿意回答。她点着一支香烟,烟很灵通的从鼻孔出来,她把左膝放在右膝上,仰着头看烟的升降变化,极无聊而又显着刚强。我的眼湿了,她不会看不见我的泪,可是她没有任何表示。她不住的看自己的手指甲,又轻轻的向后按头发,似乎她只是为它们活着呢。提到家中的人,她什么也没告诉我。我只好走吧。临出来的时候,我把住址告诉给她——深愿她求我,或是命令我,作点事。她似乎根本没往心里听,一笑,眼看看别处,没有往外送我的意思。她以为我是出去了,其实我是立在门口没动,这么着,她一回头,我们对了眼光。只是那么一擦似的她转过头去。

初恋是青春的第一朵花,不能随便掷弃。我托人给她送了点钱去。留下了,并没有回话。

朋友们看出我的悲苦来,眉头是最会卖人的。她们善意的给我介绍女友,惨笑的摇首是我的回答。我得等着她。初恋像幼年的宝贝永远是最甜蜜的,不管那个宝贝是一个小布人,还是几块小石子。慢慢的,我开始和几个最知己的朋友谈论她,他们看在我的面上没说她什么,可是假装闹着玩似的暗刺我,他们看我太愚,也就是说她不配一恋。他们越这样,我越顽固。是她打开了我的爱的园门,我得和她走到山穷水尽。怜比爱少着些味道,可是更多着些人情。不久,我托友人向她说明,我愿意娶她。我自己没胆量去。友人回来,带回来她的几声狂笑。她没说别的,只狂笑了一阵。她是笑谁? 笑我的愚,很好,多情的人不是每每有些傻气吗? 这足以使人得意。笑她自己,那只是因为不好意思哭,过度的悲郁使人狂笑。

愚痴给我些力量,我决定自己去见她,要说的话都详细的编制好,演习了许多次,我告诉自己——只许胜,不许败。她没在家。又去了两次,都没见着。第四次去,屋门里停着小小的一口薄棺材,装着她。她是因打胎而死。

一篮最鲜的玫瑰,瓣上带着我心上的泪,放在她的灵前,结束了我的初恋,打开终生的虚空。为什么她落到这般光景？我不愿再打听。反正她在我心中永远不死。

我正呆看着那双小绿拖鞋，我觉得背后的幔帐动了一动。一回头，帐子上绣的小蝴蝶在她的头上飞动呢。她还是十七八时的模样，还是那么轻巧，像仙女飞降下来还没十分立稳那样立着。我往后退了一步，似乎是怕一往前凑就能把她吓跑。这一退的工夫，她变了，变成二十多岁的样子。她也往后退了，随退随着脸上加着皱纹。她狂笑起来。我坐在那个小床上。刚坐下，我又起来了，扑过她去，极快；她在这极短的时间内，又变回十七岁时的样子。在一秒钟里我看见她半生的变化，她像是不受时间的拘束。我坐在椅子上，她坐在我的怀中。我自己也恢复了十五六年前脸上的红色，我觉得出。我们就这样坐着，听着彼此心血的潮荡。不知有多么久。最后，我找到声音，唇贴着她的耳边，问：

"你独自住在这里？"

"我不住在这里；我住在这儿。"她指着我的心说。

"始终你没忘了我，那么？"我握紧了她的手。

"被别人吻的时候，我心中看着你！"

"可是你许别人吻你？"我并没有一点妒意。

"爱在心里，唇不会闲着；谁教你不来吻我呢？"

"我不是怕得罪你的父母吗？不是我上了南洋吗？"

她点了点头，"惧怕使你失去一切，隔离使爱的心慌了。"

她告诉了我，她死前的光景。在我出国的那一年，她的母亲死去。她比较得自由了一些。出墙的花枝自会招来蜂蝶，有人便追求她。她还想念着我，可是肉体往往比爱少些忍耐力，爱的花不都是梅花。她接受了一个青年的爱，因为他长得像我。他非常地爱她，可是她还忘不了我，肉体的获得不就是爱的满足，相似的容貌不能代替爱的真形。他疑心了，她承认了她的心是在南洋。他们俩断绝了关系。这时候，她父亲的财产全丢了。她非嫁人不可。她把自己卖给一个阔家公子，为是供给她的父亲。

"你不会去教学挣钱？"我问。

"我只能教小学，那点薪水还不够父亲买烟吃的！"

我们俩都楞起来。我是想：假使我那时候回来，以我的经济能力说，能供给得起她的父亲吗？我还不是大睁白眼的看着她卖身？

"我把爱藏在心中，"她说，"拿肉体挣来的茶饭营养着它。我深恐肉体死了，爱便不存在，其实我是错了；先不用说这个吧。他非常的妒忌，永远跟着我，无论我是干什么，上哪儿去，他老随着我。他找不出我的破绽来，可是觉得出我是不爱他。慢慢的，他由讨厌变为公开的辱骂我，甚至于打我，他逼得我没法不承认我的心是另有所寄。忍无可忍也就顾不及饭碗问题了。他把我赶出来，连一件长衫也没给我留。我呢，父亲照样和我要钱，我自己得吃得穿，而且我一向是吃好的穿好的惯了。为满足肉体，还得利用肉体，身体是现成的本钱。凡给我钱的便买去我点筋肉的笑。我很会笑：我照着镜子练习那迷人的笑。环境的不同使人作退一步想，这样零卖，到是比终日叫那一个阔公子管着强一些。在街上，有多少人指着我的后影叹气，可是我到底是自由的，甚至是自傲的，有时候我与些打扮得不漂亮的女子遇上，我也有些得意。我一共打过四次胎，但是创痛过去便又笑了。

"最初，我颇有一些名气，因为我既是作过富宅的玩物，又能识几个字，新派旧派的人都愿来照顾我。我没工夫去思想，甚至于不想积蓄一点钱，我完全为我的服装香粉活着。今天的漂亮是今天的生活，明天自有明天管照着自己，身体的疲倦，只管眼前的刺激，不顾将来。不久，这种生活也不能维持了。父亲的烟是无底的深坑。打胎需要许多花费。以前不想剩钱；钱自然不会自己剩下。我连一点无聊的傲气也不敢存了。我得极下贱的去找钱了，有时候是明抢。有人指着我的后影叹气，我也回头向他笑一笑了。打一次胎增加两三岁。镜子是不欺人的，我已老丑了。疯狂足以补足衰老。我尽着肉体的所能伺候人们，不然，我没有生意。我敞着门睡着，我是大众的，不是我自己的。一天廿四小时，什么时间也可以买我的身体。我消失在欲海里。在清醒的世界中我并不存在。我看着人们在我身上狂动，我的手指算计着钱数。我不思想，只是盘算——怎能多进五毛钱。我不哭，哭不好看。只为钱着急，不管我自己。"

她休息了一会儿，我的泪已滴湿她的衣襟。

"你回来了!"她继续着说:"你也三十多了;我记得你是十七岁的小学生。你的眼已不是那年——多少年了?——看我那双绿拖鞋的眼。可是，你，多少还是你自己，我，早已死了。你可以继续作那初恋的梦，我已无梦可作。我始终一点也不怀疑，我知道你要是回来，必定要我。及至见着你，我自己已找不到我自己，拿什么给你呢? 你没回来的时候，我永远不拒绝，不论是对谁说，我是爱你;你回来了，我只好狂笑。单等我落到这样，你才回来，这不是有意戏弄人? 假如你永远不回来，我老有个南洋作我的梦景，你老有个我在你的心中，岂不很美? 你偏偏的回来了，而且回来这样迟——"

"可是来迟了并不就是来不及了，"我插了一句。

"晚了就是来不及了。我杀了自己。"

"什么?"

"我杀了我自己。我命定的只能住在你心中，生存在一首诗里，生死有什么区别? 在打胎的时候我自己下了手。有你在我左右，我没法子再笑。不笑，我怎么挣钱? 只有一条路，名字叫死。你回来迟了，我别再死迟了:我再晚死一会儿，我便连住在你心中的希望也没有了。我住在这里，这里便是你的心。这里没有阳光，没有声响，只有一些颜色。颜色是更持久的，颜色画成咱们的记忆。看那双小鞋，绿的，是点颜色，你我永远认识它们。"

"但是我也记得那双脚。许我看看吗?"

她笑了，摇摇头。

我很坚决，我握住她的脚，扯下她的袜，露出没有肉的一支白脚骨。

"去吧!"她推了我一把。"从此你我无缘再见了! 我愿住在你的心中，现在不行了;我愿在你心中永远是青春。"

太阳已往西斜去;风大了些，也凉了些，东方有些黑云。春光在一个梦中惨淡了许多。我立起来，又看见那片暗绿的松树。立了不知有多久。远处来些蠕动的小人，随着一些听不甚真的音乐。越来越近了，田中惊起许多白翅的鸟，哀鸣着向山这边飞。我看清了，一群人们匆匆地走，带起一些灰土。三五鼓手在前，几个白衣的在后，最后是一口棺材。春天也要埋人的。撒起一把纸钱，蝴蝶似的落在麦田上。东方的黑云更厚了，柳条的绿色加深了许多，绿得有些凄惨。心中茫然，只想起那双小绿拖鞋，像两片树叶在永生的树上作着春梦。

【导读】

《微神》是老舍在山东齐鲁大学任教期间创作的短篇小说,这是他唯一一篇爱情题材的作品。1933 年 10 月 1 日,《微神》发表于《文学》第 1 卷第 4 号,副标题为"Vision",有"幻觉""幻影"之意,1944 年收入他的第一部短篇小说集《赶集》时去掉副标题。老舍曾对曹禺说,《微神》是他写得最好的一篇。1947 年晨光出版社出版他的短篇小说集时,他用《微神》作为书名,在序言中直言《微神》是他"心爱的一篇"。

《微神》有老舍"初恋的影儿"。在《宗月大师》一文中,他怀念 9 岁那年接济他入学的刘寿绵,老舍的初恋就是刘寿绵的女儿,两人曾一起在师范学校上学,一起在刘寿绵办的贫儿学校教书,不幸的是,在老舍 1924 年远赴英国之前,"刘大叔的儿子死了。而后,他的花园也出了手。他入庙为僧,夫人与小姐入庵为尼"(《宗月大师》)。在小说中,老舍以自己刻骨铭心的初恋经历作为构思起点,结合现实生活中下层女性,尤其是下层旗人女子的悲惨处境进行艺术加工,把人物的结局改为沦为暗娼,表现了作者对广大妇女苦难命运的深切同情。

《微神》构思精巧,运用第一人称叙述视角,哀悼刻骨铭心的初恋,叙述人"我"同时又是故事中的人物,具有鲜明的主观性和浓郁的抒情色彩。

《微神》还运用"梦"的叙事策略,现实与梦境交错书写。小说从孤独的"我"躺在春日的山坡上晒太阳开始,柳绿花开,鸟鸣蝶舞,"我"恍然入梦,梦中,十七岁的自己在海棠花开的春日,去和喜欢的少女约会,"听见我来了,她像燕儿似的从帘下飞出来;没顾得换鞋,脚下一双小绿拖鞋像两片嫩绿的叶儿"。老舍用充满诗意的笔触生动传神地描摹出初恋的怦然心动和羞涩懵懂。然而世事变迁,命运沉浮,几年后,她家道中落,"我"去了南洋;回国后得知心爱的姑娘已沦为暗娼,再见面时,曾经的少女已经风尘满面,美好的初恋被残酷的现实碾为齑粉。她拒绝"我"的帮助,最后在屈辱和绝望中了断自己的生命,留给我无法愈合的伤痛,"一篮最鲜的玫瑰,瓣上带着我心上的泪,放在她的灵前,结束了我的初恋,打开终生的虚空"。

为了打破第一人称叙述视角的局限,小说还创造性地运用"梦中梦"的方式,通过女主人公的自述,交代她走投无路的真相和情感心理。命运无常,她苦涩地问:"单等我落到这样,你才回来,这不是有意戏弄人?"人间无缘成佳偶,她希望能够住在"我"的心中。在小说结尾,老舍写道:"心中茫然,只想起那双小绿拖鞋,像两片树叶在永生的树上作着春梦。"

小说虽然篇幅不长,但情节富有张力,人物形象鲜明,亦真亦梦,感情真挚动人,是一篇"充满纯情和诗意的心象小说"(严家炎)。

【选评】

《微神》是老舍先生的一篇散文诗,除了诗一般的凝练的词藻以外,它的结构也象唐诗七绝一样的致密精美,各个段落的对比正符合于起承转结的关系。如前面也说过,最初,在第一段人间风景里透出一缕幽明不分的气氛来,走入第二段完全"鬼"的世界去,到了第三段,场面一转,变成个"人"的世界,而第四段,"人"是"人",但又渗出"鬼"的世界来,最后加添几行很短的、幽明不分、凄惨惊人的尾声。而且，前面"鬼"世界的好些象征的色彩，都关系到后面"人"世界的描写，前后互相照应，又发挥双层的效果。由此可见老舍先生写这篇散文诗时，如何精心构思，讲究工巧，精练文章。我们越看越觉得其深奥的神韵。（伊藤敬一《〈微神〉小论》）

沈从文

【简介】 沈从文（1902—1988），原名沈岳焕，出生于湖南凤凰县。沈从文十四岁投身行伍，浪迹湘川黔边境地区，谙熟这一带的民风民俗。1922 年，沈从文带着对外面世界的憧憬，离开湘西来到北京。只上过小学的沈从文投考燕京大学落榜，随后在北京大学旁听，结交了一些爱好文学的朋友并开始文学创作。1924 年第一篇作品发表于徐志摩主编的《晨报副刊》。沈从文一生创作宏富，是京派作家的重要成员。代表作有小说《边城》《长河》《萧萧》等，散文集《从文自传》《湘行散记》《湘西》等。中华人民共和国成立后，他在中国历史博物馆和中国社会科学院历史研究所工作，主要从事中国古代历史、古代服饰的研究，著有《中国古代服饰研究》。沈从文在作品中精心构筑了他心目中的"希腊小庙"，庙中供奉着美好的"人性"。他始终以"乡下人"自居，既包含了对充满诗意的湘西故土深深的眷恋与赞美，又包含着对都市文明的审视与批判。

边城（节选）

一

由四川过湖南去，靠东有一条官路。这官路将近湘西边境到了一个地方名为"茶峒"的小山城时，有一小溪，溪边有座白色小塔，塔下住了一户单独的人家。这人家只一个老人，一个女孩子，一只黄狗。

小溪流下去，绕山岨流，约三里便汇入茶峒的大河。人若过溪越小山走去，则只一里路就到了茶峒城边。溪流如弓背，山路如弓弦，故远近有了小小差异。小溪宽约二十丈，河床为大片石头作成。静静的河水即或深到一篙不能落底，却依然清澈透明，河中游鱼来去皆可以计数。小溪既为川湘来往孔道，限于财力不能搭桥，就安排了一只方头渡船。这渡船一次连人带马，约可以载二十位搭客过河，人数多时则反复来去。渡船头竖了一枝小小竹竿，挂着一个可以活动的铁环，溪岸两端水槽牵了一段废缆，有人过渡时，把铁环挂在废缆上，船上人就引手攀缘那条缆索，慢慢的牵船过对岸去。船将拢岸了，管理这渡船的，一面口中嚷着"慢点慢点"，自己霍的跃上了岸，拉着铁环，于是人货牛马全上了岸，翻过小山不见了。渡头为公家所有，故过渡人不必出钱。有人心中不安，抓了一把钱掷到船板上时，管渡船的必为一一拾起，依然塞到那人手心里去，俨然吵嘴时的认真神气："我有了口粮，三斗米，七百钱，够了。谁要这个！"

但不成，凡事求个心安理得，出气力不受酬谁好意思，不管如何还是有人把钱的。管船人却情不过,也为了心安起见,便把这些钱托人到茶峒去买茶叶和草烟,将茶峒出产的上等草烟,一扎一扎挂在自己腰带边,过渡的谁需要这东西必慷慨奉赠。有时从神气上估计那远路人对于身边草烟引起了相当的注意时,这弄渡船的便把一小束草烟扎到那人包袱上去,一面说,"大哥,不吸这个吗,这好的,这妙的,味道蛮好,送人也合式!"茶叶则在六月里放进大缸里去,用开水泡好,给过路人随意解渴。

管理这渡船的,就是住在塔下的那个老人。活了七十年,从二十岁起便守在这小溪边,五十年来不知把船来去渡了若干人。年纪虽那么老了,骨头硬硬的,本来应当休息了,但天不许他休息,他仿佛便不能够同这一份生活离开。他从不思索自己的职务对于本人的意义,只是静静的很忠实的在那里活下去。代替了天,使他在日头升起时,感到生活的力量,当日头落下时,又不至于思量与日头同时死去的,是那个伴在他身旁的女孩子。他唯一的朋友是一只渡船与一只黄狗,唯一的亲人便只那个女孩子。

女孩子的母亲,老船夫的独生女,十五年前同一个茶峒军人唱歌相熟后,很秘密的背着那忠厚爸爸发生了暧昧关系。有了小孩子后,这屯戍军士便想约了她一同向下游逃去。但从逃走的行为上看来,一个违悖了军人的责任,一个却必得离开孤独的父亲。经过一番考虑后,屯戍兵见她无远走勇气,自己也不便毁去作军人的名誉,就心想:一同去生既无法聚首,一同去死当无人可以阻拦,首先服了毒。女的却关心腹中的一块肉,不忍心,拿不出主张。事情业已为作渡船夫的父亲知道,父亲却不加上一个有分量的字眼儿,只作为并不听到过这事情一样,仍然把日子很平静的过下去。女儿一面怀了羞惭,一面却怀了怜悯,仍守在父亲身边,待到腹中小孩生下后,却到溪边故意吃了许多冷水死去了。在一种奇迹中,这遗孤居然已长大成人,一转眼间便十三岁了。为了住处两山多篁竹,翠色逼人而来,老船夫随便为这可怜的孤雏拾取了一个近身的名字,叫作"翠翠"。

翠翠在风日里长养着,故把皮肤变得黑黑的,触目为青山绿水,一对眸子清明如水晶。自然既长养她且教育她,为人天真活泼,处处俨然如一只小兽物。人又那么乖,如山头黄麂一样,从不想到残忍事情,从不发愁,从不动气。平时在渡船上遇陌生人对她有所注意时,便把光光的眼睛瞅着那陌生人,作成随时皆可举步逃入深山的神气,但明白了人无机心后,就又从从容容的在水边玩耍了。

老船夫不论晴雨,必守在船头。有人过渡时,便略弯着腰,两手缘引了竹缆,把船横渡过小溪。有时疲倦了,躺在临溪大石上睡着了,人在隔岸招手喊过渡,翠翠不让祖父起身,就跳下船去,很敏捷的替祖父把路人渡过溪,一切皆溜刷在行,从不误事。有时又和祖父、黄狗一同在船上,过渡时与祖父一同动手牵缆索。船将近岸边,祖父正向客人招呼"慢点,慢点"时,那只黄狗便口衔绳子,最先一跃而上,且俨然懂得如何方为尽职似的,把船绳紧衔着拖船拢岸。

风日清和的天气,无人过渡,镇日长闲,祖父同翠翠便坐在门前大岩石上晒太阳。或把一段木头从高处向水中抛去,嗾使身边黄狗自岩石高处跃下,把木头衔回来。或翠翠与黄狗皆张着耳朵,听祖父说些城中多年以前的战争故事。或祖父同翠翠两人,各把小竹作成的竖笛,逗在嘴边吹着迎亲送女的曲子。过渡人来了,老船夫放下了竹管,独自跟到船边去,横溪渡人,在岩上的一个,见船开动时,于是锐声喊着:

"爷爷,爷爷,你听我吹——你唱!"

爷爷到溪中央便很快乐的唱起来,哑哑的声音同竹管声,振荡在寂静空气里,溪中仿佛也热闹了些。实则歌声的来复,反而使一切更寂静。

有时过渡的是从川东过茶峒的小牛,是羊群,是新娘子的花轿,翠翠必争着作渡船夫,站在船头,懒懒的攀引缆索,让船缓缓的过去。牛羊花轿上岸后,翠翠必跟着走,送队伍上山,站到小山头,目送这些东西走去很远了,方回转船上,把船牵靠近家的岸边。且独自低低的学小羊叫着,学母牛叫着,或采一把野花缚在头上,独自装扮新娘子。

茶峒山城只隔渡头一里路,买油买盐时,逢年过节祖父得喝一杯酒时,祖父不上城,黄狗就伴同翠翠入城里去备办东西。到了卖杂货的铺子里,有大把的粉条,大缸的白糖,有炮仗,有红蜡烛,莫不给翠翠一种很深的印象,回到祖父身边,总把这些东西说个半天。那里河边还有许多船,比起渡船来全大得多,有趣味得多,翠翠也不容易忘记。

【导读】

《边城》创作于1933年秋到1934年春,先在《国闻周报》上连载,后由上海生活书店出版。《边城》呈现了一个景美、人美、情更美的"世外桃源"。这里山清水秀,景色宜人,远离尘器,没有受到现代文明的侵染。自然的淳朴美景与人们的日常生活和谐统一,相映成趣,令人十分向往。优美的自然环境滋养着优美的人性及人情:爷爷年逾古稀,精神矍铄,勤劳善良,不贪财不占小便宜;天保和傩送吃苦耐劳,待人和气,不骄惰,不浮华,不仗势欺人;船总顺顺正直公道,大方洒脱;翠翠更是"爱"和"美"的化身,美丽乖巧、天真无邪,有着少女的羞涩矜持。翠翠是自然之子,她与大自然浑然一体,没有沾染人世间的功利思想,像水晶一样晶莹别透。作者在翠翠身上寄予了至善至美的审美理想。

《边城》在如诗如画的背景中讲述了一个凄美的爱情故事:自幼失去父母的孤女翠翠与外祖父靠摆渡为生。在一年端午节赛龙舟的盛会上,少女翠翠邂逅了船总顺顺家的二儿子傩送,互生好感。当地的王团总也看上了傩送,想把女儿嫁给他,用价值不菲的碾坊作陪嫁。顺顺希望傩送娶王团总的女儿为妻,但是傩送喜欢翠翠,不要碾坊要渡船。傩送的哥哥天保也喜欢翠翠,托人向渡船老人提亲,但是没有得到翠翠的答复。傩送向哥哥祖露了自己也喜欢翠翠的心思,于是两人相约唱山歌,天保自知不敌傩送,娶翠翠无望,出走桃源,不幸卷入险流意外死亡。傩送觉得自己对哥哥的死负有责任,对爷爷也颇有微词,于是也远走他乡。爷爷遭到了顺顺一家的误解,也为翠翠的婚事操心担忧,在一个风雨之夜去世。翠翠一个人孤独地守着渡船,痴心地等待傩送归来。"这个人也许永远不回来了,也许明天回来。"小说开放式的结尾给读者留下了一个意犹未尽又令人期待的结局。翠翠与傩送的爱情是自由、真纯的,没有任何金钱或地位等功利思想的影响。翠翠不因为傩送是船总的儿子而爱他,傩送也不因为翠翠是撑渡船的而不爱她,他们的相爱是自然而然的心动,这样一对有情人终不能在一起,不免令人唏嘘。

小说暗示了命运的不确定性和人生的无奈,翠翠、傩送、爷爷,每一个人心愿都是美好的,但是由于种种误会,阴差阳错,心愿没有被很好地传达和接受。这使作品具有了优美与忧伤的双重基调。整篇故事在具有浓郁地方色彩的环境中展开,人物性格以及人际关系与湘西的风景民俗浑然交融,呈现出独特的文化内涵。散文化的笔法和抒情诗的笔致相结合,构成了这篇小说独特的艺术风格。

选文是小说的开头部分,主要描述了边城茶峒的风土人情,优美的自然风光与质朴的人情,孕育了健康舒展的人性,人与自然和谐统一,景美、人美、情更美,一方边城,一方静谧安详的世外桃源。

【选评】

对于这个湘西,如果说《三三》《萧萧》《柏子》等篇还只是一角,那么《边城》《长河》就近于"完整"了。在这些画幅中,作者强调的,是它的未经"文明社会"的社会组织形式羁束的自在状态。一切使社会赖以成为"文明社会"的规矩绳墨,都于这世界无干。这个世界不是用法律也不是用道德来维持,"一切皆为一个习惯所支配",却无往不合乎情顺乎理。也俨然没有阶级等级,掌水码头的与撑渡船的,都在一种淳厚古朴的人情中人格上平等:一个独立自足的文化圈。(赵园《沈从文构筑的"湘西世界"》)

戴望舒

【简介】 戴望舒(1905—1950),名承,字朝安,浙江杭县(今杭州市余杭区)人。1923年考入上海大学文学系,后转入震旦大学学习法语。1926年与施蛰存等创办《璎珞》旬刊。1927年写作《雨巷》,被称为"雨巷诗人"。1929年出版第一本诗集《我的记忆》。1932年参加施蛰存主编的《现代》杂志,同年留学法国。1936年与卞之琳、冯至等创办《新诗》月刊。主要诗集有《我的记忆》《望舒草》《灾难的岁月》等。

寻梦者

梦会开出花来的,
梦会开出娇妍的花来的:
去求无价的珍宝吧。

在青色的大海里,
在青色的大海的底里,
深藏着金色的贝一枚。

你去攀九年的冰山吧,
你去航九年的旱海吧,
然后你逢到那金色的贝。

它有天上的云雨声,
它有海上的风涛声,
它会使你的心沉醉。

把它在海水里养九年，
把它在天水里养九年，
然后，它在一个暗夜里开绽了。

当你鬓发斑斑了的时候，
当你眼睛朦胧了的时候，
金色的贝吐出桃色的珠。
把桃色的珠放在你怀里，
把桃色的珠放在你枕边，
于是一个梦静静地升上来了。

你的梦开出花来了，
你的梦开出娇妍的花来了，
在你已衰老了的时候。

【导读】

　　梦想是人类前进的动力，是人生努力的方向，是文学永恒的主题。这首诗的抒情主人公是一个执着的寻梦人，梦想具象化为"金色的贝""桃色的珠"和"娇妍的花"。正是因为梦想如此之美，所以值得抒情主人公为它"攀九年的冰山""航九年的旱海"，历经艰难险阻无怨无悔。山一程、水一程，年复一年，寻梦者风雨兼程，这枚"金色的贝"饱含追寻的无尽艰辛，"它有天上的云雨声，它有海上的风涛声"；所以更加需要珍惜呵护，"把它在海水里养九年，把它在天水里养九年"。"九年"就是多年，短短的诗篇里出现了四个"九年"。纪伯伦说，"一粒珍珠是痛苦围绕着一粒沙子所建造起来的庙宇"，漫长的时光流逝，当寻梦者耗尽全部心力，"金色的贝吐出桃色的珠"，继而在梦中开出"娇妍的花"，曾经的逐梦青年已变成两鬓斑斑，双眼昏花朦胧的衰弱老人，既有梦想终得实现的欣慰，也有去日苦多的人生喟叹。

　　戴望舒的诗歌善用象征，这首诗把象征与中国古典诗歌的意象相结合，咏唱出一首美丽深沉的寻梦者灵魂之歌。

【选评】

　　戴望舒是一个执着的而又具有淡淡哀愁和忧郁的诗人。在某些关键的时刻，他的家国情怀之强烈，又似同其哀愁忧郁的性格相悖。只有这首《寻梦者》，无论是情绪的表达，还是那种语言方式的绵延舒缓中的执着激情，在艺术表现上达到的完美统一，都可以说是令人叹为观止的。（叶橹《诗想者　读经典　百年百篇新诗解读》）

曹 禺

【简介】 曹禺(1910—1996),原名万家宝,祖籍湖北潜江,出生于天津一个没落的封建官僚家庭。母亲在他出生后三天即因产褥感染去世。幼年时,曹禺经常跟随继母(小姨)看戏,自小就接触京戏、地方戏和文明戏,五岁时就开始与私塾里的小同学编戏演戏,这些经历为曹禺日后的戏剧创作积累了艺术底蕴。1923 年,曹禺考进天津南开中学,南开中学非常重视学生的戏剧活动,1925 年曹禺加入南开中学新剧团,参演过丁西林、田汉、易卜生、莫里哀、霍普特曼、高尔斯华绥等众多中外剧作家的作品。1928 年,担任《南开双周刊》的戏剧编辑。这些实践活动为曹禺打开了广阔的艺术视野。1928 年,曹禺免试入南开大学,读政治经济专业,1930 年通过清华大学组织的考试,入清华大学西洋文学系二年级就读。在清华,曹禺一方面饱读中外戏剧大师的作品,另一方面进行戏剧的排练和演出。1933 年,《雷雨》在清华大学图书馆诞生,被认为是中国现代话剧成熟的标志。1935 年,以上海为背景的话剧《日出》出版并上演。《雷雨》《日出》两部话剧奠定了曹禺在中国现代文学史上的重要地位。1936 年,曹禺将视线转向农村,创作完成了第三部话剧《原野》。1940 年,标志着曹禺创作第二个高峰的《北京人》问世。《雷雨》《日出》《原野》和《北京人》被称为曹禺的四大杰作,在中国戏剧史上占有重要地位。中华人民共和国成立后历任中国剧协主席、北京人民艺术剧院院长等职,创作《明朗的天》《胆剑篇》《王昭君》等剧。

雷雨(节选)

第一幕(节选)

〔四凤端茶,放朴面前。

周朴园 四凤,——(向周冲)你先等一等。(向四凤)叫你给太太煎的药呢?

四 凤 煎好了。

周朴园 为什么不拿来?

四 凤 (看蘩漪,不说话)。

周蘩漪 (觉出四周的征兆有些恶相)她刚才给我倒来了,我没有喝。

周朴园 为什么?(停,向四凤)药呢?

周蘩漪 (忙说)倒了。我叫四凤倒了。

周朴园 (慢)倒了? 哦?(更慢)倒了!
——(向四凤)药还有么?

四 凤 药罐里还有一点。

周朴园 (低而缓地)倒了来。

周蘩漪 (反抗地)我不愿意喝这种苦东西。

周朴园　（向四凤，高声)倒了来。

　　　　〔四凤走到左面倒药。

周　冲　爸，妈不愿意，您何必这样强迫呢？

周朴园　你同你妈都不知道自己的病在那儿。(向蘩漪低声)你喝了，就会完全好的。(见四凤犹豫，指药)送到太太那里去。

周蘩漪　（顺忍地)好，先放在这儿。

周朴园　（不高兴地)不。你最好现在喝了它吧。

周蘩漪　（忽然)四凤，你把它拿走。

周朴园　（忽然严厉地)喝了它，不要任性，当着这么大的孩子。

周蘩漪　（声颤)我不想喝。

周朴园　冲儿，你把药端到母亲面前去。

周　冲　（反抗地)爸！

周朴园　（怒视)去！

　　　　〔周冲只好把药端到蘩漪面前。

周朴园　说，请母亲喝。

周　冲　（拿着药碗，手发颤，回头，高声)爸，您不要这样。

周朴园　（高声地)我要你说。

周　萍　（低头，至周冲前，低声)听父亲的话吧，父亲的脾气你是知道的。

周　冲　（无法，含着泪，向着母亲)您喝吧，为我喝一点吧，要不然，父亲的气是不会消的。

周蘩漪　（恳求地)哦，留着我晚上喝不成么？

周朴园　（冷峻地)蘩漪，当了母亲的人，处处应当替子女着想，就是自己不保重身体，也应当替孩子做个服从的榜样。

周蘩漪　（四面看一看，望望朴园又望望周萍。拿起药，落下眼泪，忽而又放下)哦，不！我喝不下！

周朴园　萍儿，劝你母亲喝下去。

周　萍　爸！我——

周朴园　去，走到母亲面前！跪下，劝你的母亲。

　　　　〔周萍走至蘩漪面前。

周　萍　（求恕地)哦，爸爸！

周朴园　（高声)跪下！〔周萍望着蘩漪和周冲；蘩漪泪痕满面，冲全身发抖。

周朴园　叫你跪下！

　　　　〔周萍正向下跪。

周蘩漪　（望着周萍，不等周萍跪下，急促地)我喝，我现在喝！(拿碗，喝了两口，气得眼泪又涌出来，她望一望朴园的峻厉的眼和苦恼着的周萍，咽下愤恨，一气喝下!)哦……(哭着，由右边饭厅跑下。)

　　　　〔半晌。

周朴园　（看表)还有三分钟。(向周冲)你刚才说的事呢？

周　冲	（抬头，慢慢地）什么？
周朴园	你说把你的学费分出一部份？——嗯，是怎么样？
周　冲	（低声）我现在没有什么事情啦。
周朴园	真没有什么新鲜的问题啦么？
周　冲	（哭声）没有什么，没有什么，——妈的话是对的。（跑向饭厅）
周朴园	冲儿，上哪儿去？
周　冲	到楼上去看看妈。
周朴园	就这么跑么？
周　冲	（抑制着自己，走回去）是，爸，我要走了，您有事吩咐么？
周朴园	去吧。
	〔周冲向饭厅走了两步。
周朴园	回来。
周　冲	爸爸。
周朴园	你告诉你的母亲，说我已经请德国的克大夫来，给她看病。
周　冲	妈不是已经吃了您的药了么？
周朴园	我看你的母亲，精神有点失常，病像是不轻。（回头向周萍）我看，你也是一样。
周　萍	爸，我想下去，歇一回。
周朴园	不，你不要走。我有话跟你说。（向周冲）你告诉她，说克大夫是个有名的脑病专家，我在德国认识的。来了，叫她一定看一看，听见了没有？
周　冲	听见了。（走了两步）爸，没有事啦？
周朴园	上去吧。
	〔周冲由饭厅下。
周朴园	（回头向四凤）四凤，我记得我告诉过你，这个房子你们没有事就得走的。
四　凤	是，老爷。（也由饭厅下）
	〔鲁贵由书房上。
鲁　贵	（见着老爷，便不自主地好像说不出话来）老，老，老爷。客，客来了。
周朴园	哦，先请到大客厅里去。
鲁　贵	是，老爷。（鲁贵下）。
周朴园	怎么这窗户谁开开了？
周　萍	弟弟跟我开的。
周朴园	关上，（擦眼镜）这屋子不要底下人随便进来，回头我预备一个人在这里休息的。
周　萍	是。
周朴园	（擦着眼镜，看四周的家具）这间屋子的家具多半是你生母顶喜欢的东西。我从南边移到北边，搬了多少次家，总是不肯丢下的。（戴上眼镜，咳嗽一声）这屋子摆的样子，我愿意总是三十年前的老样子，这叫我的眼看着舒服一点。（踱到桌前，看桌上的相片）你的生母永远喜欢夏天把窗户关上的。

周　萍　（强笑着）不过，爸爸，纪念母亲也不必——

周朴园　（突然抬起头来）我听人说你现在做了一件很对不起自己的事情。

周　萍　（惊）什——什么？

周朴园　（低声走到周萍的面前）你知道你现在做的事是对不起你的父亲么？并且——（停）——对不起你的母亲么？

周　萍　（失措）爸爸。

周朴园　（仁慈地，拿着萍的手）你是我的长子，我不愿意当着人谈这件事。（停，喘一口气严厉地）我听说我在外边的时候，你这两年来在家里很不规矩。

周　萍　（更惊恐）爸，没有的事，没有，没有。

周朴园　一个人敢做一件事就要当一件事。

周　萍　（失色）爸！

周朴园　公司的人说你总是在跳舞场里鬼混，尤其是这两三个月，喝酒，赌钱，整夜地不回家。

周　萍　哦，（喘出一口气）您说的是——

周朴园　这些事是真的么？（半晌）说实话！

周　萍　真的，爸爸。（红了脸）

周朴园　将近三十的人应当懂得"自爱"！——你还记得你的名为什么叫萍吗？

周　萍　记得。

周朴园　你自己说一遍。

周　萍　那是因为母亲叫侍萍，母亲临死，自己替我起的名字。

周朴园　那我请你为你的生母，你把现在的行为完全改过来。

周　萍　是，爸爸，那是我一时的荒唐。

　　　　〔鲁贵由书房上。

鲁　贵　老，老，老爷。客——等，等，等了好半天啦。

周朴园　知道。

　　　　〔鲁贵退。

周朴园　我的家庭是我认为最圆满，最有秩序的家庭，我的儿子我也认为都还是健全的子弟，我教育出来的孩子，我绝对不愿叫任何人说他们一点闲话的。

周　萍　是，爸爸。

周朴园　来人啦。（自语）哦，我有点累啦。

　　　　〔周萍扶他至沙发坐。

　　　　〔鲁贵上。

鲁　贵　老爷。

周朴园　你请客到这边来坐。

鲁　贵　是，老爷。

周　萍　不，——爸，您歇一会吧。

周朴园　不，你不要管。（向鲁贵）去，请进来。

鲁　贵　是，老爷。

〔鲁贵下。朴园拿出一支雪茄,周萍为他点上,朴园徐徐抽烟,端坐。——幕落

【导读】

1934 年,曹禺的处女作《雷雨》经巴金审阅和编辑,在《文学季刊》第 3 期全文刊载。1935 年 4 月,《雷雨》由杜宣、吴天等留日学生搬上舞台,好评如潮,继而由中国旅行剧团在天津、上海等地演出,轰动了文坛、剧坛。《雷雨》不仅奠定了曹禺在中国现代戏剧史上的地位,而且对中国话剧走向成熟起了决定性作用。

四幕话剧《雷雨》描写中国二十世纪二十年代前后,一个资产阶级化的封建家庭的悲剧。鲁侍萍和周公馆的主人周朴园不期而遇,由此引出了三十年前的故事。当年,周家的少爷周朴园爱上女佣梅妈的女儿侍萍,并生了两个男孩。而周朴园迫于家庭压力,娶了一个有钱有门第的小姐为妻。侍萍带着刚出生几天的小儿子被周家人赶出家门。漂泊无依的侍萍迫于生活压力,嫁给鲁贵并生下女儿四凤。周朴园与侍萍三十年前结下的恩怨,一直延续到下一代,成为悲剧的总根源。剧作家让侍萍走进周公馆,引发了这个家庭的巨大危机:在周公馆当下人的女儿四凤在重蹈自己当年的命运,爱上四凤的偏偏是自己的长子周萍;周公馆的太太蘩漪和周萍名为母子实为情人,为了挽回周萍的爱情而苦苦挣扎;鲁大海和周朴园,父子之间正展开劳资双方的斗争,一场悲剧已经不可避免。

《雷雨》巨大的艺术震撼力首先体现在剧中人物的性格与命运中。八个人物都有着各自鲜明的性格,从不同的角度展现这场悲剧的丰富性与复杂性。曹禺说《雷雨》中的人物,最早出现在他脑海中的就是蘩漪,他喜欢蘩漪这样性格的女人,哪怕她做了罪大恶极的事情他也会原谅。他以极大的热情塑造这一人物,甚至为她写下了五百余字的精彩小传。蘩漪是《雷雨》中最复杂、最丰富、最具典型价值的人物,是受到“五四”个性解放思想影响的旧式女子,她充满蓬勃的生命热情,追求独立的个性,渴望美好的爱情,但命运让她“落在周朴园这样的家庭中”。十八年来,她在周朴园的精神压制下,没有自由与尊严,过着极端压抑的生活,渐渐被磨成一个“石头样的死人”。就在对生活近乎绝望,在“安安静静等死”的时候,周萍的到来燃起了她渴望自由、渴望爱情的希望。她对周萍的爱是极端大胆、真诚的。她冲破道德的罗网,把打破枷锁、获得新生的希冀甚至自己的生命都押在周萍的身上。然而这段扭曲的爱情并没有持续多久,周萍厌恶了这种不伦之恋,转而追求四凤,背弃了蘩漪的爱情。受到周家两代人欺负的蘩漪陷入绝望,原本抑郁的精神世界变得更加偏执。她紧紧抓住周萍作困兽之斗,希望他带着她逃出周公馆这口“残酷的井”。为此她机关算尽:以周冲喜欢四凤为借口让鲁妈带走四凤;一次次恳求甚至哀求周萍把她带走,甚至和四凤一起走都可以,显得那么卑微与可怜;试图让自己的儿子周冲拦住四凤。这一连串充满嫉妒、阴狠、乖戾的行动把周家引向一条死亡之路,毁灭了自己也毁灭了别人。而在这些行为背后是一个被窒息的灵魂对自由的呐喊,是环境对一个追求自由的女性的逼迫与伤害。蘩漪这一悲剧形象,是曹禺对新文学的杰出贡献,深刻地传达出“五四”反封建与个性解放的主题,引发人们对人的价值、尊严等问题的思考。

周朴园是《雷雨》的中心人物,是悲剧的总根源。曹禺塑造这个带着浓厚封建色彩的资本家形象,没有脸谱化、简单化,而是揭示出周朴园心灵世界的复杂性、丰富性,使人物显得真实可信。周朴园年轻时留学德国,一定程度上受到西方自由民主思想的影响,是一

个追求个性、自由和美好爱情的年轻人,他和女仆梅妈的女儿侍萍真诚相爱。但周朴园屈服于封建传统意识和家庭的压力,抛弃侍萍和他们俩刚出生三天的小儿子而与一位富家小姐结婚,这为以后一系列的悲剧埋下了总根芽。他得知侍萍的"死讯",多少年来一直无法摆脱一种罪恶感,应该说他后来对侍萍的怀念、内疚、忏悔是真诚的。随着周朴园步入社会,经营矿山,现代资本主义经济的发展使他成了一个拥有现代产业的资本家。唯利是图、尔虞我诈、金钱万能的社会现实影响并改变着他的性格,与此同时,封建专制文化传统的顽固性、劣根性一点点在他的精神世界中凸显出来。周朴园成为一个冷酷的资本家、虚伪的慈善家、独断的封建家长。曾经的叛逆者变成了封建伦常秩序的维护者,戏剧通过周朴园威逼蘩漪喝药这个典型的戏剧动作,让人们看到他的封建家长统治对人精神的虐杀。周朴园在制造悲剧的同时也受到了命运的惩罚,成为悲剧的承担者与受害者。

《雷雨》以它巨大的悲剧性震撼着一代又一代的读者。曹禺认为《雷雨》所显示的并不是因果,并不是报应,而是天地间的"残忍"。《雷雨》中的八个人物,每个人都苦苦挣扎:周朴园想维持家庭的秩序与体面;蘩漪想拥有不受压抑的生活,抓住周萍对自己的爱情;周萍想获得四凤的爱情,借以洗涤自己不洁的灵魂;天真的周冲想与四凤一起实现自己的青春幻梦;尝遍人生苦痛的侍萍想立刻带走四凤,以免女儿重蹈自己的覆辙;鲁大海希望通过罢工获得公正;鲁贵想揩更多的油水。然而"宇宙正像一口残酷的井,落在里面,怎样呼号也难逃脱这黑暗的坑"。每个人的挣扎都走向自己愿望的反面。戏剧的结尾,无辜的年轻一代,周萍、周冲、四凤死了,鲁大海走了;年老的一代,蘩漪和侍萍疯了,作为悲剧总根源的周朴园生活在无尽的忏悔与孤独中。在这里,可以看出古希腊命运悲剧的影响,展现出人对命运的抗争与命运对人的主宰这一对巨大的矛盾,而每个人的命运都以当时中国特定的现实社会环境为依托,使《雷雨》意蕴深邃而又真实具体。

《雷雨》有着鲜明的艺术风格,首先表现在其结构的紧凑巧妙。《雷雨》运用锁闭式结构,昨日之戏(周朴园与侍萍三十多年前的故事;蘩漪与继子周萍之间的恋爱故事)在人物的对话中加以回顾说明,与今日之戏(台上正在经历着的部分:蘩漪与周朴园的冲突;蘩漪、周萍、四凤之间的情感纠葛;鲁侍萍与周朴园客厅见面;鲁大海与周朴园的冲突等)互为映照,以前者推动后者的急剧发展,不断有"发现""逆转"与"惊奇",直至高潮。其次,《雷雨》塑造了个性各异的、饱满的人物形象。《雷雨》中的八个人物,每一个都血肉丰满。另外,《雷雨》的戏剧语言相当出色。提示语言精准而富有启发性,人物对话与独白极具个性,并且拥有丰富的潜台词,这些潜台词不仅富有戏剧性,而且表现了人物复杂的心情。

总之,《雷雨》以卓尔不凡的艺术魅力,奠定了曹禺在中国现代文学史上的地位。曹禺以诗人的慧眼与情怀关注并体味着丰富复杂的社会生活,思考人类的生存处境,探索人物精深微妙的内心世界,博采古今中外的戏剧精华,创作了一部经典。其激荡饱满的情感、深沉幽微的哲思和一个个极具魅力的人物形象,让一代代的导演、演员、读者、观众为之沉醉。

《雷雨》共四幕,外加序幕与尾声。节选部分是本剧第四幕的片段,周朴园逼迫蘩漪喝药,体现了周朴园的封建家长制作风,以及他所造成的极端压抑的家庭氛围,也体现了蘩漪对周朴园的反抗以及她与周萍的微妙关系。

【选评】

　　热烈激荡的情思同形而上的哲思的交融,构成曹禺剧作的深广厚重的思想特色。……曹禺对于人性的复杂性有着十分深刻的把握,他以为人性的复杂性甚至是难以破解的。而人性的丰富性,也是他所重视的;因此,在他的剧中所展现出来的人物,他们人性的复杂性和丰富性,在中国剧作家中是首屈一指的。像周朴园、繁漪、陈白露、仇虎、金子、愫方、曾浩、文清等,这样的中国人性的画廊,是曹禺所发现所创造的,是我们前所未见的。(田本相《伟大的人文主义戏剧家曹禺——为纪念曹禺百年诞辰而作》)

思考讨论

　　1. 吴荪甫是茅盾长篇小说《子夜》的主人公,也是一个性格矛盾复杂,血肉丰满的艺术形象。结合文本分析这一人物形象。

　　2.《边城》是沈从文先生的代表作,构筑了一个田园牧歌般的"湘西世界"。请结合作品,谈谈"湘西世界"的审美内涵。

　　3. 曹禺研究专家田本相用"最雷雨"来描述繁漪的性格,结合剧本,分析繁漪形象。

　　4. 曹禺在《雷雨·序》中有这样的文字:"在《雷雨》里,宇宙正像一口残酷的井,落在里面,怎样呼号也难逃这黑暗的坑。"在《日出》陈白露小传中,曹禺先生用了"残忍"这两个字:"生活是铁一般的真实,有它自来的残忍!"研读剧本,查阅相关资料,解析曹禺戏剧所体现的"残酷"性。

拓展延伸

　　1. 一般认为,买办资本家赵伯韬对吴荪甫的打压成为吴荪甫失败的原因。也有学者认为吴荪甫最后失败的直接原因并不是赵伯韬的压迫和捣乱,而是吴荪甫自身赌徒的性格使然,与贪婪的人性密切相关。(吕周聚《人性视野中的〈子夜〉新论》)。研读《子夜》,对上述观点进行评析。

　　2. 沈从文说:"一切都充满了善,然而却到处是不凑巧。既然是不凑巧,因之素朴的善终难免产生悲剧。"请结合《边城》,谈谈你对这句话的理解。

　　3. 周朴园逼繁漪喝药一场戏,历来被解释成封建压迫,但也有学者认为逼着喝药是一场两性斗争,请细读剧本,参考陆炜《周朴园逼繁漪新解》,谈谈你的见解。

　　4.《雷雨》初版本中有序幕与尾声,对于序幕和尾声的用意,曹禺先生曾有一个明确的说明:"简单地说,是送看戏的人们回家,带着种哀静的心情。低着头,沉思地,念着这些在热情、在梦想、在计算里煎熬着的人们……我把《雷雨》做一篇诗看,一部故事读,用'序幕'和'尾声'把一件错综复杂的罪恶推到时间上非常辽远的处所。"但在舞台演出中,往往掐头去尾(甚至在一些作品版本中删去了序幕与尾声)。《雷雨》序幕和尾声的作用表现在哪些方面? 请阅读剧本《雷雨》,谈谈你的看法。

　　5. 戴望舒的诗歌始终保持着对古典文化及审美风格的深情依恋,请从意象、意境以及情感表达等层面阐释戴望舒诗歌的古典化倾向。

推荐阅读

1.《子夜》,茅盾著,人民文学出版社 2018 年版。

2.《林家铺子》,茅盾著,人民文学出版社 2018 年版。

3.《茅盾:翰墨人生八十秋》,丁尔纲著,长江文艺出版社 2000 年版。

4.《沈从文小说选》(上、下),沈从文著,人民文学出版社 2015 年版。

5.《从文自传》,沈从文著,人民文学出版社 2017 年版。

6.《看云者:从〈边城〉走向世界》,凌宇著,湖南文艺出版社 2018 年版。

7.《史诗时代的抒情声音:二十世纪中期的中国知识分子与艺术家》,王德威著,生活·读书·新知三联书店 2019 年版。

8.《雨巷——戴望舒诗文》,戴望舒著,中华书局 2016 年版。

9.《中国现代新诗与古典诗歌传统》,李怡著,中国人民大学出版社 2015 年版。

10.《雷雨》《日出》《原野》《北京人》,曹禺著,北京十月文艺出版社 2019 年版。

11.《曹禺传》,田本相著,东方出版社 2009 年版。

12.《大小舞台之间——曹禺戏剧新论》,钱理群著,北京大学出版社 2007 年版。

二十世纪四十年代文学

【概述】　二十世纪四十年代文学是指从 1937 年 7 月 7 日卢沟桥事变,抗日战争全面爆发,到 1949 年中华人民共和国成立前召开第一次全国"文代会"这十二年的文学史进程。随着战争局势的发展,与全国的政治地理区域划分相对应,文学被分割为国统区文学、解放区文学、沦陷区文学以及上海"孤岛"时期文学。

抗战初期的国统区文学,以宣传"抗日救亡"为共同指向,有着不同政治和文学观念的作家们团结在一起,于 1938 年 3 月 27 日在武汉成立了中华全国文艺界抗敌协会(简称文协)。广大作家用简短有力、通俗易懂、极具感染力与战斗性的街头剧、朗诵诗等文学形式宣传抗日救亡的思想,基调热情激昂,具有英雄主义色彩。1938 年 10 月武汉失守,战争进入相持阶段,抗战初期昂扬的救国热情转为对现实冷静的思考与剖析,文学创作由歌颂变为讽刺,张天翼的小说《华威先生》、沙汀的小说《在其香居茶馆里》、陈白尘的话剧《升官图》等作品是对腐败现实的辛辣讽刺。

抗战中后期,小说创作在反映生活的广度、深度以及风格的多样性等方面都取得了不俗的成绩。老舍的《四世同堂》以北平沦陷为背景,描写北平人八年的亡国奴生活,对文化与国民性进行沉痛批判与深刻反思;巴金的《寒夜》以冷峻的笔调讲述一个正直知识分子在战争时期贫病交加,在胜利的锣鼓声中死亡的悲剧。钱锺书的《围城》是描写抗战时期知识分子生存状态的一幅浮世绘,是四十年代讽刺小说的压轴之作。国统区的戏剧活动非常活跃,郭沫若的历史剧《屈原》曾轰动一时。

共产党领导的解放区文学呈现出独特的风貌。1942 年毛泽东的《在延安文艺座谈会上的讲话》为解放区文学指明了方向,促进了文学的大众化、民间化。赵树理的《小二黑结婚》《李家庄的变迁》《李有才板话》等作品被作为解放区文学的典范,文艺主管单位号召解放区作家要"向赵树理方向迈进"。

上海"孤岛"时期文学,指 1937 年 11 月上海沦陷后,一些作家在租界这一特殊的环境中进行创作,配合抗日救亡的文学活动,一直持续到 1941 年 12 月珍珠港事件发生,日军进入租界。"孤岛"时期文学以戏剧运动最为活跃,于伶、阿英、李健吾等人创作了一批具有较高艺术水准的话剧。

沦陷区文学包括东北、华北沦陷区文学以及 1942 年 12 月太平洋战争爆发后的上海沦陷区文学。由于特殊的政治环境,通俗小说空前繁荣,具有通俗倾向的文学创作也有一定的发展,张爱玲的《传奇》堪为代表。

东北作家群中的萧红在抗战时期辗转漂泊,1940 年在香港完长篇小说《呼兰河传》,

端木蕻良创作了《科尔沁旗草原》第二部,骆宾基完成长篇自传体小说《幼年》,这些作品都是乱世漂泊中的作家对童年岁月的深情追忆。

巴 金

【简介】 巴金(1904—2005),原名李尧棠,出生于四川成都一个封建官僚大家庭。1919 年"五四"新文化运动的影响波及成都,巴金受到新思潮的熏陶。1923 年,巴金离开家乡到上海、南京等地求学。1927 年远赴法国留学,1928 年底回到上海。1929 年至 1937 年创作了"爱情三部曲"(《雾》《雨》《电》),1931 年至 1940 年创作了"激流三部曲"(《家》《春》《秋》)。抗战爆发后,巴金积极投身于抗战文化工作,创作了《寒夜》《憩园》《第四病室》等中长篇小说,创作风格由早期的热情咏叹转向对现实的冷静审视和批判。1949 年中华人民共和国成立后任《收获》杂志主编。1978 年开始写作《随想录》,揭示一个作家的心路历程,被称为"现代的忏悔录"。

寒夜(节选)

　　他并无睡意。他的思潮翻腾得厉害。他睁着眼睛望那扇房门,望那张方桌,望那把藤椅,望一切她坐过、动过、用过的东西。他想:到明天早晨什么都会变样了。这间屋子里不会再有她的影子了。

　　"树生!"他忽然用棉被蒙住头带了哭声暗暗地唤她。他希望能有一只手来揭开他的被,能有一个温柔的声音在他的耳边轻轻回答:"宣,我在这儿。"

　　但是什么事都不曾发生过。母亲在小屋里咳了两声嗽,随后又寂然了。

　　"树生,你真的就这样离开我?"他再说。他盼望得到一声回答:"宣,我永远不离开你。"没有声音。不,从街上送进来凄凉的声音:"炒米糖开水。"声音多么衰弱,多么空虚,多么寂寞。这是一个孤零零的老人的叫卖声!他仿佛看见了自己的影子,缩着头,驼着背,两只手插在袖筒里,破旧油腻的棉袍挡不住寒风。一个多么寂寞、病弱的读书人。现在……将来?他想着,他在棉被下面哭出声来了。

　　幸好母亲不曾听见他的哭声。不会有人来安慰他。他慢慢地止了泪。他听见了廊上的脚步声,是她的脚步声!他兴奋地揭开被露出脸来。他忘了泪痕还没有揩干,等到她在推门了,他才想起,连忙用手揉眼睛,并且着急地翻一个身,使她在扭开电灯以后看不到他的脸。

　　她走到屋子,扭燃了电灯。她第一眼看床上,还以为他睡熟了。她先拿起拖鞋,轻轻地走到书桌前,在藤椅上坐下,换了鞋,又从抽屉里取出一面镜子,对着镜略略整理头发。然后她站起来,去打开了箱子,又把抽屉里的一些东西放到箱子里去。她做这些事还竭力避免弄出任何响声,她不愿意惊醒他的梦。但是正在整理箱子的中间,她忽然想到什么事,就暂时撇下这个工作,走到床前去。她静静地立在床前看他。

　　他并没有睡去,从她那些细微的声音里他仿佛目睹了她的一举一动。他知道她到了他的床前。他还以为她就会走开，谁知她竟然在床前立了好一阵。他不知道她在做什么。他不能再忍耐了。他咳了一声嗽。他听见她小声唤他的名字，便装出睡醒起来的样子翻一个身，伸一个懒腰，一面睁开眼来。

"宣，"她再唤他，一面俯下头看他；"我回来迟了。你睡了多久了？"

"我本来不要睡，不晓得怎样就睡着了，"他说了谎，同时还对她微笑。

"我早就想回来，谁知道饭吃得太迟，他们又拉着去喝咖啡，我说要回家，他们一定不放我走……"她解释道。

"我知道，"他打断了她的话，"你的同事们一定不愿意跟你分别。"这是敷衍的话。可是话一出口，他却觉得自己失言了。他绝没有讥讽她的意思。

"你是不是怪我不早回来？"她低声下气地说；"我不骗你，我虽然在外面吃饭，心里却一直想到你。我们要分别了，我也愿意同你多聚一刻，说真话，我就是怕——"她说到这里便转过脸朝母亲的小屋望了望。——

"我知道。我并没有怪你，"他接嘴说。"你的行李都收拾好了吗？"他改变了话题问。

"差不多了，"她答道。

"那么你快点收拾罢，"他催她道："现在大概快十一点了。你要早点睡啊，明天天不亮你就要起来。"

"不要紧，陈主任会开汽车来接我，车子已经借好了，"她顺口说。

"不过你也得早起来，不然会来不及的，"他勉强装出笑容说。

"那么你——"她开始感到留恋，她心里有点难过，说了这三个字，第四个字梗在咽喉，不肯出来。

"我瞌睡，"他故意打了一个假呵欠。

她似乎沉思了一会儿，然后她抬起头说："好的，你好好睡。我走的时候你不要起来啊。太早了，你起来会着凉的。你的病刚刚才好一点，处处得小心，"她叮嘱道。

"是，我知道，你放心罢，"他说，他努力做出满意的微笑来，虽然做得不太像。可是等她转身去整理行李时，他却蒙着头在被里淌眼泪。

她忙了将近一个钟头。她还以为他已经睡熟了。事实上他却一直醒着。他的思想活动得很快，它跑了许多地方，甚至许多年月。它超越了时间和空间的限制，但是它始终绕着一个人的面影，那就是她。她现在还在他的近旁，可是他不敢吐一口气，或者大声咳一下嗽，他害怕惊动了她。幸福的回忆，年轻人的岁月都去远了。……甚至痛苦的争吵和相互的折磨也去远了，现在留给他的只有分离（马上就要来到的）和以后的孤寂。还有他这个病。他的左胸又在隐隐地痛。她会回来吗？或者他能够等到她回来的那一天吗？……他不敢再往下想。他把脸朝着墙壁，默默地流眼泪。他后来也迷迷糊糊地睡了一些时刻。然而那是在她上床睡去的若干分钟以后了。

他半夜里惊醒，一身冷汗，汗背心已经湿透了。屋子里漆黑，他翻身朝外看，他觉得有点头晕，他看不清楚一件东西。母亲房里没有声息。他侧耳静听。妻在他旁边发出均匀的呼吸声。她睡得很安静。"什么时候了？"他问自己。他答不出。"她不会睡过钟点吗？"他想。他自己回答："还早吧，天这么黑。她不会赶不上，陈主任会来接她。"想到"陈主任"，他仿佛挨了迎头一闷棍，他愣了几分钟。什么东西在他心里燃烧，他觉得脸上、额上烫得厉害。"他什么都比我强,"他妒忌地想道。……

渐渐地、慢慢地他又睡去了。可是她突然醒来了。她跳下床,穿起衣服,扭开电灯,看一下手表。"啊呀!"她低声惊叫,她连忙打扮自己。

突然在窗外响起了汽车的喇叭声。"他来了,我得快。"她小声催她自己。她匆匆地打扮好了。她朝床上一看。他睡着不动。"我不要惊醒他,让他好好地睡吧,"她想道。她又看母亲的小屋,房门紧闭,她朝着小屋说了一声:"再会。"她试提一下她的两只箱子,刚提起来,又放下。她急急走到床前去看他。他的后脑向着她,他在打鼾。她痴痴地立了半晌。窗下的汽车喇叭声又响了。她用柔和的声音轻轻说:"宣,我们再见了,希望你不要梦着我离开你啊。"她觉得心里不好过,便用力咬着下嘴唇,掉转了身子。她离开了床,马上又回转身去看他。她踌躇片刻,忽然走到书桌前,拿了一张纸,用自来水笔在上面匆匆写下几行字,用墨水瓶压住它,于是提着一只箱子往门外走了。

就在她从走廊转下楼梯的时候,他突然从梦中发出一声叫唤惊醒过来了。他叫着她的名字,声音不大,却相当凄惨。他梦着她抛开他走了。他正在唤她回来。

他立刻用眼光找寻她。门开着。电灯亮得可怕。没有她的影子,一只箱子立在屋子中央。他很快地就明白了真实情形。他一翻身坐起来,忙忙慌慌地穿起棉袍,连钮子都没有扣好,就提起那只箱子大踏步走出房去。

他还没有走到楼梯口,就觉得膀子发酸,脚沉重,但是他竭力支持着下了楼梯。楼梯口没有电灯,不曾扣好的棉袍的后襟又绊住了他的脚,他不能走快。他正走到二楼的转角,两个人急急地从下面上来。他看见射上来的手电光。为了避开亮光,他把眼睛略略埋下。

"宣,你起来了!"上来的人用熟悉的女音惊喜地叫道。手电光照在他的身上。"啊呀,你把我箱子也提下来了!"她连忙走到他的身边,伸手去拿箱子。"给我,"她感激地说。

他不放开手,仍旧要提着走下去,他说:"不要紧,我可以提下去。"

"给我提,"另一个男人的声音说。这是年轻而有力的声音。他吃了一惊。他看了说话的人一眼。恍惚间他觉得那个人身材魁梧,意态轩昂,比起来,自己太猥琐了。他顺从地把箱子交给那只伸过来的手。他还听见她在说:"陈主任,请你先下去,我马上就来。"

"你快来啊,"那个年轻的声音说,魁梧的身影消失了。"咚咚"的脚步声响了片刻后也寂然了。他默默地站在楼梯上,她也是。她的手电光亮了一阵,也突然灭了。

两个人立在黑暗与寒冷的中间,听得见彼此的呼吸声。

汽车喇叭叫起来,叫了两声。她梦醒似地动了一下,她说话了:"宣,你上楼睡吧,你身体真要当心啊……我们就在这里分别吧,你不要送我。我给你留了一封信在屋里,"她柔情地伸过手去,捏住他的手。她觉得他的手又瘦又硬(虽然不怎么冷)!她竭力压下了感情,声音发颤地说:"再见。"

他忽然抓住她的膀子,又着急又悲痛地说:"我什么时候可以再见到你?你什么时候回来?"

"我说不定,不过我一定要回来的。我想至迟也不过一年,"她感动地说。

"一年?这样久!你能不能提早呢?"他失望地小声叫道。他害怕他等不到那个时候。

"我也说不定,不过我总会想法提早的,"她答道,讨厌的喇叭声又响了。她安慰他:"你不要着急,我到了那边就写信回来。"

"是,我等着你的信,"他揩着眼泪说。

"我会——"她刚刚说了两个字,忽然一阵心酸,她轻轻地扑到他的身上去。

他连忙往后退了一步,吃惊地说:"不要挨我,我有肺病,会传染人。"

她并不离开他,反而伸出两只手将他抱住,又把她的红唇紧紧地压在他的干枯的嘴上,热烈地吻了一下。她又听到那讨厌的喇叭声,才离开他的身子,眼泪满脸地说:"我真愿意传染到你那个病,那么我就不会离开你了。"她用手帕揩了揩脸,小声叹了一口气,又说:"妈面前你替我讲一声,我没有敢惊动她。"她终于决然地撒开他,打着手电急急忙忙地跑下了剩余的那几级楼梯。

他痴呆地立了一两分钟,突然沿着楼梯追下去。在黑暗中他并没有被什么东西绊倒。但是他赶到大门口,汽车刚刚开动。他叫一声"树生",他的声音嘶哑了。她似乎在玻璃窗内露了一下脸,但是汽车仍然在朝前走。他一路叫着追上去。汽车却象箭一般地飞进雾中去了。他赶不上,他站着喘气。他绝望地走回家来。大门口一盏满月似的门灯孤寂地照着门前一段人行道。门旁边墙脚下有一个人堆。他仔细一看,原来是两个十岁上下的小孩互相抱着缩成了一团。油黑的脸,油黑的破棉袄,满身都是棉花疙瘩,连棉花也变成黑灰色了。他们睡得很熟,灯光温柔地抚着他们的脸。

他看着他们,他浑身颤抖起来。周围是这么一个可怕的寒夜。就只有这两个孩子睡着,他一个人醒着。他很想叫醒他们,让他们到他的屋子里去,他又想脱下自己的棉衣盖在他们的身上。但是他什么也没有做。"唐柏青也这样睡过的,"他忽然自语道,他想起了那个同学的话,便蒙着脸象逃避瘟疫似地走进了大门。

他回到自己的屋子里,在书桌上见到她留下的字条,他拿起它来,低声念着:

宣:

我走了。我看你睡得很好,不忍叫醒你。你不要难过。我到了那边就给你写信。一切有陈主任照料,你可以放心。我对你只有一个要求:保重自己的身体,认真地治病。

妈面前请你替我讲几句好话吧。

妻

他一边念,一边流泪。特别是最后一个"妻"字引起他的感激。

他拿着字条在书桌前立了几分钟。他觉得浑身发冷,两条腿好象要冻僵的样子。他支持不住,便拿着字条走到床前,把它放在枕边,然后脱去棉袍钻进被窝里去。

他一直没有能睡熟,他不断地翻身,有时他刚合上眼,立刻又惊醒了。可怖的梦魇在等候他。他不敢落进睡梦中去。他发烧,头又晕,两耳响得厉害。天刚大亮,他听见飞机声。他想:她去了,去远了,我永远看不见她了。他把枕畔那张字条捏在手里,低声哭起来。

"你是个忠厚老好人,你只会哭!"他想起了妻骂过他的话,可是他反而哭得更伤心了。

【导读】

《寒夜》写于1944年初冬,完稿于1946年12月,是巴金二十世纪四十年代文学创作的高峰。与前期以《家》为代表的小说创作相比较，此时的巴金创作风格由青春激情转向沉郁，转向那些"没有英雄色彩的小人小事"，以及那些挣扎在社会重压下痛苦呻吟的卑微委顿的生命，揭示了"深刻冷静的人生世相"，具有更加耐人咀嚼的艺术感染力以及丰厚的思想意蕴。

小说讲述了1945年冬战时陪都重庆，一个小知识分子家庭如何在现实生活的重压下走向破裂的悲剧故事。主人公汪文宣和曾树生是大学同学，他们接受了"五四"个性解放新思潮的影响，有共同的"教育救国"的理想，自由恋爱并结合。但是，抗战的爆发改变了他们的人生轨迹。汪文宣和曾树生带着汪母和孩子来到重庆，共同生活。汪文宣在一家官商合办的图书公司做校对工作，工作繁重，薪水微薄，患上了肺病，徘徊在失业的边缘。曾树生在大川银行从事交际类事务，努力赚钱，贴补家用，支付儿子的教育费用。汪母操持家务，她看不惯曾树生的生活方式，也不接受他们的自由恋爱，与儿媳妇曾树生在日常生活中不断发生激烈的摩擦与争吵。一家人在贫病交困以及无休止的矛盾冲突中艰难度日，汪文宣与曾树生的情感出现了裂隙。在曾树生苦苦挣扎于家庭困境之际，她的同事陈主任，一个富有、健硕的男性向她表达了爱意，曾树生最终选择离开了丈夫和家庭，与陈主任结伴飞往兰州。抗战胜利之际，汪文宣病重吐血而亡，汪母带着小宣不知所终，曾树生从兰州回到重庆旧居，发现物是人非、家人踪迹难寻。整个故事哀婉动人，奏响了一曲大时代下小人物凄凉悲婉的哀歌。

汪文宣、曾树生的遭遇，是追求个性解放的现代知识分子被黑暗的社会现实吞没的悲剧。写作《寒夜》时的巴金，身处战时陪都重庆，对故事里人物的生存处境感同身受。他说："人们躲警报，喝酒，吵架，生病……物价飞涨，生活困难，战场失利，人心惶惶……我不论到哪里，甚至坐在小屋内，也听得见一般小人物的诉苦和呼吁。"身处恶劣大环境的汪文宣，从事着繁重、低薪、违背理想又无意义的校对工作，几乎落入乞食者的境地。社会环境、工作环境扭曲了他的心态与性格，原本的善良与正直毫无用武之地，他失去了一个男人的自信、尊严与血性，在充满了生命活力的妻子和陈主任面前，无法克服自卑，在强势的母亲面前，只能选择屈服于以爱为名实为自私的占有欲。曾树生凭借美貌获得了大川银行的交际工作，充当摆设和"花瓶"的作用，而家庭生活也不能给她一点安慰，她面对的是一个固守着传统道德观念的婆婆，一个缠绵病榻、摇摆不定、失去了生命活力的丈夫，一个不与自己亲近的儿子，她无法获得身心的满足。生活的现实同样击碎了曾树生美好的生活理想，她内心充满矛盾和痛苦，在孤独与苦闷中挣扎。残酷的战争、混乱的社会秩序、家庭困顿与冲突，使得无数个汪文宣与曾树生都难以走出"寒夜"一般的现实困境。巴金说："那些被不合理制度摧毁，被生活拖死的人断气时已经没有力气呼叫黎明了。"对社会的控诉，是巴金《寒夜》的意旨和主题，显示了尖锐的批判力量。

小说还蕴含着对家庭伦理关系及人性困境的深层思考。小说继续探讨《伤逝》中关于"五四"时期"个人本位"的自由伦理与传统的"家庭本位"的责任伦理之间的碰撞以及选择的两难，展现了汪文宣与曾树生在两者之间左右为难、挣扎求生的人生困境。汪文宣与曾树生都是受"五四"启蒙时代个性解放文化思潮的影响，有理想，有追求，有自由意志的青年，但是纷乱的时局所造成的捆绑式的生活，固守着传统文化价值观的汪母介入他们的生活中，使他们的情感与思想出现了严重的分歧。曾树生看重个人的前程，追求个人幸福，自由伦理的价值立场使她与汪母持续发生激烈的矛盾冲突,但是她并不能轻易摆脱"妻子""母亲"的传统伦理身份所赋予她的家庭责任意识而扔下病重的丈夫。作者深入曾树生复杂多维的内心世界,真切地写出了她在走与不走之间的矛盾纠结,对丈夫爱恨交织的矛盾情感,极富艺术感染力。当富有生命力的陈主任出现在她面前,"个人本位"的自由伦理占据了上风,她获得了突破困境的力量。汪文宣是汪母与妻子拉锯战中争夺的对象,善良又懦弱的他无力改变局面,只能以可怜的自戕换取母亲和妻子暂时的休战。汪文宣爱自己的妻子,他偷偷地支持她的工作,给她买生日蛋糕,但是他也无法摆脱母亲的影响,时常站在母亲的立场上表达对妻子的不满。他不断地从自由伦理的立场向传统伦理的立场滑落,最终顺从了母亲的意志,支持曾树生的出走。选择陪伴母亲,实际上也就意味着他放弃了自由伦理而回归了责任本位。汪文宣与曾树生在个人主义伦理原则与传统文化伦理原则所造成的两难困境中徘徊游移,他们都为自己的最终选择付出了巨大的代价。曾树生的出走换来的是丈夫的死亡与儿子的失踪,留给她的只有空虚与寒冷。作者在文章结尾处写道:"夜的确太冷了,她需要温暖。"汪文宣放弃自由伦理的代价是被传统伦理彻底吞没,放弃了挣扎求生的欲望,迎接他的只有死亡的来临。曾树生的"走兰州",涓生的"说真实",选择个人主义伦理原则都促成了婚恋关系中另一方的死亡和自身的虚无,这是中国特定文化伦理处境中难以解决的矛盾命题。《寒夜》表现了人物在伦理困境中的挣扎、突围与覆灭,由此而产生的生死之辩,以及情感与心理表现上的矛盾纠结与爱恨纠缠,使小说的社会批判性深入了特定伦理关系制约下的人性困境,具有了更深刻的思想深度和更耐人寻味的审美内涵。

选读部分曾树生决定与陈主任结伴去兰州,这是曾树生与汪文宣最后一别。创作成熟时期的巴金在艺术表现上达到了"无技巧"的境界,他用更为含蓄节制的语言,在日常生活事件的推进中,展开对人物表情、动作、心理的细致描摹,深切地写出了曾树生的不舍与决绝,汪文宣的痛苦与幻灭,情感哀婉动人,撼人心魄。

【选评】

五四新文化运动颠覆了中国传统的家族本位的伦理观念,为新的尊重个性、尊重个人权利的伦理观的确立开辟了道路,但历史证明,这条道路是相当漫长的。在相当长的一个时期里,中国人在伦理观的选择上只能游移于个人本位和家族(集体)本位之间,因此产生种种思想和情感的错位和困惑,甚至要为此付出沉重的代价。(陈国恩《伦理革命的困境和传统文化的绵延——从鲁迅的〈伤逝〉到巴金的〈寒夜〉》)

钱锺书

【简介】 钱锺书(1910—1998),字默存,号槐聚,出生于江苏无锡一个书香门第,其父钱基博是著名的文学史家。钱锺书幼年接受过良好的中国古典文学教育,相继于美国圣公会办的苏州桃坞中学和无锡辅仁中学完成中学教育,较早地接触西学。1929年考入清华大学外文系,学习期间,钱锺书显示出惊人的博学与识见。1935年考取"庚子赔款留学资助",赴牛津大学学习,获英国文学学士学位,接着到巴黎大学进修。1938 年回国,先后在西南联大、上海暨南大学任教。中华人民共和国成立后任清华大学外语系教授。1953 年转任中国科学院文学研究所研究员。钱锺书的文学作品均创作于中华人民共和国成立前,主要有散文集《写在人生边上》,短篇小说集《人·兽·鬼》,长篇小说《围城》。学术著作有《谈艺录》《宋诗选注》《七缀集》《管锥编》等。

围城(节选)

西洋赶驴子的人,每逢驴子不肯走,鞭子没有用,就把一串胡萝卜挂在驴子眼睛之前、唇吻之上。这笨驴子以为走前一步,萝卜就能到嘴,于是一步再一步继续向前,嘴愈要咬,脚愈会赶,不知不觉中又走了一站。那时候它是否吃得到这串萝卜,得看驴夫的高兴。一切机关里,上司驾驭下属,全用这种技巧;譬如高松年就允许鸿渐到下学年升他为教授。自从辛楣一走,鸿渐对于升级这胡萝卜,眼睛也看饱了,嘴忽然不馋了,想暑假以后另找出路。他只准备聘约送来的时候,原物退还,附一封信,痛痛快快批评校政一下,算是临别赠言,借此发泄这一年来的气愤。这封信的措词,他还没有详细决定,因为他不知道校长室送给他怎样的聘约。有时他希望聘约依然是副教授,回信可以理直气壮,责备高松年失信。有时他希望聘约升他做教授,这么一来,他的信可以更漂亮了,表示他的不满意并非出于私怨,完全为了公事。不料高松年省他起稿子写信的麻烦,干脆不送聘约给他。孙小姐倒有聘约的,薪水还升了一级。有人说这是高松年开的玩笑,存心拆开他们俩。高松年自己说,这是他的秉公办理,决不为未婚夫而使未婚妻牵累——"别说他们还没有结婚,就是结了婚生了小孩子,丈夫的思想有问题,也不能'罪及妻孥',在二十世纪中华民国办高等教育,这一点民主作风应该具备。"鸿渐知道孙小姐收到聘书,忙仔细打听其他同事,才发现下学年聘约已经普遍发出,连韩学愈的洋太太都在敬聘之列,只有自己像伊索寓言里那只没尾巴的狐狸。这气得他头脑发烧,身体发冷。计划好的行动和说话,全用不着,闷在心里发酵。这比学生念熟了书,到时忽然考试延期,更不痛快。高松年见了面,总是笑容可掬,若无其事。办行政的人有他们的社交方式。自己人之间,什么臭架子、坏脾气都行;笑容愈亲密,礼貌愈周到,彼此的猜忌或怨恨愈深。高松年的工夫还没到家,他的笑容和客气仿佛劣手仿造的古董,破绽百出,一望而知是假的。鸿渐几次想质问他,一转念又忍住了。在吵架的时候,先开口的未必占上风,后闭口的才算胜利。高松年神色不动,准是成算在胸,自己冒失寻衅,万一下不来台,反给他笑,闹了出去,人家总说姓方的饭碗打破,老羞成怒。还他一个满不在乎,表示饭碗并不关心,这倒是挽回面子的妙法。吃不消的是那些同事的态度。他们仿佛全知道自己解聘,但因为这事并未公开,他们的同情也只好加上封套包裹,遮遮掩掩地奉送。往往平日很疏远的人,忽然拜访。他知道他们来意是探口气,便一字不提,可是他们精神和说话里包含的慷惜,总像圣诞老人放在袜子里的礼物,送了才肯走。这种同情比笑骂还难受,客人一转背,鸿渐咬牙来个中西合璧的咒骂:"To Hell 滚你妈的蛋!"孙柔嘉在订婚以前,常来看鸿渐;订了婚,只有鸿渐去看她,她轻易不肯来。鸿渐最初以为她只是个女孩子,事事要请教自己;订婚以后,他渐渐发现她不但很有主见,而且主见很牢固。她听他说准备退还聘约,不以为然,说找事不容易,除非他另有打算，别逞一时的意气。鸿渐问道："难道你喜欢留在这地方？你不是一来就说要回家么？"她说："现在不同了。只要咱们两个人在一起，什么地方都好。"鸿渐看未婚妻又有道理，又有情感，自然欢喜，可是并不想照她的话做。他觉得虽然已经订婚，和她还是陌生得很。过去没有订婚经验——跟周家那一回事不算数的——不知道订婚以后的情绪，是否应当像现在这样平淡。他对自己解释，热烈的爱情到订婚早已是顶点，婚一结一切了结。现在订了婚，彼此间还留着情感发展的余地，这是桩好事。他想起在伦敦上道德哲学一课，那位山羊胡子的哲学家讲的话："天下只有两种人。譬如一串葡萄到手，一种人挑最好的先吃，另一种人把最好的留在最后吃。照例第一种人应该乐观，因为他每吃一颗都是吃剩的葡萄里最好的；第二种应该悲观，因为他每吃一颗都是吃剩的葡萄里最坏的。不过事实上适得其反，缘故是第二人还有希望，第一种人只有回忆。"从恋爱到白头偕老，好比一串葡萄，总有最好的一颗，最好的只有一颗，留着做希望，多么好？他嘴快把这些话告诉她，她不作声。他和她讲话，她回答的都是些"唔"，"哦"。他问她为什么不高兴，她说并未不高兴。他说："你瞒不过我。"她说："你知道就好了。我要回宿舍了。"鸿渐道："不成，你非讲明白了不许走。"她说："我偏要走。"鸿渐一路上哄她，求她，她才说："你希望的好葡萄在后面呢，我们是坏葡萄，别倒了你的胃口。"他急得跳脚，说她胡闹。她说："我早知道你不是真的爱我，否则你不会有那种离奇的思想。"他赔小心解释了半天，她脸色和下来，甜甜一笑道："我是个死心眼儿，将来你讨厌——"鸿渐吻她，把这句话有效地截断，然后说："你今天真是颗酸葡萄。"她强迫鸿渐说出来他过去的恋爱。他不肯讲，经不起她一再而三的逼，讲了一点。她嫌不够，鸿渐像被强盗拷打招供资产的财主，又陆续吐露些。她还嫌不详细，说："你这人真不爽快！我会吃这种隔了年的陈醋么？我听着好玩儿。"鸿渐瞧她脸颊微红，嘴边强笑，自幸见机得早，隐匿了一大部分的情节。她要看苏文纨和唐晓芙的照相，好容易才相信鸿渐处真没有她们的相片，她说："你那时候总记日记的，一定有趣得很，带在身边没有？"鸿渐直嚷道："岂有此理！我又不是范懿认识的那些作家、文人，为什么恋爱的时候要记日记？你不信，到我卧室里去搜。"孙小姐道："声音放低一点，人家全听见了，有话好好的说。只有我哪！受得了你这样粗野，你倒请什么苏小姐呀、唐小姐呀来试试看。"鸿渐生气不响，她注视着他的脸，笑说："跟我生气了？为什么眼睛望着别处？是我不好，逗你。道歉！道歉！"

所以，订婚一个月，鸿渐仿佛有了个女主人，虽然自己没给她训练得驯服，而对她训练的技巧甚为佩服。他想起赵辛楣说这女孩子利害，一点不错。自己比她大了六岁，世事的经验多得多，已经是前一辈的人，只觉得她好玩儿，一切都纵容她，不跟她认真计较。到聘书的事发生孙小姐慷慨地说："我当然把我的聘书退还——不过你何妨直接问一问高松年，也许他无心漏掉你一张。你自己不好意思，托旁人转问一下也行。"鸿渐不听她的话，她后来知道聘书并非无心遗漏，也就不勉强他。鸿渐开玩笑说："下半年我失了业，咱们结不成婚了。你嫁了我要挨饿的。"她说："我本来也不要你养活。回家见了爸爸，请他替你想个办法。"他主张索性不要回家，到重庆找赵辛楣——辛楣进了国防委员会，来信颇为得意，比起出走时的狼狈，像换了一个人。不料她大反对，说辛楣和他不过是同样地位的人，求他荐事，太丢脸了；又说三闾大学的事，就是辛楣荐的，"替各系打杂，教授都没爬到，连副教授也保不住，辛楣荐的事好不好？"鸿渐局促道："给你这么一说，我的地位更不堪了。

请你说话留点体面,好不好?"孙小姐说,无论如何,她要回去看她父亲母亲一次,他也应该见见未来的丈人丈母。鸿渐说,就在此地结了婚罢,一来省事,二来旅行方便些。孙小姐沉吟说:"这次订婚已经没得到爸爸妈妈的同意,幸亏他们喜欢我,一点儿不为难。结婚总不能这样草率了,要让他们作主。你别害怕,爸爸不凶的,他会喜欢你。"鸿渐忽然想起一件事,说:"咱们这次订婚,是你父亲那封信促成的。我很想看看,你什么时候把它拣出来。"孙小姐愣愣的眼睛里发问。鸿渐轻轻拧她鼻子道:"怎么忘了?就是那封讲起匿名信的信。"孙小姐扭头抖开他的手道:"讨厌!鼻子都给你拧红了。那封信?那封信我当时看了,一生气,就把它撕了——唔,我倒真应该保存它,现在咱们不怕谣言了,"说完紧握着他的手。

【导读】

《围城》是钱锺书唯一的一部长篇小说,是用两年时间"锱铢积累"写成,先是连载于李健吾主编的《文艺复兴》杂志;1947年由上海晨光出版公司初版,并于1948年、1949年再版,足以看出《围城》在当时的影响。夏志清在《中国现代小说史》中赞誉《围城》是"中国近代文学中最有趣和最用心经营的小说,可能亦是最伟大的一部。作为讽刺文学,它令人想起像《儒林外史》那一类的著名中国古典小说;但它比它们优胜,因为它有统一的结构和更丰富的喜剧性"。

《围城》采用欧美流浪汉小说的框架,以主人公方鸿渐的行踪为线索,描写抗战期间知识分子的生活百态。小说从留法学生方鸿渐坐着邮轮归国写起,在船上他与鲍小姐暧昧。到上海他去拜见已故未婚妻的父母,接着回乡省亲并受当地中学邀请做报告。回上海后拜见老同学苏文纨并结识了赵辛楣、曹元朗等上流社会知识分子。他与苏文纨的表妹唐晓芙相爱,恋爱失败后与赵辛楣一起接受三闾大学的聘请,和李梅亭、孙柔嘉、顾尔谦等一路跋涉来到学校。然而三闾大学形同官场,人事上明争暗斗让方鸿渐无比失望。在这里,方鸿渐和孙柔嘉确立恋爱关系,不久即离开三闾大学,转道香港回上海。到上海后他在一家报社任职,后因报社老板的亲日倾向而辞职。事业多舛,婚姻生活也不顺利,方鸿渐与孙柔嘉的关系日渐冷淡甚至趋于破裂,小说最后,心灰意冷的方鸿渐打算通过赵辛楣的关系去重庆谋生。

小说中,归国后的方鸿渐处处没有安顿的地方,一路辗转漂泊,由沦陷区上海至内地,由城市至乡下,目睹社会上各种各样的人和事,也突出展示了战争时期中国一大批知识分子的生存状态与心理素质。他们浅薄虚伪、道德败坏,在名利场中钩心斗角、尔虞我诈。三闾大学校长高松年是个老奸巨猾、道貌岸然的好色之徒。训导长李梅亭满口仁义道德,实则利欲熏心、无耻好色。其他人物如伪造学历、招摇撞骗的假洋博士韩学愈等,这些近代中国产生的新型知识分子被一一置于笔下,加以暴露与讽刺,因而,《围城》又被称为现代的《儒林外史》。

钱锺书说,想"写现代中国某一部分社会,某一类人,我没忘记他们是人类,只是人类,具有无毛两足动物的基本根性"。小说中心人物方鸿渐是个性格充满矛盾性的人物。他聪明机智、兴趣广泛但学无所长,他真诚善良但有时自欺欺人、玩世不恭,他风趣幽默但软弱糊涂,缺乏处事能力。比起周围的知识分子方鸿渐是比较好的,但在社会现实面前,他慢慢放弃了当初的超然、纯洁而与社会妥协,这是社会的悲剧,也是知识分子的精神悲剧,在小说幽默讽刺的文字下蕴含着一种悲凉的基调。

《围城》是一部意蕴深厚的小说。"围城"既是小说题目,又具有结构功能,并通过"鸟笼""城堡"等意象进行点染。"围城"象征人生处境,包括婚姻、事业等诸多方面。小说围绕着方鸿渐的婚姻恋爱,以及他在人生道路上精神追寻的历程,通过方鸿渐进城、出城、进城、出城这样反反复复的生命模式,揭示了现代知识分子生存和精神上的双重困境,而每一次突围的结果都是落入新的围困。正如小说中点明"结婚仿佛金漆的鸟笼,笼子外面的鸟想住进去,笼内的鸟想飞出;所以结了离,离了结,没有了局"。婚姻如"被围困的城堡,城外的人想冲进去,城内的人想逃出来"。《围城》的这一层面,与西方现代主义文学中普遍存在的对人类困境的感受与精神孤独感是相联系的。

《围城》具有独特的讽刺艺术,笔触涉及社会风俗、人情道德等方方面面,讽刺具有学者式的机智与风趣。此外,丰富多彩的比喻是《围城》又一重要艺术特色。全书有七百多条比喻,平均每页两个,这些比喻新颖、犀利、智慧风趣,凝聚着作者丰富的学识,也反映出他对人生细致入微的体察。

选文部分写的是方鸿渐在三闾大学教书,目睹教育界的种种怪现状。在三闾大学对他构成"围困"的同时,婚姻的围困也即将开启。选文部分妙语连篇,体现了钱锺书幽默风趣的行文风格。

【选评】

方鸿渐的人生经历不是快乐的历险,而是痛苦的历程;不是成功的收获,而是失败的总和;不是理想的实现而是对最起码的人生价值的彻底幻灭;不是自我力量的焕发,而是自我的迷失和发自本性的怯懦;不是有目的的理性凯旋,而是盲目的本能受挫。这种人生历程和生存状况完全与理性主义、英雄主义精神相背反,从而把现代文明的危机和现代人生的困境作了极为真实、极为深刻的揭示,具有震撼人心、发人深省的思想力量和艺术力量。(解志熙《人生的困境与存在的勇气——论〈围城〉的现代性》)

张爱玲

【简介】 张爱玲(1920—1995),原名张煐,1920 年 9 月 30 日出生在上海公共租界西区一幢没落的贵族府邸。她的曾外祖父是李鸿章,祖父是著名的清流派大臣张佩纶。1931 年张爱玲就读于上海圣玛利亚女校,开始文学创作。1939 年张爱玲获得伦敦大学奖学金,由于"二战"爆发,改入香港大学。1941 年散文《我的天才梦》在《西风》月刊三周年征文比赛中获奖。1942 年日军占领香港,张爱玲中断学业回到上海。1943 年 5 月,小说《沉香屑·第一炉香》发于《紫罗兰》杂志,在上海文坛崭露头角。随后,在短短两年间发表了《茉莉香片》《倾城之恋》《心经》《金锁记》《红玫瑰与白玫瑰》《琉璃瓦》等多篇小说,在沦陷时期的上海一举成名。1944 年 8 月,张爱玲将此前发表的小说结集出版,定名为《传奇》,接着散文集《流言》出版。1947 年与导演桑弧合作,创作了《太太万岁》《不了情》等剧本。1950年在上海《亦报》连载《十八春》(后改名《半生缘》)。1955年,张爱玲从香港移居美国,创作、出版的主要作品有《色·戒》《红楼梦魇》(红学专著)、《对照记》等。

金锁记(节选)

世舫挪开椅子站起来,鞠了一躬。七巧将手搭在一个佣妇的胳膊上,款款走了进来,客套了几句,坐下来便敬酒让菜。长白道:"妹妹呢? 来了客,也不帮着张罗张罗。"七巧道:"她再抽两筒就下来了。"世舫吃了一惊,睁眼望着她。七巧忙解释道:"这孩子就苦在先天不足,下地就得给她喷烟。后来也是为了病,抽上了这东西。小姐家,够多不方便哪!也不是没戒过,身子又娇,又是由着性儿惯了的,说丢,哪儿就丢得掉呀? 戒戒抽抽,这也有十年了。"世舫不由得变了色。七巧有一个疯子的审慎与机智。她知道,一不留心,人们就会用嘲笑的,不信任的眼光截断了她的话锋,她已经习惯了那种痛苦。她怕话说多了要被人看穿了。因此及早止住了自己,忙着添酒布菜。隔了些时,再提起长安的时候,她还是轻描淡写的把那几句话重复了一遍。她那平扁而尖利的喉咙四面割着人像剃刀片。

长安悄悄地走下楼来,玄色花绣鞋与白丝袜停留在日色昏黄的楼梯上。停了一会,又上去了。一级一级,走进没有光的所在。

七巧道:"长白你陪童先生多喝两杯,我先上去了。"佣人端上一品锅来,又换上了新烫的竹叶青。一个丫头慌里慌张站在门口将席上伺候的小厮唤了出去,嘀咕了一会,那小厮又进来向长白附耳说了几句,长白仓皇起身,向世舫连连道歉,说:"暂且失陪,我去去就来。"三脚两步也上楼去了,只剩下世舫一人独酌。那小厮也觉过意不去,低低地告诉了他:"我们绢姑娘要生了。"世舫道:"绢姑娘是谁?"小厮道:"是少爷的姨奶奶。"

世舫拿上饭来胡乱吃了两口,不便放下碗来就走,只得坐在花梨炕上等着,酒酣耳热。忽然觉得异常的委顿,便躺了下来。卷着云头的花梨炕,冰凉的黄藤心子,柚子的寒香……姨奶奶添了孩子了。这就是他所怀念着的古中国……他的幽娴贞静的中国闺秀是抽鸦片的! 他坐了起来,双手托着头,感到了难堪的落寞。

他取了帽子出门,向那小厮道:"待会儿请你对上头说一声,改天我再面谢罢!"他穿过砖砌的天井,院子正中生着树,一树的枯枝高高印在淡青的天上,像瓷上的冰纹。长安静静地跟在他后面送了出来。她的藏青长袖旗袍上有着浅黄的雏菊。她两手交握着,脸上现出稀有的柔和。世舫回过身来道:"姜小姐……"她隔着远远地站定了,只是垂着头。世舫微微鞠了一躬,转身就走了。长安觉得她是隔了相当的距离看这太阳里的庭院,从高楼上望下来,明晰,亲切,然而没有能力干涉,天井,树,曳着萧条的影子的两个人,没有话——不多的一点回忆,将来是要装在水晶瓶里双手捧着看的——她的最初也是最后的爱。

芝寿直挺挺躺在床上,搁在肋骨上的两只手蜷曲着像宰了的鸡的脚爪。帐子吊起了一半。不分昼夜她不让他们给她放下帐子来。她怕。

外面传进来说绢姑娘生了个小少爷。丫头丢下了热气腾腾的药罐子跑出去凑热闹了,敞着房门,一阵风吹了进来,帐钩豁朗朗乱摇,帐子自动的放了下来,然而芝寿不再抗议了。她的头向右一歪,滚到枕头外面去。她并没有死——又挨了半个月光景才死的。

绢姑娘扶了正,做了芝寿的替身。扶了正不上一年就吞了生鸦片自杀了。长白不敢再娶了,只在妓院里走走。长安更是早就断了结婚的念头。

七巧似睡非睡横在烟铺上。三十年来她戴着黄金的枷。她用那沉重的枷角劈杀了几个人,没死的也送了半条命。她知道她儿子女儿恨毒了她,她婆家的人恨她,她娘家的人恨她。她摸索着腕上的翠玉镯子,徐徐将那镯子顺着骨瘦如柴的手臂往上推,一直推到腋下。她自己也不能相信她年轻的时候有过滚圆的胳膊。就连出了嫁之后几年,镯子里也只塞得进一条洋绉手帕。十八九岁做姑娘的时候,高高挽起了大镶大滚的蓝夏布衫袖,露出一双雪白的手腕,上街买菜去。喜欢她的有肉店里的朝禄,她哥哥的结拜弟兄丁玉根,张少泉,还有沈裁缝的儿子。喜欢她,也许只是喜欢跟她开开玩笑,然而如果她挑中了他们之中的一个,往后日子久了,生了孩子,男人多少对她有点真心。七巧挪了挪头底下的荷叶边小洋枕,凑上脸去揉擦了一下,那一面的一滴眼泪她就懒怠去揩拭,由它挂在腮上,渐渐自己干了。

七巧过世以后,长安和长白分了家搬出来住。七巧的女儿是不难解决她自己的问题的。谣言说她和一个男子在街上一同走,停在摊子跟前,他为她买了一双吊带袜。也许她用的是她自己的钱,可是无论如何是由男子的袋里掏出来的。……当然这不过是谣言。

三十年前的月亮早已沉下去,三十年前的人也死了,然而三十年前的故事还没完——完不了。

【导读】

《金锁记》是张爱玲的代表作,1943年11月发表。小说讲述了曹七巧悲剧的一生。曹七巧是麻油铺老板的女儿,青春健康,性格泼辣,"十八九岁做姑娘的时候,高高挽起了大镶大滚的蓝夏布衫袖,露出一双雪白的手腕,上街买菜去"。她的哥哥贪图富贵把她嫁给了姜家患骨痨的二爷,七巧得不到正常的爱情,欲望被压抑。低微的出身使她在姜公馆备受歧视。畸形的生活刺激了曹七巧对金钱的欲望,获得并死守金钱成为她唯一的安慰。不断膨胀的金钱欲望反之又压抑了情欲的渴求。曹七巧一生中唯一一抹温暖的亮色是她对三爷季泽的爱,当季泽向她表白爱意的时候,她"低着头,沐浴在光辉里,细细的音乐,细细的喜悦……当初她为什么嫁到姜家来?为了钱么?不是的,为了要遇见季泽,为了命中注定她要和季泽相爱"。一种温暖在她的心头慢慢升起,她微微抬起头来,充满情意地看着季泽。但是,"仅仅这一转念便使她暴怒起来"。她几乎是下意识地认为季泽是在骗她的钱:"他想她的钱——她卖掉她的一生换来的几个钱?"对金钱的控制欲使她亲手断送了一丝爱的希望,也成为她性格发展的分水岭。

这个黄金铸成的枷锁不仅毁灭了她自己,锁住了正常的人性,而且滋生了疯狂的妒忌心理和残酷的破坏欲望。在儿子长白和媳妇芝寿新婚夫妻的恩爱以及女儿长安与童世舫相识后脸上时时露出的微笑里,曹七巧看到了她一生没有得到的爱情。她霸占长白整夜为她烧烟,探听儿子媳妇闺房私密到处宣讲,芝寿在愤恨中病亡,长白的第二任妻子绢儿吞生鸦片自杀。她把童世舫请到家里吃饭,向他透露长安有鸦片瘾,用一个"疯子的审慎和机智"断送了长安的爱情。曹七巧在情欲和金钱的煎熬中耗尽了自己,也毁掉了儿女的幸福,长白不敢再娶,长安也不敢再奢望幸福。

小说主人公曹七巧刻薄、乖戾、阴鸷,性格极端,破坏欲极强,作者对人性扭曲的刻画呈现出惊心动魄的艺术震撼力,是张爱玲作品中少见的"彻底"的人物。曹七巧的悲剧是封建伦理道德制约下的传统女性的悲剧。作者表现了封建伦理道德中的门第观念带来的大家族内部的倾轧与歧视,封建伦理道德中的"贞节观"对女性情欲的压抑。然而更深刻的悲剧因素来源于女性自身内部的精神因素,那种无法把握自身命运的惶惶不安感,使她背上了一副沉重的黄金枷锁,严重地桎梏了她的生命。曹七巧的命运是中国传统妇女命运的极端表现。

张爱玲有非常敏锐的创作天赋,她用丰富的感觉创造出一个个新鲜独特的意象,产生了耐人寻味的意境。月亮意象在《金锁记》中多次出现。小说开头和结尾写道:"年轻的人想着三十年前的月亮该是铜钱大的一个红黄的湿晕,像朵云轩信笺上落了一滴泪珠,陈旧而迷糊。"把月亮描绘成"铜钱大的一个红黄的湿晕""朵云轩信笺上落了一滴泪珠",新颖独特,把读者带入了一种陈旧而凄凉的回忆情境中。芝寿眼中的月亮是"使人汗毛凛凛的反常的明月——漆黑的天上一个灼灼的小而白的太阳",把月亮描绘成"小而白的太阳",表现了芝寿扭曲绝望的心绪。

张爱玲善于把中国古典小说风格与现代西方写作技巧进行有机融合。她的小说体现出很深的旧学功底,能灵活地化用诗词俗语;对人物外貌服饰、语言动作、居住环境的细致描摹深受《红楼梦》的影响。《金锁记》中曹七巧的出场酷肖《红楼梦》中王熙凤的出场。她善于把电影技巧融入小说创作,比如色彩的渲染、光影的捕捉、淡入淡出的剪辑手法等,让作品充满感性魅力。余光中说:"张爱玲的作品素称雅洁,但分析她的语言,却是多元的调和。"所谓"多元的调和"既是新旧调和,也是中西调和,不仅体现在语言上,也体现在创作手法上。

节选部分情节是整篇文章的结尾,讲述了曹七巧是如何一步一步地设计破坏女儿长安的婚事,破坏儿子长白的婚姻,生动细腻地写出了长安对爱的幻灭,长白对婚姻的惧怕,而七巧在释放了所有的恶能量之后,也迎来了死亡的结局。小说的故事看似结束了,但凄婉苍凉的意蕴在读者心中仍然余音袅袅,挥之不去。

【选评】

过去批评张爱玲的,总说她只写男女私情,狭窄。前半句是对的,后半句未必。其实是把专门性的题材有可能达到的宽阔程度用某种偏见遮盖了。(吴福辉《张爱玲的宽度》)

七巧是社会环境的产物,可是更重要的,她是她自己各种巴望、考虑、情感的奴隶。张爱玲兼顾到七巧的性格和社会,使她的一生,更经得起我们道德性的玩味。(夏志清《中国现代小说史》)

思考讨论

1. 分析汪文宣的性格特征及其悲剧成因。

2. 分析《围城》的"围困"主题。

3.《金锁记》中对主人公曹七巧变态心理的深刻描写是小说成功的主要原因。描述曹七巧的心理发展过程及其外部表现,并分析这一人物形象的悲剧性。

拓展延伸

1. 以《伤逝》中的子君和《寒夜》中的曾树生为例,谈谈"娜拉出走"命题从二十世纪二十年代到四十年代的演变,出走命题在两个时期的区别是什么?

2. 杨绛创作于 80 年代的长篇小说《洗澡》经常被人拿来与《围城》相提并论。作家施蛰存称其为"半部《红楼梦》加半部《儒林外史》"。有学者发现,《洗澡》与《红楼梦》的主要人物及其关系存在着有趣的对应现象(邹士奇《杨绛〈洗澡〉人物三角关系析论——从〈红楼梦〉的角度》)。请阅读《洗澡》,查阅相关资料,分析《洗澡》与《红楼梦》之间的关联。

3. 张爱玲的小说表达了对女性命运及生存境遇的思考,与新文学女性作家讴歌爱情的力量不同,在她的笔下,女性在面对"谋生"与"寻爱"的选择时,生存始终被女性放在第一位,爱情只能成为神话。小说基本叙事模式是:女主人公的愿望构成叙事的动力,但是在男权社会,因为经济、政治、文化、心理等多重因素的制约,她们的命运往往以失败告终。请结合具体作品谈谈你对这一现象的看法。

推荐阅读

1.《寒夜》,巴金著,长江文艺出版社 2017 年版。

2.《海的梦 憩园》,巴金著,人民文学出版社 2009 年版。

3.《围城》,钱锺书著,人民文学出版社 2017 年版。

4.《我们仨》,杨绛著,生活·读书·新知三联书店 2012 年版。

5.《张爱玲经典小说集》,张爱玲著,北京十月文艺出版社 2019 年版。

6.《张爱玲的传奇文学与流言人生》,邵迎建著,生活·读书·新知三联书店 2018 年版。

7.《呼兰河传》,萧红著,商务印书馆 2015 年版。

8.《小城三月》,萧红著,北京联合出版公司 2018 年版。

9.《小二黑结婚:赵树理作品精选集》,赵树理著,商务印书馆 2022 年版。

第十二单元 二十世纪五十到七十年代文学

【概述】 1949 年 10 月中华人民共和国成立,中国人民完成了新民主主义革命的任务,进入社会主义建设时期。新的社会形态需要新的文学形式。1949 年 7 月,在北京召开的"第一次文代会"标志着当代文学的开始。这次会议确立了文艺为工农兵服务的总方向,进一步推进了文艺的大众化进程。同时,成立了中华全国文学艺术界联合会(简称文联),领导并规范社会主义文艺事业。

中华人民共和国成立之后的"十七年"文学时期,农村题材和民主革命历史题材得到了充分的表现,"三红一创"(《红日》《红岩》《红旗谱》《创业史》)、"青山保林"(《青春之歌》《山乡巨变》《保卫延安》《林海雪原》)是其中的代表作。"双百"方针期间,涌现了王蒙的《组织部新来的年轻人》、李国文的《改选》、宗璞的《红豆》、邓友梅的《在悬崖上》、陆文夫的《小巷深处》等小说,流沙河的诗集《草木篇》,还诞生了两部经典话剧:老舍的《茶馆》与田汉的《关汉卿》。

1966 年至 1976 年,这时期的主流文学创作遵循"根本任务论"和"三突出"创作原则,"八个样板戏"是这一时期文艺创作的代表。这一时期还存在"潜在"的文学创作,以多多、根子等为主的"白洋淀诗群"的诗歌创作,穆旦、傅雷、丰子恺、沈从文等人的诗歌、书信、散文,以及手抄本文学等。

值得注意的是,二十世纪五十年代的台湾,怀乡文学应运而生,如林海音的小说集《城南旧事》、谢冰莹的散文集《我的少年时代》、余光中的诗集《舟子的悲歌》等,这些作品抒发了对大陆故土亲人的思念。

杨 沫

【简介】 杨沫(1914—1995),原名杨成业,湖南湘阴县人,出生于北京。1928 年考入北平温泉女中学习,阅读了大量中外文学作品。1931 年因家庭破产而失学,先后当过小学老师、家庭教师和书店职员。1934 年开始文学创作,发表处女作《热南山地居民生活素描》,抗战爆发后参加共产党领导的游击战争,做妇女、宣传工作。1943 年担任《黎明报》《晋察冀日报》等报纸的编辑工作。中华人民共和国成立后,任北京市作协副主席、中国作家协会理事等职务。1958 年,代表作《青春之歌》由作家出版社出版。杨沫还创作了《东方欲晓》《芳菲之歌》《英华之歌》等长篇小说,以及中篇小说《苇塘纪事》,长篇报告文学《不是日记的日记》等。

青春之歌(节选)

临睡前,两人才和好了。余永泽看着道静,高兴地说:"今天我回来的时候本来挺高兴,想赶快告诉你一个好消息,不想咱们又闹了个误会吵起来。静,以后咱们不要吵了……不说这些了。你知道毕了业,我的职业不成问题啦,这不是好消息吗?"

"什么职业? 离毕业还有两三个月呢。"

"但是要早一点准备呀! 一个饭碗你知道有多少人在抢?"

余永泽带着胜利者的骄傲,又带着怕惹动道静的惶悚,轻声说,"李国英跟胡适很熟——别生气,我不是崇拜他,只不过是为咱们的生活……这样托李介绍,把我的一篇考证论文给胡适看了,不想胡先生倒很欣赏,叫李国英带我去见他。今天我真就见了他,他鼓励我一番,教我还要好好用功,又讲了些治学的方法,末了,答应毕业后,职业由他负责……静!"

他使劲握住道静的手,小眼睛闪烁着快活的光芒,"听说哪个学生要叫他赏识了,那么,那个人的前途、事业可就大有希望呢。"

"嗯。"道静咬着嘴唇望着他那沾沾自喜的神色,"那么,你真正成了胡博士的大弟子了!"

"亲爱的!"余永泽用巴掌按在道静的嘴巴上,装着庄严的口吻,"静,你不要总被那些革命的幻想迷惑了,现实总是现实呀。胡适是'五四'以来的大学者,他还能害咱们青年人吗? 这两年,你跟着我也够苦了,我心里常常觉得对不起你。有的同学都说我:'老余,看你的她长的倒不错,为什么不给她打扮得漂亮一点?'真是,毕业后,要是弄个好职位,我第一个心愿就是给你缝两件丝绒袍子,做几件好料子的绸纱衫,再做件漂亮的大衣——你喜欢什么颜色的? 亲爱的,我可最喜欢你穿咖啡色的或者淡绿色的,那显得又年轻、又大方。那时,叫人们看看我的静是个、是个惊人的漂亮的姑娘……"他说得兴奋了,猛地把道静推到电灯底下,自己跳到屋子的另一角,好像第一次发现她,他歪着脑袋,眯缝着眼睛,得意地欣赏起她的美貌来。"静,你哪儿都好,就是肩膀宽一点,嘴大一点。古时的美人都是削肩、小口。你还记得'樱桃樊素口,杨柳小蛮腰'这两句诗吗? 怎么? 你又生气啦? 为什么皱起眉头? 来,咱们睡吧,打我一顿也可以,就是不要老生气。"

道静本来又要翻脸的。她怎么能够忍受这些无聊的、拿她当玩艺儿的举动呢? 但是她疲乏了,浑身松软得没有一点力气了,终于没有出声。刚一睡下,她就被许多混沌的噩梦惊醒来。在黑暗中她回过身来望望睡在身边的男子,这难道是那个她曾经敬仰、曾经热爱过的青年吗? 他救她,帮助她,爱她,哪一样不是为他自己呢? 蓦然,白莉苹的话跳上心来。——卢……革命,勇敢……"他,这才是真正的人。"想到这儿她微笑了。窗外的树影在她跟前轻轻摇摆,"他,知道我是多么敬佩他么? ……"这时她的心里流过了一股又酸又甜的浆液,她贪婪地吸咽着,觉得又痛苦又快乐。

这夜里她做了一个奇怪的梦。

在阴黑的天穹下,她摇着一叶小船,飘荡在白茫茫的波浪滔天的海上。风雨、波浪、天上浓黑的云,全向这小船压下来、紧紧地压下来。她怕,怕极了。在这可怕的大海里,只有她一个人,一个人呵!波浪像陡壁一样向她身上打来;云像一个巨大的妖怪向她头上压来。她惊叫着、战栗着。小船颠簸着就要倾覆到海里去了。她挣扎着摇着橹,猛一回头,一个男人——她非常熟悉的、可是又认不清楚的男人穿着长衫坐在船头上向她安闲地微笑着。她恼怒、着急,"见死不救的坏蛋!"她向他怒骂,但是那个人依然安闲地坐着,并且掏出了烟袋。她暴怒了,放下橹向那个人冲过去。但是当她扼住他的脖子的时候,她才看出:这是一个多么英俊而健壮的男子呵,他向她微笑,黑眼睛多情地充满了魅惑的力量。她放松了手。这时天仿佛也晴了,海水也变成蔚蓝色了,他们默默地对坐着,互相凝视着。这不是卢嘉川吗?她吃了一惊,手中的橹忽然掉到水中,卢嘉川立刻扑通跳到海里去捞橹。可是黑水吞没了他,天又霎时变成浓黑了。她哭着、喊叫着,纵身扑向海水……

她醒来的时候,余永泽轻轻在推她:"静,你怎么啦?喊什么?我睡不着,正考虑我的第二篇论文。把它写出来再交给胡先生,我想暑假后的位置会更好一点。"

道静在迷离的意境中,还在追忆梦中情景,这时,她翻了个身含糊应道:"睡吧,困极啦!"

但是和余永泽一样,她也在想着自己的心事,一夜都失了眠。

【导读】

杨沫 1950 年开始创作《青春之歌》,历时八年完成。《青春之歌》是"十七年"时期最重要的文学作品之一,也是这一时期为数不多的正面表现知识分子的作品。小说以作者自己的生活经历为原型,带有"自叙传"色彩。作品选取"九一八"事变到"一二·九"运动这段历史时期作为时代背景,再现了热情高涨、风起云涌的学生爱国运动。作者以林道静为中心,塑造了不同类型的知识分子群像:卢嘉川、江华、林红是走上革命道路的时代先锋,是具有坚定信念的无产阶级革命战士;王晓燕、许宁在革命的感召下渐渐觉醒;余永泽、戴愉、白莉萍则是时代的落伍者或革命的背叛者。

小说层次分明地写出了林道静从一个追求个性解放的小资产阶级知识女性成长为一个革命者的艰难历程。在成长的道路上,她经历了两次重要的"决裂",遇到了余永泽、卢嘉川、江华三个对她起着重要作用的人物。第一次决裂是受到"五四"新思想影响的林道静与封建家庭的决裂。林道静出生于大地主家庭,但亲生母亲是佃户的女儿,生下她不久即被逼惨死。自小她深受继母虐待,形成了孤独倔强的性格。长大后家庭败落,为了逃避继母给她包办的婚姻,她毅然离家出走,开始了对封建家庭的反抗与独立自由的追求。她到北戴河投奔她的表哥不成,却遭到当地小学校长的欺骗,现实的冷酷与丑恶让她感到灰心绝望,无奈之中选择蹈海自尽,被余永泽发现并救起。余永泽是一个热爱文学、崇尚自由的北大学生,他赞美林道静的勇敢与美丽,并以自己的翩翩风度与出众才华博得林道静的好感,他们相恋并同居。第二次决裂是与闭门读书、不问政治的余永泽的决裂。婚后,余永泽不愿林道静走向社会,反对她阅读革命书籍,阻挠她参加爱国游行。林道静不满于小家庭琐碎的生活,她在革命者卢嘉川的引导和鼓励下,阶级意识与革命意识逐渐觉醒。在经历痛苦的抉择之后,她与余永泽决裂,从沉闷的个人小天地中解放出来,投入波澜壮阔的社会生活,把个人的命运与大众的命运联系起来,完成了从要求个体解放到积极投身社会解放的角色转变。她急切要求入党、参加红军,勇敢地贴标语、散传单,从事进步学生运动,被捕入狱时表现得坚贞不屈,获救后逃出北平,在定县教书时得到革命者江华的引导教育与帮助,并参加农村革命实践活动,成为一个自觉的革命者。第二次入狱时受到狱友——革命者林红的思想启迪,林道静变得更加成熟坚定。被营救出狱后,她在江华等人的介绍下加入中国共产党,投身到更加艰巨复杂的革命运动中。

林道静是《青春之歌》塑造得最成功的形象。小说以女性作家的细腻笔触,真实地表现了林道静革命前的软弱幼稚,对爱情的缠绵沉醉,徘徊在余永泽与卢嘉川两个人中间时的矛盾、犹豫、痛苦,刚刚参加革命时的幻想与狂热,与组织失去联系时的苦闷孤独,以及经历革命洗礼后的成熟坚定。在林道静的身上,既体现了从小资产阶级知识分子到无产阶级革命者转变的艰难曲折,也描写了林道静作为青年知识女性丰富的内心世界,小说因而具有人性的内涵与抒情的格调。作者善于把人物放在尖锐的矛盾斗争中,凸显人物的思想性格特征,另外,对比手法、细腻的心理与细节描写也是作者塑造人物形象的主要手法。

《青春之歌》出版后,有人指责《青春之歌》"充满了小资产阶级情绪,作者是站在小资产阶级立场上,把自己的作品当作小资产阶级的自我表现来进行创作""林道静自始至终没有认真地实行与工农相结合""她的思想感情没有经历从一个阶级到另一个阶级的转变,到书的最后她也只是一个较进步的小资产阶级知识分子"(郭开《略谈林道静描写中的缺点》)。对这种政治化色彩浓厚的粗暴批评,茅盾、何其芳等人纷纷撰文进行反驳,引发一场热烈的讨论。不久,杨沫根据批评意见对《青春之歌》进行修改,删除一些她认为不符合革命者形象的小资产阶级感情的描写,强化林道静与工农相结合,增加了有关"一二·九"学生运动的章节。但对《青春之歌》的修改引来了新的争议,较为普遍的意见是:从文学的角度来看,这一修改是不成功的。

本篇节选文字是小说的第一部分第十八章的内容,主要讲述了林道静和卢嘉川等人接触,受到革命思想的影响,与余永泽的思想产生分歧。

【选评】

纯就艺术价值而言,《青春之歌》显然无法列入 20 世纪中国文学的百强,其文学史意义也不如"三红一创"。但这部小说的独特性,就在于有意无意地把现代文学的两个关键词和两条故事主线——"恋爱"和"革命",以最奇特的方式交织在一起,无缝衔接。(许子东《重读杨沫的小说〈青春之歌〉》)

穆　旦

【简介】　穆旦(1918—1977),原名查良铮,祖籍浙江海宁,出生于天津。他是清代著名诗人查慎行的后代,诗学渊源颇深。穆旦从小就显示出写作的才华,在南开中学读书时,就写出了《流浪人》《哀国难》等出色的诗作。1935 年考入清华大学,抗日战争爆发后随学校南迁至昆明,毕业后留校任教,是"九叶诗派"重要成员之一。著有诗集《探险队》(1945年)、《穆旦诗集(1939—1945)》(1947年)、《旗》(1948年)等。1948年赴美,1950年获芝加哥大学英美文学硕士学位。1953年,穆旦抱着为中华民族翻译更多优秀外国文学作品的目的回国,进入南开大学外文系任教,主要译作有《拜伦抒情诗选》《普希金抒情诗》《雪莱抒情诗选》以及拜伦的《青铜时代》。1976年左右,在生命的最后阶段,创作了《智慧之歌》《春》《夏》《秋》《冬》等诗歌。

　　穆旦的诗大胆吸收外来艺术的营养,充满了象征和思辨,体现出西方现代性文学的特征。同时,他深深扎根于民族苦难深重的现实土壤中,用个人化的生命体验表现了无休止的自我拷问和灵魂的纠结,显示了坚韧的人格力量和生命关怀。

智慧之歌

我已走到了幻想的尽头,
这是一片落叶飘零的树林,
每一片叶子标记着一种欢喜,
现在都枯黄地堆积在内心。

有一种欢喜是青春的爱情,
那是遥远天边的灿烂的流星,
有的不知去向,永远消逝了,
有的落在脚前,冰冷而僵硬。

另一种欢喜是喧腾的友谊,
茂盛的花不知道还有秋季,
社会的格局代替了血的沸腾,
生活的冷风把热情铸为实际。

另一种欢喜是迷人的理想,
它使我在荆棘之途走得够远,
为理想而痛苦并不可怕,
可怕的是看它终于成笑谈。

只有痛苦还在,它是日常生活
每天在惩罚自己过去的傲慢,
那绚烂的天空都受到谴责,
还有什么彩色留在这片荒原?

但唯有一棵智慧之树不凋,

我知道它以我的苦汁为营养，
它的碧绿是对我无情的嘲弄，
我咒诅它每一片叶的滋长。

1976 年 3 月

【导读】

《智慧之歌》创作于穆旦去世的前一年，他早就被剥夺了公开发表作品的权利，根本没有想到这些背着家人在一些零散的纸片上写出的诗行会和世人见面。穆旦生命最后阶段写出的这些诗歌可以说是蚌病成珠，是灵魂的独白，是智者的彻悟和绝望。

全诗共六个诗节。第一节，"我已走到了幻想的尽头"，这种"现在完成时"的时态透露出诗人的心路历程：一是曾经有过悠长执着的幻想，二是幻想已然终结。曾经闪耀着希望和喜悦的幻想的丛林，如今已是落叶飘零，"枯黄地堆积在内心"。第一节奠定了全诗的抒情基调——绝望、荒凉。第二、三、四节，诗人将"幻想"具体化为"爱情""友谊""理想"，这三者是幸福的源泉，是自古以来诗人吟咏不尽的主题，然而残酷的命运把这一切并非不切实际的幻想变成笑谈，扫荡成毫无生机、没有色彩的荒原。幻想破灭后，只有苍白枯寂的日常生活还在痛苦地继续。最后，诗人在一片荒芜中找到了"一棵智慧之树"，然而具有反讽意味的是，这棵树恰恰是以诗人已经"零落成泥碾作尘"的美好幻想作为生命的营养液，它的苗壮成长鲜明地昭示着诗人苦盼一生的种种希望的彻底幻灭，智慧与幸福背离，而与诗人精神创伤的苦痛成正比，这真是一个刻骨的嘲讽，是对"化作春泥更护花"的苦涩戏仿。

【选评】

有了这一批晚期诗作，他成了整个新诗史上最少见的一位能够在自己选定的艺术道路上贯彻到底、在艰难条件下依然生长（虽然也不无曲折），并达到难得成熟的诗人。而这样的"成熟"，在那个年代看似不可思议，对穆旦来说却是一种必然。这是一个终生献身于诗歌的诗人经历了长期磨难而又被命运所造就的结果。（王家新《"生命也跳动在严酷的冬天"——重读诗人穆旦》）

余光中

【简介】 余光中（1928—2017），祖籍福建永春。1928 年 10 月 21 日生于江苏南京，1947 年入金陵大学外语系，后转入厦门大学，1950 年由香港赴台湾。1952 年毕业于台湾大学外文系，1958 年赴美留学，获美国艾奥瓦大学艺术硕士。曾任台湾师范大学、台湾政治大学、香港中文大学教授。是蓝星诗社的发起人之一。曾主编《蓝星诗页》《现代文学》等。1952 年出版第一本诗集《舟子的悲歌》，其后陆续出版诗集《蓝色的羽毛》《钟乳石》《万圣节》《莲的联想》《五陵少年》《天国的夜市》《白玉苦瓜》《与永恒拔河》《余光中诗选》

等。除了写诗,余光中还致力于评论、翻译和散文创作,著述甚丰。

余光中是个"艺术上的多妻主义"者,诗风多变,手法多样,能巧妙地融西方现代诗艺与中国传统诗歌技巧于一炉。作为台湾现代诗歌的代表之一,余光中"少年时代,笔尖所染,不是希顿克灵的余波,便是泰晤士的河水"。二十世纪六七十年代以来,余光中"浪子回头",把笔"伸回那块大陆",创作了《乡愁》《白玉苦瓜》《春天,遂想起》等众多抒发怀乡之情的作品。

春天,遂想起

春天,遂想起
江南,唐诗里的江南,九岁时
采桑叶于其中,捉蜻蜓于其中
(可以从基隆港回去的)
江南
小杜的江南
苏小小的江南
遂想起多莲的湖,多菱的湖
多螃蟹的湖,多湖的江南
吴王和越王的小战场
(那场战争是够美的)
逃了西施
失踪了范蠡
失踪在酒旗招展的
(从松山飞三个小时就到的)
乾隆皇帝的江南

春天,遂想起遍地垂柳
的江南,想起
太湖滨一渔港,想起
那么多的表妹,走在柳堤
(我只能娶其中的一朵!)
走过柳堤,那许多的表妹
就那么任伊老了
任伊老了,在江南
(喷射云三小时的江南)

即使见面,她们也不会陪我
陪我去采莲,陪我去采菱

即使见面,见面在江南

在杏花春雨的江南

在江南的杏花村

(借问酒家何处)

何处有我的母亲

复活节,不复活的是我的母亲

一个江南小女孩变成的母亲

清明节,母亲在喊我,在圆通寺

喊我,在海峡这边

喊我,在海峡那边

喊,在江南,在江南

多寺的江南,多亭的

江南,多风筝的

江南啊,钟声里

的江南

(站在基隆港,想——想

想回也回不去的)

多燕子的江南

一九六二年四月二十九日午夜

【导读】

《春天,遂想起》写于1962年清明节。是远行的游子对江南故土的深情回眸。余光中说自己是闽南人,也是江南人。余光中祖籍福建,出生在"南朝四百八十寺,多少楼台烟雨中"的六朝古都南京,一直到九岁时才迫于战乱,离开南京去重庆。童年时代,母亲常常带他到常州武进外婆家。外婆家是一个大家族,那里有"那么多表妹",而余光中的妻子范我存女士就是当年的表妹之一。多雨、多湖、多寺、多亭、多燕子、多风筝、多表妹的江南是余光中美丽的童年回忆。这份美丽的回忆,随着时间的推移渐行渐远渐浓,成了诗人心头永远的牵挂。九岁离别,一别经年,至写这首诗的时候,诗人再也没能回到魂牵梦绕的江南,江南,成了诗人斩不断的乡愁。

"江南好,风景旧曾谙",在诗人的笔下,童年的江南,是"酒旗招展的""遍地垂柳的""杏花春雨的""多湖的""多寺的""多亭的""多风筝的""多燕子的""钟声里的"江南,展现了风景如画、有声有色的自然之美。杏花春雨的江南,有着悠远的历史文化传统,"吴王与越王的小战场/逃了西施/失踪了范蠡",这些江南儿女留下一段段动人的历史传说。江南,也吸引着无数的迁客骚人流连其间,留下那么多美丽的风流辞章。所以江南在诗人的笔下,又是"唐诗里的"的江南,是"小杜的""苏小小的""乾隆皇帝的"江南。而最为重要的一点,诗人的生命,是一个"由江南小女孩变成的母亲"给的,清明节,诗人想到故去的母亲,"遂想起"江南。

而自己的另一半,是童年时一起去采莲、采菱,在柳堤上走过的众表妹中的一个,一个江南小女孩变成的新娘。因而,诗人与江南之间有着天然的、至深的血缘纽带。

总而言之,诗人想起的江南,是充满着风景美、历史文化美、人情美的所在。然而时光流转,当年迈着轻盈的脚步走过柳堤的众表妹,"就那么任伊老了",纵使相逢,当年的欢乐情景也不会重现了吧? 母亲已经故去,"清明节,母亲在喊我,在圆通寺/喊我,在海峡这边/喊我,在海峡那边/喊,在江南,在江南……"母亲的爱,跨越时空,相伴终身,诗人对母亲的怀念绵绵无绝期。而故乡——江南,"想回也回不去"了……无限的怅惘与刻骨铭心的思念,化成江南的雨云,为童年时欢快明媚的江南印象晕染上一层层愁绪。

【选评】

余光中的诗融会了西方现代文化的灵性和中国传统文化的神韵,在传统与现代、历史与现实之间走出了一条属于自己的现代主义诗歌的创作道路,具有鲜明特征。在内容上,表现出强烈的"中国情结"和"乡愁母题"特征,体现出强烈的中华民族意识和坦诚的人生情怀。在艺术上,将西方现代诗艺与中国传统诗歌精神相融合,一方面受西方象征主义、存在主义和超现实主义的影响,另一方面借助于中国古代诗词传统的联想、象征手法和结构的优点,在表现现代人自身的主体意识方面有很大的突破。他的诗构思巧妙、想象丰富、追求诗的整齐,讲究诗的和谐,强调诗的节奏韵律,创造了与中国语言文字特点相结合的民族化的诗歌艺术美,赋予了现代新诗活力。(黄永林《在现代与传统之间——论余光中诗歌创作的特色》)

思考讨论

1. 简析林道静的成长道路及其典型意义。
2. 分析《春天,遂想起》中"江南"的含义。

拓展延伸

1942 年 2 月,刚刚毕业不久的西南联大"校园诗人"穆旦创作了《诗八首》,这些诗歌是爱情的启示录,也是生命的赞美诗。它超越时间与空间的限制,产生了永恒的艺术魅力。品味这些诗歌,理解诗歌的内涵,写一篇诗评。

推荐阅读

1.《青春之歌》,杨沫著,人民文学出版社 2019 年版。
2.《穆旦诗文集》,穆旦著,人民文学出版社 2018 年版。
3.《中国现代诗导读(穆旦卷)》,孙玉石主编,北京大学出版社 2007 年版。
4.《守夜人:余光中诗歌自选集》,余光中著,江苏凤凰文艺出版社 2018 年版。

二十世纪八十年代文学

【概述】 二十世纪八十年代,党中央推行新的思想路线,推进思想解放,发展社会生产力,实现四个现代化,实施对外开放,成为时代主潮。文学领域内,许多"归来者"重返文坛,年轻的文学新人不断成长,作家群体的数量和质量都得到很大提高;对外开放使西方的文学思潮快速涌入中国,中西文化与文学思潮的互动,给新时期文学带来新的活力与生机;八十年代末市场经济的发展,也促使了作家队伍与创作的分化。总体来说,这一时期,文学观念、文学创作、文学的运营方式以及作家的社会文化地位都发生了巨大变化,各种文学潮流此起彼伏,作家的创作呈现多元化格局。

小说方面,"伤痕文学"与"反思文学"是最早出现的创作潮流,揭示了历史的创痛。伴随着城乡改革的推行,"改革文学"应运而生,"改革文学"反映改革的伟大与艰难以及改革过程中的矛盾与问题,着力于塑造改革英雄形象。此外,以王蒙意识流小说为代表的现代派文学以及以汪曾祺的《受戒》《大淖记事》等为代表的市井、乡土风俗小说也如雨后春笋,丰富着新时期文坛的创作。八十年代中后期出现的文学思潮普遍受到了西方现代主义思潮的影响,"寻根文学"中的代表作有王安忆的《小鲍庄》、韩少功的《爸爸爸》《女女女》、张承志的《骑手为什么歌唱母亲》《黑骏马》、阿城的《棋王》《孩子王》《树王》、莫言的《红高粱家族》等,关注人类生命本体和生存方式,力图从民族文化和大自然中寻求精神力量,以达到对当代生存困境的解脱和超越。"先锋小说"中的代表作有马原的《冈底斯的诱惑》、残雪的《山上的小屋》、余华的《现实一种》、苏童的《一九三四年的逃亡》等,其共同特征是提倡回到文学本身,注重语言实验,注重作品的形式感,强调"怎么写"比"写什么"更重要。"新写实"小说中的代表作有刘恒的《狗日的粮食》《伏羲伏羲》、刘震云的《单位》等,改变了传统的写实观念,注重现实生活原生态的还原,体现了一种过去中国文学少有的生存意识,以"零度情感"介入的写作姿态,淡化作者的主观倾向性。此外,八十年代末,在市场运作方式的制约下,出现了一大批具有俗文学特点和商业化倾向的世俗小说,比如王朔小说系列。

诗歌方面,重要的诗歌现象和作品有"归来者"诗群——艾青的《盆景》、公刘的《历史的沉思》、邵燕祥的《愤怒的蟋蟀》等,"朦胧诗"群——北岛的《回答》、舒婷的《致橡树》、顾城的《一代人》等,"第三代"诗歌——韩东的《有关大雁塔》、于坚的《尚义街六号》等,"学院派"诗人群体——海子的《土地》《亚洲铜》、西川的《在哈尔盖仰望星空》等。

散文方面,巴金、黄裳、陈白尘等重返文坛后创作的《随想录》《干校六记》《珠还记幸》《云梦断忆》等,回叙个人经历,展现了现代知识分子的思考与情怀。冰心、孙犁、汪曾祺、贾平凹、周涛、余秋雨、张承志、史铁生、王小波等作家也创作出了极富个人魅力的散文佳作。

戏剧在继承现实主义的同时,进行多方面的探索。《狗儿爷涅槃》(锦云)、《桑树坪纪事》(陈子度、杨健、朱晓平)、《荒原与人》(李龙云)等是这一时期的优秀之作,为当代戏剧的发展拓宽了道路。

汪曾祺

【简介】　汪曾祺(1920—1997),江苏高邮人。1939年考入西南联大中文系,师从沈从文,创作风格深受其影响。大学毕业后曾在昆明、上海等地担任中学教员和历史博物馆职员。1946年起发表短篇小说《复仇》《鸡鸭名家》等,引起文坛注目。1950年后在北京文联、中国民间文学研究会工作,编辑《北京文艺》和《民间文学》等刊物。八十年代写了许多描写民国时期风俗人性的小说,其中《受戒》《大淖记事》《异秉》受到人们关注,之后出版了《汪曾祺短篇小说选》《寂寞与温暖》《晚饭花集》等。汪曾祺善于以散文笔调写小说,描写家乡高邮五行八作的见闻和风土人情,富有地方色彩,作品在疏放中透着凝重,于平淡中显出奇崛。

受　戒

明海出家已经四年了。

他是十三岁来的。

这个地方的地名有点怪,叫庵赵庄。赵,是因为庄上大都姓赵。叫做庄,可是人家住得很分散,这里两三家,那里两三家。一出门,远远可以看到,走起来得走一会,因为没有大路,都是弯弯曲曲的田埂。庵,是因为有一个庵。庵叫菩提庵,可是大家叫讹了,叫成荸荠庵。连庵里的和尚也这样叫。"宝刹何处?"——"荸荠庵。"庵本来是住尼姑的。"和尚庙""尼姑庵"嘛。可是荸荠庵住的是和尚。也许因为荸荠庵不大,大者为庙,小者为庵。

明海在家叫小明子。他是从小就确定要出家的。他的家乡不叫"出家",叫"当和尚"。他的家乡出和尚。就像有的地方出劁猪的,有的地方出织席子的,有的地方出箍桶的,有的地方出弹棉花的,有的地方出画匠,有的地方出婊子,他的家乡出和尚。人家弟兄多,就派一个出去当和尚。当和尚也要通过关系,也有帮。这地方的和尚有的走得很远。有到杭州灵隐寺的、上海静安寺的、镇江金山寺的、扬州天宁寺的。一般的就在本县的寺庙。明海家田少,老大、老二、老三,就足够种的了。他是老四。他七岁那年,他当和尚的舅舅回家,他爹、他娘就和舅舅商议,决定叫他当和尚。他当时在旁边,觉得这实在是在情在理,没有理由反对。当和尚有很多好处。一是可以吃现成饭。哪个庙里都是管饭的。二是可以攒钱。只要学会了放瑜伽焰口,拜梁皇忏,可以按例分到辛苦钱。积攒起来,将来还俗娶亲也可以;不想还俗,买几亩田也可以。当和尚也不容易,一要面如朗月,二要声如钟磬,三要聪明记性好。他舅舅给他相了相面,叫他前走几步,后走几步,又叫他喊了一声赶牛打场的号子:"格当嗝——",说是"明子准能当个好和尚,我包了!"要当和尚,得下点本,——念几年书。哪有不认字的和尚呢! 于是明子就开蒙入学,读了《三字经》《百家姓》《四言杂字》《幼学琼林》《上论、下论》《上孟、下孟》,每天还写一张仿。村里都夸他字写得好,很黑。

舅舅按照约定的日期又回了家,带了一件他自己穿的和尚领的短衫,叫明子娘改小一点,给明子穿上。明子穿了这件和尚短衫,下身还是在家穿的紫花裤子,赤脚穿了一双新布鞋,跟他爹、他娘磕了一个头,就随舅舅走了。

他上学时起了个学名,叫明海。舅舅说,不用改了。于是"明海"就从学名变成了法名。

过了一个湖。好大一个湖! 穿过一个县城。县城真热闹:官盐店,税务局,肉铺里挂着成边的猪,一个驴子在磨芝麻,满街都是小磨香油的香味,布店,卖茉莉粉、梳头油的什么斋,卖绒花的,卖丝线的,打把式卖膏药的,吹糖人的,耍蛇的,……他什么都想看看。舅舅一劲地推他:"快走! 快走!"

到了一个河边,有一只船在等着他们。船上有一个五十来岁的瘦长瘦长的大伯,船头蹲着一个跟明子差不多大的女孩子,在剥一个莲蓬吃。明子和舅舅坐到舱里,船就开了。

明子听见有人跟他说话,是那个女孩子。

"是你要到荸荠庵当和尚吗?"

明子点点头。

"当和尚要烧戒疤呕! 你不怕?"

明子不知道怎么回答,就含含糊糊地摇了摇头。

"你叫什么?"

"明海。"

"在家的时候?"

"叫明子。"

"明子! 我叫小英子! 我们是邻居。我家挨着荸荠庵。——给你!"

小英子把吃剩的半个莲蓬扔给明海,小明子就剥开莲蓬壳,一颗一颗吃起来。

大伯一桨一桨地划着,只听见船桨泼水的声音:

"哗——许! 哗——许!"

⋯⋯⋯⋯⋯⋯

荸荠庵的地势很好,在一片高地上。这一带就数这片地高,当初建庵的人很会选地方。门前是一条河。门外是一片很大的打谷场。三面都是高大的柳树。山门里是一个穿堂。迎门供着弥勒佛。不知是哪一位名士撰写了一副对联:

> 大肚能容容天下难容之事
> 开颜一笑笑世间可笑之人

弥勒佛背后,是韦驮。过穿堂,是一个不小的天井,种着两棵白果树。天井两边各有三间厢房。走过天井,便是大殿,供着三世佛。佛像连龛才四尺来高。大殿东边是方丈,

西边是库房。大殿东侧,有一个小小的六角门,白门绿字,刻着一副对联:

　　一花一世界
　　三藐三菩提

进门有一个狭长的天井,几块假山石,几盆花,有三间小房。

小和尚的日子清闲得很。一早起来,开山门,扫地。庵里的地铺的都是箩底方砖,好扫得很,给弥勒佛、韦驮烧一炷香,正殿的三世佛面前也烧一炷香,磕三个头,念三声"南无阿弥陀佛",敲三声磬。这庵里的和尚不兴做什么早课、晚课,明子这三声磬就全都代替了。然后,挑水,喂猪。然后,等当家和尚,即明子的舅舅起来,教他念经。

教念经也跟教书一样,师父面前一本经,徒弟面前一本经,师父唱一句,徒弟跟着唱一句。是唱哎。舅舅一边唱,一边还用手在桌上拍板。一板一眼,拍得很响,就跟教唱戏一样。是跟教唱戏一样,完全一样哎。连用的名词都一样。舅舅说,念经:一要板眼准,二要合工尺。说:当一个好和尚,得有条好嗓子。说:民国二十年闹大水,运河倒了堤,最后在清水潭合龙,因为大水淹死的人很多,放了一台大焰口,十三大师——十三个正座和尚,各大庙的方丈都来了,下面的和尚上百。谁当这个首座? 推来推去,还是石桥——善因寺的方丈! 他往上一坐,就跟地藏王菩萨一样,这就不用说了;那一声"开香赞",围看的上千人立时鸦雀无声。说:嗓子要练,夏练三伏,冬练三九,要练丹田气! 说:要吃得苦中苦,方为人上人! 说:和尚里也有状元、榜眼、探花! 要用心,不要贪玩! 舅舅这一番大法说得明海和尚实在是五体投地,于是就一板一眼地跟着舅舅唱起来:

　　炉香乍蓺——
　　炉香乍蓺——
　　法界蒙薰——
　　法界蒙薰——
　　诸佛现金身……
　　诸佛现金身……
　　…………

等明海学完了早经,——他晚上临睡前还要学一段,叫做晚经,——荸荠庵的师父们就都陆续起床了。

这庵里人口简单,一共六个人。连明海在内,五个和尚。

有一个老和尚,六十几了,是舅舅的师叔,法名普照,但是知道的人很少,因为很少人叫他法名,都称之为老和尚或老师父,明海叫他师爷爷。这是个很枯寂的人,一天关在房里,就是那"一花一世界"里。也看不见他念佛,只是那么一声不响地坐着。他是吃斋的,过年时除外。

下面就是师兄弟三个,仁字排行:仁山、仁海、仁渡。庵里庵外,有的称他们为大师父、二师父;有的称之为山师父、海师父。只有仁渡,没有叫他"渡师父"的,因为听起来不像话,大都直呼之为仁渡。他也只配如此,因为他还年轻,才二十多岁。

仁山，即明子的舅舅，是当家的。不叫"方丈"，也不叫"住持"，却叫"当家的"，是很有道理的，因为他确确实实干的是当家的职务。他屋里摆的是一张账桌，桌子上放的是账簿和算盘。账簿共有三本。一本是经账，一本是租账，一本是债账。和尚要做法事，做法事要收钱，——要不，当和尚干什么？常做的法事是放焰口。正规的焰口是十个人。一个正座，一个敲鼓的，两边一边四个。人少了，八个，一边三个，也凑合了。荸荠庵只有四个和尚，要放整焰口就得和别的庙里合伙。这样的时候也有过。通常只是放半台焰口。一个正座，一个敲鼓，另外一边一个。一来找别的庙里合伙费事；二来这一带放得起整焰口的人家也不多。有的时候，谁家死了人，就只请两个，甚至一个和尚咕噜咕噜念一通经，敲打几声法器就算完事。很多人家的经钱不是当时就给，往往要等秋后才还。这就得记账。另外，和尚放焰口的辛苦钱不是一样的。就像唱戏一样，有份子。正座第一份。因为他要领唱，而且还要独唱。当中有一大段"叹骷髅"，别的和尚都放下法器休息，只有首座一个人有板有眼地曼声吟唱。第二份是敲鼓的。你以为这容易呀？哼，单是一开头的"发擂"，手上没功夫就敲不出迟疾顿挫！其余的，就一样了。这也得记上：某月某日、谁家焰口半台，谁正座，谁敲鼓……省得到年底结账时赌咒骂娘。……这庵里有几十亩庙产，租给人种，到时候要收租。庵里还放债。租、债一向倒很少亏欠，因为租佃借钱的人怕菩萨不高兴。这三本账就够仁山忙的了。另外香烛灯火、油盐"福食"，这也得随时记记账呀。除了账簿之外，山师父的方丈的墙上还挂着一块水牌，上漆四个红字："勤笔免思"。

仁山所说当一个好和尚的三个条件，他自己其实一条也不具备。他的相貌只要用两个字就说清楚了：黄，胖。声音也不像钟磬，倒像母猪。聪明么？难说，打牌老输。他在庵里从不穿袈裟，连海青直裰也免了。经常是披着件短僧衣，袒露着一个黄色的肚子。下面是光脚跩拉着一双僧鞋，——新鞋他也是跩拉着。他一天就是这样不衫不履地这里走走，那里走走，发出母猪一样的声音："哼——哼——。"

二师父仁海。他是有老婆的。他老婆每年夏秋之间来住几个月，因为庵里凉快。庵里有六个人，其中之一，就是这位和尚的家眷。仁山、仁渡叫她嫂子，明海叫她师娘。这两口子都很爱干净，整天的洗涮。傍晚的时候，坐在天井里乘凉。白天，闷在屋里不出来。

三师父是个很聪明精干的人。有时一笔账大师兄扒了半天算盘也算不清，他眼珠子转两转，早算得一清二楚。他打牌赢的时候多，二三十张牌落地，上下家手里有些什么牌，他就差不多都知道了。他打牌时，总有人爱在他后面看歪头胡。谁家约他打牌，就说"想送两个钱给你。"他不但经忏俱通（小庙的和尚能够拜忏的不多），而且身怀绝技，会"飞铙"。七月间有些地方做盂兰会，在旷地上放大焰口，几十个和尚，穿绣花袈裟，飞铙。飞铙就是把十多斤重的大铙钹飞起来。到了一定的时候，全部法器皆停，只几十副大铙紧张急促地敲起来。忽然起手，大铙向半空中飞去，一面飞，一面旋转。然后，又落下来，接住。接住不是平平常常地接住，有各种架势，"犀牛望月""苏秦背剑"……这哪是念经，这是要杂技。也许是地藏王菩萨爱看这个，但真正因此快乐起来的是人，尤其是妇女和孩子。这是年轻漂亮的和尚出风头的机会。一场大焰口过后，也像一个好戏班子过后一样，会有一个两个大姑娘、小媳妇失踪，——跟和尚跑了。他还会放"花焰口"。有的人家，亲戚中多风流子弟，在不是很哀伤的佛事——如做冥寿时，就会提出放花焰口。所谓"花焰口"就是在正焰口之后，叫和尚唱小调，拉丝弦，吹管笛，敲鼓板，而且可以点唱。仁渡一个人可以唱一夜不重头。仁渡前几年一直在外面,近二年才常住在庵里。据说他有相好的,而且不止一个。他平常可是很规矩,看到姑娘媳妇总是老老实实的,连一句玩笑话都不说,一句小调山歌都不唱。有一回,在打谷场上乘凉的时候,一伙人把他围起来,非叫他唱两个不可。他却情不过,说:"好,唱一个。不唱家乡的。家乡的你们都熟。唱个安徽的。"

> 姐和小郎打大麦,
> 一转子讲得听不得。
> 听不得就听不得,
> 打完了大麦打小麦。

唱完了,大家还嫌不够,他就又唱了一个:

> 姐儿生得漂漂的,
> 两个奶子翘翘的。
> 有心上去摸一把,
> 心里有点跳跳的。
> ············

这个庵里无所谓清规,连这两个字也没人提起。

仁山吃水烟,连出门做法事也带着他的水烟袋。

他们经常打牌。这是个打牌的好地方。把大殿上吃饭的方桌往门口一搭,斜放着,就是牌桌。桌子一放好,仁山就从他的方丈里把筹码拿出来,哗啦一声倒在桌上。斗纸牌的时候多,搓麻将的时候少。牌客除了师兄弟三人,常来的是一个收鸭毛的,一个打兔子兼偷鸡的,都是正经人。收鸭毛的担一副竹筐,串乡串镇,拉长了沙哑的声音喊叫:

"鸭毛卖钱——!"

偷鸡的有一件家什——铜蜻蜓。看准了一只老母鸡,把铜蜻蜓一丢,鸡婆子上去就是一口。这一啄,铜蜻蜓的硬簧绷开,鸡嘴撑住了,叫不出来了。正在这鸡十分纳闷的时候,上去一把薅住。

明子曾经跟这位正经人要过铜蜻蜓看看。他拿到小英子家门前试了一试,果然!小英子的娘知道了,骂明子:

"要死了!儿子!你怎么到我家来玩铜蜻蜓了!"

小英子跑过来:

"给我!给我!"

她也试了试,真灵,一个黑母鸡一下子就把嘴撑住,傻了眼了!

下雨阴天,这二位就光临荸荠庵,消磨一天。

有时没有外客,就把老师叔也拉出来,打牌的结局,大都是当家和尚气得鼓鼓的:"×妈妈的!又输了!下回不来了!"

他们吃肉不瞒人。年下也杀猪。杀猪就在大殿上。一切都和在家人一样,开水、木桶、尖刀。捆猪的时候,猪也是没命地叫。跟在家人不同的,是多一道仪式,要给即将升天的猪念一道"往生咒",并且总是老师叔念,神情很庄重:"……一切胎生、卵生、息生,来从虚空来,还归虚空去。往生再世,皆当欢喜。南无阿弥陀佛!"

三师父仁渡一刀子下去,鲜红的猪血就带着很多沫子喷出来。

…………

明子老往小英子家里跑。

小英子的家像一个小岛,三面都是河,西面有一条小路通到荸荠庵。独门独户,岛上只有这一家。岛上有六棵大桑树,夏天都结大桑椹,三棵结白的,三棵结紫的;一个菜园子,瓜豆蔬菜,四时不缺。院墙下半截是砖砌的,上半截是泥夯的。大门是桐油油过的,贴着一副万年红的春联:

> 向阳门第春常在
> 积善人家庆有余

门里是一个很宽的院子。院子里一边是牛屋、碓棚;一边是猪圈、鸡窠,还有个关鸭子的栅栏。露天地放着一具石磨。正北面是住房,也是砖基土筑,上面盖的一半是瓦,一半是草。房子翻修了才三年,木料还露着白茬。正中是堂屋,家神菩萨的画像上贴的金还没有发黑。两边是卧房。隔扇窗上各嵌了一块一尺见方的玻璃,明亮亮的,——这在乡下是不多见的。房檐下一边种着一棵石榴树,一边种着一棵栀子花,都齐房檐高了。夏天开了花,一红一白,好看得很。栀子花香得冲鼻子。顶风的时候,在荸荠庵都闻得见。

这家人口不多。他家当然是姓赵。一共四口人:赵大伯、赵大妈,两个女儿,大英子、小英子。老两口没有儿子。因为这些年人不得病,牛不生灾,也没有大旱大水闹蝗虫,日子过得很兴旺。他们家自己有田,本来够吃的了,又租种了庵上的十亩田。自己的田里,一亩种了荸荠,——这一半是小英子的主意,她爱吃荸荠,一亩种了茨菇。家里喂了一大群鸡鸭,单是鸡蛋鸭毛就够一年的油盐了。赵大伯是个能干人。他是一个"全把式",不但田里场上样样精通,还会罩鱼、洗磨、凿臼、修水库、修船、砌墙、烧砖、箍桶、劈篾、绞麻绳。他不咳嗽,不腰疼,结结实实,像一棵榆树。人很和气,一天不声不响。赵大伯是一棵摇钱树,赵大娘就是个聚宝盆。大娘精神得出奇。五十岁了,两个眼睛还是清亮亮的。不论什么时候,头都是梳得滑溜溜的,身上衣服都是格挣挣的。像老头子一样,她一天不闲着。煮猪食,喂猪,腌咸菜,她腌的咸萝卜干非常好吃,舂粉子,磨小豆腐,编蓑衣,织芦篚。她还会剪花样子。这里嫁闺女,陪嫁妆,磁坛子、锡罐子,都要用梅红纸剪出吉祥花样,贴在上面,讨个吉利,也才好看:"丹凤朝阳"呀、"白头到老"呀、"子孙万代"呀、"福寿绵长"呀。二三十里的人家都来请她:"大娘,好日子是十六,你哪天去呀?"——"十五,我一大清早就来!"

"一定呀!"——"一定! 一定!"

两个女儿,长得跟她娘像一个模子里托出来的。眼睛长得尤其像,白眼珠鸭蛋青,黑眼珠棋子黑,定神时如清水,闪动时像星星。浑身上下,头是头,脚是脚。头发滑溜溜的,衣服格挣挣的。——这里的风俗,十五六岁的姑娘就都梳上头了。这两个丫头,这一头的好头发! 通红的发根,雪白的簪子! 娘女三个去赶集,一集的人都朝她们望。

姐妹俩长得很像,性格不同。大姑娘很文静,话很少,像父亲。小英子比她娘还会说,一天咭咭呱呱地不停。大姐说:

"你一天到晚咭咭呱呱——"

"像个喜鹊!"

"你自己说的! ——吵得人心乱!"

"心乱?"

"心乱!"

"你心乱怪我呀!"

二姑娘话里有话。大英子已经有了人家。小人她偷偷地看过,人很敦厚,也不难看,家道也殷实,她满意。已经下过小定,日子还没有定下来。她这二年,很少出房门,整天赶她的嫁妆。大裁大剪,她都会。挑花绣花,不如娘。她可又嫌娘出的样子太老了。她到城里看过新娘子,说人家现在绣的都是活花活草。这可把娘难住了。最后是喜鹊忽然一拍屁股:"我给你保举一个人!"

这人是谁!是明子。明子念"上孟下孟"的时候,不知怎么得了半套《芥子园》,他喜欢得很。到了荸荠庵,他还常翻出来看,有时还把旧账簿子翻过来,照着描。小英子说:

"他会画! 画得跟活的一样!"

小英子把明海请到家里来,给他磨墨铺纸,小和尚画了几张,大英子喜欢得了不得:"就是这样! 就是这样! 这就可以乱孱!"——所谓"乱孱"是绣花的一种针法:绣了第一层,第二层的针脚插进第一层的针缝,这样颜色就可由深到淡,不露痕迹,不像娘那一代绣的花是平针,深浅之间,界限分明,一道一道的。小英子就像个书僮,又像个参谋:

"画一朵石榴花!"

"画一朵栀子花!"

她把花掐来,明海就照着画。

到后来,凤仙花、石竹子、水蓼、淡竹叶、天竺果子、腊梅花,他都能画。

大娘看着也喜欢,搂住明海的和尚头:

"你真聪明! 你给我当一个干儿子吧!"

小英子捺住他的肩膀,说:

"快叫! 快叫!"

小明子跪在地下磕了一个头,从此就叫小英子的娘做干娘。

大英子绣的三双鞋,三十里方圆都传遍了。很多姑娘都走路坐船来看。看完了,就说:"啧啧啧,真好看! 这哪是绣的,这是一朵鲜花!"她们就拿了纸来央大娘求了小和尚来画。有求画帐檐的,有求画门帘飘带的,有求画鞋头花的。每回明子来画花,小英子就给他做点好吃的,煮两个鸡蛋,蒸一碗芋头,煎几个藕团子。

因为照顾姐姐赶嫁妆,田里的零碎生活小英子就全包了。她的帮手,是明子。

这地方的忙活是栽秧、车高田水、薅头遍草,再就是割稻子、打场了。这几桩重活,自己一家是忙不过来的。这地方兴换工。排好了日期,几家顾一家,轮流转。不收工钱,但是吃好的。一天吃六顿,两头见肉,顿顿有酒。干活时,敲着锣鼓,唱着歌,热闹得很。其余的时候,各顾各,不显得紧张。

薅三遍草的时候,秧已经很高了,低下头看不见人。一听见非常脆亮的嗓子在一片浓绿里唱:

　　栀子哎开花哎六瓣头哎……
　　姐家哎门前哎一道桥哎……

明海就知道小英子在哪里,三步两步就赶到,赶到就低头薅起草来。傍晚牵牛"打汪",是明子的事。——水牛怕蚊子。这里的习惯,牛卸了轭,饮了水,就牵到一口和好泥水的"汪"里,由它自己打滚扑腾,弄得全身都是泥浆,这样蚊子就咬不透了。低田上水,只要一挂十四轧的水车,两个人车半天就够了。明子和小英子就伏在车杠上,不紧不慢地踩着车轴上的拐子,轻轻地唱着明海向三师父学来的各处山歌。打场的时候,明子能替赵大伯一会,让他回家吃饭。——赵家自己没有场,每年都在荸荠庵外面的场上打谷子。他一扬鞭子,喊起了打场号子:

"格当嘚——"

这打场号子有音无字,可是九转十三弯,比什么山歌号子都好听。赵大娘在家,听见明子的号子,就侧起耳朵:

"这孩子这条嗓子!"

连大英子也停下针钱:

"真好听!"

小英子非常骄傲地说:

"一十三省数第一!"

晚上,他们一起看场。——荸荠庵收来的租稻也晒在场上。他们并肩坐在一个石磙子上,听青蛙打鼓,听寒蛇唱歌,——这个地方以为蝼蛄叫是蚯蚓叫,而且叫蚯蚓叫"寒蛇",听纺纱婆子不停地纺纱,"唦——",看萤火虫飞来飞去,看天上的流星。

"呀! 我忘了在裤带上打一个结!"小英子说。

这里的人相信,在流星掉下来的时候在裤带上打一个结,心里想什么好事,就能如愿。

…………

"捉"荸荠,这是小英子最爱干的生活。秋天过去了,地净场光,荸荠的叶子枯了,——荸荠的笔直的小葱一样的圆叶子里是一格一格的,用手一捋,哔哔地响,小英子最爱捋着玩,——荸荠藏在烂泥里。赤了脚,在凉浸浸滑溜溜的泥里踩着,——哎,一个硬疙瘩! 伸手下去,一个红紫红紫的荸荠。她自己爱干这生活,还拉了明子一起去。她老是故意用自己的光脚去踩明子的脚。

她挎着一篮子荸荠回去了,在柔软的田埂上留了一串脚印。明海看着她的脚印,傻了。五个小小的趾头,脚掌平平的,脚跟细细的,脚弓部分缺了一块。明海身上有一种从来没有过的感觉,他觉得心里痒痒的。这一串美丽的脚印把小和尚的心搞乱了。

…………

明子常搭赵家的船进城,给庵里买香烛,买油盐。闲时是赵大伯划船;忙时是小英子去,划船的是明子。

从庵赵庄到县城，当中要经过一片很大的芦花荡子。芦苇长得密密的，当中一条水路，四边不见人。划到这里，明子总是无端端地觉得心里很紧张，他就使劲地划桨。

小英子喊起来：

“明子！明子！你怎么啦？你发疯啦？为什么划得这么快？”

…………

明海到善因寺去受戒。

“你真的要去烧戒疤呀？”

“真的。”

“好好的头皮上烧八个洞，那不疼死啦？”

“咬咬牙。舅舅说这是当和尚的一大关，总要过的。”

“不受戒不行吗？”

“不受戒的是野和尚。”

“受了戒有啥好处？”

“受了戒就可以到处云游、逢寺挂褡。”

“什么叫‘挂褡’？”

“就是在庙里住。有斋就吃。”

“不把钱？”

“不把钱。有法事，还得先尽外来的师父。”

“怪不得都说‘远来的和尚会念经’。就凭头上这几个戒疤？”

“还要有一份戒牒。”

“闹半天，受戒就是领一张和尚的合格文凭呀！”

“就是！”

“我划船送你去。”

“好。”

小英子早早就把船划到荸荠庵门前。不知是什么道理，她兴奋得很。她充满了好奇心，想去看看善因寺这座大庙，看看受戒是个啥样子。

善因寺是全县第一大庙，在东门外，面临一条水很深的护城河，三面都是大树，寺在树林子里，远处只能隐隐约约看到一点金碧辉煌的屋顶，不知道有多大。树上到处挂着“谨防恶犬”的牌子。这寺里的狗出名的厉害。平常不大有人进去。放戒期间，任人游看，恶狗都锁起来了。

好大一座庙！庙门的门槛比小英子的肐膝都高。迎门矗着两块大牌，一边一块，一块写着斗大两个大字：“放戒”，一块是：“禁止喧哗”。这庙里果然是气象庄严，到了这里谁也不敢大声咳嗽。明海自去报名办事，小英子就到处看看。好家伙，这哼哈二将、四大天王，有三丈多高，都是簇新的，才装修了不久。天井有二亩地大，铺着青石，种着苍松翠柏。“大雄宝殿”，这才真是个“大殿”！一进去，凉飕飕的。到处都是金光耀眼。释迦牟尼佛坐在一个莲花座上，单是莲座，就比小英子还高。抬起头来也看不全他的脸，只看到一个微微闭着的嘴唇和胖墩墩的下巴。两边的两根大红蜡烛，一搂多粗。佛像前的大供桌上供着鲜花、绒花、绢花，还有珊瑚树、玉如意、整棵的大象牙。香炉里烧着檀香。小英子出了庙,闻着自己的衣服都是香的。挂了好些幡。这些幡不知是什么缎子的,那么厚重,绣的花真细。这么大一口磬,里头能装五担水!这么大一个木鱼,有一头牛大,漆得通红的。她又去转了转罗汉堂,爬到千佛楼上看了看。真有一千个小佛!她还跟着一些人去看了看藏经楼。藏经楼没有什么看头,都是经书!妈吧!逛了这么一圈,腿都酸了。小英子想起还要给家里打油,替姐姐配丝线,给娘买鞋面布,给自己买两个坠围裙飘带的银蝴蝶,给爹买旱烟,就出庙了。

等把事情办齐,晌午了。她又到庙里看了看,和尚正在吃粥。好大一个"膳堂",坐得下八百个和尚。吃粥也有这样多讲究:正面法座上摆着两个锡胆瓶,里面插着红绒花,后面盘膝坐着一个穿了大红满金绣袈裟的和尚,手里拿了戒尺。这戒尺是要打人的。哪个和尚吃粥吃出了声音,他下来就是一戒尺。不过他并不真的打人,只是做个样子。真稀奇,那么多的和尚吃粥,竟然不出一点声音!她看见明子也坐在里面,想跟他打个招呼又不好打。想了想,管他禁止不禁止喧哗,就大声喊了一句:"我走啦!"她看见明子目不斜视地微微点了点头,就不管很多人都朝自己看,大摇大摆地走了。

第四天一大清早小英子就去看明子。她知道明子受戒是第三天半夜,——烧戒疤是不许人看的。她知道要请老剃头师傅剃头,要剃得横摸顺摸都摸不出头发茬子,要不然一烧,就会"走"了戒,烧成了一片。她知道是用枣泥子先点在头皮上,然后用香头子点着。她知道烧了戒疤就喝一碗蘑菇汤,让它"发",还不能躺下,要不停地走动,叫做"散戒"。这些都是明子告诉她的。明子是听舅舅说的。

她一看,和尚真在那里"散戒",在城墙根底下的荒地里。一个一个,穿了新海青,光光的头皮上都有十二个黑点子。——这黑疤掉了,才会露出白白的、圆圆的"戒疤"。和尚都笑嘻嘻的,好像很高兴。她一眼就看见了明子。隔着一条护城河,就喊他:

"明子!"

"小英子!"

"你受了戒啦?"

"受了。"

"疼吗?"

"疼。"

"现在还疼吗?"

"现在疼过去了。"

"你哪天回去?"

"后天。"

"上午? 下午?"

"下午。"

"我来接你!"

"好!"

············

小英子把明海接上船。

小英子这天穿了一件细白夏布上衣,下边是黑洋纱的裤子,赤脚穿了一双龙须草的细草鞋,头上一边插着一朵栀子花,一边插着一朵石榴花。她看见明子穿了新海青,里面露出短褂子的白领子,就说:"把你那外面的一件脱了,你不热呀!"

他们一人一把桨。小英子在中舱,明子扳艄,在船尾。

她一路问了明子很多话,好像一年没有看见了。

她问,烧戒疤的时候,有人哭吗? 喊吗?

明子说,没有人哭,只是不住地念佛。有个山东和尚骂人:

"俺日你奶奶! 俺不烧了!"

她问善因寺的方丈石桥是相貌和声音都很出众吗?

"是的。"

"说他的方丈比小姐的绣房还讲究?"

"讲究。什么东西都是绣花的。"

"他屋里很香?"

"很香。他烧的是伽楠香,贵得很。"

"听说他会做诗,会画画,会写字?"

"会。庙里走廊两头的砖额上,都刻着他写的大字。"

"他是有个小老婆吗?"

"有一个。"

"才十九岁?"

"听说。"

"好看吗?"

"都说好看。"

"你没看见?"

"我怎么会看见? 我关在庙里。"

明子告诉她,善因寺一个老和尚告诉他,寺里有意选他当沙弥尾,不过还没有定,要等主事的和尚商议。

"什么叫'沙弥尾'?"

"放一堂戒,要选出一个沙弥头,一个沙弥尾。沙弥头要老成,要会念很多经。沙弥尾要年轻,聪明,相貌好。"

"当了沙弥尾跟别的和尚有什么不同?"

"沙弥头,沙弥尾,将来都能当方丈。现在的方丈退居了,就当。石桥原来就是沙弥尾。"

"你当沙弥尾吗?"

"还不一定哪。"

"你当方丈,管善因寺? 管这么大一个庙?!"

"还早呐!"

划了一气,小英子说:"你不要当方丈!"

"好,不当。"

"你也不要当沙弥尾!"

"好,不当。"

又划了一气,看见那一片芦花荡子了。

小英子忽然把桨放下,走到船尾,趴在明子的耳朵旁边,小声地说:

"我给你当老婆,你要不要?"

明子眼睛鼓得大大的。

"你说话呀!"

明子说:"嗯。"

"什么叫'嗯'呀! 要不要,要不要?"

明子大声地说:"要!"

"你喊什么!"

明子小小声说:"要——!"

"快点划!"

英子跳到中舱,两只桨飞快地划起来,划进了芦花荡。

芦花才吐新穗。紫灰色的芦穗,发着银光,软软的,滑溜溜的,像一串丝线。有的地方结了蒲棒,通红的,像一枝一枝小蜡烛。青浮萍,紫浮萍。长脚蚊子,水蜘蛛。野菱角开着四瓣的小白花。惊起一只青桩(一种水鸟),擦着芦穗,扑鲁鲁鲁飞远了。

⋯⋯⋯⋯⋯⋯

一九八〇年八月十二日,写四十三年前的一个梦

【导读】

《受戒》发表于《北京文学》1980 年第 10 期,获 1980 年度"《北京文学》奖"。汪曾祺的创作接续了中国传统的士大夫气,也就是文人气,"它悠远、淡定、优雅、暧昧"(毕飞宇《倾"庙"之恋》),有着迷人的魅力。

《受戒》以明丽动人的笔调描写了一段少男少女——明海和小英子的纯真爱情,为读者展现了一个独特的"法外之地"——荸荠庵。荸荠庵是小说描写的主要环境,小说一开头,就交代了充满童趣的"荸荠庵"名称的来历。作者用"荸荠"这个世俗、卑微、充满泥土气息的意象,冲洗掉佛教圣地的神秘、禁忌、阴冷。明海当和尚,没有一丝宗教原因,纯粹是为了寻一条生路。这里的领袖不叫方丈或住持,而叫"当家的"。当家的大师父仁山即明海的舅舅,他的主要任务是料理三种账务:经账、租账、债账,类似账房先生。二师父仁海是有家眷的人。三师父仁渡聪明、漂亮、充满活力。平常日子,各路生意人甚至偷鸡摸狗之徒常来庵里打牌聊天,佛寺净土几乎成了娱乐场。逢年过节他们也杀猪吃肉,"杀猪就在大殿上。一切都和在家一样"。庵里唯一显得干枯冷寂的人——老师叔普照,也以给即将升天之猪念"往生咒"的方式参与这项杀生活动。总之,"这个庵里无所谓清规,连这两个字也没人提起"。和尚可以唱情歌,娶媳妇,像常人一样追求人情、追求爱。由此可见,小说通过"受戒"的描写,想要表现的却是"不受戒"的人生理想。

主人公小和尚明海和小英子之间,本是天真无邪的孩提情谊,后来慢慢发展为纯洁真挚的爱情,在汪曾祺的笔下,明海聪明、善良、纯朴,小英子天真、美丽、多情,他们之间朦胧的异性情感,呈现出浪漫的、纯真的色彩,在人生的旅程中奏出了一曲优美的旋律,作品充

满了人情味和健康的人性美。然而作家最后却申明,《受戒》是"写四十三年前的一个梦",这意味着他笔下的一切只是表达了一种希望,一种向往,一种对自由、健康的现实人性和人情的肯定和赞美,从这个意义上讲,这篇小说是对中国历史和现实中那些束缚人性、限制自由的生活和文化传统的否定和批判。

小说在艺术表现上最大的特色是洒脱自如的散文笔法。首先,在结构上,《受戒》不像中国传统小说那样注重故事情节,而是剪取了几个生活片段,如明海出家、赴荸荠庵途中、荸荠庵和尚的生活情景、明子和小英子一家的交往、善因寺受戒等,作者将这些看似独立、散漫却富有特定情韵的生活片段连缀组合,构成了一种明净淡远的格调和韵致;其次,在人物塑造上,小说着意于捕捉人物的神情、动作、话语,以极其简练传神的笔墨勾勒人物的音容笑貌,揭示人物的感情世界;再次,"留白"也是小说散文笔法的重要特征,如结尾短短几句看起来精工细描,但它明显安置了"意义空白",驱使读者去想象、去填补。《受戒》的语言洗练圆润,行文如行云流水,潇洒自然中自有法度。

【选评】

汪曾祺是一位古典主义类型的作家,他的美学观带有明清文人静穆、重性灵的特点。他不属于传统的言志派,也缺少古代文人的忧患感,他的作品仿佛是道家哲学的显现。在文学的天地里,他处处体现了对"超乎形象"的"无名"世界的感悟。汪曾祺笔下的一些主人公的心灵往往是不受尘世诸种观念的骚扰,他们的人生乐趣是脱离了外界世物的约束的。在和平的、无为之中,他们享受到了精神的绝对与永恒之美。(孙郁《汪曾祺的魅力》)

莫　言

【简介】　莫言,原名管谟业,1956 年生于山东高密。小学五年级辍学,回家务农近十年。18 岁时到县棉油厂干临时工。1976 年入伍,1981 年发表处女作《春夜雨霏霏》,1984 年考入解放军艺术学院文学系。1985 年发表短篇小说《透明的红萝卜》,引起文坛注意。1986 年中篇小说《红高粱》发表于《人民文学》第 3 期,反响强烈,获 1985—1986 年全国优秀中篇小说奖,后来与《高粱酒》《狗道》《高粱殡》《狗皮》《奇死》组合成长篇小说《红高粱家族》,至今已被译成英、法、德、日等十几种文字,在世界范围内广泛流传。九十年代以后创作出版长篇小说《丰乳肥臀》《檀香刑》《生死疲劳》等。2011 年 8 月,长篇小说《蛙》获第八届茅盾文学奖。2012 年莫言获得诺贝尔文学奖,成为首位获得此奖项的中国籍作家。莫言的小说多以高密东北乡为背景,他将满腔的热情倾注到广袤的土地上,运用"魔幻般的现实主义",营造了一个缤纷斑斓的主观感觉世界,一个流光溢彩、生机勃勃、野性十足的传奇乡村。

莫言还潜心进行戏剧创作,主要有《锦衣》《高粱酒》《我们的荆轲》《霸王别姬》等。

红高粱（节选）

飞散的高粱米粒在奶奶脸上弹跳着，有一粒竟蹦到她微微翕开的双唇间，搁在她清白的牙齿上。父亲看着奶奶红晕渐褪的双唇，哽咽一声娘，双泪落胸前。在高粱织成的珍珠雨里，奶奶睁开了眼，奶奶的眼睛里射出珍珠般的虹彩。她说："孩子……你爹呢……"父亲说："他在打仗，我爹。""他就是你的亲爹……"奶奶说。父亲点了点头。

奶奶挣扎着要坐起来，她的身体一动，那两股血就汹涌地蹿出来。

"娘，我去叫他来。"父亲说。

奶奶摇摇手，突然折坐起来，说："豆官……我的儿……扶着娘……咱回家、回家啦……"

父亲跪下，让奶奶的胳膊揽住自己的脖颈，然后用力站起，把奶奶也带了起来。奶奶胸前的血很快就把父亲的头颈弄湿了，父亲从奶奶鲜血里，依然闻到一股浓烈的高粱酒味。奶奶沉重的身躯，倚在父亲身上，父亲双腿打颤，趔趔趄趄，向着高粱深处走，子弹在他们头上屠戮着高粱。父亲分拨着密密匝匝的高粱秆子，一步一步地挪，汗水泪水掺和着奶奶的鲜血，把父亲的脸弄得残缺不全。父亲感到奶奶的身体越来越沉重，高粱叶子毫不留情地绊着他，高粱叶子毫不留情地锯着他，他倒在地上，身上压着沉重的奶奶。父亲从奶奶身下钻出来，把奶奶摆平，奶奶仰着脸，呼出一口长气，对着父亲微微一笑，这一笑神秘莫测，这一笑像烙铁一样，在父亲的记忆里，烫出一个马蹄状的烙印。

奶奶躺着，胸脯上的灼烧感逐渐减弱。她恍然觉得儿子解开了自己的衣服，儿子用手捂住她乳房上的一个枪眼，又捂住她乳下的一个枪眼。奶奶的血把父亲的手染红了，又染绿了；奶奶洁白的胸脯被自己的血染绿了，又染红了。枪弹射穿了奶奶高贵的乳房，暴露出了淡红色的蜂窝状组织。父亲看着奶奶的乳房，万分痛苦。父亲捂不住奶奶伤口的流血，眼见着随着鲜血的流失，奶奶的脸愈来愈苍白，奶奶的身体愈来愈轻飘，好像随时都会升空飞走。

奶奶幸福地看着在高粱阴影下，她与余司令共同创造出来的、我父亲那张精致的脸，逝去岁月里那些生动的生活画面，像奔驰的飞马掠过了她的眼前。

奶奶想起那一年，在倾盆大雨中，像坐船一样乘着轿，进了单廷秀家住的村庄，街上流水洸洸，水面上漂浮着一层高粱的米壳。花轿抬到单家大门时，出来迎亲的只有一个梳着豆角辫的干老头子。大雨停后，还有一些零星落雨打在地面上的水汪汪里。尽管吹鼓手也吹着曲子，但没有一个人来看热闹，奶奶知道大事不妙。扶着奶奶拜天地的是两个男人，一个五十多岁，一个四十多岁。五十多岁的就是刘罗汉大爷，四十多岁的是烧酒锅上的一个伙计。

轿夫、吹鼓手们落汤鸡般站在水里，面色严肃地看着两个枯干的男子把一抹酥红的我奶奶架到了幽暗的堂房里。奶奶闻到两个男人身上那股强烈的烧酒气息，好像他们整个人都在酒里浸泡过。

奶奶在拜堂时，还是蒙上了那块臭气熏天的盖头布。在蜡烛燃烧的腥气中，奶奶接住一根柔软的绸布，被一个人牵着走。这段路程漆黑憋闷，充满了恐怖。奶奶被送到炕上坐着。始终没人来揭罩头红布,奶奶自己揭了。她看到在炕下方凳上蜷曲着一个面孔痉挛的男人。那个男人生着一个扁扁的长头,下眼睑烂得通红。他站起来,对着奶奶伸出一只鸡爪状的手,奶奶大叫一声,从怀里摸出一把剪刀,立在炕上,怒目逼视着那男人。男人又萎萎缩缩地坐到凳子上。这一夜,奶奶始终未放下手中的剪刀,那个扁头男人也始终未离开方凳。

第二天一早,趁着那男人睡着,奶奶溜下炕,跑出房门,开开大门,刚要飞跑,就被一把拉住。那个梳豆角辫的干瘦老头子抓住她的手腕,恶狠狠地看着她。

单廷秀干咳了两声,收起恶容换笑容,说:"孩子,你嫁过来,就像我的亲女儿一样,扁郎不是那病,你别听人家胡说。咱家大业大,扁郎老实,你来了,这个家就由你当了。"单廷秀把一大串黄铜钥匙递给奶奶,奶奶未接。

第二夜,奶奶手持剪刀,坐到天明。

第三天上午,我曾外祖父牵着一匹小毛驴,来接我奶奶回门,新婚三日接闺女,是高密东北乡的风俗。曾外祖父与单廷秀一直喝到太阳过晌,才动身回家。

奶奶偏坐毛驴,驴背上搭着一条薄被子,晃晃荡荡出了村。大雨过后三天,路面依然潮湿,高粱地里白色蒸气腾腾升集,绿高粱被白气缭绕,具有了仙风道骨。曾外祖父褡裢里银钱叮当,人喝得东倒西歪,目光迷离。小毛驴蹙着长额,慢吞吞地走,细小的蹄印清晰地印在潮湿的路上。奶奶坐在驴上,一阵阵头晕眼花,她眼皮红肿,头发凌乱,三天中又长高了一节的高粱,嘲弄地注视着我奶奶。

奶奶说:"爹呀,我不回他家啦,我死也不去他家啦……"

曾外祖父说:"闺女,你好大的福气啊,你公公要送我一头大黑骡子,我把毛驴卖了去……"

毛驴伸出方方正正的头,啃了一口路边沾满细小泥点的绿草。

奶奶哭着说:"爹呀,他是个麻风……"

曾外祖父说:"你公公要给咱家一头骡子……"

曾外祖父已醉得不成人样,他不断地把一口口的酒肉呕吐到路边草丛里。污秽的脏物引逗得奶奶翻肠搅肚。奶奶对他满心仇恨。

毛驴走到蛤蟆坑,一股扎鼻的恶臭,刺激得毛驴都垂下耳朵。奶奶看到了那个劫路人的尸体。他的肚子鼓起老高,一层翠绿的苍蝇,盖住了他的肉皮。毛驴驮着奶奶,从腐尸跟前跑过,苍蝇愤怒地飞起,像一团绿云。曾外祖父跟着毛驴,身体似乎比道路还宽,他忽而擦动左边高粱,忽而踩倒右边野草。在倒尸面前,曾外祖父呵呵连声,嘴唇哆嗦着说:"穷鬼……你这个穷鬼……你躺在这里睡着了吗……"奶奶一直不能忘记劫路人番瓜般的面孔,在苍蝇惊起的一瞬间,死劫路人雍容华贵的表情与活劫路人凶狠胆怯的表情形成鲜明的对照。走了一里又一里,白日斜射,青天如涧,曾外祖父被毛驴甩在后面,毛驴认识路径,驮着奶奶,徜徉前行。道路拐了个小弯,毛驴走到弯上,奶奶身体后仰,脱离驴背,一只有力的胳膊挟着她,向高粱深处走去。

奶奶无力挣扎,也不愿挣扎,三天新生活,如同一场大梦惊破,有人在一分钟内成了伟大领袖,奶奶在三天中参透了人生禅机。她甚至抬起一只胳膊,揽住了那人的脖子,以便他抱得更轻松一些。高粱叶子嚓嚓响着。路上传来曾外祖父嘶哑的叫声:"闺女,你去哪儿啦？"

　　石桥附近传来喇叭凄厉的长鸣和机枪分不清点儿的射击声。奶奶的血还在随着她的呼吸，一线一线往外流。父亲叫着："娘啊，你的血别往外流啦，流完了血你就要死啦。"父亲从高粱根下抓起黑土，堵在奶奶的伤口上，血很快洇出，父亲又抓上一把。奶奶欣慰地微笑着，看着湛蓝的、深不可测的天空，看着宽容温暖的、慈母般的高粱。奶奶的脑海里，出现了一条绿油油的缀满小白花的小路，在这条小路上，奶奶骑着小毛驴，悠闲地行走，高粱深处，那个伟岸坚硬的男子，顿喉高歌，声越高粱。奶奶循声而去，脚踩高粱梢头，像腾着一片绿云……

　　那人把奶奶放到地上，奶奶软得像面条一样，眯着羊羔般的眼睛。那人撕掉蒙面黑布，显出了真相。是他！奶奶暗呼苍天，一阵类似幸福的强烈震颤冲激得奶奶热泪盈眶。

　　余占鳌把大蓑衣脱下来，用脚踩断了数十棵高粱，在高粱的尸体上铺上了蓑衣。他把我奶奶抱到蓑衣上。奶奶神魂出舍，望着他赤裸的胸膛，仿佛看到强劲慓悍的血液在他黝黑的皮肤下川流不息。高粱梢头，薄气袅袅，四面八方响着高粱生长的声音。风平，浪静，一道道炽目的潮湿阳光，在高粱缝隙里交叉扫射。奶奶心头撞鹿，潜藏了十六年的情欲，迸然炸裂。奶奶在蓑衣上扭动着。余占鳌一截截地矮，双膝啪哒落下，他跪在奶奶身边，奶奶浑身发抖，一团黄色的、浓香的火苗，在她面上哔哔剥剥地燃烧。余占鳌粗鲁地撕开我奶奶的胸衣，让直泻下来的光束照耀着奶奶寒冷紧张、密密麻麻起了一层小白疙瘩的双乳。在他的刚劲动作下，尖刻锐利的痛楚和幸福磨砺着奶奶的神经，奶奶低沉喑哑地叫了一声："天哪……"就晕了过去。

　　奶奶和爷爷在生机勃勃的高粱地里相亲相爱，两颗蔑视人间法规的不羁心灵，比他们彼此愉悦的肉体贴得还要紧。他们在高粱地里耕云播雨，为我们高密东北乡丰富多彩的历史上，抹了一道酥红。我父亲可以说是秉领天地精华而孕育，是痛苦与狂欢的结晶。毛驴高亢的叫声，钻进高粱地里来，奶奶从迷荡的天国回到了残酷的人世。她坐起来，六神无主，泪水流到腮边。她说："他真是麻风。"爷爷跪着，不知从什么地方抽出一柄二尺多长的小剑，嗖一声拔出鞘，剑刃浑圆，像一片韭叶。爷爷手一挥，剑已从高粱秸秆间滑过，两棵高粱倒地，从整齐倾斜的茬口里，渗出墨绿色的汁液。爷爷说："三天之后，你只管回来！"奶奶大惑不解地看着他。爷爷穿好衣。奶奶整好容。奶奶不知爷爷又把那柄小剑藏到什么地方去了。爷爷把奶奶送到路边，一闪身便无影无踪。

　　三天后，小毛驴又把奶奶驮回来。一进村就听说，单家父子已经被人杀死，尸体横陈在村西头的湾子里。

　　奶奶躺着，沐浴着高粱地里清丽的温暖，她感到自己轻捷如燕，贴着高粱穗子潇洒地滑行。那些走马转蓬般的图像运动减缓，单扁郎、单廷秀、曾外祖父、曾外祖母、罗汉大爷……多少仇视的、感激的、凶残的、敦厚的面容都已经出现过又都消逝了。奶奶三十年的历史，正由她自己写着最后的一笔，过去的一切，像一颗颗香气馥郁的果子，箭矢般坠落在地，而未来的一切，奶奶只能模模糊糊地看到一些稍纵即逝的光圈。只有短暂的又黏又滑的现在，奶奶还拼命抓住不放。奶奶感到我父亲那两只兽爪般的小手正在抚摸着她，父亲胆怯的叫娘声，让奶奶恨爱溧灭、恩仇并泯的意识里，又溅出几束眷恋人生的火花。奶奶极力想抬起手臂，爱抚一下我父亲的脸，手臂却怎么也抬不起来了。奶奶正向上飞奔，她看到了从天国射下来的一束五彩的强光,她听到了来自天国的,用唢呐、大喇叭、小喇叭合奏出的庄严的音乐。

奶奶感到疲乏极了,那个滑溜溜的现在的把柄、人生世界的把柄,就要从她手里滑脱。这就是死吗?我就要死了吗?再也见不到这天,这地,这高粱,这儿子,这正在带兵打仗的情人?枪声响得那么遥远,一切都隔着一层厚重的烟雾。豆官!豆官!我的儿,你来帮娘一把,你拉住娘,娘不想死,天哪!天……天赐我情人,天赐我儿子,天赐我财富,天赐我三十年红高粱般充实的生活。天,你既然给了我,就不要再收回,你宽恕了我吧,你放了我吧!天,你认为我有罪吗?你认为我跟一个麻风病人同枕交颈,生出一窝癫皮烂肉的魔鬼,使这个美丽的世界污秽不堪是对还是错?天,什么叫贞节?什么叫正道?什么是善良?什么是邪恶?你一直没有告诉过我,我只有按着我自己的想法去办,我爱幸福,我爱力量,我爱美,我的身体是我的,我为自己做主,我不怕罪,不怕罚,我不怕进你的十八层地狱。我该做的都做了,该干的都干了,我什么都不怕。但我不想死,我要活,我要多看几眼这个世界,我的天哪……

奶奶的真诚感动上天,她的干涸的眼睛里,又滋出了新鲜的津液,奇异的来自天国的光辉在她的眼里闪烁,奶奶又看到了父亲金黄的脸蛋和酷似爷爷的那两只眼睛。奶奶嘴唇微动,叫一声豆官,父亲兴奋地大叫:"娘,你好了!你不要死。我已经把你的血堵住了,它已经不流了!我就去叫俺爹,叫他来看看你,娘,你可不能死,你等着我爹!"

父亲跑走了。父亲的脚步声变成了轻柔的低语,变成了方才听到过的来自天国的音乐。奶奶听到了宇宙的声音,那声音来自一株株红高粱。奶奶注视着红高粱,在她朦胧的眼睛里,高粱们奇谲瑰丽,奇形怪状,它们呻吟着,扭曲着,呼号着,缠绕着,时而像魔鬼,时而像亲人。它们在奶奶的眼里结成蛇样的一团,又呼喇喇地伸展开来,奶奶无法说出它们的光彩了。它们红红绿绿,白白黑黑,蓝蓝绿绿,它们哈哈大笑,它们号啕大哭,哭出的眼泪像雨点一样打在奶奶心中那一片苍凉的沙滩上。高粱缝隙里,镶着一块块的蓝天,天是那么高又是那么低。奶奶觉得天与地、与人、与高粱交织在一起,一切都在一个硕大无朋的罩子里罩着。天上的白云擦着高粱滑动,也擦着奶奶的脸。白云坚硬的边角擦得奶奶的脸嚓嚓作响。白云的阴影和白云一前一后相跟着,闲散地转动。一群雪白的野鸽子,从高空中扑下来,落在了高粱梢头。鸽子们的咕咕鸣叫,唤醒了奶奶,奶奶非常真切地看清了鸽子的模样。鸽子也用高粱米粒那么大的、通红的小眼珠来看奶奶。奶奶真诚地对着鸽子微笑,鸽子用宽大的笑容回报着奶奶弥留之际对生命的留恋和热爱。奶奶高喊:我的亲人,我舍不得离开你们!鸽子们啄下一串串的高粱米粒,回答着奶奶无声的呼唤。鸽子一边啄,一边吞咽高粱,它们的胸前渐渐隆起来,它们的羽毛在紧张的啄食中参起,那扇状的尾羽,像风雨中翻动着的花絮。我家的房檐下,曾经养过一大群鸽子。秋天,奶奶在院子里摆一个盛满清水的大木盆,鸽子从田野里飞回来,整齐地蹲在盆沿上,面对着清水中自己的倒影,把嗉子里的高粱吐噜吐噜吐出来。鸽子们大摇大摆地在院子里走着。鸽子!和平的沉甸甸的高粱头颅上,站着一群被战争的狂风暴雨赶出家园的鸽子,它们注视着奶奶,像对奶奶进行沉痛的哀悼。

奶奶的眼睛又朦胧起来,鸽子们扑棱棱一起飞起,合着一首相当熟悉的歌曲的节拍,在海一样的蓝天里翱翔,鸽翅与空气相接,发出飕飕的风响。奶奶飘然而起,跟着鸽子,划动新生的羽翼,轻盈地旋转。黑土在身下,高粱在身上。奶奶眷恋地看着破破烂烂的村庄,弯弯曲曲的河流,交叉纵横的道路;看着被灼热的枪弹划破的混沌的空间和在死与生的十字路口犹豫不决的芸芸众生。奶奶最后一次嗅着高粱酒的味道,嗅着腥甜的热血味道,奶奶的脑海里忽然闪过了一个从未见过的场面:在几万发子弹的钻击下,几百个衣衫褴褛的乡亲,手舞足蹈躺在高粱地里⋯⋯

最后一丝与人世间的联系即将挣断,所有的忧虑、痛苦、紧张、沮丧都落在了高粱地里,都冰雹般打在高粱梢头,在黑土上扎根开花,结出酸涩的果实,让下一代又一代承受。奶奶完成了自己的解放,她跟着鸽子飞着,她的缩得只如一只拳头那么大的思维空间里,盛着满溢的快乐、宁静、温暖、舒适、和谐。奶奶心满意足,她虔诚地说:

"天哪!我的天⋯⋯"

【导读】

1985 年,莫言的小说《透明的红萝卜》发表,作家张洁认为这是中国文学界的一件大事,标志着一个文学天才的出现。1986 年发表的《红高粱》,再一次震动了文坛,被视为"寻根文学"的终结与"新历史小说"的开端与重要代表作。

"寻根文学"试图把文学之根深植于民族的文化土壤中,到民间去寻找能够激发现代人生命能量的源泉。在小说《红高粱》中,莫言以故乡高密东北乡广袤狂野的高粱地为背景,塑造了一个充满暴力、野性、无拘无束的民间世界。"红高粱"既是小说的题目,也是故事中"野合"和"伏击"等主要事件的发生地,而高粱酒则是红高粱的精魂。作品中频繁出现的红高粱构成了一系列各具含义的密集意象,成为小说的主体象征。血海一样无边无际的红高粱,是我们民族不屈不挠、热烈奔放、自由不羁的伟大精神的象征。红高粱儿女的骁勇血性与他们后代的孱弱、怯懦形成极大的反差,表现出作者强烈的"种的退化"的忧患意识,也表现出他对没有压抑和扭曲的自然生活状态的向往。

《红高粱》属于抗日战争题材的历史小说。它以抗日战争时期"我奶奶"戴凤莲家的长工罗汉大爷被日本人剥皮而死,"我爷爷"余占鳌愤而反抗,带领一支民间自发组织的土匪军队在胶平公路边伏击日本汽车队的故事为主线,交织着"我爷爷"与"我奶奶"的爱情故事:余占鳌在"我奶奶"出嫁时做轿夫,一路上试图与她调情,并率众杀了一个企图劫花轿的土匪,又在戴凤莲回门时藏身路边,把她抢进高粱地野合,两个人由此开始了激情迷荡的爱情,之后杀了戴凤莲身患麻风病的丈夫,正式做了土匪并成为她的情人。"我奶奶"在为余占鳌的队伍送饭时死在日本人枪口之下。这种普通的战争加爱情的故事框架,在莫言的笔下发散出不同凡响的灿烂光辉。

与此前的同类题材作品相比,作者在处理历史题材时有着自身的特点。首先,《红高粱》对农民的心理和生存进行了原生态还原。在人物塑造上打破了传统"革命历史题材"小说中正面人物与反面人物的二元对立模式。写出了以"我爷爷"余占鳌为首的高粱地儿女们的伟大与卑微,强悍与虚弱,善良与残忍,机智与愚昧。他们精忠报国、除暴安良、重情重义也奸淫抢掠、滥杀无辜。作者没有给主人公"我爷爷"戴上"英雄"的光环,他粗鲁豪迈、匪气十足,没有民族国家的意识,也缺乏政治觉悟,然而就是他带着自己的兄弟炸掉了日本人的汽车队,身兼抗日英雄与土匪头子双重身份。其次,尽可能凸显民间历史的本来面目。小说把整个伏击过程还原成一种自然主义式的生存斗争,体现出一种民间自发的为生存而奋起反抗的暴力欲望。最后,小说以虚拟的家族回忆形式,描写"我爷爷"土匪司令余占鳌与"我奶奶"戴凤莲的爱情与抗日故事,从而把历史主体化和心灵化,很大程度上弱化了历史的政治色彩。

"我奶奶"是小说中一位流光溢彩的充满红高粱精神的女性形象。她有着蓬勃的生命欲望与刚强的生命意志,"她什么事都敢做,只要她愿意",她敢爱敢恨,蔑视人间的法规和传统的道德,追求爱情和人性的自由。她和"我爷爷"在高粱地的野合无疑是对戕害人性的旧式婚姻的壮烈反抗,是对封建礼教的轻蔑,是生命意识的自觉。她深明大义,罗汉大叔死后,她让"我爷爷"他们喝下血酒,打掉日本汽车队,为罗汉大叔报仇,最后"为国捐躯",成为"抗日的先锋、民族的英雄"。她在临死前的对天默语和发问:"天,什么叫贞节?什么叫正道?什么是善良?什么是邪恶?你一直没有告诉过我,我只有按着我自己的想法去办,我爱幸福,我爱力量,我爱美,我的身体是我的,我为自己做主,我不怕罪,不怕罚,我不怕进你的十八层地狱。我该做的都做了,该干的都干了,我什么都不怕。"正是对她红高粱般充满反叛精神和炽烈生命力的一生最好的赞美和评判。

与小说狂放不羁的想象相一致,《红高粱》的叙述方式自由灵活、别具一格。作品以十四岁的"我父亲"——豆官和成年的"我"作为双重叙述视角,以"我父亲"丰富的感觉记忆为线索,叙述人"我"则自由出入于故事内外,以自己的感觉作为补充,形成了双重审美空间。

选文部分是"我奶奶"临终前的意识与幻觉,是对她红高粱般辉煌一生的回顾,表现了"我奶奶"敢爱敢恨的性格以及对生命的留恋和热爱。

【选评】

《红高粱》的文字像流淌的高粱酒一样,在阳光下跳荡着一簇簇无色的透明的火,无声地点燃了我们内心中被沉重地压抑着的久违的激情。罗汉大爷自投罗网,用铁锹怒铲骡蹄马腿,被鬼子活剥了皮仍叫骂不止,他的被割下的耳朵,依然"打击得瓷盘叮咚叮咚响";戴凤莲临死前的那段天问,更是惊风雨泣鬼神:"我的身体是我的,我为自己做主,我不怕罪,我不怕罚,我不怕进你的十八层地狱。我该做的都做了,该干的都干了,我什么都不怕。"这种异想天开的执着和飞蛾扑火的决绝,映衬出了我们沉浸其中的唯唯诺诺、首鼠两端的苟活状态的苍白,甚至是龌龊,也让我们对自己少年豪情的流失与幻灭,生出沉郁的感伤和无奈的叹惋。(黄发有《莫言的"变形记"》)

思考讨论

1. 汪曾祺认为:"散文诗和小说的分界处只有一道篱笆,并无墙壁。"(《〈晚饭花集〉自序》),分析汪曾祺小说的散文化特征。

2. 《红高粱》中,"我奶奶"是一个充满红高粱精神的女性形象,请细读小说,谈谈你对"我奶奶"这一人物形象的理解。

3. "红高粱"既是小说《红高粱》的题目,也作为小说的中心意象在小说中频繁出现,它有什么样的象征意蕴?

⊡ 拓展延伸

1. 关于《受戒》中和尚喝酒、赌博、娶妻,特别是过年杀猪吃肉,杀之前神情庄重地给猪念经的描写,有人认为这是反对清规戒律,讴歌世俗而又健康的人生。但也有人认为汪曾祺以极为欣赏的态度叙述这种"做戏"的民族习性与"吃教"的民间行为,是对"五四"启蒙精神的一种偏离,是精神状态上的下移和倒退。(董健、丁帆、王彬彬主编《中国当代文学史新稿》)结合作品,评析上述观点。

2. 根据莫言《红高粱》改编,由张艺谋导演的电影《红高粱》于1988年获得柏林国际电影节金熊奖;2014年由郑晓龙导演的六十集电视剧《红高粱》收视率可观。分析这三部作品精神特质的差异及其原因。

⊡ 推荐阅读

1.《汪曾祺小说散文精选》,汪曾祺著,人民文学出版社2018年版。

2.《小说课》,毕飞宇著,人民文学出版社2017年版。

3.《红高粱家族》,莫言著,人民文学出版社2007年版。

4.《棋王》,阿城著,上海三联书店2019年版。

5.《新时期戏剧艺术研究》,徐晓钟、谭霈生主编,中国戏剧出版社2009年版。

6.《锦云剧作集》,刘锦云著,中国戏剧出版社2009年版。

7.《负暄琐话》,张中行,北京十月文艺出版社2023年版。

8.《云梦断忆》,陈白尘著,生活·读书·新知三联书店1984年版。

9.《缘缘堂随笔》,丰子恺著,人民文学出版社2018年版。

10.《朦胧诗新编》,洪子诚、程光炜编选,长江文艺出版社2009年版。

二十世纪九十年代文学

【概述】 二十世纪九十年代,市场经济快速发展,市场这只看不见的手,不断侵蚀着文学的精神空间。商品意识、市场观念渗透到文学领域,文学观念,文学制度,文学的生产、流通、评价标准等都发生了巨大的转变。随着市场调节机制的形成和消费文化的渐趋成熟,流行性文学读物大量兴起,纯文学作品的位置日趋边缘化。面对这一局面,围绕如何进行精神取向和价值选择,如何进行自我身份的定位,重估文学的价值和功用,文坛进行了热烈的论战,作家队伍走向分化,文学领域出现了多元化、个人化、充满竞争的新格局。

在小说方面,"新写实"小说的倡导和形成,是时代转折敏锐的前声,刘震云的《一地鸡毛》用不动声色的语调诉说小人物的琐碎日常,并且很快与市场联姻,成为促销的有效手段。以马原、余华、苏童等为代表的先锋作家的创作集体转向,减弱了探索的激情,改变了探索的姿态,采取更贴近普通读者的叙事风格。余华的《呼喊与细雨》在绝望中有了些许温情,被认为是转型之作。《活着》《许三观卖血记》是余华由先锋向世俗转向后的代表作,虽然带着前期先锋小说死亡、血腥、暴力的影子,但温情的成分越来越多,作者对待生活的态度由愤怒转向和解。以王朔、池莉为代表的市民情趣和市场化写作,形成一道新的文学风景线。与此同时,与市场化持对峙态度的作者对生存的精神、价值、意义进行形而上的思考,也构成了文学向度的反向写作,代表作家有张承志、张炜、韩少功、李锐、史铁生等。有些作家则转而向中国传统文化以及历史求道,挖掘历史与传统的生命基因,书写了一曲新旧文化碰撞的无声喟叹,陈忠实的《白鹿原》,王安忆的《长恨歌》,阿来的《尘埃落定》,贾平凹的《废都》,莫言的《丰乳肥臀》,刘恒的《苍河白日梦》,苏童的《米》《我的帝王生涯》,刘震云的"故乡系列"(《故乡天下黄花》《故乡相处流传》《故乡面和花朵》),张炜的《九月寓言》《柏慧》《家族》等都是这一时期的优秀作品。这一时期的女性写作显示出更为个人化的特点,代表作有陈染的《私人生活》、林白的《一个人的战争》等。从体裁上来说,九十年代的小说,尤其是长篇小说成就突出,据统计,1994年度出版的长篇小说就达到400多部。

九十年代的散文在报纸、杂志、出版商的推波助澜下出现创作热潮,生活小散文、学者散文、文人散文、小女人散文等品类繁多,都有各自的受众。由《大家》《天涯》等杂志推出的张锐锋、于坚、周晓枫、刘亮程等人的散文作品受到专家学者的好评。在九十年代的散文热中,文人散文与文化散文占有重要地位。汪曾祺出版了《蒲桥集》《葡萄月令》等散文集,延续了"京派"文人的审美传统。余秋雨在九十年代出版《山居笔记》《霜冷长河》等散文集,满足了都市读者对雅致精神产品的需求,一度成为大众文化市场的热点。张承志、欧阳江河、王蒙、余华、张炜等人的散文创作也成绩卓著,影响最大的当属史铁生与王小波。史铁生的《我与地坛》从个人独特的生命体验出发,探求生与死的奥秘。王小波出版了《思维的乐趣》《我的精神家园》《沉默的大多数》等,他的杂文与随笔睿智、幽默、独树一帜。

九十年代的诗歌受到大众文化的冲击而读者锐减,迅速地向社会和文化边缘滑落,许多诗人不得不中断诗歌创作,或者转向散文、小说等其他文体,"专职"的诗人越来越少。九十年代末,一些诗歌网站成为诗歌发展的自由空间,网络对诗歌的创作影响越来越大。

九十年代的话剧在影视的挤压下处于低迷状态。相比而言,小剧场戏剧还在沿着先锋和世俗两条路径进行艰苦的探索,努力在艺术与市场间找到合适的平衡点。先锋戏剧主要是受欧美后现代主义思潮的影响,试图解构传统、反叛经典,比如孟京辉等人创作的《思凡》《恋爱的犀牛》《一个无政府主义者的意外死亡》,林兆华等人创作的《哈姆雷特》《三姐妹》《等待戈多》等作品。而另一些小剧场戏剧则表现出通俗化倾向,比如乐美勤的《留守女士》、吴玉中的《情感操练》等。

刘震云

【简介】 刘震云(1958—),生于河南延津农村。1973年参军,1978年复员后曾担任中学教师,同年考入北京大学中文系。1982年毕业后在农民日报社工作。1987年在《人民文学》上发表短篇小说《塔铺》,引起文坛注目,之后连续推出中短篇小说《新兵连》《单位》《官场》《一地鸡毛》《官人》。二十世纪九十年代前后,刘震云把笔触伸向历史和农村,创作长篇小说《故乡天下黄花》和《故乡相处流传》以及多卷本的长篇小说《故乡面和花朵》,这些小说都在历史和当下的权力关系中探索人性的种种问题,善于用反讽、荒诞的手法描写城乡普通平民与基层干部的日常生活以及乡村世界的历史变迁。2011年,刘震云的长篇小说《一句顶一万句》获得第八届茅盾文学奖。

一地鸡毛(节选)

小林家一斤豆腐变馊了。

一斤豆腐有五块,二两一块,这是公家副食店卖的。个体户的豆腐一斤一块,水分大,发稀,锅里炒不成团。小林每天清早六点起床,到公家副食店门口排队买豆腐。排队也不一定每天都能买到豆腐,要么排队的人多,赶排到了,豆腐也卖完了;要么还没排到,已经七点了,小林得离开豆腐队去赶单位的班车。最近单位办公室新到一个处长老关,新官上任三把火,对迟到早退抓得挺紧。最使人感到丧气的是,队眼看排到了,上班的时间也到了。离开豆腐队,小林就要对长长的豆腐队咒骂一声:

"妈了个×,天底下穷人家多了真不是好事!"

但今天小林把豆腐买到了。不过他今天排队排到七点十五,把单位的班车给误了。

不过今天误了也就误了，办公室处长老关今天到部里听会，副处长老何到外地出差去了，办公室管考勤的临时变成了一个新来的大学生，这就不怕了，于是放心排队买豆腐。豆腐拿回家，因急着赶公共汽车上班，忘记把豆腐放到了冰箱里，晚上回来，豆腐仍在门厅塑料兜里藏着，大热的天，哪有不馊的道理？

豆腐变馊了，老婆又先于他下班回家，这就使问题复杂化了。老婆一开始是责备看孩子的保姆，怪她不打开塑料袋，把豆腐放到冰箱里。谁知保姆一点不买账。保姆因嫌小林家工资低，家里饭菜差，早就闹着罢工，要换人家，还是小林和小林老婆好哄歹哄，才把人家留下；现在保姆看着馊豆腐，一点不心疼，还一股脑把责任推给了小林，说小林早上上班走时，根本没有交代要放豆腐。小林下班回来，老婆就把怒气对准了小林，说你不买豆腐也就罢了，买回来怎么还让它在塑料袋里变馊？你这存的是什么心？小林今天在单位很不愉快，他以为今天买豆腐晚点上班没什么，谁知道新来的大学生很认真，看他八点没到，就自作主张给他划了一个"迟到"。虽然小林气鼓鼓上去自己又改成"准时"，但一天心里很不愉快，还不知明天大学生会不会汇报他。现在下班回家，见豆腐馊了，他也很丧气，一方面怪保姆太斤斤计较，走时没给你交代，就不能往冰箱里放一放？放一块豆腐能把你累死？一方面怪老婆小题大做，一斤豆腐，馊了也就馊了，谁也不是故意的，何必说个没完，大家一天上班都很累，接着还要做饭弄孩子，这不是有意制造疲劳空气？于是说：

"算了算了，怪我不对，一斤豆腐，大不了今天晚上不吃，以后买东西注意放就是了！"

如果话到此为止，事情也就过去了，可惜小林憋不住气，又补了一句：

"一斤豆腐就上纲上线个没完了，一斤豆腐才值几个钱？上次你失手打碎一个暖水壶，七八块钱，谁又责备你了？"

老婆一听暖水壶，马上又来了火，说："动不动就提暖水壶，上次暖水壶怪我吗？本来那暖水壶就没放好，谁碰到都会碎！咱们别说暖水壶，说花瓶吧！上个月花瓶是怎么回事？花瓶可是好端端地在大立柜边上放着，你抹灰尘给抹碎了，你倒有资格说我了！"

接着就哎到了小林跟前，眼里噙着泪，胸部一挺一挺的，脸变得没有血色。根据小林的经验，老婆的脸一无血色，就证明她今天在单位也很不顺。老婆所在的单位，和小林的单位差不多，让人愉快的时候不多。可你在单位不愉快，把这不愉快带回来发泄就道德了？小林就又气鼓鼓地想跟她理论花瓶。照此理论下去，一定又会盘盘碟碟牵扯个没完，陷入恶性循环，最后老婆会把那包馊豆腐摔到小林头上。保姆看到小林和小林老婆吵架，已经习惯了，就像没看见一样，在旁边若无其事地剪指甲。这更激起了两个人的愤怒。小林已做好破碗破摔的准备，幸好这时有人敲门，大家便都不吱声了。老婆赶紧去抹脸上的眼泪，小林也压抑住自己的怒气，保姆把门打开，原来是查水表的老头来了。

查水表的老头是个瘸子，每月来查一次水表。老头子腿瘸，爬楼很不方便，到每一个人家都累得满头大汗，先喘一阵气，再查水表。但老头工作积极性很高，有时不该查水表也来，说来看看水表是否运转正常。但今天是该查水表的日子，小林和小林老婆都暂时收住气，让保姆领他去查水表。老头查完水表，并没有走的意思，而是自作主张在小林家床上坐下了。老头一坐下，小林心里就发凉，因为老头一在谁家坐下，就要高谈阔论一番，说说他年轻时候的事。他说他年轻时曾给某位死去的大领导喂过马。小林初次听他讲，还有些兴趣，问了他一些细节，看他一副瘸样，年轻时竟还和大领导接触过，但后来听得多了，心里就不耐烦，你年轻时喂过马，现在不照样是个查水表的？大领导已经死了，还说他干什么？但因为他是查水表的，你还不能得罪他。他一不高兴，就敢给你整个门洞停水。老头子手里就提着管水闸门的扳手。看着他手里的扳手，你就得听他讲喂马。不过今天小林实在不欢迎他讲马，人家家里正闹着气，你也不看一看家庭气氛，就擅自坐下，于是就板着脸没过去，没像过去一样跟他打招呼。

但查水表的老头不管这个，自己从口袋里已经掏出了烟。划火点着烟，屋里就飘起了老头鼻腔的味道。小林知道老头接着就要讲马，但小林猜错了，这次老头没有讲马，而是一脸严肃地说，他要谈些正事。他说，据群众反映，这个门洞有人偷水，晚上不把水管龙头关死，故意让水往下滴，下边放个水桶接着；滴水水表不转，桶里的水不成偷的了？这样下去是不行的，大家都偷水，自来水厂如何受得了？

听了老头的话，小林与小林老婆脸上都一赤一白的。说来惭愧，因为上个礼拜小林家就偷过几次水，是小林老婆在单位闲聊中听到的办法，回来指使保姆试验。后来小林看不上，觉得这事太委琐，一吨水才几分钱，何必干这个？一夜水管嘀嘀嗒嗒个没完，大家也难心安理得睡觉。于是在第三天就停止了。但这事老头子怎么会知道？是谁汇报的？小林和小林老婆都不约而同想到了对门。对门住着一对胖子，女主人自称长得像印度人，眉心常点着一个红豆。他们家也有一个孩子，大小与小林家孩子差不多，两家孩子常在一起玩，也常打架；为了孩子，小林老婆与印度女人有些面和心不和。两家主人不和，两家保姆却很要好，虽然不是一个省来的，却常在一起共同商讨对付主人的办法。准是两家保姆乱串，印度女人得知小林家滴过两回水，就汇报了老头子，现在有了老头子一番话。但这种事如何上得了台面，如何说得出口？说出口以后在人前怎么站？小林赶紧到老头子跟前，正色声明，这门洞有没有人偷水他不知道，但他家是决不干这种事，他家虽然穷，但穷有穷的骨气！小林老婆也上去说，谁反映的这事，就证明谁偷水，不然他怎么会知道偷水的方法，这不是贼喊捉贼是什么？老头子听了他们的话，弹了一下烟灰：

"行了，这事就到这里为止了。以前大家偷没有偷，就既往不咎了，以后注意不偷就行了！"

说完，站起来，作出宽怀大量的样子，一瘸一瘸走了，留下小林和小林老婆在那里发尴。

由于有偷水这件事的介入，使豆腐发馊事件变得不那么重要了。小林心里还责备老婆，一个大学生，什么时候学得这么市民气，偷了两桶水，值不了几分钱，丢人现眼让人数落了一顿。小林老婆也自感惭愧，就不好意思再追究馊豆腐一事，只是瞪了小林一眼，自己就下厨房做饭。因为这件事的介入，使本来要爆发战争的家庭平静下来，小林又有些感激老头子。

晚饭一个炒豆角，一个炒豆芽，一碟子小泥肠，一碗昨天剩下的杂烩菜。小泥肠主要是让孩子吃的，其他三个菜是让小林、小林老婆和保姆吃的。但保姆不吃剩菜，说她一吃剩菜就闹肚子。为此小林老婆还和保姆吵过一架，说你倒成贵族了，我还吃剩菜，你倒闹肚子，过去你在农村吃什么来着？保姆便又哭又闹，闹罢工，要换人家。最后还是小林从中斡旋，才又把她留下。把人留下人家就有了资本，从此更不吃剩菜。小林老婆也没办法，吃饭时只好和小林先吃剩菜，剩菜吃完再吃新的。吃饭时孩子很闹，抓东抓西的，看样子有些想流鼻涕,小林老婆怀疑她是否要感冒。好歹把饭吃完,已经快八点半了。按照惯例,这时保姆洗碗,小林给孩子洗澡,老婆应该上床睡觉。因老婆上班比小林远,清早上班要早起,早点上床睡觉理所当然。但今天老婆没有早睡,脚也没洗,坐在床前想心思。老婆一想心思,小林心里就有些发毛,不知老婆心思想过以后,会不会又提出什么新的话题。不过今天老婆不错,心思想过以后,没有说什么,草草洗完脚就上床睡觉了。老婆睡觉有这点好处,平时嘴唠叨,一上床就不唠叨了,三分钟就能入睡,响起轻微的鼾声,比孩子入睡还快。前几年刚结婚,小林对这点很不满意,哪能上床就入睡? 问:

"你怎么躺倒就着,长此以往,可让人受不了!"

老婆不好意思地解释:

"累了一天,跟猪似的,哪有不躺倒就着的道理!"

后来有了孩子,生活越来越复杂,几次折腾搬家,上班下班,弄吃喝拉撒,弄大人小孩,大家都很疲劳,老婆也变得爱唠叨了,这时小林倒觉得老婆上床就入睡是个优点,大家闹矛盾有个盼头,只要头一挨枕头,战争就停止了。所以小林觉得世界上没有绝对的优点缺点,优点缺点是可以转化的。

老婆入睡,孩子入睡,保姆入睡,三个人都响起鼾声,小林检查了一下屋里的灯火水电,也上床睡觉。过去临睡觉之前,小林有看书看报的习惯,动不动还爬起来记笔记。现在一天家务处理完,两个眼皮早在打架,于是这一切过程都省略了。能早睡就早睡,第二天清早还要起床排队买豆腐。想起买豆腐,小林突然又想起今天那一斤变馊的豆腐,现在仍在门厅里扔着,没有处理。这是导火索。明天清早老婆起来再看到它,说不定又会节外生枝。于是又从床上爬起来,到门厅打开灯,去处理那包馊豆腐。

【导读】

《一地鸡毛》发表于《小说界》1991 年第 1 期。小说描写了一个普通的机关公务员小林的日常生活:早起排队买豆腐,为妻子调动工作而送礼,老家来亲戚,孩子生病去医院,与保姆的矛盾,为孩子入托而求人,帮老同学卖鸭子,教师节给老师送礼,等等。"小林家一斤豆腐变馊了",这是小说开头的第一句话,也是小说情节的起始所在。小说从一块馊豆腐开始,就注定了它的凡俗和卑琐。

《一地鸡毛》是"新写实"小说的代表作。"新写实"小说与传统现实主义小说不同,传统的现实主义追求对生活的"本质"的再现,不屑于进行生活原色和本相的描绘。"新写实"小说却着意于在日常琐事的描写中呈现生活的原生态,展示当代人的那些艰难困苦、无所适从的尴尬生活情境。在叙述语调上,作者将情感压制到"零度状态",充当隐匿者、旁观者角色。《一地鸡毛》表现出"新写实"小说的典型特征:叙事语调客观冷静,语言平实简洁,没有戏剧化的故事情节和高潮,琐碎生活叙写构成了小说的全部情节。

作品中的主人公时时陷入现实与愿望的"错位"中,无奈地挣扎,最终只能接受现实。小林排队好不容易买到的豆腐,因为忘记放进冰箱变馊了,引起了一场家庭大战。小林的妻子小李想调动工作,由于找错关系而前功尽弃。小李能坐上单位的班车,不是由于领导体恤下情,而是沾了局长小姨子的光。老家的恩师来找小林帮忙,由于经济条件和社会地位的局限,小林只能放弃想要报答恩师的心意。孩子入托原以为邻居热心帮忙,其实是充当陪读的角色,小林知道真相后,像吃了马粪一样感到龌龊,但是他最终还得让孩子继续去那家幼儿园。小林被老同学拉去帮忙卖鸭子收账,起初觉得是丢脸的事情,可是赚到钱后,他就习惯成自然了。"小林感到就好像当娼妓,头一次接客总是害怕,害臊,时间一长,态度就大方了,接谁都一样。"

在小说的结尾处,小林梦见自己在睡觉,"上边盖着一堆鸡毛,下边铺着许多人掉下来的皮屑,柔软舒服,度日如年"。生活就是由繁重琐碎的"鸡毛"小事和人的皮屑一样令人恶心的感觉组成的。作品真实地展现了琐碎而平庸的生活如何磨去了人物的个性和棱角,使他们在昏昏若睡的状态中丧失了精神上的自觉;表现了当年富有理想、诗意的大学生小林和他的妻子小李,如何被琐碎的日常生活破坏、腐蚀掉意志和热情,抹去个性,变得越来越卑微、庸俗的过程。虽然作者不动声色地写出了一个人人都会认同又颇感无奈的人间,揭示了知识分子的窘迫人生,但是,这并不代表作者认同了这种生活,相反,作者在冷静客观的叙述之中,时时闪烁着一种尖锐的讽刺精神,显示出了知识分子批判精神和人文传统。

全书共七节,本书节选了第一节,这一节讲述了小林和小林老婆下班回家,围绕一块馊豆腐引发的家庭大战,揭示了一地鸡毛蒜皮的琐事对婚姻情感的破坏。

【选评】

《一地鸡毛》让读者看到了知识精英真实生活的另一侧面,他们同普通平民百姓一样在为生存问题而顽强地"活着";无论他们的思想境界有多么的神圣与崇高,归根结底他们仍旧是一种现实环境中的生存动物:无论你是"精英"还是"平民",在"生活"的天平上根本就没有什么身份上的本质差别;"精英"只是人曾经接受过教育的一种经历,它只能给你带来更多苦恼而不是幸福!我们大可以去指责刘震云创作思想的过于消极,不过我们真能摆脱"一地鸡毛"式的生存烦恼吗?每一个知识精英在现实生活中所屡屡受挫的生存困境,实际上都是对于《一地鸡毛》艺术价值的充分肯定。(宋剑华《论〈一地鸡毛〉——刘震云小说中的"生存"与"本能"》)

余 华

【简介】 余华(1960—),原籍山东高唐,生于浙江杭州,长于海盐,中学毕业后当过五年牙医。1987年发表短篇小说《十八岁出门远行》和中篇小说《现实一种》,震动文坛。主要作品有《在细雨中呼喊》《许三观卖血记》《活着》《一九八六年》《四月三日事件》等,此外,他还写了不少散文、随笔、音乐评论等。余华是一位风格多变的作家。二十世纪八十年代,作为先锋小说代表人物之一,他以异常冷静的笔调叙述一件件冷酷荒诞、充满血腥与暴力的事件;九十年代,余华的创作风格转变为温情脉脉,平淡自然的现实主义;新世纪写作风格转向通俗,主要有长篇小说《兄弟》《第七天》《文城》等。

活着(节选)

　　我和苦根在一起过了半年,村里包产到户了,日子过起来也就更难。我家分到一亩半地。我没法像从前那样混在村里人中间干活,累了还能偷偷懒。现在田里的活是不停地叫唤我,我不去干,就谁也不会去替我。

　　年纪一大,人就不行了,腰是天天都疼,眼睛看不清东西。从前挑一担菜进城,一口气便到了城里,如今是走走歇歇,歇歇走走,天亮前两个小时我就得动身,要不去晚了菜会卖不出去,我是笨鸟先飞。这下苦了苦根,这孩子总是睡得最香的时候,被我一把拖起来,两只手抓住后面的箩筐,跟着我半开半闭着眼睛往城里走。苦根是个好孩子,到他完全醒了,看我挑着担子太沉,老是停住歇一会,他就从两只箩筐里拿出两颗菜抱到胸前,走到我前面,还时时回过头来问我:

　　"轻些了吗?"

　　我心里高兴啊,就说:

　　"轻多啦。"

　　说起来苦根才刚满五岁,他已经是我的好帮手了。我走到哪里,他就跟到哪里,和我一起干活,他连稻子都会割了。我花钱请城里的铁匠给他打了一把小镰刀,那天这孩子高兴坏了,平日里带他进城,一走过二喜家那条胡同,这孩子忽地一下蹿进去,找他的小伙伴去玩,我怎么叫他,他都不答应。那天说是给他打镰刀,他扯住我的衣服就没有放开过,和我一起在铁匠铺子前站了半晌,进来一个人,他就要指着镰刀对那人说:

　　"是苦根的镰刀。"

　　他的小伙伴找他去玩,他扭了扭头得意扬扬地说:

　　"我现在没工夫跟你们说话。"

　　镰刀打成了,苦根睡觉都想抱着,我不让,他就说放到床下面。早晨醒来第一件事便是去摸床下的镰刀。我告诉他镰刀越使越快,人越勤快就越有力气,这孩子眨着眼睛看了我很久,突然说:

　　"镰刀越快,我力气也就越大啦。"

　　苦根总还是小,割稻子自然比我慢多了,他一看到我割得快,便不高兴,朝我叫:

　　"福贵,你慢点。"

　　村里人叫我福贵,他也这么叫,也叫我外公。我指指自己割下的稻子说:"这是苦根割的。"

　　他便高兴地笑起来,也指指自己割下的稻子说:

　　"这是福贵割的。"

　　苦根年纪小,也就累得快,他时时跑到田埂上躺下睡一会,对我说:

　　"福贵,镰刀不快啦。"

　　他是说自己没力气了。他在田埂上躺一会,又站起来神气活现地看我割稻子,不时叫道:

　　"福贵,别踩着稻穗啦。"

旁边田里的人见了都笑，连队长也笑了，队长也和我一样老了，他还在当队长，他家人多，分到了五亩地，紧挨着我的地。队长说：

"这小子真他娘的能说会道。"

我说："是凤霞不会说话欠的。"

这样的日子苦是苦，累也是累，心里可是高兴，有了苦根，人活着就有劲头。看着苦根一天一天大起来，我这个做外公的也一天比一天放心。到了傍晚，我们两个人就坐在门槛上，看着太阳落下去，田野上红红一片闪亮着，听着村里人吆喝的声音，家里养着的两只母鸡在我们面前走来走去，苦根和我亲热，两个人坐在一起，总是有说不完的话，看着两只母鸡，我常想起我爹在世时说的话，便一遍一遍去对苦根说：

"这两只鸡养大了变成鹅，鹅养大了变成羊，羊养大了又变成牛。我们啊，也就越来越有钱啦。"

苦根听后咯咯直笑，这几句话他全记住了，多次他从鸡窝里掏出鸡蛋来时，总要唱着说这几句话。

鸡蛋多了，我们就拿到城里去卖。我对苦根说：

"钱积够了我们就去买牛，你就能骑到牛背上去玩了。"

苦根一听眼睛马上亮了，他说：

"鸡就变成牛啦。"

从那时以后，苦根天天盼着买牛这天的来到，每天早晨他睁开眼睛便要问我：

"福贵，今天买牛吗？"

有时去城里卖了鸡蛋，我觉得苦根可怜，想给他买几颗糖吃吃。苦根就会说：

"买一颗就行了，我们还要买牛呢。"

一转眼苦根到了七岁，这孩子力气也大多了。这一年到了摘棉花的时候，村里的广播说第二天有大雨，我急坏了，我种的一亩半棉花已经熟了，要是雨一淋那就全完蛋。一清早我就把苦根拉到棉花地里，告诉他今天要摘完，苦根仰着脑袋说：

"福贵，我头晕。"

我说："快摘吧，摘完了你就去玩。"

苦根便摘起了棉花，摘了一阵他跑到田埂上躺下，我叫他，叫他别再躺着，苦根说：

"我头晕。"

我想就让他躺一会吧，可苦根一躺下便不起来了，我有些生气，就说：

"苦根，棉花今天不摘完，牛也买不成啦。"

苦根这才站起来，对我说：

"我头晕得厉害。"

我们一直干到中午，看看大半亩棉花摘了下来，我放心了许多，就拉着苦根回家去吃饭，一拉苦根的手，我心里一怔，赶紧去摸他的额头，苦根的额头烫得吓人。我才知道他是真病了，我真是老糊涂了，还逼着他干活。回到家里，我就让苦根躺下。村里人说生姜能治百病，我就给他熬了一碗姜汤，可是家里没有糖，想往里面撒些盐，又觉得太委屈苦根了，便到村里人家那里去要了点糖，我说：

"过些日子卖了粮，我再还给你们。"

那家人说:"算啦,福贵。"

让苦根喝了姜汤,我又给他熬了一碗粥,看着他吃下去。

我自己也吃了饭,吃完了我还得马上下地,我对苦根说:

"你睡上一觉会好的。"

走出了屋门,我越想越心疼,便去摘了半锅新鲜的豆子,回去给苦根煮熟了,里面放上盐。把凳子搬到床前,半锅豆子放在凳上,叫苦根吃,看到有豆子吃,苦根笑了,我走出去时听到他说:

"你怎么不吃啊。"

我是傍晚才回到屋里的,棉花一摘完,我累得人架子都要散了。从田里到家才一小段路,走到门口我的腿便哆嗦了,我进了屋叫:

"苦根,苦根。"

苦根没答应,我以为他是睡着了,到床前一看,苦根歪在床上,嘴半张着能看到里面有两颗还没嚼烂的豆子。一看那嘴,我脑袋里嗡嗡乱响了,苦根的嘴唇都青了。我使劲摇他,使劲叫他,他的身体晃来晃去,就是不答应我。我慌了,在床上坐下来想了又想,想到苦根会不会是死了,这么一想我忍不住哭了起来。我再去摇他,他还是不答应,我想他可能真是死了。我就走到屋外,看到村里一个年轻人,对他说:

"求你去看看苦根,他像是死了。"

那年轻人看了我半晌,随后拔脚便往我屋里跑。他也把苦根摇了又摇,又将耳朵贴到苦根胸口听了很久,才说:

"听不到心跳。"

村里很多人都来了,我求他们都去看看苦根,他们都去摇摇,听听,完了对我说:

"死了。"

苦根是吃豆子撑死的,这孩子不是嘴馋,是我家太穷,村里谁家的孩子都过得比苦根好,就是豆子,苦根也是难得能吃上。我是老昏了头,给苦根煮了这么多豆子,我老得又笨又蠢,害死了苦根。

往后的日子我只能一个人过了,我总想着自己日子也不长了,谁知一过又过了这些年。我还是老样子,腰还是常常疼,眼睛还是花,我耳朵倒是很灵,村里人说话,我不看也能知道是谁在说。我是有时候想想伤心,有时候想想又很踏实,家里人全是我送的葬,全是我亲手埋的,到了有一天我腿一伸,也不用担心谁了。我也想通了,轮到自己死时,安安心心死就是,不用盼着收尸的人,村里肯定会有人来埋我的,要不我人一臭,那气味谁也受不了。我不会让别人白白埋我的,我在枕头底下压了十元钱,这十元钱我饿死也不会去动它的,村里人都知道这十元钱是给替我收尸的那个人,他们也都知道我死后是要和家珍他们埋在一起的。

这辈子想起来也是很快就过来了,过得平平常常,我爹指望我光耀祖宗,他算是看错人了,我啊,就是这样的命。年轻时靠着祖上留下的钱风光了一阵子,往后就越过越落魄了,这样反倒好,看看我身边的人,龙二和春生,他们也只是风光了一阵子,到头来命都丢了。做人还是平常点好,争这个争那个,争来争去赔了自己的命。像我这样,说起来是越混越没出息,可寿命长,我认识的人一个挨着一个死去,我还活着。

　　苦根死后第二年,我买牛的钱凑够了,看看自己还得活几年,我觉得牛还是要买的。牛是半个人,它能替我干活,闲下来时我也有个伴,心里闷了就和它说说话。牵着它去水边吃草,就跟拉着个孩子似的。

　　买牛那天,我把钱揣在怀里走着去新丰,那里是个很大的牛市场。路过邻近一个村庄时,看到晒场上转着一群人,走过去看看,就看到了这头牛,它趴在地上,歪着脑袋吧嗒吧嗒掉眼泪,旁边一个赤膊男人蹲在地上霍霍地磨着牛刀,围着的人在说牛刀从什么地方刺进去最好。我看到这头老牛哭得那么伤心,心里怪难受的。想想做牛真是可怜。累死累活替人干了一辈子,老了,力气小了,就要被人宰了吃掉。

　　我不忍心看它被宰掉,便离开晒场继续往新丰去。走着走着心里总放不下这头牛,它知道自己要死了,脑袋底下都有一摊眼泪了。

　　我越走心里越是定不下来,后来一想,干脆把它买下来。我赶紧往回走,走到晒场那里,他们已经绑住了牛脚,我挤上去对那个磨刀的男人说:

　　"行行好,把这头牛卖给我吧。"

　　赤膊男人手指试着刀锋,看了我好一会才问:

　　"你说什么?"

　　我说:"我要买这牛。"

　　他咧开嘴嘻嘻笑了,旁边的人也哄地笑起来,我知道他们都在笑我,我从怀里抽出钱放到他手里,说:

　　"你数一数。"

　　赤膊男人马上傻了,他把我看了又看,还搔搔脖子,问我:

　　"你当真要买?"

　　我什么话也不去说,蹲下身子把牛脚上的绳子解了,站起来后拍拍牛的脑袋,这牛还真聪明,知道自己不死了,一下子站起来,也不掉眼泪了。我拉住缰绳对那个男人说:

　　"你数数钱。"

　　那人把钱举到眼前像是看看有多厚,看完他说:

　　"不数了,你拉走吧。"

　　我便拉着牛走去,他们在后面乱哄哄地笑,我听到那个男人说:

　　"今天合算,今天合算。"

　　牛是通人性的,我拉着它往回走时,它知道是我救了它的命,身体老往我身上靠,亲热得很,我对它说:

　　"你呀,先别这么高兴,我拉你回去是要你干活,不是把你当爹来养着的。"

　　我拉着牛回到村里,村里人全围上来看热闹,他们都说我老糊涂了,买了这么一头老牛回来,有个人说:

　　"福贵,我看它年纪比你爹还大。"

　　会看牛的告诉我,说它最多只能活两年三年的,我想两三年足够了,我自己恐怕还活不到这么久。谁知道我们都活到了今天,村里人又惊又奇,就是前两天,还有人说我们是——

　　"两个老不死。"

牛到了家,也是我家里的成员了,该给它取个名字,想来想去还是觉得叫它福贵好。定下来叫它福贵,我左看右看都觉得它像我,心里美滋滋的,后来村里人也开始说我们两个很像,我嘿嘿笑,心想我早就知道它像我了。

福贵是好样的,有时候嘛,也要偷偷懒,可人也常常偷懒,就不要说是牛了。我知道什么时候该让它干活,什么时候该让它歇一歇,只要我累了,我知道它也累了,就让它歇一会,我歇得来精神了,那它也该干活了。

老人说着站了起来,拍拍屁股上的尘土,向池塘旁的老牛喊了一声,那牛就走过来,走到老人身旁低下了头。老人把犁扛到肩上,拉着牛的缰绳慢慢走去。

两个福贵的脚上都沾满了泥,走去时都微微晃动着身体。我听到老人对牛说:

"今天有庆、二喜耕了一亩,家珍、凤霞耕了也有七八分田,苦根还小都耕了半亩。你嘛,耕了多少我就不说了,说出来你会觉得我是要羞你。话还得说回来,你年纪大了,能耕这么些田也是尽心尽力了。"

老人和牛渐渐远去,我听到老人粗哑的令人感动的嗓音在远处传来,他的歌声在空旷的傍晚像风一样飘扬,老人唱道——

少年去游荡,中年想掘藏,老年做和尚。

炊烟在农舍的屋顶袅袅升起,在霞光四射的空中分散后消隐了。

女人吆喝孩子的声音此起彼伏,一个男人挑着粪桶从我跟前走过,扁担吱呀吱呀一路响了过去。慢慢地,田野趋向了宁静,四周出现了模糊,霞光逐渐退去。

我知道黄昏正在转瞬即逝,黑夜从天而降了。我看到广阔的土地袒露着结实的胸膛,那是召唤的姿态,就像女人召唤着她们的儿女,土地召唤着黑夜来临。

【导读】

《活着》是余华创作中的分水岭。余华早期小说深受西方现代主义及后现代主义思潮的影响,执着于暴力与死亡的描写,致力于揭示人性的丑陋。但是,随着时间的推移,作者内心的愤怒渐渐平息,他开始意识到:"作家的使命不是发泄,不是控诉或是揭露,他应该向人们展示高尚。"正是在这样的心态下,余华听到了一首美国民歌《老黑奴》。歌中唱的是一位老黑奴经历了一生的苦难,家人都先他而去,而他依然友好地对待世界,没有一句抱怨的话。余华被深深地打动了,他决定写下一篇这样的小说,写人对苦难的承受能力,对世界乐观的态度。这就是发表在 1992 年第 6 期《收获》杂志上的长篇小说《活着》。

《活着》的主人公福贵是一个普通的农民,出身富裕的地主家庭。福贵年轻时吃喝嫖赌败了家产,气死了父亲,妻子被丈人接走,母亲积劳成疾。福贵去城里为母亲抓药时被国民党抓了壮丁,他侥幸保全生命回到家乡,母亲已死,女儿生病无药医治不幸成为哑巴。土地改革中,福贵分到了土地,一心要和妻子家珍、女儿凤霞、儿子有庆守在一起,"好好活着"。可是苦难并没有远离这个家庭,劳累过度的家珍患了重病,长期卧床;为了给学校校长,即县长的妻子急救输血,儿子有庆因抽血过多死去;凤霞在分娩时难产而死,妻子也病死了;女婿二喜也在劳动中死于意外事故;凤霞的儿子苦根先是淋雨得了病,后来因为吃了过多的青豆胀死了,最终只剩下可怜的福贵孤独地老去。福贵的一生,苦难相伴。

尽管人生中遭遇如此多的苦难,福贵却没有被残酷的命运击垮,相反,他默默地承受着这些苦难，无怨无悔、无怨无争地"活着"。余华在《活着》的出版"序言"中多次解释过福贵式的"活着"，他认为"活着"的力量"不是来自于进攻，而是忍受，去忍受生命赋予我们的责任，去忍受现实给予我们的幸福和苦难、无聊和平庸"。对于福贵来说，忍受是对抗苦难的唯一途径。从《活着》开始，余华开始了对中国国民性的思考和描述，但与鲁迅的"哀其不幸，怒其不争"不同，余华更多了一份怜悯和宽容。"如果从旁观者的角度，福贵的一生除了苦难还是苦难，其他什么都没有；可是当福贵从自己的角度出发，来讲述自己的一生时，他苦难的经历里立刻充满了幸福和欢乐，他相信自己的妻子是世上最好的妻子，他相信自己的子女也是世上最好的子女，还有他的女婿、他的外孙，还有那头也叫福贵的老牛，还有曾经一起生活过的朋友们，还有生活的点点滴滴……"生活是属于每个人的自我感受，不需要被任何其他人的看法左右。在苦难境遇中，为了活着本身而活着，不为了活着之外的任何事物而活着，不论高贵或是卑贱，超然而又不失热情地将生命继续下去。福贵式的"活着"，让余华对人生价值的寻求落在了生命本身，也完成了与苦难的和解。

本篇节选的部分是小说的结尾，讲述了福贵最后一个亲人苦根的不幸夭折，以及福贵对苦难的态度。节选部分也体现了小说叙述视角的转换，即小说中两个故事讲述者的形象——作为福贵的"我"和作为去乡下收集民歌的青年人的"我"，两个"我"的讲述灵活转换，共同强化了小说结尾部分超越苦难的主题意蕴。

【选评】

在余华眼中，人类的苦难就是人类的生存本质，人的存在是一种永无止境的苦难历程，苦难永远是人类不可超越的生存状态。于是，当他满怀激情叙述人生苦难与不幸时，同时也表达了一个优秀作家面对丑恶与阴暗的现实的价值取向与基本立场：在80年代，更多地表现为在苦难中对温情的强烈呼唤，即因痛感人间温情的缺失故而对"人性之恶"与"人世之厄"内心充满敌意；而到了90年代，特别是在《活着》和《许三观卖血记》中，那种在苦难中对温情的呼唤却已变异为温情地受难了。（富华《人性之恶与人世之厄——余华小说中的苦难叙述》）

陈忠实

【简介】　陈忠实（1942—2016），生于陕西省西安市灞桥区西蒋村。中学起开始喜欢文学，有少量作品发表。1962年高中毕业后即回乡务农，做过乡村小学教师和基层干部。1982年调入中国作家协会西安分会（后更名为陕西省作家协会），成为专业作家。1979年，短篇小说《信任》获中国作协1979年度全国优秀短篇小说奖，小说塑造了农村基层干部罗坤这一人物形象。1984年，中篇小说《康家小院》获《当代》文学奖和上海文艺出版社举办的《小说界》第一届文学奖。1986年发表的中篇小说《蓝袍先生》，以时间为经，描写蓝袍先生徐慎行在长期政治风浪中的悲喜命运，这部小说的写作引发了他创作长篇历史题材小说的欲念。1986年至1987年，陈忠实查阅西安附近的长安、蓝田、咸宁等县的县志，为创作《白鹿原》做准备。1988年4月开始创作《白鹿原》，历时四年完成。《白鹿原》

在《当代》杂志 1992 年第 6 期、1993 年第 1 期连载,1993 年 6 月由人民文学出版社出版单行本,1997 年获得第四届"茅盾文学奖"。

白鹿原(节选)

第六房女人胡氏死去以后,娘俩发生了重大分歧。母亲白赵氏仍然坚持胡氏不过也是一张破旧了的糊窗纸,撕了就应该尽快重新糊上一张完好的。她现在表现出的固执比秉德老汉还要厉害几成。她说她进白家门的那阵儿,老阿公还在山里收购中药材,带着秉德,让老二秉义在家务农。那年秉义被人杀害,老阿公从山里赶回,路上遭了土匪,回到家连气带急吐血死去了。秉德把那两间门面的中药收购店铺租赁给一位吴姓的山里人就回到白鹿村撑持家事来了。她和他生下七女三男,只养活了两个女子和嘉轩一个娃子,另外七个有六个都是月里得下无治的四六风症,埋到牛圈里化成血水和牛粪牛尿一起抛撒到田地里去了。唯有嘉轩的哥哥拴牢长到六岁,已经可以抱住顶杆儿摇打沙果树上的果子了,搞不清得下什么病,肚子日渐胀大,胳膊腿越来越细,直到浑身通黄透亮,终于没能存活下来。嘉轩至今没女人更说不上子嗣,说不定某一天她自己突然死掉,到阴地儿怎么向先走的秉德老汉交代?嘉轩诚心诚意说,所有母亲说到的关系利害他都想到了而且和母亲一样焦急,但这回无论如何不能贸贸然急匆匆办事了。这样下去,一辈子啥事也办不成,只忙着娶妻和埋人两件红白事了。得请个阴阳先生看看,究竟哪儿出了毛病。白赵氏同意了。

夜里落了一场大雪。庄稼人被厚厚的积雪封堵在家里,除了清扫庭院和门口的积雪再没有什么事情好做。鹿三早早起来了,已经扫除了马号院子里的积雪,晒土场也清扫了,磨房门口的雪也扫得一干二净,说不定有人要来磨面的。只等嘉轩起来开了街门,他最后再进去扫除屋院里的雪。嘉轩已经起来了,把前院后庭的积雪扫拢成几个雪堆,开了街门,给鹿三招呼一声,让他用小推车把雪推出去,自己要出门来不及清除了。他没有给母亲之外的任何人透露此行是去请阴阳先生,免得又惹起口舌。村巷里的道路被一家一户自觉扫掉积雪接通了,村外牛车路上的雪和路两旁的麦田里的雪连成一片难以分辨。他拄着一根棍子,脚下嚓嚓嚓响着走向银白的田野。雪地里闪耀着绿色蓝色和红色的光带,眼前常常出现五彩缤纷的迷宫一样的琼楼仙阁。翻上一道土梁,他已经冒汗,解开裤带解手,热尿在厚厚的雪地上刺开一个豁豁牙牙的洞。这当儿,他漫无目的地瞧着原上的雪景,辨别着被大雪覆盖着的属于自己的麦田的垄畦,无意间看到一道慢坡地里有一坨湿土。整个原野里都是白得耀眼的雪被,那儿怎么坐不住雪?是谁在那儿撒过尿吧?筛子大的一坨湿土周围,未曾发现人的足迹或是野兽的蹄痕。他怀着好奇心走过去,裸露的褐黄的土地湿漉漉的,似乎有缕缕丝丝的热气蒸腾着。更奇怪的是地皮上匍匐着一株刺蓟的绿叶,中药谱里称为小蓟,可以止血败毒清火利尿。怪事!万木枯谢百草冻死遍山遍野也看不见一丝绿色的三九寒冬季节里,怎么会长出一株绿油油的小蓟来?他蹲下来用手挖刨湿土,猛然间出现了奇迹,土层里露出来一个粉白色的蘑菇似的叶片。他愈加小心地挖刨着泥土,又露出来同样颜色的叶片。再往深层挖,露出来一根嫩乎乎的同样粉白的秆儿,直到完全刨出来,那秆儿上缀着五片大小不一的叶片。他想连根拔起来却又转念一想,说不定这是什么宝物珍草,拔起来死了怎么办?失了药性就成废物了。他又小心翼翼地把湿土回填进去,把周围的积雪踢刮过来伪装现场,又蹲下来挣着屁股挤出一泡屎来,任何人都不会怀疑这儿的凌乱了。他用雪擦洗了手上的泥土,又回到原来的牛车路上。

他当即转身朝回走去,踏着他来时踩下的雪路上的脚窝儿,缓两天再去找阴阳先生不迟。回到家里,母亲和鹿三都问他怎么又回来了,他一概回答说路上雪太厚太滑爬不上那道慢坡去,他们都深信不疑。他回到自己的厦屋,从箱子里翻出一本绘图的石印本《秦地药草大全》来,这是一本家传珍宝,爷爷和父亲在山里收购药材那阵儿凭借此书辨别真伪。现在,他耐着心一页一页翻着又薄又脆的米黄色竹质纸页,一一鉴别对照,终于没有查到类似的药名。他心里猜断,不是怪物就是宝物。要是怪物贸然挖采可能招致祸端,要是宝物一时搞不清保存炮制的方法,拔了也就毁了。他想到冷先生肯定识货,可万一是宝物说不定进贡皇帝也未免难说,当即又否定了此举。他于焦急中想到姐夫朱先生,不禁一悦。

朱先生刚刚从南方讲学归来。杭州一位先生盛情邀约,言恳意切,仰慕他的独到见解,希望此次南行交流诸家沟通南北学界,顺便游玩观赏一番南国景致。他兴致极高,乘兴南去,想着自己自幼苦读,昼夜吟诵,孤守书案,终于使学界刮目相看,此行将充分阐释自己多年苦心孤诣凿研程朱的独到见解,以期弘扬关中学派的正宗思想。再者,他自幼至今尚未走出过秦地一步,确也想去风光宜人的南方游览一番,以博见识,以开眼界。然而此行却闹得不大愉快,乘兴而去扫兴而归。到南方后,同仁们先不提讲学之事,连续几天游山玩水,开始尚赏心悦目,三天未过便烦腻不振。所到之处,无非小桥流水,楼台亭阁,古刹名寺,看去大同小异。整日吃酒游玩的生活,使他多年来形成的早读午习的生活习惯完全被打乱,心里烦闷无着,又不便开口向友人提及讲学之事。几位聚会一起的南北才子学人很快厮混熟悉,礼仪客套随之自然减免,不恭和戏谑的玩笑滋生不穷,他们不约而同把开心的目标集中到他的服饰和口语上。他一身布衣,青衫青裤青袍黑鞋布袜,皆出自贤妻的双手,棉花自种自纺自织自裁自缝,从头到脚不见一根洋线一缕丝绸。妻子用面汤浆过再用棒槌捶打得硬邦邦的衣服使他们觉得式样古笨得可笑;秦地浑重的口语与南方轻俏的声调无异于异族语言,往往也被他们讪笑取乐。他渐渐不悦他们的轻浮。一天晚宴之后,他们领他进了一座烟花楼。当他意识到这是一个什么去处时怒不可遏,拂袖而去,对邀他南行讲学的朋友大发雷霆:"为人师表,传道授业解惑。当今世风日下人心不古,吾等责无旁贷,本应著书立论,大声疾呼,以正世风。竟然是白日里游山玩水,饮酒作乐,夜间寻花问柳,梦死醉生……"朋友再三解释,说几位同仁本是好意,见他近日情绪不佳,恐他离家日久,思念眷属,于是才……朱先生不齿地说:"君子慎独。此乃学人修身之基本。表里不一,岂能正人正世。何来如此荒唐揣测?"当即断然决定,天明即起程北归,再不逗留。朋友再三挽留说,如果一次学也不讲就匆匆离去,于他的面子上实在难以支持。朱先生于是让步,讲了一回,语言又成为大的障碍,一些轻浮子弟窃窃讥笑他的发音而无心听讲。朱先生更加懊恼,慨然叹曰:南国多才子,南国没学问。他憋着一肚子败兴气儿回到关中,一气登上华山顶峰,那一口气才吁将出来,这才叫山哪!随即吟出一首《七绝》来:

踏破白云万千重
仰天池上水溶溶
横空大气排山去
砥柱人间是此峰

朱先生自幼聪灵过人，十六岁应县考得中秀才，二十二岁赴省试又以精妙的文辞中了头名文举人。次年正当赴京会考之际，父亲病逝，朱先生为父守灵尽孝不赴公车，按规定就要取消省试的举人资格。陕西巡抚方升厚爱其才更钦佩其孝道，奏明朝廷力主推荐，皇帝竟然破例批准了省试的结果。巡抚方升委以重任，不料朱先生婉言谢绝，公文往返六七次，仍坚辞不就。直至巡抚亲自登门，朱先生说："你视我如手足！可是你知道不知道？你害的是浑身麻痹的病症！充其量我这只手会摆或者这只脚会走也是枉然。如果我不做你的一只手或一只脚，而是为你求仙拜神乞求灵丹妙药，使你浑身自如起来，手和脚也都灵活起来。那么你是要我做你的一只手或一只脚，还是要我为你去求那一剂灵丹妙药呢？你肯定会选取后者，这样子的话你就明白了。"方巡抚再不勉强。朱先生随即住进白鹿书院。

白鹿书院坐落在县城西北方位的白鹿原原坡上，亦名四吕庵，历史悠远。宋朝年间，一位河南地方小吏调任关中，骑着骡子翻过秦岭到滋水县换乘轿子，一路流连滋水河川飘飘扬扬的柳絮和原坡上绿莹莹的麦苗，忽然看见一只雪白的小鹿凌空一跃又隐入绿色之中再不复现。小吏即唤轿夫停步，下轿注目许多时再也看不见白鹿的影子，急问轿夫对面的原叫什么原，轿夫说："白鹿原。"小吏"哦"了一声就上轿走了。半月没过，小吏亲自来此买下了那块地皮，盖房修院，把家眷迁来定居，又为自己划定了墓穴的方位。小吏的独生儿子仍为小吏。小吏的四个孙子却齐摆摆成了四位进士，其中一位官至左丞相，与司马光文彦博齐名。四进士全都有各自的著述。四兄弟全部谢世后，皇帝钦定修祠以纪念其功德，修下了高矮粗细格式完全一样的四座砖塔，不分官职只循长幼而分列祠院大门两边，御笔亲题"四吕庵"匾额于门首。吕氏的一位后代在祠内讲学，挂起了"白鹿书院"的牌子。这个带着神话色彩的真实故事千百年来被白鹿原上一代一代人津津有味地传诵着咀嚼着。朱先生初来时院子里长满了荒草，蝙蝠在大梁上像蒜辫一样结串儿垂吊下来。朱先生用方巡抚批给他的甚为丰裕的银饷招来工匠彻底修缮了房屋，把一块由方巡抚书写的"白鹿书院"的匾牌架到原先挂着"四吕庵"的大门首上。那块御笔亲题的金匾已不知去向。大殿内不知什么朝代经什么人塑下了四位神像，朱先生令民工扒掉，民工畏怯不前，朱先生上前亲自动手推倒了，随口说："不读圣贤书，只知点蜡烧香，怕是越磕头头越昏了！"

然而朱先生却被当作神正在白鹿原上下神秘而又热烈地传诵着。有一年麦子刚刚碾打完毕，家家户户都在碾压得光洁平整的打麦场上晾晒新麦，日头如火，万里无云，街巷里被人和牲畜踩踏起一层厚厚的细土，朱先生穿着泥屐在村巷里叮咣叮咣走了一遭，那些躲在树荫下看守粮食的庄稼人笑他发神经了，红红的日头又不下雨穿泥屐不是出洋相么？小孩子们尾随在朱先生屁股后头嘻嘻哈哈像看把戏一样。朱先生不恼不躁不答不辩回到家里就躺下午歇了，贤妻嗔笑他书越念越呆了，连个晴天雨天都分辨不清了。正当庄稼人悠然歇响的当儿,骤然间刮起大风,潮过一层乌云,顷刻间白雨如注,打麦场上顿时一片汪洋,好多人家的麦子给洪水冲走了。人们过后才领悟出朱先生穿泥屐的哑谜,痛骂自己一个个愚笨如猪,连朱先生的好心好意都委屈了。

有天晚上,朱先生诵读至深夜走出窑洞去活动筋骨,仰面一瞅满天星河,不由脱口而出:"今年成豆。"说罢又回窑里苦读去了。不料回娘家来的姐姐此时正在茅房里听见了,第二天回到自家屋就讲给丈夫。夫妇当年收罢麦子,把所有的土地全部种上了五色杂豆。伏天里旷日持久的干旱旱死了苞谷稻黍和谷子,耐旱的豆类却抗住了干旱而获得丰收。秋收后姐夫用毛驴驮来了各种豆子作酬谢,而且抱怨弟弟既然有这种本领,就应该把每年夏秋两季成什么庄稼败哪样田禾的天象,告诉给自家的主要亲戚,让大家都发财。朱先生却不开口。事情由此传开,庄稼人每年就等着看朱先生家里往地里撒什么种子,然后就给自家地里也撒什么种子。然而像朱先生的姐姐那样得意的事再也没有出现过,朱家的庄稼和众人的庄稼一样遭灾,冷子打折了苞谷,神虫吸干了麦粒儿,蝗虫把一切秋苗甚至树叶都啃光吃净了。但这并不等于说朱先生不是神,而是天机不可泄露,给自己的老子和亲戚也不能破了天机。后来以至发展到丢失衣物,集会上走丢小孩,都跑来找朱先生打签问卜,他不说他们不走,哭哭啼啼诉说自己的灾难。朱先生就仔细询问孩子走丢的时间地点原因,然后作出判断,帮助愚陋的庄稼人去寻找,许多回真的应验了。朱先生开办白鹿书院以后,为了排除越来越多的求神问卜者的干扰,于是就一个连一个推倒了四座神像泥胎,对那些吓得发痴发呆的工匠们说:"我不是神,我是人,我根本都不信神!"

白鹿书院开学之日,朱先生忙得不亦乐乎,却有一个青年农民汗流浃背跑进门来,说他的一头怀犊的黄牛放青跑得不知下落,询问朱先生该到何处去找。朱先生正准备开学大典,被来人纠缠住心里烦厌,然而他修养极深,为人谦和,仍然喜滋滋地说:"牛在南边方向。快跑!迟了就给人拉走了。"那青年农人听罢转身就跑,沿着一条窄窄的田间小道往南端直跑去,迎面有两个姑娘手拉着手在路上并肩而行,小伙子跑得气喘如牛摇摇晃晃来不及转身,正好从两个姑娘之间穿过去,撞开了她俩拉着的手。两位姑娘拉住他骂起来,附近地里正在锄麦子的人围过来,不由分说就打,说青年农民要骚使坏。青年农民招架不住又辩白不清拔腿就跑,那些人又紧追不舍。青年农民情急无路,就从一个高坎上跳了下去,跌得眼冒金星,抬头一看,黄牛正在坎下的土壕里,腹下正有一只紫红皮毛的小牛犊撅着尻子在吮奶,老黄牛悠然舔着牛犊。他爬起来一把抓住牛缰绳,跳着脚扬着手对站在高坎上头那些追打他的庄稼人发疯似的喊:"哥们爷们,打得好啊,打得太好了!"随之把求朱先生寻牛的事述说一遍。那些哥们爷们纷纷从高坎上溜下来,再不论他在姑娘跟前要骚的事了,更加详细地询问朱先生掐指占卜的细梢末节,大家都说真是活神仙啊!寻牛的青年农民手舞足蹈地说:"朱先生给我念下四句秘诀,'要得黄牛有,疾步朝南走;撞开姑娘手,老牛舔牛犊。'你看神不神哪!"这个神奇的传说自然很快传进嘉轩的耳朵,他在后来见到姐夫时问证其虚实,姐夫笑说:"哦,看来我不想成神也不由我了!"

嘉轩一贯尊重姐夫,但他却从来也没有像一般农人把朱先生当作知晓天机的神。他第一次看见姐夫时竟有点失望。早已名噪乡里的朱才子到家里来迎娶大姐碧玉时,他才得一睹姐夫的尊容和风采,那时他才刚刚穿上浑裆裤。才子的模样普普通通,走路的姿势也普普通通,似乎与传说中那个神乎其神的神童才子无法统一起来。母亲在迎亲和送嫁的人走后问他："你看你大姐夫咋样?"他拉下眼皮沮丧地说:"不咋样。"母亲期望从他的嘴里听到热烈赞美的话而没有得到满足,顺手就给了他一个抽脖子。

他开始敬重姐夫是在他读了书也渐渐懂事以后,但也始终无法推翻根深蒂固的第一印象。他敬重姐夫不是把他看作神,也不再看作是一个"不咋样"的凡夫俗子,而是断定那是一位圣人,而他自己不过是个凡人。圣人能看透凡人的隐情隐秘,凡人却看不透圣人的作为;凡人和圣人之间有一层永远无法沟通的天然界隔。圣人不屑于理会凡人争多嫌少的七事八事,凡人也难以遵从圣人的至理名言来过自己的日子。圣人的好多广为流传的口歌化的生活哲理,实际上只有圣人自己可以做得到,凡人是根本无法做到的。"房是招牌地是累,攒下银钱是催命鬼。"这是圣人姐夫的名言之一,乡间无论贫富的庄稼人都把这句俚语口歌当经念。当某一个财东被土匪抢劫了财宝又砍掉了脑袋的消息传开,所有听到这消息的男人和女人就会慨叹着吟诵出圣人的这句话来。人们用自家的亲身经历或是耳闻目睹的许多银钱催命的事例反复论证圣人的圣言,却没有一个人能真正身体力行。凡人们兴味十足甚至幸灾乐祸一番之后,很快就置自己刚刚说过的血淋淋的事例于脑后,又拼命去劳作去挣钱去迎接催命的鬼了,在可能多买一亩土地再添一座房屋的机运到来的时候绝不错失良机。凡人们绝对信服圣人的圣言而又不真心实意实行,这并不是圣人的悲剧,而是凡人永远成不了圣人的缘故。

从白鹿村朝北走,有一条被牛车碾压得车辙深陷的官路直通到白鹿原北端的原边,下了原坡涉过滋水就离滋水县城很近了。白嘉轩从原顶抄一条斜插的小路走下去,远远就瞅见笼罩书院的青苍苍的柏树。白嘉轩踩着溜滑的积雪终于下到书院门口,仰头就看见门楼嵌板上雕刻着的白鹿和白鹤的图案,耳朵里又灌入悠长的诵读经书的声音。他进门后,目不斜视,更不左顾右盼,而是端直穿过院庭,一直走到后院姐夫和姐姐的起居室来。姐姐正盘腿坐在炕上缝衣服,一边给弟弟沏茶,一边询问母亲的安宁。不用问,姐夫此刻正在讲学,他就坐着等着和姐姐聊家常。作为遐迩闻名的圣人姐夫朱先生的妻子的大姐也是一身布衣,没有绫罗绸缎着身。靛蓝色大襟衫,青布裤,小小脚上是系着带儿的家织布鞋袜,只是做工十分精细,那一颗颗布绾的纽扣和纽环,几乎看不出针线的扎脚儿。姐姐比在自家屋时白净了,也胖了点儿,不见臃肿,却更见端庄,眼里透着一种持重、一种温柔和一种严格恪守着什么的严峻。大姐嫁给朱先生以后,似乎也渐渐透出一股圣人的气色了,已经不是在家时给他梳头给他洗脸给他补缀着急了还骂他几句的那个大姐了。院里一阵杂沓的脚步声,嘉轩从门里望过去,一伙伙生员朝后院走来,一个个都显得老成持重顶天立地的神气,进入设在后院的餐室以后,院子里静下来。姐夫随后回来,打过招呼问过好之后,就和他一起坐下吃早饭。饭食很简单,红豆小米粥,掺着扁豆面的蒸馍颜色发灰,切细的萝卜丝里拌着几滴香油。吃罢以后,姐夫口中噙进一撮干茶叶,咀嚼良久又吐掉了,用以消除萝卜的气味,免得授课或与人谈话时喷出异味来。姐夫把他领到前院的书房去说话。

五间大殿,四根明柱,涂成红色,从上到下,油光锃亮。整个殿堂里摆着一排排书架,架上搁满一摞摞书,进入后就嗅到一股清幽的书纸的气息。西边隔开形成套间,挂着厚厚的白色土布门帘,靠窗置一张宽大的书案,一只精雕细刻的玉石笔筒,一只玉石笔架和一双玉石镇纸,都是姐夫的心爱之物。滋水县以出产美玉而闻名古今,相传秦始皇的玉玺就取自这里的玉石。除了这些再不见任何摆设,不见一本书也不见一张纸,整个四面墙壁上,也不见一幅水墨画或一帧条幅,只在西山墙上贴着一张用毛笔勾画的本县地图。嘉轩每次来都禁不住想,那些字画条幅挂满墙壁的文人学士,其实多数可能都是附庸风雅的草包;像姐夫这样真有学问的人,其实才不显山露水,只是装在自己肚子里,更不必挂到墙上去唬人。两人坐在桌子两边的直背椅子上,中间是一个木炭火盆,炭火在静静地燃烧,无烟无焰,烧过留下的一层白色的炭灰,仍然明晰地显露着木炭本来的木质纹路,看不见烟火却感到了温暖。姐夫一边添加炭棒,一边支起一个三角支架烧水沏茶。他就把怎样去请阴阳先生,怎么在雪地里撒尿,怎么发现那一坨无雪的慢坡地,怎么挖出怪物,以及拉屎伪造现场的过程详尽述说了一遍,然后问:"你听说过这号事没有?"姐夫朱先生静静地听完,眼里露出惊异的神光,不回答他的话,取来一张纸摊开在桌上,又把一支毛笔交给嘉轩说:"你画一画你见到的那个白色怪物的形状。"嘉轩捉着笔在墨盒里膏顺了笔尖,有点笨拙却是十分认真地画起来,画了五片叶子,又画了秆儿把叶子连结起来,最终还是不无遗憾地憨笑着把笔交给姐夫:"我不会画画儿。"朱先生拎起纸来看着,像是揣摩一幅八卦图,忽然嘴一嗫神秘地说:"小弟,你再看看你画的是什么?"嘉轩接过纸来重新审视一番,仍然憨憨地说:"基本上就是我挖出来的那个怪物的样子。"姐夫笑了,接过纸来对嘉轩说:"你画的是一只鹿啊!"嘉轩听了就惊诧得说不出话来,越看自己刚才画下的笨拙的图画越像是一只白鹿。

很古很古的时候(传说似乎都不注重年代的准确性),这原上出现过一只白色的鹿,白毛白腿白蹄,那鹿角更是莹亮剔透的白。白鹿跳跳蹦蹦像跑着又像飘着从东原向西原跑去,倏忽之间就消失了。庄稼汉们猛然发现白鹿飘过以后麦苗忽地蹿高了,黄不拉唧的弱苗子变成黑油油的绿苗子,整个原上和河川里全是一色绿的麦苗。白鹿跑过以后,有人在田坎间发现了僵死的狼,奄奄一息的狐狸,阴沟湿地里死成一堆的癞蛤蟆,一切毒虫害兽全都悄然毙命了。更使人惊奇不已的是,有人突然发现瘫痪在炕的老娘正潇洒地捉着擀杖在案上擀面片,半世瞎眼的老汉睁着光亮亮的眼睛端着筛子拣取麦子里混杂的沙粒,秃子老二的癞痢头上长出了黑乌乌的头发,歪嘴斜眼的丑女儿变得鲜若桃花……这就是白鹿原。

嘉轩刚刚能听懂大人们不太复杂的说话内容时,就听奶奶母亲父亲和村里的许多人无数次地重复讲过白鹿神奇的传说,每个人讲的都有细小的差异,然而白鹿的出现却是不容置疑的。人们一代一代津津有味地重复咀嚼着这个白鹿,尤其在战乱灾荒瘟疫和饥馑带来不堪忍受的痛苦里渴盼白鹿能神奇地再次出现,而结果自然是永远也没有发生过,然而人们仍然继续兴味十足地咀嚼着。那确是一个耐得咀嚼的故事。一只雪白的神鹿,柔若无骨,欢欢蹦蹦,舞之蹈之,从南山飘逸而出,在开阔的原野上恣意嬉戏。所过之处,万木繁荣,禾苗苗壮,五谷丰登,六畜兴旺,疫疠廓清,毒虫灭绝,万家乐康,那是怎样美妙的太平盛世。这样的白鹿一旦在人刚能解知人言的时候进入心间,便永远也无法忘记。嘉轩现在捏着自己刚刚画下那只白鹿的纸,脑子里已经奔跃着一只活泼的白色神鹿了。他更加确信自己是凡人而姐夫是圣人的观点。他亲眼看见了雪地下的奇异的怪物亲手画出了它的形状,却怎么也判断不出那是一只白鹿。圣人姐夫一眼便看出了白鹿的形状,"你画的是一只鹿啊!"一句话点破了凡人眼前的那一张蒙脸纸,豁然朗然了。凡人与圣人的差别就在眼前的那一张纸,凡人投胎转世都带着前世死去时蒙在脸上的蒙脸纸,只有圣人是被天神揭去了那张纸投胎的。凡人永远也看不透眼前一步的世事,而圣人对纷纭的世事洞若观火。凡人只有在圣人揭开蒙脸纸点化时才恍悟一回,之后那纸又浑全了又变得黑瞎糊涂了。圣人姐夫说过"那是一只鹿啊"之后,就不再说多余的一句话了,而且低头避脸。嘉轩明白这是圣人在下逐客令了,就告辞回家。

一路上脑子里都浮动着那只白鹿。白鹿已经溶进白鹿原,千百年后的今天化作一只精灵显现了,而且是有意把这个吉兆显现给他白嘉轩。如果不是死过六房女人,他就不会急迫地去找阴阳先生来观穴位;正当他要找阴阳先生的时候,偏偏就在夜里落下一场罕见的大雪;在这样铺天盖地的雪封门槛的天气里,除了死人报丧谁还会出门呢? 这一切都是冥冥之中的神灵给他白嘉轩的精确绝妙的安排。再说,如果他像往常一样清早起来在后院的茅厕里撒尿,而不是一直把那泡尿憋到土岗上去撒,那么他就只会留心脚下的跌滑而注定不敢东张西望了,自然也就不会发现几十步远的慢坡下融过雪的那一坨湿漉漉的土地了。如果不是这样,他永远也不会涉足那一坨慢坡下的土地,那是人家鹿子霖家的土地。他一路思索,既然神灵把白鹿的吉兆显示给我白嘉轩,而不是显示给那块土地的主家鹿子霖,那么就可以按照神灵救助白家的旨意办事了。如何把鹿子霖的那块慢坡地买到手,倒是得花一点心计。要做到万无一失而且不露蛛丝马迹,就得把前后左右的一切都谋算得十分精当。办法都是人谋划出来的,关键是要沉得住气,不能急急慌慌草率从事。一当把万全之策谋划出来,白嘉轩实施起来是迅猛而又果敢的。

【导读】

《白鹿原》是陈忠实抱着"死后可以垫棺作枕"的初衷创作的。全书共 34 章,约 50 万字。小说以关中古老的白鹿原为主要叙事空间,时间跨度从清末一直到中华人民共和国成立,其间穿插了辛亥革命、北伐战争、土地革命、军阀混战、抗日战争等重大事件,展现了"没有了皇帝的白鹿原村民,怎样走到 1949 年共和国成立"的历史图景。小说以白嘉轩和鹿子霖这两个同宗兄弟间长达半个世纪的较量为核心来组织故事情节,展现白鹿两家三代人的命运起伏,揭示了传统的"乡绅文化"在时代冲击下最后的倔强和崩溃的结局。(张冀《民族的秘史与寻根的迷途——论〈白鹿原〉的叙事图景与陈忠实的精神危机》)这部"重新发现人,重新发掘民族灵魂"的民族"心灵秘史",凝聚着中华传统文化的浩然正气,寄寓着作者沧桑浮沉的历史情怀,具有浑厚悲怆的史诗品格。

小说以"白嘉轩后来引以为豪壮的是一生里娶过七房女人"作为开端。老族长白秉德留给儿子也是未来族长白嘉轩的遗嘱是"不孝有三,无后为大",但是,从十六岁开始,六娶六丧的惨痛经历,让白嘉轩几乎陷入绝望。然而机缘巧合之下,当他通过谋划,买下了传说是白鹿显灵的鹿子霖家的一块坡地,并将祖坟迁过去后,命运发生了改变。白嘉轩新娶的第七任妻子仙草给白家带来兴旺,她带回罂粟籽,相继生下两个儿子,白嘉轩心头的阴影和晦气被彻底扫除。人丁兴旺的白嘉轩显示出族长的气魄,他退还李家寡妇的田地,周济其钱粮,县令大为感动,封白鹿村为"仁义白鹿村"。白嘉轩联合鹿子霖修祠堂、办学堂。辛亥革命时期,关中学派的大儒朱先生起草《乡约》,教民以礼义,以正世风。"白鹿村人一个个都变得和颜可掬文质彬彬,连说话的声音都柔和纤细了。"

然而,时代的风云骤变也正在发生。鹿子霖被白鹿仓总乡约田福贤任命为第一保障所乡约,白鹿原上的权力格局从此发生变化,白嘉轩依然履行族长的职责,但往事与愿违。黑娃与郭举人的小老婆田小娥私通并将她带了回来,白嘉轩劝离无效。入不了祠堂的田小娥和黑娃住进村东头的破窑洞中。国共合作时期,年轻一代成长起来,纷纷奔入革命的洪流。白灵和鹿兆海这对情侣用抛硬币的方式决定了各自的政治选择:白灵加入国民党,鹿兆海加入共产党。黑娃听从共产党员鹿兆鹏的派遣参加西安的"农讲所"培训,回乡后掀起一场批斗豪绅恶霸的运动,砸毁了祠堂里的"仁义白鹿村"石碑和刻在墙壁上的《乡约》,祠堂成为农民协会的办公室。

国共分裂后,已经逃走的田福贤开始逮捕农会会员,鹿兆鹏和黑娃出逃。白嘉轩把破碎的乡约拼接好,重新镶到祠堂的墙上,白孝文领着族人祭拜祖先,诵读《乡约》。白嘉轩根据乡约和族规严惩了与鹿子霖偷偷幽会的田小娥,鹿子霖唆使田小娥勾引未来族长继承人白孝文,进行报复,成为土匪的黑娃带人打折了白嘉轩直硬的腰。白嘉轩受到毁灭性打击,他依据相约族规,惩罚了白孝文,决定让白孝武接任族长。孝文前途无望,人生直线坠落,他在小娥那里染上大烟瘾,将分给自己的土地房产悉数卖给了鹿子霖,几乎沦为乞丐。鹿三无法忍受田小娥给白鹿原带来的耻辱,用祖传的梭镖杀死了田小娥。白鹿原外的年轻人也在经历着跌宕起伏的人生转折,从军官学校毕业的鹿兆海改"共"为"国",而白灵在他归来前恰恰改"国"为"共"。白灵接受党组织的安排,在西安城中与鹿兆鹏假扮夫妻,在险恶的政治环境中相爱。

生逢乱世,流年不利,旱灾过去,瘟疫流漫。田小娥的鬼魂借鹿三之口公开了她的死亡真相,村民们认定瘟疫是田小娥作祟,要求白嘉轩为她修庙塑身、重殓厚葬、抬棺坠灵以消除灾难,遭到断然拒绝。鹿子霖抓住这个机会,鼓动众人跪到白家门口,将沸腾的民怨引向白嘉轩。在朱先生荐言下,白嘉轩让人造了一座六棱砖塔,竖立在田小娥居住的窑洞上以"祛鬼镇邪"。一场大雪铺天盖地倾泻下来,瘟疫终于结束。年轻一代中,白孝文成为县保安团营长,鹿兆海在"围剿"红军时阵亡,白灵在红军根据地清党肃反中牺牲,黑娃带领土匪兄弟归顺了保安团。

抗战结束后,鹿子霖就任保长不久即被岳维山抓进监狱,白嘉轩以德报怨,以"在一尊香炉里烧香哩"为由出手搭救。出狱后的鹿子霖成为联保主任田福贤的助手,重又精神抖擞、风光一时,白嘉轩则谨慎度日。朱先生在负责编撰的县志出版后谢世,村民们自发的悼念这位"白鹿原最好的先生"。

内战期间,黑娃在鹿兆鹏的倡导下,与白孝文率整个保安团起义。后来,身为副县长的黑娃被镇压,白嘉轩找白孝文担保黑娃未果。处决黑娃的集会在白鹿原举行,县长白孝文发表讲话,陪斗的鹿子霖惊吓过度疯了,白嘉轩在枪响那一刻"气血蒙目"。康复后的白嘉轩,就当年设计买风水地这件"见不得人的事"向鹿子霖真诚忏悔。承诺来生再世给他"还债补心",得到的回应却是"给你吃,你吃吧,咱俩好!"白嘉轩摇头流泪,一切为时已晚。不久,鹿子霖在一个寒冷的冬夜辞世。

《白鹿原》塑造了众多鲜活的人物形象,尤其注重塑造典型人物的文化人格,比如朱先生和白嘉轩。朱先生是白鹿书院最后一位先生,也是白鹿原的精神领袖。他是作者构思这部小说时最早产生的一个人物,其原型是程朱理学关中学派的最后一位传人牛兆濂。

朱先生一袭布衣,粗茶淡饭,晨诵午习,传道授业解惑,不求闻达于显贵。身逢乱世,他躬行关中学派"为天地立心,为生民立命,为往圣继绝学,为万世开太平"的信念,孤身退兵、制定《乡约》、查禁烟苗、赈济饥民、投笔从戎、编纂县志。他有仁爱谦和的品性,清高狷介的风骨和洞明世事、预知未来的智慧,他赢得了世人的尊重,甚至成为白鹿原的传说。咸阳桥上,孤身前行退敌的朱先生,一身布衣一只褡裢一把油伞,吟诵着"车辚辚,马萧萧,行人弓箭各在腰。耶娘妻子走相送,尘埃不见咸阳桥……"成为一个时代的背影。当朱先生的灵魂化为白鹿远去,白嘉轩哀叹:"世上再也出不了这样好的先生了!"雪野上银装素裹,村民们扶老携幼跪拜哭泣,是送灵,也是一曲文化挽歌。

白嘉轩是白鹿原最后一个族长,也是白鹿原精神的具体践行者。白鹿原与白嘉轩融为一体:"白嘉轩就是白鹿原。一个人撑着一道原。白鹿原就是白嘉轩。一道原具象为一个人。"在清帝逊位到共和国成立前的近半个世纪中,朱先生所制定的以"仁义"为核心的《乡约》建构了白嘉轩的文化心理,他坚信《乡约》的合理性,以《乡约》作为自己为人处世的准则,以《乡约》作为奖惩族人的依据。但是,在时代转折的大潮中,《乡约》所代表的传统乡绅伦理受到不断冲击。不仁不义、对《乡约》不屑一顾的鹿子霖是他强大的对手,当保甲制度施行,鹿子霖成为白鹿原新的权力拥有者,白嘉轩拥有的乡绅权力被架空。年轻一代中,天性叛逆的黑娃、依着生理本能活着的田小娥让他无法容忍,拥有新的政党信仰的鹿兆鹏和白灵让他无奈,而他所倚重的族长继承人白孝文的堕落在他心上狠狠插了一把尖刀。然而,所有这一切都无法动摇白嘉轩对《乡约》的认同与坚守。他相信:"凡是生在白鹿村炕脚地上的任何人,只要是人,迟早都要跪倒到祠堂里头的。"当然,乡绅文化的"仁义""礼法"在维护乡村秩序的同时也有压抑、抹杀人性的一面,比如他对黑娃与田小娥自由恋爱的拒绝,对长工鹿三的情谊却成为黑娃眼中的施舍。乡绅文化的复杂性、矛盾性直接导致白嘉轩人格的复杂性与矛盾性。"《乡约》里的条文,不仅编织成白嘉轩的心理结构形态,也是截止到上世纪初,活在白鹿原这块土地上的人心理支撑的框架。"(陈忠实)白嘉轩在时代浪潮冲击下最后的倔强与最终的黯然谢幕,标志着一个时代的历史终结。小说对白嘉轩和朱先生形象的塑造,触及民族传统文化遭遇现代性问题的世纪难题,引人深思。

"白鹿"是小说的核心意象,在中国传统神话传说中是祥瑞意象,象征着"吉祥""纯洁",在小说中也同样体现出理想社会与理想人性的美好意蕴,并具有丰富的文化意蕴,它是儒教文化中的智慧仁义良善(朱先生与白嘉轩),也是新生命力量中的自由纯洁(白灵),它活在小说中众多鲜活的人物形象身上,是乱世中白鹿原上人生生不息的精神支柱。

《白鹿原》是一部现实主义力作,与传统现实主义不同的是,作者将"东方文化的神秘感、性禁忌、生死观同西方文化、文学中的象征主义、生命意识、拉美魔幻现实主义相结合"(李星《世纪末的回眸》),冲破传统现实主义创作手法的理性拘囿,为传统现实主义注入新鲜血液,让创作更加自由,焕发出强大的生机与活力。

选文部分是第二章,白嘉轩在鹿子霖家的坡地上偶遇奇异植物,经朱先生点拨,得知是白鹿显灵,决定买下那块坡地并把祖坟迁过去以期改变命运。

【选评】

单就乡村统治秩序来说，我们还能望见那种熟悉的封建乡土宗法社会的思想面影，即便是处于一种即将消亡的状态之中，我们也可以在这个死而不僵的百足之虫扭曲的身躯中看到现实世界的倒影，令人叹为观止。从这个意义上来说，《白鹿原》就是一面历史的镜子，烛照反射出了当代社会的种种文化幻象。（丁帆《〈白鹿原〉评论的自我批判与修正——当代文学的"史诗性"问题的重释》）

白鹿村的"耕读传家"和"仁义至上"的教谕固然能够处理白鹿村内部世界的问题与危机，《乡约》所代表的宗法文化能够通过惩恶扬善和有效运行维持这个世界内部的秩序。但是，当白鹿原的叙事溢出原上这个小世界，叙事则显得散漫。这典型地表现为小说前面部分灵动饱满，后半部分叙述各种历史大事件时则显得仓促生硬，这种前强后弱、前盛后衰的叙事局面根源还是在于儒家文化不能主宰小说的始终，而在文本上留下了不可弥补的缺憾。（沈杏培《文化视野、对抗式批评与宗法共同体——重审〈白鹿原〉阐释史上的几个命题》）

王安忆

【简介】 王安忆（1954—），生于江苏南京。1955 年随母茹志鹃移居上海。1972 年考入徐州文工团。1976 年开始发表文学作品。1978 年调回上海，任《儿童时代》小说编辑。1985 年在《中国作家》杂志发表的中篇小说《小鲍庄》，获得第四届全国中篇小说奖。1987 年进入上海作家协会，从事专业创作。二十世纪九十年代创作长篇小说《乌托邦诗篇》《伤心太平洋》《纪实与虚构》等。1995 年发表长篇小说《长恨歌》，获得第五届茅盾文学奖。二十一世纪以来，王安忆笔耕不辍。2004 年发表《发廊情话》，获第三届鲁迅文学优秀短篇小说奖；2018 年，中篇小说《向西，向西，向南》获首届汪曾祺华语小说奖；创作的长篇小说有《天香》《匿名》《一把刀，千个字》《五湖四海》等。

长恨歌（节选）

王琦瑶是典型的上海弄堂的女儿。每天早上，后弄的门一响，提着花书包出来的，就是王琦瑶；下午，跟着隔壁留声机哼唱《四季歌》的，就是王琦瑶；结伴到电影院看费雯丽主演的《乱世佳人》，是一群王琦瑶；到照相馆去拍小照的，则是两个特别要好的王琦瑶。每间偏厢房或者亭子间里，几乎都坐着一个王琦瑶。王琦瑶家的前客堂里，大都有着一套半套的红木家具。堂屋里的光线有点暗沉沉，太阳在窗台上画圈圈，就是进不来。三扇镜的梳妆桌上，粉缸里粉总像是受了潮，有点黏湿的，生发膏已经干了底。樟木箱上的铜锁锃亮的，常开常关的样子。收音机是供听评弹、越剧，还有股票行情的，波段都有些难调，丝丝拉拉地响。王琦瑶家的老妈子，有时是睡在楼梯下三角间里，只够放一张床。老妈子是连东家洗脚水都要倒，东家使唤她好像要把工钱的利息用足的。这老妈子一天到晚地忙，却还有工夫出去讲她家的坏话，还是和邻家的车夫有什么私情的。王琦瑶的父亲多半是有些惧内，被收服得很服帖，为王琦瑶树立女性尊严的榜样。上海早晨的有轨电车里，坐的都是王琦瑶的上班的父亲，下午街上的三轮车里，坐的则是王琦瑶的去剪旗袍料的母亲。王琦瑶家的地板下面，夜夜是有老鼠出没的，为了灭鼠抱来一只猫，房间里便有了淡淡的猫臊臭的。王琦瑶往往是家中的老大，小小年纪就做了母亲的知己，和母亲套裁衣料，陪伴走亲访友，听母亲们喟叹男人的秉性，以她们的父亲作活教材的。

王琦瑶是典型的待字闺中的女儿，那些洋行里的练习生，眼睛觑来觑去的，都是王琦瑶。在伏天晒霉的日子里，王琦瑶望着母亲的垫箱，就要憧憬自己的嫁妆的。照相馆橱窗里婚纱曳地的是出嫁的最后的王琦瑶。王琦瑶总是闭花羞月的，着阴丹士林蓝的旗袍，身影袅袅，漆黑的额发掩一双会说话的眼睛。王琦瑶是追随潮流的，不落伍也不超前，是成群结队的摩登。她们追随潮流是照本宣科，不发表个人见解，也不追究所以然，全盘信托的。上海的时装潮，是靠了王琦瑶她们才得以体现的。但她们无法给予推动，推动不是她们的任务。她们没有创造发明的才能，也没有独立自由的个性，但她们是勤恳老实，忠心耿耿，亦步亦趋的。她们无怨无艾地把时代精神被挂在身上，可说是这城市的宣言一样的。这城市只要有明星诞生，无论哪一个门类的，她们都是崇拜追逐者；报纸副刊的言情小说，她们也是倾心相随的读者。她们中间出类拔萃的，会给明星和作者写信，一般只期望得个签名而已。在这时尚的社会里，她们便是社会基础。王琦瑶还无一不是感伤主义的，也是潮流化的感伤主义，手法都是学着来的。落叶在书本里藏着，死蝴蝶是收在胭脂盒，她们自己把自己引下泪来，那眼泪也是顺大流的。那感伤主义是先做后来，手到心才到，不能说它全是假，只是先后的顺序是倒错的，是做出来的真东西。这地方什么样的东西都有摹本，都有领路的人。王琦瑶的眼睑总是有些发暗，像罩着阴影，是感伤主义的阴影。她们有些可怜见的，越发的楚楚动人。她们吃饭只吃猫似的一口，走的也是猫步。她们白得透明似的，看得见淡蓝经脉。她们夏天一律的痓夏，冬天一律的睡不暖被窝，她们需要吃些滋阴补气的草药，药香弥漫。这都是风流才子们在报端和文明戏里制造的时尚，最合王琦瑶的心境，要说，这时尚也是有些知寒知暖的。

王琦瑶和王琦瑶是有小姊妹情谊的，这情谊有时可伴随她们一生。无论何时，她们到了一起，闺阁生活便扑面而来。她们彼此都是闺阁岁月的一个标记，纪念碑似的东西；还是一个见证，能挽留时光似的。她们这一生有许多东西都是更替取代的，唯有小姊妹情谊，可说是从一而终。小姊妹情谊说来也怪，它其实并不是患难与共的一种，也不是相濡以沫的一种，它无恩也无怨的，没那么多的纠缠。它又是无家无业，没什么羁绊和保障。要说是知心，女儿家又有多少私心呢？她们更多只是个作伴，作伴也不是什么要紧的做伴，不过是上学下学的路上。她们梳一样的发式，穿一样的鞋袜，像恋人那样手挽着手。街上倘若看见这样一对少女，切莫以为是一胎双胞的姐妹，那就是小姊妹情谊，王琦瑶式的。她们相偎相依，看上去不免是有些小题大作的，然而她们的表情却是那样认真，由不得叫你也认真的。她们的做伴，其实是寂寞加寂寞，无奈加无奈，彼此谁也帮不上谁的忙，因此，倒也抽去了功利心，变得很纯粹了。每个王琦瑶都有另一个王琦瑶来作伴，有时是同学，有时是邻居，还有时是在表姐妹中间产生一个。这也是她们平淡的闺阁生活中的一个社交。她们的社交实在太少，因此她们就难免全力以赴，结果将社交变成了情谊。王琦瑶们倒都是情谊中人,追求时尚的表面之下有着一些肝胆相照。小姊妹情谊是真心对真心,虽然真心也是平淡的真心。一个王琦瑶出嫁,另一个王琦瑶便来做伴娘,带着点凭吊的意思,还是送行的意思。那伴娘是甘心衬托的神情,衣服的颜色是暗一色的,款式是老一成的,脸上的脂粉也是淡一层的,什么都是偃旗息鼓的,带了一点自我牺牲的悲壮,这就是小姊妹情谊。

上海的弄堂里,每个门洞里,都有王琦瑶在读书,在绣花,在同小姊妹窃窃私语,在和父母怄气掉泪。上海的弄堂总有着一股小女儿情态,这情态的名字就叫王琦瑶。这情态是有一些优美的,它不那么高不可攀,而是平易近人,可亲可爱的。它比较谦虚,比较温暖,虽有些造作,也是努力讨好的用心,可以接受的。它是不够大方和高尚,但本也不打算谱写史诗,小情小调更可人心意,是过日子的情态。它是可以你来我往,但也不可随便轻薄的。它有点缺少见识,却是通情达理的。它有点小心眼儿,小心眼儿要比大道理有趣的。它还有点耍手腕,也是有趣的,是人间常态上稍加点装饰。它难免有些村俗,却已经过文明的淘洗。它的浮华且是有实用作底的。弄堂墙上的绰绰月影,写的是王琦瑶的名字;夹竹桃的粉红落花,写的是王琦瑶的名字;纱窗帘后头的婆娑灯光,写的是王琦瑶的名字;那时不时窜出一声的苏州腔的柔糯的沪语,念的也是王琦瑶的名字。叫卖桂花粥的梆子敲起来了,好像是给王琦瑶的夜晚数更;三层阁里吃包饭的文艺青年,在写献给王琦瑶的新诗;露水打湿了梧桐树,是王琦瑶的泪痕;出去私会的娘姨悄悄溜进了后门,王琦瑶的梦却已不知做到了什么地方。上海弄堂因有了王琦瑶的缘故,才有了情味,这情味有点像是从日常生计的间隙中迸出的,墙缝里的开黄花的草似的,是稍不留意遗漏下来的,无心插柳的意思。这情味却好像会洇染和化解,像那种苔藓类的植物,沿了墙壁蔓延滋长,风餐露饮,也是个满眼绿,又是星火燎原的意思。其间那一股挣扎与不屈,则有着无法消除的痛楚。上海弄堂因为了这情味,便有了痛楚,这痛楚的名字,也叫王琦瑶。上海弄堂里,偶尔会有一面墙上,积满了郁郁葱葱的爬山虎,爬山虎是那些垂垂老矣的情味,是情味中的长寿者。它们的长寿也是长痛不息,上面写满的是时间的字样,日积月累的光阴的残骸,压得喘不过气来的。这是长痛不息的王琦瑶。

【导读】

《长恨歌》最初连载于《钟山》杂志,后由作家出版社出版单行本。小说共分为三部,讲述了上海弄堂里的女人王琦瑶四十年的情爱历程和命运沉浮,写尽了上海半个世纪(二十世纪四十年代到九十年代)的风致情韵及兴衰变化。

小说第一部书写王琦瑶人生第一个阶段。二十世纪四十年代末,在繁花似锦的大上海狭长闭塞、阴暗潮湿的弄堂里,十六岁的花季少女王琦瑶,穿着阴丹士林蓝旗袍,身影袅袅地登场了。王琦瑶在摄影师程先生的帮助下,为时尚杂志拍摄封面照,为照相馆拍摄橱窗照,随后又参加 1946 年"上海小姐"选美比赛,获得"三小姐"别称。成名之后的王琦瑶拒绝了文艺青年程先生的爱慕,毫无迟疑地投入军政界要人李主任的怀抱,做起爱丽丝公寓里名副其实的"金丝雀"。在王琦瑶看来,"这一刻可说是正当其时。她觉得这一刻谁都不如李主任有权利,交给谁也不如交给李主任理所当然。这是不假思索,毋庸置疑的归宿"。然而,随着历史的大变动,这风光无限的一切都瞬间覆灭,李主任在逃亡过程中飞机坠毁,王琦瑶也与"风情娇艳"的爱丽丝公寓挥手道别。

小说第二部分书写王琦瑶人生第二个阶段。中华人民共和国成立后,王琦瑶在一个名为平安里的弄堂开了个小诊所,过着平凡而精致的小日子。王琦瑶结识了严家师母,两人因同是上过"繁华场""有来历"的人物而惺惺相惜。王琦瑶与严师母、严师母的表弟康明逊以及康明逊的好友萨沙组成了一个牌局。几个人聚在一起,打牌吃下午茶,在时代主潮的缝隙中重拾旧日时光,拼凑十里洋场的历史记忆。王琦瑶与康明逊日久生情,几次三番试探往来,有了身孕。康明逊胆小懦弱,没有勇气跟家庭抗争,也不敢承担责任,逃走了。善念之下,王琦瑶选择生下孩子。王琦瑶临产时,程先生再次出现,悉心照顾王琦瑶。面对程先生的相助,王琦瑶只提恩义,不提"情"字。程先生深知王琦瑶的心意,无限感慨,只期许能够做一个知己知彼的朋友。孩子出生后,康明逊回归,王琦瑶知道自己与他未来无望,淡然接受现实,了却内心的伤痛与情爱。

小说第三部分书写王琦瑶人生第三个阶段。改革开放新时期,上海恢复了往日繁荣。王琦瑶身上积淀着旧时代的风情碎片,风韵犹存。她与一个年轻的老克蜡恋爱,王琦瑶拿出全部身家——一个装着黄货的雕花木盒,送给老克蜡,希望他能够多陪陪自己。但是,老克蜡无法忍受王琦瑶枕头上染发水的污迹以及屋子里隔宿的腐气,弃之而去。一天夜里,女儿薇薇的同学张永红的男朋友——长脚偷偷溜进了王琦瑶的房间,图财害命,将她杀死。

王琦瑶是上海弄堂的女儿。她有着楚楚动人的容貌,在平凡的日子里做着不甘寂寞的美梦。上海以自身的繁华骚动和纸醉金迷不断撩拨着她的心弦,她追逐时尚和生活的情调,有着强烈而深刻的世俗欲望。她参加"上海小姐"选美比赛、成为李主任的"金丝雀",都是世俗欲望驱动的结果。但是,她并不嚣张跋扈,而是乖巧安静、通情达理、从容机智、谨慎自持。她的美是"有些家常的""是过日子的情调""她不是兴风作浪的美,是拘泥不开的美。她的美里缺少点诗意,却是忠诚老实的"。正是以"家常"之美做底子,王琦瑶经得起繁华,也经得起跌落,在人生低谷处从容自持。王安忆用一个上海女人的命运诠释一座城市的变迁。王琦瑶跌宕起伏的命运中所透露出来的种种世俗欲望、虚荣与尊严、精明与坚韧、雅致与谦逊、宽容与镇静、晦暗与罪恶,都是上海这座多元化国际大都市的写照。

导读选取的是第一章第五小节,本节从王琦瑶的日常生活环境、穿着、喜好、情感、性情、社交,为"上海弄堂的女儿"画出了一幅活灵活现的肖像画。上海的弄堂孕育了王琦瑶,王琦瑶的形象折射出上海的城市特质,作者以城写人,以人照城,人城合一,相得益彰。

【选评】

小说的每一个角落都回旋着种种女性对于这个世界的小感觉。这些小感觉是女性对于这个城市细部津津有味的咀嚼和反刍:旗袍的式样,点心的花样,咖啡的香味,绣花的帐幔和桌围,紫罗兰香型的香水,各种各样的发髻,化妆的粉盒,照相的姿态,燃了一半的卫生香,一扇扇后门之间传递的流言,大伏天打开衣服箱子晒霉,舌头灵巧地磕开五香瓜子,略微下坠的眼睑和不易觉察的皱纹,一盘小磨磨糯米粉……这个城市就是在这些小感觉之中缓缓地浮现出来,肌理细密,纹路精致。……这些世俗细节的密集堆积让人们感到了殷实和富足。这是一个城市的底部,种种形而上的思想意味和历史沉浮的感慨无法插入这些世俗的细节。王琦瑶是一个十足的世俗之人。她的命运就在这种殷实和富足之中穿行,种种情感的挫折并未将她真正抛出相对优裕的日子。(南帆《城市的肖像——读王安忆的〈长恨歌〉》)

思考讨论

1. 分析《一地鸡毛》的悲剧性及其批判意义。

2. "白嘉轩就是白鹿原。一个人撑着一道原。白鹿原就是白嘉轩。一道原具象为一个人。"(陈忠实《〈白鹿原〉创作手记》)结合作品,分析白嘉轩形象。

3. "白鹿"是小说中的核心意象,被赋予了丰富的内涵意义。请分析"白鹿"意象有何象征意义。

4. 王安忆小说取名为《长恨歌》有何寓意?

拓展延伸

1. 对于九十年代余华的小说《活着》《许三观卖血记》,有的评论家认为:"余华忘记了,当福贵和许三观在受苦的时候,不仅是他们的肉身在受苦,更重要的是,生活的意义、尊严、梦想、希望也在和他们一起受苦。——倾听后者在苦难的磨砺下发出的呻吟,远比描绘肉身的苦难景象要重要得多。但余华没有这样做,他几乎把自己所有的热情都耗费在人物遭遇(福贵的丧亲和许三观的卖血)的安排上了。"(谢有顺《余华的生存哲学及其待解的问题》)请阅读小说,谈谈你对这一观点的看法。

2.《长恨歌》开篇即以鸟瞰的视角对上海进行全景式的描写,以此为背景展开弄堂女儿王琦瑶的人生故事,而上海的声与色也正是借助这样一个女人得以展现。请结合文本分析"城"与"人"相互依存、相互塑型的关系。

推荐阅读

1.《现实一种》,余华著,作家出版社2012年版。

2.《活着》,余华著,作家出版社2012年版。

3.《许三观卖血记》,余华著,作家出版社2012年版。

4.《白鹿原》,陈忠实著,人民文学出版社1993年版。

5.《流逝》,王安忆著,浙江文艺出版社2011年版。

6.《长恨歌》,王安忆著,人民文学出版社2019年版。

7.《繁花》,金宇澄著,人民文学出版社2019年版。

8.《秦腔》,贾平凹著,人民文学出版社2019年版。

第十五单元

二十一世纪文学

【概述】 进入二十一世纪以后,市场经济以及商业元素对文学的渗透越来越深,文学市场化的特征越来越明显。大众媒介发展迅速,影视及网络的繁荣极大地冲击了文学写作,影响了文学的生产方式和存在样貌。新的作家群体也快速生长起来,青春作家、网络作家层出不穷,作家群体代际分野凸显出来,"60后""70后""80后"以及网络文学写手多元共存,文学呈现出更加复杂的景观。

一批在二十世纪八九十年代已经成名的作家继续保持旺盛的创作活力,比如莫言的《檀香刑》《生死疲劳》《蛙》、尤凤伟的《中国一九五七》、阎连科的《坚硬如水》《受活》、贾平凹的《秦腔》《古炉》、王安忆的《桃之夭夭》《启蒙时代》、余华的《兄弟》《第七天》、刘震云的《我叫刘跃进》《一句顶一万句》、格非的江南三部曲《人面桃花》《山河故人》《春尽江南》、苏童的《河岸》《黄雀记》、毕飞宇的《青衣》《平原》《推拿》、迟子建的《额尔古纳河右岸》《群山之巅》、阎真的《沧浪之水》、方方的《乌泥湖年谱》等。"七零后"作家成为文坛引人注目的创作力量。卫慧的《上海宝贝》、棉棉的《糖》呈现出"欲望化书写"的异质性,在媒体的炒作之下红极一时,她们的"身体写作"被认为是都市消费文化中的"恶之花"。随后魏微、朱文颖、戴来、乔叶、金仁顺、鲁敏等人则侧重日常生活以及隐含其中的人性、人情的书写,大部分具有平静、温暖、唯美的风格。一批"八零后"的青春写手在二十一世纪登上文坛,成为中国当代文学不可忽视的力量,即韩寒、郭敬明、张悦然、蒋方舟、李傻傻、春树等人的创作汇集成的"青春写作"潮流。他们生活在消费主义盛行、信息资讯发达的时代,生活阅历较为单纯,受过良好的教育,对校园生活有深刻的体会。他们的作品大体可以分为青春小说、校园文学和玄幻小说三大类。韩寒的《三重门》《像少年啦飞驰》《一座城池》《长安乱》、张悦然的《樱桃之远》《誓鸟》、郭敬明的《幻城》《左手倒影 右手年华》、蒋方舟的《正在发育》《青春前期》等具有代表性。

伴随互联网的普及而出现的大量网络写手是二十一世纪作家队伍重要的组成部分,他们人数众多、创作数量惊人,拥有庞大的读者群。网络小说种类繁多,有历史、玄幻、武侠、青春校园、都市言情、惊悚盗墓、穿越、宫斗等等。由于互联网媒介的商业属性与传播特点,网络文学具备传播速度快、互动性与娱乐性强、审美规范与意识形态相对自由、网络作家进入的门槛相对较低等特点,商业属性大于艺术属性,大部分网络文学作家和作品都成为商品经济下的泡沫,但是经过二十多年的发展与沉淀,也出现了一批值得关注的网络文学作家及作品。如:当年明月的《明朝那些事儿》、萧鼎的《诛仙》、今何在的《悟空传》、明晓溪的《泡沫之夏》、唐七公子的《岁月是朵两生花》、安妮宝贝的《告别薇安》、天下霸唱的

《鬼吹灯》、南派三叔的《盗墓笔记》、黄易的《寻秦记》、流潋紫的《甄嬛传》、天蚕土豆的《斗破苍穹》、桐华的《步步惊心》、猫腻的《将夜》、愤怒的香蕉的《赘婿》、priest 的《默读》、天下归元的《山河盛宴》等。近几年大学中文院系的学者们开始关注并推动网络文学的成长及发展,梳理网络文学的发展脉络,确立网络文学的评价标准,为网络文学的经典化过程做出了不懈的努力。

毕飞宇

【简介】 毕飞宇(1964—),江苏兴化人,1983 年考入扬州师范学院(现扬州大学)中文系,1987 年毕业后在南京特殊教育师范学校当了五年教师。1992 年到《南京日报》从事记者工作,1998 年任职《雨花》杂志社编辑部,1999 年加入中国作家协会,现任中国作协副主席,江苏省作协主席。二十世纪八十年代中后期,毕飞宇开始小说创作,代表作有《哺乳期的女人》《青衣》《玉米》《平原》《推拿》等,其中,《哺乳期的女人》获首届鲁迅文学奖短篇小说奖,《玉米》获第三届鲁迅文学奖中篇小说奖,长篇小说《推拿》获第八届茅盾文学奖。2023 年出版长篇小说《欢迎来到人间》。

青衣(节选)

利用取药的工夫筱燕秋拐到大厅,她看了一眼时钟,时间不算宽裕。毕竟也没到火烧眉毛的程度。吊到五点钟,完了吃点东西,五点半赶到剧场,也耽搁不了什么。这样也好,一边输液,一边养养神,好歹也是住在医院里头。

筱燕秋完全没有料到会在输液室里头睡得这样死,简直都睡昏了。筱燕秋起初只是闭上眼睛养养神的,空调的温度打得那么高,养着养着居然就睡着了。筱燕秋那么疲惫,发着那么高的烧,输液室的窗户上又挂着窗帘,人在灯光下面哪能知道时光飞得有多快?筱燕秋一觉醒来,身上像松了绑,舒服多了。醒来之后筱燕秋问了问时间,问完了眼睛便直了。她拔下针管,包都没有来得及提,就往门外跑。

天已经黑了。雪花却纷扬起来。雪花那么大,那么密,远处的霓虹灯在纷飞的雪花中明灭,把雪花都打扮得像无处不入的小婊子了,而大楼却成了气宇轩昂的嫖客,挺在那儿,在错觉之中一晃一晃的。筱燕秋拼命地对着出租车招手,出租车有生意,多得做不过来,傲慢得只会响喇叭。筱燕秋急得没病了,一个劲儿地对着出租车挥舞胳膊,都精神抖擞了。她一路跑,一路叫,一路挥舞她的胳膊。

筱燕秋冲进化妆间的时候春来已经上好妆了。她们对视了一眼,春来没有开口。筱燕秋上课的时候关照过她的,化上妆这个世界其实就没有了,你不再是你,他也不再是他,——你谁都不认识,谁的话你也不要听。筱燕秋一把抓住了化妆师,她想大声告诉化妆师,她想告诉每一个人,“我才是嫦娥,只有我才是嫦娥!”但是筱燕秋没有说。筱燕秋现在只会抖动她的嘴唇,不会说话。此时此刻,筱燕秋就盼望着王母娘娘能从天而降,能给她一粒不死之药,她只要吞下去,她甚至连化妆都不需要,立即就可以变成嫦娥了。王母娘娘没有出现,没有人给筱燕秋不死之药。筱燕秋回望着春来,上了妆的春来比天仙还要美。她才是嫦娥。这个世上没有嫦娥,化妆师给谁上妆谁才是嫦娥。

锣鼓响起来了。筱燕秋目送着春来走向了上场门。大幕拉开了,筱燕秋看见老板坐在了第三排的正中央。他像伟人一样亲切地微笑,伟人一样缓慢地鼓掌。筱燕秋望着老板,反而平静下来了。筱燕秋知道她的嫦娥这一回真的死了。嫦娥在筱燕秋四十岁的那个雪夜停止了悔恨。死因不详,终年四万八千岁。

筱燕秋回到了化妆间,无声地坐在化妆台前。剧场里响起了喝彩声,化妆间里就越发寂静了。她望着自己,目光像秋夜的月光,汪汪地散了一地。筱燕秋一点都不知道她做了些什么,她像一个行尸,拿起水衣给自己披上了,然后取过肉色底彩,挤在左手的掌心,均匀地、一点一点地往脸上抹,往脖子上抹,往手上抹。化完妆,她请化妆师给她吊眉、包头、上齐眉穗、戴头套,最后她拿起了她的笛子。筱燕秋做这一切的时候是镇定自若的,出奇地安静。但是,她的安静让化妆师不寒而栗,后背上一阵一阵地竖毛孔。化妆师怕极了,惊恐地盯着她。筱燕秋并没有做什么,也没有说什么,只是拉开了门,往门外走。

筱燕秋穿着一身薄薄的戏装走进了风雪。她来到剧场的大门口,站在了路灯的下面。筱燕秋看了大雪中的马路一眼,自己给自己数起了板眼,同时舞动起手中的竹笛。她开始了唱,她唱的依旧是二黄慢板转原板转流水转高腔。雪花在飞舞,剧场的门口突然围上来许多人,突然堵住了许多车。人越来越多,车越来越挤,但没有一点声音。围上来的人和车就像是被风吹过来的,就像是雪花那样无声地降落下来。筱燕秋旁若无人。剧场内爆发出又一阵喝彩声。筱燕秋边舞边唱,这时候有人发现了一些异样,他们从筱燕秋的裤管上看到了液滴在往下淌。液滴在灯光下面是黑色的,它们落在了雪地上,变成了一个又一个黑色窟窿。

【导读】

《青衣》是毕飞宇的中篇小说,2000年发表于《花城》第3期,之后不断被改编成电视剧、舞台剧等艺术形式。小说讲述了戏曲演员筱燕秋二十年台上台下的故事。筱燕秋是1949年之后的第二代青衣,1979年,年方十九的筱燕秋,凭借一出《奔月》红极一时。随着《奔月》公演的成功,筱燕秋对艺术的执着和名利心都开始膨胀,她与老师李雪芬的艺术观点产生了分歧,她想着法子独占舞台。《奔月》剧组到坦克师慰问演出,李雪芬强行要求登台表演,"戏演到一半,筱燕秋已经披着军大衣来到舞台了,一个人站立在大幕的内侧,冷冷地注视着舞台上的李雪芬"。谢幕后,李雪芬神采飞扬地与筱燕秋交流演出心得,筱燕秋傲慢无礼地与老师顶撞,并用开水烫伤了老师的脸。筱燕秋因此被调到学校教书,《奔月》也因此熄火。二十年后,烟厂老板出资复排《奔月》,筱燕秋重燃艺术激情。筱燕秋为了《奔月》的复演开始了一系列不顾后果的疯狂行径:减肥、堕胎、与烟厂老板行苟且之事、违心地退居嫦娥B档、演出时又霸占舞台,"筱燕秋一口气演了四场。她不让。不要说是自己的学生,就是她亲娘老子来了她也不会让。这不是A档B档的事。她是嫦娥,她才是嫦娥"。这一系列疯狂的行径把筱燕秋的生活搞得一团糟,她与丈夫面瓜的婚姻生活亮起了红灯,剧团的人也对她霸道的行为指指点点。身体的病痛、疲倦以及精神上的高度紧张使她疲于应对,在医院里昏睡过去,错过了第五场演出时间,丧失了演出机会,最终陷入疯狂,精神崩溃。

筱燕秋是一个爱戏成痴的人,她享受艺术表演和艺术创作的过程,在舞台上演出"嫦娥"是她人生的全部价值所在。当她上了妆的时候,"筱燕秋盯着自己,看,她漂亮得自己都认不出自己来了。那绝对是另一个世界里的另一个女人。但是,筱燕秋坚信,那个女人才是筱燕秋,才是她自己"。为了能在舞台上演出"嫦娥"一角,她放弃个体尊严,不顾肉体疼痛,顽强执着地为艺术而忘我的精神境界令人动容。筱燕秋将自己一心一意地投入自我虚构的精神世界中,放弃了世俗社会正常的人情世故,不遵循世俗社会的生存法则,不顾及别人的感受,她带着自私孤傲、冷漠无趣的面具,在自我与他人之间构筑了难以逾越的隔膜。筱燕秋混淆了世俗人生和戏剧人生,混淆了真实与虚构,顾此失彼,最终在世俗社会的生存法则和生命自然运行的规律中败下阵来,她终究也不能阻止徒弟春来的登场。筱燕秋用尽生命的全力去追求和捍卫她的艺术信念,生命的执着、韧性和人性的丑陋、自私一同呈现,在读者心中产生了震撼人心的艺术感染力。

《青衣》通过中华人民共和国戏剧发展史上三代青衣的传承,展示了时代的变迁,也揭示了戏剧在当代的境遇。李雪芬的戏剧表演具有二十世纪五六十年代的鲜明特征,她曾在样板戏《杜鹃山》中饰演威风凛凛、英姿飒爽的女共产党员柯湘。筱燕秋的艺术生命处于计划经济向市场经济过渡的年代,在这个新旧更替的时代,筱燕秋执着于艺术而罔顾世俗规则的行为触怒了保守的价值观,又不能不惨败于金钱万能的市场经济的逻辑。春来是商品经济时代的青衣,在金钱万能的时代,她将名利作为衡量职业选择的首要标准,她想改行做风光无限的电视台主持人,后因为筱燕秋出让嫦娥A档而暂时留在舞台。老团长和烟厂老板分别是两个时代的代言人,老团长是政治权威的代言人,他蛮横地将筱燕秋调离了戏剧舞台,烟厂老板则是商品社会里金钱的代名词,在他心里艺术不过是满足个人怀旧情趣的小玩意儿,他支持《奔月》的复排隐现着金钱万能的现实逻辑。无论是"政治"还是"金钱"都在卑微的个人面前显现着无可置辩的决定性力量。

导读选取小说结尾部分,筱燕秋身心俱疲,在医院贪睡错过了演出时间,等到她赶到剧场时,春来已经上好妆,筱燕秋目送春来走向舞台,一人装扮整齐来到剧场大门口,在风雪之中开始了她孤独而疯狂的表演,整部作品的悲剧意蕴也达到了高潮。

【选评】

在作家的笔下,我们看到,筱燕秋的悲剧既是性格的悲剧,又是命运的悲剧,既是时代的悲剧,又是人性的悲剧。而"命运"与"性格"在小说中则又被赋予了丰富、复杂的辩证内涵。……毕飞宇正是以他的小说"智慧",以他不动声色的笔墨写活了筱燕秋,也写尽了女人的虚荣与女人的妒忌,写尽了女人内心的曲折与波涛。小说不同凡响之处在于作家并没有用批判的审视的眼光去表现"人性之恶",小说没有居高临下,甚至也没有怜悯,而是充满理解与同情,心痛与伤感。(吴义勤《一个人·一出戏·一部小说——评毕飞宇的中篇新作〈青衣〉》)

猫　腻

【简介】　猫腻,1977 年出生于湖北宜昌,1994 年被保送进入四川大学电力系统及自动化系,大三时退学。2003 年,以北洋鼠为笔名在爬爬书库写了第一本网文《映秀十年事》(未完成)。2005 年,在起点中文网连载《朱雀记》,爆火后成为职业网文作家。2007 年创作的《庆余年》,是最受读者欢迎的网络小说之一。2009 年,开始连载的《间客》,在中国作协组织评选的"网络文学 20 年 20 部作品"中排名第一。2011 年,连载东方玄幻小说《将夜》,并拿到了网文圈内最能证明作家人气的起点中文网年度月票总冠军以及"年度作家"和"年度作品"。2014 年,写了"转型之作"《择天记》,是最早被全面影视、动漫化的作品。2017 年,开始创作修仙小说《大道朝天》,2020 年完结,近 300 万字。

将夜(存目)

【导读】

从中国类型小说的发展脉络来看,《将夜》的贡献是,真正把武侠传统融入了网络小说,并且让东方玄幻这个网文类型终于在本土文化中落地生根。

中国网络文学的诞生虽然深受武侠小说的滋养,其直接源头却是西方奇幻,最早形成的类型也是西幻。但西方奇幻小说的背景和价值观都是西方的,连人物名字都是翻译体的,让中国读者感到陌生隔膜。2001 年宝剑锋(本名林庭锋)建立中国玄幻文学协会(CMFU),即起点中文网的前身,玄幻小说慢慢发展起来,后来发展出的"玄幻升级文"更成为网文的主流。玄幻是西幻的东方化,但事实上,"玄幻升级文"的内核却是欧美网游的升级系统和日本动漫的少年热血,东方背景只是作为拉近与读者距离的手段。

十几年来,如何讲述东方风格的玄幻故事,一直是网文界不断提及且反复实践的命题。直到猫腻的《将夜》将故事背景落实进"大唐"和"书院"(以孔子师徒为原型),讨论"仁学"和"人学"的命题,注入现实的"情怀","东方玄幻"才称得上真正找到了文化的肉身,找到了中国风格和中国气派,找到了自己的"精气神"。此后,烽火戏诸侯《雪中悍刀行》、无罪《仙魔变》《剑王朝》的跟进,以及猫腻《择天记》的再推,"东方玄幻"已经日益丰满,成为近年来最重要的网文类型之一,真正发展成了超越西方奇幻的类型。

在猫腻小说的主角里,宁缺的道德起点是最低的。故意把他压得很低,为的是在极黑暗的境地找到一丝光明。一个普通人的灵魂穿越到一个普通的孩子身上,4 岁就被迫杀人亡命。之后的 15 年,他所遇到的,除了相依为命的桑桑,不管是人是兽,都想生剥活吞了他。对于他来说,活着就是最大的道理。带着一颗冷酷的复仇之心,他来到长安,进了书院,成了夫子的亲传弟子。他遇到一群巨天真巨有趣的牛人,看到一种从未想见的美妙生活。于是,他被"收"了——先是被天生纯善的陈皮皮"收",后是被天生仁厚的大师兄"收",当然,还有永远讲礼也永远有理的二师兄,与天地精神独往来最后遭天诛而死的小师叔,兼容并包放任自由最后化身为月与昊天决斗的夫子。因为夫子有几层楼那么高,所以罩得住他的弟子过最自由的生活,也罩得住大唐的国民过最自然的生活。被"收"了的宁缺也爱上了大唐,举世伐唐之时,这个原本最冷酷自私的人扛起了重任,守长安,保大唐,担负起天下的兴亡。猫腻说,《将夜》的主题有两个,自由和爱情。这是一个从炼狱之中走出,重见满天繁星的故事。

　　猫腻并不是一个原创性特别强的作家,而是一位"集大成者"。作品中的故事和人物大多"其来有自",但一经作者之手,便有"脱胎换骨"之感。《将夜》第二百七十七章"这不是书上写的故事"是猫腻本书中最想讲的几个故事之一,是一个反转了的"王子复仇记"。当宁缺找到当年宣威将军灭门惨案的主导者夏侯复仇时,所有人都以为他是将军的儿子。但宁缺说他不是。他是门房的儿子,当时他和将军的儿子都只有四岁,是好伙伴。当老管家愧疚地看向他举起柴刀时,他抢先捅出了一刀。宁缺问大家,为什么你们都以为我是将军的儿子? 难道门房的儿子就不该活着吗? 为什么你们都以为是王子复仇记,难道门房的仇就不该报吗? 是的,书上都是这么写的,戏台上都是这么演的,但从来如此便对吗? 在《庆余年》里,范闲欠了范建儿子一条命,那是一个忠臣为救孤舍弃亲生的故事。这次,猫腻还了回来。

【选评】

　　在大神林立的网络文学界,素有"最文青作家"之称的猫腻独树一帜。继《朱雀记》《庆余年》《间客》之后,《将夜》继续以"爽文"写"情怀"——以孔子师徒为原型,在"第二世界"建构了"书院"和以"书院精神"立国的"大唐"——力图在一个功利犬儒的"小时代",重书"大写的人格"与"大写的国格";在所谓的"历史终结"之后,重建中国人的文明信仰。尤为难得的是,作者一方面以坚定的草根立场肯定了中国文化中"饮食男女"的世俗情怀,以反拨西风东渐以来国人因无神而自卑的文化心理;一方面又以启蒙价值为核心对儒家思想进行改造。"书院精神"是"人本主义"与"仁爱思想"的结合体,"不自由,毋宁死"与"知其不可为而为之"在夫子师徒身上获得完美统一。这是一部颇具东方神韵的巨制,格局宏阔,文笔俊逸,故事荡气回肠,人物呼之欲出。(邵燕君,2016 年"腾讯书院文学·类型小说年度作家"授奖词)

🔲 思考讨论

　　分析《青衣》中筱燕秋形象。

🔲 拓展延伸

　　1. 毕飞宇是持续关注女性命运的作家,甚至被认为是"写女性心理最好的男作家",他塑造了筱燕秋、玉米、玉秀等血肉丰满的女性形象,她们都是在男权社会无法掌控自己命运的悲剧人物。从压抑与反抗这一角度,分析这些人物的悲剧性。

　　2. 猫腻在《间客》后记里说,"我最爱《平凡的世界》,我始终认为那是我看过的最好一本 YY 小说"。"YY"是意淫的首字母简写,出自《红楼梦》中谈"风月宝鉴"一段。"YY"是一种人类和文学的普遍现象,但只有网络小说通常被称为也愿意自认为是"YY 小说",你觉得这一说法合理吗? 请写一篇短文谈谈你如何理解"YY 小说"。

推荐阅读

1.《青衣》,毕飞宇著,人民文学出版社 2015 年版。

2.《推拿》,毕飞宇著,人民文学出版社 2008 年版。

3.《仪凤之门》,叶兆言著,人民文学出版社 2022 年版。

4.《红粉》,苏童著,上海文艺出版社 2020 年版。

5.《黄雀记》,苏童著,人民文学出版社 2017 年版。

6.《额尔古纳河右岸》,迟子建著,人民文学出版社 2010 年版。

7.《网络时代的文学引渡》,邵燕君著,广西师范大学出版社 2015 年版。

8.《文本盗猎者:电视粉丝与参与式文化》,亨利·詹金斯著,郑熙青译,北京大学出版社 2016 年版。

后　记

　　本教材为江苏省高校哲学社会科学重大项目"新时代艺术教育伦理维度的缺失与建构研究"(课题编号:022SJZD117),南京传媒学院教改项目"后疫情时期人文通识课程生命教育的使命担当与路径探索"(课题编号:JG202317)阶段性成果。

　　本教材编写组成员来自南京传媒学院、清华大学、南京师范大学、中山大学珠海分校、陆军工程大学、国防科技大学等高校。在编写过程中,南京传媒学院各级领导给予了大力支持。南京师范大学文学院葛恒刚教授、中国传媒大学文学院李有兵教授、中国传媒大学文学院刘春勇教授对本教材提出了诸多有益的建议。南京大学出版社高军编辑为本教材的出版倾注了心血,付出了辛劳。在此,致以深深的感谢!

　　本教材的编写参考了国内外众多学者的研究成果,对其中的创见和思想多有汲取,恕难一一注明。由于种种原因联系不上节选文字原作者,请相关作者见书后与本教材主编联系,以便奉寄样书和稿费。在此,谨致以真诚的谢意!

编者

2024 年 7 月